Nur ein Schubs

JAN BOBE

NUR EIN SCHUBS

Ein Gütersloh-Krimi

ISBN 978-3-98-201571-2

Jan Bobe
Nur ein Schubs. Ein Gütersloh-Krimi
2. Auflage 2018

Online-Shop: www.ostwestfaelisch.de

Gestaltung: Eckard Kleßmann
Coverfoto (Dalkebrücke an der Weberei): Detlef Güthenke
Lektorat: Elisabeth Jürgens
Beratung: Tina Gallach

Auslieferung: MSR / Runge VA, Steinhagen (Westfalen)

Bevor es losgeht

Fast wäre diese Geschichte tatsächlich passiert, im Zuge der Finanzkrise irgendwann vor ein paar Jahren. Denn einige der handelnden Personen sind nur allzu real. Keine Sorge, sie alle haben mir ihre Erlaubnis für ihren Auftritt in diesem Buch gegeben. Zudem haben nicht wenige der Szenarien und Begebenheiten tatsächlich genau so stattgefunden, wie sie hier beschrieben sind. Allerdings zu einer anderen Zeit, an anderen Orten und mit anderen Menschen, sodass auch hier ein Rückschluss auf die tatsächlich Beteiligten nicht möglich ist. Leider hat es eine Firma Sandmann und eine Landsparkasse Bockhorst aber nie gegeben, also musste ich die gesamte Handlung dann doch erfinden.

Sollte Sie beim Lesen plötzlich das Gefühl beschleichen, sich selbst wiederzuerkennen, dann habe ich Sie entweder vorher angesprochen oder aber diese Ähnlichkeit wäre rein zufällig und völlig unbeabsichtigt.

Was ist wahr, was geflunkert? Mit der Lösung dieser zentralen Frage wünsche ich Ihnen, liebe Leser, viele frohe Stunden.

Eine Bemerkung zur Polizei Gütersloh ist noch erforderlich. Sie ist eine reale Behörde, der ich zu allem Überfluss selbst seit etwa vierzig Jahren sehr gerne angehöre. Ihre Darstellung bereitete mir deshalb Kopfzerbrechen, sie musste besonders fiktiv ausfallen. So braucht es niemand zu wundern, wenn in diesem Buch die Polizei immer noch in ihrem alten, maroden Standort an der Berliner Straße festhängt, obwohl sie in Wirklichkeit schon 1998 in einen topmodernen Neubau an der Herzebrocker Straße umgezogen ist.

Sollte trotzdem jemand hoffen oder befürchten, dass hier aus dem Nähkästchen geplaudert oder gar schmutzige Wäsche aus all der Zeit hervorgekramt und gewaschen werden soll, so muss ich diejenigen enttäuschen. Auch nach intensiver Suche habe ich nichts gefunden, was auch nur ein kleines, hinterhältiges Nachtreten wirklich gelohnt hätte. Eigentlich jammerschade, denn die Gelegenheit wäre erstklassig gewesen.

Nein, ganz im Gegenteil: Ich habe kein einziges der vielen Jahre bereut. Es war immer sehr nett und unglaublich spannend in der echten, der wirklichen Polizei Gütersloh, die mit dieser Geschichte nicht mehr zu tun hat als mit der alten Seidenweberei Bartels, in der sich nun schicke Loftwohnungen befinden. Die heutigen Bewohner der alten Wache haben hier allerdings die einmalige Chance auf einen Blick in die skurrilen Geschichten, die in den dicken Mauern um sie herum zu Hunderten schlummern.

Gütersloh, im September 2018

Jan Bobe

Personen

Polizeibeamte im Streifendienst

Günter „Henry" Lütkehennerich, Uli Haferkamp, Manni Schulte,
Jörg „Otto" Krüger, Patrick Grünbaum, Eyleen O'Toole,
Franz „Franzl" Horstmann (Polizeiwache Gütersloh)
Jupp (Bezirksdienst, Einzelposten im Nordkreis)

Polizeibeamte im Kriminaldienst

Hermann Stratkötter,
Dierk-Helge Reuter-Ritterling (Diebstahl/Einbruch)
Jörg Landwehr, Klemens Schüler (Wirtschaftskriminalität)
von Bühlow (Todesermittlungen)
Müller, Ebersbach (Steuerfahndung Münster)

Polizeiführung

Herbert Hirschacker (Polizeichef)
Albert Reiffeisen (Kripochef)
Gerold Maleczyk (Leiter Verkehrsdienste)
Dr. Sönke Meier-Wirsing (Leiter der Einsatzkräfte)

Fa. Sandmann

Bernd Sandmann (Bauunternehmer)
Vera Sandmann (Bernds Ex)
Sylvia Lieblich (Geschäftsführerin)
Walter Lehmann (Hausmeister)
Diethelm Gierhacke (Architekt)
Dr. Leander Weniger (Bankvorstand)

Gütersloher Bürger

Dr. Volos (Arzt)
Didi (Feuerwehrmann)
Bernhard, Ron (Rettungsdienst)
Hertha Dreismickertöns (Rentnerin)
Berthold Rotte (Schlachtermeister)
Hilde Westersuhrbier (Nachbarin)
Dietrich Heitkamp (Staatsanwalt)
Dr. Werner Sturzenhecker (Oberkreisdirektor 1974 – 1988)
„The Barfly Session" (Gütersloher Musikerszene)
Oliver Gutjahr, Konny Gerke, Irene Männertreu,
Robert Magura, Gernot Bierwein, Stanislav Dvorak,
Friedhelm Klütenbrink (Gütersloher Originale)
Richie Kalinowski, Marko Hessenberg (Ganoven)

Spanische Bürger

Lazarus Ascobar (Autovermieter)
Señor Hernandez (Baudezernent)
Señor Sanchez, Señor Ovieido (Grundbesitzer)
Vasco (Bodyguard)
Señor und Señora Pereira (Pensionsbetreiber)
Hector Rodriguez (Polizei-Leutnant)
Christobal (Schiffsbauingenieur)

Abkürzungen

In diesem Buch erwähnte polizeiliche Abkürzungen

BKA	Bundeskriminalamt
EK	Ermittlungskommission
GdP	Gewerkschaft der Polizei
Hilo	hilflose Person
K1, K2	Kommissariat 1/2
KHK	Kriminalhauptkommissar
KOK	Kriminaloberkommissar
KTU	kriminaltechnische Untersuchung
LPD	Leitender Polizeidirektor
MK	Mordkommission
NEF	Notarzteinsatzfahrzeug
NYPD	New York City Police Department
o.f.W.	ohne festen Wohnsitz
PHK	Polizeihauptkommissar
PHM	Polizeihauptmeister
PK	Polizeikommissar
POK	Polizeioberkommissar
POR	Polizeioberrat
RTW	Rettungswagen
Schupo	Schutzpolizist
Spusi	Spurensicherung
StA	Staatsanwalt/-schaft
WiKri	Wirtschaftskriminalität

Prolog

Sommer

Grelle, blaue LED-Blitze durchschnitten die Nacht und warfen bizarre Muster an Bäume und Hauswände. Ein kerniger Turbodiesel drehte scheinbar mühelos auf, dann kam der Rettungswagen durch die Unterführung geschossen und jagte die Dalkestraße entlang zur Blessenstätte hin, die übliche Flugschneise vom Klinikum in den Gütersloher Norden. Wohl mit Rücksicht auf die ruhebedürftigen Bewohner des Seniorenzentrums „Am Bachschemm" hatte der Fahrer auf das Martinshorn verzichtet. Unten an der Kreuzung Kirchstraße war aber bevorrechtigter Querverkehr zu befürchten.

Ein einzelnes Intervall der starken Kompressorhörner zerfetzte die nächtliche Stille, doch nach vier Sekunden senkte sich wieder Ruhe über den Webereipark, der in tiefer Dunkelheit lag. Nur eine einsame Laterne versuchte, etwas Licht und damit auch einen Hauch gefühlter Sicherheit in das finstere Gelände zu streuen, wurde aber von einem üppig wuchernden Haselstrauch erfolgreich daran gehindert.

Die einsame Gestalt, die auf der Bank am Spielplatz inmitten von Pizzaschachteln, Pommesschalen und einer beträchtlichen Menge Leergut saß, war daher kaum zu entdecken. Und wenn tatsächlich ein nächtlicher Passant den Weg zwischen Kesselhaus und Umspannwerk über die Holzbrücke genommen und den Mann bemerkt hätte, was nicht der Fall war, wäre ihm sicher entgangen, dass dessen völlige Unbeweglichkeit nur scheinbar war. Denn seine Schultern zitterten leicht, dicke Tränen quollen aus seinen rot umränderten Augen, und der Rotz tropfte ihm aus dem Gesicht, während er leise in sich hinein weinte. Der Mann stierte apathisch in die Dalke, die schwarz und träge an ihm vorbeifloss. Nichts passierte.

Schließlich, nach einer halben Ewigkeit, zog er kräftig die Nase hoch, und seine rechte Hand griff unter die Bank. Sie brachte eine dunkelgrüne Flasche hervor, die linke Hand zog in mechanischer Bewegung den Korken ab.

In einer einzigen bedächtigen Bewegung setzte der Trinker die Flasche an, steigerte kontinuierlich ihren Anstellwinkel bis in die Senkrechte und überstreckte dabei den Kopf nackenwärts. Ein großer Schluck, dann war der Inhalt bewältigt. Einen langen Moment verblieb die Flasche in ihrer Position, bis auch der letzte Tropfen sicher hinausgelaufen war, dann flog sie in hohem Bogen in die Büsche. Der Mann atmete scharf aus und horchte dann intensiv in sich hinein. Sein stark gedämpftes System registrierte einen anhaltenden, penetranten Impuls, den er schließlich als dringendes menschliches Bedürfnis identifizierte. Mühsam begann er, sich zu erheben, fiel aber prompt wieder auf die Bank zurück. Beim zweiten, schwungvolleren Versuch bekam er direkt Übergewicht nach vorn. Nur ein heftiger Ausfallschritt bewahrte ihn vor dem Sturz, sorgte aber dafür, dass er nun rückwärts kippte und ins Gras fiel.

Eine Weile lag er dort wie ein Käfer auf dem Buckel, bis er es schaffte, sich umständlich auf den Bauch zu drehen und tatsächlich nach mehreren Versuchen zumindest mit dem Hinterteil wieder hochzukommen. Er krachte aber immer wieder zusammen. Schließlich erkannte er die Aussichtslosigkeit seines Tuns, robbte zur Bank hinüber und zog sich mühsam daran hoch in einen wackeligen Stand. Nach einer unsicheren Weile hatte er sich so weit stabilisiert, dass er frei stehen konnte. Vorsichtig stüskerte er zum nahen Dalkeufer, balancierte mühsam den schwankenden Horizont aus und öffnete umständlich seinen Hosenstall. Nach längerem Herumkramen fand er schließlich sein bestes Stück, brachte es in Position, und kurz darauf plätscherte ein kräftiger Strahl, während er die Erleichterung genoss und zugleich konzentriert die Außentreppe der Weberei auf der anderen Flussseite fixierte, um nicht doch noch ein jähes Opfer der Gravitation zu werden.

Es war kein Stoß, erst recht kein Schlag, nur ein kleiner Schubs mit dem Zeigefinger, der ihn genau zwischen die Schulterblätter traf. Er hätte nur einen kleinen Schritt nach vorn machen müssen. Er hätte die Hände zum Schutz vors Gesicht bringen und die Knie beugen sollen. Vielleicht hätte er auch all das getan, aber dafür hätte er zwanzig Sekunden mehr Zeit gebraucht in seinem Zustand. So kippte er wie ein fallender Baum. Er merkte nur noch den Aufschlag. Mehr nicht.

1.

Frühling

„Dalke 25/11 für Dalke kommen!“

„25/11 hört!“

„Fahren Sie Friedrich-Ebert-Straße zum Amtsgericht, dort reglose Person auf der Fahrbahn! Anruf kam von der Feuerwehr nebenan.“

„25/11 verstanden, sind unterwegs.“

„24/11, wo steht ihr?“

„Verler Straße, beim Schotten. Wir fahren auch mal in die Richtung.“

Polizeioberkommissar Ulrich Haferkamp ließ das Seitenfenster vom Streifenwagen runter. „He, Patrick, kau schneller, wir haben zu tun!“

Patrick Grünbaum, Kommissaranwärter im Abschlusspraktrikum, hob hektisch beide Arme, in einer Hand einen Big Mac, in der anderen einen Becher Cola. Dann stopfte er einen Fleischklops mit pappigem Brötchen und Kunstkäse fast heile in den Mund und warf den ganzen Rest in den Mülleimer. Heftig kauend plumpste er auf den Fahrersitz und startete den Motor.

„Waf iff bemm lof?“

„Ruhig, Brauner, ich sagte Beeilen, nicht Wegschmeißen. Wir fahren zu ‘ner Hilo am Amtsgericht. Die Cola hättest du ja noch trinken können.“

Patrick schluckte zweimal schwer, schaute frustriert und gab Gas. Der Wagen verließ zügig den Parkplatz des Fast-Food-Tempels.

Das Funkgerät quakte: „Dalke für 25/11, wir treffen hier gerade ein. Sieht nicht gut aus, die reanimieren!“

Uli beugte sich vor und drückte zwei Knöpfe im Armaturenbrett, Blaulicht und Martinshorn gingen an. Dann lehnte er sich zurück, schloss die Augen und wartete ab. Raaatsch, der Wahlhebel wurde in die unterste Position gekloppt. Sportmodus. Der Turbodiesel heulte in höchster Drehzahl auf und das Automatikgetriebe schaltete vier Gangstufen herunter. 160 PS trieben den Passat Kombi druckvoll nach vorn. Ach ja, die erste Einsatzfahrt. So haben wir alle mal angefangen! Uli öffnete die Augen wieder und schaute vorsichtig nach links. Weiße Fingerknöchel krallten sich ins Lenkrad, ein verdächtiger Glanz lag auf Patricks starrem Blick, der etwa achtzig Meter vor ihm auf der Straße festgenagelt schien.

Die Verler Straße flog inzwischen mit 140 Sachen unter ihnen durch, aber Patrick blieb eisern auf dem Gas stehen. Uli notierte Minuspunkte auf einer imaginären Checkliste und fragte sich, wann er seinen Zauberlehrling am besten einbremsen sollte. Aber es kam nicht dazu. Ein Lkw kam ihnen entgegen. Vier massive Fernlichtscheinwerfer, dachseitig in Reihe montiert, flammten auf und nahmen ihnen für einen Moment jegliche Sicht. Patrick bremste panikartig, weshalb er die grüne Ampel „Auf der Haar" mit nur noch 100 km/h nahm.

„Arschloch! Wenn ich den kriege!" presste er zwischen zusammengebissenen Zähnen hervor. „Hast du das Kennzeichen?"

„Nee, aber es war einer von DHL." Uli grinste gemütlich. „Kleiner Tipp: Mach halt dein eigenes Fernlicht aus bei Gegenverkehr, dann wird auch keiner sauer!"

Patrick brauchte eine Weile, bis er den Hinweis gecheckt und umgesetzt hatte. Deshalb konnte er auch vor der roten Ampel am Stadtring problemlos bis auf Null abbremsen, ohne vorher an der britischen Kaserne irgendwelche betrunkenen Soldaten zu atomisieren. Uli vergab einen virtuellen Pluspunkt für den Stillstand der Räder. Jetzt war Patrick in der roten Welle und musste auch an der Kampstraße runterbremsen. In der Kurve vor der Carl-Bertelsmann-Straße schob der Passat aber schon wieder verdächtig über die Vorderräder. Zum Glück griff hier das ESP beherzt ein und bremste das Gefährt kontrolliert auf einen unbedenklichen Geschwindigkeitsbereich ab.

Als der Wagen am Music Temple endlich wieder Gas annahm und der Friedrich-Ebert-Tunnel mit steigender Geschwindigkeit auf sie zukam, sah Uli in der Gefällestrecke mit Linkskurve unvermeidbare Probleme aufkommen und sich selbst schließlich doch zu einer Bemerkung genötigt: „Fahr langsam, Patrick, wir ham's eilig!"

„K … keine Sorge, hab alles im Griff." Doch das schien Patrick selbst nicht zu glauben, denn im Tunnel kriegte er mitten in der Kurve plötzlich Angst vor der eigenen Courage, ging vom Gas und fing prompt an zu schlingern. Patrick lenkte hektisch, das ESP hatte auch schon wieder alle Hände voll zu tun. Ein kapitaler Pendelschlenker war trotzdem unvermeidbar. Mit 60 Sachen und einem hochroten Patrick ging es dann weiter bis zum Einsatzort. Das Blaulicht sahen sie schon von weitem. Ein Rettungswagen stand auf der Gegenspur und ein Streifenwagen stand dahinter.

Polizeikommissar Manni Schulte stellte Lübecker Hüte und Blitzleuchten auf, Polizeihauptmeister Jörg „Otto" Krüger lehnte seine 120 Kilo Lebendgewicht mit offener Jacke am RTW an und nuckelte an einer Cola. Er hatte es gern immer etwas bequemer.

„Keine Panik", warf er Uli entgegen, der für seinen Geschmack viel zu dynamisch auf ihn zukam. „Ist bloß Magura, die alte Pottsau. Hat sich im besoffenen Kopf gemault und die Birne aufgeschlagen. Die laden den gleich ein, dann sind wir wieder weg!"

„Mach mir lieber noch den linken Fahrstreifen dicht und schick den Verkehr komplett in die Bismarckstraße. Und setz dir dabei 'ne Mütze auf. Das gibt immer so hässliche Fettflecken, wenn dich einer umfährt."

Otto wurde puterrot im Gesicht und drohte zu platzen. Doch schließlich senkte er den Blick, trollte sich äußerst widerwillig zu seinem Streifenwagen und fuhr ihn in die geheißene Position. Dann griff er zum Handy.

„A-tem-los-durch-die-Nacht" quetschte der jüngere der beiden Sanis stoßweise zwischen zusammengebissenen Zähnen hervor, während seine muskulösen Unterarme im Rhythmus des Gassenhauers mit sichtlichem Widerwillen die Herzmassage ausführten. „Wie sieht's aus, Bernhard?" fragte Uli. Der ältere Rettungssanitäter sah nicht mal auf.

„Schlecht", sagte er gemütlich, „der is chanz inne Mäse. Taucht nichmal mehr als Orchaanspender. Aber der Notaazt is im Anfluch, der hat das letzte Wort. Müsste cheeden Moment hier sein. Schädelbasisbruch, wennzte mich fraachst. Der is hier bestimmt chestolpert und mit sseinen Dääz aufcheschlagen."

Der Tote, ein schmuddeliges, mageres Männlein um die 60, blutete leicht aus den Ohren.

„Is doch eh alles für 'n Arsch bei dem Stinker", mopperte der Jüngere. „Ich hab hier kaum Widerstand bei der Herzmassage, das Brustbein ist auf jeden Fall auch durch. Bäh, ich krieg direkt Herpes, wie der gammelt. Und woanders brauchen uns anständige Leute ..." Dem Schweiß, der ihm bereits vom Kopf floss, krabbelte aus dem Kragen ein mächtiges tätowiertes Wikingerornament bis hinters Ohr entgegen. „Halt die Klappe und pump, Ron", zischte der Alte scharf. Das reichte Uli erst mal, er griff zum Mikrofon.

„Dalke für den 24/11?"

„Ja, komm für Dalke!"

„Erstens: Der Verletzte ist inzwischen ex. Zweitens stinkt das hier stark nach Unfallflucht. Ich brauche so schnell wie möglich mehr Licht von der Feuerwehr, die sollen auch das THW alarmieren, das kann länger dauern. Dann noch Kräfte von uns zur Verkehrsregelung. Schick auch jemand zur Feuerwache, die sollen den Zeugen vernehmen, der Magura gefunden hat.

Und du solltest ein paar Leute vom Verkehrskommissariat rausklingeln, damit die zügig die weiteren Ermittlungen übernehmen können. Lieber fünf als zwei. Da kommt jede Menge Arbeit auf uns zu."

Uli lief von jetzt auf gleich zu optimaler Betriebstemperatur auf. Er trommelte Manni und Patrick zusammen und wies sie an, einen Streifenwagen fünfzig Meter vor dem Toten aufzustellen und das Fernlicht einzuschalten.

Kurz darauf lagen Uli, Manni und Patrick auf Händen und Knien und suchten jeden Zentimeter Straße sorgfältig ab. Simultan bauten Feuerwehrmänner große, ballonförmige Stativleuchten auf, Stromaggregate wurden angeworfen. Schon bald war die Unfallstelle taghell erleuchtet.

Ein Streifenwagen fuhr durch die Absperrung, die gerade vom Verkehrsdienst aufgebaut wurde. Er zog locker an den Suchenden vorbei bis direkt neben den Toten, der mit blauen Tüchern abgedeckt war.

„Welche Dumpfbacke ist das denn, hier einfach so mitten durch die Radieschen zu baseln?", knurrte Uli wütend.

Die Beifahrertür ging auf und eine lange, dünne Gestalt mit schlechter Haltung und braun kariertem Anzug stieg aus.

„Ach du Scheiße, der Flamingo!" Manni verdrehte die Augen und übergab sich theatralisch in seine Mütze.

Polizeirat Dr. Meier-Wirsing, Volljurist und Seiteneinsteiger in den höheren Polizeidienst, erschien am Einsatzort. Falsch, Meier-Wirsing erschien nicht, er trat auf. Aber damit nicht genug: In der geöffneten Fahrertür zeigte sich jetzt der wohlfrisierte Kopf von Polizeioberkommissar Ronald Dettmer. Der Mitarbeiter des Führungsbüros und neuerdings permanenter Schatten vom neuen Chef entstieg langsam und umständlich dem Fahrzeug. Die kurze Einsatzfahrt schien seinen angeschlagenen Bandscheiben nicht gutgetan zu haben. Meier-Wirsing kam mit weiten Schritten herüber, seinen Lackel Dettmer im Schlepptau. Er selbst hielt seinen Gang für kraftvoll und zielstrebig, alle anderen erinnerte er lebhaft an einen großen Storchenvogel, der durch den Tansania-See watet. Der brandneue kommissarische Leiter der Polizeidirektion Gütersloh bevorzugte zudem rosa Hemden, daher war sein Spitzname eine Sache weniger Stunden gewesen.

„Guten Abend die Herren", grüßte er mit einem Sympathie heischenden Lächeln in die Runde. „Ja, ich habe heute Führungsbereitschaft, und da habe ich mich entschlossen, diesen Einsatz persönlich vor Ort zu führen. Können Sie mir kurz ein Lagebild geben?"

„Ja klar. Der Tote heißt Robert Magura und ist ein amtsbekannter Alkoholiker." Uli spulte die Fakten ansatzlos ab. „Er wurde hier vor zwanzig Minuten leblos auf der Straße gefunden. Erste Diagnose: Schädelbruch und innere Thoraxverletzungen. Keine Anzeichen für ein Überrollen, bisher keine Hinweise auf das flüchtige Fahrzeug. Die Fahndung steht."

„He, Uli, ich hab hier was!" Patrick winkte aufgeregt. Uli ging sofort zu ihm hinüber. Die Sanis zogen ab, Dettmer unterhielt sich angeregt mit einem Feuerwehrkameraden und Meier-Wirsing stand auf einmal allein da. Er ging zu dem Toten, um ihn anzusehen, aber der stank erbärmlich, also deckte er ihn schnell wieder zu. Er sah, wie Uli drüben mit den Kollegen diskutierte und dann an einer bestimmten Stelle Zeichen mit gelber Kreide auf die Fahrbahn malte.

Meier-Wirsing war sauer. Er war sogar stocksauer. Hier stand er mal wieder mutterseelenallein. Niemand beachtete ihn, niemand hörte ihm zu, alle machten was sie wollten und scherten sich einen Dreck um ihn. Zum Heulen, alles war genau wie früher.

Tiefe Verzweiflung kochte hoch in Sönke Meier-Wirsing. Er ballte die Faust in der Tasche und sah sich hilfesuchend um. Aus Richtung Kaiserstraße sah er einen Typen in Zimmermannshosen durch die Absperrung herankommen. Der Mann ging zu einem Streifenwagen, öffnete die Heckklappe und kramte darin herum. Fassungslos sah Meier-Wirsing zu, dann warf er einen sichernden Rundumblick. War Unterstützung in der Nähe? Ja, die anderen standen keine zwanzig Meter weiter. Er sah wieder hinüber zu dem seltsamen Mann. Der hatte eine gelbe Polizei-Warnweste aus dem Auto genommen und zog sie sich über seine karierte Kanadajacke. Dann streifte er Latexhandschuhe über und ging hinüber zur Leiche, die er kurz und gründlich untersuchte. Was sollte das denn? Na, der kam ihm gerade recht. Den würde er erst mal strammstehen lassen! Meier-Wirsing drückte die Brust durch und trat näher.

„He, Sie da, unterlassen Sie das sofort! Wer sind Sie und was haben Sie an der Leiche zu suchen?"

Der Mann blickte auf und musterte den Anzugträger. „Ich bin Polizist und mach hier meinen Job. Und wer sind Sie?"

„Ich bin hier der Einsatzleiter. Ich kenne Sie nicht. Ich habe Sie überhaupt noch nie gesehen!"

„Ich Sie auch nicht!" Der Mann war Mitte 50 und trug im linken Ohr einen großen, goldenen Ring. Er stand auf und ging hinüber zu Uli und Manni, die ihn freudig begrüßten und ihm kräftig auf die Schulter hauten.

Der Fremde schaute sich kurz um, ließ sich einige Dinge erklären, nickte dann und zeigte auf einen bestimmten Bereich der Straße. Patrick und Manni gingen wieder auf die Knie und suchten dort weiter, während der Fremde und Uli zurück zur Leiche gingen, die sie eingehend betrachteten.

Der Flamingo hatte die Schnauze voll. Und zwar restlos. Nicht mit ihm, nicht mit Dr. Sönke Meier-Wirsing. Denn schließlich war er hier der Chef, jetzt ließ er die Puppen tanzen. Er würde nicht mehr am Spielfeldrand stehen und zugucken. Nie wieder! Aus, Feierabend, Sense. Er überlegte kurz und pfiff dann seinen Fahrer heran.

„Na gut, Dettmer. Dann wollen wir mal Struktur in diesen Einsatz bringen." Meier-Wirsing rieb sich unternehmungslustig die Hände. „Kommen Sie!"

Entschlossen stelzte er auf die Kollegen zu.

„So, meine Herren, treten Sie bitte kurz zusammen, ich strukturiere jetzt mal den Einsatz. Sie geben aber auch nicht gerade ein tolles Bild ab, wie Sie da auf Knien über die Straße robben. Dazu in der schönen neuen Uniform. Die Presse ist im Anmarsch. RTL und Westfalia TV haben sich auch angesagt!"

Uli und Manni sahen sich bedeutungsvoll an. Aha, also daher wehte der Wind. Das erklärte auch, warum Ronald Dettmer mit rausgefahren war. Den kriegten doch sonst keine zehn Pferde hinter dem Ofen weg.

Meier-Wirsing fuhr in seiner Ansprache fort. „Wir bilden ab sofort vier Abschnitte." Lupenreine polizeiliche Einsatzlehre wurde jetzt abgespult. Manni Schulte schien im Hintergrund unter schweren Magenkoliken zu leiden.

„Den Abschnitt ‚Unfallort' leitet ab sofort POK Dettmer, als Unterabschnitt ‚Spurensicherung' habe ich zur Unterstützung den Erkennungsdienst angefordert. Den Abschnitt ‚Ermittlungen' übernimmt die Kriminalwache, ihr unterstelle ich die alarmierten Kräfte vom Verkehrskommissariat. Sie, Herr Haferkamp, übernehmen die Verkehrsmaßnahmen. Absperrung, Ableitung, Umleitung. Ich denke, das kriegen Sie hin?

Ich selbst werde unter vorläufigem Verzicht auf Reserve den Einsatz persönlich vor Ort führen und zugleich die Öffentlichkeitsarbeit leiten, bis die Pressestelle besetzt ist."

Das war druckreif. Selbstgefällig schaute Meier-Wirsing sich um und erblickte den fremden Mann in Polizeiweste.

„Und Sie, Herr Wer-immer-Sie-sind: Halten Sie sich gefälligst aus der Spurensuche heraus, das macht die Kripo. Sie haben hier keine Funktion!"

Ha! Das ging runter wie Öl. Meier-Wirsing schwebte auf Wolken und sah den Fremden aufdringlich an. Dem Schlaumeier hatte er es aber sauber gezeigt.

„Lütkehennerich", sagte der Schlaumeier und streckte Meier-Wirsing unvermittelt die Hand hin, der sie völlig überrumpelt ergriff und schüttelte. „Oder kurz Henry. Komm gerade aus dem Urlaub hier vorbei. Das ist meine Dienstgruppe und ich dachte, ich halte an und helfe."

„Vielen Dank, wir kommen bestens zurecht. Überlassen Sie das uns und fahren Sie nach Hause!"

„Okay, wie Sie wollen. Eine Frage hätte ich aber doch noch: Was ist mit den Fahndungsmaßnahmen?"

Zwei müde wirkende Augen sahen Meier-Wirsing ruhig an, ohne auch nur mit der Wimper zu zucken. Meier-Wirsing lächelte überlegen.

„Kompliment, Herr Lütke – äh – hennerich? Die Checkliste für große Verkehrsunfälle scheinen Sie ja schon mal gelesen zu haben. Sie müssen die Details aber immer im Gesamtkontext sehen. Lagebeurteilung, Entschlussfassung, Durchführung; das ist die Reihenfolge", dozierte er gönnerhaft. „Wonach bitte soll ich fahnden? Die Erkenntnislage geht leider gegen null. Soll ich wertvolle Einsatzkräfte blind in der Prärie herumschwirren lassen, die ich hier am Tatort benötige? Wir müssen dringend Informationen zum Unfallhergang und zum flüchtigen Fahrzeug erlangen, und zwar hier vor Ort. Oder können Sie die etwa einfach so aus dem Ärmel schütteln?"

„Für mich sieht alles nach 'nem gelben Lkw aus."

Meier-Wirsing stutzte, doch nur für einen Moment.

„Aah okay, und das sagt Ihnen Ihre unendliche Weisheit?" Seine Stimme troff vor Ironie.

„Das nicht gerade", antwortete Lütkehennerich gemütlich, „aber es steht ja alles deutlich auf der Straße geschrieben. Man muss halt nur lesen können. Genau wo Kollege Schulte steht, haben wir den seltenen Glücksfall einer Schuhabriebspur, die uns den Kollisionspunkt zuverlässig anzeigt. Genau dort ist er angefahren und circa zehn Meter weit in diese Richtung geschleudert worden, wo er jetzt noch liegt. Kollege Grünbaum hat hier gerade einige interessante Lacksplitter mit Rostanhaftungen gefunden, es gibt aber keinerlei Glas, weder auf der Fahrbahn noch an der Leiche. Bei einer Pkw-Kollision wäre das fast zwingend zu erwarten gewesen. Magura hat offensichtlich einen Schädelbasisbruch, das Brustbein ist durch und das Rückgrat ebenfalls. Die untere Körperhälfte ist dagegen völlig unverletzt. So als habe ihn in Brusthöhe ein solider, waagerechter Gegenstand getroffen. Das einzig passende Fahrzeugteil, das mir dazu einfällt, ist die vordere Unterkante eines Lkw-Anhängers. Magura muss irgendwie zwischen Motorwagen und Anhänger gestolpert sein, hat stehend die Aufbaukante abgekriegt und geriet dann unter den Anhänger, ohne überrollt zu werden. Die Situation ist anders kaum denkbar. Würde mich wundern, wenn der Fahrer was davon gemerkt hat.

Kurz und gut: Wir suchen ein Lkw-Gespann. Keinen Sattelschlepper, sondern einen Gliederzug. Farbe Gelb, Fluchtrichtung Autobahn."

Funkstille. Dann hinter ihnen ein Schrei: „Scheiße, der DHL-Laster!"

Uli war hinzugekommen und hatte den Schluss von Henrys Statement mitgehört. Er riss sein Funkgerät aus der Brusttasche, trat zur Seite und begann, eine Salve an Informationen und Forderungen in Richtung Leitstelle abzufeuern.

Jenseits der Unfallstelle zerdepperte eine halbleere Colaflasche auf dem Gehweg in grobe Scherben und Manni Schulte trieb einen keifenden Otto mit kräftigen Schubsern und wüsten Beschimpfungen in den Streifenwagen, der Sekunden später mit qualmenden Reifen und Blaulicht in Richtung Verler Straße davonschoss.

Lütkehennerich war ein paar Schritte in Richtung Kollisionsstelle gegangen und stand still auf der Straße, einen Zeigefinger in scharfer Konzentration auf Mund und Nase drückend. Uli gesellte sich zu ihm.

„Seltsam. Findest du nicht auch?", fragte Uli einfach so in den freien Raum.

„Was?"

„Na ja, es ist schon ziemlich schwierig, bei einem vorbeifahrenden Lkw-Gespann genau zwischen Motorwagen und Anhänger zu laufen. Da muss sich unser Robert schon richtig Mühe gegeben haben. Vielleicht hat da ja auch jemand nachgeholfen."

„Meinst du echt? Ich weiß nicht. Vielleicht hat er nur nicht gecheckt, dass da noch ein Anhänger hinten dranhängt und ist direkt losgelaufen, als der Motorwagen vorbei war."

„Hmm, kann sein. Aber ich würde grundsätzlich nicht ganz ausschließen, dass da einer dran gedreht hat. Und wir müssen auf den Flamingo achten. Der nervt ganz schön rum, oder?", raunte er. „Zwei Minuten noch, dann geht der hoch wie 'ne Rakete!"

„Sehe ich auch so." Henry zog die Stirn kraus. „Ist das der neue Chef?"

„Fürs erste ja. Kommt direkt von der Polizei-Hochschule. Leitet jetzt die Führungsstelle und provisorisch dazu die komplette Einsatz-Direktion, bis unser Polizeidirektor aus Afghanistan wiederkommt oder ein neuer Chef gefunden ist. Nicht gerade ein Glücksgriff."

Henry runzelte die Stirn. „Am besten, er kriegt irgendwie was zu tun. Ich habe da 'ne Idee!"

Der Genannte stand schon wieder mutterseelenallein mitten im Geschehen. Alles um ihn herum lief in hektischer Präzision wie ein Actionfilm ab, aber er war mal wieder nur Zuschauer. Kinobesucher in der dritten Reihe. Eine Träne quoll aus seinem Augenwinkel, sein linker Nasenflügel flatterte unkontrolliert und er stöhnte lange und lautlos.

Henry sah ihn einen kurzen Moment an und ging auf ihn zu.

„Wenn ich einen Vorschlag machen darf, Herr Meier-Wirsing?"

„J… ja, bitte?"

„Wir brauchen dringend eine starke Ermittlungsgruppe, um die Fahndungsmaßnahmen zu koordinieren. Bei der Fuhrparkgröße von DHL ist ein einzelnes Team völlig überfordert. Und natürlich einen erfahrenen Kommissionsleiter. Vielleicht jemand von der Kripo?"

„Nein, auf gar keinen Fall!" Meier-Wirsing blühte schlagartig auf. „Ich werde die Ermittlungskommission natürlich persönlich leiten! Zufällig habe ich selbst an der Hochschule der Polizei zu diesem Thema referiert. Unterstützen Sie Herrn Dettmer hier weiter am Unfallort und halten Sie engen Kontakt zu mir, ich kümmere mich um alles andere."

Eine EK! Wieso war er nicht gleich darauf gekommen? Egal, alles würde gut werden. Kommissionsleiter! Kräfte von Kripo und Verwaltung anfordern und befehligen! Fahndungshinweise und Ermittlungsergebnisse in den Medien präsentieren! Und vor allem am Montag in der Führungsrunde. Die würden staunen. Besonders der Kripochef, dieser Reiffeisen, der ständig für seine drei bis vier EKs Leute aus seiner, Meier-Wirsings Direktion wegsaugte, ohne dass man sich dagegen wehren konnte. Zu allem Überfluss machte er sich jeden Morgen damit auch noch wichtig und ließ bei allen passenden und unpassenden Gelegenheiten den Klugscheißer raushängen. War der in den letzten Wochen irgendwie weitergekommen? Kein Stück!

Diese Sache hier war dagegen sehr erfolgversprechend. Gab es nicht in den großen Flotten von jedem Lkw GPS-Daten? Bestimmt! Im Geiste rief Meier-Wirsing polizeitaktische, kriminalistische und gerichtsmedizinische Schlagworte auf, die er zusätzlich zum Einsatz zu bringen gedachte. Leichenspürhunde, Mantrailer, DNA-Analyse, Öffentlichkeitsfahndung, Toll Collect. Was war noch mal dieses Leukomalachit-Grün? Egal, es klang auf jeden Fall unglaublich schlau! Leicht und locker flossen ihm die Begriffe aus dem Langzeitgedächtnis und wurden im Arbeitsspeicher griffbereit abgelegt.

Meier-Wirsing hörte lauter werdende Stimmen hinter sich. Zwei Kamerateams waren eingetroffen und diskutierten mit den Absperrkräften über das Betreten des Unfallortes.

Bestens vorbereitet machte Meier-Wirsing sich auf den Weg zu ihnen.

Rechts im Pättken zum Städtischen Gymnasium, dicht an einem großen Rhododendron, stand jemand und beobachtete interessiert das Geschehen. Im Vorbeigehen erhaschte Meier-Wirsing einen flüchtigen Blick auf die schlanke, dunkle Gestalt mit Basecap und Kapuzenpulli. Er hielt inne und sah genauer hin, aber da war sie auf einmal spurlos verschwunden. Komisch. Oder Einbildung? Hocherhobenen Hauptes und mit energisch vorgerecktem Kinn stelzte er den laufenden Kameras entgegen.

„So, das war's!" Uli packte die letzten Kegel und Blitzleuchten in den Streifenwagen, Patrick löste weiter hinten einen Streifen Flatterband von einem Laternenpfahl ab. Die Friedrich-Ebert-Straße lag friedlich da wie immer. Nur ein paar Kreidestriche deuteten noch darauf hin, dass hier vor kurzem ein Mensch getötet worden war. Und ein kleiner Fleck Ölbindemittel, von dem niemand ahnen konnte, dass er eine ganz andere, eine rote Flüssigkeit aufgesaugt hatte.

„Verdammt, schon zwei Uhr." Henry zog die Warnweste aus und reichte sie Uli. „Wird Zeit, dass ich in die Koje komme."

„Wo pennste denn heute? Geht's noch zu Gabi?"

„Nee, um die Zeit bestimmt nicht. Die ist wahrscheinlich sowieso noch sauer auf mich."

„Wieso das denn?", fragte Uli wie nebenbei. Innerlich hatte er aber schon die Lauscher aufgestellt. Die Beziehung zwischen Henry und seiner Exfrau war eine permanente Berg- und Talfahrt, die nun schon ins achte Jahr ging.

„Ach, du weißt doch. Kurz vor meinem Urlaub war die Stelle im Verkehrskommissariat ausgeschrieben. Maleczyk, der Direktionsleiter, hat mich gleich massiv angegraben. Wäre doch 'ne Supersache für mich. Raus aus dem Schichtdienst, geregelte Arbeitszeiten und so."

„Ja, stimmt ja auch. Willst du etwa bis 61 auf dem Bock sitzen? Außerdem ist das doch haargenau dein Ding. Endlich mal einer in dem Laden, der wirklich Ahnung hat von dem, was er macht. Mensch Henry, bewirb dich bloß. Wer sollte denn gegen dich anstinken als Unfallermittler, bei deinem Alter und deiner Qualifikation?“

„Nee, ich weiß nicht. Ich und Innendienst? Gabi liegt mir ja schon seit 25 Jahren damit in den Ohren. Aber mir fällt doch nach zwei Tagen die Decke auf den Kopf in so ‘nem Büro. Außerdem ist der Zug längst abgefahren.“

„Wieso?“

„Bewerbungsschluss war vorgestern 24 Uhr. Da war ich noch auf der Fähre kurz vor Genua.“

Uli schüttelte den Kopf und machte sich wieder daran, seinen Streifenwagen einzuräumen. Henry war einfach unverbesserlich. Den würden sie irgendwann noch mal im Sarg aus der Wache heraustragen.

Henry ging hinüber zum Parkplatz am Wochenmarkt. Dort stieg er in ein großes Fahrzeug ein, das irgendwie an einen Möbelwagen, vielleicht auch an einen Pferdetransporter erinnerte. Ein kräftiger Lkw-Motor sprang an, dann rollte das seltsame Gefährt über die Bismarckstraße und die Hohenzollernstraße, überquerte den Nordring und fuhr weiter Richtung Norden. An der Schillstraße zögerte Henry kurz und machte Anstalten, nach rechts in die Wohnsiedlung abzubiegen. Doch dann gab er sich einen Ruck, gab Gas und fuhr weiter Richtung Niehorst.

2.

Walter Lehmann drehte sich in seinem Bett wie ein Hähnchen am Spieß. Bereits zum siebten Mal warf er einen Blick auf den alten Wecker, der vor ihm auf dem Nachtschränkchen stand. Mit grausamer Langsamkeit bewegte sich der Minutenzeiger und schien in jeder Position eine gefühlte Ewigkeit einzurasten. Seit dreißig Jahren stand dieser Wecker auf halb sechs Uhr. Seit 29 Jahren wurde Walter zwei Minuten vorher wach und schaltete den Alarm ab, bevor der mit infernalischem Getöse lostoben konnte. Seit einem Jahr war das anders. Kurz nach zwei Uhr war die Nacht für Walter vorbei. Wie immer wachte er auch an diesem Montagmorgen schweißgebadet auf. Nein, er schreckte hoch und stellte fest, dass sich in seinem Kopf finstere Gedanken wie Mühlsteine drehten; immer um dieselben Dinge, die größer und größer wurden und für nichts anderes Platz ließen.

Als hätte jemand einen Schalter umgelegt, wurde sein Magen aktiv, fing an zu krabbeln wie ein Ameisenhaufen und produzierte einen hübschen Säureschwall, der ihm beißend die Kehle hochstieg. Sein Darm fiel prompt in den Reigen ein. Es fühlte sich an, als schaufelte dort jemand einen Haufen groben Kies von links nach rechts. Walter wusste, er würde in spätestens zehn Minuten mit diesem fiesen Dünnschiss aufs Klo rennen müssen, der ihn seit Monaten hartnäckig verfolgte, um ihm auch noch den letzten Rest seiner leidgeprüften Rosette wegzuätzen. Es hatte keinen Zweck. Walter stand auf und tat das, was er in letzter Zeit häufiger tat. Er ging in die Wohnküche seines 2-Zimmer-Apartments und holte ein etwas zu groß geratenes Sherry-Glas und eine grüne Flasche aus der kleinen Vitrine. Er goss zwei Daumenbreiten einer goldbraunen Flüssigkeit ein, die er eine Weile in der hohlen Hand herumschwenkte. Gewohnheitsmäßig inhalierte er das kräftige Bukett intensiv durch die Nase, bevor er sich einen ordentlichen Schluck gönnte. 48 Volumenprozente schlugen in seinen ramponierten Magen ein wie die Krallen eines gigantischen Raubvogels. Zehn

Sekunden hielt der scharfe Schmerz an, dann ließ er langsam nach und machte einer verheißungsvollen Entspannung Platz.

Aah, das tat gut. Walter nahm einen zweiten Schluck, den er lange im Mund herumrollte, bevor er ihn genießerisch die Kehle hinabrinnen ließ. Der Schmerz blieb aus, das Magenflattern verflog. Wohltuende Wärme und Schwere breiteten sich von seiner eben noch desolaten Körpermitte in alle Extremitäten aus. Ein dritter Schluck leerte das Glas. Zehn Minuten lang saß Walter mit geschlossenen Augen am Küchentisch, genoss den kathedralen Abgang des Destillats und dachte an nichts, während er sich mental ins Bodenlose fallen ließ. Doch dann begannen die Teufel in seinem Bauch, ihre Schockstarre abzuschütteln und sich von neuem zu regen.

„Nicht mit mir", dachte Walter und goss sich ein zweites Glas ein.

Um halb sechs tat Walters Wecker etwas, das er früher nie getan hatte: Er klingelte. Und zwar klingelte er mit jener Lautstärke und Dissonanz, die nur alten Weckuhren mit zwei großen Chromschellen vorbehalten ist. Walter wurde aus einem komaähnlichen Tiefschlaf gerissen, der ihn schließlich doch noch vor einer Stunde überfallen hatte. Er schaffte es nach etwa fünf Versuchen irgendwie, das Monster abzustellen und zumindest rein körperlich eine halbwegs aufgerichtete Position einzunehmen. Die heiße Dusche half nicht wirklich weiter, und wie sonst kalt abzuduschen brachte er schon länger nicht mehr über sich; er zitterte ohnehin am ganzen Körper. Beim Zähneputzen wurde ihm schlecht. Er brauchte dringend etwas zu essen, musste aber bestürzt feststellen, dass er schon wieder nichts eingekauft hatte. Im Kühlschrank fand er noch eine Bockwurst in einem offenen Glas, die er gegen den deutlichen Protest seines Magens kalt herunterwürgte.

Dass sein Arbeitsanzug entgegen sonstiger Gepflogenheiten nicht mehr ganz sauber war, registrierte er überhaupt nicht. Vorsichtig bestieg er sein Fahrrad und fuhr recht wackelig den Westfalenweg entlang Richtung Dammstraße. An einem schmucken Vorgarten hielt er kurz an und kotzte seine Bockwurst hinter die peinlichst manikürte Buchsbaumhecke. Jetzt ging es ihm etwas besser. Er hielt an der Großbäckerei am Elmersweg und kaufte dort ein Milchbrötchen, das er im Fahren mampfte. Über die Wiedenbrücker Straße ging es weiter ins Industriegebiet West. Punkt sechs Uhr schwenkte er zur Firma Sandmann ein. Er zog seinen Schlüsselbund, betätigte den Schlüsseltaster, und das schwere Rolltor glitt geräuschlos, weil gut geschmiert, zur Seite. Mit Betreten des Geländes ging in Walter eine unmerkliche Veränderung vor. Er legte sein jämmerliches Privatleben ab wie einen Regenumhang, der draußen bis zum Feierabend unsichtbar an einem imaginären Haken hängen blieb.

Er schloss den Seiteneingang auf und ging im Dunkeln nach hinten in die Umkleide zu seinem Spind. Mit dem grauen Kittel, den er dort herausnahm, streifte er sein zweites Ich über. Anderen mochte er als kauziger Kalfaktor erscheinen, der die Halle und den Hof fegte. Und Walter ließ sie alle gern in diesem Glauben. Doch in Wirklichkeit war er Haus-, Hof- und Lagermeister, Herr über Material und Gerät, der seit dreißig Jahren jeden Tag von neuem dafür sorgte, dass Firma Sandmann das blieb, was sie war: ein erstklassig funktionierender Handwerksbetrieb. Walter schaltete den Hauptschalter der großen Halle ein. Grelle Neonröhren flammten auf. Instinktiv schloss er die Augen, die nach dieser Nacht noch lichtempfindlicher waren als gewöhnlich. Nach einer Weile hatte er sich noch immer nicht an die Helligkeit gewöhnt und ging mit zusammengekniffenen Augen an seine Arbeit. Wie zwei gute Freunde standen die beiden neuen Baukräne vor ihm. Die hatte er den ganzen Freitag lang gewartet. Die sollten heute auf die neue Baustelle nach Steinhagen.

Walter hatte sich gewundert, als der Chef die Kräne vor vier Wochen angeschafft hatte. Die vorigen waren noch bestens in Schuss gewesen. Aber der Chef hatte irgendwas von Investieren und Steuerabschreibung erzählt. Walter war froh gewesen. Im letzten Jahr hatte es in der Firma irgendwie nicht mehr so recht gefluppt. Kaum größere Aufträge, nur Kleinkram und ein paar Mal auch Kurzarbeit. Aber das war vorbei. Zwei schöne Eigenheime im neuen Steinhagener Baugebiet waren in Auftrag. Die Sohlen waren gegossen, heute würde die Kellerschalung in Angriff genommen werden. Arbeit für circa zehn Wochen, und weitere Aufträge steckten schon in der Pipeline.

Walter ging schnell aus dem grellen Neonlicht der großen Halle hinüber zum kleinen Bürotrakt, um die Materiallisten für heute zu checken. An der schweren Feuerschutztür stockte er, sie stand halb offen. Nanu, wer hatte denn hier wieder geschlampt? Ein Blick reichte und Walter wusste was los war: Die Tür war aufgebrochen worden. Schwerer Hebeleinsatz in

Schlosshöhe hatte Tür und Stahlzarge heftig deformiert, das Schloss war halb herausgebrochen. Walter zog die Tür vorsichtig auf. Den Gegenstand, der dahinter am Boden lag, kannte er. Das mannshohe Brecheisen stammte aus seinem eigenen Lager und wurde normalerweise für Schalarbeiten eingesetzt. Entschlossen ging Walter vor in den Bürotrakt. Er dachte keinen Moment daran, dass die Täter eventuell noch im Gebäude sein könnten. Beide Büros waren durchsucht, der Inhalt von Schränken und Schubladen auf dem Fußboden verteilt worden.

Walters Sorge galt dem Firmentresor im Chefbüro. Doch das Ungetüm mit dem doppelten Zahlenschloss aus Mitte des vorigen Jahrhunderts war unangetastet. Dafür lag aber der stählerne Schlüsselschrank mitten im Raum. Er war offensichtlich mit Brachialgewalt geknackt und dabei von der gegenüberliegenden Wand abgerissen worden. Walter checkte schnell die Schlüssel, die auf der Erde herumlagen. Das Ergebnis war deutlich. Er rannte zurück und um die Kräne herum zur Halle 2. Die beiden neuen Zwölftonner mit Ladekran und Allradantrieb. Beide spurlos verschwunden. Der Gabelstapler war auch weg. Walter war wie betäubt. Dann fiel ihm plötzlich noch etwas ein. Der Mercedes vom Chef.

3.

Die blaue Leuchtstele direkt am Bürgersteig war schon ziemlich alt und nur notdürftig von den wuchernden Bodendeckern freigeschnitten. Die Aufschrift „Polizei“ in weißen, fetten Lettern war wirklich der einzige sichtbare Hinweis auf die tatsächliche Widmung des alten Fabrikgebäudes aus rotem Backstein, das etwa dreißig Meter von der übrigen Bebauung zurückstand und sich irgendwie im Dornröschenschlaf zu befinden schien, halb mit Efeu und Wildem Wein zugewachsen. Einen ausgelagerten Polizeiposten, allenfalls eine Stadtwache würde der unkundige Besucher hier vermuten. War aber falsch! 1975 war die alte Polizeistation an der Königstraße endgültig aus allen Nähten geplatzt. Oberkreisdirektor Dr. Sturzenhecker, Gott habe ihn selig, hatte auf der Suche nach einer Notlösung schließlich Nägel mit Köpfen gemacht, die alte Seidenweberei Bartels samt Nebengebäuden für das Land angekauft und in einem Hauruckverfahren polizeilich ertüchtigt. Die Wache machte sich im Erdgeschoss breit, Leitungsstab und Bezirksdienst im ersten Stock und die Kripo kam unters Dach. Der Verkehrsdienst richtete sich im ehemaligen Werkskindergarten jenseits der Grünen Straße wohnlich ein, die auf circa 100 Metern Länge Teil der Liegenschaft war, die Techniker kamen nebenan in die Hausmeisterwohnung. Sogar eine eigene Kfz-Werkstatt mit Hebebühne war vorhanden. Optimal in der damaligen Zeit, als Polizei nur Pistole, Funkgerät, Schreibmaschine und Telefon brauchte, um zu funktionieren. Wirklich, die Räumlichkeiten waren groß, die Dienstfahrzeuge standen alle sicher und trocken in der riesigen Werkshalle, Platz satt. Hier konnte man es gut und gerne für eine Übergangszeit aushalten. „Zehn Jahre höchstens“, tönte Dr. Sturzenhecker damals mit einem Mundwerk, das seine sonstige körperliche Erscheinung an Größe bei weitem übertraf. Die Pläne für ein neues Kreishaus an der Herzebrocker Straße mit eigenem Polizeikomplex lagen in der Schublade, auch für die Übernahme und Erschließung des alten Wehrmachtsschießstandes im Rhedaer Forst. Wen juckten angesichts dieser Perspektiven die paar Wanderratten, die den Hinterhof längst vereinnahmt hatten und auch die weitläufigen Kellergewölbe mit unzähligen Gängen und Schächten schrittweise eroberten. Man wohnte schmuddelig, aber zweckmäßig und geräumig. Das Ganze war nun allerdings fast vierzig Jahre her. Ein technisches Wunder, dass die Hütte überhaupt noch stand. Mittlerweile arbeiteten zwei massive Lenzpumpen rund um die Uhr, um das eindringende Grundwasser im Keller auf Pegel zu halten, von Trockenlegen träumte längst niemand mehr. Bei Stromausfall würde die Polizei innerhalb von 48 Stunden absaufen, denn spätestens dann war der Serverraum geflutet. Die Industrieruine war längst ein Fass ohne Boden. Das Geld, das hier bereits hineingepumpt worden war, um einfach nur den Dienstbetrieb aufrecht zu erhalten, hätte einen Neubau längst mehrfach finanziert.

Kurz gesagt: Der Neubau der Polizei Gütersloh war mehr als überfällig.

Aber tausendundeine Schwierigkeiten waren in all den Jahren nacheinander aufgetaucht und hatten das immer wieder gebetsmühlenhaft propagierte Projekt hinausgeschoben. Die Berliner Straße 133, damals angepriesen als Filetstück der Gütersloher Stadtplanung, stellte sich als nicht vermittelbar heraus. Dann reihten sich mehrere Finanzkrisen mit andauernden Haushaltsperren aneinander. Zu allem Überfluss wurde das Liegenschaftswesen des Landes wie viele andere öffentliche Verwaltungsbereiche irgendwann privatwirtschaftlich outgesourct. „Bauten NRW" übernahm das weitere Planverfahren mit jenem Schwung und Erfolg, der inzwischen europaweit bekannt ist und der den Sitz der Gütersloher Polizei bisher keine drei Millimeter weiter zu bewegen vermocht hatte.

Auch an diesem Montag traf sich die allmorgendliche Führungsbesprechung daher nicht in einem angemessenen, medienbestückten Konferenzraum, sondern im geräumigen Flur der Chefetage, der einfach mit einigen Bürotischen und Stühlen möbliert war und zugleich als Frühstücksraum und Kaffeebude herhielt. Pünktlich um halb neun trafen die Leiter der Fachdirektionen Einsatz, Verkehr und Kripo ein und besetzten ihre angestammten Plätze. Für die Führungskräfte des Höheren Dienstes war das Treffen obligatorisch, dazu kamen Vertreter vom Stab, der Leitstelle und der Pressestelle. Lockere Unterhaltung entwickelte sich, während Stullen gemampft und Müslischalen geleert wurden.

„Na, dann geht's den Geldsäcken in Westfalen auch endlich an den Kragen“, grummelte Kripo-Chef Albert Reiffeisen hinter seiner Neuen Westfälischen hervor.

„Ach, die Luxemburger Bankenaffäre? Recht so, sage ich.“ Polizeioberrat Gerold Maleczyk, Leiter der Direktion Verkehr, bezog wie gewohnt klare Position. „Höchste Zeit, dass da mal einer aufräumt mit dieser staatlich geförderten Steuerhinterziehung. Die Finanzkrise steckt uns allen noch schwer im Nacken. Als wenn die nicht schon genug Schaden angerichtet hätte.“

„Ist aber eindeutig verfassungswidrig“, ließ Polizeirat Meier-Wirsing sich vernehmen, der mit einem schweren Pilotenkoffer hereinkam und wie üblich keine Gelegenheit ausließ, sein Füllhorn juristischer Fachlichkeit über die Menschheit auszugießen.

„Strafrechtlich übrigens auch extrem brisant. Das muss man sich mal auf der Zunge zergehen lassen: Da kauft ein demokratischer Rechtsstaat gestohlene Bankdaten, um sich selbst zu bereichern. Digitale Hehlerei in Reinkultur. Aber nicht genug, dass NRW sich damit direkt an einer Straftat beteiligt. Nein, die Herren bauen auch noch sämtliche folgenden Strafverfahren darauf auf. Fällt eindeutig unters Verwertungsverbot. Und das ist noch das kleinste Übel bei dem Eklat. Hach, welch ein Thema für eine Doktorarbeit. Fast bedauerlich, wenn man bereits promoviert hat.“

Das Gespräch verstummte schlagartig, Blicke wie Diamantkernbohrer fraßen sich in Wände und Decken.

Wie jeden Tag seit 15 Jahren erschien um Punkt 8:35 Uhr der Leitende Polizeidirektor Herbert Hirschacker. Er ging kurz um den Tisch und gab jedem die Hand. Dann setzte er sich auf einen freien Stuhl irgendwo mitten zwischen die Kollegen. Im Unterschied zu allen anderen Führungskräften weigerte er sich standhaft, einen festen Platz zu besetzen, erst recht den am Kopfende, der daher gewöhnlich frei blieb. Nicht heute. Meier-Wirsing hatte wie selbstverständlich vor dem Ende Platz genommen und umfangreiches Bild- und Aktenmaterial um sich herum drapiert, das er intensiv studierte. Zwischendurch warf er Blicke in die Runde, mit denen er den restlichen Besprechungsteilnehmern nonverbal zu verstehen gab, dass er hier und heute die Hauptrolle zu spielen gedachte.

LPD Hirschacker schien die Situation völlig zu ignorieren. Er nickte dem Dienstgruppenleiter der Leitstelle zu. PHK Braun räusperte sich.

„Okay, zum Einsatzgeschehen. Zunächst hätten wir einen Geschäftseinbruch in der Gütersloher Innenstadt. Diesmal war es das ‚Gents', der neue Herrenausstatter in der Spiekergasse. Die komplette Sommerkollektion ausgeräumt. Schlosszylinder fachmännisch gezogen, Beuteschaden bei 50.000 Euro, keine Zeugen, keine Täterhinweise."

„Die müssen doch mit dem Lkw vorgefahren sein bei der Beute. Und das soll keiner gemerkt haben?" Maleczyk runzelte misstrauisch die Stirn.

„Sicher hat jemand im Vorbeigehen einen Lkw gesehen", mutmaßte Reiffeisen. „Fragt sich, ob etwas verdächtig war. Anlieferverkehr ist völlig normal in der City, auch nachts. Wenn das clever gemacht ist, merkst du im Vorbeigehen nicht unbedingt, ob hier aus- oder eingeräumt wird." Die Themen wechselten. Routinemäßig spulte PHK Braun die weiteren Ereignisse vom Wochenende ab. Schlägereien, Vermisstenfälle, häusliche Gewalt und festgenommene Straftäter.

Meier-Wirsing zwang sich eisern zur Ruhe und studierte seine Unterlagen. Er konnte es aber nicht verhindern, dass seine Füße sich unbemerkt selbstständig machten und einen unrunden Rhythmus auf den alten grünen Velours tappten. Einige der Besprechungsteilnehmer bemerkten die Zappelei und sahen sich vielsagend an.

Schließlich, nach einer gefühlten Ewigkeit, kam PHK Braun auf den Punkt: „Ja, herausragendes Ereignis war der tödliche Unfall mit Flucht von Freitagnacht. Herr Meier-Wirsing war Einsatzleiter." Erwartungsvoll blickte er letzteren an, um ihm das Wort zu erteilen. Der holte gerade Luft, um zu seinem wohldurchdachten Vortrag anzusetzen, als Kriminaldirektor Reiffeisen ihm mit unglaublicher Kaltschnäuzigkeit in die Parade fuhr.

„Den Grundsachverhalt kennen wir alle aus der Zeitung. Frage: Wie ist der Ermittlungsstand und wie lange gedenken Sie, diesen exorbitanten Kräfteansatz zu fahren? Es kann doch wohl nicht so schwer sein, ein paar Lkw zu überprüfen. Ich habe nicht *eine* EK zu laufen, ich habe derer vier auf einmal. Ich brauche meine Männer zurück."

„Die Sie seit über sechs Monaten aus meiner Direktion abgezogen haben, wenn ich erinnern darf!" Meier-Wirsing hatte sich gut vorbereitet. So schnell ließ er sich hier und heute nicht abservieren.

„Zu Ihrer Kenntnis: Es sind vierzehn infrage kommende Lkw. So einfach wie Sie sich das vorstellen, ist die Sache aber nicht. Denn jedes Lkw-Gespann besteht aus fünf unabhängigen Komponenten. Da haben wir den Motorwagen, dazu die Anhängerlafette. Jedes dieser Fahrgestelle bekommt dazu einen getrennten Kofferaufbau, die so genannte Wechselbrücke. Ja und dann ist da noch der Fahrer. All diese Komponenten werden ständig getauscht. Wir müssen also vierzehn Personen und 56 Objekte an etwa dreißig verschiedenen Standorten im gesamten Bundesgebiet überprüfen, jeweils unter Einsatz von Ermittlern, Leichenspürhunden und Kriminaltechnikern."

Reiffeisen knirschte hörbar mit den Zähnen. Dieser Kläffköter biss tatsächlich zurück.

„Wie sind Sie eigentlich auf DHL gekommen? Unfallzeugen gab's doch keine!", bohrte er nach. Irgendwo musste hier doch eine faule Stelle zu finden sein.

„Kompetente Spurensuche am Unfallort", konterte Meier-Wirsing genüsslich. „Steht alles direkt auf der Straße geschrieben. Man muss halt nur lesen können!" Mann, der Spruch kam gut, den würde er sich merken!

Reiffeisen knurrte unwillig. Nicht dass er ansatzweise kontraproduktiv eingestellt wäre, im Gegenteil. Ihm ging als waschechter Kripomann nur leider jegliches Verständnis für verkehrspolizeiliche Sachverhalte ab. Treu der Devise: Kripo kann ich aus dem Effeff, für alles andere reicht mein Führerschein.

„So ist das", pflichtete LPD Hirschacker dem Flamingo bei. Der alte Hase lächelte versonnen vor sich hin. „Kollege Lütkehennerich war nicht zufällig am Unfallort?"

Meier-Wirsing wand sich verlegen auf seinem Stuhl hin und her. Eigentlich wollte er selbst hier die Lorbeeren einheimsen. „Ja richtig", gab er zu, „der kam zufällig vorbei, gerade aus dem Urlaub."

„Ach, der obdachlose Wanderarbeiter? Ich dachte, der wäre wieder irgendwo in Marokko, die Wüste begrünen?" POR Maleczyk sah mit süffisantem Augenaufschlag in die Runde.

„Wie, obdachloser Wanderarbeiter?" Polizeirätin Nora Brettschneider war Lehrgangskollegin von Meier-Wirsing und wie er Juristin, aber ungleich hübscher und sportlicher. Sie leitete seit kurzem die Stabsdienststelle.

„Ob Sie's glauben oder nicht, Kollege Lütkehennerich ist o.f.W. Ja wirklich: ohne – festen – Wohnsitz. Vor sechs Jahren hat seine Frau ihn rausgeschmissen. Seitdem wohnt er in so einem Mörderteil von Wohnmobil, das er selbst zusammengebraten hat und ist nirgendwo amtlich gemeldet. Ein Unding für einen Beamten, wenn Sie mich fragen. Wie zahlt der seine Steuern? Wie kriegt der seine Post? Wie ist der telefonisch erreichbar? Und wie der rumläuft: Immer auf Malocher getrimmt: schwarze Cordhose mit Doppelschlitz und Zollstock. Dann dieser unmögliche graue Pullover. Ich glaub, der hat noch keine Waschmaschine von innen gesehen. Dazu Weste und Schlapphut. Und natürlich den größten Ohrring, den er kriegen konnte. Was wirft denn das für ein Bild auf uns?" Selbstgefällig legte Maleczyk sich zurück. ‚Wer nicht mit mir ist, ist gegen mich', dachte er und grinste hinterhältig.

„Das ist ja noch längst nicht alles." KD Reiffeisen haute mit Schmackes in die Kerbe hinein. „Zu allem Überfluss kriegt dieser Nichtsesshafte auch noch Teilzeit genehmigt und gondelt jedes Jahr locker drei bis vier Monate durch die Weltgeschichte. Da fällt mir wirklich nichts mehr zu ein." LPD Herbert Hirschacker sah seine Führungsriege mit müden Augen an. Dies war einer der Momente, wo er sich besonders intensiv auf seinen verdienten Ruhestand freute, der in wenigen Monaten beginnen würde.

„Zu Ihrer Kenntnis: Lütkehennerich war in seinem ersten Leben Zimmermann, er ist als Geselle tatsächlich einige Jahre lang auf der Walz gewesen. Kluft und Ohrring trägt er also völlig zu Recht, niemand kann ihm das verbieten. Die Rechtsabteilung hat das schon vor Jahrzehnten durchgeprüft. Ein Gleiches gilt für seinen Antrag auf Teilzeit. Er hat eine Dreiviertelstelle. Anders als andere Leute reduziert er aber nicht seine Wochenstunden, sondern arbeitet voll und nimmt das komplette Kontingent auf einmal. Da er das immer im Winter nach Neujahr tut und daher in der Haupturlaubszeit uneingeschränkt zur Verfügung steht, gibt es keinen vernünftigen Grund, ihm die Sache zu verwehren."

„Und was macht er in der Zeit? Hat er kleine Kinder oder eine pflegebedürftige Mutter? Er muss doch einen Grund angeben." Im Beamtenrecht kannte Meier-Wirsing sich aus wie kein zweiter.

Herbert Hirschacker hob seine Stimme, was er selten tat. „Herr Lütkehennerich macht keineswegs Urlaub, oder jedenfalls nicht das, was wir darunter verstehen. Er arbeitet in dieser Zeit ehrenamtlich für die UNESCO und beteiligt sich an Hilfsprojekten in verschiedenen nordafrikanischen Staaten. Meistens hilft er beim Bau von Schulen und Krankenhäusern und bildet im Rahmen der Projekte vor Ort Handwerker aus."

„Na ja, wem's Spaß macht!" Maleczyk warf einen ziemlich affektierten Blick an die Zimmerdecke.

Herbert Hirschacker seufzte leise vor sich hin.

„Manch einem von uns", sagte er dann schlicht, „würde es im Leben entscheidend weiterhelfen, mal so ein, zwei Jahre auf dem Bau zu arbeiten."

4.

„Moin Manni!" Der Tatortwagen stand noch nicht ganz still, da war Kriminalkommissar Dierk-Helge Reuter-Ritterling schon aus dem Fahrzeug und auf seinen uniformierten Kollegen zugesprungen.

„Kannst du mir einen kurzen Überblick geben?"

„Klar, sofort", meinte Manni freundlich. „Aber lass uns erst auf Hermann warten, dann brauche ich nicht alles zweimal zu erzählen." Er beobachtete, wie der alte Kriminalbeamte gemütlich dem Fahrzeug entstieg, längere Zeit im Fond herumkramte und schließlich gemessenen Schrittes auf sie zukam, Spurenkoffer in der Hand und Kamera um den Hals. Er registrierte auch belustigt, dass der junge Dierk-Helge die ganze Zeit nervös auf den Fußspitzen wippte. Sein brandrotes Haar leuchtete in der Morgensonne und bildete einen unglaublichen Kontrast zu seiner nachgerade bleichen Gesichtsfarbe. Otto, Mannis Streifenpartner, redete derweil in der Werkhalle auf einen grauhaarigen Mann in gleichfarbigem Arbeitskittel ein und zeigte dabei auf einen großen Stapel beschichteter Isolierplatten. Der Mann hörte Otto zu, schüttelte dann den Kopf und verschwand im Inneren der Halle. Otto kam zu ihnen herüber geschlendert, die Hände tief in den Hosentaschen und mit offensichtlicher Stinklaune.

„Na, Otto, Deal geplatzt?" Kriminaloberkommissar Hermann Stratkötter hatte die Situation sofort erfasst.

„Scheiß-Wichtigtuer!", stieß der Dicke hervor und wandte sich angewidert ab, nicht ohne dem Graukittel einen giftigen Blick hinterher zu schicken.

„Okay, dann kurz zur Lage!" Manni zückte sein Notizbuch. „Scheint alles nach einem klaren Fall von Car-Napping auszusehen, zum Nachteil des Bauunternehmers Sandmann. Die Täter sind an der Rückfront über die Mauer aufs Dach, haben eine Lichtkuppel aufgehebelt und konnten von dort auf das Hochregal im hinteren Bereich runterspringen. Der Rest war einfach. Sie haben die Tür zum Bürotrakt aufgebrochen, wozu sie ein langes Hebeleisen aus dem Betrieb verwendeten. Im Büro haben sie den Schlüsselschrank von der Wand gehebelt und geknackt. Entwendet wurden drei Fahrzeuge: zwei fast neue Zwölftonner mit Allradantrieb und Ladekran und dann der Mercedes vom Chef. Alles komplett mit Papieren und Originalschlüsseln. Tatzeitraum von Freitag, achtzehn Uhr bis heute Morgen um sechs. Melderin ist Frau Sylvia Lieblich, die Geschäftsführerin. Sandmann selbst ist noch auf Geschäftsreise in Spanien, wird aber jeden Moment zurückerwartet. Das ist auch der Grund, warum sein Mercedes hier untergestellt war. Soweit die Lage. Wie sollen wir den Schriftkram regeln? Wir schreiben wie üblich die Strafanzeige und ihr macht die Spurensuche?" Hermann nickte zustimmend, aber Dierk-Helge hatte andere Pläne.

„Nee, wir übernehmen komplett." Hermann verdrehte die Augen und schickte ein ebenso inniges wie nutzloses Stoßgebet gen Himmel.

„Schreib mir 'nen Dreizeiler zur Eintreffsituation, alles andere machen wir. Irgendwas stinkt hier." Tief in Gedanken versunken wendete Dierk-Helge sich ab und schritt auf den Bürotrakt zu.

Dort trafen sie auf eine Frau, die sich als „Sylvia Lieblich, Geschäftsleitung" vorstellte. Sie war mittelgroß, mittelschlank und trug mittelblondes, mittellanges Haar. Irgendwie hätte sie insgesamt ziemlich mittelmäßig gewirkt, wären da nicht das schwarze Nadelstreifenkostüm, die schwarzen Pumps, die gestärkte weiße Bluse, die Goldbrille, der teure Schmuck und das aufwendige Make-up gewesen. Sylvia Lieblich hatte keine Anstrengungen gescheut, sich managermäßig voll aufzubrezeln.

Ihre Haltung wirkte gerade aber weniger autoritär, denn sie kniete auf dem Boden und versuchte erfolglos, den Stahlschrank zur Seite zu schieben, der offensichtlich von der Wand gehebelt und direkt aufgebrochen worden war.

„Finger weg!" kommandierte Dierk-Helge sofort scharf. Die Frau stand auf, musterte ihn herausfordernd und stemmte die Hände in die Hüften.

„Ob Sie es glauben oder nicht, ich habe hier eine Firma zu leiten", schoss sie zurück. „Der Laden muss weiterlaufen, uns geht mit jeder Minute bares Geld durch die Lappen. Dieser Einbruch wirft uns glatt zwei Tage zurück. Sämtliche Termine kippen, wir geraten vertraglich in Verzug. Das zahlt uns kein Mensch!"

„Schon klar", schaltete Hermann sich diplomatisch ein. „Trotzdem müssen Sie nicht ausgerechnet die Sachen berühren, die auch die Täter angefasst haben. Ich nehme an, Sie brauchen als erstes Ihr Büro wieder zurück?"

Die Lieblich nickte zustimmend. Endlich jemand, der Durchblick hatte.

„Okay, dann fangen wir gleich hier an, umso schneller sind wir durch. Was ist übrigens mit dem Tresor dort?"

„Scheint alles okay zu sein."

„Können Sie mal nachsehen, ob was fehlt?" Hermann musterte den alten Stahlkoloss aus Vorkriegszeiten interessiert. Er besaß zwei Zahlenschlösser aus matt blinkendem Messing.

„Nein, die Kombination kennt nur Herr Sandmann."

Aha, soviel also zum Thema Geschäftsleitung. Interessiert sah Dierk-Helge sich um. Die Fotos an den Wänden zeigten stattliche Segelyachten und Szenen vom Hochseeangeln. Der Chef war verschiedentlich selbst am Steuer und im Kampfstuhl zu sehen. Er schien exklusive Hobbys zu pflegen. Eine ganze Wand war jedoch mit Magnettafeln versehen. Drei verschiedene Bauprojekte waren dort im Grundriss, in verschiedenen Aufrissen und als aufwändige 3-D-Animation zu bewundern.

„Das sind die Objekte, die Fa. Sandmann derzeit aktuell realisiert", erklärte Sylvia Lieblich professionell. „Das ist natürlich nur ein Teil der Auftragslage. Wir hängen immer nur die aktuell im Bau befindlichen Projekte auf, damit die Mitarbeiter sich besser hineindenken können. Ein Bild sagt nun mal mehr als tausend Worte!"

„Was Sie nicht sagen", meinte Dierk Helge abwesend. Sein Blick blieb auf einem Exposee hängen, das plakativ auf einem Regal stand. „Villas Selva y Mar" las er.

„Das ist unser derzeitiges Investorenprojekt in Málaga", soufflierte Sylvia Lieblich sofort. „Ein echtes Sahnestück und äußerst lukrativ. Exklusive Villen, umgeben von einem Naturreservat. Eine abgelegene Bucht an der Steilküste mit eigenem Sandstrand. Wenn Sie interessiert sind, kommen Sie gern zu uns."

Aber Dierk-Helge war mit den Gedanken schon wieder woanders. Geistesabwesend faltete er das Exposé zusammen und steckte es ein. Dann machten Hermann und er sich an die Arbeit.

Zwanzig Minuten später waren sie drinnen fertig und sichteten das Außengelände.

„Jetzt mal ganz in Ruhe, Roter!" Hermann Stratkötter fischte sich eine von seinen fiesen gelben Gauloises aus der Hemdtasche und setzte sie mit seinem vorsintflutlichen Flammenwerfer in Brand. Eine herbe Duftwolke aus kohlschwarzem Tabak und Benzin machte sich breit.

„Wie zum Henker kommst du darauf, dass hier irgendwas getürkt ist?"

„Liegt doch glasklar auf der Hand!" Dierk-Helge schritt gestikulierend auf und ab. „Erstens: Das Brecheisen, mit dem sie die Feuerschutztür aufgehebelt haben, war hier aus dem Betrieb. Mit was anderem hätte man das schwere Ding auch gar nicht knacken können."

„Klar", konterte Hermann. „Aber das Oberlicht ist mit einem kleineren Eisen aufgebrochen worden, ebenso der Schlüsselkasten. Roter Lack, handelsübliche Baumarktware. Die haben nicht mit der Feuerschutztür gerechnet, sind mit ihrem Werkzeug gescheitert und haben sich im Objekt was Besseres gesucht. Das erleben wir bei Firmeneinbrüchen doch laufend. Kein Tresorknacker bringt ein Schweißgerät mit, wenn eines vor Ort ist."

„Ja, aber dann der Mercedes!" Hermann zuckte unbewusst zusammen. Die Worte ‚Ja, aber' aus Dierk-Helges Mund lösten inzwischen allergische Reaktionen bei ihm aus.

„Der Mercedes war nur zufällig hier. Das kann nur ein Insider gewusst haben."

„Mensch, Dierk, denk doch mal nach! Was wird denn hier die letzten Jahre geklaut wie blöd? Baufahrzeuge halt. Lkw, Bagger, Radlader, Kräne und Gabelstapler. Gerüste nimmt man auch schon mal gern mit. Das Baugeschäft boomt im Osten, die Sachen werden da gebraucht. Jetzt baldowert jemand das Ding hier mit den beiden Zwölftonnern aus und stolpert dabei – hups – über den Mercedes. Was glaubst du, was der macht?"

Aber Dierk-Helge gab nicht auf. Lässig schlug er auf das schwere, mannshohe Rolltor, das gewöhnlich die Zufahrt zum Firmengelände versperrte. „Die Schlüssel fürs Tor waren nicht in der Firma. Die haben nur der Chef, der Hausmeister und die Poliere. Wie glaubst du haben die Einbrecher das auf- und wieder zugekriegt, ohne Schlüssel und ohne sichtbaren Schaden?" Herausforderung und Triumph blitzten in seinen Augen, als er seinen Kollegen ansah. Hermann schaute sich das Tor in Ruhe an.

Es wurde elektrisch betrieben und über einen Schlüsseltaster bedient, der sauber in einen Pfosten eingelassen war. Hermann kramte in der Hosentasche und holte ein voluminöses Schlüsselbund hervor. Dann begann er, die einzelnen Schlüssel zu probieren. Schon beim zweiten gab es ein lautes Klicken. Summend sprang ein Elektromotor an und das gut geschmierte Tor schloss sich fast lautlos.

„Kuckma, wieder mal mein Garagenschlüssel. Der passt meistens." Hermann grinste zufrieden. „Billiger Baumarktzylinder. Jeder siebte Schlüssel passt."

Das Rolltor war noch nicht wieder ganz offen, da fuhr ein schwarzer Audi Q7 mit quietschenden Reifen aufs Gelände. Am Hamburger Kennzeichen konnte man leicht erraten, dass es ein Leihwagen war. Ein Mann um die 50 in teurem, zerknittertem Anzug stieg aus und kam forschen Schrittes auf sie zu.

„Sandmann", stellte er sich vor. „Bernd Sandmann. Ich bin hier der Chef. Meine Mitarbeiterin hat mich eben angerufen. Was ist denn genau passiert?"

Dierk-Helge schmollte gerade, also sprach Hermann mit ihm.

Die Bürotür ging auf. Sylvia Lieblich rauschte auf Bernd Sandmann zu und warf sich ihm schluchzend an den Hals. Hermann glotzte verwundert. Nanu, die arrogante Büroschnepfe von eben schien ja mächtig aufzutauen. Und ihr Arbeitsbereich schien ja auch erheblich tiefer zu gehen, als sie vorhin vorgegeben hatte.

Sandmann tröstete seine Mitarbeiterin. „Komm, Sylvia, ist alles halb so wild. Ich hab schon von unterwegs telefoniert. In drei Stunden stehen hier zwei Leasingfahrzeuge auf dem Hof, dann geht es weiter. Schließlich sind wir versichert." „Und ob", dachte Dierk-Helge grimmig. Hermann konnte ihm erzählen was er wollte. Der war doch eh nur zu faul. Er, Dierk-Helge Reuter-Ritterling, würde seiner Nase folgen. Und wenn hier außer Hermann was faul war, dann würde er das rauskriegen. Er brauchte diesen geschniegelten Typen doch nur anzugucken, um Bescheid zu wissen. Sandmann passte einfach nicht auf den Bau. Der war Sohn von Beruf. Und die heulende Blondine war eindeutig ein Fremdkörper in diesem Betrieb mit ihren Pumps und ihren gestylten Fingernägeln. Aber da war doch eben dieser Graukittel, der Otto abserviert hatte. Das waren gewöhnlich die Leute, die wussten, was Phase war. Dierk-Helge machte sich im Hinterkopf eine Notiz, dem Mann später noch mal auf den Zahn zu fühlen.

5.

Gegen zwei Uhr kamen Hermann und Dierk-Helge endlich auf die Dienststelle zurück. Hermann holte einen Rollwagen vom Hausmeister und verschwand mit seinem umfangreichen Spurenmaterial direkt zu den Kriminaltechnikern beim Erkennungsdienst. Dass Tatortdienst am Montag voll die Arschkarte ist, wusste Dierk-Helge nicht erst seit gestern. Da stehen immer die ganzen Einbrüche vom Wochenende an. Eigentlich ist das mehr als genug Arbeit für einen Tag. Aber voller böser Vorahnung schaute er auf dem Weg zum Büro noch schnell bei Elke vorbei. Die gute Seele und Büromanagerin des Kommissariats sah ihn über zwei hohe Aktenstapel hinweg mitleidig an. Und richtig: Der Papierstoß, der in seinem Fach schmorte, bog den dünnen Sperrholzboden schon deutlich nach unten und schien auch jetzt noch bei bloßem Betrachten aufzugehen wie ein Hefeteig. Chef Reiffeisen hatte mal wieder gnadenlos zugeschlagen und ihm sein Fach so richtig schön vollgeknallt.

„Die jungen Dachse sollen mal ordentlich an die Schüppe, dann kommen sie nicht auf dumme Gedanken“, lautete sein ureigenstes Motto. Dem war scheißegal, ob man sich den ganzen Vormittag draußen die Hacken abgelaufen hatte. Frustriert schnappte er sich eine gelbe Postbox aus der Ecke und warf den Stoß nach kurzer Sichtung hinein. Na ja, immerhin ein komplett geklauter Transporter. Der Rest Fahrraddiebstähle, Internetbetrüge und eine nette Serie von demolierten Autos. Zerkratzte Türen, abgeknickte Antennen und Scheibenwischer. Lauter tote Hosen. Viel Arbeit, null Ermittlungsansatz. Was hatte er nur verbrochen? Dierk-Helge schielte auf Hermanns Fach, das war deutlich flacher bestückt. Warum kriegte der nicht die ganze Kleinscheiße? Der bewegte seinen Arsch doch sowieso nicht freiwillig nach draußen, so wie die meisten.

Irgendwie tickten hier alle nach derselben Uhr. Papier wegschaufeln, Statistik bedienen. Alles andere war Wurst. Wenn er hier doch bloß was zu sagen hätte, dann würde der Laden anders laufen. Dierk-Helge sehnte sich zu den Spezialermittlern für Leichen, Brand und Rauschgift. Die hatten noch Zeit für richtige Recherchen, die hatten keinen Rollbalken an ihrer Fallübersicht. Aber die Aussicht auf eine Stelle im K1 oder K2 war düster für Newcomer wie ihn. Da musste man sich schon profilieren. Aber wie bitte konnte man aus dem bürokratischen Tsunami eines Massenkommissariats positiv hervorstechen? Dierk-Helge seufzte frustriert, dann trollte er sich den endlosen Flur entlang zu seinem Büro.

„Viel Spaß damit", rief Elke ihm sorgenvoll hinterher, aber Dierk-Helge war gedanklich schon längst wieder woanders. Vorausgesetzt, Unternehmer Sandmann hatte tatsächlich einen Versicherungsbetrug hingelegt: Welchen Sinn konnte das haben? Das Baugewerbe hatte ziemliche Flaute, es litt immer noch unter der Finanzkrise. Drohte Sandmann vielleicht die Insolvenz? Brauchte er dringend Geld, um die Zahlungsunfähigkeit abzuwenden?

Sandmann hatte von zwei Ein-Familien-Häusern gesprochen, dazu kam das Seniorenheim in Herzebrock.

Das war zwar alles nicht gerade bombig, aber der Laden schien zu laufen und angeblich steckten bereits weitere Aufträge in der Pipeline. Fa. Sandmann schien auf gesunden Füßen zu stehen. Und trotzdem: drei teure Fahrzeuge auf einen Schlag. Das war schon ein ordentlicher Hammer für sich. Circa 250.000 Euro Zeitwert. Aber da war noch was. Irgendwie hatte es mit Sandmann zu tun. Warum war ihm der Mann so suspekt? Dierk-Helge schloss die Augen und ließ die Begegnung noch mal im Gedächtnis ablaufen.

Sandmann: Etwa eins fünfundachtzig groß, sportlich mit Bauchansatz, dazu porentiefe Bräune mit einem ordentlichen Schuss Sonnenbank. Das dunkel getönte und blondgesträhnte, noch recht volle Haar sorgfältig nach hinten gegelt, teurer Anzug, schwere Goldkette und eine wuchtige Schweizer Uhr, die verdächtig nach Breitling aussah. Der jetzt leider geklaute AMG-Mercedes rundete das Bild ab. Dazu die megateuren Hobbys: Segeln und Hochseeangeln in der Karibik. Alles, aber auch wirklich alles an Sandmann stank nach Geld. Nach viel Geld. Okay, ein mittelständischer Bauunternehmer lebt deutlich über der Armutsgrenze, aber die Symbolik, mit der Sandmann sich umgab, war für ihn zwei Regale zu hoch gegriffen.

Das war es. Dierk-Helge grinste. Sandmann lebte klar über seine Verhältnisse. Der war kein Handwerker und würde auch nie einer werden. Sandmann war ein Zocker. Hatte er sich womöglich verzockt? Und was hatte es mit diesen „Villas Selva y Mar" auf sich? Das würde er als nächstes herauskriegen. Der Ermittlungsterrier in ihm streckte witternd die Nase in den Wind und ließ aus tiefstem Inneren ein böses Knurren heraus, während die Flanken angespannt zitterten. Voller Tatendrang schmiss Dierk-Helge sich in seinen Bürosessel. Von dem Stoß neuer Anzeigen nahm er die oberen beiden und legte sie in ein gut gefülltes Körbchen auf seinem Schreibtisch. Da würde er sich morgen früh als Erstes drum kümmern. Den Rest knallte er kurzerhand in die zweite Schublade seines Schreibtisches. Das heißt, er wollte knallen, aber die Schublade war zu seinem Schrecken randvoll. Auch die dritte Lade enthielt schon einen beträchtlichen Stoß. Höchste Zeit für einen verschärften Bürotag. Sichten, sortieren, kopieren, lochen, klammern. Dann den ganzen Rotz weg zur Staatsanwaltschaft, eine Durchschrift ablegen und zum Schluss, als wichtigster Schritt der detektivischen Bemühungen, die Kriminalstatistik bedienen. Und hoffen, dass Reiffeisen nicht allzu viel von dem Schrott wieder zurückgab, weil er mal wieder in jeder Suppe irgendein Haar finden würde. Dierk-Helge stieß einen tiefen Seufzer aus. Bei nächster Gelegenheit, versprach er sich hoch und heilig. Aber nicht jetzt. Nach fünf Minuten konzentrierter Denkarbeit griff er zum Hörer.

Als Hermann vom Erkennungsdienst zurückkam, fand er seinen Kollegen vor, der mit hochrotem Kopf irgendwem am Telefon klarmachte, warum gerade die Firma Sandmann dringend intensiver Fürsorge bedurfte. „Sicher? Was ist heute schon sicher?", fragte er seinen Gesprächspartner. „Das ganze stinkt halt nach Betrug. Und dafür muss es ein Motiv geben. Schau doch einfach mal nach, das kostet ja nichts. Ja? Du meldest dich? Perfekt!"

„Wer war denn das?" Hermann sah seinen Partner besorgt an.

„Oberfinanzdirektion Münster", sagte der lakonisch und hackte irgendetwas mit Hochgeschwindigkeit in seinen PC. Hermann zuckte mit den Schultern und holte sich erst mal einen Kaffee aus dem Automaten im Keller. Genau 38 Minuten später klingelte das Telefon. Die Art, in der Dierk-Helge den Telefonhörer schnappte, erinnerte Hermann lebhaft an die Boa Constrictor in seinem Terrarium zuhause, wenn sie ihre wöchentliche Zuchtratte schlug.

Dierk-Helge lauschte angespannt, dann weiteten sich seine Augen. „Okay, ich klär das hier im Hause und melde mich umgehend bei dir, um alles Weitere zu besprechen. Tschüss bis dann … und danke!"

Dierk-Helge legte den Hörer auf und atmete tief aus. Dann machte er eine Becker-Faust und stieß ein herzhaftes „YESSS" aus.

„Du ahnst nicht, was die Jungs von der Steuerfahndung mir gerade gesteckt haben!"

Hermann seufzte leise. „Nein", sagte er dann, und milde Resignation schwang in seiner Stimme. „Aber ich befürchte, dass du es mir alles sofort haarklein erzählst!"

„Die Steuerfahnder haben Sandmann auf der Liste. Du weißt doch: der Luxemburger Bankenskandal. Sandmann hat dort auch Schwarzgeld gebunkert. Der Kerl will sich nach Übersee absetzen und liquidiert hier gerade seine Vermögenswerte. Wenn das keine Fluchtgefahr ist, dann weiß ich's nicht. Ich muss sofort zum Chef!" Und raus war er.

Hermann lehnte sich zurück und atmete tief durch. Es war dringend Zeit für sein tägliches Ritual. Erst mal holte er sich einen frischen Kaffee. Dann zog er eine Schublade auf, der er eine grüne Flasche entnahm. Er goss einen anständigen Schluck davon in seinen Kaffeebecher, von dem er zuvor die erforderliche Menge Kaffee abgetrunken hatte. Er nippte genießerisch und wartete ab.

Eine Stunde später war Dierk-Helge wieder da. Körperhaltung und Mimik ähnelten der eines getretenen Dackels.

„Na, wie war's?", fragte Hermann beiläufig, ohne von seiner Zeitung hochzuschauen.

„Die sind doch alle nicht ganz dicht", stieß Dierk-Helge zornbebend aus. „Nix hören, nix sehen, nix sagen, das ist hier die Strategie!" Er setzte sich hin und schmollte wie ein Dreijähriger. Hermann war einerseits froh, wenn sein junger Springinsfeld mal einen Dämpfer abkriegte. Aber jetzt war er doch etwas besorgt.

„Nun erzähl schon", sagte er väterlich. „Kein Haftbefehl? Kein Durchsuchungsbeschluss?"

„Nicht die Bohne“, murmelte Dierk-Helge deprimiert. „Reiffeisen hat sofort die Wirtschaftskriminalisten dazu gerufen. Die WiKri-Leute haben gleich so komisch geguckt. Dann haben sie bei der Steuerfahndung nachgehakt, die hatten den Fall inzwischen intern durchgesprochen. Sandmann ist ein kleiner Fisch. Er hat da Einlagen im niedrigen sechsstelligen Bereich. Reicht niemals für eine Freiheitstrafe. Na ja, und beim Thema Fluchtgefahr haben sie mir erst mal ‘ne Trainerstunde verpasst.“

„Wieso“, hakte Hermann ein, „das ist doch ganz einfach. Du setzt die wirtschaftlichen und sozialen Bindungen des Beschuldigten im Inland gegen die Höhe der zu erwartenden Strafe. Gegebenenfalls musst du noch etwaige Bindungen im Ausland erwägen. So haben wir es gelernt.“

„Genau das hat Reiffeisen auch gesagt. Sandmann hat ein funktionierendes Unternehmen, das ihm einen gehobenen Lebensstandard beschert. Er besitzt die Firmenimmobilie, dazu die elterliche Villa im Stadtpark und sicher auch noch ein sattes Barvermögen. Was die Schwarzgeldaffäre anbetrifft, die kann er mit einer Selbstanzeige aus der Welt schaffen. Er kriegt ‘ne saftige Nachzahlung aufgebrummt, behält aber den größeren Batzen, und alles ist gut. Für die Selbstanzeige wird den Delinquenten übrigens noch einige Zeit eingeräumt. Das ist ja Sinn der Sache. Man soll sich freiwillig melden, um möglichst viele Strafverfahren zu vermeiden. Und selbst wenn Sandmann sich nicht meldet und ein Strafverfahren bekommt: Bei der anliegenden Summe steht allenfalls eine Geldstrafe im Raum.“

„Und dafür gibt natürlich keiner seine Existenz, seinen Lebenskreis und seine verbleibenden Vermögenswerte auf, um irgendwo im Ausland ein Leben im Untergrund zu führen“, spann Hermann den Gedanken weiter.

„Die meisten Leute machen sich ein völlig falsches Bild von einer Flucht ins Ausland, meinte Reiffeisen. Sobald Sandmann sich irgendwo niederlässt, muss er sich zwangsläufig behördlich anmelden. Er muss Einreisebestimmungen und Visapflichten beachten. Spätestens dann fällt auf, dass er international gesucht wird. Okay, etliche Länder liefern bei Vermögensdelikten nicht aus. Aber genau diese Länder sind alles andere als demokratische Rechtsstaaten. Egal wo Sandmann auftaucht mit seinem Geld, garantiert wartet dort schon ein Haufen korrupter Beamter und Ganoven darauf, ihn wie eine Weihnachtsgans auszunehmen. Falls er plant, illegal im Untergrund zu leben, wird es richtig teuer, da braucht er Helfer vor

Ort. Finanziell machst du dabei immer Minus. Und wer will schon mit der ständigen Angst leben, geschnappt und ausgeliefert zu werden? Eine Flucht ins Ausland macht Sinn, wenn du hier eine längere Haft und den Verlust deiner sämtlichen Vermögenswerte befürchten musst. Und das ist bei Sandmann eindeutig nicht der Fall."

„Und was passiert jetzt weiter?" Unfreiwillig begann Hermann nun doch, sich irgendwie für den Fall zu interessieren.

„Alles läuft wie geplant. Keine Fluchtgefahr, kein sofortiges Einschreiten. Es wird allerdings geprüft, ob man vorzeitig an Sandmann herantritt und ein Steuerstrafverfahren eröffnet."

„Dann war es also nichts mit deinem Verdacht von wegen Sandmann verflüssigt sein Vermögen, um sich ins Ausland abzusetzen?"

„Jedenfalls nicht, was Reiffeisens Meinung anbetrifft."

„Und was sagt er sonst noch so, der Herr Reiffeisen?"

„Er sagt, mein Engagement fände er ganz toll. Er will auch nicht ausschließen, dass Sandmann irgend 'ne Leiche im Keller liegen hat, von der keiner was weiß, und dass er deshalb heimlich seine Flucht ins Ausland vorbereitet. Nur leider spräche bei ihm genau so viel oder so wenig dafür wie bei jedem von uns. Daher riet er mir, meinen Arbeitseifer erst mal darauf zu verschwenden, überhaupt einen vernünftigen Anfangsverdacht für den Versicherungsbetrug zu begründen. Und dann fand er es nicht gut, dass ich direkt bei der Steuerfahndung die Pferde scheu gemacht habe, ohne das Fachkommissariat zu beteiligen. Außerdem wäre ich mit meinen Fällen ziemlich im Rückstand, ein paar davon würden schon Schimmel ansetzen."

„Aua, das hört sich ziemlich nach Rüffel an", meinte Hermann mitfühlend.

„Das war kein Rüffel", grummelte Dierk-Helge schmerzlich. „Das war ein lupenreiner Einlauf, war das."

Er bosselte noch etwas auf seiner Tastatur herum, dann sprang er plötzlich auf.

„Du, ich mach heute früher Feierabend!" Er schnappte sich seine alte Aktentasche, ein Erbstück von seinem Großvater, und rauschte zur Tür.

Hermann sah ihm verwundert nach. „Früher Feierabend machen" war bei Dierk-Helge bis jetzt nicht mal zu Ankes Geburtstag vorgekommen. Anke war seine Frau, die er heiß und innig liebte und sein Fels in der Brandung eines Ozeans voller lethargischer Ignoranten. „Mach mal 'n paar Tage Urlaub“, rief er ihm besorgt hinterher.

Als Anke Reuter gegen halb fünf wie gewohnt von der Arbeit kam, genügte ihr ein flüchtiger Blick, um zu checken, dass bei Dierk-Helge im Dienst mal wieder irgendwas angebrannt war. Alarm war ja eigentlich schon angesagt, wenn er vor fünf Uhr zu Hause war. Dann war ihm garantiert eine Laus über die Leber gelaufen. Wenn er aber bereits nachmittags ein Bier trank, bedeutete das Katastrophe. Dierk-Helge machte gerade die zweite Flasche auf und stierte vor sich hin. Dafür gab es nur *eine* Medizin. Kommentarlos schlich Anke ins Bad und ließ Wasser in die große Wanne ein. Sie schüttete eine ordentliche Portion von dem exquisiten Badesalz hinein, das sie neulich aus Italien mitgebracht hatten. Sie zündete ein paar Kerzen an, zog ihre Sachen aus und sprang kurz unter die Dusche. Dann ging sie so wie sie war in die Küche zu Dierk-Helge, der völlig entgeistert von seiner Flasche aufsah.

„Komm schon“, sagte sie zu ihm. „Dein Bier kannst du mitnehmen.“

Eine gute Stunde später saßen sie im Bademantel am Tisch und aßen Spaghetti Tricolore, jenes Gericht, das in knapp 15 Minuten zubereitet ist und für das manch ein Gourmet alles stehen lässt, sofern die richtigen Zutaten richtig verwendet wurden. Und das war hier der Fall. Dierk-Helge ging es prima, sein seelisches Gleichgewicht war wiederhergestellt. Er wirkte förmlich entspannt, wofür es gute Gründe gab. Trotzdem blieb er bei der Sache, in die er sich einmal festgebissen hatte.

„Irgendwas ist da oberfaul bei Sandmann. Ich spür das im Urin. Wenn man doch nur dieses Spaniengeschäft irgendwie durchleuchten könnte. Aber für ein Ermittlungsersuchen übers BKA fehlt mir einfach die Befugnis. Und die WiKri-Leute spielen leider nicht mit.“

Voller Stolz betrachtete Anke ihren Helden. Er war halt ihr kleiner Junge, den sie liebevoll umsorgen musste, aber Terrier durch und durch, wenn es um seine Arbeit ging. Zu süß.

„Warum schaust du dir die Sache nicht einfach selbst an?“

„Wie? Du meinst, ich soll da einfach privat hinfahren? Vergiss es. Wenn Reiffeisen das mitkriegt, dreht er mich durch den Wolf. Nee, Anke, so was gibt's nur im Film.“

Anke schaute ihren Schatz mit großen braunen Augen an.

„Also, ich weiß nicht, wie es *dir* geht. Aber ich habe plötzlich irgendwie tierischen Bock auf einen Kurzurlaub in Spanien." Sie klappte ihren iPad auf, der wie immer griffbereit auf dem Tisch lag. Sie tippte etwas ein, scrollte mit dem Finger und las. „Da: Eine Woche Málaga für Kurzentschlossene. Appartement mit Flug 240 Euro pro Nase. Ab Paderborn!"

Dierk-Helge tapste im Zimmer herum. Er war hin- und hergerissen von der Idee, hatte aber förmlich Panik vor einem weiteren Zusammenstoß mit seinem Chef Reiffeisen, dessen Argumentation er äußerst widerwillig als schlüssig anerkennen musste. Er wusste zudem, er war ohnehin schon verschrien als hyperaktiver Oberverdachtschöpfer mit zu wenig Bodenhaftung. Ein weiterer Zwischenfall würde ihm das Genick brechen. Nein, ein Einlauf pro Woche reichte selbst einem Dierk-Helge.

„Nee wirklich, Schatz", grummelte er deshalb entschuldigend, „aber das ist mir echt zu brenzlig. Tut mir leid." Betreten sah er, wie Anke eifrig etwas in den iPad hackte. Dann tippte sie mit Schwung auf „Enter".

„Was meintest du gerade?", fragte sie und schaute verwirrt hoch.

„Wir können nicht privat in Spanien ermitteln.", erklärte Dierk-Helge nun schon bestimmter. „Ich breche tausend Vorschriften und komme in Teufels Küche."

„Quatsch, kein Mensch kann uns verbieten, in Spanien Urlaub zu machen und nebenbei auch noch ein Investitionsobjekt zu besichtigen, das sogar die als extrem konservativ verschriene Landsparkasse Bockhorst als solide Geldanlage bewirbt."

Anke wedelte mit dem Exposé und ihre Rehaugen blickten ihn völlig unschuldig an. Dierk-Helge wusste, er konnte dem Blick nicht lange standhalten, daher wandte er sich ab. „Ausgeschlossen", presste er zwischen zusammengebissenen Zähnen hervor. „Am besten wir vergessen das."

„Zu spät", meinte Anke wie nebenbei. „Ich hab gerade gebucht."

6.

Frühstück ist ein völlig unzureichender Begriff für das, was momentan in der Kaffeebude der Polizeiwache Gütersloh stattfand. Alle vier Kochplatten der Einbauküche im rückwärtigen Teil des Raumes arbeiteten auf Hochleistung. Franzl Horstmann, der mit Uniform und geblümter Schürze ein sehr kurioses Bild abgab, hatte zudem im Flur seine 80er Paellapfanne aufgebaut, in der gerade ein Dutzend Spiegeleier umeinanderschlinderten. Frühstücksspeck, Lauchzwiebeln und Möhrenstifte brutzelten einträchtig neben Nürnberger Würstchen und Datteln im Speckmantel. Der mächtige, doppelflammige Gasbrenner, gefeuert von einer 11-kg-Propangasflasche, machte ordentlich Dampf. Undenkbar in einem normalen Polizeigebäude, aber in der alten Fabrik mit fünf Metern Deckenhöhe kein Problem, nicht mal die Rauchmelder sprangen an.

Auf dem Tisch türmten sich Brötchenkörbe, Obstschalen und drei bis vier Marmeladensorten. Aufschnitt und Käse suchte man hier vergebens. Im Hinblick auf den Inhalt von Pfannen und Töpfen brauchte das heute kein Mensch. Es gab aber Fruchtsäfte, Joghurt, starken schwarzen Tee und mehrere Kaffeekannen. Der Duft, der von hier seinen Ausgang nahm, um durch die offene Tür und das Treppenhaus seinen Weg in die oberen Etagen und damit in die Büros von Kripo, Stab und Verwaltung zu nehmen, war so gewaltig, dass er schon verschiedentlich zu heftigen Beschwerden geführt hatte. Etliche Kollegen und Kolleginnen des Innendienstes hatten es als Belästigung am Arbeitsplatz, ja sogar als leichtere Form der Körperverletzung empfunden, wenn sie mit leerem Magen diesen massiven Reizen ausgesetzt wurden. Auch in den angrenzenden Gewahrsamszellen waren die Wohlgerüche noch deutlich wahrzunehmen. Um hier nicht in den Verdacht menschenunwürdiger Behandlung oder gar unerlaubter Vernehmungsmethoden zu geraten, war einigen Insassen verschiedentlich schon ein Teller Gebratenes zuteilgeworden, freilich nur bei vorbildlichem Betragen und unter Abnahme des heiligen Versprechens, jetzt nicht nur wegen des guten Essens vermehrt den Aufenthalt im Polizeigewahrsam anzustreben.

Sonntags hatten die Läden zu, da war man auf Selbstverpflegung angewiesen. Und Franzl Horstmann nahm als Wachdienstführer seine Fürsorgepflicht sehr ernst. Punkt zehn Uhr wurde zum Brunch geblasen, das war eisernes Gesetz. Wehe dem armen Wicht, der sonntags zwischen zehn und elf Uhr das Pech hatte, einen Auffahrunfall zu verursachen. Er lief Gefahr, wenig zuvorkommend bedient zu werden. Doch heute blieb es ruhig. Der Bürger schien genau so entspannt zu sein wie die Staatsmacht.

Nein, die Störung kam von einer anderen, völlig unvermuteten Seite. Die Tür flog auf und herein trat Polizeirat Dr. Sönke Meier-Wirsing. War es schon äußerst ungewöhnlich, dass der neue kommissarische Direktionsleiter sich an einem Sonntagmorgen auf der Dienststelle blicken ließ, so verwunderte es umso mehr, dass er in Uniform war. Normalerweise bevorzugte er schlechtsitzende dreiteilige Herrenanzüge mit rosa Oberhemd und Fliege. Als promovierter Rechtswissenschaftler weiß man schließlich, wo man hingehört und wie man sich auch optisch vom Gros der nichtakademischen Emporkömmlinge im höheren Polizeivollzugsdienst zu distanzieren hatte.

„Morgen, die Herren. Na, fürs leibliche Wohl ist ja gesorgt bei Ihnen“, tönte er in den Raum und schielte auf die Fülle des opulenten warmen Buffets. „Ich hab's ja schon immer gesagt“, schleimte er munter drauf los: „Das wahre Leben spielt sich im Wachdienst ab, da kann einer sagen, was er will!“

‚Woher du Flachpfeife das wohl wissen willst!', dachte Franzl, dem die ständigen Anbiederungsversuche seines neuen Chefs inzwischen ziemlich auf die Nüsse gingen. Laut sagte er: „Greifen Sie zu, Herr Dr. Meier-Wirsing, es ist reichlich da!“

„Furchtbar gern, ist nett von Ihnen. Eigentlich bin ich ja schon spät dran. Gleich tagt der Polizeibeirat oben im Haus. Ich werde dort zum Thema No-go-Zonen und Angsträume referieren. Der Landrat wird selbst zugegen sein und ich möchte nicht zu spät kommen. Aber ein bis zwei Spiegeleier nehme ich gern.“

Bestens gelaunt setzte er sich gleich neben Manni Schulte, dem er kumpelhaft auf die Schulter klopfte, und lud sich den Teller randvoll.

Manni betrachtete sein Dinkelbrötchen mit den krossen Nürnbergern und dem süßen Senf wie eine tote Maus. Dann legte er es zurück auf seinen Teller, den er langsam von sich schob.

Möglich, dass Meier-Wirsing es bemerkt hatte, er ließ sich allerdings nichts davon anmerken. Vielmehr schaufelte er mit Appetit große Gabeln voll Ei und Baked Beans in sich hinein, wobei er Interesse heischend in die Runde schaute. Sein Blick blieb an Eyleen hängen, die am Kopfende saß und Fruchtquark aus einer Schüssel aß. „Ah, Frau Kollegin bevorzugt vegetarische Kost. Tja, so 'n echtes Männerfrühstück ist halt nicht jedermanns Sache."

Eyleen O'Toole war erst vor vier Wochen überraschend zur Truppe gestoßen und bis jetzt sehr still und in sich gekehrt. Sie hatte sich noch nicht eingelebt. Sie kam aus Enniskillen in Nordirland und hatte als Polizeistudentin ein Auslandspraktikum in der Partnerstadt Bielefeld absolviert. Irgendwie hatte es der Halb-Irin mit deutschen Wurzeln in Ostwestfalen überraschend gut gefallen. Man munkelte, dass auch ein gewisser Bielefelder Kollege nicht unwesentlich dazu beigetragen habe. Ende vom Lied war, dass sie sich dort bewarb, nach Klärung umfangreicher Formalitäten das Abschlusssemester an der hiesigen Fachhochschule absolvieren und nun einer Beamtenlaufbahn in der deutschen Polizei entgegensehen durfte. Sie war schließlich hier in Gütersloh gelandet. Der erhoffte Standort Bielefeld war überbesetzt, was leider wohl auch auf den bewussten Kollegen zutraf, wie der Flurfunk meldete. Die junge Keltin fand sich also plötzlich ungeküsst und fern der Heimat in der Weltstadt Gütersloh wieder. Das alles musste sie erst mal verdauen, wobei ihr offensichtlich große Portionen herzhafter Nahrung halfen. Denn hätte Meier-Wirsing genauer hingeschaut, dann hätte er an ihrem leer gegessenen Teller unschwer erkennen können, dass sie sehr wohl schon ein ordentliches „Männerfrühstück" drin hatte und die mitgebrachte Portion Quarkspeise jetzt eben noch locker obendrauf haute. Aber er hatte das Interesse an der jungen Frau mit dem rostbraunen Strubbelkopf bereits verloren und Franzl Horstmann mit einem Monolog über Funktionsstärken und Schichtdienstpläne zugetextet.

Kurz darauf stand er auf und verabschiedete sich winkend und mit vollem Mund kauend. Der fette Soßenfleck sah aus wie ein Vogelschiss und stach sehr schön vom leuchtenden Blau seines neuen Uniformhemdes ab, aber niemand gab ihm einen Tipp, als er eilig dem Ausgang entgegenstakste.

„Manni, was is?“ Otto schaute besorgt rüber. Wenn jemand sein Essen verschmähte, war das für ihn ein Anzeichen ernster Gefahr. „Mir is nich gut“, quälte Manni hervor.

„Na komm, Manni, da gibt's wirklich Schlimmere!“ Henry schaltete sich wie immer vermittelnd ein.

„Nee, Henry, du weißt nicht, was du sagst. Zwei Jahre Ausbildung mit dem als Klassensprecher, da hast du einen Mord frei.“ Uli wurde hellhörig.

„Echt? Du warst mit dem da in Stukenbrock zusammen? Erzähl mal!“

„Na ja, ich hatte gleich in der zweiten Woche Stress mit meiner Perle und war abends etwas zu spät in der Unterkunft. Ratet, wer mich verpetzt hat? Hat mich fünf Wochenenden gekostet.“

„Waas, so 'n Kameradenschwein? Na, der hätte bei uns aber 'ne Abreibung gekriegt, bei nächster Gelegenheit auf der Judomatte!“

„War gar nicht nötig. Die erste Judorolle seines Lebens hat ihm direkt das Schlüsselbein zerbröselt, sechs Wochen Ausfall. Der Kerl war einfach zu dämlich für alles. Egal ob Fußball, Handball, Völkerball, Schwimmen oder Ju-Jutsu, Sönke stolperte dauernd über seine eigenen Beine. Den wollte keiner in der Mannschaft haben. So einen Bewegungslegastheniker habe ich noch nicht wieder erlebt. Wie der die Prüfungen im Laufen, Retten, Schießen und in der Selbstverteidigung geschafft hat, ist mir heute noch ein Rätsel. Vermutlich haben die ihn durchgereicht, weil er in allen Klausuren 'ne Eins schrieb und jeden Morgen beim Spieß 'ne fette Schleimspur hinlegte. Ein lupenreiner Streber, das war der. Und 'ne Petze.“

„Ja, und wie ist der später im Dienst klargekommen?“

„Überhaupt nicht. Nach der Ausbildung ging es für ihn nach Köln-Kalk. Ein Kollege aus der B-Tour war da mit ihm zusammen, op de Schäl Sick. Ja, und wenn's da zur Sache ging und die Fäuste flogen, was ungefähr zwei- bis dreimal pro Schicht der Fall war, dann saß unser Sönke im Streifenwagen und hatte die Knöpfe runter.“

„Ah, ein Schisshase also auch noch?“ Kopfschüttelnd lehnte Henry sich zurück. „Da wird er ja lauter Freunde in der Truppe gehabt haben.“

„Exakt. Es dauerte genau sechs Monate, dann hatte unser Sönke gekündigt, sich in der Uni Münster in Jura eingeschrieben und in Rekordzeit summa cum laude promoviert. Aber anstatt jetzt eine Karriere als Richter, Staatsanwalt oder Rechtsanwalt anzustreben, ist der Irre zurück zur Polizei und mit seinem zweiten Staatsexamen direkt in den Höheren Dienst eingestiegen. Und schon habe ich ihn wieder an der Backe, nur dass ich mich jetzt nicht mal mehr wehren kann. Ich kann doch einem Polizeirat nicht einfach eins aufs Maul hauen!"

Eine lebhafte Diskussion brach los über den neuen kommissarischen Direktionsleiter. Eyleen O'Toole saß am Kopfende und hörte aufmerksam zu, zwei smaragdgrüne Augen voller Mitgefühl auf Manni gerichtet. Dann veränderte sich ihr Blick. Kalt und unergründlich wie die Irische See durchdrang er die Decke der Kaffeebude und fokussierte einen Punkt, der deutlich außerhalb des Raumes, irgendwo oben im Gebäude liegen musste. Das Mädchen griff mit der linken Hand blind eine Banane aus der Obstschale, wobei eine steile Falte auf ihrer Stirn erschien. Die Rechte glitt zu einer der zahlreichen Gürteltaschen, die sie am Koppel trug und zog mit fließender Bewegung ein solides Klappmesser hervor, das sie einen Moment in Kopfhöhe hielt. Mit dem Daumen betätigte sie den Einhand-Mechanismus und fuhr eine ziemlich verbotene Klinge aus. Dreieinhalb Zoll handgeschmiedeter Damaszenerstahl rasteten mit einem satten Klick ein, die böse zugeschliffene Spitze senkrecht nach oben gerichtet. Ruhig setzte Eyleen die stark gemaserte Schneide an und versetzte der Banane knapp unterhalb des Stiels sorgsam einen tödlichen Halsschnitt. Mit einer Daumenbewegung verschwand der haarscharfe Stahl im Griff, und das Messer war eine Sekunde später wieder sicher in der Gürteltasche verschwunden. Mühelos zog sie nun die Schale von der leicht überreifen Frucht, die exakt das Aroma verströmte, das sie besonders liebte. Ihre Gesichtszüge, eben noch völlig entrückt, entspannten sich und sie schaute wieder freundlich kauend in die Runde. Uli hatte die Szene aus dem Augenwinkel verfolgt und sich so seine Gedanken gemacht.

„He Eyleen, wen hast du denn da gerade aufgeschlitzt?", raunte er ihr zu.

„Das weiß man nicht", meinte sie unbestimmt und ließ damit offen, ob die Banane nun tatsächlich Opfer einer personifizierten Ritualschlachtung geworden war oder nicht. Uli sah die junge Kollegin aus den Augenwinkeln an, die ziemlich nett und hilfsbereit rüberkam, aber irgendwie schweigsam und schwer durchschaubar war.

Zwanzig Minuten später ging die Tür auf und erneut trat unerwarteter Besuch ein. Der Landrat. Er wirkte etwas gehetzt, musterte aber sogleich anerkennend das Buffet, ließ sich von Henry eine Nürnberger aus der großen Pfanne aufschwatzen und wandte sich dann an Franzl.

„Herr Horstmann, können Sie mir vielleicht aus der Patsche helfen? Der Polizeibeirat tagt oben im Unterrichtsraum, und Herr Meier-Wirsing war für einen Vortrag über Angsträume in Gütersloh vorgesehen. Er fällt aber leider aus. Könnten Sie hier vielleicht spontan Ihre dienstlichen Erfahrungen einbringen?"

Franzl runzelte die Stirn. „Wir haben hier doch gar keine No-go-Areas oder Angsträume. Oder habe ich was verpasst?"

„Nein, natürlich nicht. Aber genau das wird vom Beirat ja hinterfragt. Da sitzt so ein Oberschlaumeier drin, der immer schwarzmalen muss."

„Sorry, sonst gerne", zog sich Franzl aus der Affäre. „Leider bin ich heute Chef vom Dienst und kann nicht einfach so weg."

„Ah natürlich, wie dumm von mir." Der Landrat schaute betreten.

„Aber Herr Haferkamp hat an der Fachhochschule zu dem Thema recherchiert. Für seine letzte Hausarbeit. Uli, kannst du da aushelfen?"

„Klar, warum nicht? Ich greife nur schnell meine Unterlagen, dann kann's losgehen."

Der Landrat seufzte erleichtert, beide machten sich auf den Weg nach oben.

Joe von der Leitstelle meldete sich über die Haussprechanlage.

„Ich hoffe mal, ihr habt alle aufgegessen. Der 25/11 muss raus in die Stadt. Hilo hinter der Martin-Luther-Kirche. RTW und NEF kommen etwas später, die sind gerade mit Mann und Maus auf der Autobahn beim Unfall und haben gefragt, ob ihr erst mal gucken könnt."

„Könnt ihr das übernehmen?" Manni sah Eyleen an. „Ich hab von gestern noch 'nen ganzen Berg zu schreiben."

„Kein Problem", meinte Eyleen freundlich. „Los, Otto, kleine Verdauungsfahrt."

„Hä? Übernehmen?" Freiwillige und sonst irgendwie vermeidbare Tätigkeiten passten Otto grundsätzlich nicht in den Kram, dementsprechend mopperte er sofort los.

„Hast du's hier jetzt auch schon zu sagen? Vielleicht fragst du erst mal? Da klebt doch Scheiße dran an der Sache, das riech ich doch drei Meilen gegen den Wind. Aber Frollein O'Toole schreit ganz einfach hier und ich kann's hinterher ausbaden und hab den ganzen Salat am Arsch!"

Franzl schaute aus dem Wachraum kurz und eindringlich um die Ecke. Otto machte widerwillig die Klappe zu, schob bockig beide Hände in die Hosentaschen und trollte sich schmollend raus Richtung Streifenwagen.

Im Treppenhaus versperrte ein großer Haufen Bauschutt halb den Weg. Der stumpfe Geschmack von Zementstaub legte sich schwer auf Zähne und Zunge. Eine Wand war aufgestemmt, uralte Kabel und Verteilerdosen waren darin zu sehen. „Zwei Jahre noch", sagte der Landrat mehr zu sich selbst. „Dann ziehen wir um." Uli sagte lieber nichts dazu.

„Was hat Herr Meyer-Wirsing denn?", fragte er stattdessen. Der Landrat blickte sich um. „Ich weiß auch nicht. Er steht da, will seinen Vortrag beginnen, und auf einmal bleibt ihm die Stimme weg. Alles was aus ihm rauskam war ein heiseres Krächzen. Jetzt sitzt der Arme in der Teeküche vom zweiten Kommissariat und hat Halsschmerzen, das glaubt kein Mensch."

Uli erhaschte aus dem Fenster einen Blick auf Eyleen, die unten gerade zum Streifenwagen ging, einen übelst gelaunten Otto im Schlepp. Als hätte sie den Blick gespürt, sah sie hoch zu ihm. Sie drehte die Handflächen nach oben, zuckte mit den Schultern und lächelte unschuldig. Dann stieg sie ein und fuhr mit qualmenden Reifen vom Hof. Tief in Gedanken stolperte Uli dem Landrat hinterher die Treppe hinauf.

Keine fünf Minuten später kam Otto über Funk für die Wache:

„Franzl, schick mal die Kripo raus, das is nix für uns."

„Wie Kripo?"

„Lupenreine Leichensache. Unsere liebe Irene hat's dahingerafft. Liegt hier stocksteif unterm Rhododendronbusch, Rückseite Martin-Luther-Kirche."

„Wer, Irene Männertreu etwa?"

„Haargenau dieselbe."

„Okay, ich schick euch den Tatortdienst."

Franzl nahm den Telefonhörer auf und veranlasste das Nötige. Fünf Minuten später sah er Hermann und Dierk-Helge durch die Tür gehen.

„Komisch", dachte er sich. „Irgendwie haben die immer Wochenenddienst, wenn wir auch dran sind. Ob die sich das aussuchen? Ich glaub, ich frag Hermann nachher mal." Die Gelegenheit ergab sich schneller als gedacht. Das Telefon klingelte und Hermann war dran.

„Du Franzl, ich glaube, du musst mal rauskommen und Chef spielen. Wir haben hier mittlere Zuständigkeitsprobleme."

„Oh Mist. Macht Otto wieder Zicken?"

„Ja genau, aber nicht nur der!"

„Okay, bin schon unterwegs."

Drei Minuten später bremste Franzl an der Kirche. Hinten erkannte er Otto, der bockig an der Kirchenmauer lehnte. Fünf Meter abseits und mit deutlicher Distanz zueinander Hermann und Dierk-Helge, ebenfalls in völliger Funkstille. Eyleen wuselte derweil hin und her, die Canon im Anschlag, und schoss Fotos aus allen Richtungen. Schwer seufzend ging Franzl hinüber.

„Okay, wo brennt's denn?" fragte er rundheraus.

„Die Kripo drückt sich mal wieder", polterte es aus Otto heraus.

„Stimmt gar nicht", meldete der Rote sich sofort. „Ich wär' schon längst fertig, aber ich soll ja nicht."

Franzl guckte reichlich verwirrt in die Runde.

„Hermann, könntest du mich mal kurz erleuchten?"

„Na klar. Hier liegt Irene unterm Busch. Da vorn am Laternenpfahl liegt ihr Fahrrad, leicht beschädigt. Am Pfahl selber siehst du 'ne Kontaktspur, die eindeutig von Irenes Pedale stammt, und weiter oben kleben ihre Haare und etwas von ihrer Kopfhaut. Tut mir leid, Franzl, aber das ist eindeutig ein Verkehrsunfall. Die ist ohne jeden Zweifel volley gegen die Laterne geknallt, hat es dann kriechend bis in ihre Endlage geschafft und anschließend den Löffel gereicht. Das Ganze vor etwa sechs bis acht Stunden. Die Leichenstarre ist noch nicht voll ausgeprägt. Also, ich unterstütze euch gerne bei der Spurensicherung, aber die Federführung liegt bei euch."

„Sehe ich auch so!" Eyleen war dazu gekommen und checkte ihre Fotos auf dem Display. „Ich hab soweit alles im Kasten und würde gleich nur noch die Leiche und die Spuren einmessen. Wenn du Otto dann überreden könntest, sein Schreibzeug klarzumachen für die Unfallanzeige, wäre eigentlich alles im Lot."

„Kein Problem, geht sofort los. Und was hat Dierk-Helge zu moppern?"

„Der Rote? Das ist ein ganz schwerer Fall. Der ist auf einem völlig anderen Trip. Mordserie im Pennermilieu. Die zweite Leiche in zwei Wochen. Wollte gerade schon Reiffeisen anrufen wegen 'ner Mordkommission. Zuviel Mankell gelesen, das hat der. Aber keine Sorge, um den kümmere ich mich später." Dierk-Helge stand mit verkniffenem Gesicht in der Gegend herum. Seine Kiefer mahlten.

„Und was spricht dagegen, dass einer sie gegen den Pfahl gestoßen hat?", fragte er herausfordernd.

„Nichts spricht dagegen, aber auch nichts dafür. Die fast leere Wodkapulle in Irenes Handtasche, die spricht aber auf jeden Fall Bände. Da hast du 'ne erstklassige Unfallursache."

„Okay, dann bleibt es dabei", beschloss Franzl schließlich mit gehobener Stimme, „Otto nimmt die Sache als Verkehrsunfall auf, Eyleen macht Fotos und Skizze, der Tatortdienst sichert die biologischen Spuren. Und Dierk-Helge, wenn du so freundlich wärst und mit Hermann zusammen anschließend die Leichenschau erledigen könntest? Dann sind wir alle locker vor Feierabend fertig. Falls du bis dahin irgendwelche Anzeichen von Fremdeinwirkung entdeckst, sag einfach Bescheid, dann fahren wir die Maschine sofort hoch."

„Sollte man eigentlich mal durchziehen", giftete Hermann. „Der Rote fliegt nämlich heute noch nach Spanien in Kurzurlaub. Der Flieger geht um halb sechs, wenn ich das richtig mitgekriegt habe. Wenn der wegen Irene seinen Urlaub sausen lassen will, von mir aus. Ich für meinen Teil bin aber gleich bei meiner Mama zum Pickert eingeladen. Und du kannst einen drauf lassen, dass ich da pünktlich erscheine."

7.

„Nee, ne? Das kann er ja wohl nicht gemeint haben!" Extrem skeptisch schaute Anke auf das Etablissement, das auf der anderen Straßenseite lag, abseits vom Zentrum Málagas in einer kleinen Nebengasse. Schon die Umgebung war wenig anheimelnd. Die alten Wohn- und Geschäftshäuser hatten zumindest für deutsche Verhältnisse allesamt argen Renovierungsstau. Es bröckelte und blätterte allenthalben recht marode vor sich hin. Touristen suchte man hier allerdings vergebens, was grundsätzlich zur Hoffnung berechtigte. Was für ein Gegensatz zu der Flaniermeile, die sich nur zweihundert Meter weiter am Wasser entlangzog.

„Meinst du echt, wir sollen da rein?"

Dierk-Helge musterte die kleine, verglaste Aluminiumtür, die aus den 1960er Jahren zu stammen schien und über und über mit Aufklebern zugepappt war. Das Ding sah aus wie eine Lottobude. Oben drüber hing eine alte Leuchtreklame, die einfach und geschmacklos aus dem Wort „BAR" bestand, wobei allerdings das Leuchtmittel vom A in der Mitte schon vor längerer Zeit seinen Geist aufgegeben hatte. Gelegentlich öffnete sich die Tür und man konnte einen Blick in die finstere Kaschemme werfen, die mit Einheimischen vollgestopft war und wo der Wein in Strömen floss. „Aber genau so hat Xavier das Restaurant doch beschrieben."

Die beiden Freizeitdetektive hatten einen wunderbaren Tag mit Sightseeing, Baden und leider erfolgloser Suche nach Sandmanns Baustelle hinter sich und waren nun der Empfehlung ihres Hotelportiers gefolgt, den sie nach wirklich landesüblicher Küche gefragt hatten.

Anke trat entschlossen auf die Straße. „Los, wir gucken wenigstens mal rein." Nach kurzem Zaudern zog sie die Tür auf. Sie blickte in einen schmalen, schlauchförmigen Schankraum. Rechts auf dem spartanischen Holztresen standen große Korbflaschen, aus denen mit speziellen Schläuchen beständig Wein in Flaschen und Gläser abgezogen wurde. Vor dem Tresen standen Männer und Frauen dicht gedrängt und unterhielten sich laut und angeregt. Ein Fernseher schrebbelte links unter der Decke, der Geräuschpegel war beachtlich und die Luft zum Schneiden. Anke und Dierk-Helge guckten fünf Sekunden lang und befanden instinktiv, dass für sie beide kein Platz in dieser Trinkbude war. Von Restaurant sowieso keine Spur.

„Buenas Noches", grüßte Anke trotzdem akzentfrei und forsch in den Raum hinein. Eine Veränderung ging vor. Wie von selbst rückten die vorderen Leute auf. Eine Frau machte eine einladende Geste, und schon waren sie drin. Anke beugte sich zu der Frau hinüber und sagte ihr etwas ins Ohr. Die nickte heftig und deutete in die unergründlichen Tiefen des Gebäudes. Dann zeigte sie auf den Tresen. Anke nickte. „Rot oder Weiß?" brüllte sie Dierk-Helge ins Ohr. Er entschied sich für Weiß. Kurz darauf kam Anke mit einer Flasche ohne Etikett zurück, die zusehends beschlug, nickte in Richtung der hinteren Räumlichkeiten und schob sich dann hinter Dierk-Helge her, der einen Weg durch die Menge bahnte. Hinter dem langen Tresen ging es nach rechts in einen weiteren, helleren Raum mit etwa zehn Tischen. Die meisten waren voll besetzt. Ausschließlich Einheimische saßen dort und aßen. Anke entdeckte zwei freie Plätze an einem großen Tisch und fragte höflich, ob dort noch frei wäre. Gleich darauf saßen sie nebeneinander, waren von der spanischen Großfamilie aufgesaugt und in die Essgewohnheiten eingeführt worden. Anke übersetzte für Dierk-Helge. „Es gibt zwei Gerichte heute: Zarzuela und Kaninchen."

Dierk-Helge verzog skeptisch das Gesicht, beim Essen war er im Gegensatz zu Anke schon ein bisschen heikel. „Für mich dann das Kaninchen."

„Quatsch, stell dich nicht so an. Wir nehmen beides, ist ja wohl klar."

Kurz darauf kam ein älterer Mann und registrierte, dass zwei neue Gäste hinzugekommen waren. Anke bestellte, und er verschwand in der Küche. Gleich darauf kam er mit zwei großen Schüsseln zurück. In der einen lagen herrlich braun geschmorte Kaninchenteile, offensichtlich ein ganzes Tier, das in handliche Einzelteile zerlegt war. Anke sah auch Leber, Herz und Nieren sowie den Kopf des Tieres, der praktischerweise bereits in zwei Hälften gespalten war. In der anderen Schüssel schwappte ein duftender, dampfender Fischeintopf. Krebsscheren und die Schalen von mindestens drei Muschelsorten schwammen darin herum. Anke strahlte über alle vier Backen. Das hier war genau ihre Kragenweite. Nun kam der Mann erneut und brachte grünen Salat, Pellkartoffeln, Aioli und einen kleinen Krug an ihren Tisch, der eine ordentliche Portion dunklen, kräftigen Bratensatz enthielt.

Anke goss Wein ein und prostete Dierk-Helge zu. Sie trank und erlebte eine weitere angenehme Überraschung. „Boah, der ist unglaublich gut. Das hätte ich bei offenem Tischwein nicht erwartet."

„Das ist Albariño aus dem Norden", mischte ihr Tischnachbar sich in passablem Deutsch ein. „Ist der beste Weißwein von Spanien. Der Bruder vom Wirt hat sein eigenes Weingut."

„Also, beim Weißwein sind wir Deutschen ja ziemlich verwöhnt, aber der hier: Hammer!"

„Ja, euer Riesling ist Weltklasse. Aber der Rotwein taugt nix in Deutschland."

Dierk-Helge knabberte vorsichtig an einem Kaninchenbein herum, fand aber offensichtlich Gefallen daran und machte sich mit Appetit darüber her. Am besten schmeckten ihm aber die Pellkartoffeln mit dem Bratensatz. „Fleisch, Kartoffeln, Soße, du bist und bleibst ein echter Bauer!"

Anke hatte schon etliche Mies- und Venusmuscheln ausgeschlürft und machte sich nun mit Feuereifer über eine fette Gamba her. Die unglaublich gute Tomatensoße spritzte, als sie den Panzer aufbrach. Hände, Unterarme und auch ihr helles Top hatten schon einige Spritzer abgekriegt, aber das störte sie nicht im Geringsten.

„Iieh, guck mal, die haben den Kopf dazugelegt!" Leicht angewidert hob Dierk-Helge eine Schädelhälfte an den langen Nagezähnen hoch. Immerhin traute er sich, das Stück anzufassen.

„Sie müssen die Zunge probieren", meinte ihr Tischnachbar. „Und das Gehirn wird mit dieser kleinen Gabel ausgelöst. Ist das Beste vom ganzen Tier. Außer vielleicht die Leber." Anke grapschte sich die Schädelhälfte und lutschte sie aus wie eine Auster.

Später, bei der zweiten Flasche Wein, erbot sich der freundliche Spanier, Fotos zu machen. Er brauchte eine Weile, bis er die Funktion der schweren Canon begriffen und Anke und Dierk-Helge passend hinter einem Berg Muschelschalen und abgenagter Kaninchenknochen drapiert hatte. Die beiden strahlten Wange an Wange in die Kamera, zwei Schnuten glänzten von Kaninchenfett und Muschelsud. Das 45er Speedlite-Blitzgerät, das gegen die Decke gerichtet war, leuchtete die kleine Kneipe problemlos aus.

8.

„Su passaporte, por favor!" Auch an diesem brütend heißen Donnerstag strahlte die Dame von Iberico Air professionelle Freundlichkeit aus. Bernd Sandmann stutzte. Er merkte, wie er rot anlief. „Un momento", stammelte er verlegen, „en mi coche." Dann griff er sein Handgepäck und verließ eilig das Flughafengebäude. Draußen setzte er sich erst mal auf eine Bank, gut getarnt hinter einer großen Sonnenbrille. „Mann, Mann, Mann, Sandmann, mach jetzt bloß keine Fehler, so kurz vor Schluss! Reiß dich gefälligst zusammen." Sandmann merkte, wie seine Hände flatterten. Die Sonne schien heiß von einem wolkenlosen Himmel, aber der Schweiß, der sich reichlich unter seinem arg zerknautschten Sakko ausbreitete, war kalt und klebrig. Siedend heiß war ihm aufgegangen, dass er mit dem Kauf eines Tickets eine breite, verfolgbare Spur auf der Datenautobahn hinterließ und dass auch bei einem Inlandsflug sein Name sicher automatisch überprüft wurde. Sandmann war übel und es flimmerte vor seinen Augen. Er atmete tief durch und zwang sich zur Ruhe. Eine schneidige Motorrad-Doppelstreife der Guardia Civil kam in Langsamfahrt vorbei. Die Jungs lenkten ihre schweren BMWs lässig mit einer Hand und ließen ihre sonnenbebrillten Blicke cool über die Menschen schweifen. Sofort jagten Puls und Blutdruck bei Bernd Sandmann wieder in den roten Bereich. Doch die Gardisten fuhren vorbei. Erleichtert atmete er aus. Das Café auf der anderen Straßenseite sah einladend aus. Sandmann ging hinüber, orderte einen großen Milchkaffee, zwei Stück süßen Kuchen und ein großes Glas Wasser. Nachdem er Flüssigkeitshaushalt und Kalorienspeicher wieder aufgefüllt hatte, ging es ihm deutlich besser. Er nahm das nächste Taxi und fuhr zurück zu seinem Appartement. Dort duschte er ausgiebig und besah sich dann sorgfältig im Spiegel. Schlecht sah er aus. Dunkle Ringe um die Augen, das ganze Gesicht irgendwie schmal und faltig. Tatsächlich schien er auch insgesamt abgenommen zu haben. Der Permanentstress der letzten Zeit hatte deutliche Spuren hinterlassen. Rasiert hatte er sich schon mindestens zwei Wochen nicht mehr, und er musste dringend mal wieder zum Friseur. Schneiden und Tönen, wie ihm ein Blick auf seinen deutlich ergrauten Haaransatz bestätigte. Er entdeckte eine halb volle Flasche Carlos Primero und nahm erst mal einen Schluck. Dann machte er sich an die Sichtung seiner Habseligkeiten, die sich im Laufe des letzten Jahres hier angesammelt hatten. Nach einer ausgiebigen Analyse setzte er sich wieder auf seinen Balkon und dachte eine weitere Runde nach, nicht ohne sich aus besagter Flasche großzügig nachzuschenken.

Den Nachmittag verbrachte Bernd Sandmann an seinem Laptop. Er schrieb etliche E-Mails und fragte immer wieder die Kontostände verschiedener Offshore-Accounts ab. Die Ergebnisse schienen ihm nicht zu gefallen. Rastlos rannte er hin und her und steigerte sich ein weiteres Mal in verzweifelte Panik, gegen die auch der gute Brandy machtlos war. Gegen Abend fiel ihm etwas ein. Er fischte sein Smartphone aus der Hosentasche und schrieb eine kurze SMS, wobei er intensiv von einem Zettel ablas, den er im Portemonnaie verwahrte.

9.

Wäre Walter an diesem Donnerstag pünktlich zur Arbeit gegangen, wäre alles anders gekommen. Doch das Schicksal wollte es nun mal so. Irgendwann tauchte er aus tiefer Bewusstlosigkeit auf in einen Zustand flacheren Dahindämmerns. Nach einer weiteren Stunde begannen zwei unterschiedliche Sinneswahrnehmungen die Oberfläche seines Bewusstseins zu durchstoßen, die sich nach und nach als bohrender Kopfschmerz einerseits und heftige Übelkeit andererseits herausstellten. Walter brauchte weitere zwanzig Minuten, bevor er körperlich in der Lage war, vier Aspirin aus der griffbereiten Schachtel auf seinem Nachtschränkchen mit einem Glas abgestandenem Mineralwasser runterzuspülen. Das war der Moment, als er auf die Uhr schaute. Ihm wurde klar: Es war Donnerstagmorgen und kurz nach zehn. Er hatte verpennt.

Die Erkenntnis traf ihn wie ein Schock. Panik schoss in ihm hoch. Er musste sofort los, vielleicht konnte er das Schlimmste noch irgendwie verhindern. Walter sprang auf, dann wurde ihm schwarz vor Augen. Das nächste, was er sah, war die Unterseite seiner Spüle. Um den Siphon tanzten bunte Sterne. Zum Kater und zur Übelkeit gesellten sich ein schrill singender Musikantenknochen, eine riesige Beule am Hinterkopf und eine geprellte Rippe. Walter japste nach Luft wie ein Karpfen an Land und musste erkennen, dass er in keinem arbeitsfähigen Zustand war. Irgendwie schaffte er es, sich am Tisch hochzuziehen, auf seinen Stuhl zu plumpsen, in der Firma anzurufen und sich für zwei Tage krank zu melden. Grippe mit Schüttelfrost und Durchfall.

Das war das Ende. Walter spürte, wie irgendwo tief in seinem Inneren ein großes Stück von ihm wegbrach. Bis heute hatte er es geschafft, seinen neuerdings dramatisch steigenden Alkoholkonsum mit immer anderen Erklärungen und Entschuldigungen vor sich selbst zu rechtfertigen. Aber jetzt war die Lage anders. Walter hatte noch nie in seinem gesamten Berufsleben auch nur einen einzigen Tag gefehlt. Seine Anwesenheit, seine Zuverlässigkeit, seine Pünktlichkeit und seine Leistungsfähigkeit wurden bei Firma Sandmann vorausgesetzt wie Schwerkraft, Ebbe und Flut. Ein Naturgesetz war gerade außer Kraft getreten, die Welt hatte sich verändert. Walter sah die grüne Flasche am Boden neben seinem Bett liegen. Sie war leer. Er hatte letzte Nacht mal eben einen guten halben Liter hochprozentigen Schnaps geschluckt. Sonst waren es zwei, höchstens drei Gläser, die er sich als spezielles Schlafmittel verordnet hatte, wenn es nicht anders ging. Das hatte auch immer gut funktioniert. Jetzt hatte er einfach nicht mehr aufgehört, wobei er nicht mehr wusste, ob er nicht aufhören wollte oder ob er nicht konnte. Auf jeden Fall aber hatte er sich dermaßen abgeschossen, dass er jetzt immer noch nicht wieder richtig stehen konnte.

Eine Weile blieb Walter auf der Bettkante sitzen, völlig unfähig, irgendetwas zu tun. Dann stand er vorsichtig auf, um wenigstens irgendeine Art Tagesablauf zu starten. Er sah sich um und fand, dass dringend aufgeräumt und saubergemacht werden musste. Aber als er sich bückte, um ein Stück Zeitung vom Boden aufzuheben, wurde ihm prompt übel. Er schaffte es gerade noch bis zum Klo, wo er sich erst mal gründlich auskotzte. Er putzte die Zähne, trank noch zwei Gläser Leitungswasser und ging dann wieder ins Bett, nicht ohne den festen Vorsatz, nach höchstens ein oder zwei Stunden Schlaf den inneren und äußeren Saustall von Grund auf auszumisten.

Als Walter wach wurde, war es bereits dunkel. Er aß eine Kleinigkeit. Dabei stellte er fest, dass er fast nichts mehr im Haus hatte und dringend einkaufen musste. Aber es war schon nach acht, der kleine Supermarkt gleich um die Ecke hatte längst zu. Also verschob er alle guten Vorsätze auf den nächsten Morgen und verbrachte den Abend wie so viele andere vor dem Fernseher, wo ihn prompt eine bleierne Müdigkeit überfiel. Gegen drei Uhr schlich er sich mit schmerzendem Nacken vom Sofa ins Bett. Kaum, dass er aber drin lag, war er wieder rappelwach. An Schlaf war nicht zu denken und die Mühlsteine mahlten in seinem Kopf. Doch Walter blieb standhaft. Er griff nicht zur Flasche, was nicht zuletzt auch daran lag, dass er keinen Tropfen mehr im Haus hatte.

Am Freitagmorgen gegen sechs Uhr hielt Walter es im Bett nicht mehr aus. Er stand auf, holte Brötchen und frühstückte erst mal ausgiebig. Dabei las er in Ruhe die Zeitung, was er zu Hause sonst nur samstags tat. Plötzlich stand er mit einem Ruck auf. „So, Lehmann“, sagte er zu sich selbst, „jetzt ist Haushaltstag.“ Mit Schwung machte er sich an die Arbeit. Zuerst spülte er den Berg Abwasch weg, der sich völlig unerklärlicherweise angesammelt hatte. Dann entsorgte er eine beträchtliche Menge Müll und Leergut und sortierte seinen überquellenden Wäschekorb.

„Komisch“, dachte er. „Sonst habe ich nie eine Maschine vollgekriegt, und jetzt liegen hier Klamotten für drei Waschgänge.“ Angewidert roch er an einem Unterhemd, das einen mehr als herben Männergeruch ausströmte. War er damit etwa zur Arbeit gegangen?

Gut, dass mit dieser Schlamperei jetzt Schluss war. Gegen Mittag hatte Walter seine Wohnung komplett auf Vordermann gebracht. Irgendwie fühlte er sich besser als die ganzen letzten Monate zuvor. Er kochte sich einen Kaffee, dann nahm er sein Telefon und wählte eine Nummer im Ausland. Aber es nahm niemand ab.

Zur gleichen Zeit fuhren Anke und Dierk-Helge von Málaga aus auf der Küstenstraße in östliche Richtung. Der kleine Daihatsu hatte ganz schön zu tun. Anke scheuchte das Auto mit Schwung die Küste entlang, während Dierk-Helge auf dem Beifahrersitz mit Navi und Karte hantierte. Im Umkreis von fünfzig Kilometern um Málaga hatten sie schon alles abgeklappert, die Villas Selva y Mar aber nicht finden können. Das Exposee aus Sandmanns Büro zeigte eine Computer-Animation der zukünftigen Siedlung und einige Übersichtsaufnahmen von der Gegend. Man sah eine kleine, malerische Badebucht zwischen steilen Klippen. Ansonsten gab der Flyer auffallend wenig Information her. Anke, die ja gut spanisch sprach, hatte verschiedentlich Einheimische angesprochen, aber nur herausgefunden, dass die „Villas Selva y Mar“ nicht unmittelbar im Bereich von Málaga liegen konnten, da dort bereits alles hoffnungslos zugebaut war.

Sie waren nun bereits den fünften Tag unterwegs. Heute war Freitag, und Sonntag ging der Flieger zurück nach Paderborn. Aber die Stimmung war gut. Ankes Augen blitzten, sie liebte es einfach, Detektiv zu spielen. Und Dierk-Helge war alles recht, solange Anke gut drauf war. Vor, während und nach ihren permanenten ermittlungstechnischen Exkursionen nahmen sie sich reichlich Zeit zum Sonnenbaden, Schwimmen, Shoppen und für diverse Restaurantbesuche. Das Ganze verlief erstaunlich stressfrei. Im Gegenteil, der ausbleibende Ermittlungserfolg wurde von der unerwarteten Entdeckung etlicher traumhafter Badestellen und Restaurants mehr als wettgemacht.

„Du, guck mal, Schatz, da unten stehen Häuser an der Küste!" Angestrengt blickte Anke von der deutlich höher liegenden Küstenstraße zum Meer hinunter und ging automatisch vom Gas. Dierk-Helge schaute ebenfalls nach rechts. Mehrere Dächer schimmerten durch die grünen Pinienkronen, die hier recht dicht standen. Gerade wollte Anke sich nach einer Abfahrtsmöglichkeit umschauen, als hinter ihnen ein infernalisches Hupen ertönte. Unabsichtlich war der kleine Wagen auf schlappe 50 km/h abgefallen, und nun saß ihnen irgendein Macho in einem silbernen Porsche im Nacken, der wild mit der Lichthupe flackerte. Das konnte Anke allerdings nur noch ahnen, denn der Drängler hing ihnen fast im Kofferraum.

Erschrocken trat Anke das Gaspedal durch und hob entschuldigend die Hand. Trotz Gegenverkehr überholte der Sportwagen aber mit brüllendem Motor. Ein typischer Porschefahrer mit Silberlocke und Sonnenbrille zeigte ihr den Mittelfinger.

„Boah, was für ein Arschloch!" Wenn Anke eines nicht abkonnte, dann waren das aggressive Autofahrer in Angeberkarren. Obwohl sie komischerweise selbst gern einen recht heißen Reifen fuhr.

„Ey, lass den bloß fahren!" Besorgt schaute Dierk-Helge zu seiner Liebsten hinüber, die das Gaspedal bis zum Bodenblech durchgedrückt und den dritten Gang bis weit in den roten Bereich hochgezogen hatte.

„Hast du das Kennzeichen gesehen? Das war ein Gütersloher. Kann doch kein Zufall sein!"

„Was, echt?" Dierk-Helge erkannte sofort das Wetterleuchten im Gesicht von Anke. Er wusste, dass sie jetzt nur noch ein kapitaler Motorschaden aufhalten konnte. Aber auch bei Dierk-Helge stieg das Jagdfieber, der Terrier hatte angeschlagen. Sie kamen über eine Kuppe und konnten den Porsche in etwa 500 Meter Entfernung sehen. Der Daihatsu brachte mit gutem Zureden etwa 130 Sachen, das reichte, um dranzubleiben, aber immer wieder riss der Blickkontakt ab.

So fuhren sie etwa fünf Kilometer, als sie sich einer kleinen Ortschaft näherten. Der Porsche verschwand zwischen den Häusern. Anke bemühte sich, das Dorf so schnell wie möglich zu durchfahren, ohne jemanden allzu sehr zu gefährden. Man schien diesen Fahrstil offensichtlich gewohnt zu sein, niemand störte sich daran. Am Ortsausgang machte die Straße einen leichten Bogen und ging dann kilometerweit schnurgeradeaus. Der Porsche war verschwunden. Anke hielt an einem Supermercado, haute aufs Lenkrad und fluchte.

„Scheiße, jetzt ist er weg."

„Quatsch, ganz im Gegenteil!" Dierk-Helge schaute sich um und scannte sorgfältig das Gelände.

„Wo immer er hinwollte, es muss hier in der Nähe sein. Links sind die Berge und rechts das Meer. Da ist nicht viel zwischen." Anke schaute auf die Uhr. „Ich fahr mal zurück ins Dorf. Eigentlich könnten wir jetzt ganz gut irgendwo 'nen Drink nehmen."

Sie suchten sich eine nette kleine Bar an der Straße und setzten sich in die milde Sonne.

„Un café solo y una cervesa, por favor", bestellte Anke in perfektem Spanisch.

„Becks oder San Miguel?" antwortete der recht junge Kellner in ebenso perfektem Deutsch. Dierk-Helge entschied sich für San Miguel. Anke mochte es nicht, wenn der Tourismus die einheimischen Gepflogenheiten komplett verdrängte. Sie zog missbilligend die Nase kraus, was der Kellner offensichtlich bemerkte. „Dein Spanisch ist ja besser als meins", lobte er. „Ich bin Pablo, aus Mannheim. Kaffee und Bier kommen sofort."

Er ging ins Café und kam mit den bestellten Getränken zurück.

„Sag mal, gibt's hier am Wasser nicht irgendwo ein paar nette Ferienhäuser zu mieten?" Anke schenkte ihm einen ihrer unglaublichen Augenaufschläge. „Wir suchen was für nächstes Jahr."

Pablo hätte sie liebend gern nächstes Jahr wiedergesehen, deshalb überlegte er angestrengt. „Hier in der Gegend gibt es nichts, fürchte ich", sagte er dann mit erkennbarem Bedauern. „Unten am Meer stehen ein paar Anwesen, ist aber alles Privatbesitz. Ziemlich reiche Leute. Ich glaube nicht, dass von denen jemand vermietet."

„Oh schade. Der Küstenabschnitt ist noch so wunderbar unberührt. In Málaga ist es viel zu voll. Und überall nur blöde Touristen!"

Aber Pablo schüttelte den Kopf. „Die Küste ist in diesem Bereich nur schwer zugänglich. Bis auf die Handvoll Privatvillen gibt es hier nichts."

„Komisch", meinte Dierk-Helge zu niemand bestimmtem, „ich hatte doch im Internet gelesen, dass hier irgendwo eine neue Ferienanlage im Bau ist. Ziemlich exklusive Sache."

Pablo lächelte. „Nein, hier wird nichts gebaut. Das wüsste ich. Ich bin seit vier Wochen aus Deutschland zurück und mache seitdem nichts weiter, als auf diese blöde Straße zu starren."

„Echt?" Verwunderung schaute aus Ankes braunen Rehaugen. „Ich bin mir auch ziemlich sicher, dass das hier war. Wie hieß das Objekt doch gleich noch? Villas Selva y Mar. Oder, Schatz?"

Dierk-Helge nickte versonnen. Pablo runzelte die Stirn. Dann wandte er sich an einen älteren Mann, der in der hinteren Ecke der Terrasse saß, Rotwein trank und Zeitung las. Von dem spanischen Wortschwall, den Pablo auf ihn abfeuerte, verstand Anke kein Wort. So viel zum Thema Spanisch-Leistungskurs. Der Alte sagte drei knappe Sätze und nickte vage in Richtung Málaga.

„Der Jéfe sagt, hier wird nicht gebaut. Kein Mensch hat Geld."

Der Alte gab einige weitere Bemerkungen ab, Pablo übersetzte simultan.

„Weiter unten, fünf Kilometer zurück Richtung Málaga, da ist irgendwas im Gange. Letztes Jahr ist im Reservat 'ne Baustelle gewesen. Die sind wohl pleite gegangen, wie so viele andere auch. Seit einiger Zeit wird da wieder gearbeitet, genaues weiß man aber nicht. Ist sowieso nichts für die hiesige Wirtschaft. Das sind stinkreiche Leute da, kommen alle von außerhalb."

„Ah, kann sein, dass es das war. Eine Abfahrt zum Meer habe ich aber nirgends gesehen. Muss ich wohl verpasst haben." Für Anke schien das Thema erledigt zu sein.

„Nein, nein, da gibt es keine Abfahrt. Du musst die Straße nehmen, die vorn im Ort abgeht. Die führt herunter zum Meer und dann weiter zu den Anwesen unterhalb des Dorfes. Von da aus geht eine schmale Straße zu diesen Privatvillen. Sie endet allerdings an einem Parkplatz für Wanderer. Das Ganze ist so ein Naturreservat. Ab da geht nur noch ein Schotterweg weiter. Und irgendwo dort ist auch diese Baustelle. Ich war aber selber noch nie da. Wenn Sie hinwollen, nehmen Sie besser einen Jeep, die Piste ist angeblich ziemlich schlecht."

„Ach, ist ja auch egal. Wenn die pleite sind, können wir da nächstes Jahr auch nicht buchen."

Sie zahlten, verabschiedeten sich von dem freundlichen Pablo, stiegen in ihren kleinen Daihatsu und fuhren los. Am Ortsausgang wollte Dierk-Helge, dass Anke nach links zum Meer abbog, aber Anke fuhr zurück ins Hotel. „Morgen", sagte sie. „Morgen machen wir eine Wanderung."

Zweitausend Kilometer nördlich versuchte ein inzwischen verzweifelter Walter Lehmann immer noch beständig, seinen ersehnten Telefonkontakt herzustellen. Er tigerte durch die Wohnung und blieb nach einer Weile rastlosen Umherwanderns wie zufällig vor seiner kleinen Vitrine stehen. Wo sonst immer die Flasche stand, war es leer. Walter merkte, dass er jetzt gern einen ordentlichen Schluck genommen hätte. Er verfluchte sich dafür und tat das einzig Richtige: Er soff eine Pulle Mineralwasser auf ex.

10.

Mineralwasser gehörte zu den weniger gefragten Getränken in der Landgaststätte „Zur Kornblume". Richie grinste zufrieden. Haargenau die richtige Fete für seine Zwecke. Aus dem getönten Seitenfenster seines alten 5er BMW scannte er den Parkplatz irgendwo im Niemandsland zwischen Niehorst und Marienfeld. Voller Verachtung sah er die biederen, gewienerten Kleinwagen sauber in Zweierreihen stehen. Einige der Polos, Corsas und A-Klassen waren tatsächlich fabrikneu; kleine Geschenke wohlhabender oder vermeintlich wohlhabender Eltern zum 18. Geburtstag. Die Milchgesichter, die ihnen vor Stunden entstiegen waren und sich nun immer wieder in Grüppchen zum Rauchen und Knutschen vor der Tür trafen, steigerten seine Geringschätzung um weitere Lichtjahre. Alle im piekfeinen Zwirn, alle mit Hosen und Polohemden der angesagten Kollektionen und natürlich, als Gipfel der Geschmacklosigkeit, mit hochgestelltem Kragen. Stifter! Allein schon der Anblick erzeugte Brechreiz. Wie war es möglich, dass diese Grünschnäbel so unfertig wie Zweitklässler durch die Gegend stolperten und dabei schon jetzt dieselbe Arroganz vor sich herschoben wie all die Aufsichtsräte, Banker, Ärzte und Fabrikanten, die sie vor gut 19 Jahren im Zustand grenzenloser genetischer Selbstüberschätzung gezeugt hatten?

Und die Ischen? Kein Deut besser. Blasiert, cool, zickig. Okay, einige sahen schon proper aus, aber bevor mit denen was ging, wurde 'ne alte Oma wieder jung, das wusste er aus Erfahrung. Aus schmerzlicher Erfahrung.

Richie sah einige Pärchen hinter dem Gebäude auftauchen. Man ordnete Haare und rückte Kleidungsstücke zurecht. Er musterte die Mädels und Jungs genau und schmunzelte. Opfertypen. Na, den Laden würde er gleich mal ordentlich aufmischen. Der einsame Security-Typ am Eingang machte ihm keine Sorgen. Der war über vierzig, schlecht bezahlt und nur dazu da, die ordnungsbehördlichen Auflagen zu erfüllen. Für die paar Kröten würde der nichts riskieren.

Stufenfete! Lächerlich. Reine Abzocke. Zehn Euro Eintritt, Musik von der Festplatte und Getränke zu Kneipenpreisen. Das Ganze machte man vier- bis fünfmal im Jahr, um dann vom Gewinn die Abifete in Saus und Braus in der Stadthalle feiern zu können.

Mehrere Gäste kamen nun lachend aus der Kneipe, besetzten Autos und fuhren weg. Die erste Abreisewelle schien begonnen zu haben. Der Türsteher sah auf die Uhr, sprach mit einem der Yuppietypen und zog sich dann ins Innere zurück. Ah, ab jetzt war der Eintritt frei. Richie tippte eine kurze Nachricht in sein Handy und wartete noch zehn Minuten. Dann ging er rein.

Drinnen lief alles nach Schema F. Richie lümmelte etwas am Tresen herum und checkte die Lage. Etliche Mädels waren auf der Tanzfläche intensiv mit Abzappeln beschäftigt, während die Herren der Schöpfung wie üblich herumstanden und tranken. Richie sah eines der Mädchen, die eben mit ihrem Liebsten im Auto rumgeknutscht hatte. Haargenau richtig. Er mischte sich unter die Tanzenden, fing selbst fleißig an zu zappeln und näherte sich unauffällig seinem Opfer. Die Musik hatte passend auf Oldies gewechselt, und Procul Harums sagenhaftes „Whiter Shade of Pale“ erklang genau in dem Moment, als er ihr von hinten voll an die Möpse packte.

Das Mädel quiekte sofort los wie ein Schwein und wand sich wie ein Regenwurm am Haken, aber Richie drückte sie fest an sich und machte vorn mit ihren Brüsten kreisende Bewegungen. Dabei behielt er ihren Lover genau im Auge und fragte sich mal wieder, wie lange der Flachwichser wohl brauchen würde, um endlich seine Braut zu retten. Zu lange, stellte er gleich darauf fest, denn der Typ stand wie angenagelt und glotzte nur panisch. Lusche.

Das Mädel neben ihm war aber keine Lusche und haute ihm erst mal eine ordentliche Ohrfeige runter. Damit hatte Richie nicht gerechnet, aber okay, so kam wenigstens Leben in die Bude. Er ließ die Möpse los und knallte der Tussie eins vor den Latz, dass sie direkt auf die Bretter ging. Das half. Die restlichen Mädels suchten kreischend das Weite, während ein großer, sportlicher Junge brüllend auf ihn losging, die Fäuste oben. Im Schlepp hatte er vier bis fünf weitere Gefahrensucher, die sich wohl gerade zusammengerottet hatten, um hier die Helden zu spielen. Richie beachtete sie gar nicht, sondern passte nur auf den Großen auf, dem er erst mal geschickt auswich. Das erwies sich aber als arger Fehler, denn nun war er umzingelt von den anderen, die ihn tatsächlich packten und festhielten, während der Große siegessicher auf ihn zukam. Doch dann nahm das Geschehen eine unerwartete Wende. Sechs bis sieben Gestalten tauchten aus dem Hintergrund auf. Der Begriff Schlägerei war nicht annähernd zutreffend für das, was jetzt passierte. Das Ganze war eher eine äußerst präzise Strafvollstreckung. Es klatschte ein paar Mal laut und hässlich, dann lagen die fünf Helden mit blutenden Gesichtern und angeknackten Rippen auf dem Boden. Erstaunt sah sich der Große um, und genau da traf ihn Richies rechter Haken. So schnell wie der Spuk begonnen hatte, so schnell war er vorbei. Die Täter diffundierten auf dem dunklen, weitläufigen Parkplatz. Der zuständige Streifenwagen aus Versmold stand ungünstig, aber die Gütersloher waren schon gute zehn Minuten später vor Ort. Der 5er BMW und ein alter schwarzer Transit waren zu dem Zeitpunkt aber schon längst über Schleichwege nach Harsewinkel hineingefahren und fielen niemand auf.

„Mist, das ist jetzt schon die dritte Attacke nach genau demselben Muster. Langsam hab ich die Schnauze voll.“ Henry schaute besorgt auf die elenden Gestalten, die von den Rettungssanitätern reihum versorgt wurden. Sechs mehr oder weniger schwer verletzte Opfer, alle mit gebrochenen Nasen, aufgeplatzten Lippen oder eingeschlagenen Zähnen. Besorgte Eltern trafen ein und echauffierten sich lautstark über die mangelhafte Sicherheit im Kreis Gütersloh oder trösteten Töchter, die hysterisch weinten.
„Hast du irgendwas über die Täter rausgekriegt?“

„Jein.“ Manni kratzte sich am Kopf. „Keiner kannte einen davon persönlich. Es hatte auch keiner drauf geachtet, weil die offensichtlich einzeln eintrafen und sich auch drinnen nicht als Gruppe gezeigt hatten. Zudem war es dunkel und nur die Discobeleuchtung war an. Aber zwei von den Jungs vermuteten, dass es sich bei den Schlägern um die Richie-Gang handelt.“

„Ah okay. Und wer ist dieser Richie?“

„Das soll so ’n ganz harter Kampfsportler sein, aus dem Rotlichtmilieu. So wie ich das verstanden habe, ist der letzte Zeit öfter auf irgendwelchen Feten aufgetaucht, immer mit ‘nem kompletten Rollkommando im Schlepp. Die mischen sich unerkannt unters Volk und klatschen aus lauter

Spaß die Leute auf. Angeblich wären das alles Schwerverbrecher, gegen die keiner eine Chance hat."

„Schwerverbrecher, die halbe Kinder verprügeln? Ist doch Quatsch. Was springt denn dabei raus außer Stress mit den Bullen?"

„Keine Ahnung. Die Typen sind bisher nie gegriffen worden. Hat denn der Wachmann nichts gesehen?"

„Nö, der war gerade mal auf dem Klo. Künstlerpech. Und dann hat er sich selbst noch ein ziemlich dickes Ding eingefangen. Blendschlag ins Gesicht. Beide Augen zu und Nase kaputt."

„Irgendwann müssen wir aber mal Glück haben. Ist doch nur 'ne Frage der Zeit, bis einer die erkennt oder sich ein Kennzeichen merkt."

Die Gesuchten trafen sich derweil in irgendeiner Kneipe, genossen den Adrenalinkick und betrieben bei ein paar Bier ausgiebige Einsatznachbereitung. Die Mehrheit forderte dringend eine neue Zielorientierung, Abiturienten waren einfach keine adäquaten Gegner. Richie blickte immer wieder heimlich zu Marko hinüber, dem Neuen, der schweigend dabeisaß. Er hatte sich hundertprozentig eingeführt. Völlig unauffällig im Hintergrund gehalten, abgewartet und dann zielsicher den Security-Typen umgehauen, als der vom Klo kam und sich einmischen wollte. Guter Überblick, ordentliches Pfund und nicht das leiseste Zögern. Außerdem trank er nicht und konnte problemlos den Transit fahren. Da konnte man was mit anfangen. Jetzt merkte er direkt, dass er angestarrt wurde und wandte Richie den Blick zu. Der grinste, hob das Glas und prostete ihm zu.

Genau zwei Stunden später scheuchte Franzl die komplette Mannschaft nach draußen. „Jungs, fahrt mal schnell zum Music-Temple an der Friedrich-Ebert-Straße. Da hat's 'ne Schlägerei gegeben, die britische Militärpolizei rief an." Henry und Manni brauchten keine drei Minuten, dann hielt der Streifenwagen mit qualmenden Reifen vor dem zweifelhaften Tanzlokal, das fast ausschließlich von britischen Soldaten frequentiert wurde.

John, ein baumlanger Corporal der Royal Military Police, kam ihnen entgegen. „Ist alles schon vorbei hier. Es hat wohl Streit um ein paar Mädchen gegeben zwischen ein paar von unseren und ein paar von euren Jungs." Er deutete auf fünf junge Frauen, die ihr eher unterdurchschnittliches Äußeres mit viel Aufwand, wenig Geschmack und noch weniger Erfolg mächtig aufzubrezeln versucht hatten und nun verheult und verbeult am Tresen standen. Falls da heute Abend jemals irgendwo Lack dran gewesen sein sollte, war er jetzt jedenfalls rückstandslos ab.

Henry und Manni blickten sich suchend um. Das Einzige, was von den britischen und deutschen Kombattanten zu sehen war, beschränkte sich auf größere Blutpfützen und, wie man erkennen konnte, auch den einen oder anderen Zahn, die zusammen mit einigen komplett zerschlagenen Sitzmöbeln die Tanzfläche zierten.

„Äh, die Deutschen waren schon weg, als wir kamen", beeilte sich der Sergeant zu erklären. „Wir wissen auch nicht genau, was passiert ist, aber unsere Jungs habe ich erst mal komplett eingesperrt, weil sie Waffen benutzt haben." Er deutete auf das zerlegte Mobiliar und hier auf einige besonders handliche Stuhlbeine. Ein zerbrochener Bierkrug lag auch dort herum.

„Tut mir echt leid, aber die haben einfach mal wieder mehr getrunken, als gut war für sie. Irgendwo verständlich, sind alle heute Abend aus Afghanistan wiedergekommen. Darf aber trotzdem nicht passieren. Prügeln, okay, das kann vorkommen. Aber nicht Leute mit Stuhlbeinen und Biergläsern angreifen."

„Alles Quatsch, was der da erzählt!" Eines der Mädchen wurde jetzt laut und kam auf die Polizisten zu. „Die Typen sind einfach hier reingekommen, als wir mit unseren Boys Wiedersehen gefeiert haben. Die sind gleich auf die Tanzfläche und haben uns voll an die Titten gepackt. Mir ist sogar einer unter den Rock gegangen!"

„Da hatte er ja keine allzu großen Schwierigkeiten dran zu kommen", meinte Manni und guckte belustigt auf den etwas breiteren Gürtel, den die Grazie um ihre kräftigen Hüften gespannt hatte.

„Ja und? Is doch egal!" Die Schöne wurde jetzt wütend und stampfte mit dem Fuß auf. Dabei rutschte der knappe Rock ein weiteres Stück nach oben und gab den Blick auf einen knallroten Tanga frei, der die ihm anvertrauten Körperteile allerdings nur unvollständig zu bedecken vermochte.

„Unsere Jungs haben uns nur beschützt gegen diese Affen. Aber da tauchten auf einmal vier, fünf andere aus dem Nichts auf und haben uns die Fresse poliert. Damon, Mike und Barny sind sofort auf die Bretter gegangen, ein paar andere auch. Ich dachte schon: Das war's. Aber dann sind sie plötzlich wieder hoch, haben ein paar Stühle zerkloppt, und dann haben sie es den Arschlöchern ordentlich gezeigt. Das war voll Notwehr, Mann!"

„Ah, und die Deutschen haben richtig eingesteckt?" fragte Henry interessiert.

„Aber hallo!" Das Mädchen kam jetzt richtig in Fahrt. „Einer hat hier die ganzen Zähne ausgespuckt. Und ein anderer hat das Bierglas ins Gesicht gekriegt. Der blutete tierisch am Auge. Zwei von denen konnten überhaupt nicht mehr gehen. Die sind dann in so 'nen alten schwarzen Transporter und Richtung Innenstadt abgehauen."

Manni funkte sofort die Leitstelle an und gab eine Fahndung nach dem schwarzen Transporter mit sechs oder sieben verletzten jungen Männern raus. Er brauchte nicht lange zu warten. Franzl von der Wache funkte zurück. „Du Manni, die sind alle hier!"

„Wie hier? Auf der Wache?"

„Jau. Ein gewisser Richard Kalinowski, genannt ‚Richie' und seine komplette Mischpoke. Wollen Anzeige erstatten wegen gefährlicher Körperverletzung. Das müsst ihr sehen. Das ist hier wie bei Asterix, wenn die Römerpatrouille aus dem Wald zurückkommt. Komplett aufgeklatscht. Der Blinde stützt den Lahmen!"

Henry grinste feist. „Manchmal gibt es eben doch noch Gerechtigkeit auf dieser Welt", sagte er zu dem langen Sergeant. „Nix für ungut, John, aber wenn das meine Jungs wären, dann wäre ich jetzt verdammt stolz auf sie. Hier ist Belobigung angesagt."

„Stolz? Die haben Zivilisten mit Waffen verletzt. Das heißt bei uns auf jeden Fall erst mal Bau. Auf das Gequatsche der feinen Ladies dort gebe ich nicht allzu viel, die halten doch sowieso zu ihren Kerlen."

„Nee, John, hier ist die Lage eindeutig anders. Wir kennen die Truppe. Die ziehen durch die Gemeinde und schlagen Leute zusammen. Wir sind schon eine ganze Weile hinter denen her. Und die Sache läuft immer nach demselben Muster ab. Haargenau, wie die Dame es eben beschrieben hat. Einer geht vor und macht die Mädels an, bis sie schreien. Sobald Hilfe kommt, tauchen plötzlich sechs bis sieben Gestalten aus dem Hintergrund auf und hauen alles um, was bei drei nicht auf den Bäumen ist."

„Und du meinst, das war hier auch so?"

„Ja sicher, genau so. Nur mit einem gravierenden Unterschied: Im Gegensatz zu allen bisherigen Opfern sind eure Jungs wieder hochgekommen, obwohl sie ein paar ordentliche Dinger einstecken mussten. Die sind im Gegenteil erst richtig warm geworden, haben sich bewaffnet und voll zurückgeschlagen. Damit sind unsere Helden überhaupt nicht klargekommen. Das sind halt nur Schläger und keine Fighter. Die sind es gewohnt, dass jemand liegen bleibt, wenn er eins aufs Maul gekriegt hat. Als sie plötzlich selber was abgekriegt haben, haben sie gemerkt, dass das weh tut, und sind abgehauen wie die Karnickel."

Johns Gesicht hellte sich deutlich auf und er griff zum Handy. „Das ist ein Fall für den Chief", entschied er. Fünf Minuten später hielt ein Land Rover mit langem Radstand vor der Kneipe. Der diensthabende Sergeant der RMP stieg aus, von der Ladefläche krochen sechs ramponierte junge Männer, zwei hielten sich Taschentücher vor die Nase, ein dritter hatte ein völlig zugeschwollenes Auge, ein vierter eine aufgeplatzte Lippe. Sie bauten sich schweigend und offensichtlich verwirrt in einer Reihe auf. Ein schlanker, mittelgroßer Mann in Trainingsanzug betrat die Kneipe. Alle Soldaten sprangen in stramme Hab-Acht-Stellung und salutierten. Der Mann erwiderte den Gruß nicht, da er Zivil trug. Er nickte nur höflich und machte mit einer Geste deutlich, dass man bequem stehen möge. Dann sah er den Sergeant fragend an. Der nickte seinem Corporal zu und John machte zackig Meldung. Dabei verschwieg er nicht, dass die Soldaten sich trotz eigener Verletzungen heldenhaft gegen den Überfall einer kriminellen Übermacht erwehrt und die Angreifer in die Flucht geschlagen hatten. „Uns haben sie einen großen Gefallen getan", ergänzte Henry. „Aufgrund der Verletzungen konnten wir die ganze Bande endlich identifizieren und anklagen."

Captain Jeff Turner überlegte einen Moment. Dann kam seine Entscheidung kurz und knapp: „Three days off for the lads, and a beer on my account!"

Es dauerte keine Minute, dann standen sieben frisch gezapfte Ales auf dem Tresen. Der Offizier prostete den Verwundeten zu, leerte sein Glas in einem Zug und ging genau so unspektakulär, wie er gekommen war.

Auf der Wache ließ Henry sich noch mal von Franzl haarklein berichten, wie die Mischpoke dort aufgelaufen war.

„Also, unsere englischen Freunde haben 'ne ordentlicher Handschrift geschrieben. Vier von den sauberen Jungs sind in stationäre Behandlung gegangen. Wir haben einen Kieferbruch, der gedrahtet werden muss, einen komplizierten Unterarmbruch, der gerade operativ versorgt wird, und einen Verdacht auf Leberriss. Am schlimmsten hat es diesen Burschen erwischt. Der hat ein zerbrochenes Bierglas ins Gesicht gekriegt. Liegt gerade im Elli Hop auf dem OP-Tisch und wird notdürftig zusammengeflickt."

Henry sah sich die Fotos an, die Franzl von der Römerpatrouille gemacht hatte. Er zog scharf die Luft ein, als er die Verletzungen auf den Bildern sah. Mit einem Mal stutzte er. „Wer ist denn das?" fragte er Franzl und zeigte auf einen Mann in Army-Tarnjacke, der augenscheinlich als einziger unverletzt war.

„Der hat den schwarzen Transit gefahren. Ich komm grad nicht auf den Namen. Warte, ich hab ihn hier irgendwo."

„Das ist doch Marko. Marko Hessenberg."

„Ja, stimmt", meldete Franzl mit einem Blick auf seinen Zettel. „Woher kennst du den denn?"

„War mal bei den Glatzen in jungen Jahren. Weißt du nicht mehr, damals die hiesige Szene Ende der Neunziger?"

„Doch klar, an die Skinheads kann ich mich noch gut erinnern. Aber der Name und das Gesicht sagen mir nichts."

„Marko war damals fünfzehn und eigentlich nur 'ne Randfigur. Irgendwie war der nicht Fleisch und nicht Fisch. Dümpelte so hin und her zwischen deutschnational und Sozialrevolutionär. Hat zwischendurch auch bei den Linken rumgehangen und ein paar Mal richtig ordentlich Mist gebaut. Dann war er aber beizeiten weg von der Szene und hat sein eigenes Ding gemacht. Rannte dann mehr so survivalmäßig durch den Wald, meistens mit Tarnklamotten an. Die Kollegen vom Staatsschutz sagten damals, die Skins seien ihm zu lasch gewesen. Nur Saufen und Kloppen. Die befürchteten, Marko würde in harte politische Kreise abrutschen. Ich hab aber nie mehr irgendwas von dem gehört."

„Seine Akte ist tatsächlich weitgehend sauber. Jetzt hat er sich auch wieder fein rausgehalten. Er hätte nur die Jungs im Transporter durch die Gegend gefahren. War angeblich überhaupt nicht in der Kneipe mit drin."

11.

Am Samstag schlief Walter glatt bis sechs Uhr durch. Nach dem Frühstück packte er ein paar Sachen zusammen, schwang sich aufs Rad und machte eine schöne Tour in die Stromberger Berge. Als er abends zurückkam, wählte er voller Hoffnung erneut die Nummer, wurde aber wieder bitter enttäuscht. Also haute er sich vor die Glotze und ging ziemlich früh in die Koje. Morgen musste er unbedingt in die Firma, in Ruhe die Situation checken und alles für Montag vorbereiten. Vehement wehrte sich Walter gegen den Gedanken, dass der Betrieb zwei ganze Tage lang ohne ihn überlebt haben sollte. Er würde den Sonntagmorgen nutzen, um in aller Ruhe die Bautagebücher und die Lagerbestände zu überprüfen und alles für Montag vorzubereiten, damit die Teams genau so in die Woche starten konnten, als wäre er nie weg gewesen.

Auch Dierk-Helge war am Samstagmorgen früh auf. Zunächst ging er zur Autovermietung und tauschte den Daihatsu gegen einen Suzuki-Jeep. Dann suchte er die Touristeninformation auf und erstand mehrere Wanderkarten. Pünktlich zum Frühstück war er zurück im Hotel. Anke war gerade aufgestanden und setzte sich wortkarg zu ihm. Sie war halt ein Morgenmuffel und vor neun Uhr einfach nicht genießbar. Dierk-Helge wusste und akzeptierte das ohne jegliches Wenn und Aber, was ihm wiederum Ankes uneingeschränkte Zuneigung einbrachte.

Nach dem Frühstück breitete er die Karten aus, während Anke ihr Tablet startete und sich in das WLAN des Hotels einloggte. Eine Minute später hatte sie den betreffenden Küstenabschnitt bei Google Earth angeflogen. Mit Feuereifer verglichen sie die unterschiedlichen Topografien. Schließlich bekamen sie Luftbild und Karte übereinander. Tatsächlich gab es an dem betreffenden, vornehmlich felsigen Küstenabschnitt eine einzelne Bucht mit Sandstrand, die aber nicht wirklich erschlossen schien. Lediglich einige Wanderwege waren dort eingezeichnet. Dierk-Helge hielt die Fotos vom Flyer daneben. Ja, tatsächlich, das konnte die Bucht sein. Anke schickte einige Druckbefehle an den hoteleigenen Netzwerkdrucker, dann brachen sie auf. Den Waldparkplatz erreichten sie ohne Schwierigkeiten. Anstatt der beschriebenen Schotterpiste führte jedoch eine gut geteerte Straße weiter in den Wald, der hier auffallend dicht und grün stand. Allerdings versperrte eine solide Kette die Durchfahrt. „Prohibido Pisar“ und „Propriedad Privada“ stand auf mindestens drei Schildern.

Anke und Dierk-Helge stellten den Wagen ab, checkten kurz die Info-Tafel und wählten von den drei Rundwanderwegen denjenigen, der am weitesten hinunter zum Meer führte. Anke hatte die Navigation auf ihrem Smartphone aktiviert und kontrollierte ständig ihren Standpunkt im Gelände. Nach etwa dreißig Minuten Fußmarsch schwenkte der Weg bergan, um der Karte zufolge im Bogen zum Parkplatz zurückzuführen. Ein kleiner Pfad zweigte hier nach links zum Meer ab, dem sie entschlossen folgten. Sie hatten im immer dichteren Unterholz schon fast die Hoffnung aufgegeben, da trat der Pinienbewuchs plötzlich zurück und gab den Blick auf eine malerische Bucht frei. Sie war nur knapp 200 Meter breit und hatte einen schönen Badestrand aus feinen, runden Kieseln. Von ihrem erhöhten Beobachtungspunkt aus konnten sie die kleine Straße sehen, die zu einer Gruppe von Ferienhäusern führte. Die Anwesen, es waren eher gediegene Landhäuser als Ferienheime, lagen im Wald an der linken Flanke der Bucht. Zwei weitere dieser Anwesen waren weiter rechts zu sehen. Offensichtlich hatten es einige äußerst gut betuchte Leute verstanden, dieses Eldorado für ihr ganz persönliches Wohlergehen zu erschließen. Das Ganze war mit Bedacht, Augenmaß und Geschmack geschehen und fiel in der traumhaften Natur keineswegs negativ auf.

Im Gegensatz zu der Großbaustelle in der Mitte der Bucht, die aufdringlich nahe am Wasser lag. Hier hatte jemand eine hässliche Wunde in die Idylle geschlagen. Schotter und Beton beherrschten das Bild, Bäume und Buschwerk waren großflächig gerodet, der Waldboden von schweren Fahrzeugen aufgepflügt.

Anke zückte automatisch ihre Canon und begann, eine erste Serie zu schießen. Nach längerem Hinschauen erschloss sich den beiden das Projekt. Zehn imposante Einzelvillen und ein größeres, zentrales Objekt waren hier in unterschiedlichen Bauphasen zu erkennen. Bei drei Häusern waren lediglich die Fundamente zu erkennen, vier weitere waren offensichtlich mitten im Rohbau, der bei den restlichen drei Objekten seiner baldigen Fertigstellung entgegensah. Das spätere Haupthaus hatte bereits Dach, Fenster und Türen und schien fertig für den Innenausbau. Alle Häuser waren geschickt am Hang verteilt, jedes stand quasi für sich allein, mit freier Sicht auf das Meer. Wer immer das hier geplant hatte, verstand sein Handwerk. Anke hatte einen Blick für so was. Zwei Baukräne waren zentral aufgestellt, sodass sie vier der Objekte gleichzeitig bedienen konnten, drei große, graue Baucontainer standen daneben. „Arenero SL." stand in großen roten Lettern darauf. „Arenero, der spanische Sandmann", sinnierte Anke. „Also, eins ist klar", sagte sie dann, „wenn das hier die ‚Villas Selva y Mar' sind, dann hat Sandmann sich 'ne echte Sahneschnitte an Land gezogen. Ich hab zwar keine Ahnung, was er dafür auf den Tisch gelegt hat, aber diese Bucht ist das pure Gold. Ich kenne Leute, die würden für so eine Hütte ihre rechte Hand geben."

Dierk-Helges Laune sank schlagartig. Er hatte gehofft, Sandmanns Projekt würde sich als Lachnummer entpuppen. In Wirklichkeit schien er richtig dick im Geschäft zu sein. Dann kam ihm ein Gedanke.

„Weißt du, was ich hier komisch finde?" Anke sah ihn fragend an. „Wie kann es sein, dass es in einer Touristenhochburg wie Málaga so ein Fleckchen Erde gibt, und es ist noch nicht bis auf den letzten Zentimeter zugebaut?"

„Tja, das ist hier der springende Punkt. Du hast es doch unten selbst gelesen: Privatbesitz! Die Leute, denen das hier gehört, wollen eben nicht, dass hier gebaut wird. Die sind so reich, dass sie es sich locker leisten können, alles so schön und ursprünglich zu lassen, wie es ist. Überleg mal, was für einen unglaublichen Prestigewert es bringt, mitten in diesem Touristenmoloch ein solches Juwel zu besitzen. Am Arsch der Welt völlig normal. Aber hier? Unbezahlbar."

„Jau. Und dann kommt ausgerechnet ein zweitklassiger Bauunternehmer aus Deutschland daher und schwatzt diesen Superbonzen ihr Herzstück ab. Im Leben nicht!"

Anke überlegte scharf. Es war ein altes Spiel zwischen ihnen, dass der eine in einer Diskussion grundsätzlich die gegensätzliche Position des anderen einnahm. Man konnte sich herrlich streiten, ohne böse aufeinander zu sein.

„Du weißt ja nie, was so alles passiert bei Rockefellers. Die haben doch auch alle an der Krise zu knapsen. Vielleicht hat sich ja auch einer von denen verzockt. Da muss man in der Not mal ans Eingemachte gehen und den Familienschmuck verhökern. Vielleicht hat hier jemand die nötigen Millionen zusammengekratzt, um eine drohende Insolvenz abzuwehren?"

Anke ahnte nicht, wie nahe ihr Schuss ins Blaue an der Wirklichkeit lag.

Dierk-Helge gestand sich ein, dass er zu wenig über Wirtschaftskriminalität wusste, um sich hier ein kompetentes Urteil zu erlauben. Vor allem aber wusste er zu wenig über diese Bucht, die Eigentümer und die baurechtlichen Gegebenheiten.

„Komm, lass uns runtergehen und etwas rumschnüffeln", sagte er und trabte los. Anke folgte auf dem Fuß. Eines von den vielen Dingen, die sie ausgesprochen gern tat, war irgendwo runtergehen und rumschnüffeln.

Nach 15 Minuten Abstieg, teils durch weglose Macchia, erreichten sie die Straße ziemlich genau dort, wo ein großer Bauzaun die Zufahrt zur Baustelle versperrte. Okay, dass hier gerade nicht gearbeitet wurde, hatten sie schon von oben gesehen. Schließlich war Samstag. Doch auch aus der Nähe betrachtet sah die Baustelle picobello aus. Gerüst, die zwei Kräne, die Container, alles neuwertig und prima in Schuss. Anke bannte alles auf ihren unerschöpflichen 64-Gigabyte-Chip. Sie hatte ihre Canon auf Serienaufnahme gestellt und haute jedes Mal eine Dreierserie raus, wenn sie auf den Auslöser drückte. Nicht, dass sie die vielen Fotos jemals benötigt hätte, aber die Kamera machte ein kräftiges Winder-Geräusch dazu, das unglaublich professionell klang.

Schließlich zuckte sie mit den Schultern. „Sieht alles tacco aus hier. Ich hab echt schon schlampigere Baustellen gesehen. Hier scheint richtig Zug drin zu sein. Guck mal: Überall ist das Unterholz gerodet. Sogar das Gras ist frisch gemäht um die einzelnen Objekte."

„Wie ich das so sehe, haben wir hier zwei Bauphasen", resümierte Dierk-Helge. „Die Fundamente und einige Grundmauern wurden offensichtlich vor dem Winter erstellt, dann war irgendwie Baupause. Vor nicht allzu langer Zeit hat der Eigentümer einen Neustart hingelegt, das Haupthaus und die ersten drei Villen vorangetrieben und nun die nächsten vier in Angriff genommen."

„Ein Eigentümer", korrigierte Anke.

„Hää?"

„Na ja, ich finde, es spricht alles dafür, dass hier jemand mit einem ehrgeizigen Projekt baden gegangen ist. Dann ist die Immobilie von einem anderen, kompetenteren Investor übernommen, mit neuem Schwung angegangen worden und befindet sich jetzt in voller Fahrt."

„Arenero SL. Sandmann."

Äußerst widerstrebend registrierte Dierk-Helge, wie mehrere Puzzleteile in seinem Hinterkopf auf ihren Platz fielen und ein Gesamtbild ergaben, das ihm überhaupt nicht gefiel. „Scheint alles zu passen", grummelte er missmutig.

„Würde mich nicht wundern, wenn einer von den Bonzen hier aus der Bucht das Ding in den Sand gesetzt hat", mutmaßte Anke.

Doch so schnell gab der rote Ritter nicht auf. „Komm, lass uns wenigstens noch die hinteren Häuser angucken. Bestimmt kommt man hier irgendwo von hinten an das Gelände heran."

Das Unterholz neben dem Bauzaun erwies sich als undurchdringlich. Langsam gingen die beiden die Straße zurück, um nach einem passablen Weg Ausschau zu halten. Bald konnten sie unterhalb am Hang eines der benachbarten Anwesen sehen und dahinter ein zweites. Gewohnheitsmäßig setzte Anke die Kamera an und schoss auch hier munter drauflos, während Dierk-Helge schon mal vorausging. Seine Anwesenheit blieb nicht unbemerkt. Ein äußerst sportlich aussehender junger Mann mit Sonnenbrille trat auf die Straße und blaffte ihn auf Spanisch an. Dierk-Helge verstand kein Wort und hob bedauernd die Arme.

„Sorry, ich verstehe nur Bahnhof", sagte er freundlich.

„Chier privado!" schnauzte der Mann in gebrochenem Kauderwelsch. „No turistas chier!"

„Oh, tut mir leid, wir haben uns verlaufen, beim Wandern. Parc Naturel", erklärte Dierk-Helge und zeigte nach oben zum Wald. Der Mann wollte etwas erwidern, horchte aber dann plötzlich auf und drehte den Kopf. Er erblickte Anke, die gerade eine große Gottesanbeterin an der Trockenmauer entdeckt hatte und nun akribisch fotografierte.

„No!", rief er laut und stürmte mit energischen Schritten auf Anke zu. „No Fotos chier!" Anke ließ die Kamera gehorsam sinken und schenkte dem Mann ihr strahlendstes Lächeln. Sie stellte fest, dass ihr Charme an ihm abprallte wie an einer Betonwand, eine für sie völlig neue Erfahrung. Dierk-Helge kam direkt hinterhergelaufen. Der Mann schien ernsthaft auf Anke losgehen zu wollen. „He, lass bloß meine Frau in Ruhe!"

Der Roundhouse-Kick kam so schnell und ansatzlos, dass er keine Chance zur Abwehr hatte. Der Mann führte ihn zudem mit einer Lässigkeit aus, als wolle er eine Fliege verscheuchen. Zum Glück traf er nur Dierk-Helges Schulter, der deshalb zur Seite wegflog, ohne direkt k.o. zu gehen.

Doch auch der Mann machte eine neue Lebenserfahrung. Der Lowa Air Lady, den Anke trug, ist nur ein leichter Bergschuh und sicher nicht geeignet, schweren Schaden anzurichten. Wenn er aber mit Schwung und vor allem mit Wut getreten wird und das Standbein eines Kickboxers genau unter der Kniescheibe trifft, kann auch er jede Menge Probleme machen.

Der Kämpfer knickte mitten in seinem Kick gefährlich ein. Im selben Moment bekam er von Anke eine klingelnde Ohrfeige hereingereicht, die zwar überwiegend nur psychischen Schaden anrichtete, aber trotzdem ausreichte, dass Jean-Claude van Damme wie ein Käfer auf den Rücken fiel.

Ganz anders Dierk-Helge. Er war elegant rückwärts abgerollt und stand bereits wieder in Kampfstellung, Fäuste nach vorn.

Jean-Claude brauchte zwei Sekunden, um sein extrem verbeultes Ego wieder betriebsbereit zu machen, dann explodierte er. Wie ein Kater zog er sich zusammen und schnellte mit einer filmreifen Nackenkippe in den Stand. Sofort begann er zu tänzeln, nahm die Fäuste hoch und täuschte Schläge und Tritte an. Er wartete nur auf den passenden Moment, diesen kleinen Wichser umzuhauen, dann würde die Zicke schon kuschen. Für die Ohrfeige und den Tritt würde sie teuer bezahlen, die Schlampe.

Dierk-Helge sah Anke kurz an. Der Mann war schneller, stärker und besser trainiert als sie beide zusammen. Das hier schien wirklich gefährlich zu werden. Er wollte Anke gerade zurufen, ihm einfach die Kamera zu geben. In ihrem Gesicht las er jedoch, dass dieser Versuch zwecklos war.

Jean-Claude hatte indessen genug getänzelt. Spielerisch leicht steppte er auf Anke zu. Prompt kam ihr Typ von links brüllend vor. Noch ein Schritt, und er war in Reichweite für einen Halbkreisfußtritt rechts, seine Paradetechnik.

„Vasco!" Die Stimme kam wie ein Peitschenknall. „Gracias, Vasco!"

Als hätte man einen Schalter umgelegt, wurde Vasco passiv, trat an den Straßenrand und legte die Hände auf den Rücken.

Ein kleiner, sehr distinguiert wirkender älterer Herr stand in der Grundstückseinfahrt. Er feuerte noch eine kleine spanische Salve auf Vasco ab, dann kam er auf Anke und Dierk-Helge zu. „Sie müssen Vasco entschuldigen", sagte er in passablem Deutsch. „Er ist manchmal etwas, wie soll ich sagen? Übereifrig! Allerdings tut er nur seine Pflicht." Weiter kam er nicht. Anke war nicht in der Stimmung für artigen Smalltalk.

„Ihre scheinheiligen Sprüche können Sie sich sparen", fauchte sie. „Ihr dämlicher Gorilla wollte mir die Kamera klauen und hätte uns beinahe zusammengeschlagen." Belustigt, aber auch mit einer gewissen Bewunderung sah der Herr die wutschnaubende junge Dame an. „Ich entschuldige mich noch einmal für Vasco. Und ich versichere Ihnen, Señorita, ich hätte es persönlich sehr bevorzugt, Sie unter anderen Voraussetzungen kennen zu lernen. Bedenken Sie aber bitte auf der anderen Seite: Dies ist tatsächlich Privatbesitz. Wir sind hier acht Grundbesitzer und geben jedes Jahr viel Geld aus, um die Dinge so zu bewahren, wie sie sind. Sie glauben nicht, zu was Touristen fähig sind. Dagegen ist Vasco ein Waisenknabe." Dierk-Helge dachte an die Zustände in seinem Hotel und musste dem Herrn insgeheim zustimmen. Aber bei Anke standen die Zeichen weiter auf Sturm.

„Versuchen Sie hier bloß nicht, den Biedermann zu geben. Natürlich müssen Sie Unsummen raushauen. Aber doch wohl Schmiergelder, um hier mitten im Naturschutzgebiet überhaupt eine Baugenehmigung zu bekommen."

Wenn diese Kritik bei dem Herrn ankam, zeigte er es zumindest nicht. Allerdings wurde er eine Nuance kühler, als er antwortete.

„Hier sind Sie leider auf dem Holzweg, Señorita. Ich habe dieses Anwesen von meinem Vater geerbt, der es damals als Offizier von General Franco persönlich geschenkt bekam, für besondere Verdienste. Ähnlich verhält es sich mit den anderen Anwesen. Die Parzellen waren längst in Privatbesitz, als das restliche Tal unter Naturschutz gestellt wurde. Im Gegenteil, wir Anlieger bringen den Löwenanteil der Kosten für das Reservat auf."

„Ach so", hakte Dierk-Helge ein. „Verstehe, alte Erbrechte. Und deshalb wird da hinten auch gerade ein brandneues Bauprojekt hochgezogen. Eben mal einige Hektar Wald roden, 500 Kubikmeter Beton gießen und zehn bis zwölf Bauten aus dem Boden stampfen."

Der feine Herr schien einen Moment um Fassung zu ringen. Er hatte sich aber sofort wieder im Griff. Eine leichte Zornesröte blieb dabei trotzdem auf seiner Stirn zurück.

„Wir sind von dieser Entwicklung auch nicht begeistert. Aber letztlich gilt gleiches Recht für alle. Die bewusste Liegenschaft ist die letzte in Privatbesitz, die noch nicht bebaut wurde. Und zugleich die größte. Man muss dem Eigentümer zubilligen, das Bestmögliche aus diesem Juwel zu machen, so wie unsere Väter es mit ihren Grundstücken auch getan haben."

„Aber glücklich sind Sie damit nicht", stellte Anke fest.

„Nein", bestätigte der Herr entschlossen. „Es ist schwer vorstellbar, unsere Bucht künftig mit Fremden zu teilen. Aber zumindest wird es eine sehr kleine und exklusive Anlage, die sich unserem Stil gut anpasst. Nicht jeder wird sich das leisten können. Wer weiß, vielleicht wird der eine oder andere Besuch ja auch eine Bereicherung?" Der Herr blickte Anke augenzwinkernd an.

„Das ist durchaus möglich", erwiderte diese zuckersüß, „sofern sich gewisse Leute hier auf die Gepflogenheiten der spanischen Gastfreundschaft zurückbesinnen!"

Diese Ohrfeige saß, der spanische Gentleman verzog das Gesicht.

„Okay!" Dierk-Helge suchte nach einem Ausweg aus der Situation. Aus dem Augenwinkel bemerkte er verwundert, wie Anke sich äußerst undamenhaft am Hintern kratzte. Er wertete das als ein Zeichen von Anspannung und Ungeduld. „Wir gehen dann jetzt besser. Schönen Tag noch!"

„Ja, gehen Sie mit Gott!" Der feine Herr räusperte sich. „Eine Kleinigkeit müssen wir aber noch klären. Verstehen Sie bitte: Wir Eigentümer sind auf den Schutz unserer Privatsphäre angewiesen. Es sind sehr prominente Leute darunter. Ich denke da auch an verschiedene Einbruchs- und Erpressungsversuche. Paparazzi und all das Geschmeiß. Señorita", wandte er sich wieder an Anke, „es ist mir unendlich peinlich, aber ich muss leider darauf bestehen, dass Sie mir den Speicherchip Ihrer Kamera aushändigen." Anke lag die passende Antwort bereits auf der Zunge. Doch dann sah sie Vasco etwas weiter unterhalb stumm und mit verschränkten Armen mitten auf die Straße treten. Auch der Herr guckte plötzlich überhaupt nicht mehr höflich. Sie bedachte ihn mit einem vernichtenden Blick, dann fummelte sie an ihrer Kamera herum, zog die SD-Karte heraus und warf sie ihm vor die Füße. Ein kleiner, eleganter Herrenschuh mit Lederbrandsohle trat darauf und bewegte die Hacke gekonnt nach links und rechts. Es klang, als wenn man eine Kakerlake zerquetscht, dann war der Chip Geschichte.

„Können wir jetzt endlich gehen?“ zischte Anke durch zusammengebissene Zähne.

„Nicht ohne meinen gut gemeinten Rat. Legen Sie sich nicht noch einmal mit Vasco an, er ist wirklich gefährlich. Sie haben ihn tief gekränkt, und ich weiß nicht, ob er momentan den nötigen Gehorsam aufbringt und die Finger von Ihnen lässt.“

Anke hakte sich bei Dierk-Helge ein und stapfte entschlossen los. Obwohl sie ganz links gingen, mussten sie sich an Vasco vorbeizwängen, der stur mitten auf dem Weg stand.

Gerade, als Dierk-Helge den entscheidenden Zentimeter Platz machte, um kontaktfrei an Vasco vorbeizukommen, fuhr dieser eine harte Schulter aus. Einfach nur so, für seine gekränkte Ehre, für sein Ego und für seinen Chef, der alles genau beobachtete. Er traf Dierk-Helge mit einem fiesen Bodycheck, doch nicht mit dem gewünschten Erfolg, denn der nahm seinerseits die Schulter leicht zurück, sodass der Stoß etwas abgefedert wurde. Dann waren sie aneinander vorbei. Dachte zumindest Vasco. Doch eine Zehntelsekunde später landete er zum zweiten Mal an diesem Tag auf dem Rücken. Diesmal allerdings mit einem Resultat, das eine längere ärztliche Behandlung erforderlich machte.

Er hatte den sträflichen Fehler gemacht, seinen Gegner zu unterschätzen und zudem auf einer Distanz anzugehen, in der er seine eigene Kampftechnik überhaupt nicht einsetzen konnte. Dierk-Helge, vom Body-Check beschleunigt, wirbelte wie von selbst in eine Rechtsdrehung, kam in den Rücken seines Gegners und nutzte den Schwung, um seinen Gegner ebenfalls kräftig in der Pirouette mitzureißen. Nicht ohne Eleganz stieg er nun aus dieser Tanzfigur aus und in eine abrupte Gegenbewegung um. Sein Oberarm, der Vasco mit voller Wucht bahnschrankenmäßig am Hals traf, brach dessen Gleichgewicht entscheidend nach hinten. Gleichzeitig wurde ihm nun noch das Standbein weggesenst, was seinen Fall rasant beschleunigte In höchster Not krallte sich seine rechte Hand in Dierk-Helges Hemd fest. Ein weiterer, folgenschwerer Fehler.

Automatisch wurde sein Arm von einem perfekten Streckhebel umschlossen, den Dierk-Helge nun nachdrücklich nach oben durchzog, während Vasco gerade auf den flachen Rücken knallte. Diese gegenläufige Dynamik übersteigt die Belastbarkeit eines menschlichen Ellbogengelenks bei weitem.

Doch damit nicht genug. Der Terrier hatte Blut geleckt, jetzt wollte er Fleisch.

Dierk-Helge ließ sich völlig hinterhältig mit dem rechten Knie auf Vascos kurze Rippen fallen, als dieser auf dem Boden aufgeschlagen war. Das trockene Geräusch klang, wie wenn ein alter Besenstiel bricht. Das reichte. Zufrieden trollte sich der Terrier in seine Hütte, rollte sich zusammen und schloss die Augen zu einem Nickerchen.

Als Dierk-Helge seine Anke beim Arm nahm und die Straße hinab führte, war er plötzlich genau so groß wie sie. Die Welt war in Ordnung, das Leben war schön.

Zurück im Hotel mussten die beiden das Erlebte erst mal verdauen. Dierk-Helge hatte schon wieder eine Scheißlaune.

„War ja klar. Alles umsonst. Der ganze Trip ein Schlag ins Wasser. Ich sage dir: Wenn wir nicht morgen wieder nach Hause müssten, würde ich mir am Montag das Gelände noch mal gründlich vornehmen. Aber wozu? Scheint ja alles koscher zu sein bei Sandmann. Klarer Fall von Denkste. Wahrscheinlich hab ich mal wieder nur die Flöhe husten hören. Hermann hat vermutlich doch recht: Ich sollte einfach mal etwas ruhiger werden, oder? – Anke? Hörst du mir überhaupt zu?"

Verwundert schaute er zu Anke hinüber, die völlig in sein Notebook vertieft war. „Na ja", unkte er deprimiert, „is ja auch nicht wichtig." Er ging mit einer Flasche Bier auf den Balkon und schmollte. Anke kam hinter ihm her und umarmte ihn sanft.

„Komm, was soll's? Wir haben doch 'ne tolle Woche gehabt. Super Wetter, geiles Essen, warmes Wasser und sogar etwas Abenteuer. Dem Macho hast du es gründlich gezeigt."

„Jau, Superurlaub. Nicht mal Fotos haben wir."

„Wieso? Die habe ich doch schon längst runtergeladen. Guck mal hier!"

Anke hielt ihm das Notebook vor die Nase. Er sah Anke und sich, wie sie sich in einer dunklen spanischen Kaschemme ein fettiges Küsschen gaben.

„Ich habe schon die schönsten ausgesucht und abgeschickt. Spätestens Mittwoch haben wir ein piekfeines Fotobuch zu Hause. Das wollte ich immer schon mal machen. Guck mal, geht ganz leicht. Du packst alle ausgesuchten Bilder in einen Ordner, lädst den bei diesem Fotodienst hoch und bestimmst nur noch grob das Format. Alles andere geht automatisch."

Dierk-Helge war perplex. „Wo hast du denn jetzt die Fotos her?"

„Dreimal darfst du raten. Als du mit dem feinen Herrn diskutiert hast, habe ich kurz mal den Chip aus der Kamera gefischt und in meinem Slip versenkt."

„Aber der liegt doch zertreten vor der Villa."

„Quatsch, das war mein Reservechip. Hier aus dem Täschchen am Kameragurt."

Fassungslos blätterte Dierk-Helge im Fotoalbum. Anke verschwand unter der Dusche. Als sie frisch geduscht und zum Anbeißen aufgebrezelt wieder aus dem Bad kam, saß Dierk-Helge immer noch über den Fotos.

„Komisch", meinte er versonnen, „ich kann mir nicht helfen, aber ich habe das Gefühl, als wenn hier irgendwas nicht stimmt." Er flippte durch die Fotos, vor und zurück, und verfiel in tiefes Grübeln.

„Ja, ja, los jetzt", kommandierte Anke. „Ab unter die Dusche und dann was Ordentliches angezogen. Ist schließlich unser letzter Abend. Wir gehen wieder in dieses kleine Restaurant hinten im Hafen, wo wir am Anfang schon mal waren. Ich will unbedingt noch mal diese göttliche Zarzuela Mariña haben. Und dazu den tollen Weißwein. Albariño oder wie hieß der gleich noch mal? Aber nur eine Flasche, ich habe danach noch was vor mit dir an diesem Samstagabend."

12.

Auch Henry hatte noch was vor an diesem Samstagabend.

Immer deutlicher merkte er die Anspannung, die in ihm hochkroch, obwohl er sich bestimmt schon zehnmal eingeredet hatte, dass es dafür überhaupt keinen Grund gab. Aber immer, wenn er sich dem alten Zweifamilienhaus an der Schillstraße näherte, machte sich irgendwie Beklemmung in ihm breit. Zu heftig waren die Erinnerungen, zu tief die Wunden, die er mit diesem Ort verband. All das war jetzt sechs Jahre her, aber es schien nie aufhören zu wollen.

„Alles Quatsch, Henry. Kein Grund, die Ohren hängen zu lassen!" Entschlossen umfasste er das große Paket. Kopf hoch, Schultern breit. Nina würde sich freuen, über das Geschenk und über ihn. Das stand fest und alles andere war egal. Henry öffnete das Gartentor, ging die alten Waschbetonplatten entlang ums Haus herum und direkt nach hinten zur Terrasse. Gedämpfte Rockmusik kam ihm entgegen.

„Aha, wie schön, der Herr Lütkehennerich. Auch mal wieder im Lande?", trompetete es unerwartet von rechts. Dort vor dem Fahrradschuppen saßen zwei alte Damen auf Gartenstühlen in der Abendsonne und tranken Prosecco. Beide musterten ihn mit Blicken, die seine Bekleidung locker durchschlugen und gefühlte zwei Zentimeter unter die Oberhaut drangen. Laserscanner waren Dreck dagegen. Beide Omas präsentierten sich voll durchgestylt: eine Dauerwelle pechschwarz gefärbt, die andere weiß mit leichtem Lila-Stich. Schwarzes Kostüm hier und beiger Hosenanzug dort, taufrisch aus der neuesten H&M-Kollektion. Perlen- und Goldschmuck reichlich, und auch die Duftwolke, die Henry nun entgegen waberte, lag preislich weit jenseits von 4711.

Oma Ilse und ihre Zwillingsschwester Tante Martha, im Familienkreis auch die „Golden Girls" genannt, machten ihrem Namen mal wieder alle Ehre.

„Na ja, wenigstens nicht im Blaumann“, beendete Ilse schließlich gnädig die Generalinspektion seiner inneren und äußeren Erscheinung. „Obwohl, zu Ehren deiner Tochter hättest du dir ja auch ausnahmsweise mal was Schickes anziehen können. Ein richtiges Oberhemd und 'ne halbwegs gesellschaftsfähige Hose. Vielleicht mal ein Jackett. Von einer Krawatte oder anständigen Schuhen will ich gar nicht erst anfangen.“ Ihr abwertender Blick klebte auf seinen ziemlich neuen Hikern, die er selbst ausgesprochen smart fand.

„Tja, Oma Ilse, ein Smoking wäre mir auch lieber gewesen, aber solchen Luxus kann ich mir nach der Trennung von deiner Tochter einfach nicht mehr leisten, tut mir leid.“

„Ach Quatsch, schick muss nicht teuer sein, guck uns an. Geh doch einfach mal anständig shoppen mit Gabi. Die weiß schon, was gut ist für dich. Und sag gefälligst nicht Oma zu mir, ich bin schließlich keine Achtzig.“

Henry hob abwehrend die Hand, verkniff sich ein Stöhnen und ließ die alten Ladies sitzen. Er war noch nicht ganz angekommen und hatte schon wieder die Schnauze voll. Die ständigen Sticheleien, die vorwurfsvollen Blicke und vor allem diese unausgesprochene Kritik, die permanent knisternd in der Luft lag.

Ilse war nicht begeistert von Henry, von Anfang an nicht. Wo ihre Tochter damals doch immer so nette, adrette junge Männer in ihrem Bekanntenkreis hatte. Raphael zum Beispiel, das wäre ein Schwiegersohn gewesen. Kultiviert, aus gutem Hause. Immer elegant und immer höflich. Drittes Semester Jura dazu, das war doch was. Fast ein Jahr ging er ein und aus, und dann geschah das Unglaubliche, das sie nicht zu hoffen gewagt hatte. Raphael stand vor ihr, vor Ilse. Mit einem Strauß roter Rosen und hielt um die Hand ihrer Tochter an.

Ilse schniefte. Noch heute kamen ihr die Tränen, wenn sie an diesen Moment dachte. Ihr seliger Wilhelm, Beamter in leitender Position, machte sofort Nägel mit Köpfen. Das Obergeschoss wurde ausgebaut, schließlich brauchten die jungen Leute ja eine Bleibe. Also Dach herunter, Drempel aufgemauert, und dann musste ein neuer Dachstuhl her. Mit großen Gauben und Fensterflächen für das junge Glück. Leider hatte ihr Wilhelm keinerlei praktische Qualitäten und war dazu noch vom Pech verfolgt, was die angeheuerten Handwerker anbetraf. Zuerst stellte sich heraus, dass die komplette Fuhre Bauholz für das Dach Blauschimmel hatte. Und dann stürzte zu allem Überfluss der Zimmermeister ab und verletzte sich schwer. Gottlob auf einer anderen Baustelle, aber der Altgeselle war nicht gerade eine Leuchte und schien seine Hilflosigkeit mit erhöhtem Bierkonsum zu kompensieren. Als er hörte, dass sein Chef länger ausfiel, meldete er sich prompt krank. Nichts passte, der Bau stagnierte, schlechtes Wetter drohte und die Dachdecker, die pünktlich erschienen waren, zogen wieder ab, da sie Folgetermine hatten.

Den jungen Zimmergesellen, der einfach plötzlich da war, als gar nichts mehr ging, schien der Himmel geschickt zu haben. Das war natürlich Quatsch, in Wirklichkeit war er gerade am Ende seiner Wanderschaft nach Gütersloh zurückgekehrt und prompt von seinem alten Lehrmeister zur Schillstraße geschickt worden, denn es hatte sich in der Innung herumgesprochen, dass hier Not am Mann war. Er war dunkelbraun gebrannt und hager. Seine abgewetzte Zimmermannskluft war geflickt und sein Charlottenburger hing in Fetzen. Der Kerl hatte lange, blonde Haare, durchgelaufene Sohlen, trug einen dicken goldenen Ohrring und roch ziemlich streng. Aber er lachte von einem Ohr zum anderen und seine Augen blitzten, als er seine Arbeitskraft anbot. Ilse rümpfte pikiert die Nase über diesen Streuner, doch sie hatte keine Wahl. Günter schritt ohne Umschweife zur Tat. In kurzer Zeit hatte er sich einen Überblick verschafft und bat Ilse und Wilhelm zum Gespräch.

Das Dach erfuhr ein paar kleine Änderungen, die die Konstruktion aber entscheidend vereinfachten und die Möglichkeiten des geplanten Obergeschosses um ein paar Quadratmeter Raum für eine Loggia erweiterten. Dann hängte Günter sich ans Telefon. Kurz nach Mittag kam ein alter Lkw mit verschiedenen Materialien vorgefahren. Er brachte auch zwei Zimmergesellen mit, Sergio und Seppi, mit denen Günter in Südtirol zusammengetroffen war und gemeinsam den Weg nach Norddeutschland bestritten hatte. Sie sprachen kaum Deutsch und sahen genauso abgerissen aus wie er, denn auch sie trugen die unverkennbaren Zeichen einer langen Wanderschaft, wie Ilse schockiert feststellte. Zu dritt zog man kurzerhand mit Schlafsack und Hängematte auf der Baustelle ein.

Pünktlich nach Mittag hörte man bereits eifriges Sägen und Klopfen, der Dachstuhl nahm in beruhigender Geschwindigkeit Gestalt an.

Mutter Ilse musste ihre Tochter in den nächsten Tagen mehrfach zum Schlachter und zum Bäcker schicken, um den Appetit der neuen Arbeiter halbwegs in den Griff zu kriegen, die sich Unmengen von belegten Brötchen, Gebäck, Kaffee und vor allem Bier in unfassbarer Geschwindigkeit einverleibten.

Aber nicht nur die Arbeitsgeschwindigkeit, auch die ganze Stimmung veränderte sich. Die drei Jungs waren grundweg bombig gelaunt. Es ertönten italienische, spanische und deutsche Arbeitsgesänge, es wurde gefrotzelt, gejohlt und unentwegt Blödsinn gemacht. Fast schien es, als würden die drei hier auf dem Dach ihr ganz persönliches Hobby ausleben und nicht etwa einer anstrengenden und schwierigen beruflichen Tätigkeit nachgehen. Die gute Laune steckte an. Gabi entdeckte plötzlich ihr Faible für das Handwerk und packte immer häufiger mit an, wobei die Jungs nicht mit fachlichem Rat sparten und das Mädchen ohne Umschweife in ihren Kreis aufnahmen. Die Abende gestalteten sich romantisch, bei offenem Feuer in einer alten Zinkbütt, Bratwurst, Bier und Geschichten von der Wanderschaft.

Doch trotz allem, trotz Baufortschritt, guter Stimmung und gutem Wetter, das sich unverhofft wieder eingestellt hatte, Ilse missbilligte den neuen Umgang ihrer Tochter mit diesen Vagabunden, die sich in ihrem spartanischen Lagerleben sauwohl zu fühlen schienen und denen ein Plumpsklo, ein Gartenschlauch und ein Stück Kernseife mehr an Sanitäreinrichtung zu bieten schien, als sie wirklich benötigten. Besorgt stellte Ilse eines Tages fest, dass ihre Gabi abgeschnittene Manchesterhosen trug, Bier aus der Flasche trank, eine Kettensäge bedienen und den Zimmermannshammer so werfen konnte, dass sie einen Bierdeckel aus fünf Metern Entfernung sicher traf.

Der schöne Raphael machte sich dagegen immer rarer. Körperliche Arbeit war nicht sein Ding und er verletzte sich dauernd. Mehrfach war er dagegen abends schick gekleidet aufgelaufen, um Gabi abzuholen und auszuführen, aber die war meistens zu kaputt von der Arbeit am Bau und wollte nur noch auf ein paar Bier mit den Jungs am Feuer sitzen. Am Tag, als das Dach gedeckt werden sollte und jede Hand gebraucht wurde, fehlte Raphael schließlich ganz, was bei Gabi einen Wutausbruch auslöste. Danach kam ihr Verlobter dann überhaupt nicht mehr. Die Bauarbeiten schritten trotzdem unvermindert voran. Sergio und Seppi zogen weiter, nur Günter blieb einfach da, zu Ilses grenzenlosem Kummer. Er hatte noch keine neue Anstellung und übernahm fürs erste den weiteren Ausbau, tatkräftig unterstützt von Gabi. Andere Gewerke wie Trockenbau, Elektrik und Installation schienen ihn vor keine allzu großen Probleme zu stellen. Ab und zu tauchten abends andere Handwerker auf, mit denen er sich besprach, die gelegentlich selbst einige spezielle Arbeitsschritte erledigten und direkt von Wilhelm bar entlohnt wurden. Als die Wohnung im Obergeschoss nach wenigen Wochen fertig war, zog Günter einfach gleich mit ein.

Kurz keimte Hoffnung auf, als er im nächsten Jahr die Zimmerei schmiss und wie etliche andere junge Handwerker eine Ausbildung als Polizeibeamter begann. Na ja, wenigstens ein Beruf mit Schlips. Und dann könnte er ja zur Kripo gehen. Oh ja, Kriminalpolizei, das passte schon eher in Ilses Wertvorstellungen. Aber genau das tat Günter nicht. Jetzt war er vierundfünfzig, immer noch im Schichtdienst und immer noch auf Streife. Ein Umstand, den weder seine Frau noch seine Schwiegermutter ihm verzeihen konnten.

Ilses vorwurfsvoller Blick saß Günter schweißbrennermäßig im Nacken, als er links um die Hausecke bog und die Terrasse betrat.

Etwa zwanzig junge Leute standen oder saßen dort in lockerer Runde. Einer hantierte an einem Grill, von dem es verführerisch duftete. Henry kannte niemanden aus der Runde, was ihn etwas traurig machte. Aber alle grüßten freundlich und jemand reichte ihm unaufgefordert ein Bier.

Das war doch schon mal ein Anfang. Dann hinter ihm ein Schrei: „Pappaaaa!“

Nina war in der Tür erschienen, knallte das Tablett, das sie trug, auf einen der Stehtische und flog ihm an den Hals.

„Ich wusste, dass du kommst!“ Henry sah in das strahlende Gesicht seiner Tochter und spürte ihre feste Umarmung. Über ihre Schulter hinweg erblickte er Gabi in der offenen Terrassentür. Erleichterung und .... ja, auch irgendetwas wie Freude erkannte er in ihrem Gesicht. Alles war gut.

„Hier, für dich“, sagte er, nachdem er sich mühsam aus der Umarmung befreit und das Paket aufgehoben hatte, das dabei zu Boden gefallen war.

„Ich wusste zuerst nicht, was ich dir schenken sollte. Mama meinte nur, was zum Anziehen oder etwas Unterhaltungselektronik wäre angesagt. Ich hab mir dann mal selber was ausgedacht.“

„Papa, was zum Anziehen? Von dir? Da bin ich aber gespannt!“

Erwartungsvoll riss Nina das Geschenkpapier auf. Etwas Grauschwarzes und etwas Rotkariertes kam zum Vorschein. Sofort waren einige junge Damen aufgesprungen und rissen Nina die Kleidungsstücke aus der Hand. „Zeig mal her! Och, 'ne Arbeiterhose. Und ein Flanellhemd. Hm …“ Betretenes Schweigen machte sich breit. Henry fing einen resignierten Blick von Gabi auf, die sich kopfschüttelnd abwandte. Na bravo, da hatte er ja mal wieder voll ins Schwarze getroffen.

„Boah, cool! Das sind ja originale Zunft-Klamotten!“ Einer der Jungs war auch dazu gekommen. Er erkannte sofort die Marke und hielt die Breitcord-Hose bewundernd hoch. „Die gleiche Hose trägt mein Vater, absolut genial!“

Das änderte die Sache urplötzlich. Auch die anderen Jungs kamen heran und schauten interessiert.

„Los Nina, zieh mal an!“ „Nee, Maik. Echt? Jetzt?“

„Ja klar, komm: anziehen!“

„Anziehen, anziehen, anziehen!“ skandierte nun auch der Rest der Gesellschaft. Ohne jegliches Federlesen stieg Nina aus ihrem Kleid und streifte die Sachen über. „Ey, das Hemd muss in die Hose“, assistierte der junge Mann von eben. Nach kurzem Gezuppel war alles an seinem Platz. Die Sachen saßen wie angegossen und standen Nina prächtig. „Wie bequem“, urteilte sie bewundernd. „Hmm, und das Hemd ist voll flauschig. Könnte glatt als Nachthemd taugen.“

„Siehst echt stark aus“, meinte Maik ernst. „Hier, die Kette ist für den Zimmermannshammer, und da kommen Zollstock und Bleistift rein.“ „Cool, 'ne Handytasche ist inzwischen auch schon dranne“, bemerkte ein anderer Junge. „Hier ist ja noch ein Gürtel im Geschenkpapier“, meldete eines der Mädchen. Nina friemelte ihn sofort durch die Schlaufen und untersuchte stirnrunzelnd das seltsame Holster rechts an der Seite. „Kannst ja deinen Studienplatz schmeißen und als Zimmermann anfangen“, flachste Maik.

„Nee, hab ich eigentlich nicht vor“, entgegnete Nina. „Aber irgendwas hat Papa sich schon dabei gedacht, wie ich ihn kenne. Hee, wer fummelt da von hinten an mir rum?“ Nina drehte sich um und spürte etwas Schweres an ihrer Hüfte. Der schwarzgrüne Akkuschrauber sah hammermäßig aus und schien wie geschaffen für eine Frauenhand, als sie ihn leicht und locker wie einen Smith & Wesson aus dem hellbraunen Lederholster zog. Sie drückte den Auslöser, hörte ein kräftiges, turbinenähnliches Summen und sah ein starkes LED-Licht, das nach vorn leuchtete. „Cooles Teil, volle 18 Volt", meinte Maik mit Kennerblick. Er nahm das Gerät, bestückte es mit dem passenden Bit und setzte es auf eine dicke Schraube in der Terrassenbedachung. Mühelos fraß sich der Schraubenkopf in das zundertrockene Holz. „Zieht durch wie Mist, hätte ich nicht gedacht bei dem kleinen Ding", meinte er bewundernd. Der Akkuschrauber machte jetzt die Runde. Die Jungs spielten plötzlich Cowboy, veranstalteten Schnellzieh-Übungen und schossen sich gegenseitig mit dem LED-Strahl ab. Die Mädchen interessierten sich inzwischen brennend für die Arbeitssachen, einige probierten das Flanellhemd an. Irgendwas musste doch dran sein an diesen Klamotten, wenn die Jungs so darauf abfuhren. Alle hatten einen Mordsspaß.

Nina ging zu Henry und drückte ihn feste. Fragend sah sie ihn an.

„Na ja", meinte der verlegen. „Du ziehst ja demnächst in dein eigenes Heim. Bestimmt so 'ne klapprige Studentenbude im Altbau unterm Dach. Da gibt es doch immer jede Menge zu reparieren, und ich bin nicht dauernd da, um dir zu helfen. Gescheite Arbeitsklamotten und 'n guter Akkuschrauber sind die halbe Miete. Ist noch ein Wechselakku, ein Bohrersatz, die gängigsten Bits und 'ne Kiste Spax-Schrauben dabei, damit kriegst du zur Not schon 'nen ganzen Dachstuhl zusammengeschossen. Was du jetzt noch brauchst, ist ein Hammer, eine Wasserpumpenzange, Elektroschraubenzieher, ein Engländer und 'ne Universalsäge. Damit kannst du im Haushalt fast alles reparieren. Und für größere Sachen rufst du mich eben an, alles andere hab ich im Wohnmobil."

Nina bekam feuchte Augen bei so viel Fürsorge und verpasste ihrem Papa einen dicken Kuss. Aber dann wurde sie von der Geburtstagsgesellschaft weggezogen. „Los, Gruppenfoto mit Dame!"

Die Mädels stellten sich in der ersten Reihe auf, dahinter die Jungs. Nina, gestützt von kräftigen Männerarmen, schwebte in voller Montur liegend über der Gruppe, den Akkuschrauber am ausgestreckten Arm in die Höhe haltend. Anweisungen wurden gebrüllt, Blitzlichter flammten auf.

Mit einem Seitenblick bemerkte Henry seine geliebte Schwiegermama, die just in diesem Moment mit leerem Sektglas um die Ecke kam. Sie erfasste die Szene, und ihr Gesicht fror mit schreckgeweiteten Augen ein, der überschminkte Mund ein großes O. Dann drehte sie sich abrupt um und flüchtete in die Dunkelheit, kurz darauf fiel die Haustür mit lautem Rumms ins Schloss. Klassischer Fall von Déjà-vu. Henry grinste wölfisch. Jemand legte den Arm um seine Hüfte. Gabi lehnte ihren Kopf an seine Schulter. So standen sie eine Weile schweigend da. „Komm, lass uns was trinken", meinte sie schließlich. „Oder musst du noch fahren? Du könntest über Nacht bleiben. Platz wäre da und wir frühstücken morgen zusammen."

„Lieber nicht", lehnte Henry das Angebot ab. Alles war gerade so schön, da wollte er lieber keinen erneuten Annäherungsversuch riskieren, der genau so schief gehen würde wie schon einige zuvor. Er sah die Enttäuschung in Gabis Augen. „Aber Frühstück wäre toll, mein Bomber steht gleich um die Ecke."

Gabi nickte tapfer, dann stießen sie an.

13.

Das schwere Rolltor glitt leise zur Seite, als gerade die ersten Sonnenstrahlen über der Stadt hochkamen und selbst den extrem profanen Baumarkt nebenan in freundliches Licht tauchten. Walter kam sich wie ein Heimkehrer nach langer Wanderschaft vor, als er sein zweites Zuhause nach viertägiger Abwesenheit betrat. Wenn er hier fertig war, würde er noch einen anständigen Marsch im Teuto absolvieren, von der Ravensburg über die Friedrichshöhe bis zur Sparrenburg. Vom ZOB mit dem Bus nach Borgholzhausen und hinterher von Brackwede mit dem Zug wieder zurück. Den fix und fertig gepackten Tagesrucksack stellte er an seinem Spind ab, dann startete er erst mal einen akribischen Rundgang. Auf den ersten Blick schien alles wie immer zu sein. Aber nein, nicht auf den zweiten. Die Lkw waren nicht abgeladen, geschweige denn abgefegt worden. Schlamperei. Wussten diese Nichtsnutze denn nicht, dass Sand und erst recht Zementstaub zwischen Ladefläche und Material wie Schmierseife wirkten und alle Gesetzmäßigkeiten einer professionellen Ladungssicherung außer Kraft setzten? Für morgen war natürlich auch nichts zurechtgestellt worden. Das würde eine ganze Stunde am Bau kosten. Na, denen würde er was erzählen.

Walter ging weiter ins Büro, um den Computer hochzufahren und die Bautagebücher der laufenden Projekte zu checken. Der sagte aber keinen Pieps. Strom war da, das konnte es nicht sein. Er warf einen Blick auf den Tower unter dem Schreibtisch. Komisch, das Gehäuse war abgeschraubt und stand neben der Einheit. An Sylvia Lieblichs Arbeitsplatz sah es genauso aus. Was war das denn? War das Firmennetzwerk mal wieder zusammengebrochen? Das hatte es schon mal gegeben. Der Laden lag zwei Tage lahm. So lange brauchte der angeheuerte Spezialist, um alles zu reparieren. Seitdem hatte Fa. Sandmann einen professionellen Systembetreuer, der sich um die Anlage kümmerte. Sicher würde er im Laufe des Tages erscheinen und weitermachen.

Walters Blick fiel auf sein Firmenhandy, das wie gewohnt auf der Fensterbank lag. Seinen privaten Gepflogenheiten zum Trotz kam er auf der Arbeit nicht ohne mobile Erreichbarkeit aus und hatte irgendwann ein abgelegtes altes Nokia von Bernd Sandmann geerbt, das nichts konnte außer telefonieren und SMS. Der Akku war genau so alt wie das Gerät und dementsprechend nach vier Tagen Standby völlig platt. Automatisch schloss Walter das Ladegerät an. Nach etwa dreißig Sekunden gab das Handy zwei laute Piepstöne von sich. Erstaunt schaute er auf das ramponierte Display. Er hatte eine SMS erhalten. Die Nachricht war kurz, sie enthielt nur zwei längere Zahlenkolonnen.

Sofort sah Walter zu Bernd Sandmanns Büro hinüber. Dann sah er wieder auf das Display. Die Nachricht war vom Mittwochabend.

Walter überlegte kurz und zuckte dann gleichmütig mit den Schultern. Zunächst klemmte er die Zunge zwischen die Zähne und beantwortete mühsam die SMS. Dann schnappte er sich einen Kugelschreiber und ging zum Drucker, um ein Blatt Papier herauszufischen. Der Drucker blinkte, denn das Papierfach war mal wieder leer. Seufzend ging er zum Schrank, holte ein neues Paket, riss es auf und schrieb eine kurze Nachricht, die er bei Frau Lieblich auf den Schreibtisch legte.

Ohne nachzudenken nahm er einen Stapel Papier und fütterte den Drucker. Schlamperei gab es einfach nicht bei Walter. Prompt fing das Gerät an zu piepen und zu rattern. Da hatte wohl wieder jemand haufenweise Druckbefehle eingegeben, ohne zu checken, dass das Papier alle war. Doch das Gerät spuckte nur ein einzelnes Blatt aus. Walter hob es auf und begann, die ausgedruckte E-Mail zu lesen.

Im Lesen angelte er mit der rechten Hand blind nach einem Bürostuhl und setzte sich hin. Als er zu Ende gelesen hatte, saß er volle zehn Minuten da und tat nichts. Dann stand er mit einem Ruck auf und ging zu seinem Spind. Zehn weitere Minuten später fuhr er zurück in seine Wohnung, in der er etwa eine halbe Stunde herumrödelte. Dann schwang er sich wieder auf sein Fahrrad und radelte die Neuenkirchener Straße hinunter bis zur Lindenstraße, nahm die Unterführung und bog rechts ab zum Bahnhof, wo er sein Fahrrad abstellte. Er zog den Beckengurt von seinem guten alten Trekkingrucksack nach, damit sich das beträchtliche Gewicht bequemer auf die Hüften verteilte und erklomm in flottem Schritt die Treppe zum Bahnsteig.

Auch in einem kleinen Appartement in Málaga herrschte Aufbruchstimmung. Es ging auf Mittag zu, Auschecken war angesagt. Der Flieger ging zwar erst gegen sechs Uhr abends, aber das Zimmer musste schon geräumt werden. Anke verstaute letzte Kleidungsstücke in ihrem Trolley, während Dierk-Helge auf dem Balkon herumlümmelte und den Blick versonnen in die Ferne schweifen ließ. Ein frecher Spatz landete keinen Meter entfernt von ihm auf dem Tisch und pickte seelenruhig die Krümel vom Frühstück auf. Er verschlang sie aber nicht selbst, sondern versuchte, möglichst viele zu greifen, wobei ihm ständig welche aus dem Schnabel fielen, wenn er versuchte, noch einen weiteren aufzupicken. Schließlich schwirrte er mit einer beträchtlichen Ladung ab, bestimmt zu einem Nest in der Nähe, um seine Küken zu füttern. Dierk-Helge stutzte. Irgendetwas hatte bei ihm Klick gemacht. Er griff sich seinen Rucksack, zog das Tablet heraus und schaltete es ein. Das neue Gerät fuhr in Nullkommanix hoch, und schon blätterte Dierk-Helge hektisch in den Fotos.

„Fertig, wir können los“, meldete Anke von drinnen.

„Nee, komm mal her und guck!“

„Och nee, wir wollten doch noch an den Strand, bis der Flieger geht.“

„Ja, gleich. Aber das musst du dir angucken!“

Neugierig kam Anke auf den Balkon.

„Hmm, was hast du denn da? Sieht aus wie Spatzen.“

„Genau. Haussperlinge. Ein Altvogel mit fünf Jungen, vermutlich gerade ausgeflogen.“

Die Piepmätze saßen auf dem Stahlkabel von einem der Baukräne, sperrten die Schnäbel auf und bettelten um Futter.

„Und was ist das hier?“ Dierk-Helges Augen glänzten verdächtig nach Ermittlungsfieber. Anke wusste, wann Diskussionen bei ihrem Schatz zwecklos waren, außerdem wurde auch ihr persönlicher Sherlock Holmes wieder munter.

„Das ist der Dachüberstand vom Haupthaus, vorne am Weg.“

Dierk-Helge zoomte in das Bild hinein. „Und jetzt?“

„Hmm, ein Spatzennest?“

„Nee, nicht nur ein Spatzennest, sondern mehrere. Eine kleine Sperlingskolonie, würde ich sagen.“ Triumphierend sah Dierk-Helge seine Liebste an. Es dauerte etwas, bis bei Anke der Groschen fiel.

„Du meinst …?“

„Genau. Erklär‘ mir bitte mal, wie mehrere Spatzenpärchen auf die Wahnsinnsidee kommen, mitten auf einer Baustelle zu nisten. Und dazu noch an einem Haus, das noch voll im Bau ist. Aber das ist noch nicht alles.“

Dierk-Helge blätterte weiter und zeigte Anke ein Bild von einem der eingerüsteten Rohbauten. Das Gerüst war vollgepackt mit roten Gitterziegeln und abgedeckten Mörtelwannen.

„Ich seh nix“, meinte Anke. Dierk-Helge zoomte nun stark in das Bild hinein.

16 Millionen Pixel taten ihre Schuldigkeit, der Bildausschnitt blieb rasiermesserscharf. Anke sah ein Stück Mauer. Aus einem der Hohlziegel schaute ein rot-grüner Kopf heraus.

„Ist das nicht …?“

„Genau, ein Grünspecht. Höhlenbrüter. Sieht man bei uns kaum noch. Kann im Gegensatz zu den anderen Spechten keine eigenen Löcher ins Holz hacken, bezieht daher gern fertige Höhlen. Von Schwarzspechten zum Beispiel, aber gern auch so was wie das hier. Der brütet da seelenruhig. Und das Gerüst ist vollgepackt mit Steinen und Speisküben. Alles sieht so aus, als würde es morgen weitergehen.“

„Die Baustelle steht also still?“

„Nicht nur das. Ich würde sagen, die ist besiedelt. Spatzen und Spechte sind Nesthocker. Die brauchen etwa vier Wochen, bis sie ausfliegen. Meint zumindest Tante Google.“

„Vier Wochen Baupause, das stinkt doch.“

„Nicht vier Wochen, mindestens acht bis zehn. Du hast Nestbau und Brut vergessen. Der Grünspecht braucht zwar nicht ganz so lange, aber der ist dafür ein ziemlich scheuer Geselle.“

„Also ist doch was faul bei Sandmanns Spaniengeschäft.“ Anke strahlte.

„Genau, irgendwer hat nämlich hier die ganze Zeit nach außen vollen Baubetrieb vorgetäuscht. Das Gras gemäht, Steine aufs Gerüst gepackt und sogar mit dem Bagger frische Fahrspuren gelegt. Alles nur, damit zufällige Besucher wie wir nichts merken und ihm womöglich die Tour versauen. Ich hab’s ja gewusst. Ich ruf direkt in Gütersloh an. Nicht dass uns da irgendwas durch die Lappen geht.“

„Bist du sicher, Schatz? Ich dachte, Reiffeisen steigt dir aufs Dach, wenn er erfährt, dass du illegal im Ausland ermittelst."

„Das kommt immer darauf an. Du darfst alles machen, solange du nur Erfolg hast. Außerdem muss er ja nicht alles wissen. Ich ruf Hermann an, der petzt schon nicht."

Dierk-Helge grinste selbstbewusst. Dann griff er zum Handy und telefonierte eine Weile auf dem Balkon. „Okay, ich hab Hermann erreicht, der hat heute Tatortdienst. Der hat versprochen, sich zu kümmern, und ruft gleich zurück", meldete er kurz darauf. Zufrieden mit sich und der Welt wuchtete er das Gepäck in die Lobby, wo es bis zum Abend zur Aufbewahrung bleiben sollte. Beide ergriffen ihr Handgepäck und trollten sich Richtung Strandpromenade. Als sie gerade in einem netten Café saßen, summte Dierk-Helges Handy. Eifrig las er die SMS. „Ah, endlich kommt Schwung in die Sache. Die Steuerfahndung hat sich nun doch für Mittwoch früh angemeldet, um Sandmann auf den Zahn zu fühlen. Die Jungs von der Wache sind eben noch mal kurz bei Sandmann vorbeigefahren, von außen scheint alles in Ordnung zu sein." Dierk-Helge sah sehr zufrieden aus, als er das sagte. Jetzt hatte er alles getan, was er tun konnte. „Prima", freute sich Anke und gab ihrem stolzen Helden einen Schmatzer. So mochte sie ihn am liebsten.

14.

Es war schon halb neun, als Dierk-Helge am Montagmorgen an der Rückseite der alten Polizeiwache vorfuhr. Viel zu spät für seinen Geschmack. Zu allem Überfluss war der komplette Mitarbeiterparkplatz zugestellt mit zwei riesigen THW-Fahrzeugen. Er brauchte eine Weile, bis er an der Grünen Straße noch einen freien Platz zwischen zwei Holunderbüschen fand. Am Parkplatz traf er auf Andreas, einen der THW-Freaks, der lässig neben seinem Truck stand. Das riesige Seitenrollo war hochgefahren und gab den Blick auf eine gigantische Maschine frei, die mit tiefem Summen zu arbeiten schien. „Moin Andi, was macht ihr denn hier schon am frühen Morgen?"

„Was wohl? Mal wieder euren Keller trockenlegen."

„Ach je, sind die Pumpen schon wieder ausgefallen? Es hatte doch letztes Mal extra neue gegeben."

„Kauft euch halt was Anständiges, so wie meinen Hannibal", sagte Andi und tätschelte sein Lieblingsspielzeug mit glänzenden Augen. Dierk-Helge sah oberschenkeldicke Rohre, die aus dem Keller zu der fahrbaren Pumpstation hinführten und von dort in mehrere Kanalschächte weitergingen. Die Maschine surrte wie am Schnürchen, gab gelegentlich aber ein sattes „Flopp" von sich, wie wenn eine Aufschlagmaschine einen Tennisball ausspuckt.

„Na, ganz rund läuft dein Apparat aber auch nicht", meinte Dierk-Helge skeptisch.

„Keine Angst, mit Hannibal ist alles okay. Was du da hörst, das sind die Ratten aus eurem Keller, die er mit ansaugt. Aber keine Sorge, alles bis 15 Zentimeter Durchmesser wird anstandslos mit durchgeschreddert. 'Ne knappe Stunde noch, dann ist der Keller wieder leer. Martin wartet schon, dass er loslegen kann." Martin war Mitarbeiter eines örtlichen Elektroinstallateurs, der die Polizei betreute. In dem alten Bau war schon so viel gefrickelt und geflickt worden, dass er der einzige Mensch auf der Welt war, der hier halbwegs den Durchblick hatte. Und weil nahezu kein Tag ohne elektrischen Zwischenfall verging, hatte er inzwischen ein eigenes Büro mit kleinem Lager hinten in der Fahrzeughalle. Er gehörte quasi zum Inventar und war einer der wichtigsten Männer im Haus.

„Mist, schon viertel vor neun“, murmelte Dierk-Helge, als er mit seinem Chip am Terminal eincheckte. Und schon hatte er Druck in der Magengegend. Gewöhnlich war er immer schon weit vor sieben Uhr am Arbeitsplatz, wo er seine E-Mails las und die Lagemeldungen vom Wochenende studierte, die inzwischen online und georeferenziert rüberkamen. Dann checkte er seine Ermittlungsvorgänge, damit er zur Frühbesprechung um acht Uhr voll auf Ballhöhe war und sein Plan für den Tag stand. Er konnte sich zehnmal vorerzählen, dass er ja Gleitzeit hatte und genauso gut erst um neun Uhr kommen könnte, aber es half nichts gegen die permanente Angst, irgendetwas Wichtiges zu verpassen. Sicher wäre er auch heute schon vor sieben Uhr im Büro gewesen, obwohl Anke und er erst kurz nach Mitternacht in Paderborn gelandet waren. Aber Anke hatte sich Bettruhe bis mindestens acht Uhr ausgebeten, und dagegen war er machtlos.

Schnell hetzte er den Flur entlang zu seinem Büro, bremste aber mitten im Lauf scharf ab, ging zwei Schritte zurück und bog mit klopfendem Herzen zu Elke ein. Ihr Platz war leer, aber sein Fach war voll zum Bersten. Na klar, Reiffeisen hatte mal wieder gnadenlos zugeschlagen, Urlaub hin, Erholung her. Sofort sortierte Dierk-Helge die Luschen aus. Der größte Teil der Ermittlungsvorgänge verschwand direkt in seiner Aktentasche, darum würde Anke sich kümmern müssen. Eigentlich hatte er sich fest vorgenommen, hart zu bleiben und ihre keine Fälle mehr mit nach Hause zu bringen. Einerseits war es absolut verboten, andererseits verlangte es seine Selbstachtung, allein mit seinen dienstlichen Schwierigkeiten klarzukommen. Aber jetzt brauchte er einfach Zeit für wichtigere Dinge. Und er wusste, er konnte Anke keine größere Freude machen. Sie würde diese ganzen toten Hosen mit Hochrasanz durchforsten und bürokratisch abarbeiten. Und unter Garantie würde sie irgendwo doch noch ein oder zwei Ermittlungsansätze ausgraben, denen sie dann selbst nach Herzenslust nachgehen durfte. Natürlich nur in seiner, Dierk-Helges Begleitung und unter seinem persönlichen Schutz.

Dierk-Helge betrat, nein, er stürmte sein Büro. Aktentasche und Jacke landeten vor dem Schreibtisch, und bevor die Tür ins Schloss fiel, hatte er schon den PC gestartet und den AB gecheckt. Außerdem musste er dringend wissen, was sich in Sachen Sandmann getan hatte. Unverfänglich versuchte er, sich vorzutasten. „Gab's was Wichtiges bei der Frühbesprechung?" Stille.

„Guten Morgen, lieber Dierk-Helge", kam es schließlich hinter der Bild-Zeitung hervor, die ihm gegenüber von zwei Händen weit aufgespannt war. „Wie war denn dein Urlaub?" „Ooch, ging so. Wetter war toll. Und sonst? Gibt's was Neues, seit ich weg war?"

„Gütsel steht noch, trotz der achttägigen Abwesenheit des maßgeblichen Ermittlers, sagen wir mal so", meinte Hermann unbestimmt, dann widmete er sich wieder ganz seiner Zeitung. Dierk-Helge zappelte vor dem PC herum. Um diese Zeit, wo alle Welt mit dem Frühstück fertig war und verschärfte Ermittlungstätigkeiten aufnahm, war das Netz natürlich hoffnungslos überlastet. Das Scheißding brauchte eine halbe Ewigkeit, um hochzufahren. Das war einer der praktischen Gründe, warum Dierk-Helge gern vor sieben Uhr anfing, da lief alles noch schnell und reibungslos. Man wurde auch nicht ständig von irgendwelchen lästigen Anrufen unterbrochen. Wenn die anderen Ermittler irgendwann im Laufe des Vormittags langsam warmliefen, hatte er seinen Bürokram bereits zum größten Teil erledigt, eines der wenigen Autos geschnappt und war weg auf Außenermittlungen, immer dem Verbrechen dicht an den Hacken. Jetzt hing er hier im Datenstau fest.

„Ach so, übrigens ..." Die Bild-Zeitung senkte sich und Dierk-Helge sah seinen Partner zum ersten Mal von Angesicht zu Angesicht. „Kurz bevor du hier reingestolpert bist, hat der Chef nach dir gefragt. Vielleicht rufst du da mal zurück?"

Dierk-Helges Hand schnappte sofort kobramäßig nach dem Hörer. Wie immer meldete Reiffeisen sich mit dem ersten Klingeln. „Herr Reuter-Ritterling? Schön, dass Sie schon da sind. Wir haben gleich um neun Uhr eine Besprechung in Sachen Sandmann, zusammen mit den Betrügern und der Steuerfahndung. Würden Sie bitte dazukommen?"

„Ja klar.“

„Gut, dann bis dann.“

„Ääh, um was geht es denn?“ fragte Dierk-Helge noch schnell, aber Reiffeisen hatte schon aufgelegt.

Panik wallte hoch in seinem Bauch. Hatte Reiffeisen etwa schon Wind gekriegt von seiner Spanienexkursion? Zuzutrauen war ihm das. Aber nein, einen Anschiss hätte er unter vier Augen erledigt. Also gab es Ergebnisse von der Steuerfahndung. Der Terrier, eben noch mit eingezogenem Schwanz in der Hundehütte versteckt, kroch misstrauisch ans Licht und begann, unternehmungslustig herumzuschnüffeln.

„Ich denke, alle sind im Bilde über die neueste Entwicklung im Falle Sandmann“, eröffnete Reiffeisen die Sitzung, zu der neben den beiden Betrügern Landwehr und Schüler erstaunlicherweise auch die Steuerfahnder Ebersbach und Müller aus Münster erschienen waren.

„Äh, nein!“ Dierk-Helge meldete sich artig. „Ich komme eben erst aus dem Urlaub zurück.“

„Also gut, Herr Reuter-Ritterling, dann auch noch mal für Sie: Firma Sandmann existiert seit heute Morgen nicht mehr. Die Mitarbeiter stehen im Regen. Frau Lieblich, die leitende Angestellte, wird vermisst, von Sandmann fehlt jede Spur.“ Reiffeisen schwieg und lehnte sich zurück.

„Scheiße“, sagte Dierk-Helge etwas zu laut. Er war wie vom Donner gerührt.

Wie angenagelt saß er auf seinem Stuhl, dessen Sitzfläche und Armlehnen langsam zu glühen begannen.

„Nanu, Herr Reuter-Ritterling? Kein Jubel? Kein Hohn? Es war doch von Anfang an Ihre Theorie, dass Sandmann sich absetzen würde.“

„Ja, stimmt. Aber eigentlich hatte ich den Gedanken schon selbst aufgegeben“, gab er der Wahrheit die Ehre. Allerdings nur der halben.

„Jedenfalls“, fuhr Reiffeisen fort, „haben wir heute Morgen gleich früh um sieben Uhr einen Anruf bekommen. Mitarbeiter fanden die Firma verlassen vor. Das Büro ist komplett leergeräumt, die Festplatten aus allen PC sind ausgebaut. Zuerst ging man von einem erneuten Einbruch aus, aber dann fand man eine ausgedruckte E-Mail auf dem Fußboden, die jemand dort verloren zu haben scheint und die einiges erklärt. Frau Lieblich hat sich auf Anordnung von Sandmann nach Thailand abgesetzt und dürfte derweil schon dort sein, wir überprüfen das gerade." Erwartungsvoll blickte Reiffeisen in die Runde.

Landwehr räusperte sich. „Ich sehe nach wie vor kein Motiv für eine Flucht", verteidigte er sich selbst. „Sandmanns Steuerschulden können es nicht gewesen sein, das haben wir schon erörtert. Der hat irgend 'ne Leiche im Keller, von der wir nichts wissen."

„Genau", hakte Ebersbach nach, „wir haben die Firma komplett gecheckt. Demnach war Sandmann finanziell ungefährdet. Nicht gerade zum Hurra-Schreien, aber auch keineswegs im roten Bereich. Sagen wir mal so: Er arbeitete kostendeckend bei positivem Entwicklungspotenzial. Konnte gut davon leben."

„Herr Reuter-Ritterling, was hat Sie eigentlich neulich so sicher gemacht, dass Sandmann drauf und dran war, sich abzusetzen?"

Dierk-Helge überlegte sehr genau, bevor er antwortete.

„Die Idee drängte sich einfach auf. Drei teure Fahrzeuge auf einmal, das war schon ziemlich dick. Grundsätzlich steht der Verdacht auf Vortäuschung bei sowas immer im Raum. Die Tatumstände waren allerdings stimmig." Dierk-Helge machte eine kurze Pause und kam dann zum Kern.

„Da war einfach plötzlich dieses Gefühl, das man eben manchmal hat. Man trifft jemand, schaut ihn an und weiß irgendwie: Das ist ein falscher Fuffziger. Sandmann kam da in dem fetten Audi vorgefahren, 'ne echte Breitling am Arm. Der komplette Firmenfuhrpark und der private Mercedes für 120.000 Euro wird ihm just mal geklaut, aber der ganze Kerl: völlig cool, hatte für alles Lösungen parat und sprühte förmlich vor Energie und Aktionismus. Kein bisschen Betroffenheit. So als würde ihm die ganze Sache auch noch Spaß machen."

Reiffeisen nickte verständnisvoll.

„Wir wissen natürlich nicht, ob die Sache tatsächlich getürkt war, aber jetzt deutet alles darauf hin, dass Sie die richtige Nase hatten", gab er unumwunden zu.

„Kommen wir zu Sandmanns Spaniengeschäften", bemerkte Schüler. „Da können wir noch nicht allzu viel zu sagen. Wir haben uns letzte Woche bei einem Dr. Weniger von der Landsparkasse Bockhorst anonym nach diesem

Projekt „Villas Selva y Mar" erkundigt. Über ihn läuft die Finanzierung."

„Und? Was sagt er?" Reiffeisen wurde plötzlich hellhörig.

„Ja, ich habe hier ein neues Exposé von Dr. Weniger zugemailt bekommen. Es handelt sich um eine exklusive Ferienanlage bei Málaga. Ein echtes Schnäppchen, wie er sagte. Beste Anlagemöglichkeit mit hoher Renditeerwartung." Schüler sortierte seine Unterlagen. „Laut Dr. Weniger ist der erste Bauabschnitt abgeschlossen. Die Rohbauten stehen komplett."

„Und das ist verifiziert?" Reiffeisen runzelte skeptisch die Stirn, ebenso wie Dierk-Helge; letzterer jedoch aus anderem Grund.

„Scheint so", antwortete Müller. „Hier, diese Fotostrecke zeigt den Ursprung und den Iststand. Jetzt steht ein großer Bauabschnitt an, nämlich der exklusive Innenausbau, dazu die aufwändigen Außenbereiche mit Pools, Bars und Steganlage. Das kann man hier in der Computeranimation sehen."

„Scheint soweit alles kerngesund zu sein", warf Ebersbach ein. „Ein Traumobjekt, auf den ersten Blick."

Reiffeisen war mit den Fotos fertig und reichte sie Dierk-Helge weiter, der die Hand danach ausstreckte. Dierk-Helge sah die Fotos an und bekam direkt Magenkrämpfe. Die malerische Feriensiedlung hätten gut und gerne die ‚Villas Selva y Mar' sein können. Alle Gebäude waren komplett hochgezogen, mit roten Ziegeldächern und großzügigen Fensterfronten. Auch der Strand und die atemberaubende Bucht passten. Aber leider nur fast. Wo immer diese Gebäude standen, es war nicht auf dieser Baustelle, die Dierk-Helge noch vor zwei Tagen gesehen hatte.

Dierk-Helge wusste, er hatte ein Problem. Wenn er jetzt schwieg, machte er sich der Strafvereitelung, womöglich sogar der Beihilfe schuldig. Redete er, riskierte er den Anschiss seines Lebens, wahrte aber immer noch eine Chance, Sandmann zu kriegen.

Scheiß drauf, schließlich hatte er nichts Verbotenes getan. Er war in Spanien nicht hoheitlich tätig geworden und hatte sich nur verhalten wie ein gewöhnlicher Tourist. Fast jedenfalls. Den Zusammenstoß mit Vasco brauchte er ja nicht zu erzählen. Und außerdem war das hier der Knaller, auf den er seit Jahren gehofft hatte. Er, Dierk-Helge Reuter-Ritterling, hatte die richtige Nase gehabt. Von Anfang an. Dierk-Helge holte tief Luft, während seine Ohren schon wieder schweinchenrosa leuchteten.

„So wie ich das sehe, haben wir es hier mit einem satten Kreditbetrug zu tun“, ließ er die Bombe platzen.

„Wie meinen Sie?“ Interessiert sah Reiffeisen Dierk-Helge an.

„Die Fotos sind gefälscht.“

Stille.

Dierk-Helge hatte bereits sein iPad aus der Aktentasche gezogen und eingeschaltet. Er suchte kurz in seinem Fotoalbum und reichte das Gerät an Landwehr weiter. Der blätterte hin und her, dann runzelte er verständnislos die Stirn.

„Die Fotos kennen wir doch schon. Sie zeigen den Zustand irgendwann nach Übernahme durch Arenero S.L.“

„Nein“, sagte Dierk-Helge schlicht, „Die Fotos sind von Samstag.“

„Aua“, sagte Landwehr süffisant.

Reiffeisen sah einen Moment lang über seine Lesebrille hinweg Dierk-Helge ernst an, der am liebsten in irgendein Mauseloch gekrochen wäre. Er nahm Landwehr das iPad aus der Hand und vertiefte sich in die Fotos.

„Sehe ich das richtig, dass Sandmann seit Januar auf dieser Baustelle einen Bauzaun aufgestellt, ein paar Grundmauern hochgezogen und wöchentlich ein paar Büsche gerodet und Gras gemäht hat?“

„Na ja, etwas mehr ist da schon passiert. Aber lange nicht so viel, wie Dr. Weniger glaubt.“

Reiffeisen überlegte. Dann feuerte er eine Serie von kurzen, knappen Befehlen ab. Die Gruppe stob auseinander. Die Steuerfahnder redeten bereits mit ihrer Schwerpunktstaatsanwaltschaft und stürzten sich, bewaffnet mit einem Eilbeschluss, auf die Privat- und Geschäftskonten von Bernd Sandmann und Sylvia Lieblich, um sie schnellstens komplett zu durchleuchten. Gleichzeitig wurde ein dringliches Ermittlungsersuchen an die Kollegen in Spanien gesteuert, um bei der Fa. Arenero S.L. ein Gleiches zu tun. Schüler und Landmann verschwanden in ihrem Büro, um diesen Dr. Weniger von der Landsparkasse Bockhorst an den Haken zu bekommen.

„Nun zu uns, Herr Reuter-Ritterling.“ Reiffeisen blickte Dierk-Helge scharf an, der sich gerade vorkam wie das bewusste Meerschweinchen im Anakondakäfig. „Kleine, feine Privatermittlung im Ausland, oder wie?“

Reiffeisen machte eine wohldosierte Pause, um Dierk-Helge zum Reden zu animieren. Der schwieg aber erst mal beharrlich.

„Herr Reuter-Ritterling, irgendwann nimmt das noch mal ein schlimmes Ende mit Ihnen!“ Reiffeisen seufzte in übertriebener Verzweiflung. „Sie ermitteln heimlich im Ausland. Weder die örtlichen Behörden noch Ihre eigene Dienststelle waren informiert, Sie hatten keinerlei Rückendeckung. Stellen Sie Sich vor, auch die Spanier wären an Sandmann dran gewesen und Sie hätten dortige Ermittlungen torpediert! Oder noch schlimmer, Sie hätten unversehens Feindkontakt gehabt. Sandmann scheint das Wasser bis zum Hals zu stehen. Möglicherweise ist er zu allem fähig, wenn er in die Ecke gedrängt wird. Und wer weiß, mit welchen Kreisen er dort zusammenhängt? Mann, Mann, Mann! Sitzen Sie nicht so da, sagen Sie was!“

Dierk-Helge suchte sein Heil in der Offensive. Bloß keine Schwäche zeigen!

„Also, Málaga war nicht meine Idee“, brachte er forsch, aber wenig überzeugend vor. „Meine Frau meinte, ich wäre urlaubsreif und hat einfach gebucht. Na ja, und wo wir schon mal da waren, haben wir uns halt ein bisschen umgesehen und sind am Samstag tatsächlich über diese Anlage gestolpert.“ Dierk-Helge schwieg verstockt, während Reiffeisen ihn mit einem Das-glaubst-du-doch-selber-nicht-Blick bedachte. Tatsächlich wusste er, dass diese Version der Wahrheit durchaus nahekommen konnte, er hatte selbst schon zu viele Stories über Dierk-Helge und seine sagenhafte Frau Anke gehört. Früher, als er selbst noch jung war, hätte ihn das alles vielleicht begeistert. Aber die Zeit war lange vorbei.

„Na gut“, sagte er schließlich nach einer Weile. „Lassen wir's für dieses Mal dabei. Sie hängen sich sofort ans Telefon und erwirken umgehend einen Europäischen Haftbefehl für Sandmann. Ich will, dass spätestens morgen die Sache steht und auch in Spanien nach Sandmann gefahndet wird. Obwohl ich kaum Hoffnung habe, dass er überhaupt noch in Europa ist.“

Der Terrier in Dierk-Helge ließ ganz hinten in der Kehle ein tiefes Knurren ertönen. Für ihn stand fest: Die Fahndung würde in jedem Fall noch heute vor Feierabend stehen. Wann immer der war. Dann ging Dierk-Helge den Steuerfahndern hinterher. Deren Schwerpunktstaatsanwalt war schon im Thema und würde vermutlich bedeutend schneller reagieren als seine Kollegen in Bielefeld.

Nach zwei Stunden trafen sich alle wieder in Reiffeisens Büro, um den Zwischenstand abzugleichen. Zunächst berichtete Landwehr. „Dr. Weniger sitzt oben bei uns im Büro. Er ist völlig geknickt und telefoniert sich gerade 'nen Wolf. Er kennt Sandmann schon länger und hat ihm voll vertraut. Auch als der Anfang des Jahres mit diesem Projekt aufschlug. Er ließ sich vom enormen Potenzial überzeugen und gründete als maßgeblicher Vorstand ein Investorenkonsortium in Luxemburg mit Sandmann und weiteren maßgeblichen Investoren, vornehmlich aus dessen Dunstkreis. Parallel entstand die ‚Selva y Mar S.L.' Baugesellschaft nach spanischem Recht, der wiederum Sandmann und Dr. Weniger vorstehen. Alles lief bestens, wenn man Dr. Weniger glauben darf. Das Objekt wurde äußerst günstig erworben und die Arbeiten schritten zügig voran, wovon er sich persönlich noch vor acht Wochen vor Ort überzeugt hatte.

Aktuell sieht es so aus: Der Finanzrahmen für den zweiten Bauabschnitt, etwa vier Millionen, wurde am Donnerstag vom Investorenkonsortium bereitgestellt. Sandmann beziehungsweise Arenero S.L. bucht die laufenden Material- und Personalkosten für den Bau sukzessive ab.

Nach unserem Anruf versuchte Dr. Weniger, das Konto zu sperren. Dabei musste er feststellen, dass bereits Freitagnacht das komplette Guthaben in mehreren Chargen abgeräumt und zu verschiedenen Offshore-Banken transferiert worden war. Und zwar mit Sandmanns Online-Legitimation."

Ebersbach runzelte die Stirn und hakte sofort nach: „Wie, Sandmann hatte alleiniges Zugriffsrecht auf die Konten?"

„Hat uns auch gewundert, aber bei ‚Selva y Mar SL' schien das der Fall gewesen zu sein. Dr. Weniger vertraute Sandmann völlig, zumal der selbst mit einer größeren Summe drinsteckte. Man spricht von circa drei Millionen."

„Hoppla, das ist aber ein anderer Schnack als die schlappen 150.000 Euro, die noch auf seinem Schwarzgeldkonto dümpeln", meldete der Steuerfahnder Ebersbach sich nun zu Worte. „Der scheint tatsächlich den großen Batzen Schwarzgeld schon abgeräumt zu haben, bevor in Luxemburg die Bankdaten abgegriffen wurden. Da müssen wir nochmal dringend beim Staatsanwalt nachhaken."

„Wie hoch schätzt Weniger denn den Gesamtschaden?", fragte Reiffeisen.

„Im ersten Abschnitt wurde ein größerer Teil der Gelder tatsächlich verbaut. Wenn wir unterstellen, dass in den letzten vier bis sechs Wochen nichts wirkliches mehr passiert ist, scheint es so zu sein, als wenn Sandmann bereits über diesen gesamten Zeitraum hinweg unter Vorlage gefälschter Belege Gelder abgezweigt hat. Die genaue Höhe muss noch ermittelt werden. Ja und dann natürlich die vier Millionen von Freitag."

„Dann ist Herr Dr. Weniger fertig. Zumindest, was seine Karriere bei der Landsparkasse angeht." Reiffeisens Mitleid schien sich stark in Grenzen zu halten.

„Können wir das Geld weiterverfolgen?", fragte er.

„Ja, vielleicht eine oder zwei Stationen. Irgendwann wird irgendwo in der Karibik ein nicht identifizierter Mensch die Summe bar abheben und kurz darauf vielfach unterteilt bei verschiedenen anderen Banken bar wieder einzahlen, die vermutlich alle im selben Gebäude liegen. Dann ist Ende der Fahnenstange."

Ebersbach checkte seine Aufzeichnungen.

„Frau Lieblich ist 'ne kleine Nummer. Keine nennenswerten Sach- oder Geldwerte, absolut nichts Verdächtiges. Bei Sandmann sieht es schon anders aus. Offensichtlich hat er seit längerer Zeit seine Flucht ins Ausland vorbereitet. Tatsache ist: Er hat hier in Deutschland so gut wie keine Vermögenswerte mehr."

„Moment", mischte sich Dierk-Helge ein. „Da gibt es die Firmenimmobilie mit eigenem Maschinen- und Fahrzeugbestand. Zum Beispiel zwei mistneue Kräne. Und dann ist da noch ein solides väterliches Anwesen im Stadtpark."

Ebersbach lächelte süffisant. „Genau das sollten wir auch denken. Aber die Firmenimmobilie gehört nicht ihm, sondern seiner geschiedenen Frau Vera, die sie mit in die Ehe eingebracht hatte. Sandmann zahlt seit der Scheidung jeden Monat ordentlich Pacht. Die Kräne sind zwar neu, aber komplett geleast. Bereits vor Monaten wurden zwei Kräne verkauft, die eigentlich noch ganz gut waren, und dann durch Leihgeräte ersetzt. Wirtschaftlicher Quatsch, aber in der Situation durchaus sinnvoll. Ja, und dann der Diebstahl der Lkw und des Mercedes."

„Genau", hakte Landwehr ein. „Wenn es fingiert war, und dafür spricht jetzt eigentlich alles, dann hat Sandmann damit 150 Prozent rausgeholt. Er bekommt den Zeitwert zu 100 Prozent von der Versicherung ersetzt und dazu noch mal etwa fünfzig Prozent vom Hehler."

„Bleibt nur noch das Elternhaus", knüpfte Ebersbach an. „Das ging laut Grundbuch vor vier Wochen zu einem Schleuderpreis von 400.000 Euro über den Tisch."

„Das ist ja nicht viel mehr als der Grundstückswert", bemerkte Reiffeisen sachkundig.

„Genau", bestätigte Ebersbach. Und das Haus schlägt nach grober Schätzung noch mal mit mindestens 200.000 Scheinen zu Buche. Da ist mit Sicherheit dick Bargeld geflossen."

„Wer ist denn der Käufer?"

„Laut Grundbuch eine Bielefelder Immobilienfirma. Ein Architekt steckt dahinter. Diethelm Gierhacke. Der ist hier aus dem Dorf."

„Den kenne ich noch vom Streifendienst", warf Dierk-Helge sofort ein. „Ganz windiger Vogel. Trieb sich permanent im Rotlichtmilieu rum. Den hatten wir lange auf der Rolle, haben ihn aber nie so richtig bei irgendwas erwischen können. Alkohol ja, aber immer haarscharf unter der Grenze."

Reiffeisen hob die Hand und fasste zusammen.

„Summa summarum: Sandmann steckt knapp drei Millionen Euro Schwarzgeld in ein angeblich vielversprechendes, hoch lukratives Bauprojekt in Spanien. Dann beginnt er vor circa acht Wochen, seine sämtlichen Sachwerte zu veräußern und auch die eigene, passabel funktionierende Firma abzuwickeln. Letztlich macht er einen Riesenschritt in die Illegalität, indem er in seinem eigenen Projekt einen satten Millionenbetrug hinlegt und dabei kaum mehr an Gewinn macht, als er vorher reingesteckt hatte."

„Deutlich weniger", bemerkte Ebersbach. „Der Geldtransfer nach Übersee kostet ihn etwa zwanzig Prozent."

„Umso schlimmer. Er macht also unter dem Strich Minus, nur um irgendwo in einem fernen Land im Untergrund zu leben. Warum hat er nicht einfach, als es Zeit war, seine Kohle genommen und ist legal abmarschiert? Da stünde er jetzt doch erheblich besser da."

Reiffeisen rieb sich nachdenklich die Nase.

„Gibt's schon Nachricht aus Spanien?", fragte er dann in die Runde.

„Ja und nein", antwortete Landmann. Frau Romanova hat mit der Kripo in Málaga telefoniert. Die bestätigen die Existenz von Arenero S.L. und auch von der Baustelle. Für alles Weitere wollen sie ein offizielles Ermittlungsersuchen auf dem großen Dienstweg über BKA und Interpol."

„Hmm, das ist seltsam. Mauern die etwa? Die Spanier sind sonst wesentlich kooperativer. Aber gut, dann müssen wir halt warten. Für mich bleibt es dabei: Sandmann hat 'ne Leiche im Keller. Was ich wirklich zu gerne wissen würde: Wer oder was hat Sandmann hochgeschreckt?", sinnierte er schließlich weiter. „Das kann doch kein Zufall sein, dass er haargenau dann Mann und Maus im Stich lässt und stiften geht, wenn die Steuerfahndung in seinem Betrieb zuschlagen will. Mitsamt seinem sauberen Schätzchen, dieser lieblichen Frau Lieblich! Ob da irgendwo ein Maulwurf im Getriebe hockt?"

„Ja, das wüsste ich wirklich auch gerne", sagte Dierk-Helge aus vollem Herzen. Sechs Stunden später wusste er es.

Anke war heute mit ihren Kolleginnen los. Girls Day, wie sie es nannte. Dierk-Helge gönnte ihr den Spaß von Herzen, trotzdem fand er es doof, wenn er nach Hause kam und die Bude war leer. Nach dem Dienst brauchte er nichts mehr als seine Frau, die sich die täglichen Katastrophen im Kommissariat geduldig anhörte, ihn wieder runterbrachte und wie nebenbei die pfiffigen Gedanken und Hinweise entwickelte, die ihn in seiner Ermittlungsarbeit immer wieder entscheidend voranbrachten. Ein Paket lag auf der Treppe. Er nahm es auf, riss im Hinaufgehen das Papier auf und betrachtete verdutzt sein Gesicht inmitten der spanischen Landschaft irgendwo zwischen Málaga und Marbella. Das Fotobuch!

Dierk-Helge ließ seine Aktentasche plumpsen, warf sich aufs Sofa und begann sofort zu blättern. Interessiert und amüsiert pflügte er durch die Aufnahmen und Situationen, die Anke zudem mit witzigen Kommentaren und Untertiteln gespickt hatte. Bis er auf der sechsten Seite plötzlich erstarrte und spontane Schweißausbrüche bekam.

Das Foto zeigte Anke und ihn. Lachend, mit glänzenden Augen und Schnuten. Er eine Kaninchenkeule in der Hand, sie einen kapitalen Langustino, wie sie sich ein fetttriefendes Küsschen gaben. Auf den ersten Blick übersah er die panisch aufgerissenen Augen in dem Gesicht links hinten, das vergeblich versuchte, sich schnell noch aus der Schusslinie zu drehen. Aber Ankes starkes Blitzgerät hatte die kleine Spelunke komplett ausgeleuchtet, und die leicht derangierte Yuppie-Frisur mit Strähnchen ließ keinen Zweifel zu: Sandmann. Wie in Trance griff Dierk-Helge nach seinem Tablet, rief das Fotoalbum auf und suchte kurz. Dann markierte er drei Fotos. Das Gerät fragte ihn, ob er die ausgewählten Dateien endgültig löschen wollte. Er antwortete mit „Ja".

15.

Der Führerschein war alt, grau und groß wie eine Postkarte. Er war mit einer mechanischen Schreibmaschine ausgefüllt und trotz seines Alters noch in erstaunlich gutem Zustand. Lazarus Ascobar betrachtete ihn sorgfältig von allen Seiten. Señor Ascobar kannte diese „Lappen“, er hatte selbst so einen besessen, damals, als er in Deutschland gearbeitet und Geld verdient hatte. Gutes Geld, mit dem er vor Jahren die Autovermietung aufgebaut hatte, um seine Rente aufzubessern und einen sorgenfreien Lebensabend verbringen zu können, hier in Vigo, seiner geliebten Heimatstadt.

Er warf einen Blick auf den unverhofften Kunden, der vor fünf Minuten hereingeschneit war und ihn mitten aus seiner wohlverdienten Siesta geholt hatte.

Der Deutsche, der, wie er sagte, mit dem Zug gekommen war, hätte unauffälliger nicht sein können. Mit seinen staubigen Wanderschuhen, den abgewetzten Dreiviertelhosen, dem karierten Baumwollhemd und dem sonnengebleichten Schlapphut aus Leinen sah er aus wie einer von den vielen Rucksack-Touristen, die mehr oder weniger weit dem Jakobsweg gefolgt und dann weiter bis in die spanisch-portugiesische Grenzmetropole vorgedrungen waren, um noch ein paar Tage am Meer zu verbringen und von dort aus heimzufliegen.

Ausgerechnet der alte Renault Kangoo draußen an der Straße sollte es sein, wahrlich nicht das beste Pferd in Ascobars Stall. Die Karre wies rundum Dellen und Rostfraß auf, war längst abgeschrieben und wurde eigentlich nur noch für betriebsinterne Zwecke benutzt. Doch dem Kunden schien das völlig egal zu sein, solange es nur die zweisitzige Lkw-Version war. Bitte sehr, dann eben die Rostlaube.

Bei der Frage nach einer Kreditkarte musste der Fremde leider passen. Das war allerdings ein Problem. Ohne Kreditkarte kein Auto. So lautete nun mal die Regel.

Was denn, ein Diebstahl in einer Herberge in den Pyrenäen? Ah, natürlich. Da haben wir die Basken: Spitzbuben und Wegelagerer, das weiß doch jedes Kind. Obwohl sie verdammt gut kochen können. Mitleidig schüttelte Lazarus Ascobar den Kopf. Der arme Kerl sah wirklich mitgenommen aus, das bemerkte er jetzt. Er überlegte und sah erneut in den Führerschein. Der langhaarige Jüngling, der ihm aus dem vergilbten Passfoto entgegensah, war gut und gerne die junge Version des Mittfünfzigers, der heute mit seinem ungepflegten Vierzehn-Tage-Bart und den zauseligen grauen Stoppeln einen leicht ramponierten Eindruck machte. Und was war das? Er kam ja aus Gütersloh. Das kannte Lazarus. Die halbe Großfamilie arbeitete schließlich noch heute bei Claas in Harsewinkel. Da war er als Junge oft zu Besuch gewesen, im firmeneigenen Barackendorf an der B 513. Als echter Galizier besaß Lazarus Ascobar ein großes Herz und beschloss, dem armen Mann zu helfen, der zudem aus jenem Land kam, das immer sehr gut zu ihm gewesen war. So was verbindet. Schnell wurden Formalitäten für eine Ausnahmeregelung beschlossen, wozu war er schließlich der Jêfe von diesem Laden?

„Also, Señor“, sagte er und blickte dem Wandersmann tief in die Augen, „die Fahrzeugmiete für fünf Tage in bar und im Voraus. Und ohne Quittung. Und Ihr Führerschein bleibt hier. Als Pfand. Dann könnte ich mal eine Ausnahme machen. In alter Verbundenheit.“

Sein Gegenüber nickte und zückte sofort seine Geldbörse, Scheine wechselten den Besitzer. Lazarus Ascobar war zufrieden. Das reduzierte den lästigen Schreibkram ganz entscheidend. Und auch die Steuern. Cash in die Täsch, die alte Karre lief sowieso nicht mehr über die Bücher. Letzte Zweifel, die er eventuell noch an der Lauterkeit seines Kunden hegen mochte, wurden spätestens durch den druckfrischen Fünfziger zerstreut, den sein Kunde einfach noch obendrauf legte.

Der Mann stieg ohne Umschweife ein und fuhr zum Hafen. Nach kurzem Suchen fand er eine kleine, saubere Pension direkt am Wasser. Die netten Wirtsleute nahmen den Deutschen herzlich auf, der mit Freunden einen Wanderurlaub im spanisch-portugiesischen Bergland plante, dafür verschiedene Dinge organisieren und sich bei der Gelegenheit ausgiebig die Rias Bajas der malerischen spanischen Nordwestküste anschauen wollte.

Wenn Herr und Frau Pereira sich darüber wunderten, dass ihr Gast kaum Gepäck dabeihatte, so ließen sie es sich zumindest nicht anmerken. Seinen Rucksack gab er nicht aus der Hand, den trug er selbst aufs Zimmer. Auf jeden Fall schien er urlaubsreif, er wirkte verschlossen und seltsam angespannt. Dicke Augenringe, Mundgeruch und ein beständig gehetzter Blick zeugten von einem ungesunden Leben mit zu viel Stress.

Doch der Aufenthalt schien ihm gut zu tun. Frau Pereira meinte schon bald eine deutliche Besserung zu bemerken. Sie wurde nun stets freundlich gegrüßt, gelegentlich stahl sich sogar ein Lächeln auf das sorgenzerfurchte Gesicht des Fremden. „Unser Essen, der Wein und die Luft", sagte sie zu ihrem Mann, „das hat hier schon viele geheilt." Señor Pereira nickte zustimmend. Wie alle Galizier war auch er der festen Überzeugung, dass seine Heimat der beste Platz auf der Welt sei.

Tatsächlich schien Frau Pereira den richtigen Blick zu haben. Mit dem einsamen Rucksacktouri ging in den folgenden Tagen eine grundlegende Veränderung vor. Sein Gang wurde aufrecht und kraftvoll, der ganze Kerl strömte irgendwie positive Energie aus. Er hatte sich komplett neu eingekleidet und trug nun von Kopf bis Fuß sportliche Funktionsbekleidung, alles beste Markenware. Die Fransen an Kopf und Kinn waren einem exakten 6-Millimeter-Schnitt gewichen, Hals und Ohren gründlich vom Rasiermesser heimgesucht worden. Wäre er zufällig einem Bekannten begegnet, hätte der ihn vermutlich kaum wiedererkannt. Doch es bestand ohnehin keinerlei Gefahr einer ungeplanten Konfrontation. Das nordspanische Galizien ist ganz einfach nichts für den ostwestfälischen Durchschnittsurlauber. Die Hotels sind dafür zu rustikal, das Meer zu kalt, der Wein zu preiswert und das Essen zu gut.

Der Mann summte entspannt vor sich hin. Klar, das Leben hatte bei ihm schon seine Spuren hinterlassen, besonders in den letzten Jahren, die alles andere als lustig gewesen waren. Doch das würde sich ab jetzt ändern. Ein kleiner Endorphin-Tsunami strömte durch seinen Körper, als er sich ein weiteres Mal vor Augen führte, dass sich letztlich doch alles gefügt hatte. Er würde all den unnützen Ballast hinter sich lassen und endlich zu ganz neuen Ufern aufbrechen. Blieb nur noch der letzte Schritt.

Etwas zu schwungvoll fuhr er den Renault aus der Parklücke. Den kleinen Rumpler, den er dabei spürte, verdrängte er völlig, er hatte gerade Wichtigeres im Kopf. Als er Gas gab, um vom Parkplatz des Hypermarkts auf die vierspurige Straße aufzufahren, drehten die Vorderräder des kleinen Lieferwagens durch. Die hintere Achslast war hoffnungslos überschritten. Er brachte seine Fracht zum Hafen, wo er einige Stunden beschäftigt war. Dann fuhr er zurück zu seiner Pension und fiel wie ein Toter ins Bett. Nur noch eine Nacht, dann begann das zweite, das richtige Leben.

Glück und Pech liegen oft dicht beieinander. Schicksalsschläge kommen gewöhnlich hart, unerbittlich und ohne jegliche Vorwarnung daher. Tatsächlich handelt es sich dabei zumeist aber um äußerst komplizierte Szenarien, in denen eine Vielzahl unterschiedlicher Ereignisse genauso ineinandergreifen, dass die Sache zwangsläufig in einer Katastrophe endet. Dieses Phänomen, gemeinhin „Murphys Gesetz" genannt, fand nun ein weiteres Mal eindrucksvolle Bestätigung. Zunächst war da der nicht mal mehr neue VW Golf, der beim Carrefour leicht angerempelt worden war. So ein kleiner Kratzer interessierte dortzulande wirklich keine Sau, am wenigsten den netten Herrn Lazarus Ascobar. Aber tragischerweise trug dieser Golf ein deutsches Kennzeichen, was die Situation von Grund auf veränderte, riesige Aufregung erzeugte und unweigerlich die Policía Local auf den Plan brachte. Auch die Polizisten hatten keinerlei gesteigertes Interesse an diesem Sachverhalt. Da sie aber nun mal gerufen wurden und Unfallflucht auch in Spanien eine Straftat ist, nahmen sie den Sachverhalt ordentlich auf, stellten einen Knallzeugen fest und gaben eine Fahndung nach einem alten blauen Kangoo mit abgelesenem Teilkennzeichen heraus. In der Zwei-Millionen-Hafenstadt Vigo ist das nun nicht gerade eine erfolgversprechende Fahndungslage, zumal die Polizei dort vordringlich mit ganz anderen Problemen beschäftigt ist, wie etwa dem Im- und Export gewisser illegaler Substanzen und Personen.

Zudem lag die Pension Pereira zwar in Hafennähe, aber dennoch in einer gutbürgerlichen Gegend, in die sich gewöhnlich kaum ein Streifenwagen verirren würde. Wäre da nicht die Bäckerei vom ehrenwerten Meister Rodriguez, der die wohl beste Empanada der Stadt buk. Wie überall auf der Welt schieben auch in Vigo die Polizisten zum Ende der Nachtschicht beträchtlichen Kohldampf und brauchen zum Feierabendgetränk dringend etwas Herzhaftes. In Ostwestfalen sind da frische Käsebrötchen der Renner. Das liegt aber ausschließlich daran, dass die Kollegen hierzulande nicht ansatzweise ahnen können, wie nach dem Nachtdienst eine Empanada mit mariniertem Kaninchen oder luftgetrocknetem Bauchspeck und geschmorten Pimientos schmeckt, zumal wenn sie von Meister Rodriguez ofenwarm serviert wird.

Die Polizei entdeckte den alten Kangoo gegen sechs Uhr morgens daher mehr oder weniger zwangsläufig, als nicht ein Streifenwagen, sondern gleich derer drei dort vorbeikamen, um sich mit den lebensnotwendigen Köstlichkeiten zu versorgen. Das macht zusammen zwölf Polizistenaugen, von denen halt eines an dem verdächtigen Fahrzeug einrastete. Der Wagen zeigte neben einigen älteren Kampfspuren hinten rechts am Radlauf eindeutig einen frischen Blechschaden mit grünem Lackaufrieb. Ein Beamter sicherte die Spuren am Fahrzeug, wobei er von drei weiteren Kollegen moralisch unterstützt wurde, die das Prozedere betrachteten und eifrig kommentierten. Während der fünfte bei Rodriguez die Bestellliste abarbeitete, zog der sechste bereits Erkundigungen zu diesem verdächtigen Fahrzeug ein, die unweigerlich auch zur Pension Pereira führen würden. Die Schlinge zog sich langsam enger.

Zu allem Überfluss sah es der Zeitplan des gesuchten Fahrers ausgerechnet heute vor, dass er just zu dieser frühen Stunde aus der Eingangstür besagter Pension auf die Straße trat, nur um den emsigen Ordnungshütern direkt in die Arme zu laufen und sein Schicksal unweigerlich selbst zu besiegeln.

Shit happens. Murphys Gesetz verteilt seine Nackenschläge sehr eigenwillig und nach keinem bekannten Muster.

Doch ein winziger Faktor blieb bisher unerwähnt, war aber von entscheidender Bedeutung: Der Kangoo war diesmal erst deutlich nach Mitternacht von seiner Tour zurückgekehrt, hatte wegen einer Feierlichkeit an der Pension keinen Platz mehr gefunden und musste weiter weg parken.

Als der einsame Wanderer nun den dunklen Eingang verließ und nach links schaute, erblickte er in etwa fünfzig Metern Entfernung die emsigen Ordnungshüter sofort, während er selbst mit knapper Not unentdeckt blieb. Er stutzte kurz, wandte sie sich dann um und marschierte seelenruhig die Straße in Gegenrichtung hinab.

Der Rucksack war schwerer als er aussah, aber das war kein Problem. Schon fünfhundert Meter weiter war eine Haltestelle, wo in zehn Minuten der Bus in Richtung La Guardia abfahren würde. Dort warteten schon etwa zwanzig Hausfrauen, bis an die Zähne bewaffnet mit großen, bunten Tragetaschen, um wie jeden Monat auf dem portugiesischen Wochenmarkt knapp jenseits der Grenze einzufallen und eine weitere Ladung billiger und unnützer Ramschware nach Hause zu ihren genervten Ehemännern zu schleppen.

16.

Gernot Bierwein starb, wie er gelebt hatte. Jämmerlich, widerlich, versoffen und verkommen. Immerhin war er, wenn schon sonst nichts auf der Welt, zumindest seinem Namen gerecht geworden. Denn die Menge und Vielfalt der verschiedenen berauschenden Mittel, die im Laufe seines 45-jährigen, völlig nutzlosen Lebens diese sackförmige Kehle hinuntergestürzt worden war, konnte mit allgemeinen humanmedizinischen Erfahrungswerten nicht in einen sinnvollen Zusammenhang gebracht werden.

„Unglaublich, was der Mensch so aushält!" PHM Jörg „Otto" Krüger, selbst kein Kostverächter, beugte sich vor und beäugte die am Boden liegende Gestalt wie ein seltenes Insekt. Dabei hielt er einen guten Meter Sicherheitsabstand und die Hände fest auf dem Rücken verschränkt. Man weiß ja nie, was einen so anspringt. Bernhard zog mit einem lauten Schnalzer die doppelten Latex-Handschuhe von den Fingern. Der alte Sani winkte resigniert ab.

„Cheh mir wech mit dem, den happich in vierzich Dienstjahre öfter chefaahn wie meine Schwiegermutter!"

„Und jetzt überlegst du die ganze Zeit, was schlimmer war", flachste Henry, der gerade vom NEF herüber geschlürt kam, den Totenschein locker in der linken Hand schwenkend. Auch er gönnte sich noch einen längeren Blick auf die Überreste dieses armseligen Exemplars der Gattung Homo sapiens, auch er aus gebührendem Abstand und mit den Händen hinterm Rücken.

„Nee, da brauchste chaanix bei zu überlegen, vor allem nich, wennste mit dem da fährst. Unsere Mimose hat schon wieder offenen Hautausschlach."

Neben dem RTW erblickte Henry Ron, den jungen Sani, der sich die Hände mit einem guten Viertelliter Desinfektionslösung schrubbte. Die entblößten Unterarme zeugten von intensivem Krafttraining und von langen Sitzungen im Tattoo-Studio. Henry erkannte martialische Motive mit gehörnten Fabelwesen, Schwertern und Streitäxten darauf und massive Anzeichen von Ekel im Gesicht. Der Junge schien deutlich zarter besaitet zu sein, als er nach außen hin vorgab.

Henrys Gedanken wanderten zurück. Landespolizeischule „Erich Klausener“ in der endlosen Senne, Grundlehrgang. Die Klasse 43 mit zwei Dutzend Frischlingen, alle noch grasgrün hinter den Ohren, lauschte fasziniert den Ausführungen des sagenhaften Polizeihauptkommissars Franz Kruse, der ihnen auf seine unnachahmliche, brillant-chaotische Art die Unantastbarkeit der menschlichen Würde nahebrachte.

So sehr Henry sich bemühte, auch er konnte in dem, was dort vor ihm lag, keinen Rest dieser Würde entdecken, obwohl sie laut PHK Kruse selbst einem solchen Körper immer noch latent innewohnte. Alkoholismus an sich entwickelt bereits ein Störpotenzial, das gewöhnlich für mehr als ein Leben reicht. Aber Gernot sprengte alle Normen. Wie er nüchtern war, war nicht bekannt, denn niemand hatte ihn jemals nüchtern erlebt. Ein leicht verkommener Malocher auf Müßiggang. Er fiel ganz einfach nicht auf, wenn er am späteren Vormittag in seinem unvermeidlichen verschlissenen Blaumann in Richtung Bermuda-Dreieck unterwegs war, jener kleinen, geschichtsträchtigen Grünanlage im Kreuzungsbereich Diek-/Fichten-/Buxelstraße.

Zwei Parkbänke und ein stets überquellender Mülleimer stellten mehr Lebensraum für ihn dar, als er brauchte. Hier gaben sich jeden Tag die Leistungstrinker der nahen Westfälischen Klinik ein Stelldichein. Es wurde krakeelt, geheult, gelacht, philosophiert und natürlich vor allem geschluckt. Kein Mensch konnte ermessen, wie viele Rückfälle die schwindsüchtigen Ligusterbüsche schon gesehen hatten, die immer erfolgloser versuchten, das sündige Treiben zwischen ihnen gnädig vor den Blicken genervter Anwohner und ahnungsloser Passanten zu verbergen.

Aber wenn all die Seelen, die hier schon verloren gegangen waren, schreien könnten, dann müsste man rein aus Gründen der Verkehrssicherheit zum nahen Westring hin einen Lärmschutzwall bauen. Und damit ist auch klar, wie das Bermuda-Dreieck in Fachkreisen zu seinem Namen kam.

Gernot war anders als die anderen Strategen. Er lachte nicht, er schrie nicht, er weinte nicht, er philosophierte erst recht nicht. Gernot soff. Er setzte sich auf das linke Ende der linken Bank und trank. Sonst tat er nichts. Er sprach mit niemand, er stierte einfach nur stumpf vor sich hin und zog sich seine Einheiten rein. Das war nicht weiter schlimm, denn alle anderen um ihn herum soffen ja auch wie die Ketzer. Aber Gernot trank immer ohne Pause kontinuierlich bis zum Verlust der wesentlichen Körperfunktionen. Irgendwann ließ er die leere Flasche fallen, kippte kurz danach um und wurde dann je nach Zustand ins Polizeigewahrsam oder auf die Intensivstation eingeliefert. All das ganze Elend dieser jämmerlichen Gestalt sah Henry nun in Gänze vor sich liegen. Den abgewetzten Blaumann, der unten herum von einer undefinierten Flüssigkeit durchtränkt war. Dann ein schwabbeliger Bauch, der zwischen dem Oberteil und einer grauen Doppelripp-Unterhose hervorquoll. Dazu die spärlichen, fettigen Haare, die wie üblich teils in alle Richtungen abstanden und teils am Kopf klebten. Letzterer war allerdings kaum erkennbar, denn er lag jetzt in einer tiefen, hellroten Blutpfütze.

Die Todesursache konnte aus zwei Metern Entfernung mit bloßem Auge und ohne tiefgreifende rechtsmedizinische Kenntnisse bestimmt werden. Sie bestand in einer natürlich leeren Flasche Doppelwacholder, die ihrem Opfer infolge exzessiver Trunkenheit aus der Hand geglitten und am Boden zerschellt war. Der Flaschenboden, Zackenkranz nach oben, kam dabei dummerweise exakt dort zu liegen, wo Gernot Bierweins Kopf Minuten später aus gleichem Grund mit einem satten Klatscher aufschlug.

17.

Ein ganz ähnliches Geräusch wie Bierweins Kopf verursachte eine Hand, die in einem kleinen Ladenlokal in Nordspanien auf einen alten Holztresen geknallt wurde. Sie war hart, knorrig und rissig von lebenslanger Arbeit, und sie gehörte einem gewissen Lazarus Ascobar.

„Mierda", fluchte er laut gegen die Decke, die auch dringend mal wieder etwas Farbe nötig hatte, wie er dabei missmutig feststellte. Auf dem Tresen lag ein alter deutscher Führerschein, und vor dem Tresen stand der Polizei-Teniente Hector Rodriguez und sah ihn mit unbewegter Miene an. Lazarus Ascobar lagen tausend Dinge auf der Zunge. Dass er nur einem armen Wandersmann hatte helfen wollen. Dass er überhaupt nicht vorgehabt hatte, die Fahrzeugmiete schwarz einzustecken. Dass er im besten Glauben und aus reiner Nächstenliebe gehandelt hatte. Aber ein Blick in das Gesicht des schneidigen Polizisten sagte ihm, dass all das vergeblich sein würde. Resignierend sah er wieder auf den alten grauen Lappen. „Und dabei warst du so ein netter Mensch", sagte er zu dem vergilbten Bild. „Wer hätte gedacht, dass du in Wirklichkeit ein Arschloch bist, Señor Walter Lehmann aus Gütersloh!"

Sein düsterer Blick löste sich von Teniente Rodriguez, der gerade minutiös seine Personalien notierte, und wanderte hinaus aufs Meer.

Draußen in der Bucht wehte ein kräftiger, kalter Wind aus Nordwest. Die morgendliche Armada von Frachtschiffen, Trawlern, Motor- und Segelyachten durchquerte die Ria Vigo auf dem Weg in die offene See. Vigo hat nicht nur den größten Fischereihafen von ganz Europa, sondern ist auch ein wichtiger Dreh- und Angelpunkt der Freizeitseefahrt. Alles, was vom nördlichen Europa in Richtung Mittelmeer, Kanaren und Südatlantik oder in Gegenrichtung unterwegs ist, kommt zwangsläufig hier vorbei und nutzt die Vielzahl der Marinas, um vor oder nach der heiklen Durchfahrt von Ärmelkanal und Biskaya Pause zu machen, Proviant zu fassen und sich für die nächste anstrengende Etappe zu rüsten.

Der 50 Fuß lange Hochseekatamaran, der zusammen mit etlichen anderen Wasserfahrzeugen dem offenen Meer entgegenstrebte, war in seinen ersten drei Jahren kaum gefordert worden. Sein Besitzer, ein schwerreicher Wirtschaftstycoon aus Southampton, war kein wirklicher Segler. Er hatte zunächst mit einer jener schweren Motoryachten geliebäugelt, mit denen seine Freunde und Wettbewerber auftrumpften. Trotzdem hatte er sich für den Katamaran entschieden. Denn der verband auf ideale Weise den Abenteuernimbus des Weltumseglers, der ihm sehr schmeichelte, mit einem großzügigen Partydeck für die erlauchte Gesellschaft. Herkömmliche Kielyachten haben nämlich immer etwas vom Charme einer Kellerwohnung. Sie bleiben deswegen nicht nur im Prestigewert, sondern auch in der Höchstgeschwindigkeit klar hinter dem Katamaran zurück, der von Haus aus das deutlich rasantere Fahrzeug ist. Trotzdem werden Katamarane selten gekauft, da sie angeblich nicht kentersicher und daher nur bedingt hochseetauglich sind. Ein hartnäckiges Gerücht, das unter Fachleuten längst als widerlegt gilt.

Doch all diese Vorzüge waren bisher nahezu ungenutzt. Zwar war der Mann Herr und Gebieter über ungezählte Unternehmen und Mitarbeiter, letztlich aber doch nur Sklave seines Terminkalenders und seiner Ehefrau. So blieben seine Ambitionen auf wenige Schönwettertörns beschränkt, wobei die Segel kaum jemals aufgezogen wurden. Wozu hatte man schließlich in beiden Rümpfen eine Maschine, die schon jede für sich das Herz eingefleischter Motorjunkies in den roten Bereich drehen ließ? Schnell stellte sich jedoch heraus, dass die wirklich urgemütlichen Kabinen und funktionellen Sanitäranlagen für die Damen der Herren eine Spur zu eng und die Wellen des Atlantiks für ihre Mägen eine Spur zu rau waren. Also wurde das Luxusobjekt eilig wieder abgestoßen, man wandte sich der nächsten einer schier endlosen Reihe exklusiver Freizeitbeschäftigungen zu, die genauso sporadisch und inkompetent angegangen werden würden wie die vorige.

Wirklicher Überholungsbedarf war am Schiff daher nicht vorhanden, trotzdem ließ der neue Eigner einige technische und elektronische Änderungen vornehmen. Komplizierte, anfällige Aggregate wurden gegen solide mechanische Systeme ausgetauscht, elektronische Spielereien wichen bewährter Technik. Der Kunde, der zur Besichtigung und zum Kauf die Werft zweimal besucht hatte, schien genau zu wissen, was er wollte, das merkte der leitende Techniker sofort. Die Yacht sollte exportiert werden, deshalb war selbstverständlich keine Mehrwertsteuer angefallen. Da ein großer Teil der fälligen Summe und dazu sämtliche Werftleistungen und Provisionen in bar bezahlt worden waren, ging das komplette Schiff insgesamt zu einem Bombenpreis über den Tisch. Wie schon beim Vorbesitzer war die frisch umgetaufte „Maria Esperanza" auch jetzt als Betriebskapital irgendeiner Offshore-Firma registriert, diesmal mit dem schönen Namen „Windward Yachting". Sie lief unter panamaischer Flagge, was hier in Vigo niemand wunderte.

Gerade wurde sie von einem schnittigen Schnellboot der Küstenwache überholt, die ihre Argusaugen beständig schweifen ließ. Sie spannte gemeinsam mit Zoll, Militär und Fischereiaufsicht ein dichtes Netz von zahlreichen Luft- und Wasserfahrzeugen sowie Satelliten- und Radarsystemen über die Küste, dem kein Schiff entgehen konnte. Tatsächlich ist die Kontrolldichte zu Wasser erheblich höher als auf der Straße, wo man weitgehend unbehelligt von jedweden Behörden auch grenzüberschreitend reisen kann. Zumindest EU-weit. Doch die Beamten interessierten sich nicht allzu sehr für den Katamaran. Ein kurzer Computercheck sagte ihnen: Alles an der „Maria Esperanza" war zu hundert Prozent legal. Alle Formalitäten und auch die unvermeidliche Bordinspektion waren im Vorfeld über die Hafenmeisterei erledigt worden, Besatzung, Abfahrt, Kurs und Ziel waren in der zentralen Datenbank erfasst.

Christobal, der junge Mann an Bord, war Mitarbeiter der kleinen Werft. Er würde das Schiff nach Lissabon überführen, dort seinem neuen Eigner übergeben und auf dem Weg einen letzten Komplettcheck aller mechanischen und elektronischen Systeme vornehmen. Er war bester Laune, denn er liebte die See noch mehr als die Werftarbeit und war ein ausgezeichneter Skipper. Zudem war der Trip lukrativ, er würde mit einem netten Zusatzverdienst zu seiner jungen Familie zurückkehren.

Gegen Abend machte die „Maria Esperanza" unbehelligt in einem kleinen Fischerhafen an der portugiesischen Küste für die Nacht fest. Christobal checkte beim Hafenmeister ein, der den Landfall der „Maria Esperanza" vorschriftsmäßig registrierte, beglich die bescheidene Liegegebühr und gab nach einem längeren Plausch bekannt, dass er schon vor Sonnenaufgang in Richtung Lissabon ablegen würde.

18.

Zweitausendfünfhundert Kilometer weiter nordöstlich war ebenfalls Feierabend angesagt. „Leute, ich geb 'ne Runde!"

Zwölf Gesichter schauten zu Franzl auf. Hoffnungsfroh, wenn auch leicht zerknittert, hatte die Dienstgruppe doch mal wieder nahezu komplett zur „Ersten Pflicht" zusammengefunden. Es war fünf nach zehn Uhr abends, der erste Spätdienst des Törns war tatsächlich mal ohne böse Überraschungen zu Ende gegangen. Kein Unfall kurz vor knapp, keine häusliche Gewalt mit einem endlosen Rattenschwanz von Maßnahmen und Formalitäten. Auch keine Zwangseinweisung in die Psychiatrie, in der man mal wieder stundenlang mit einem hochgradig renitenten Randalierer in einem engen Rettungswagen auf das Ordnungsamt und den ärztlichen Dienst warten musste.

Der Schichtdienst hat eigene Gesetzmäßigkeiten. Man lebt ganz einfach in einem anderen Rhythmus und entwickelt unter den speziellen Belastungen auch spezielle Gewohnheiten und Bedürfnisse.

Der Frühdienst ist die gefühlt unangenehmste Schicht, der Nachtdienst die eindeutig ungesündeste. Der Spätdienst ist eigentlich okay, dafür aber besonders sozialschädlich, weil er die Schutzleute regelmäßig von Partnern, Kindern, Freunden und Bekannten fernhält. Dazu kommt das Erfordernis, diese unterschiedlichen Dienste möglichst schnell zu variieren und mit sogenannten „kurzen Wechseln" zu verbinden, also direkt vom Spätdienst in den Frühdienst oder vom Frühdienst in den Nachtdienst zu springen. Das ist zwar arbeitsrechtlich inzwischen nicht mehr ganz zulässig und gesundheitlich sicher auch bedenklich, aber nur so gelingt es, einmal pro Woche wenigstens zwei komplette Tage am Stück frei zu machen. Mit viel Glück fällt dieser Freizeitblock sogar einmal im Monat auf das Wochenende. Aber nur, wenn nicht mal wieder irgendwelche Geschichten wie Fußball, Demo, Schützenfest oder sonstige spontane Kräfteanforderungen dazwischenhauen. Gar nicht zu reden von den vielen und überwiegend völlig sinnlosen Gerichtsterminen.

All diese Widernisse und Unwägbarkeiten versuchen die Uniformträger mit ihren privaten Bedürfnissen in einem permanenten Balanceakt in Einklang zu bringen, die sich leider samt und sonders an einer „normalen“ Arbeitswoche ausrichten. Und natürlich mit ihrem Biorhythmus, der dabei allerdings heftig revoltiert und langfristig mit massivem Schlafentzug reagiert, während etliche Ehepartner langfristig mit massivem Liebesentzug reagieren.

Der erste Spätdienst ist familiär gesehen eh tot und daher förmlich ideal, um sich nach Dienstschluss noch kurz mit den Kollegen in einer der örtlichen Kneipen zu treffen, die Erlebnisse sacken zu lassen und Sozialhygiene zu betreiben. Zu Hause hätte man sowieso nur die Kinder beim Schlafen und den Partner beim Fernsehen gestört. Der zweite Spätdienst verbot sich, weil man am nächsten Tag ja schon wieder morgens um kurz vor sechs zum Frühdienst raus musste. Die After-Work-Party nach dem ersten Spätdienst war daher uralte Tradition, wenn auch längst nicht mehr jene eiserne Pflicht, die auch schon mal bis in die frühen Morgenstunden gehen konnte. Aber wenn alles passte, wurde der Event immer noch gern auf ein Kaltgetränk wahrgenommen.

Der Einfachheit halber bevorzugte man das „Those Were The Days“ gleich neben der Wache, das bezüglich Lage und Klientel ausgezeichnet passte. Auch die schmissige Oldie-Musik, die dort gespielt wurde, war angenehm. Jerry, der Wirt, war selbst alter Mucker, griff gern mal zu vorgerückter Stunde zur Klampfe und kannte seine Klientel seit Jahren genau.

„So, du willst also 'ne Runde geben?“ Otto, Alters-Vizepräsident und Bierkassenwart in Personalunion, zückte ein arg ramponiertes Notizbuch, blätterte eine Weile und rechnete konzentriert.

„Die Runde ist notiert, aber dir ist klar, dass du gar nicht dran bist? Wäre ja noch schöner, wenn hier jeder einfach einen ausgeben könnte, wann er will. Heute trinken wir nämlich auf ... Manni, wegen dem zerbeulten Streifenwagen vom Sonntag. Prost!“

Jerry stand schon bereit und nahm die Bestellungen auf. Er wusste, die Zeche würde nachher pauschal von Otto beglichen werden, der das Geld wiederum nach uralten, akribisch festgelegten Gesetzmäßigkeiten von den einzelnen Kollegen beitreiben würde.

„Ach so, welchen Grund darf ich für die Runde notieren?“ gab Otto ganz den pedantischen Buchhalter.

„Bierweins Requiem", erklärte Franz. „Der letzte Stinker."

„Jau, in Trauer bin ich auch nicht gerade!" Henry schaute gedankenverloren auf seine Bierflasche.

„Wisst ihr noch letzten Sommer, als es so furchtbar warm war? Es war noch nicht mal Mitternacht, da hatten wir schon Zelle 1–3 besetzt. Erst mit Gernot, dann Robert Magura und zuletzt kam Irene Männertreu rein. Alle drei voll im eigenen Saft. Da brauchtest du drei Zigarillos, wenn du in den Knast wolltest. Eins im Mund und eins in jedem Nasenloch."

„Puu, jau, das war echt hart." Uli verzog das Gesicht.

„Echt wahr?" Patrick starrte mit einer Mischung aus Zweifel und Ekel in die Runde.

„Irene hatte doch früher jeden Kollegen angebaggert wie wild", bemerkte Otto süffisant. „Und nicht ohne Erfolg, wie man hörte."

„Nee komm, geh mir wech!" Manni schüttelte sich vor Ekel. „Wer packt denn so eine an?"

„Ich kenn' auch einen, der da mal dran gewesen sein soll", meinte Henry rundheraus. „War ja wirklich proper zu ihren besten Zeiten. Ihr Kerl war doch nur blau, der kriegte schon damals nichts mehr auf den Pinn. Mein Gott, da hat sich jemand halt mal geopfert. Ihr versteht schon: dein Freund und Helfer. Volle Hingabe zum Beruf und so. Das ist aber gut zwanzig Jahre her. Richtig abgerutscht ist sie ja erst später, ist irgendwann halt selber an die Pulle gekommen. Zum Schluss war sie doch nur noch ein Wrack ihrer selbst. Zittrig, rappelmager und schneeweiß. Bis sie dann letzte Woche am Laternenpfahl klebte."

Gegen halb fünf war es in Portugal noch stockdunkel. Christobal stand auf, zog sich an und ging kurz an Land, um die Hafentoilette zu benutzen. Er wollte das Schiff in einwandfreiem Zustand übergeben und hatte keine Lust, vorher noch die Fäkalientanks zu reinigen.

Zehn Minuten später sprangen die beiden Turbodiesel an und brabbelten sonor vor sich hin. Die Leinen wurden eingeholt, der Anker ging hoch und die „Maria Esperanza" legte ab. Vorsichtig manövrierte sie im Standgas aus dem kleinen Hafen und stach in See.

Die Maschinen drehten auf und trieben den stattlichen Katamaran mühelos durch den kräftigen Nordwest, der genau auf dem Bug stand. Diesen Kurs hielt der Skipper eine knappe Meile, während er sämtliche Systeme checkte. In dieser Zeit wurde er automatisch vom Küstenradar erfasst, registriert und identifiziert. Schließlich zog er Fock- und Großsegel auf und fiel auf südwestlichen Kurs ab, sodass die steife Brise, die nun genau von Steuerbord hereinkam, mit sattem Knall in die Segel griff. Der große Kat reagierte spontan, hob den Steuerbordrumpf merklich an und beschleunigte rasant. Die Maschinen, die jetzt völlig nutzlos waren, wurden gekillt. Der Skipper holte die Segel noch einen Tacken dichter, dann noch einen. Das Schiff stand jetzt komplett auf einer Kufe und schoss wie ein Pfeil über die brettharten Wellen. Eine halbe Stunde nahm der Skipper sein neues Gefährt richtig an die Hörner und fuhr hart am Limit, ging auch ein paarmal durch den Wind und lotete die Grenzen des Machbaren aus. Das Ergebnis schien ihm ausgesprochen zu gefallen. Dann fiel er etwas ab und überließ das Ruder bei ruhigerer, aber immer noch sehr flotter Fahrt der Selbststeueranlage auf dem bereits einprogrammierten Kurs.

Eine knappe Stunde später verließ die „Maria Esperanza“ zuerst die 12-Meilen-Zone, dann den Erfassungsbereich des Küstenradars und befand sich nun in internationalem Gewässer.

Eine einsame Person schlenderte den Hafen entlang, durchquerte das Dorf zur Hauptstraße und ließ sich auf einer Bank nieder. Zehn neue Hunderter knisterten in Christobals Hosentasche, aus der er nun sein Handy fischte, um seine Frau anzurufen. Wenn sie ihn abgeholt hatte, würde er mit ihr auf dem Rückweg nach Vigo die neue Couchgarnitur kaufen, die sie sich schon so lange gewünscht hatte.

19.

Sommer

„Minnie!“

Nichts.

„Miiiinniiie!“

Nichts rührt sich.

„Minnie! Kommße gezz?“

Minnie kommt nicht. Die ältliche dürre Pudeldame mit den spärlichen weißen Löckchen trippelt geschäftig durch den verwaisten Biergarten der Alten Weberei und hinunter zum Dalkeufer. Jene pudeltypische Mischung aus Arroganz und Eigensinn lässt es einfach nicht zu, dass sie auch nur den Kopf dreht, wenn sie gerufen wird

„Minnie, kannze nich eima höan? Komm gezzofoat bei Fuß, Mamma friat!“

Unbeirrt wuselt Minnie die Böschung rauf und verschwindet im nebeligen Nieselregen erst mal hinter dem Kesselhaus, wo es immer so schön nach Ratten und Pipi riecht. Herta Dreismickertöns, Halterin und exaktes menschliches Ebenbild des treuen Tieres, zieht den pinkfarbenen Frotteebademantel enger um die schmächtigen Schultern und sehnt sich verzweifelt zurück in ihr völlig überheiztes Apartment im nahen Seniorenzentrum am Bachschemm. Gierig zieht sie an der bereits zweiten Zigarette dieses garstig kalten Junimorgens, als wolle sie aus dem Glimmstängel neben der dringend benötigten Nikotindosis auch noch ein Quäntchen Verbrennungswärme absaugen. Minnie würde schon kommen, nur eben nicht jetzt. Resigniert schweift Hertas Blick über das kleine Flüsschen zum anderen Ufer.

„Häascha nää, ham'se da aber wieda chetaacht!“ Hertas Argusauge, berüchtigt für seinen Scharfblick bei Nachbarn, Freunden und Verwandten, fokussiert den Spielplatz auf der anderen Seite, wo sich ein Schlachtfeld offenbart: Berge von Leergut, Plastiktüten, Pommesschalen und Pizzakartons.

„Da braat mia doch eina 'n Stoach. Gezz kuck dich dat ma an. Sso ssind sse, unsere leidigen Patröners, dat glaupzte nich! Den chanzen Tach faul auffe Naht liegen, dat könnse. Und krieg 'n nix, aba auch chaanix inne Fitzen. Aber anständige Leute anpumpen, bis dattet füare nächste Pulle reicht. Bett und Heizung zaalt ja de Wohlfaat. Un alles andere heidewitzka duach 'n Hals, wat kost die Welt."

Wollüstige Entrüstung macht sich breit in Herta und drängt die klamme Kälte in ihren dürren Knochen schlagartig in den Hintergrund. Der Tag ist gerettet, und nicht nur der. Was hier vor ihr liegt, bietet wunderbaren Gesprächsstoff für mindestens eine Woche.

„Und dann schmeißense auch noch die schönen Klamotten wech, die se ausse Kleiderkammer cheschenkt kriejen." Eine schöne Fleecejacke von Wolfskin dümpelt im Flachwasser am Ufer.

Minnie kommt geschäftig hinter dem Kesselhaus hervor und trippelt hurtig über die Brücke. Sie wühlt in den Abfällen, schlingt im Vorbeigehen einen Pizzarest herunter, obwohl sie irgendwann davon kotzen muss und stüskert etwas unbeholfen die Böschung hinab zum Flussufer.

„Minnie!" Der herrschaftliche Ruf vom jenseitigen Ufer verhallt wie immer ohne Wirkung. Im Gegenteil: Minnie sieht sich zu verwegeneren Taten angespornt. Die Fleecejacke hat es ihr angetan. Vorsichtig taucht sie ihre spillerigen Vorderläufe ins brackige Wasser und schnüffelt intensiv an dem Stoff.

„Minnie, komm ssobutz da raus! Musste denn imma inne Motsche ölen?"

„Du kannst mich mal", scheint Minnie zu denken und wagt sich noch einen Schritt weiter ins eiskalte Wasser. Vorsichtig packt sie einen Jackenärmel mit den Zähnen und zieht.

„Minniiie, komm wech da, dat is Ba!"

Minnie zerrt kräftiger. Ein Knurren entweicht ihrer faltigen Kehle. Aber das Scheißding bewegt sich nicht die Bohne.

„Minniiie! Gezz aba! Mamma holt den Stock!"

Minnie stemmt ihre Spinnenbeinchen feste in den Schlick. Ein letzter, kräftiger Ruck, ein letztes, böses Knurren, und der Ärmel kommt frei.

Unten hängt Entengrütze dran. Und eine Hand.

„So, mir reicht's." Hermann hatte mal wieder die Schnauze voll. Mit einem herzzerreißenden Stöhnen bog er langsam seinen leidgeprüften Rücken durch. Eine Stunde lang in gebückter Haltung das Gelände absuchen und dabei gefühlte 257 Spurenträger fotografieren und eintüten ist entschieden die falsche Beschäftigung für einen älteren Herrn, der sich am Ende eines totlangweiligen Nachtdienstes wie auch am Ende seiner aktiven Dienstzeit überhaupt befand. Die obligate Leiche zum Feierabend hatte Hermann oft genug erlebt, so etwas schmiss ihn schon lange nicht mehr aus der Bahn. Aber alles hätte so einfach sein können. Dass hier ganz einfach jemand stockbesoffen beim Pinkeln in den Bach gepurzelt war, das sah doch ein Blinder mit dem Krückstock. Aber nein, Oberverdachtschöpfer Dierk-Helge musste ja mal wieder jeden Scheißschnipsel nummerieren und katalogisieren, bevor man auch nur Piep sagen konnte. Und ihm, Hermann, blieb mal wieder nichts anderes übrig, als in gottergebener Resignation hinterherzudackeln, alles zu fotografieren und einzutüten. Zwei große Müllsäcke waren schon randvoll mit Pizzaschachteln, Bierdosen und Rotweinflaschen, alles getrennt in großen Papiertüten verpackt, versteht sich.

Jetzt kam Dierk-Helge schon wieder mit irgendeiner ranzigen Flasche an, die er aus dem Gebüsch gezogen hatte und die er nun abfällig betrachtete.

Vorsichtig roch der Rote daran und verzog angeekelt das Gesicht. „Puh, was ist das denn für ein Barackenfusel? Da wirst du ja schon blind vom Geruch. Und der Name ist auch nur was für Leute mit 'nem schweren Sprachfehler." Mit sorgfältig behandschuhten Fingern hielt Dierk-Helge Hermann die Flasche hin, damit der sie fotografieren konnte. Hermann runzelte die Stirn. Donnerwetter. Echter Islay Malt Whisky. Die Marke kannte er. Die gönnte er sich höchstens mal zu Weihnachten. Von wegen Barackenfusel. Prolet!

Egal was hier passiert war, irgendwer hatte mächtig die Spendierhosen angehabt, soviel war klar. Aber er dachte nicht im Traum daran, Dierk-Helge seine Gedanken zu offenbaren, der drehte doch auch ohne konkrete Verdachtsmomente schon voll im roten Bereich. Nee, Feierabend war jetzt einfach wichtiger.

„Okay, das war's hier", verkündete er bestimmt. „Ab nach Hause und ins Bett."

„Nee, um halb zehn ist schon die Obduktion angesetzt. Ich hab eben mit der Staatsanwaltschaft gesprochen. Die haben um ein Uhr schon 'ne Leichenöffnung in Bielefeld und kommen jetzt vorher schnell hier vorbei. Und der Frühdienst ist schon raus zu 'nem dicken Villeneinbruch nach Rheda. Irgendeiner von uns muss da hin. Wir haben noch nicht mal 'nen Anerkennungszeugen."

„Wir machen das für euch", meldete sich eine Stimme hinter Helge. Henry war zu Fuß über die Dalkebrücke herangekommen, einen muffeligen Patrick im Schlepp. Angelegentlich betrachtete er die Whiskyflasche und runzelte kurz die Stirn.

„Der Nachwuchs muss ja auch mal was Vernünftiges geboten kriegen." Interessiert sichtete Henry den Tatort und die Asservate. „Ah, was den Anerkennungszeugen anbetrifft, da hab ich 'ne Idee. Lasst mich nur machen." Er grinste gut gelaunt, während die Begeisterung seines Streifenpartners sich stark in Grenzen zu halten schien. Hermann hatte bereits alles in den Kofferraum des Astra Kombi gepackt. „Lass gehen, Roter, Feierabend!"

Dierk-Helge schien immer noch nicht realisiert zu haben, dass die Tatortaufnahme beendet war. Er bockte wie ein kleiner Junge, den man vom Spielplatz zum Abendessen ruft, und stieg erst ein, als Hermann anrollte und Anstalten machte, ohne ihn zu fahren.

20.

Konny kommt. Bedächtig schlürt er die Königstraße entlang, bleibt kurz bei Waffen Kemper stehen, um das beträchtliche Sortiment an langen und kurzen Schieß- und Stechapparaten zu betrachten, wechselt dann aber zügig zurück zur Auslage „Vom Fass". Die flüssigen Köstlichkeiten, die sich dem abenteuerlichen Betrachter dort vielfältig und dekorativ darbieten, scheinen seine Aufmerksamkeit weit mehr zu fesseln. Aber Konny muss weiter, er ist schon spät dran. Schwerfällig wendet er sich ab und lenkt seine Schritte Richtung Martin-Luther-Kirche. Schritte, die müde und ausgebrannt wirken, aber trotzdem noch jene Urkraft erahnen lassen, die er einmal besaß und die nur den wahren Athleten auszeichnet.

Das Glockenspiel am Rathaus schlug zehn; haargenau in dem Moment, als Konny die City-Wache passierte und den Berliner Platz betrat. Seine Welt, sein Königreich. Er blieb kurz stehen, scannte mit kleinen roten Augen die „Platte" und ging dann, nachdem er alles geprüft und für gut befunden hatte, hinüber zur Bank an der großen Kastanie, stellte seine beiden Plastiktüten ab, checkte kurz den Mülleimer und ließ sich dann gemächlich nieder. Sein Stammplatz, sein Thron, von dem aus er den HVP regierte, wie er in Fachkreisen immer noch heißt. Hertie ist längst Geschichte, aber niemand käme auf die Idee, jetzt „Karstadt-Vorplatz" zu sagen. Jeden Tag ab Punkt zehn Uhr. Immer präsent, immer ösig und immer blau: Konny.

Dreißig Jahre Platte hatten ihre Spuren hinterlassen. Der wüste, einst kastanienbraune Lockenschopf hatte Farbe und Fülle längst verloren und hing nun in langen, fettigen weißen Strähnen bis über die Schultern hinab. Der immer noch mächtige Bart war jetzt eisgrau, wo ihn das Nikotin nicht gelbbraun gefärbt hatte; genau wie die Finger, die scheinbar nicht ohne Kippe existieren konnten. Konny griff in eine seiner Tüten und zündete die erste Kanne des Tages: Carlsberg Elefant. Eines von vielen Dingen, die

Konny Gerke hasste auf dieser Welt, war leblose, schlappe Pilsbierplörre, die nichts kann und nach nichts schmeckt als nach bitterer Hopfenpaste. „Auf Spülwasser happich kein‘ Bock“, war sein ständiger Spruch. Konny war echt mies drauf. Sonntag. Kein Markt, keine Leute, keine Geschäfte. Scheißwetter, Scheißtag.

Und jetzt zu allem Überfluss noch die Bullen! Wenn es irgendwas gab, das auf Konnys nach unten offener Richterskala noch Lichtjahre unter Dünnbier stand, dann waren es die Sheriffs. Fast lautlos schlich der blaue Passat um die Ecke bei Friesenhausens Zigarrenladen und gondelte im Schritttempo an der Nordsee vorbei Richtung Königstraße. Schlängelte sich geschickt an der City-Wache zwischen Sperrpfosten und Fahrradständer durch und verschwand in Richtung Dreiecksplatz. Konny grunzte erleichtert. Er griff in die zweite Tüte, zog einen Kringel Fleischwurst heraus und schnitt sich eine daumendicke Trille ab. Frühstück.

Doch es blieb bei der einen Scheibe. Er hatte noch nicht mal geschluckt, da ertönte rechts hinter ihm das Geräusch eines Turbodiesels im Leerlauf. Zwei Türen klappten, ein Funkgerät quakte, Schuhe schlurften, und schon standen zwei Kalkmützen vor ihm, die ihn mit ganz widerlicher Neugier begafften. Konny schaltete schlagartig auf böse um. Brust raus, Schultern breit, Kinn vor. Zoff mit den Bullen war Ehrensache und bei Konny Lebensprinzip. Verkniffen musterte er die beiden: Henry, den Älteren, kannte er von früher. Der war so ein seltenes Exemplar. Immer locker drauf, aber knochenhart, wenn's drauf ankam. Der hatte ihn zur wilden Zeit schon etliche Male eingebuchtet. Daneben ein ganz junger Dachs mit Milchbart. Na, die würden sich wundern.

„Moin Konny, na, alles klar bei dir?“

„Zischt bloß ab!“ blaffte er die beiden an. Der Junge wurde sofort wehrig, aber Henry kam ihm zuvor.

„Nanu, Konny“, fragte er besorgt, „was ist mit dir? Hast du was Falsches gefrühstückt?“

„Geht dich 'n Scheiß an.“ Konny kam jetzt richtig in Fahrt. „Passt bloß auf! Euch zwei Witzfiguren hau ich jederzeit noch mit links aus'm Hemd!“

„Lass mal stecken, Konny“, konterte Henry gutmütig. „Wir werden alle älter. Du bist auch nicht mehr so stark wie früher. Höchstens noch im Geruch.“

Konny konnte sich ein Grinsen nicht verkneifen. Ein guter Spruch kam bei ihm immer an. Dieser Henry schien das zu wissen. Er grinste auch und hielt den Youngster mit einem scharfen Blick zurück, der nur mühsam seine Klappe halten konnte.

„Und was wollt ihr Penner hier?“ Konny amüsierte sich köstlich über seinen Wortwitz. „Müsst ihr unsereinem jetzt schon früh am heiligen Sonntag auf den Sack gehen?“

„Nee, ist wirklich ernst, Konny“, wurde Henry sachlich. „Wir haben an der Webe grade ‘nen Toten aus der Dalke gefischt. Keine Papiere, keine Hinweise. Es scheint da letzte Nacht auf dem Spielplatz ‘ne Party gegeben zu haben mit etlichen Strategen. Ich dachte mir, wenn einer den kennt, dann du!“

Konnys Widerborstigkeit schmolz augenblicklich wie Eis an der Sonne. Einer von „seinen“ Jungs tot?

„Es gibt keinen, der hier Platte macht und ich kenn’ ihn nicht!“ meinte er dick, und vermutlich stimmte das sogar.

„Ich dachte mir, wir nehmen dich kurz mit und du guckst ihn dir mal an?“

Konny überlegte. „Wo soll’s denn hingehen?“ fragte er erst mal vorsichtig.

„Frag doch mal nach, Patrick“, sagte Henry zu dem Youngster. Der zog missmutig ab.

„Die Obduktion ist im Elisabeth-Hospital“, meldete er kurz darauf vom Streifenwagen.

„Kuckma, es kann ja sprechen!“, frotzelte Konny und betrachtete Patrick mit spöttischem Interesse. Henry rollte die Augen.

„Ey, im Elli-Hop gibt’s geiles Frühstück. Das muss aber drinsitzen, wenn ich die Staatsgewalt schon so maßgeblich unterstütze.“ Konny lugte die Bauernschläue aus jedem Knopfloch.

„Klar, kein Problem“, versicherte Henry. „Hoffentlich“, fügte er im Stillen hinzu.

„Dass ihr mich auch ja ordentlich zurückbringt! Und nicht wieder in den Rhedaer Forst, so wie ihr Schweinepriester das früher immer gemacht habt.“

Patrick schaute nun völlig verwirrt von Konny zu Henry. „Nee, geht klar", versicherte der mit einem schuldbewussten Grinsen. Der sogenannte Verbringungsgewahrsam wurde zu Konnys Sturm- und Drangzeit noch gern und oft durchexerziert. Notorische Störenfriede wurden damals schon mal weit raus ins Grüne chauffiert und dort „ausgewildert". Das Verfahren war nicht gerade legal, der Rückweg per pedes Apostolorum jedoch für randalierende Trunkenbolde umso heilsamer.

Konny legte den Kopf in den Nacken, und der restliche Inhalt der Halbliterdose machte sich ohne erkennbare Schluckbewegung mit Fallgeschwindigkeit auf den Weg in den Gerkeschen Schmerbauch. Konny hob die Dose auf Augenhöhe, starrte einen Moment sinnierend aufs Etikett, rülpste vernehmlich und ließ dann den Arm locker fallen.

Ein kleiner, tausendmal geübter Schlenker aus dem Handgelenk schleuderte die leere Dose nach hinten weg. Sie beschrieb einen netten kleinen Parabelflug und landete exakt im Mülleimer neben der Bank. Bestens zufrieden mit sich und der Welt ließ Konny sich hinten rechts im Streifenwagen nieder, seinem angestammten Platz. Henry, der auf der Fahrerseite in weiser Voraussicht schon alle Fenster heruntergelassen hatte, setzte sich hinters Steuer. Sie waren noch nicht mal bei Potthoffs Schuhgeschäft vorbei, da hatte auch Patrick sein Fenster offen.

„Da habt ihr aber Glück, dass ihr mich noch erwischt habt", schwadronierte Konny nun auf dem Rücksitz munter drauf los. „Eigentlich wollte ich schon längst im Urlaub sein."

„Echt? Wo soll's denn hingehen", fragte Henry interessiert.

„Korfu", sagte Konny bestimmt.

„Ah, na klar, in dein Ferienhaus am Meer." Patrick grinste ironisch. Konny fand das überhaupt nicht lustig.

„Nee, nix Ferienhaus. Was weißt du Rotznase denn schon davon, hä? Ich wohn da beim Kollegen. Ey Henry, darf der hier eigentlich schon mitreden?" Konny verschränkte die Arme vor der Brust und schmollte eine Runde. „Ilithios", knurrte er noch gut hörbar durch die Zähne.

Staatsanwalt Dietrich Heitkamp verströmte wie immer die ihm eigene Aura aus souveräner Amtsautorität, menschlicher Wärme und teurem Rasierwasser. Wenn er die herbe Duftnote wahrnahm, die Konny Gerke nun in die Prosektur des St.-Elisabeth-Hospitals einbrachte, so ließ er es sich mit keinem Wimpernschlag anmerken. Hier war man Schlimmeres gewohnt.

„Vielen Dank, dass Sie gekommen sind und uns helfen“, begrüßte er Konny mit einem festen Handschlag. „Ich bin Staatsanwalt Heitkamp.“

„Konrad Gerke“, stellte Konny sich unbeholfen vor.

„Gerke, Konrad Gerke“, sinnierte Heitkamp. „Kennen wir uns nicht?“

„Jau, da war mal was.“ Konny grinste verlegen. „Ist aber schon ‘ne Ewigkeit her. Ich hatte da mal ‘ne Schlägerei in der Handwerkskammer.“

„Ah ja. Hatten Sie nicht seinerzeit den kompletten Prüfungsausschuss verdroschen?“ „Stimmt, das hat ordentlich gerummst, damals“, erinnerte Konny sich nicht ohne Stolz.

„In der Hauptverhandlung aber auch, wenn ich mich recht entsinne!“

„18 Monate ohne Bewährung. Der Innungsmeister ist doof gefallen und hat sich den Schädel aufgeschlagen. Na ja, ich war ja auch nicht gerade ein Kind von Traurigkeit damals.“

„Wohl wahr, wohl war“, philosophierte Staatsanwalt Heitkamp. Er griff in die Brusttasche und zog eine Schachtel Clubmaster hervor, öffnete sie und bot Zigarillos an. Patrick, der ohnehin nicht ganz frisch aussah, lehnte ab. Konny nahm dafür zwei, was niemand wunderte. „Wie sieht’s aus?“, fragte Heitkamp nach einigen tiefen Zügen, „wollen wir mal einen Blick werfen? Das ist doch okay für Sie?“

„Kein Problem, bin Kummer gewohnt“, meinte Konny eine Spur zu forsch.

Sie gingen hinüber in den Sektionsraum, wo die Dortmunder Gerichtsmediziner bereits mit Vorbereitungen beschäftigt waren.

Zögernd ging Konny Gerke zum Sektionstisch. Der Sektionsgehilfe, ein spindeldürrer, zauseliger Schrat mit langen, pechschwarz gefärbten Haaren, dunklen Augenringen und neurodermitischer Hautfarbe, sah selbst aus wie ein Untoter. Er schlug das Tuch zurück und deckte den bereits entkleideten Leichnam komplett auf.

Konny stand eine Weile still da und blickte lange in das bärtige Gesicht. Dann sah er den Leichnam sorgfältig von allen Seiten an. Er ergriff eine Hand des Toten und betrachtete sie genau. Dann sah er auf. Die Hand hielt er weiter fest.

„Das is Effe."

„Ah, Effe. Und wie weiter?" Henry beugte sich interessiert vor.

„Nix weiter. Nur Effe. Is die Tage hier aufgetaucht, auf Durchreise. Das war noch so einer vom alten Schlag. Gibt's heute ja gaanich mehr. Im Sommer immer im Süden, Bayern und so, und im Winter dann rauf in den Norden. Hamburg, Hedwig-Holzbein die Richtung. Genau wie der Radschläger. Den kennste doch noch, oder?"

Henry grinste. „Na klar. Den hatten wir oft genug in der Zelle sitzen. Musste leider immer die Frauen angrapschen, wenn er dicke war. Den hab ich aber ewig nicht gesehen."

„Kein Wunder, is in Hamburg in so 'ner Sozialbleibe rückwärts aus'm Fenster gefallen, als er den letzten Schluck aus 'ner Kornpulle saugen wollte. Kopf zu weit im Nacken, da is schon mancher dran gestorben."

„Und das ist also Effe. Hmm, und du weißt sonst nichts über den? Ihr habt euch doch unterhalten."

„Also, Effe ist hier wie gesagt vor ein paar Tagen zum ersten Mal aufgetaucht. Irgendwann mittags auf'm HVP. Hat sich irgendwo 'ne Bratwurst geholt und einfach zu uns auf die Bank gesetzt. Schien ganz nett zu sein. Irgendwer hatte 'ne Pulle Foffo, die ließ er rumgehen. Effe hat auch was abgekriegt. Als die Pulle leer war, haben wir ihn so 'n bisschen angegraben. Er könnte ja auch mal einen ausgeben und so. War auch gar kein Problem. Effe zog ab und kam prompt mit 'ner Pulle Schnaps wieder. Schien gut bei Kasse zu sein. Auf jeden Fall war das ein lustiger Nachmittag. Wir waren abends alle totenstramm. Vor allem Effe. Der hat gezogen wie 'ne Kreiselpumpe."

„Wann war das?" „Vor drei Tagen."

„Aha, und gestern gab es dann die dicke Sause im Webereipark?"

„Erzählt man sich. Effe hatte Geburtstag oder so. Auf jeden Fall wollte er einen ausgeben auf'm Spielplatz. Hab ich aber nur gehört, ich war da nich mit bei."

„Wie, es gab einen umsonst und du warst nicht da?"

„Nee, mir ging's nicht gut. Muss wohl was Falsches gegessen haben. Ich glaub, die Fleischwurst hatte schon 'nen Stich. Jedenfalls hab ich mir die Seele aus dem Leib gekotzt. Den Rest willst du gar nicht wissen."

„Okay, das hab ich soweit notiert. Haben Sie noch Fragen, Herr Heitkamp?"

„Nein, wenn Herr Gerke nicht mehr weiß, kann ich auch nichts fragen. Herr Gerke, Sie müssten hier noch unterschreiben, als Anerkennungszeuge."

Zögerlich ließ Konny Effes Hand los, die er immer noch festgehalten hatte, und unterschrieb schwungvoll das Formular, das der Schrat ihm auf einem Klemmbrett reichte.

„Dann vielen Dank für Ihre Hilfe und alles Gute für Sie!" Staatsanwalt Heitkamp verabschiedete Konny mit Handschlag.

„Keine Ursache", murmelte Konny und warf einen letzten, langen Blick auf den Toten.

Heitkamp nickte dem Sektionsgehilfen zu, der bereits ein handelsübliches, handliches Schlachtermesser mit gelbem Kunststoffgriff in der Hand hielt. Er zog es ein paarmal gekonnt über den Wetzstahl und führte routiniert den Skalpierschnitt aus, im Nacken von Ohr zu Ohr. Als er dem Toten die Kopfschwarte von hinten nach vorn übers Gesicht zog, stürzte Patrick wie ein geölter Blitz nach draußen.

„Na, Alter, war doch nicht so ganz ohne, was?" Henry sah mitfühlend zu Konny rüber, der es auf einmal auch sehr eilig hatte, ans Tageslicht zu kommen. Im Treppenhaus blieb er plötzlich stehen und sah Henry mit seltsam spitzem Gesicht an.

„Du, sachma: Könnt ihr wirklich ausschließen, dass da einer dran gedreht hat?"

Henry überlegte einen Moment. „Ich sag's mal so: Ich kann nicht ausschließen, dass sich hier einer in die Hose geschissen hat", begann er mit einem Seitenblick auf den recht grüngesichtigen Patrick. „Ich kann nur sagen: Ich riech' nix."

„Ja, aber wer sagt euch denn, dass der von ganz alleine in den Bach gesegelt ist?"

„Keiner. Aber unser Freund hatte gut getankt. Jetzt stell dir mal vor, du stehst hackenkackenvoll am Steilufer, strullerst friedlich in die Dalke und hast dabei schon von selber deine liebe Not, überhaupt nur stehen zu bleiben. Hast du?"

Konny nickte.

„Na kuck. Da braucht doch nur einer kommen und pusten, und schon liegst du drin. Beweisen kann das kein Mensch, außer du hast 'nen Augenzeugen. Komm, wir gehen frühstücken bei Schwester Eva."

Aber Konny war schon zur Tür hinaus und ging zielstrebig am Streifenwagen und am kotzenden Patrick vorbei in Richtung Stadtring.

Henry ließ Patrick draußen an der frischen Luft und ging zurück in die Prosektur. Der Sektionsgehilfe hatte mittlerweile unter erheblicher Kraftanstrengung den Schädel des Toten aufgesägt und das Gehirn entnommen, das der Gerichtsmediziner gerade in zentimeterdünne Scheiben schnitt, wobei er sich angeregt mit dem schmauchenden Staatsanwalt unterhielt. Der Schrat setzte wieder sein Schlachtermesser an und führte einen kräftigen Schnitt vom Kinn bis zum Unterbauch, womit er den Körper vollständig eröffnete. Sofort machte sich aus der Bauchhöhle ein starker, süß-säuerlicher Geruch breit.

Heitkamp zückte ein Notizbuch. „Die Quoten, meine Herren?"

Schrat und Prof schnüffelten beide intensiv.

„Zweikommaacht", meinte der Prof schließlich. „Nee, satt über drei!" Der Schrat schüttelte skeptisch den Kopf. „Dreikommazwei", legte er sich schließlich fest. „Und irgendwas riecht hier nach Teer!"

Beide blickten zu Heitkamp.

„Dreikommanull", meldete dieser, notierte die Werte und steckte das Notizbuch ein. Henry blickte verständnislos von einem zum anderen.

„Nur ein Spielchen unter Fachleuten", erklärte der Prof schließlich. „Mein alter Institutsleiter konnte zuverlässig den Blutalkoholwert am Geruch der geöffneten Leiche auf ein bis zwei Zehntel genau bestimmen. Und wir versuchen, es ihm nachzumachen. Kleines pathologisches Experiment, Einsatz eine Runde Kaffee bei der nächsten Leiche. Manchmal sind wir ziemlich gut, aber die Werte weichen doch immer noch bis zu 0,5 Promille ab. Was würden Sie sagen?"

„Keine Ahnung, ich kenne nur die normale Fahne. Ich wusste nicht, dass man auch inwendig riecht."

„Doch, doch. Der Alkohol geht vom Verdauungstrakt über die Pfortader direkt in die Leber, wo er zu Acetaldehyd abgebaut wird. Erst dann verteilt er sich über die Blutbahn im gesamten Körpergewebe, um dort weiter resorbiert zu werden. Er dünstet daher nicht nur über die Lunge und die Mundschleimhäute aus, sondern zum Beispiel auch über die Haut. Und natürlich besonders intensiv über die inneren Organe, sofern sie der Luft ausgesetzt werden. Ihr Tipp?"

„Da muss ich raten. Am Tatort wurde jedenfalls gesoffen bis zum Stillstand der Pupillen. Auch harte Sachen. Da lagen zwei Whiskyflaschen rum. Und das waren alles keine Anfänger. Ich sage mal dreikommafünf."

Die Obduktion nahm ihren routinemäßigen Verlauf. Organe wurden entnommen, gewogen und seziert, unzählige Proben wurden in speziellen Behältern gesammelt. Der Lunge widmete Prof. Schneider besondere Aufmerksamkeit.

„Hmm, die Leiche wurde in einem Fluss gefunden, Kopf unter Wasser, sagten Sie?"

„Ja genau, schauen Sie hier." Henry nahm die provisorische Ermittlungsakte zur Hand und suchte die entsprechenden Fotoausdrucke heraus. Der Prof zog sich schließlich die Gummihandschuhe aus und begann, seine Hände gründlich zu schrubben, während der Schrat einen kräftigen, doppelten Faden circa einen Meter lang in eine starke, gebogene Nadel einfädelte und die Leiche mit unglaublicher Geschwindigkeit zunähte, wobei er alle zuvor entnommenen Organe wieder hineinstopfte.

„Das vorläufige Obduktionsergebnis lautet wie folgt", verkündete der Prof dann laut. Henry und der Staatsanwalt hörten interessiert zu. „Es spricht alles dafür, dass der Mann dort starb, wo er gefunden wurde. Er ist eindeutig ertrunken. In den oberen Atemwegen finde ich Blätter der Kleinen Wasserlinse, auch Entengrütze genannt. Die Lunge ist gut mit Wasser gefüllt."

„Liegen Anzeichen für Fremdverschulden vor?" bohrte Heitkamp nach.

„Keine klassischen. Hier, diese leichten Hautabschürfungen im Gesicht lassen auf einen Sturz schließen. Weitere Verletzungen oder Anzeichen für äußere Gewalteinwirkung sind nicht feststellbar. Ansonsten war der Mann erstaunlich gesund. Kräftiges Herz, intakte Gefäße, sportliche Konstitution, schlank und Nichtraucher. Der hätte locker noch dreißig bis vierzig Jahre machen können."

„Anzeichen für Alkoholismus?"

„Keine anatomischen. Die Leber ist völlig okay, was aber nicht heißt, dass der Mann kein Trinker war. Sichtbare Anzeichen treten erst im Endstadium auf. Aber die Laborwerte werden uns schon genauere Auskünfte über seine Trinkgewohnheiten verraten.

Nach allem könnte es sein, dass unser Kunde aus unbekanntem Grund die Böschung hinabstürzte und dort im Wasser aufschlug, woraufhin er bewusstlos wurde und einfach ertrank."

„Und welchen Grund könnte das haben?", fragte Henry interessiert.

„Da gibt es kaum Varianten. Es wird natürlich etwas mit dem Alkoholkonsum zu tun haben, das drängt sich schon auf. Einerseits als Ursache für den Sturz und zweitens dafür, dass er nicht mehr aus eigener Kraft hochkam und im Flachwasser ertrank."

„Also Unfalltod?"

„Spricht alles dafür. Obwohl, wenn ich mir die Endlage im Wasser so betrachte …"

„Liegt ziemlich weit drin für einen einfachen Sturz?"

„Ja genau, finden Sie nicht auch? So steil ist die Böschung nicht. Wenn der wirklich so voll war, wie Sie getippt haben, wäre er hier runtergekullert und vielleicht mit dem Kopf im Wasser gelandet. Er war aber vollständig drin und halb untergetaucht."

„Also könnte doch jemand nachgeholfen haben. Vielleicht oben vom Böschungsrand ordentlich gestoßen?"

„Gut möglich. Das ist natürlich alles reine Spekulation. Er kann ja auch die ersten Meter die Böschung hinabgestolpert und dann nach vorn in einer Art Flugrolle bis in den Fluss gelangt sein, aber möglich ist auch, dass unser Freund nur bis unten zum Ufer gepurzelt ist. Wenn einer dran gedreht hat, dann hat er ihn dort unten im bewusstlosen Zustand vielleicht einfach noch einen Meter weiter gerollt."

„Wäre, hätte, könnte", leierte Staatsanwalt Heitkamp. „Mir ist das viel zu schwammig. Nicht ein Indiz, nicht der Hauch eines Motivs." Er zog ein weiteres Formular aus der Mappe, das er unterschrieb und an Henry weitergab.

„Ich gebe die Leiche frei zur Bestattung, hier der Beerdigungsschein."

21.

Der Mann wusste, was er tat. Normalerweise gehört schon eine gehörige Portion Wahnsinn dazu, unbefugt den Gleiskörper der Deutschen Bahn zu betreten, und wer es überlebt, hat gewöhnlich keinen blassen Schimmer, auf was er sich da eingelassen hat. Doch er kannte sich aus. Erstaunlich behände für seine fast fünfzig Jahre turnte er den Bahndamm hinauf. Natürlich an der Südseite. Nur Idioten würden den wesentlich einfacheren Aufstieg vom Webereiparkplatz aus nehmen. Denn da landet man unweigerlich auf dem Personengleis. Und da kann jederzeit der Intercity vorbeirauschen, der hier, 800 Meter nach der Bahnhofsdurchfahrt, immerhin schon wieder gute 170 Sachen draufhat, nahezu geräuschlos heranschießt und in seiner Luftwalze alles mitreißt, was sich zu dicht herangetraut hat. Das einzige, was da komischerweise vom Menschen an einem Stück übrigbleibt, ist seine Haut als großer, leerer Schlauch. Das, was sie ein Leben lang umschlossen hielt, liegt auf circa 600 Meter verteilt und ist überwiegend kleiner, als man mit den Fingern greifen kann. Ein weiteres Festessen für die Krähen und Füchse, von denen freilich einige die unverhoffte Völlerei ebenfalls nicht überleben. Soviel zum Ende der Nahrungskette. Der Aufstieg an der Feuerbornstraße liegt versteckt und ist viel schwieriger, das Gütergleis auf der Südseite dafür aber wesentlich ungefährlicher. Das war es jedenfalls bis vor einiger Zeit. Außerdem gab es hier einen Plattenweg, auf dem man recht bequem gehen konnte. Der Mann sicherte kurz nach links und rechts. Nichts, aber auch gar nichts, soweit er in der Dämmerung sehen konnte. Er wandte sich nach links und ging in Richtung Rheda.

Wer auch immer die Bahntrasse dort als lebensgefährlichen Schleichweg missbrauchte, ging ostwärts in Richtung Innenstadt. Nach Westen ging nie jemand. Zumindest nicht, um irgendwo anzukommen. Die Leute, die ganz vereinzelt in dieser Richtung unterwegs waren, legten sich gewöhnlich irgendwo im Industriegebiet auf die Schienen, um vom nächsten Zug mitgenommen zu werden. Hier ist man grundsätzlich für sich.

Irgendwo zwischen Feuerbornstraße und Unter den Ulmen stand ein alter, gemauerter Sockel zwischen den Gleisen. Er mochte früher mal einen Stahlpfeiler getragen haben, wie man an vier schweren Bolzen sehen konnte, die völlig verrostet nach oben herausragten. Das Relikt war stark mit Efeu überwuchert und diente seit Jahrzehnten keinem bekannten Zweck mehr.

Sorgfältig checkte der Mann beide Fahrtrichtungen, dann trat er ins Gleis und ging zu dem Sockel hinüber. Hier war man direkt am Personengleis, also musste alles schnell gehen. Er zog einen großen Schraubenzieher, steckte ihn in einen Spalt und hebelte kurz hin und her. Schon löste sich eine Metallplatte, die komplett unter dem Efeu verborgen war. Ein Griff hinein, dann wurde das Versteck wieder sorgfältig verschlossen. Plötzlich schreckte der Mann hoch. Im Westen tat sich was. Und was da herannahte, war beileibe kein gemütlicher Güterzug. Da fuhr ein Personenzug im Gütergleis. Das kam in letzter Zeit immer häufiger vor. Scheiß Deutsche Bahn AG, man konnte sich einfach nicht mehr sicher fühlen hier oben! Der Mann peilte scharf und blieb, wo er war. Der Zug kam auf dem Außengleis, Gott sei Dank. Schnell kauerte er sich hinter den Sockel und nahm den Kopf runter, damit die Luftwalze ihn nicht voll erwischen konnte. Außerdem: Wenn der Zugführer ihn sah, würde er unweigerlich die Bahnpolizei alarmieren, und das brauchte kein Mensch. Ein ohrenbetäubendes Kreischen setzte ein und sagte dem Mann, dass der Lokführer anbremste, um im Bahnhof zu halten. Vorsichtig nahm er den Kopf hoch und schaute. Direkt in ein fremdes, unheimliches Gesicht, dicht vor ihm.

„Moin Uli!" Anke Reuter betrat mit strahlendem Lächeln die Wache. Sie schien katalytische Fähigkeiten zu besitzen, denn allein ihre bloße Anwesenheit ließ die bis dahin miserable Nestwärme der Polizeistation Gütersloh an diesem schäbigen Sonntagnachmittag um gefühlte zehn Grad steigen. Wie selbstverständlich umrundete sie den Tresen und drang in den allerheiligsten Zirkel der Macht vor, einen voluminösen Weidenkorb unter dem Arm. Geschickt wich sie dabei Klempnermeister Axel Cord to Hemken aus, der just mit einem großen Werkzeugkasten unter dem

Arm und einem fetten Grinsen im Gesicht aus dem Keller aufgetaucht kam. Der hatte wahrscheinlich gerade die Material- und Personalkosten zusammengezählt, die er über die letzten zwei Tage in die marode Heizanlage gesteckt hatte und wusste nun, dass er sein Grundgehalt für diesen Monat bereits im Sack hatte. Wenn es nach ihm ginge, könnte sich der Polizeineubau noch ewig hinausziehen. „Heizung läuft wieder, allerdings vorerst nur auf Volllast. Macht halt zwischendurch mal ein paar Fenster auf. Der neue Thermostat kommt morgen." Fröhlich pfeifend schlürte er nach draußen.

„Na, ihr habt ja volles Haus heute", meinte Anke nach einem Seitenblick auf die sechs blauen Formularkörbchen, die sich in sauberer Ordnung auf dem niedrigen Aktenschrank aneinanderreihten, eines für jede Gewahrsamszelle. Vier der Körbchen enthielten Personalpapiere und ein weißes Formular mit rotem Balken. Das „Hotel zum einsamen Herzen" hatte tatsächlich mal wieder Hochbetrieb. Uli Haferkamp wurde innig umarmt, Patrick am Wachtisch bekam einen festen, warmen Händedruck und ein strahlendes Lächeln.

„Du, ist Dierk-Helge drin?", fragte Anke.

„Nee, der is raus zur Bahnleiche. Müsste aber eigentlich bald wieder reinkommen. Wieso?"

„Ach, ich dachte, es ist doch schon so lange her, dass ihr sonntags zusammen Dienst hattet, jetzt, wo Dierk-Helge bei der Kripo ist." Bei dem Wort „Kripo" schaute unverkennbar Stolz aus Ankes braunen Rehaugen, aber auch etwas Wehmut. „Da dachte ich, ich back euch schnell ein paar Hefeteilchen. So wie früher."

„He, Superidee!" Ulis Gedanken schweiften unweigerlich sechs Jahre zurück. Paddeltour auf der Diemel, vierzehn hilflose Schutzleute, die krampfhaft versuchten, ihre Boote in dem mäandernden Fluss auf Spur zu halten und trotzdem permanent im Schilf oder im überhängenden Weidengestrüpp landeten. Dazwischen Anke, Tourguide vom Landessportbund, mit knappem rotem Bikini, langem, braunem Haar und Stirnband. Pocahontas live! Kurven wie eine Rennyacht und einen Paddelschlag wie Jean La Bête, mit dem sie den großen viersitzigen Kanadier, einen schwer grippekranken Dierk-Helge, acht Zelte und Verpflegung für drei Tage lässig und elegant um die Kurven zog.

Uli fragte sich zum x-ten Mal, warum so ein granatenstarkes Mädel wie Anke sich ausgerechnet dieser kränkelnden, miesepetrigen Pfeife an den Hals schmeißen musste. Helfersyndrom vermutlich. Die Welt war ungerecht, haderte Uli und führte sich deprimiert sein eigenes, durchweg chaotisches Beziehungsleben vor Augen, in dem momentan mal wieder völlige Flaute herrschte.

„He Uli, alles klar?"

Uli sah auf und schaute in Ankes besorgtes Gesicht. „Äh ja klar, geht schon wieder."

„Immer noch der alte Träumer, was? Ich geh mal nach hinten und koch Kaffee!"

Uli schaute auf die Uhr und nahm das schwere Schlüsselbund aus der Schublade. Zeit für die Gefangenenkontrolle.

Patrick hatte Stress vorn am Wachtisch. Schon der dritte Blechschaden mit Unfallflucht in diesem miesen Spätdienst. Von wegen ruhiger Sonntag! Die Zeiten waren lange vorbei. Die Familie kam unüberhörbar aus dem Rheinischen und war förmlich geschockt über die leichte Schramme im heiligen Familienblech: „Su ne Driss! Dä Waren wor su joot wie neu!"

Ein junges Pärchen betrat die Wache, beide gingen vor zum Tresen, wo die Frau sofort nervös mit den Fingern auf der Resopalplatte herumzutrommeln begann. Patrick schaute von seinem Bildschirm auf. Bitte nicht noch ein Lebensdrama, drei davon langten völlig pro Schicht. Gerade wollte er die Neuankömmlinge nach ihrem Begehr fragen und um etwas Geduld bitten, aber er kam nicht dazu. „Kann ich Ihnen helfen?" Anke Reuter kam von hinten aus der Kaffeebude vor und füllte den Raum mit ihrem strahlenden Lächeln und einem verführerischen Duft nach Kaffee und frischem Gebäck. Der Junge räusperte sich unbeholfen und sah zu seiner Holden hinüber, von der er sich einen kurzen, knackigen Kommandoblick einfing. „Äh, uns ist da jemand ins Auto gefahren", vermeldete er nun schüchtern. Patrick verdrehte die Augen und wappnete sich nervlich für eine weitere, aufwändige Unfallaufnahme.

„Kein Problem", sagte Anke aber locker, „wir schauen uns die Sache einfach mal an. Wie ist denn Ihr Name?"

„Kühne, Paul Kühne." Paul sah in Ankes Rehaugen und schmolz augenblicklich wie Eis an der Sonne, weshalb seine Begleitung gleich noch zwei Nummern ranziger wurde. Souverän griff die Angebetete in ein bestimmtes Fach unter den Tresen und zog eine Spiegelreflexkamera und einen mächtigen Zollstock hervor. „Wo haben Sie denn geparkt?" „Hier gleich um die Ecke. Ich zeige es Ihnen!" Dienstbeflissen schritt Paul voran, während Pauline es vorzog, missmutig zurückzubleiben. Nach erstaunlich kurzer Zeit kam Anke wieder zurück, umrundete den Tresen, verstaute Kamera und Zollstock und blickte dann die junge Dame freundlich, aber direkt an. „Wenn ich das richtig verstanden habe, dann ist der Schaden passiert, als Sie gestern beim Marktkauf einkaufen waren?"

„Ja, genau", antwortete der junge Mann ungefragt an ihrer statt. „Bevor Meike wegfuhr, war er noch heile, und bei uns im Carport kann es nicht passiert sein."

„Haben Sie denn vorwärts oder rückwärts eingeparkt?"

Nun musste Madame wohl oder übel selbst antworten. „Rückwärts, wie immer", presste sie unwirsch hervor. Tatsächlich, sie konnte sprechen.

„Okay, rückwärts. Dann denke ich, dass wir diesen Fall schnell lösen können. Da kommt eigentlich nur ein ganz bestimmter Unfallgegner infrage."

„Ah, verstehe, sie haben schon ein beschädigtes Fahrzeug gefunden", konstatierte Paul hoffnungsvoll.

„Na ja, nicht ganz", meinte Anke gedehnt und wendete sich wieder direkt an Meike. „Frau Kühne, kann es vielleicht sein, dass Ihnen in letzter Zeit mal irgendwo ein Laternenpfahl entgegengekommen ist?"

„Wie jetzt?" Abermals übernahm Paule ungefragt die Kommunikation. Fast schien es, als bestünde eine WLAN-Verbindung von Meike zu Paul, wobei sie die Zentraleinheit und er nur die Sprachausgabe darstellte. Verwirrung schlug Anke aus zwei unschuldigen Jungenaugen entgegen.

„Ganz einfach: die Anstoßrichtung bei Ihrem Heckschaden verläuft eindeutig von hinten nach vorn. So wie Sie Ihr Auto abgestellt haben, müsste der Unfallverursacher zuerst über das Pflanzbeet und durch die Buschhecke gepflügt sein, bevor er Ihr Auto so beschädigen konnte. Der Schaden spricht aber auch so Bände. Er verläuft über siebzig Zentimeter exakt senkrecht, und der Farbanrieb auf Ihrem Kotflügel ist beileibe kein Autolack. Nein, irgendwer ist mit diesem Auto rückwärts im Linksbogen seitlich an einem Laternenpfahl, einem Ampelmast oder einem ähnlichen, ortsfesten Hindernis entlang geschrammt. Verzinkter Stahl mit Schutzanstrich."

Meike lief an wie eine Tomate. „Wollen Sie etwa behaupten, dass ich lüge?", fauchte sie aufgebracht. Anke strahlte immer noch pfundweise Freundlichkeit aus. „Würde ich nie wagen", sagte sie. „Aber die Spuren an Ihrem Auto, die sagen unter Garantie die Wahrheit. Vielleicht überlegen Sie noch mal genau, wer sonst noch alles mit dem Wagen unterwegs war. Dann löst sich das Rätsel ja ganz einfach."

„Meike gibt ihr Auto niemals andren Leuten. Nicht mal mir", entrüstete sich Paule nun. „Ich fahre ihr nicht gut genug", fügte er betreten hinzu. Ein vernichtender Blick traf ihn von rechts. Meike wirbelte herum und schoss durch die Tür nach draußen, gefolgt von einem hilflos und verloren wirkenden jungen Mann.

Uli kam aus dem Zellentrakt zurück.

„Du, Uli, ich muss leider schon wieder. Hinten steht alles parat. Grüß mir die Jungs."

„Ja, ganz lieben Dank, Anke, bist 'n Schatz! Bis dann!", erwiderte Uli leicht verdattert. Er bekam einen fetten Schmuser, Patrick im Vorbeigehen ein Schultertätscheln – und weg war sie.

Uli schaute ihr eine Weile hinterher, wie sie mit schwingenden Hüften die Abfahrt hinunter zu ihrem kornblumenblauen Käfer Cabrio schritt, der absolut dreist mitten auf dem Einstellplatz vom Tatortwagen stand. Seine Hormone fuhren Achterbahn, und der Refrain eines Liedes stahl sich in seinen Kopf: „She was young and fair, the birds were singing in the air". Er sang gedankenverloren vor sich hin. Patrick, dessen Kundschaft auch gerade aufbrach, stand neben ihm und schaute ebenfalls auf den Käfer, der jetzt mit kernigem Motorgeräusch anfuhr. Die 205er Hinterreifen mit deutlich negativem Sturz drehten kurz durch und erzeugten fette schwarze Streifen auf dem alten Verbundpflaster.

„Wer war die Kollegin denn? Hab ich noch nie hier gesehen. Mutterschutz?"

„Weder noch."

„Häää?"

„Na ja, weder Kollegin noch Mutterschutz!"

„Wie jetzt? Die hat doch mal hier gearbeitet?"

„Nee, nicht offiziell jedenfalls."

„Komm, verarsch mich nich! … die kannte sich doch aus wie 'ne Kollegin!"

„Besser, Patrick. Besser als die meisten!"

„Echt?"

„Echt."

„Was pfeifst du denn da dauernd für 'ne bescheuerte Melodie?"

„Kennst du nich!"

„Nee sachma!"

„The King and the Fair Maid. Von Cara."

„Kenn ich nich!"

„Eben!"

Der Käfer bog jetzt stadteinwärts auf die Berliner Straße ab, wo er ein weiteres Mal Gummi ließ und leicht mit dem Heck herumkam. „Der ist aber auch nicht original", bemerkte Patrick altklug. „2-Liter-Flachmotor mit Einspritzung, steile Nockenwelle, 140 PS", dachte Uli und sang: „Then she went away, over the hills and far away".

Kurz nach sechzehn Uhr war die Kaffeerunde nahezu komplett. Im Kaffeeraum herrschte ein kräftiger Duft nach Zimt, Kardamom und gerösteten Mandeln, der einem Riesenberg ofenwarmer Hefeschnecken entströmte. Die Uniformträger hauten rein, als gäbe es kein Morgen. Ein brandroter Haarschopf lugte zur Tür herein.

„Uli, wir sind wieder drin. Wir sind dann oben und schreiben." Dierk-Helge Reuter-Ritterling war ganz pflichtbewusste Askese.

„Nee, sind wir nich", schnappte sein ungleich älterer Teampartner, KOK Hermann Stratkötter. „Wir sind jetzt nämlich am Kaffetrinken mit die lieben Kollegens vonne Wache." Sprachs, setzte sich an den Tisch, griff nach einer Zimtschnecke und mampfte los.

„Rechp wo, Hermamm. Mam muss Prioripäpen wepfem!", kommentierte Otto beifällig, der mit vollen Backen kaute. „Und Reserven bilden", erwiderte Hermann, wobei er sich gleich eine zweite Schnecke nahm.

„Komm, Dierk, setzt dich. Du kannst nicht einfach abhauen, wenn du schon den Kuchen ausgibst!" Uli fasste den Angesprochenen entschlossen bei den Schultern und schob ihn zum letzten freien Stuhl.

„Wieso, welchen Kuchen hab ich ausgegeben?“ Dierk-Helge schnallte mal wieder gar nichts.

„Die Kriminalpolizei rät“, frotzelte Henry. „Aber bleib ruhig, deine Holde war grade hier und hat die Leckereien vorbeigebracht. Wusstest du das nicht?“

„Nee, hat sie nichts von gesagt.“

„Wozu auch? Setz dich einfach hin und iss!“

„Habt ihr eure Bahnleiche inzwischen untergebracht?“, wollte Uli wissen.

„Die Identifizierungsmaßnahmen sind noch nicht abgeschlossen“, spulte Dierk-Helge wichtig ab. „Wir machen später noch ein Post-Mortem, nehmen Prints und DNA.“

„Er will dir sagen, dass er keinen blassen Schimmer hat, wer der Kerl ist“, meinte Hermann gemütlich. „Wir kucken uns nachher nochma das Bisschen an, was von dem noch übrig ist, rollen ihm die Griffel ab und ziehen ihm so ’n Wattestäbchen durch die Schnute, aber schlauer werden wir davon auch nich.“

Grinsen ringsum. „Wie sieht er denn aus?“ fragte Otto.

„Schwer zu sagen, ist nicht mehr viel von übrig. Aber eher klein, vierzig bis fünfzig Jahre alt, Vollbart, ungepflegt.“

„Und was hatte er an?“, fragte Uli beiläufig.

„Graue, fleckige Stoffhose, kariertes Hemd und so ′ne schwarze Bomberjacke mit Teddy-Futter. Soweit man das noch sehen kann.“ Hermann hob interessiert den Blick, was bei ihm so viel wie Höchstspannung signalisierte.

„Stanislav Dvorak!“ sagte Uli wie nebenbei und lehnte sich satt grinsend zurück.

„Sicher“?, fragte Hermann.

„Todsicher“, scholl es simultan aus mindestens fünf Kehlen.

„Ich muss sofort nach oben!“ Dierk-Helge sprintete los.

„Ey Ritter!“, bölkte Uli ihm hinterher.

„Hää?“ Der Rote blieb in der Tür stehen.

„Wenn du das nächste Mal wieder auf’m Schlauch stehst: einfach fragen.“

Das Gesicht des jungen Kriminalbeamten nahm schlagartig seine Haarfarbe an, dann war er weg.

„Aber sachma grade“, griff Henry das Thema wieder auf. „Neulich dieser unbekannte Tote an der Weberei. Seid ihr mit dem eigentlich schon weitergekommen?“

„Effe? Kein Stück“, brummelte Hermann, „DNA und Fingerabdrücke bundesweit Fehlanzeige. Wenn der hier aus dem Dorf kommt, fress ich ‘nen Besen mit Stiel. Den vermisst keine Sau. Keine Arbeit, keine Stütze, keine Freunde, keine Verwandten. Der Kerl ist ein Phantom. Fällt vom Himmel, um hier in der Dalke zu ersaufen.“

„Mein Reden, Hermann. Der stirbt hier in Gütsel einfach den nassen Tod, nachdem er vorher die halbe Pennerszene plattgesoffen hat. Oder sagen wir besser, was davon noch übrig ist. Is ja kaum noch einer da: zuerst Robert Magura, danach Irene Männertreu und Gernot Bierwein. Als nächster euer John Doe an der Weberei und jetzt auch noch Stan Dvorak. Keine sechs Wochen und die halbe Gütersloher Platte hat’s hinweggerafft. Nicht dass ich auch nur einem von denen eine Träne hinterherweine. Aber da kannste doch dran fühlen, dass da was nicht koscher ist.“

Hermann atmete tief durch, bevor der Spruch kam, für den man ihn kannte:

„Nu‘ mach hier mal bloß nicht den Hermann! Ich kenn noch einen, der dieselbe Idee hatte, und der dreht seitdem permanent am Rad von wegen Serienkiller. Er hat das oben in der großen Runde längst in epischer Breite thematisiert. Danach gab’s ‘ne kurze, trockene Gerade vom Chef. Folgendes ist seitdem amtlich: Irene ist vom Fahrrad gefallen, Robert ist vor ‘nen Laster gebaselt. Gernot ist in ‘ner Scherbe gelandet. Effe ist beim Pinkeln abgestürzt und Stan hat heute den Intercity genommen. Keine Anzeichen von Fremdeinwirkung, keine greifbaren Zusammenhänge, keine Motive. Aber was viel wichtiger ist: Alle Kandidaten hatten satte drei Promille drin, als sie ihrem Schöpfer gegenübertraten.

Vielleicht solltest du dich mal fragen, warum jeder von denen es überhaupt so lange geschafft hat bei dem Lebenswandel und nicht, warum sie zufällig etwas zu dicht aufeinander gestorben sind. Die waren doch alle längst überfällig!“

„So kann man es natürlich auch sehen“, meinte Uli. Nachdenkliche Stille machte sich breit. Irgendwie war die Luft plötzlich raus aus der Gesprächsrunde.

„Ich geh dann mal rauf, nach meinem Zauberlehrling gucken. Bevor der wieder irgend 'ne Scheiße aufrührt. Danke für den Kaffee."

„Da nich für", rief Franzl, der ebenfalls aufstand. Zelle 3 klingelte. Er fasste Hermann freundschaftlich um die Schulter und beide gingen raus.

Die Sprechanlage quakte, Otto und Manni stürzten raus zu einem Unfall auf dem Stadtring. Sofern man bei Otto von stürzen reden konnte. Aber er hatte schon die schnellere von zwei Rollwatschelgangstufen eingelegt.

Henry und Uli blieben zurück.

„Sachma Henry, jetzt nur mal so ganz locker in die Tüte gesprochen: Irgendwas ist da doch faul. Oder?"

Henry kratzte sich nachträglich am Kopf. Wie immer kam er mit einer Gegenfrage.

„Was meinst du denn, was hier läuft? Geht jetzt in Nazareth der heimliche Penner-Killer um? Wer soll so was machen, und vor allem: warum?"

„Da gibt's mehrere Möglichkeiten. Denk mal an den Todesengel von Lummerland. Den Pfleger, der vor Jahren in der Westfälischen Klinik seine Patienten umgebracht hat. Und zwar immer die lästigen. Kleine wohltuende Spritze, kleiner blauer Traum und weg."

„Mensch Uli, pass bloß auf, was du sagst. Du meinst doch nicht im Ernst, einer von uns hätte da nachgeholfen?"

„Nee, ach so, also da hab ich noch gar nicht dran gedacht. Obwohl, jetzt wo du's sagst, ist das vielleicht auch 'ne Option. Aber guck dir mal unsere drei Stinker an: Bierwein, Magura und Männertreu. Wer hatte denn den meisten Stress mit denen? Wir doch nicht. Wir packen die doch nicht mal an. Die Jungs auf dem RTW, die müssen die einladen, durch die Gegend kutschieren und in irgendeinem Krankenhaus abliefern, das sich gerade mal nicht wehren kann. Hinterher den kompletten Wagen desinfizieren, damit der nächste, den sie fahren, nicht sofort die Pest kriegt.

Aber die wirkliche Arschkarte haben doch die auf Intensiv. Die müssen denen die vollgekackten Klamotten vom Leib schälen, müssen die waschen, rasieren, entlausen, Krätze, offene Beine und Eiterbeulen behandeln und sich zum Dank dafür auch noch doof anmachen lassen. Und das alles nur, um diese Experten manchmal schon einen Tag später im selben Ekelzustand wiederzukriegen, kaum dass sie mit viel Mühe etwas halbwegs Menschenähnliches draus gemacht haben. Du musst dir nur mal den chronischen Mangel an Intensivbetten und Personal angucken. Dann wird auch dem Letzten klar, dass Leute mit akuten Problemen medizinisch unterversorgt sind, weil diese Experten ihnen den Platz wegnehmen. Da kann man schon mal auf dumme Gedanken kommen."

„Und wie passen Dvorak und Effe da rein? Stan war noch nie auf Intensiv. Der war immer noch fit für die Zelle, nur eben aggressiv und einfach widerlich. Von dem anderen wissen wir gar nichts." Henry schüttelte missbilligend den Kopf.

„Na ja, manchmal verselbstständigen sich die Dinge auch. Stell dir mal vor, da entschließt sich einer, die Stadt zu säubern. Er schubst Robert vor 'nen Laster, Gernot von der Bank und im Vorbeigehen Irene an die Laterne. Dabei merkt er, wie leicht es ist, Leute zu töten, die stockbesoffen sind. Dann kommt er auf den Geschmack. Vielleicht war die Gelegenheit einfach zu günstig bei Stan und dem anderen? Da steht jemand totenstramm am Steilufer und pisst. Kleiner Schubs und tschüss." Uli sah seinen alten Streifenführer herausfordernd an.

Der überlegte einen Moment, bevor er den Ball zurückspielte.

„Und wie soll das funktionieren? Schwebt hier nachts ein Geist durch die Stadt, der haargenau im richtigen Moment aus dem Nichts auftaucht, pinkelnde Leute in den Tod schubst und sich anschließend – Simsalabim – wieder in Luft auflöst?"

„Fliegen muss er nicht unbedingt", sinnierte Uli, „es reicht völlig aus, wenn er unsichtbar ist."

„Siehste?" Henry grinste spöttisch.

„Ey lach nich!" Uli wurde plötzlich ernst. „Unsichtbar geht gar nicht so schwer. Schon vergessen? Du hast es mir selber beigebracht!"

Das saß.

September 2000. Ein 21-jähriger Schlacks in schlechtsitzender Uniform betrat die Wache an der Berliner Straße. Ulrich Haferkamp, gebürtiger Niehorster, hatte die obligatorischen 2 ½ Jahre Ausbildung absolviert und nach erfolgreicher Erster Fachprüfung ein ebenso nutz- wie freudloses Jahr in einer Landeseinsatzhundertschaft abgerissen, wo das Leben geprägt war von Fußballeinsätzen, Großdemonstrationen und eiligen Heimfahrten dazwischen. Jetzt brannte er förmlich darauf, endlich richtigen Polizeidienst zu erleben.

Er geriet an Henry, der für ihn ein Jahr lang eine Funktion einnahm, die damals völlig zu Unrecht als „Bärenführer“ bezeichnet wurde und von der wir heute wissen, dass man eigentlich schon immer von einem „Tutor“ hätte sprechen müssen.

Henry entdeckte in Uli bei aller Unerfahrenheit sofort diesen besonderen Biss und einen gewissen Hang zum Unkonventionellen.

Gleich machte Henry das, was er am liebsten tat. Er lud Uli ein zu einem ausgedehnten „bewaffneten Spaziergang“. Schon damals waren große Teile seiner Kollegenschaft der irrigen Ansicht, der tiefere Sinn eines Polizisten läge darin, im Streifenwagen durch die Gegend zu fahren, aus dem Fenster zu schauen und allein durch seinen bloßen Anblick die öffentliche Sicherheit und Ordnung gewährleisten zu können. Es gab Kollegen, die lieber Dienstfrei nahmen als zu Fuß in Uniform durch die Stadt zu gehen, weil sie meinten, es sähe so aus, als habe man ihnen den Führerschein abgenommen.

Uli Haferkamp gehörte nicht dazu. Er schloss sich Henry bedingungslos an, stellte keine dummen Fragen und saugte alles gierig in sich auf, was der ältere Kollege ihm beizubringen hatte. Das war eine ganze Menge. Und die erste Lektion, die er lernte, hieß: Spitzbuben fängt man zu Fuß. „Irgendwann, selbst bei der heißesten Verfolgungsfahrt, kommt unweigerlich der Moment, wo du aussteigst und laufen musst.“

So machten sie sich einen Spaß daraus, nachts auf Blickweite in verschiedenen Hauseingängen zu verschwinden und dort eine Stunde lang bewegungslos zu verharren. Verblüfft erlebte Uli, dass Leute sich nur einen Meter von ihm entfernt angeregt unterhielten, heftig stritten oder gar wüste Zärtlichkeiten austauschten, ohne ihn trotz seiner Uniform jemals zu bemerken. Gegen zwei Uhr morgens wurde die Stadt völlig ruhig und er konnte hören, wenn 500 Meter entfernt eine Tür schlug oder ein Auto ansprang. Man musste genau 17 Minuten warten, dann kamen fette Ratten aus der Dunkelheit und begaben sich mitten auf dem Berliner Platz unbekümmert auf Nahrungssuche, um beim kleinsten Geräusch blitzartig in den verschiedenen Kanalschächten zu verschwinden. Die Ratten waren gute Helfer. Wenn sie untertauchten, ohne dass man etwas hörte, wusste man sicher, dass jemand durch die Gegend schlich.

Natürlich machte Henry diese Sachen nicht aus purem Jux. Unzählige Straftaten hatte er bereits verhindert oder aber den Täter direkt am Kragen. Und immer wieder kam es zu spektakulären Festnahmen.

Gleich im zweiten gemeinsamen Nachtdienst hatten sich Henry und Uli in beschriebener Weise eingegraben, als ein dritter Mann auftauchte und genau zwischen ihnen in einem Hauseingang Stellung bezog. Nach etwa 15 Minuten, viel zu schnell, wie Uli heute wusste, verließ der Fremde lautlos seinen Posten und begann keine zwei Meter von Henry entfernt, die Tür zu einem Elektrofachgeschäft aufzubrechen.

Der Mann war ein lange gesuchter, überörtlich arbeitender Profi, dessen bis dahin tadellose Karriere nun einen hässlichen Knick bekam.

Zu seiner Ehre sei gesagt, dass er sich wie ein Aal aus Henrys Griff wand, als dieser wie das Jüngste Gericht über ihn kam. Ohne auch nur den Ansatz einer vagotonen Schockphase erkennen zu lassen, setzte er zu einem Sprint an, der Uli Hoeneß in seinen besten Jahren zur Ehre gereicht hätte. Wenn er dachte, hierdurch einen entscheidenden Vorteil erreicht zu haben, so hatte er sich allerdings schwer getäuscht.

Die Polizeischule „Erich Klausener“ in Stukenbrock-Senne genießt in zweierlei Hinsicht eine gewisse Berühmtheit. Zum einen liegt sie auf dem Gelände des ehemaligen Stalag 326, eines Kriegsgefangenenlagers, in dem zur Nazizeit etwa 50.000 vornehmlich russische Kriegsgefangene erschossen oder gehenkt wurden, verhungerten oder erfroren. Heute kann man sich im öffentlich zugänglichen Dokumentationszentrum, das sinnigerweise in den ehemaligen Arrestzellen untergebracht ist, dazu informieren. Und die jungen angehenden Polizeibeamten bekommen ihre praktischen Trainingseinheiten auf dem Boden und im Bewusstsein dieser furchtbaren Gräueltaten, was einem demokratischen Grundverständnis für staatliche Machtausübung sehr förderlich ist.

Zum anderen beherbergt das Gelände auch die Landespolizeischule für Diensthundeführer. Dieses Institut genießt international ein ausgezeichnetes Renommee. Man trifft dort allenthalben auf Uniformträger aus Kolumbien, Brasilien, Israel, Sri Lanka und Oman, die kleine braune Hundewelpen mit schwarzer Schnauze spazieren führen und als Team zur Rauschgift-, Sprengstoff- und Leichensuche ausgebildet werden.

Weniger bekannt ist der „normale" polizeiliche Ausbildungsbetrieb, der sich in letzter Zeit allerdings drastisch geändert hat. Die Zeiten wandeln sich und mit ihnen die gesellschaftlichen und politischen Wertigkeiten. Heutige Polizeianwärter haben Abitur, durchlaufen ein strukturiertes Assessment Center und diskutieren anschließend im Rahmen ihres dreijährigen Studiums Rechtsfragen, mit denen ordentliche Juristen erst im zweiten Staatsexamen gequält werden. Danach sind sie Polizeikommissare und Bachelors of Art.

Ob Ulrich Haferkamp, der nach der Realschule die damalige Ausbildung zum mittleren Polizeidienst absolvierte, weniger gut auf seinen Beruf vorbereitet worden war, ist mehr als zweifelhaft. Aber eines war sicher: Wer immer diese zweieinhalb Jahre überstanden und das Ausbildungsziel erreicht hatte, was längst nicht jedem Kandidaten vergönnt war, der besaß zwangsläufig die körperlichen Fähigkeiten, die erforderliche Technik und das nötige Aggressionspotenzial, um auch schwere Jungs ohne fremde Hilfe zu verfolgen, zu stellen und zu verhaften und dabei jedweden Angriffs- oder Fluchtversuch nachhaltig zu unterbinden.

Es waren die ungezählten Laufkilometer im bodenlosen Sennesand, die schweren Geländemärsche, Kampfsportstunden, Wasserrettungen und Hundertschaftstrainings im geschlossenen Verband, die sich nun in dem einen Bodycheck entluden, mit dem Uli Haferkamp den flüchtigen Täter ersprintete und durchaus härter als unbedingt erforderlich auf die städtischen Zementplatten knallte.

Als der Mann nach kurzem Fade-out wieder zu sich kam, lehnte er bereits sitzend an einer Hauswand, die Hände in der Schließacht sicher hinter dem Rücken.

Die Freundschaft zwischen Henry und Uli war damit für alle Zeit besiegelt.

Sehr zum Leidwesen der örtlichen Ganovenszene, die sich ständig beobachtet fühlte und einfach nicht mehr sicher in der Stadt bewegen konnte.

„Dann bist du also auf demselben Trip wie der rote Ritter?", frotzelte Henry.

„Dierk-Helge ist gar nicht so verkehrt. Der hat halt einfach nur 'ne Schraube locker mit seinem Kripo-Getue. Hast du den Trenchcoat gesehen, den er neuerdings anhat?"

„Das ist ja noch gar nichts. Ich habe ihn neulich privat gesehen, von weitem in der Stadt. Da hatte er zusätzlich glatt noch so 'nen braun karierten Schlappnerhut auf."

„Nee, 'ne? Derrick lässt grüßen, ich fass es nicht."

„Ich sag dir: Das war nicht gut, den gleich nach dem Studium zur Kripo zu stecken. Der hätte sich erst mal woanders die Hörner abstoßen müssen." Henry rollte die Augen.

„Die sind aber super zufrieden mit dem, was man so hört."

„Ja klar, weil er jede Menge Arbeit übernimmt. Pass gleich mal auf, wenn Dierk Feierabend macht. Er hat so 'ne uralte Aktentasche aus dickem Leder. Hat er von seinem Opa geerbt. Da sind mindestens vier Kilo Ermittlungsakten drin."

„Der nimmt Akten mit nach Hause?"

„Da kannst du 'n Fisch drauf essen! Hab neulich noch gehört, wie er sich mit Werner aus der C-Tour unterhalten hat. Die haben doch zusammen studiert. ‚Werner, du glaubst es nicht', hat er gesagt, ‚aber bei der Kripo, das ist was ganz anderes als auf Streife. Früher, auf der Wache, da fand ich es immer so unbefriedigend. Die Schicht ist vorbei, die Klappe fällt und das war's. Du gehst nach Hause und nichts bleibt dir. Heute', sagte er wörtlich, ‚heute, da hab ich meine Fallakten. Die kann ich mit nach Hause nehmen. Da kann ich mich einlesen, da kann ich richtig drin leben und die Dinge zu Ende führen'."

Uli glotzte doof. Dann verzog er das Gesicht und fing urplötzlich an zu prusten.

„Was is? Brauchste 'n Schluck Wasser?", fragte Henry besorgt.

„Nee, geht schon wieder". Uli japste nach Luft. „Ich hab mir nur grade vorgestellt, wie Dierk-Helge und Anke zusammen im Bett liegen und er ihr einen Fall nach dem anderen haarklein auseinanderklamüsert. Und vor lauter Ermittlungsfieber kriegt er dabei überhaupt nicht mit, dass sie die ganze Zeit was völlig anderes von ihm will!"

Henry grinste fett, dachte dann scharf nach und begann, mit dem Zeigefinger rhythmisch auf die Tischplatte zu tippen. „Weißt du, was ich glaube? Ich glaube, bei den beiden läuft das genau anders herum. Anke fährt voll auf Polizei ab, das weiß jeder. Und das erste, was unser roter Ritter machen muss, wenn er von Schicht nach Hause kommt, das is 'n Handstand, damit ihm die Ermittlungsakten alle aus der Tasche fallen. Die legt er seiner Liebsten erst mal sauber vor und erstattet Bericht, was den ganzen Tag über im Kommissariat gelaufen ist. Und unser Anke, die kommt dabei so richtig schön in Fahrt. Und was immer die beiden anschließend zusammen veranstalten, mit Sicherheit löst sie dabei seine Fälle."

Henry amüsierte sich köstlich über seine gewagte Theorie. Wenn er gewusst hätte, wie nahe er der Wahrheit tatsächlich gekommen war, hätte er glatt unter sich gemacht.

„Wieso hat Anke sich eigentlich nie selbst bei der Polizei beworben?", fragte Uli plötzlich.

„Hat sie ja", wusste Manni Näheres, der gerade hereingekommen war, um sich noch einen Kaffee zu ziehen. „Ist leider im Sehtest durchgesegelt. Rot-Grün-Schwäche."

„Schade genug", meinte Henry zu niemand Bestimmtem, „die hätten wir gut gebrauchen können. Ihren Kerl steckt die doch locker zweimal in die Tasche."

„Da sagst du was", sagte Uli und balancierte seine recht volle Kaffeetasse nach vorn zum Wachtisch. „Da sagst du was", wiederholte er auf dem Flur mit einem tiefen Seufzer leise zu sich selbst.

22.

„Together we'll stand, devided we'll fall, come on now, People, let's have a ball and work together, come on, come on, let's work together …"

Hammer! Absoluter Hammer. Der ältere, leicht verlebte Typ mit den dunklen Augenringen und dem Pferdegebiss da vorne auf der Bühne konnte machen was er wollte. Für den Anfang hatte er schon mal vorsorglich das komplette Publikum auf das Übelste durchbeleidigt, wobei er mindestens drei Zigaretten gequalmt hatte. Dann, während Gebläse und Backline schon mal locker die Menge anheizten, hatte er die Ärmel seines nicht mehr ganz weißen Nyltesthemdes umständlich so weit aufgerollt, dass man meinte, die Achselhaare sehen zu können. Danach eine Flasche Krombacher geext, eine frische Kippe angemacht, hinter die E-Saite seiner alten Gitarre geklemmt und schließlich dann doch zum Mikrofon gegriffen. Und kaum war die erste Zeile des alten Canned-Heat-Songs raus, tobte der komplette Dreiecksplatz bereits, als gäbe es kein Morgen. Ostwestfalen in Ekstase. Man zelebrierte die „Woche der kleinen Künste" in Gütersloh, und wie immer war sie besser als alles Dagewesene.

„He, Uli, wat is mit Bier? Du bist dran!"

Mannis Ruf erreichte sein Ziel nicht. Zehn Kollegen, die mitten auf dem Platz eine komplette Bierzeltgarnitur besetzt hielten, guckten in die Röhre, denn nichts schien Uli mehr halten zu können. Mit leuchtenden Augen und lauten Jubelrufen stürmte er nach vorn an die Bühne, wo sich schon etwa zwanzig Menschen unterschiedlichsten Alters wildesten und überwiegend rhythmischen Zuckungen hingaben. Und das weit vor elf Uhr nachts. Schon für sich eine Sensation. Auf der Bühne wechselte die beinharte Rhythm-'n Blues-Kapelle übergangslos zu „Sweet Home Chicago", was weitere Beifallstürme erzeugte und auch die letzte Gütersloher Reserviertheit oder besser gesagt Verklemmung hinwegfegte. Wer keinen Platz zum Tanzen hatte, stand grölend und klatschend auf Bänken und Tischen.

„One and one is two, six and two is eight, come on Baby, don't you hesitate …", grölte es aus der circa 50 Kilowatt schweren PA und aus ungefähr zweitausendfünfhundert Kehlen. Uli rockte wie in Trance. Dass er sich gerade jetzt so unglaublich saugut fühlte, war nicht unbedingt den fünf bis sechs Bierchen geschuldet, die er während des ersten Sets schon ganz gemütlich weggezischt hatte. Die waren schon eher dafür verantwortlich, dass er plötzlich unkontrolliert nach vorn stolperte, als er auf diese blöde Wasserflasche trat. Garantiert hätte er sich voll gemault, wäre da nicht diese junge Dame im Weg gewesen, die er ziemlich heftig anrempelte, die ihn aber geistesgegenwärtig auffing. Trotzdem war es eine eher sanfte Kollision, denn Uli landete mit der Nase genau in einer wohlgeformten Butzenritze. Die junge Frau schien das nicht im Geringsten zu stören, sicherheitshalber hielt sie Uli für einen süßen Moment dort fest, bis er sein Fahrgestell ordnen und wieder aus eigener Kraft stehen konnte.

Exakt in diesem Moment setzte der Gitarrist auf seiner schneeweißen Stratocaster zu einem herzzerreißenden Blues an. Wie von selbst schlossen sich zwei fiebernde Körper zu einer innigen Umarmung zusammen und tanzten das komplette Set durch, Wange an Wange. Stormy Monday. Als nach dem fulminanten Finale dröhnende Stille einkehrte, standen die beiden immer noch eng umschlungen auf dem leeren Platz. Schließlich setzten sie sich langsam in Bewegung, ohne den einmal geschlossenen Körperkontakt auch nur ansatzweise aufzugeben und strebten in der Hoffnung auf Trinkbares dem nächstbesten Stand entgegen. Es handelte sich um einen alten Wohnwagen in Quietschorange, den irgendein pfiffiger Mensch in eine todschicke fahrbare Bar umgebaut hatte. Hinter dieser Bar stand Olaf, Wein- und Menschenfreund. Er sah auf den ersten Blick, dass hier stärkere Medizin erforderlich war. Ungefragt stellte er zwei schlanke Gläser auf den Tresen und goss eine wasserklare Flüssigkeit ein. Die beiden Turteltauben sahen sich tief in die Augen und stießen an. Der erste Kuss von Uli und Birte-Sophie dauerte volle zwei Minuten und schmeckte majestätisch nach Williams-Christ-Birne.

Eine Woche später lag der Dreiecksplatz wieder als jene kleine grüne Oase inmitten der Innenstadt, die der Gütersloher Bürger kennt und genießt. Außer einem schwer verliebten Uli war nichts übrig geblieben von dem fünftägigen Megaevent mit über 12.000 Zuschauern. Verlässt man diese Keimzelle Gütersloher Kultur in Richtung Süden, gelangt man auf der Feldstraße zunächst zum ehrwürdigen Evangelisch-Stiftischen Gymnasium und dann zur Friedhofstraße. Wie ihr Name schon vermuten lässt, gehört letztere nicht gerade zu den belebten Verkehrsadern ihrer Stadt. Wer ihr folgt, überquert zunächst die Dalke, lässt linksseitig den alten Friedhof liegen, von dem sie ihren Namen hat und kreuzt schließlich die Bultmannstraße, von wo aus der neue Friedhof nicht mehr weit ist. Diese Kreuzung markiert einen Gütersloher Bereich, der wenig bekannt, dafür aber umso typischer und beschaulicher ist. Von hier erstreckt sich der Riegerpark mit stattlichem Baumbestand und wunderschön angelegten Kieswegen, die über eine neue Holzbrücke direkte Anbindung an die Dalkepromenade haben und förmlich zum Radeln, Joggen, Walken und Lustwandeln einladen. Eine nette Mischbebauung aus altem Fachwerk und Eigenheimen unterschiedlichster Architekturphasen wird von den Friedhofsanrainern bewohnt, die sich durchweg lobend über ihre ausnehmend ruhige Nachbarschaft äußern. Es herrscht Frieden im Viertel. Selbst die rein subjektiven Störungen des Sicherheitsgefühls, die manchen Bürger völlig grundlos befallen, haben hier nicht den Hauch einer Chance. Zumindest nicht montags bis samstags morgens zwischen acht und neun Uhr. Denn in dieser Zeit mutiert der unscheinbare Kreuzungsbereich mit Rechts-vor-links-Regelung zum bestbewachten Platz Deutschlands.

Kaum weniger als acht unterschiedliche Blaulichtfahrzeuge, manche davon nicht immer vorschriftsmäßig abgestellt, kann der verwunderte Passant hier gleichzeitig bestaunen. Unkundige Beobachter wittern eine Sensation, recken neugierig die Hälse, und immer wieder werden Radio Gütersloh und die Lokalredaktionen alarmiert: „Kommse ma tenger nache Friedhofstraße, da is irgendwat Dickes passiert!"

Etliche Volontäre wurden daraufhin schon in Trab gesetzt, erschienen mit wehenden Rockschößen, gezückter Kamera und gespitztem Griffel am Ereignisort und schossen Fotos von der Fahrzeugarmada. Doch alles was sie feststellten waren Vertreter der verschiedensten örtlichen Dienste, die bei Schlachter Berthold Rotte ihre Frühstücksbrötchen holten. Die Polizei Gütersloh war mit Hauptwache, Verkehrsdienst und mehreren Bezirksbeamten vertreten, auch die Autobahnpolizei kam gelegentlich gern vorbei.

Dann die Feuerwehr, haupt- und nebenamtlich, frei- und mutwillig. Dazu verschiedene Rettungsdienste, die Stadt- und Friedhofsgärtner, der Bauhof und nicht zuletzt die Abgesandten vom Industriecafé gleich nebenan, wo man auch gern gut versorgt war. Man kannte sich, man mochte sich und man durfte keinen Tag dort versäumen. Der Laden war wie immer gerammelt voll, die Mischpoke drängte sich in Dreierreihen vor dem Tresen und die Damen dahinter schufteten in dieser Zeit wie die Treidelkulis am Huang He. Die Qualität der Fleischwaren war legendär, wie zum Beispiel die sensationelle sauer eingelegte Schweinebacke. Meister Rotte schlachtete noch selbst, und zwar ausschließlich Tiere, die er persönlich kannte. Es wurde getratscht zum Balkenbiegen.

Die Schiebetür links vom Tresen, die zu Rottes Privatgemächern führte, öffnete sich irgendwann in dieser Zeit zentimeterweise, bis ein großer, schwarzer Schatten in Bodennähe herausglitt. Sir Henry, Rottweilerrüde, Kundenliebling und mit seinen sechzig Kilogramm Lebendgewicht die Inkarnation des Fleischerhundes schlechthin, schaffte es jeden Morgen aufs Neue, tief auf dem Bauch an den Augen seiner gestrengen Herrin vorbeizurobben, um sich von zwanzig Männern ausgiebig mit Streicheleinheiten versorgen zu lassen.

Die Eingangstür ging auf, ein kleinerer Mann mit brandrotem Bürstenschnitt und Feuerwehruniform durchdrang entschlossen die Menge, winkte der Bedienung hinterm Tresen zu und nahm umgehend zwei große Brötchentüten in Empfang, womit er sich an staunenden Gesichtern vorbei zufrieden auf den Rückweg machte.

„Ey Didi, vordrängeln gilt nicht!", bölkte Otto sofort, der irgendwo im hinteren Mittelfeld feststeckte und schon ziemlich angenervt war.

„Anstehen war gestern", konterte der Angesprochene. „Wir bestellen online." Und weg war er.

Otto sah die Schlachtersche an wie ein friesisches Deichschaf. Die grinste spöttisch. „Tja, die Blauen waren euch ja schon immer ein paar Nasen voraus, wenn du mich fragst", stichelte sie, „da hat einer neulich so 'ne pfiffige Tabelle programmiert. Die Jungs klicken nur noch die Brötchen und den Aufschnitt an, die sie haben möchten. Preise sind hinterlegt, Beträge werden ausgeworfen und Punkt sieben Uhr kriege ich die Bestellung per

Mail. Punkt acht sind die Brötchen geschmiert, in Einzeltüten mit Namen drauf, und können abgeholt werden, wenn es passt. Nur essen müssen sie noch selbst."

„Und zahlen", ergänzte der verblüffte Otto.

„Nix, Bargeld ist out. Firma Not & Elend ist längst Großkunde bei uns. Die kriegen am Monatsende 'ne Rechnung und überweisen. Drei Prozent Skonto natürlich!"

„Na, Dicker, da bleibt dir ersma die Luft wech, wa?" Willi, ein baumlanger, altgedienter Stadtgärtner, haute genüsslich in die Kerbe. Frotzelei war Kult bei Rotte. Jeder machte mit und keiner nahm irgendetwas krumm. „Aber ihr happt ja chenuch Zeit, hier mit ssecks Autos am Stück aufzulaufen. Müssen ja auma beweecht werden, die Kisten, ssonst ssetzen sse noch Rost an." Schadenfrohes Gelächter erscholl, dem gespannte Stille folgte. Alles wartete auf das Echo. Aber Otto winkte ab und fixierte einen imaginären Punkt an der Decke. Er schien indisponiert, der Konter blieb aus. Hochgezogene Augenbrauen ringsum quittierten die Niederlage. Auch Henry, der gerade am Tresen seine Brötchen entgegennahm, grinste Willi anerkennend an, während er seinem vierbeinigen Namensvetter ausgiebig das Fell kraulte. „Sachma, Langer", sprach er ihn unvermutet an, „stimmt das eigentlich, dass ihr beim Grünflächenamt jetzt auch mit 9-Millimeter-Pistolen ausgerüstet werdet?"

„Hääh? Was soll 'n wir mit Pistolen?" Verwirrung schaute Henry entgegen.

„Na ja, wegen der Rückenschonung. Dann könnt ihr zum Feierabend immer die Schnecken von euren Schüppenstielen schießen, die da tagsüber rauf gekrabbelt sind."

Draußen hielt Henry Otto plötzlich am Ärmel fest. „Guck mal, das ist doch Konny. Was macht der denn hier?" Tatsächlich, Konny Gerke, wie er leibte und lebte, kam über die neue Dalkebrücke und marschierte zielstrebig durch den Riegerpark. Rechts den unvermeidlichen Krückstock, links die zwei Alditüten wie gewohnt locker am langen Arm und einen alten, braunen Treckingrucksack über, der eindeutig schon bessere Zeiten gesehen hatte. „He, Konny, alles klar bei dir?", bölkte Henry zu ihm hinüber, aber Konny reagierte nicht die Bohne. Ziemlich flott für seine Verhältnisse humpelte er in Richtung Wiesenstraße, ohne auch nur den Kopf zu drehen.

„Komisch, was hat der denn? Geht der jetzt auf die Walz?" Henry schaute verwundert der seltsamen Gestalt hinterher. „Vielleicht zieht er um?" Otto suchte in einer Brötchentüte herum, fischte sich schon mal eine luftgetrocknete Polnische heraus und biss kräftig daran herunter.

„Quatsch, Konnys Hausstand passt bequem in seine beiden Alditüten."

In einem Streifenwagen sahen sie Uli sitzen und warten. „Ey Uli, was is? Heute keinen Hunger?" Otto mochte ein Schlunz sein, wie er im Buche steht, aber wenn es Unregelmäßigkeiten bei der Nahrungsaufnahme gab, war er sehr sensibel.

„Nee, alles klar, ich hab was von zu Hause mit. Schwein ist gar nicht gut. Wir essen sowieso viel zu viel Fleisch."

„Sagt wer?" Henry und Otto sahen sich verdutzt an.

„Birte-Sophie und ich achten jetzt mehr auf gesunde, makrobiotische Ernährung", erklärte Uli fleißig. „Schmeckt voll lecker und tut uns auch merkbar gut. Mett mit Zwiebeln, und dann noch zum Frühstück! Irgendwie hab ich auch gar keinen Appetit mehr auf sowas."

„Jau, wie weggeblasen", frotzelte Otto. „Zusammen mit deinem restlichen Grips."

„Tja, so ist das mit der Liebe", packte Henry noch ein Pfund obendrauf. „Wo die hinfällt, da is der Verstand inne Mäse!"

„Ach, haltet doch alle die Klappe! Ihr seid ja bloß neidisch", zischte Uli pikiert. „Sagt mir lieber mal, wo man zu dieser Zeit noch spontan zwei Wochen ganz entspannt Urlaub machen kann."

Henry schaute die Straße hinunter und sah gerade noch Konny, wie er hinten an der Ludwigstraße um die Ecke verschwand. Er bekam spontan eine Idee.

„Korfu", sagte er bestimmt. „Korfu ist voll super. Geheimtipp von einem guten Kumpel."

23.

Es war genau wie in alten Zeiten. Uli und Henry hatten sich an verschiedenen Orten in der City eingegraben und horchten in die Dunkelheit. Das taten sie nun schon die dritte Nacht. Die momentan entspannte Personallage und eine aktuelle Einbruchserie in der Innenstadt hatten dazu geführt, dass die beiden sich aus dem täglichen Dienst ausklinken und die Zivilfahnder der Kripo unterstützen konnten. Ein Autoaufbrecher und zwei betrunkene Fahrzeugführer waren ihnen bereits ins Netz gegangen. Eigentlich gar nicht schlecht. Aber ihrem eigentlichen Ziel waren sie noch keinen Schritt nähergekommen. Die Geschäftseinbrüche gingen unvermindert weiter. Ein Fall lag sogar in der Zeit, als sie auf der Lauer lagen. Leider nicht ganz am richtigen Ort. Es war wie verhext. Aber die zwei ließen sich nicht beirren. Sie wussten, der Erfolg war allein eine Frage der Ausdauer. Genau wie früher eben. Weit besser als früher war allerdings die heutige Kommunikation, und damit ist nicht etwa das dienstliche Handsprechfunkgerät gemeint. Dieses Monstrum war immer noch haargenau das gleiche Modell wie vor dreißig Jahren. Es hatte in etwa die Maße einer 500-Gramm-Schokoladentafel, war aber doppelt so dick und aus massivem Aluminium, weshalb es sich auch wesentlich besser zum Hauen und Werfen eignete als zum Funken. Seinen eigentlichen Zweck erfüllte es höchst eigenwillig. Mal konnte man fehlerfrei die Polizeistationen in Bremen oder Wesel empfangen, als stünde man direkt davor. Versuchte man aber, den Kollegen zu erreichen, der auf Sichtweite am anderen Ende der Kreuzung den Verkehr regelte, stellte sich das oft genug als zweckloses Unterfangen heraus. Henry und Uli hatten mit ihren Handys eine Konferenzschaltung zur Wache hergestellt und trugen Ohrhörer, was sich in dieser Situation als wesentlich praktischer erwies.

Uli sah den Typen eigentlich mehr durch Zufall aus dem Augenwinkel. Eine sportliche Gestalt kam aus dem Webereipark und ging mit elastischen Schritten die Dalkestraße entlang. Uli erkannte BW-Hosen, eine Steppjacke und ein Käppi in Tarnfarbe und verdrückte sich in die Gasse zwischen Bremer Schlüssel und Bücherei. Jetzt bog der Typ in die Kirchstraße ab, wo er am Veerhoffhaus plötzlich anhielt. Dort wartete er gefühlte fünf Minuten, dann ging er weiter die Kirchstraße rauf und bog vor dem Standesamt nach links in das Pättken zur Martin-Luther-Kirche ab. Uli hatte sich unsichtbar gemacht. Er murmelte kurz eine Info in sein Headset. War das der gesuchte Einbrecher? Eher nicht, die fuhren mit dem Lkw vor. Henry meldete sich in seinem rechten Ohr. „Ich hab ihn. Marschiert gerade hinter der Kirche her Richtung Kökerstraße. Muss mich kurz verkrümeln."

Nach zwei Minuten war er wieder da: „Das ist ja … ich werd' wahne! Das ist ja Marko Hessenberg."

„Wie? Der Typ, der neuerdings bei diesem Richie mitmischt?"

„Genau, die Altglatze. Fahr mal schnell hinten rum zum Stohlmannplatz, dann müsstest du sehen, wie er an der Kökerstraße rauskommt."

Uli schnappte sein Fahrrad, das er zehn Meter weiter abgestellt hatte, und preschte los. Aus sicherer Position am Chinaladen konnte er beobachten, wie die Zielperson in sein Blickfeld kam. Am Stadtmuseum, genau im Schlagschatten des hellen Laternenlichts, legte der Mann unvermutet eine weitere Pause ein und beobachtete sein Umfeld.

„Gar nicht mal schlecht", dachte Uli, der Henry noch rechtzeitig umgeleitet hatte. Er beschloss, abzuwarten und zu gucken, was passiert. Kurz darauf hörte er Schritte aus Richtung Berliner Straße. Sofort verschwand der Typ im Dunklen. Uli hastete leise los, lief in den Museumshof und sah gerade noch eine dunkle Gestalt auf dem Kolbeplatz nach rechts verschwinden. Als er um die Ecke kam, sah er genau das, was er befürchtet hatte: nichts. Er ging vorsichtig weiter vorbei am Stand- oder besser am Sitzbild von Güths Mariechen, dem historischen Gütersloher Marktweib, fand aber auch die Ernst-Buschmann-Straße leer. Henry kam von hinten an und sie berieten sich kurz.

„Tja, der is weg, da machste nix." Henry nahm es wie immer locker. „Das finde ich auch!" Uli starrte gedankenverloren in das Schaufenster neben sich. „Eigentlich hätte ich ihn zumindest noch sehen müssen. Aber der war einfach weg."

„Verhielt sich schon ziemlich konspirativ, finde ich. Regelmäßige Stopps mit Gegenobservation, das hat der doch irgendwo gelernt. Und schleicht hier mitten in der Nacht alleine durch die Stadt."

Uli sah Henry bedeutsam an.

„Nee, komm!" Henry verdrehte die Augen. „Geh mir jetzt bloß wech mit Phantom und so. Das würde einfach zu gut passen. Neonazi säubert die Stadt von menschlichem Geschmeiß. Ich seh' die Schlagzeilen schon vor mir. Und so sehr unsichtbar war er nun wirklich nicht. Das können wir besser."

„Für ein paar stockbesoffene Wermutbrüder reicht's aber allemal. Nee, jetzt mal im Ernst, Henry: es ist doch genau so, wie du sagst. Das passt einfach zu gut. Da rafft es die halbe Pennerszene auf mysteriöse Weise dahin, wir denken ganz ins Unreine über den schleichenden Meuchelmörder nach, und kaum gehen wir seit langem mal wieder in der City auf Nachtstreife, schon kommt uns dieser verkappte Wehrsportler quer. Egal was der vorhat, an dem lohnt es sich allemal, dran zu bleiben. Der hat mit der Kalinowski-Combo schon mal mindestens ein heißes Eisen im Feuer. Und wer weiß, was der sonst noch auf der Rolle hat? Kleines Kameradschaftstreffen, von dem keiner was weiß?"

„Okay, einverstanden. Lass mal kucken, wo der eigentlich wohnt."

„Dammstraße, im Bullenkloster", schaltete Manni sich ein. Die Konferenzschaltung stand noch und er hatte alles mitgehört.

Uli überlegte. „Ah, im Männerwohnheim. Dann kommt der garantiert über den Webereiparkplatz. Da steht doch seit vier Tagen dein Bomber. Besser können wir ihn nicht aufnehmen."

„Einverstanden", nickte Henry. „Drei Tage haben wir ja noch. Aber irgendwie müssen wir auch mit der Einbruchserie weiterkommen."

„Du kuckma", schaltete er plötzlich um, „geht der neue Lederwarenladen hier schon wieder raus?" Beide schauten in die leergeräumte Auslage. Im Verkaufsraum der exklusiven Lederboutique sah alles nach Aufbruch aus. „Würde mich nicht wundern, bei dem Mietspiegel hier kann doch keine Sau gegen die Online-Shops anstinken."

Sie sahen sich noch etwas genauer um und machten sich dann auf den Heimweg. Feierabend für heute.

Am nächsten Abend trafen sie sich um 23 Uhr in Henrys Wohnmobil an der Weberei. Henry platzte vor Neuigkeiten. „Ich war eben noch auf der Dienststelle. Musste mir süffisante Sprüche vom Roten anhören."

„Wieso das denn?"

„Na ja, er frotzelte gleich los, ob wir nur in meinem Bomber liegen und pennen würden. Wieder ein kapitaler Geschäftseinbruch in der Innenstadt letzte Nacht."

„Echt? Wo?"

„Dreimal darfst du raten. Das Ledergeschäft am Kolbeplatz."

„Nee, ne? Sag bloß das war ein Einbruch und keine Räumung?"

„So wurde es angezeigt. Gestern Abend ist angeblich 'ne komplett neue Kollektion reingekommen, der ganze Laden voll mit feinsten italienischen Jacken und Taschen. Alles weg. Etwa 80.000 Euro Schaden."

Auf einmal runzelte Uli die Stirn.

„Wie sind die denn reingekommen?"

„Seitentür aufgebrochen. Jemand hat mit 'nem Akkubohrer das komplette Schloss sauber rausgebohrt. Ich habe die Fotos auf der Kriminalwache gesehen."

Uli überlegte einen Moment. „Als wir geguckt haben, war die Tür auf jeden Fall noch heile. Das war etwa um halb vier Uhr. Das habe ich genau gecheckt. Also muss der Einbruch später passiert sein."

„Ja, aber um halb vier war der Laden schon leergeräumt. Was sagt uns das?"

Jetzt fiel auch bei Uli der Groschen.

„Die Tür wurde geknackt, nachdem die Ware weg war. Das Ding ist vorgetäuscht."

„Genau. Und wir laufen uns nachts die Hacken ab nach der überörtlichen Einbrecherbande."

„Du meinst, die anderen Brüche waren auch alle getürkt?"

„Vielleicht nicht alle. Aber als die Serie erst mal lief, sind vielleicht einige Geschäftsleute, die gerade ziemlich klamm sind, auf den Zug aufgesprungen."

„Dierk-Helge dreht sicher schon wieder im roten Bereich."

„Aber hallo, nur dass dieses Mal Reiffeisen persönlich die Sache angekurbelt hat. Dicke Ermittlungskommission mit Telefonüberwachung und allem Zipp und Zapp."

„Na, dann können wir ja eigentlich einpacken."

„Nee, machen wir nicht. Ich hab das abgeklärt. Die Ermittlungen laufen verdeckt. Wir sollen noch ein paar Tage weitermachen, vielleicht kriegen wir noch mehr raus. Reiffeisen vermutet eine ganze Tätergruppe und Kontakte zur organisierten Kriminalität."

„Okay, mir soll's recht sein. Schöner Erfolg, das spornt an."

„Ja, sehe ich auch so", meinte Henry. „Ich sehe aber noch was!" Und er zeigte auf seinen Monitor. Da war er wieder. Derselbe Typ, dieselben Tarnklamotten, dieselbe Mütze. Hessenberg.

„Die Aufnahme ist von vorgestern. Was sagt uns das?"

„Das ist doch kein Zufall, dass der hier genau vor unserer Nase aufgekreuzt ist."

„Wie man's nimmt", meinte Henry gedehnt. „Es ist schon reiner Zufall, dass ich genau hier geparkt habe, wo der des Nachts scheinbar öfter vorbeikommt. Kein Zufall ist aber, dass in diesem Fahrzeug auch insgesamt fünf Videokameras laufen." Er hatte sein Tablet hochgefahren, wählte eine App und reichte Uli das Gerät. „Eine guckt hier vorne aus dem Fenster. Zwei hab ich an den Seiten, quasi wie Außenspiegel. Dann noch die doppelte Rückfahrkamera, einmal zum Rangieren und der digitale Rückspiegel. Ja und eine hier im Innenraum. Ich hab heute Abend mal nachgeguckt. Unser Mann war in den letzten vier Nächten zweimal drin. Immer dieselbe Richtung und zurück."

„Das heißt, der Mensch ist ein Gewohnheitstier!" Die steile Falte auf Ulis Stirn signalisierte angestrengte Gehirntätigkeit. „Mal angenommen, der geht immer den gleichen Schleichweg. Dann müsste er über kurz oder lang wieder an der Kökerstraße rauskommen."

Henry grinste von einem Ohr zum anderen und stellte mal wieder eine Frage in den Raum: „Und was machen wir jetzt?"

„Also, ich könnte mich wieder an der Kökerstraße eingraben und warten, bis er da ankommt."

„Okay, und ich stell mich etwas weiter am Kolbeplatz auf. Das vergrößert die Chancen." Er tippte sich auf die Brusttasche. „Die Kameras von meinem Wohnmobil krieg ich doch problemlos aufs Handy." Uli staunte ein weiteres Mal über Henrys Medienkompetenz. Dann schnappte er seinen Rucksack.

„So machen wir's. Nix wie los, ab auf die Räder." Er ging Richtung Brauhaus, wo er seines angekettet hatte, während Henry seinen Mielebomber aus der Heckgarage holte.

Doch sie kamen nicht weit. Joe von der Leitstelle meldete sich über Handy.

„Hört mal zu, am Brockweg haben wir aktuell 'nen Einbrecher. Ist das Regenrohr hochgeklettert und hat einen Balkon geentert. Er wird dabei von irgend 'nem Nachbarn mit Fernglas von gegenüber beobachtet. Ich hab den noch am Draht. Habt ihr 'ne Chance, da dranzukommen?"

„Etwa drei Minuten", mutmaßte Uli.

„Okay, ich leg euch den Anrufer aufs Handy. Die anderen Fahrzeuge halten sich erst mal zurück."

Die beiden traten in die Kette und kachelten los über die Feuerborn- in die Schledebrückstraße. Dort trennten sie sich. Uli fuhr nach links in den Brockweg, während Henry geradeaus weiterfuhr, um von hinten an das Objekt zu kommen, einen Wohnblock aus den 60er-Jahren mit fünf Etagen.

Doch der Täter machte ihnen einen Strich durch die Rechnung. „Jetzt kommt er wieder runter", raunte der Anrufer. „An einem der Balkone ist Licht angegangen. Da hat jemand was gemerkt. Machen Sie schnell, sonst ist er weg." Der Anrufer machte eine kurze Pause. „So, jetzt ist er wieder unten. Guckt sich um und geht Richtung Schledebrückstraße weg. Nein, Moment. Er dreht wieder, kommt zurück. Ah, und jetzt läuft er nach Süden zwischen den Häusern durch. Grobe Richtung Höltingweg."

„Können Sie ihn noch sehen?"

„Nee, jetzt ist er weg, zwischen den Häusern verschwunden."

„Okay, legen Sie auf und rufen Sie wieder die 110 an, wenn Sie was Neues feststellen. Wir kommen gleich zu Ihnen!".

Uli und Henry würdigten das Tatobjekt keines Blickes und zogen direkt durch bis zum Höltingweg, auf dem sie sich wieder entgegenkamen. Weit und breit niemand zu sehen. Weiter konnte der Täter eigentlich nicht gekommen sein. Im Vorbeifahren verständigten sie sich durch kurzes Nicken. Anstatt planlos umherzufahren, verschwanden sie mit ihren Rädern abgesetzt voneinander in zwei dunklen Hofeinfahrten und warteten, während andere Einheiten sich im Fahrzeug heranpirschten.

Schon nach fünf Minuten hörte Uli Schritte. Ein älterer Herr in Regenjacke und Jogginghose kam aus einem Pättken geschlurft, einen asthmatischen alten Boxer im Schlepp.

„Moin, Haferkamp, Polizei Gütersloh. Haben Sie hier jemand gesehen die letzten fünf Minuten?"

Der Mann brauchte eine Weile, um sich zu sortieren. „Nee, chesseehn happich nix. Aba chust eehmp is hinten eina wechjefaahn. Waa nich zu übahöan. Muss ssoon chanz dicken Schlitten cheweesen ssein, wie dea röahte."

„Ah, wo genau?"

„Na da hinten, sarich doch. Schalückstraße die Richtung."

„Und sonst war nichts?"

„Nee, nua Cheatt mitte Zeitung. Den könnta ja auma fraagn.

Kuck! Da kommta ja schonn. Du, Cheatt, hasse hia iantzween cheßeen die letzten fümf Minuten? Da is doch eehmt ssoon' dicken Waajen los chefaan, hinten wooßte gezz wechkommz. Die ssint vonne Pollzei hia", nickte er in Henrys und Ulis Richtung.

Der Zeitungsmann bremste umständlich sein Bäckerfahrrad, das mit Packtaschen hoffnungslos überladen war. „Auto? Hier eben? Nee, oder? Ah doch, klar der Porsche. Ist genau vor mir auf die Schalückstraße abgebogen, Richtung Blue Fox. Wieso?"

„Könn 'se den etwas genauer beschreiben? Farbe, Typ vielleicht?"

Uli zückte sein Notizbuch und Henry das Funkgerät.

„Also, das war der alte Porsche Turbo in Silber. Waren zwei Leute drin. Mehr weiß ich nicht."

„Und bei dem Porsche Turbo sind Sie sich sicher?"

„Ja, auf jeden Fall. Ich hab extra noch hinterher geguckt. War immer mein Traum, der Wagen. Schon als Junge. Die Heckflosse ist einmalig. Ich dachte noch: Was macht so 'n Bolide denn hier in der Siedlung? Eigentlich kenne ich ja die meisten Autos auf meiner Runde, aber den hab ich hier vorher noch nie gesehen. Stand zuerst da vorne vor der Laterne."

„Haben Sie zufällig was vom Kennzeichen behalten?"

„Nee, keine Chance. Das war ja das Komische: Die Kennzeichenbeleuchtung war kaputt."

„Also nee, und sowas hier mitten in Gütsel!" Hilde Westersuhrbier rang nach Luft. Sie saß auf ihrem Küchenschemel, der groß geblümte Morgenmantel spannte stark über ihrem wogenden Busen.

„Da wohnt man schon im dritten Stock und ist immer noch nicht sicher vor dieser Drecksbande."

„Trinken Sie lieber noch einen Schluck. Alles halb so wild." Henry reichte der aufgeregten Dame ihr Glas. „Es ist ja nichts passiert. Und außerdem waren wir doch sofort da."

„Dass Sie aber auch direkt in der Nähe waren", lobte Hilde. „Sonst sieht man die Polizei ja kaum." Sie beruhigte sich sichtlich.

„Man soll uns ja auch nicht immer sehen", hakte Uli ein. „Nachts bringen wir aber schon eine Menge Leute auf die Straße. Würden Sie denken, dass so ein Polizist aussieht?" Er zeigte auf Henry, der wie immer in Zimmermannshosen und Kanadajacke gekleidet war.

„Nein, nein. Aber was wollten die hier? Also, bei mir ist bestimmt nichts zu holen." Sie überlegte einen Moment. „Aber ... mein Nachbar, der ist in Urlaub. Bestimmt wollten die über meinen Balkon nach nebenan klettern. Und dann die Balkontür aufbrechen."

Sehr zufrieden mit ihrem Scharfsinn lehnte Hilde Westersuhrbier sich zurück.

„Wer ist denn Ihr Nachbar?" Uli hatte sein Notizbuch gezückt, um die Daten aufzunehmen.

„Das ist der Herr Lehmann. Walter Lehmann."

Uli und Henry sahen sich an. „Walter Lehmann", murmelte Uli, während er den Namen aufschrieb. „Und der ist im Urlaub?"

„Ja. Letzten Sonntag früh um acht hat er geklingelt. Ganz plötzlich. Er wäre ein paar Wochen weg im Urlaub, ob ich wie immer nach der Post und nach den Blumen gucken könnte. Ist sicher wegen seiner Firma. Sandmann. Sie wissen ja. Die sind ja pleitegegangen, wie man so hört."

„Und, haben Sie nach der Post geschaut?"

„Natürlich, mach ich doch immer. Der ist ja soo nett, der Herr Lehmann. Kennt sich mit allem aus. Wenn mal was kaputt ist und so. Und meine Steuer macht er auch." „Was wohl sonst noch alles?", dachte Henry bei sich. Laut fragte er:

„Dürfen wir mal auf Ihren Balkon und schauen, ob beim Herrn Lehmann noch alles in Ordnung ist?"

„Nicht nötig, ich hab doch ‘nen Schlüssel.“

Eifrig watschelte Hilde voran in den Flur und schloss die Nachbarwohnung auf. Neugierig musterten Uli und Henry das kleine Appartement und die spartanische Einrichtung. Die Balkontür war zu und intakt, alles in bester Ordnung. Uli blätterte den Stoß Post durch, der auf dem Tisch lag. Fast nur Reklame. Plötzlich stutzte er. Dieser Brief kam ihm bekannt vor.

„Polizei Gütersloh, Verkehrskommissariat“, las er. „Da müssen wir mal schauen, nicht dass der Kollege vergeblich auf Antwort wartet. Er riss das Couvert auf, warf einen kurzen Blick und sah Henry bedeutsam an. „Verkehrssache. Den nehmen wir mal mit und regeln das für Herrn Lehmann“, erklärte er Hilde Westersuhrbier, die verständnisvoll nickte.

„Hast du gelesen?“, fragte er draußen.

„Ja, Vorladung wegen Fahrerflucht. Na und?“

„Nee, guck mal den Unfallort. Vigo in Spanien.“

„Nee, ‘ne? Jetzt setzt sich bei Sandmann sogar schon der Hausmeister ins Ausland ab. Was da wohl für ein bodenloser Sumpf kocht! Dierk-Helge wird sich freuen, der springt aus dem Stand einsfünfzig hoch.“

Eine Nacht später trafen sich die beiden mit ihren Rädern mitten in der Stadt zwischen Feuerwehr und Städtischem Gymnasium, um die tags zuvor abgebrochene Observation wiederaufzunehmen. „Du kuckma, Uli“, sagte Henry und hielt ihm sein Smartphone hin. Uli schaute sich das Video an, das die Frontkamera von Henrys Wohnmobil aufgezeichnet hatte. Sie sahen, wie Henry und er kurz ins Bild kamen, als sie auf ihre Räder stiegen und abdampften, direkt darauf aber in Gegenrichtung wieder vorbeibrausten. Es dauerte genau dreißig Sekunden, da bewegte sich etwas rechts in eben genau dem Busch neben den Wertstoffcontainern. Eine schlanke Gestalt erschien, komplett dunkel gekleidet, ein NYPD-Basecap ins Gesicht gezogen, das zusätzlich tief in der Kapuze des schwarzen Pullis verborgen war. Der Mann schaute sich sichernd um, kam heran und beäugte das Wohnmobil argwöhnisch. Ein mageres, unrasiertes Gesicht mit schorfiger Haut und auffallend dichten Augenbrauen schaute für einen Moment mit stechendem Blick direkt in die Kamera, die, von außen unsichtbar, im Overhead-Paneel eingelassen war. Dann verschwand das Phantom aus dem Sichtfeld, um kurz darauf an der rechten Fahrzeugseite aufzutauchen, als Henry auf die

Seitenkamera wechselte. Die Heckkamera schließlich zeigte einen dunklen, schmalen Schatten, der mit katzenhafter Geschmeidigkeit den Bahndamm hinauf enterte und dort im dichten Haselgebüsch verschwand.

Uli war sprachlos. „Was war das denn?"

„Klarer Fall von Doppelobservation, würde ich sagen." Henry zog die Stirn kraus. „Wer ist das und wieso späht der uns aus?"

„Keine Ahnung. Vielleicht ist das ja der heimliche Schlossknacker, der hier die Einbrüche vortäuscht? Oder vielleicht Penner in den Tod schubst? Oder beides? Aber vielleicht meint der uns gar nicht. Vielleicht ist er ja auch hinter Hessenberg her?"

„Hmm, Hessenberg? Neonazi? Wie wäre es mit Verfassungsschutz?"

„Kaum. Antifa?"

„Auch möglich, dass er die Linken an den Hacken hat und nichts davon weiß. Jetzt sachma ehrlich: Hessenberg meint ja, er wäre Klassenbester im Herumschleichen. Aber dieser Typ ist wirklich Profi, das ist mal amtlich. Ich möchte nicht wissen, wie lange der in dem Busch gehockt hat."

„Ja, und er schien zu wissen, dass wir im Wohnmobil saßen und sonst niemand in der Gegend war. Kaum waren wir weg, kam er ganz unbefangen raus."

„Aber er hat nicht mit Vatter Henry und seiner High-Tech-Kiste gerechnet."

„Nee, da muss ja auch erst mal einer draufkommen, dass so 'n Oldie wie du den Cyberspace beherrscht. Die Kamerasignale kriegst du wirklich in Echtzeit auf dein Smartphone?"

„Na klar, das ist doch Sinn der Sache. Wenn ich in Algerien oder Jordanien bin, will ich schon auf dem Laufenden sein, was so in und um mein Auto passiert, wenn ich nicht da bin. Ich hab übrigens auch zwei schicke GPS-Transponder eingebaut, einen sichtbar, den anderen unsichtbar. Die melden mir auch nach Monaten und ohne Batterieversorgung, wo die Karre gerade steht."

„Und was machen wir jetzt?"

„Das frage ich dich. Wollen wir Hessenberg oder wollen wir das Phantom?"

„Beide natürlich, wenn du so fragst. Hessenberg kriegen wir zu zweit gebacken, wenn wir aufpassen. Aber das Phantom niemals, der ist einfach zu gut. Außerdem sind wir mit zwei Mann viel zu wenig Leute. 'Ne mobile Observation fällt daher flach. Wir machen es wie besprochen: Ich grabe mich am Kolbeplatz ein, da wo wir Hessenberg gestern verloren haben. Du fährst weiter runter zur Strengerstraße, um zu übernehmen, je nach dem wo es hingeht. So können wir zumindest Hessenberg im Auge behalten. Und wenn wir Glück haben, kriegen wir den Dunklen auch zu Gesicht."

„Okay, mit den Rädern können wir immer einen guten Vorsprung rausfahren, das reicht. Hessenbergs Weg kennen wir auch. Was meinst du denn, wo der Dunkle hergeht?"

„Über die Bahntrasse natürlich. Hinter der Diakonie her und vermutlich am Parkhaus Kirchstraße wieder runter. So sind wir früher doch auch öfter gegangen. Weißt du nicht mehr?"

„Ja klar, Man muss heute nur tierisch aufpassen. Auf dieser Seite fährt der Intercity durch. Wenn der kommt, musst du im Kopfsprung die Böschung runter. Sonst nimmt er dich mit, ob du willst oder nicht."

„Ja, genau wie Stan Dvorak."

Die beiden fuhren los und nahmen ihre Positionen ein. Es dauerte gar nicht lange, da meldete Henry Bewegung: „Achtung, Hessenberg rollt an. Alles exakt wie gestern, ist gerade am Wohnmobil vorbei."

Knapp sechs Minuten später sah Uli Hessenberg, wie er aus dem Museumshof herauskam, dann seinen Schritt deutlich beschleunigte und am Café Barcelona um die Ecke verschwand. Offenbar machte er den Tempowechsel genauso routinemäßig wie seine Stopps. Beim ersten Mal hatte er damit auch Erfolg gehabt und war Uli und Henry entwischt. Diesmal nicht. Das Timing der beiden war perfekt, problemlos konnten sie Hessenberg bis zur Eickhoffstraße verfolgen, wo er zwischen zwei Häusern verschwand. Sie trafen sich etwas weiter an der Berliner Straße und behielten die beiden Häuserblocks aus der Distanz im Auge. Sie standen etwa fünf Minuten, da sahen sie zu ihrem grenzenlosen Erstaunen eine schmale, dunkle Gestalt mit Kapuze und Basecap aus genau der Häuserlücke kommen, kurz zu ihnen hinüberschauen und in aller Seelenruhe die Straße überqueren, um gegenüber in einem weiteren Hinterhof zu verschwinden.

Uli flitzte sofort los, während Henry den Haken hintenherum schlug, um etwaige Fluchtwege abzuschneiden. Der Hinterhof stand voller Gerümpel, war aber zweifelsfrei menschenleer. Die Mülltonne stand wie zufällig am rückwärtigen Zaun. Sie wies auf dem Deckel aber einen einwandfreien Schuhabdruck auf und war als Kletterhilfe benutzt worden. „Respekt, Dunkler“, murmelte Uli. „Und das war gerade Absicht. Du wolltest, dass wir dich sehen.“ Tief in Gedanken versunken machte er sich auf den Rückweg. An der Feuerwache traf er Henry.

„Ich weiß nicht, aber an dem Dunklen beißen wir uns die Zähne aus. Der ist uns zweimal über.“ „Scheint so, aber wir kommen trotzdem weiter. Zwar nur stückweise, aber immerhin wissen wir jetzt, dass Hessenberg hier irgendwo noch 'ne Anlaufadresse hat. Da kann sich die Kripo drum kümmern.“

„Genau, wir können denen ja nicht alles auf dem silbernen Tablett liefern. Ist auch dringend Zeit fürs Bett. Pennst du im Bomber?“

„Nee, die Züge sind viel zu laut, ich fahr nach Hause.“

„Wie, jetzt noch mit dem Rad nach Niehorst?“

„Schillstraße.“

„Sach bloß. Läuft da wieder was mit Gaby und dir?“

„Irgendwie schon. Es scheint so, als wenn das noch mal was werden könnte mit uns.“

„Ja, cool. Die Kollegen munkelten schon. Dein Truck wurde da des Öfteren gesichtet.“

„Is nich wahr, 'ne? Es gibt auch keine Lauer, auf der die nicht liegen.“

„Und? Ziehst du wieder ein?“

„Nee, auf keinen Fall. Ich fühl mich sauwohl in meinem Bomber, da unter der Remise. Ist genau das, was ich immer wollte. Jeder hat seins, aber spontane Besuche sind gern gesehen.“

24.

Uli verspürte unendliche Ruhe. Mit wahrhaft schmerzender Süße breitete sie sich in ihm aus. Jener harte Kloß, der schon so lange in seine Magengegend drückte, dass er ihn kaum noch bewusst wahrnahm, löste sich in wohlige Wärme auf und floss kribbelnd in die angenehm schweren Arme und Beine.

Die Hängematte schaukelte leicht in der sanften Brise, die vom albanischen Festland herüberwehte und die milden 26 Grad dieses fantastischen Septembertages noch um ein paar Nuancen angenehmer machte.

Vorsichtig tastete Uli nach dem bereits dritten Glas Retsina, das kältebeschlagen unter ihm auf einer Gemüsekiste stand. Er gönnte sich einen herzhaften Schluck. Herrlich. Kein vorwurfsvoller Blick, keine spitze Bemerkung. Einfach nur Ruhe.

Sie war weg.

Nicht wirklich weg, halt nur eben woanders. Nicht hier.

Ende, aus, Feierabend. Sense. Gestern war der Knoten geplatzt. Aber wie!

Dabei hatte alles so gut angefangen.

Zwei Wochen Korfu im September, kleines Hotel am Strand, einfach mal ausspannen. Kein Rummel, kein Plan, kein Programm, kein Stress.

Dann nahm das Schicksal seinen Lauf. Das kleine, familiäre Hotel hatte das Flair einer Bahnhofshalle. Das Personal, zwei ältliche, dominante Schwestern, jede mit dem Charme einer zahnkranken Bulldogge, schoben eine permanente Stinklaune vor sich her. Das Essen war einfach und geschmacklos.

Zu allem Überfluss flutete in der dritten Nacht ein Wolkenbruch alle Zimmer und spülte den halben Strand weg. Das Stimmungsbarometer sackte um mindestens dreißig Zähler durch auf der nach unten offenen Richterskala. Zumindest bei Birte-Sophie.

Uli schaltete relativ locker auf Alternativprogramm um. Einen nicht mehr neuen Corsa beim günstigen Vermieter an der Ecke („Die Reiseleitung hat aber extra Hertz empfohlen!"), Inselrundfahrt und auswärts essen. Kommt immer gut, costa was soll's!

Doch der Knacks war deutlich größer. Das Barometer stieg im meteorologischen Bereich längst wieder auf Spitzenwerte, stimmungs- und auch beziehungstechnisch war weiter Tiefdruck angesagt.

Wie hatte es überhaupt so weit kommen können mit Birte-Sophie? Uli fragte sich das nicht zum ersten Mal. Eigentlich hatten sie kaum etwas gemeinsam, abgesehen von einem starken Faible für gute Live-Musik und wilden Sex.

Dabei hatte alles so toll angefangen am Dreiecksplatz.

Auch der erste gemeinsame Urlaub auf Korfu hatte stark begonnen. Wie gewohnt hatte Birte-Sophie schnell die Regie übernommen, und auch den Inseltouren im Mietwagen drückte sie sofort ihr unvermeidliches Siegel auf. Uli, den Birtes lockere Selbstsicherheit und spontane Entschlussfreudigkeit anfangs im Taumel der Gefühle sehr angezogen hatte, ging ihre immer kompromisslosere Dominanz zunehmend auf die Nerven. Das touristisch unbeleckte Hinterland stand auf dem Programm. Schwärmerisch zitierte Birte ihren Reiseführer und gab die Richtung vor. Uli genoss die Fahrt durch die schroffe, abgelegene Bergwelt. Problemlos nahm er den einheimischen Fahrstil an und scheuchte den Corsa steilste Serpentinen hinauf, bewunderte die zahlreichen majestätischen Olivenhaine, von denen einige schon die Kreuzritter gesehen hatten, und hielt hier oder da an, um die fantastische Aussicht zu genießen, Kaffee zu trinken oder am Straßenrand eine Flasche Wein zu erstehen. Birte-Sophies Begeisterung war indessen nur von kurzer Dauer. Schon bald war ihr dies und das zuwider und sie sparte nicht mit spitzen Kommentaren. „Also nee, ursprüngliches Landleben und so ist ja alles schön, aber hast du gesehen, wie die wohnen? Die sind hier ja dermaßen rückständig. Total primitiv. Sag bloß, du hast bei denen was gekauft? Mit dem Wein brauchst du mir gar nicht erst kommen. Weißt du, wie die den zusammengepanscht haben? Womöglich hat die Alte da tatsächlich mit nackten Füßen drin rumgetrampelt."

Einen Lidschlag später: „Sag mal, musst du hier so brettern? Bei den

Straßen wird mir gleich ganz anders. Also alles was recht ist, aber da fahr ich nicht mit rauf. Da ist ja nicht mal 'ne Leitplanke."

Begleitet von einer Flut ähnlicher Kommentare führte die Fahrt schon nach kurzer Zeit unweigerlich wieder bergab. Birte-Sophie wollte plötzlich ans Wasser. Tatsächlich fanden sie nachmittags ein gemütliches Restaurant direkt am malerischen, kaum frequentierten Kiesstrand. Der Wirt hieß Costa, sprach leidlich Deutsch und nahm sie gleich mit in die Küche. Uli wählte mit Kennermiene eine stattliche Meerbrasse, während sich bei Birte-Sophie das tägliche Drama der Menüwahl anbahnte. Sie aß nahezu fleischlos, dafür aber mit starkem ökologischem Sendungsbewusstsein. Niemals würde sie etwas anfassen, das sie auch nur ansatzweise als intaktes Lebewesen erkennen konnte. Schlecht in einem griechischen Fischlokal mit eigenem Kutter. Betretenes Schweigen kam auf, doch Costa erfasste die Situation sofort und schaltete ansatzlos. „Chabe ich auch noch Gemuseauflauf in große Backofen mit Aubergin, Tomate, Swibel und Feta. Alte Rezept von meine Oma!" Was er kurze Zeit später auftischte, fand erstaunlicherweise mehr als Gnade vor Madames Augen. Sofort war sie in ihrem Element.

„Siehste, man kann auch ohne Fleisch richtig Geschmack ans Essen kriegen. Man muss nur wissen wie!" Uli bekam einen leichten Hustenanfall, während Costa sich grinsend in die Küche verzog. Klar, wenn man aus einem guten Stifado die Rindfleischstücke herausnimmt, durch frische Gemüsewürfel ersetzt und das Ganze mit Schafskäse kurz und kräftig im Ofen überbackt, bekommt man ein durch und durch vegetarisches Gericht von einzigartiger Geschmacksfülle.

Während Birte-Sophie ihren Körper nach dem leckeren Essen noch ein wenig der sinkenden Sonne aussetzte, fanden Uli und Costa auf zwei Gläser Wein zusammen, um zu plaudern und ihren kleinen Streich in frischer Verbrüderung angemessen zu begießen.

Die Zeiten waren schlecht. Die Eurokrise hatte Griechenland übel gebeutelt; die Touristen blieben weg. Die wenigen, die noch kamen, buchten zunehmend „all inclusive". Kaum einer ging noch auswärts essen, die lokale Gastronomie lag am Boden. Die ohnehin schmalen Gewinne wurden woanders abgeschöpft. Es war Freitag, sie waren die einzigen Gäste im Lokal.

Auch die zwölf Appartements, die Costa in besseren Zeiten weiter oben am Berg gebaut hatte, standen leer. Uli besichtigte die einfachen, aber netten und bestens gelegenen Zimmer als eventuellen Notanker, falls das Hotel sich weiter als Fehlgriff erweisen sollte. Die Preise waren mehr als angemessen und die Leute supernett.

Er verabschiedete sich herzlich von Costa, versprach wiederzukommen und las eine schon deutlich besser gelaunte Birte-Sophie am Strand auf, um die Heimfahrt ins Hotel anzutreten und vielleicht unterwegs noch eine Kleinigkeit zu trinken.

Plötzlich staute sich vor ihnen an einer großen Kreuzung der Verkehr. „Du, halt mal an, was ist denn das hier?“, rief Birte-Sophie. Sie drehte die Scheibe herunter und spähte angestrengt nach draußen. „Ich werd verrückt, das ist so was wie ein Volksfest. Die tanzen da, und Musik gibt es auch!“

Birte-Sophie schaltete von jetzt auf gleich circa 20 Kilowatt Euphorie zu. Sie stellten den Wagen einfach am Straßenrand zu hundert anderen und gingen zu Fuß auf ein großes Feld gleich neben der Kreuzung. Eine kleine Bühne stand dort, auf der drei Musiker alles gaben, um die Sirtaki tanzende Menge in Schwung zu halten. Besonders der Bouzukispieler wurde immer wieder mit frenetischen Beifallsstürmen gefeiert, und das nicht zu Unrecht. Die Rasanz und Lässigkeit, mit der er seine Riffs und Soli raushaute, rissen auch Birte-Sophie und Uli sofort mit. Schon hatten sie sich bei Jung und Alt eingehakt und tanzten, was das Zeug hielt. Der Wein floss in Strömen und allenthalben saßen Familien an Plastiktischen vor Bergen von gebratenem Fleisch und aßen mit fetttriefenden Fingern und Mündern. Alles versprach, ein einzigartiger Abend zu werden.

Bis Birte-Sophie die Grills entdeckte.

Grill kam rein begrifflich nicht annähernd an die sechs großen Anhänger heran, die dort am Feldrand standen und mächtig qualmten. Die gesamte Ladefläche war eine einzige Holzkohleglut, über der sich an mechanisch betriebenen Spießen jeweils fünfzehn bis zwanzig ganze Lämmer drehten und einen verführerischen Duft verströmten. An jedem Wagen stand in schummrigem Licht nackter Glühbirnen ein Mann mit Hackklotz, auf dem er mit einem riesigen Beil die Lämmer zerteilte und nach Gewicht verkaufte. Okay, die Köpfe waren noch an den Tieren dran und die leeren

Augenhöhlen schauten schon etwas gruselig drein. Aber sonst war eigentlich alles bonforzionös.

Nicht für Birte-Sophie. Sie kotzte, wo sie stand, und der Abend war gelaufen.

Anderntags ging es mit deutlich abgekühlter Stimmung in die zumeist stark britisch geprägten Touristenhochburgen der Nordküste. In den mehrfach gestaffelten Budengassen ließ es sich vortrefflich stöbern und kramen, vor allem aber nach Herzenslust über die europäische Nachbarnation ablästern. Bereits der dritte Moloch kommerzieller Geschmacklosigkeit tauchte vor ihnen auf. Birte-Sophie lief langsam aber stetig zu höherer Betriebstemperatur auf. Uli konnte nicht begreifen, wie sie sich dermaßen zu einer Sache hingezogen fühlen konnte, die sie im selben Moment so gnadenlos verriss. Bereits deutlich genervt stellte er den Wagen an einer Bushaltestelle ab. Birte fieberte schon wieder den zahlreichen Buden mit geschmacklosem Touristenramsch, Fastfood und Lacoste-Plagiaten entgegen.

Im Vorbeigehen checkte Uli den Busfahrplan, als ihn eine vage Idee beschlich. Er könnte ja einfach … aber wieso eigentlich er? Spontan reifte ein Plan in ihm, über dessen Kühnheit er selbst kurz erschrak.

„Du, ich hab da hinten einen Drechsler gesehen. Vielleicht kriege ich bei dem etwas Olivenholz zum Schnitzen!"

Wie erwartet schlug ihm Desinteresse entgegen. Sein Vorschlag, sich in 45 Minuten wieder am Auto zu treffen, wurde widerwillig zur Kenntnis genommen.

Der Anruf kam schon nach dreißig Minuten.

„Wo bist du?" „Ich? Äh … im Hotel …"

„Waas?"

„Ja, ich bin schon mal ins Hotel gefahren. Hatte keinen Bock mehr auf den Touristenramsch."

„Du kommst sofort her und holst mich ab. Lässt mich einfach hier stehen wie blöd! Ich glaub' du spinnst!"

„Ich dachte, du kannst ja noch in Ruhe weiter gucken und dann den Bus nehmen. Der geht alle halbe Stunde."

„Wenn du in zehn Minuten nicht hier bist, kannst du für den Rest des Urlaubs den Bus nehmen!“ Das Gespräch war zu Ende.

„Den Rest des Urlaubs …“ Bei Uli legte sich mit lautem Klicken ein Schalter um. Er hatte noch sieben Tage Urlaub, dreißig Minuten Vorsprung und gedachte, ab jetzt und hier nichts von beidem zu vergeuden.

Sein Koffer war schnell gepackt. Gerade rechtzeitig fiel ihm noch ein, seinen Ausweis und das Flugticket aus dem Safe zu holen, dann startete er durch.

Als Uli auf die Hauptstraße nach Süden abbog, kam ihm der Bus entgegen. Uli sah nach vorn und gab Gas.

Die Fahrt zu Costa dauerte keine vierzig Minuten. Als Uli dort unvermutet solo auftauchte, wurde er verwundert, aber herzlich empfangen. Costa war alleine, seine Familie war bei Freunden seiner Frau zu einem Trauerfall. Er drückte Uli den Schlüssel für ein Appartement in die Hand und kümmerte sich um die ersten eintreffenden Gäste.

Uli brauchte dreißig Minuten, um auszupacken, zu duschen und Birte-Sophie in einer kurzen, aber prägnanten SMS mitzuteilen, dass sie sich frühestens am Flughafen wiedersehen würden.

Gemütlich schlenderte er zurück zum Restaurant.

Bei Costa war Betrieb. Drei Tische waren besetzt, ein vierter wurde gerade von einer Familie mit zwei fetten Pommes-Kindern geentert. Aber irgendwie passierte nichts. Kurz entschlossen ging Uli in die Küche. Da herrschte totales Chaos, aber weit und breit kein Mensch zu sehen. Intuitiv drehte Uli einige Lammkoteletts um, die auf dem Grill zu verbrutzeln drohten und zog einen Topf vom Feuer, in dem es zu heftig brodelte. Dann schnitt er Tomaten und Gurken für zwei angefangene Salate fertig. Plötzlich stand Costa neben ihm, verschwitzt, gehetzt und mit offenem Mund. Er erfasste die Situation in einer Zehntelsekunde, nickte anerkennend, und damit war Uli eingestellt. „Nico, de Koch, is mal wieder stramm. Chat sich in Chand geschnitten bei Swibbelsneiden. Musste erst verbinden.“ Dann checkte er die Bestellungen. „Machst du noch sswei Salate un brauchen wir jede Menge Pommes, kommt gerade Jeep-Safari rein.“

Costa wuselte sofort wieder nach draußen und nahm Bestellungen auf. Simultan coachte er Uli in der Küche. Der schürte die Glut unter dem mächtigen Grill, warf dies und das in eine schwere Kasserole, ging kurz nach draußen, um ein paar Hände voll von den Kräutern zu holen, die in Mengen an der Hintertür wuchsen und bereitete Fleisch, Fisch und Salate zu, wie Costa orderte und wie es ihm in den Sinn kam. Dabei schlichen sich kleine, aber feine Veränderungen in die standardmäßigen Gerichte ein. Der gegrillte Fisch kam mit einer Salbei-Zitronen-Knoblauchbutter daher, die saftigen, aber etwas nackten Kalbskoteletts erhielten Gesellschaft von geschmorten Rotwein-Schalotten und der kräftige, aber spärliche Fond vom Lammrücken war jetzt raffiniert mit Retzina abgelöscht und mit etwas Sahne, Butter und frischem Thymian aufmontiert.

Schon nach zwei Stunden ließ der Ansturm ebenso schlagartig nach, wie er begonnen hatte.

„Typisch", meinte Costa, „bist du mal alleine, iste Bude voll. Aber jetzt fertig für cheute. Fängt gleich die Showprogramm an in alle Chotels. Komm, jetzt sind wir dran. Chast du noch was da? Von diese Lamm mit Soße? Übrigens, für eine Deutsche kochst du gar nich schlecht.

Sie fanden noch drei passable Kalamares, die sie mit Schafskäse und Peperoni füllten. Spaghetti waren auch noch da und eine Lammleber, die von den Griechen heiß und innig geliebt, von den Touristen aber meistens verschmäht wird. Uli machte geschmolzene Tomaten mit frischem Rosmarin dazu, als ein älteres englisches Ehepaar schüchtern in die Küche schaute und fragte, ob es noch etwas zu essen gebe.

„Sorry, we're sold out", sagte Costa mit echtem Bedauern. „Das ist alles, was noch da ist." Und nach einem prüfenden Blick in die Töpfe: „Aber es reicht auch noch für vier. Wenn Sie mögen, laden wir Sie ein!"

Der englische Gentleman, und um einen solchen handelte es sich zweifellos, bestand auf Übernahme der Getränke, und so wurde es noch ein feucht-fröhlicher Abend. Sehr fröhlich. Und sehr feucht.

Früh um elf Uhr wachte Uli auf. Gegen zwölf probierte er vorsichtig, ob er schon wieder feste Nahrung zu sich nehmen konnte. Das Ergebnis war nicht eindeutig, da er sich mit Kaffee, Joghurt und Honig begnügte. Man weiß ja nie. Danach sah er sich genötigt, wieder etwas aktiver am Leben teilzunehmen. Costas Vater hatte für heute eine schöne Ziege geschlachtet, die zum Abend zubereitet sein wollte. Auch die Standardgerichte wie Stifado, Moussaka und Auberginen „Imam“ mussten frühzeitig in den Ofen, um bei milder Hitze bis zum Abend gut durchzuschmoren. Uli ging zum Restaurant hinüber, wo er ein Stündchen in der Küche half. Danach eine ausgiebige Siesta, und jetzt war noch genug Zeit für eine Stippvisite im Hafen auf einen Kaffee. Uli entstieg seiner Hängematte, warf sich das erstbeste saubere T-Shirt über, schlüpfte in seine Flip-Flops und schlürte los. „Komisch“, philosophierte er vor sich hin, „sonst war ich grundsätzlich immer falsch angezogen. Und auf einmal passt alles auf Anhieb!“

Das Leben war schön. Der Hafen lag malerisch in der Abendsonne. Wie überall in Griechenland saßen etliche ältere Leute herum, schwatzten und genossen die letzten warmen Strahlen des Tages. Im Vorbeigehen fiel Uli ein alter Fahrensmann auf, der etwas abseits saß und eine Dose Mythos Pils trank. Haare und Bart waren exakt gestutzt und schneeweiß, sodass sie auf der dunkelbraunen Haut zu leuchten schienen. Auch die makellosen Khaki-Shorts und das frische, hellblaue Sommerhemd stachen deutlich von der intensiven Bräune ab.

In völligem Gegensatz zu seinem vorbildlichen Outfit stand der Typ selbst. Er konnte fünfzig, genauso gut aber auch siebzig sein. Arme, Beine und die nackten Füße waren übersät mit Narben und primitiven Tätowierungen. In das verkniffene Gesicht hatten nicht nur Alter und Wetter tiefe, unverkennbare Spuren gegraben. Die Zahnreihen waren arg gelichtet, und was noch da war, war alles andere als weiß. Für einen Lidschlag kreuzten sich ihre Blicke und Uli hatte das komische Gefühl, einem uralten Bekannten in die listigen, roten Triefaugen zu schauen. „Völliger Blödsinn“, dachte er und holte sich am Tresen einen griechischen Kaffee. Im Schatten einer mächtigen Platane machte er es sich gemütlich, ließ den Blick genüsslich über das grandiose Szenario streifen und genoss einmal mehr die äußere und innere Ruhe, die ihn durchströmte.

Er nippte am Kaffee und atmete mit geschlossenen Augen tief durch. Als er wieder aufschaute, blieb sein Blick unweigerlich an dem abenteuerlichen Alten hängen.

Der stand inzwischen und ließ den letzten Schluck aus der Bierdose auf seltsame Weise in seinen halb geöffneten Mund laufen. Dann warf er die

Dose mit einem Schlenker aus dem Handgelenk lässig hinter sich, knapp über die Kaimauer ins brackige Hafenwasser. Schließlich machte er sich schwerfällig mit leicht watschelndem Gang auf den Patt und verschwand irgendwo zwischen den Häusern.

Auf dem Heimweg versuchte Uli sich angestrengt zu erinnern, was sein Polizeipsychologe ihnen weiland an der Fachhochschule Bielefeld über Déjà-vu-Erlebnisse beigebracht hatte, denn um ein solches handelte es sich hier schließlich ohne Zweifel. Zuviel Stress vermutlich.

25.

Eyleen O'Toole schaute zum zweiten Mal besorgt zu der Frau hinüber, die in Ermangelung eines Wartezimmers jenseits des Tresens auf einem Stuhl Platz genommen hatte. Die Frau sah schlecht aus. Das war an und für sich nichts Ungewöhnliches. Viele Leute, die herkamen, hatten ernsthafte Probleme; zumeist waren sie Täter oder Opfer einer Straftat und waren nun vorgeladen, um von der Kripo dazu vernommen zu werden. Aber diese Frau war anders. Eyleens dunkelgrüne Augen ruhten lange auf ihr und sie spürte deutliche Wellen großer Verzweiflung. Die Frau war desorientiert und völlig resigniert. Darüber konnte auch nicht die intensive Sonnenbräune hinwegtäuschen, die an ihr aber schmutzig grau wirkte. Die hellblond gebleichten Haare waren strähnig, splissig und dünn. Unter den wässrig blauen Augen hatten sich tiefe, dunkle Ringe gebildet, die die Hoffnung längst aufgegeben hatten, auch nur einen Hauch von Schminke abzubekommen, um sich dahinter verbergen zu können. So lappig und verwaschen wie T-Shirt und Jeans wirkte die ganze Frau. Tatsächlich, die Kleidung hing irgendwie lose an ihr herunter, als ob sie in letzter Zeit dramatisch an Gewicht verloren hätte. Kein Zweifel: Sylvia Lieblich hatte mächtig Federn gelassen. Mit leerem Blick schaute sie zu Boden und sah auch nicht auf, als sich die Tür öffnete. „Ah, Frau Lieblich, schön Sie wiederzusehen!" Dierk-Helge Reuter-Ritterling schaute extrem gut gelaunt zur Tür hinein. „Kommen Sie doch bitte mit in mein Büro, da können wir uns in Ruhe unterhalten!"

Verwirrt und ängstlich schlich Sylvia Lieblich hinter ihm her. Sie setzte sich mit der Hälfte ihres flachen, schmalen Popos auf die vordere Kante des angebotenen Stuhls und wartete teilnahmslos etwa drei bis vier Minuten, in denen sich Dierk-Helge intensiv fluchend mit seinem PC beschäftigte. Der hoffnungslos überlastete Netzwerkserver schien mal wieder zusammengebrochen zu sein, ausgerechnet jetzt. Also PC runterfahren, neu booten und im Lokalbetrieb starten. Textdokument auf der örtlichen Festplatte ablegen und irgendwann später, wenn vielleicht mal alles wieder halbwegs lief, umständlich ins System zurückfummeln. Schließlich sah er auf.

„So, Frau Lieblich, ja, wie soll ich sagen? Schön, dass Sie hergefunden haben, von Thailand nach hier. Wir haben Sie schon lange erwartet. Ist sicher der beste Weg, einen Schlussstrich zu ziehen und alles gründlich aufzuarbeiten. Ich meine, das meiste wissen wir ja ohnehin schon, aber einige kleine Lücken hätten wir doch gern noch geschlossen. Zum Beispiel der Aufenthaltsort von Bernd Sandmann."

Dierk-Helge legte gekonnt eine taktische Gesprächspause ein und betrachtete Frau Lieblich intensiv. Völlige Ratlosigkeit schlug ihm entgegen. Sylvia Lieblich suchte offensichtlich nach Worten, schien aber keine zu finden. Schließlich öffnete sie den Mund. „Ich ..., ich dachte ..."

Sie räusperte sich. „Ich dachte, Sie können mir etwas über Bernd sagen. Ich bin doch nur hergekommen, um ihn als vermisst zu melden."

„Ah, vermisst, ist schon klar." Der ironische Unterton war unüberhörbar. „Frau Lieblich, lassen Sie uns besser zunächst die Fakten klären. Herr Sandmann ist unseren Erkenntnissen nach keineswegs vermisst, wir wissen nur im Moment nicht, wo er sich aufhält. Da hatten wir offen gesagt voll auf Sie gezählt."

„Ich habe nichts mehr von Bernd gehört, seit ich nach Thailand abgereist bin. Ihm muss was Schlimmes passiert sein, das weiß ich!"

„Gegen Bernd Sandmann ist ein Verfahren wegen Steuerhinterziehung und Kreditbetrug in Millionenhöhe anhängig. Unseren Erkenntnissen nach hat er sich mit den ergaunerten Vermögenswerten auf unbekannte Weise ins Ausland abgesetzt, nach Sandmann wird international gefahndet." Genüsslich konfrontierte Dierk-Helge Sylvia Lieblich mit den Fakten.

„Noch vor zwei Wochen gab es eindeutige Lebenszeichen in Form von E-Mail-Kontakten. Soviel zu Sandmann", sagte er. Sylvia Lieblich war noch eine Spur blasser geworden. Bei ihrer Sonnenbräune changierte das Ergebnis nun heftig ins Grau-Grüne.

„Nun zu Ihnen, Frau Lieblich. Sie sind oder waren Sandmanns Geschäftsführerin, Geliebte und Vertraute. Sie haben hier bis zum Schluss die Stellung gehalten und Sandmanns geschäftliche Legende in Spanien gedeckt. Haargenau in dem Moment, als die Luft hier zu dick wurde, haben

Sie die Reißleine gezogen und sich mit beträchtlichen Geldmitteln nach Thailand abgesetzt, wo Sie schon mal das Nest für Ihren vorgezogenen Vorruhestand gebaut haben. Soweit richtig?“

Dierk-Helge fixierte Sylvia Lieblich scharf. Reif war kein Ausdruck! Die war fällig. Noch eine leichte Druckerhöhung, dann würde sie zusammenbrechen.

„Sie müssen zugeben, da fällt es schwer zu glauben, dass Sie die nichtsahnende, rechtschaffene Sekretärin sind, die selbst nur ein Opfer ihres kriminellen Chefs wurde. Ihre Situation ist denkbar schlecht, wenn Sie mich fragen. Gegen Sie besteht eindeutiger Tatverdacht. Als Beschuldigte im Strafverfahren steht es Ihnen selbstverständlich frei, zur Sache auszusagen und jederzeit einen Anwalt hinzuzuziehen. Allerdings steht hier ganz konkret die Frage Ihrer Inhaftierung im Raum. Sie sind schließlich schon einmal ins Ausland geflüchtet! Und wesentliche Tatumstände, wie etwa der Aufenthaltsort des Hauptbeschuldigten oder auch der Beute liegen nach wie vor im Dunkeln. Fluchtgefahr und Verdunkelungsgefahr. Gleich zwei Haftgründe auf einmal. Ich kann Ihnen freilich nichts versprechen, aber bedingungslose Kooperation ist in dieser Situation extrem hilfreich. Meinen Sie nicht auch?“

Dierk-Helge lehnte sich zurück und wartete auf die Wirkung seiner Worte. Seine Erwartungen wurden deutlich übertroffen. Sylvia Lieblich sagte zunächst gar nichts. Dann begann sie, immer heftiger zu hyperventilieren. „Mir ist furchtbar schlecht“, flüsterte sie schließlich. Eilends führte Dierk-Helge sie zum Damenklo, aus dem prompt eindeutige Geräusche zu hören waren. Nach einer Weile kam Sylvia Lieblich wieder hinaus, begleitet von Eyleen O’Toole, die sie fürsorglich am Arm gefasst hatte. „Gehört diese Frau zu dir?“

„Ja, wieso?“

„Also, ich weiß nicht, für mich ist die nicht vernehmungsfähig. Brauchen Sie einen Arzt?“ Sie ergriff Sylvias Hände, die sie eine Weile festhielt.

„Geht schon wieder“, flüsterte Sylvia und dackelte mit hängenden Schultern zurück ins Büro. „Halb so wild“, meinte auch Dierk-Helge lakonisch und blieb dicht hinter ihr, um einen etwaigen Fluchtversuch im Keim zu ersticken. Er sah nicht die steile Falte auf Eyleens Stirn und auch nicht den tiefgründigen, missmutigen Blick, den zwei smaragdgrüne Augen ihm hinterherwarfen, aber er spürte ein komisches Brennen zwischen den Schulterblättern, genau an der Stelle, wo man nicht drankommt. Er versuchte es trotzdem und blieb prompt mit dem Ellbogen am Türrahmen hängen. Als Dierk-Helge sich endlich mit Tränen in den Augen hinter seinen Schreibtisch setzte, sang sein Musikantenknochen immer noch im Falsett und in seinem Rücken stach es, als würde dort jemand gerade eine Spaxschraube hineindrehen. Mist, das fühlte sich nach einem kapitalen Hexenschuss an. Er konnte kaum atmen. Sylvia Lieblich verlangte zu allem Überfluss ein Glas Wasser, das sie in hastigen Schlückchen trank.

Dierk-Helge sammelte sich, ignorierte die Schmerzen und war schließlich zuversichtlich, jetzt alles restlos aus ihr rauszuholen.

„So, Frau Lieblich, es geht Ihnen ja wieder einigermaßen. Ich würde dann gern mit der Vernehmung fortfahren. Falls Ihnen wieder schlecht werden sollte, sagen Sie bitte Bescheid, wir können jederzeit unterbrechen."

„Nein!"

„Okay, wir müssen natürlich nicht unterbrechen, wir können auch in einem Rutsch durchmachen."

„Nein!"

„Hä, wie jetzt?"

„Nein, ich werde gar keine Aussage machen. Jedenfalls nicht bei Ihnen."
Dierk-Helge schluckte.

„Okay, das ist Ihr gutes Recht. Allerdings nicht gerade ratsam. Ich werde nicht umhinkommen, Haftbefehl zu beantragen."

„Bitte, wenn das sein muss, kann ich es nicht ändern. Ich bin eh fertig."

„Dann können Sie doch genauso gut mit mir reden."

„Nein, ich rede nicht mit Ihnen. Sie haben es eben gerade gründlich versaut. Ich bin freiwillig hierhergekommen. Ich wollte reden, ich brauche Hilfe. Und Sie haben mich fertiggemacht. Alle wollen mich immer nur fertigmachen. Ich habe es satt. Rufen Sie Ihren Staatsanwalt an, sperren Sie mich von mir aus ein, aber lassen Sie mich in Ruhe!"

Sylvia Lieblich saß jetzt gerade auf ihrem Stuhl und schaute Dierk-Helge direkt ins Gesicht. Ihre verschränkten Arme drückten Entschlossenheit aus. Dierk-Helge lief an wie eine Tomate. Er wusste, diese Runde hatte er verloren. Sein Rücken tat zudem mörderisch weh. Völlig zwecklos, den Staatsanwalt anzurufen. Sylvia Lieblich hatte es genau erkannt: Sie war freiwillig zurückgekehrt und zur Polizei gegangen. Kein Richter würde da Fluchtgefahr gelten lassen. Außerdem wollte Anke gleich kommen und ihn zur Sauna abholen.

„Gut, Frau Lieblich, ich bin kein Unmensch, auch wenn Sie das glauben. Ich mach hier nur meinen Job. Wenn Sie mir eine Adresse hier in Gütersloh nennen können, lasse ich Sie gehen. Für heute."

„Ich wohne bei meiner Freundin." Sie nannte die Adresse. „Ich bin da bereits angemeldet. Kann ich dann gehen?"

„Ja, allerdings müssen Sie sich zur Verfügung halten und dürfen das Bundesgebiet nicht verlassen."

„Keine Sorge!" Sylvia Lieblich stand auf und ging ohne ein weiteres Wort. Die Treppe hinunter, durch die alte Fabriktür aus dunklem Eichenholz und nur raus! Auf dem Weg zum Parkplatz holte der Schock sie ein. Sie hielt sich an der Backsteinmauer fest und bekam einen heftigen Weinkrampf. So stand sie etwa zwei Minuten.

Ein Arm legte sich um ihre Schulter, eine Hand ergriff ihren Oberarm. „Kann ich Ihnen helfen?"

Sylvia roch ein dezentes Parfüm. Durch ihren Tränenschleier sah sie zwei große, braune Augen, die sie mitfühlend und besorgt ansahen. Sie schüttelte den Kopf. Doch der Arm blieb, wo er war. Eine Hand, fest und trocken, ergriff die ihre und drückte sie. Sylvia spürte ein warmes Kribbeln, das von dieser Hand aus direkt in ihre Körpermitte strömte und ihr unglaublich guttat.

„Kommen Sie, wir gehen irgendwo einen Kaffee trinken", sagte Anke Reuter. Sylvia Lieblich nickte. Im Moment wollte sie nichts lieber, als mit dieser Frau irgendwo einen Kaffee zu trinken. Sie wurde zu einem schicken VW Käfer Cabrio geführt, das mitten zwischen den Streifenwagen stand. Der Einstellplatz war mit „Dienststellenleiter" gekennzeichnet. „Sind Sie hier die Chefin?", fragte Sylvia, als sie in den weißen Ledersitz sank. Ein überraschend kerniger Motor sprang an und Anke lachte. „Nein", sagte sie, „ich gehöre nicht dazu, seien Sie unbesorgt." Sie brauchte beide Hände, um den Rückwärtsgang reinzuknallen, parkte rasant aus und fuhr den Käfer mit qualmenden Reifen auf die Berliner Straße.

Dierk-Helge sah ihnen einen Moment frustriert nach, dann drehte er sich abrupt um, verharrte aber schmerzverzerrt mitten im Haupteingang und atmete scharf aus, eine Hand auf den Rücken gepresst.

Erstaunt sah er, dass Eyleen vor ihm stand. „Dreh dich um", sagte sie ruhig. Er spürte, wie sie von hinten seine Arme fasste und vor der Brust kreuzte, sodass seine Hände auf den Schultern lagen. Dann wurde sein Kopf auf die Brust gedrückt und er hörte ein weiteres Kommando: „Ausatmen!" Verblüfft tat er, wie ihm befohlen wurde. Eyleen griff unter seine Ellbogen und hob ihn locker hoch. Dann gab es einen kurzen Ruck und ein deutliches Knacksen im Rücken, das Dierk-Helge bis in sein Innenohr spürte. Vorsichtig atmete er ein, die Schmerzen waren wie weggeblasen. Als er sich vorsichtig umdrehte, sah er gerade noch die Rückseite von Eyleen, die in den Flur zum Kaffeeraum abbog.

„Irgendwas ist ihm passiert. Das spür ich. Hier drin!" Sylvia legte beide Hände auf ihren schlaffen Busen. Die beiden Frauen saßen in einem kleinen Café und blickten auf den Dreiecksplatz hinaus.

„Er war dein Sechser im Lotto, stimmt's?"

Sylvia nickte stumm. Sie klammerte sich an ihrem Kaffee fest wie eine Ertrinkende an einem Rettungsring. Dann fing sie wieder an, leise vor sich hin zu weinen.

„Kann ich nicht auch mal ein bisschen Glück haben? Einmal im Leben keine Geldsorgen? Etwas Sonne und Luxus vielleicht? Ist das denn zu viel verlangt?" Die Tränen kullerten ihre hohlen Backen hinunter und sie schniefte ein paarmal. Vorsichtig ergriff Anke ihre Hand und drückte sie sachte. Der Druck wurde erwidert, Sylvia sah auf.

„Ihr wolltet aussteigen, Bernd und du. Ab nach Thailand auf die Sonnenseite, was?"

Wieder nickte Sylvia.

„Mit Bernd war alles anders. Okay, erst war er nur mein Chef, aber ich fand ihn schon ziemlich toll, gleich von Anfang an. Ich hab mir lange überlegt, ob ich was mit ihm anfangen soll, ich wollte mir in der Firma nichts kaputt machen. Aber das ergab sich schließlich von selbst. Wir passen einfach gut zusammen. Die Männer, die ich vorher hatte, waren irgendwie alles Seifenblasen. Die wollten doch nur mein Know-how und meine Kohle. Und Sex wollten sie natürlich auch. Bernd war anders. Bernd hatte von allem genug. Der brauchte eigentlich nur 'ne gute Mitarbeiterin, die hier den Laden schmiss, wenn er im Ausland unterwegs war. Irgendwann, als wir mal wieder bis kurz nach Mitternacht über der Buchhaltung hängen geblieben waren, sagte er plötzlich, wie leid er den Laden hier sei. Immer nur klein-klein auf der Stelle treten, dazu das miese Wetter und dieses Scheißprovinznest. Ich war zuerst ganz schön geschockt und habe nicht kapiert, was er meint. Das Geschäft lief ganz ordentlich, für mich war es mehr als okay. Aber Bernd hatte immer diesen speziellen Drive. Immer auf der Suche nach neuen Ideen und nach dem großen Deal. Wir sind dann zu ihm und haben 'ne Flasche Rotwein geköpft. Bernd fing an, von sich zu erzählen. In das Baugeschäft ist er einfach so rein geschlittert. Er war ja das einzige Kind, für ihn gab es ganz einfach keinen anderen Weg. Aber der Bau war nie sein Ding, höchstens das Mittel zum Zweck. Bernd war immer der Träumer. Spätestens mit 50, das hatte er sich geschworen, wollte er aussteigen. Irgendwo schön im Warmen am Strand wohnen, mit eigenem Boot. Schnell genug Geld machen und dann raus.

Zuerst lief alles nach Plan. Bernd hatte die richtigen Connections, der Laden brummte und das Geld floss. 2010 war seine Deadline, seinen fünfzigsten Geburtstag wollte er schon im Süden und jenseits seines ersten Lebens feiern."

„Aber irgendwas lief nicht so wie geplant. Was ist passiert?"

„Zuerst ist Vera passiert, seine Frau. Die zog plötzlich nicht mehr mit, ich weiß nicht warum. Die Scheidung kam 2007 und kostete Bernd ein Vermögen, wie er sagte. Aber gut, dafür war er ja jetzt allein und wäre auch mit weniger ausgekommen. Aber dann schlug die Finanzkrise ein, 2008. Zuerst brach der Aktienmarkt ein, dann die Immobilienpreise. Aufträge blieben aus, Investoren gingen Pleite und Bernd blieb auf den Kosten sitzen. Dazu kamen beträchtliche Verluste im Investmentbereich. Die ganze Sache warf ihn gute fünf Jahre zurück."

Anke nickte verständnisvoll. „Und seinen fünfzigsten Geburtstag feierte er dann doch hier in Deutschland."

„Nee, in Thailand. Da habe ich ihn ja kennengelernt."

„Ah, kleine Romanze unter Palmen?"

„Ja, denkste. Mit Romanze war nix, ganz im Gegenteil. Bernd hatte seinen Frust wohl mit Unmengen Alkohol runtergespült und lag stockbesoffen am Strand. Die Polizei wollte ihn schon einsacken, als ich zufällig vorbeikam. Ich hab denen gesagt, dass er zu mir gehört und hab es irgendwie geschafft, ihn auf mein Zimmer zu befördern. Frag mich nicht warum, Helfersyndrom vermutlich." Anke lächelte. Das kannte sie irgendwoher.

„Am nächsten Nachmittag ist er dann auf meinem Sofa wieder zu sich gekommen. Die Sache war ihm furchtbar peinlich. Für Romantik irgendwelcher Art war dann sowieso keine Zeit mehr. Mein Flieger ging am nächsten Tag. Aber zumindest hat er mich noch dick zum Abendessen ausgeführt. Als Dankeschön. Er kriegte zwar keinen Bissen runter, aber wir haben uns nett unterhalten und ein bisschen voneinander erzählt. Na ja, irgendwann, als wir uns verabschiedeten, hielt er mir seine Visitenkarte hin, und dann kam der obligate Satz: ‚Wenn ich irgendwann irgendwas für dich tun kann, ruf einfach an'.

Aber ich nahm seine Karte nicht. Ich hab ihm gesagt: ‚Nein, du kannst nicht irgendwann irgendwas für mich tun sondern jetzt und hier. Ich brauche einen Job.'

Ich bin gelernte Immobilienkauffrau und hatte schon Erfahrung im Baugeschäft. Vier Wochen später bin ich nach Gütersloh gezogen und bei Firma Sandmann angefangen."

„Und zusammen habt ihr den Laden wieder in Schwung gebracht?"

„Ja, kann man sagen. Da waren die Dinge auch ganz schön eingerostet. Kein Controlling, keine Supervision. Drei alte Poliere, die völlig unstrukturiert arbeiteten und ein Hausmeister, der sich in Planungsangelegenheiten und Firmenpolitik einmischte. Es dauerte vier Monate, dann war die komplette Mannschaft neu und der Hausmeister fegte wieder brav den Hof."

„Hmm, und der Laden lief gut, es kam Geld rein?"

„Na ja, es ging, sagen wir mal so. Die Wirtschaft zog langsam wieder an, es kamen einige interessante Aufträge. Wir blieben im schwarzen Bereich. Aber das Baugeschäft hier in Deutschland lief eigentlich nur so nebenher. Bernd hatte seine Aktivitäten schon lange auf Spanien konzentriert."

„Ja, aber Spanien liegt doch wirtschaftlich völlig am Boden. Da kann man doch erst recht kein Geld verdienen."

„Richtig, genau so ist das, und genau so sehen es die meisten. Aber hier in Deutschland hat die Wirtschaft längst wieder angezogen. Deutsche Investoren suchen schon wieder nach lohnenden Anlageformen, und in Spanien bekommst du erstklassige Objekte zu Schleuderpreisen, jetzt nach der geplatzten Immobilienblase. Der Arbeitsmarkt steht da auch offen, die

Löhne sind auf dem Tiefststand. Die beste Zeit für wirklich gute Schnäppchen. Bernd konnte tatsächlich einige interessante Aufträge an Land ziehen und sich dort auf dem Markt als seriöser Bauunternehmer etablieren. Er hat da aus alten Zeiten aber auch eine erstklassige Mannschaft stehen. Ja, und dann kam das Malaga-Projekt."

Anke lehnte sich vor, nippte an ihrem Kaffee, nickte Sylvia mitwissend zu und schwieg erwartungsvoll.

„Ja, Bernd hatte das Objekt selbst ausfindig gemacht. Er war von einem Geschäftspartner nach dem erfolgreichen Abschluss eines Bauvorhabens auf dessen privaten Landsitz eingeladen worden. Eine piekfeine Villa im Naturreservat, direkt am Meer. Eine unglaublich schöne, einsame Bucht mit eigenem Strand. Nach dem Essen ging man spazieren und kam an einer größeren Baustelle vorbei, die aber gerade stillstand. Bernd war sofort klar: dieses Objekt war pures Gold. Er erkundigte sich vorsichtig, und sein Gastgeber, ein gewisser Herr Ovieido, erzählte von seinem Grundstücksnachbarn, einem Schinkenbaron namens Sanchez aus Nordspanien. Der hatte ebenfalls die Zeichen der Zeit gesehen und jetzt bei niedrigen Löhnen und Zinsen sein wertvolles Grundstück lukrativ bebauen wollen. Er hatte eine kleine, exklusive Ferienanlage als Renditeobjekt geplant, aber zwischenzeitlich hatte die Krise auch seinen Betrieb eingeholt, der sich nun in erheblicher Schieflage befand. Das Projekt wurde zwangsläufig auf Eis gelegt.

Daher erwog der Eigentümer, das Grundstück komplett abzustoßen, um seinen Betrieb und vor allem seine etwa hundert Mitarbeiter vor der drohenden Insolvenz zu retten. Die Besitzer der anliegenden Parzellen waren aber nun sehr in Sorge um die Ruhe und Beschaulichkeit in ihrer exklusiven Oase. Für den Fall eines Verkaufs wolle man das Objekt in treuen Händen wissen, die es im Sinne der Anwohner gestalten und verwalten würden. Bernd bekundete vorsichtig sein Interesse. Herr Ovieido stellte daraufhin den Kontakt zum Eigentümer her und legte ein gutes Wort ein."

Sylvia machte eine Pause. Nachdem sie erst mal angefangen hatte zu reden, kam es wie ein Wasserfall aus ihr heraus. Jetzt hatte sie Durst. Die Kaffeezeit war vorbei, Anke bestellte kurzerhand eine Flasche Prosecco. Dabei dachte sie an einen kleinen, eleganten spanischen Señor mit hochglanzpolierten Schuhen.

„Jetzt erklär mir mal, wie man da mitten im Naturschutzgebiet an eine Baugenehmigung kommt. Stößchen erst mal!" Die beiden stießen an. Anke nippte, aber Sylvia stürzte das Glas runter wie nichts. Anke schenkte sofort nach.

„Das sind Besitztümer aus Francos Zeiten. Das Reservat entstand erst viel später. Die Bezirksregierung hatte keinerlei Einwände, solange die verschärften Richtlinien beachtet wurden. Mit der Bebauung sind strenge Auflagen verbunden, zum Beispiel eine beträchtliche Abgabe zugunsten des Naturschutzes. Señor Hernandez, der Baudezernent, respektierte unter diesen Voraussetzungen die alten Privilegien, die Franco seinerzeit seinen Günstlingen eingeräumt hatte. Er ist sogar selbst mit einem der Eigentümer verwandt. Sicher kein Fehler in diesem Fall. Bernd hatte sich einige Male persönlich mit ihm getroffen, zwischen den beiden herrschte bestes Einvernehmen, was das Projekt anbetraf."

„Und dann ging der Deal über den Tisch?" Anke griff nach ihrem Prosecco, die beiden stießen an und die Gläser wurden umgehend geleert.

„Nein, so einfach war das nicht. Herr Sanchez war ein schwieriger Fall. Er wollte nicht verkaufen, das Erbe seines Vaters war ihm heilig. Dazu war der Zeitpunkt für Sanchez extrem ungünstig. Auch die Grundstückspreise sind eingebrochen, teilweise bis zu vierzig Prozent. Andererseits waren da seine Mitarbeiter, die alle aus demselben Dorf stammen wie er und deren Existenz er in Händen hielt. Gerade jetzt, wo die spanische Wirtschaft an allen Ecken und Enden einbricht. Die Verhandlungen zogen sich volle zwei Wochen hin. Bernd sagte, er habe noch nie in seinem Leben so viel gesoffen wie in dieser Zeit. Dazu war Herr Sanchez ein treuer katholischer Ehemann, also war da auch mit den üblichen Schmiermittelchen nichts zu machen."

„Aber schließlich hat Bernd ihn dann doch rumgekriegt?"

„Eigentlich hatte er schon aufgegeben. Herr Sanchez wollte die Verhandlungen unterbrechen und erst mal nach Santiago pilgern, um dort geistlichen Rat zu suchen. Stell dir mal vor! Sie saßen mal wieder in irgendeinem Lokal am Meer, aßen Fisch und tranken Wein und Schnaps, was sonst. Sanchez meinte, der Fisch von der spanischen Nordküste sei mit Abstand der beste der Welt. Bernd war schon wieder ziemlich angetüdelt, und anstatt ihm wie sonst Honig ums Maul zu schmieren, widersprach er ihm und sagte, der beste Fisch sei immer der, den man selbst gefangen hat. Da hatte er aber einen wunden Punkt getroffen.

Herr Sanchez wollte seit seiner Kindheit nichts lieber als raus aufs Meer zum Angeln und Segeln, war aber leider chronisch seekrank. Ihm wurde schon schlecht, wenn er nur ein schaukelndes Schiff im Fernsehen sah. Bei all seinem Reichtum blieben ihm daher diese Freuden verwehrt, weshalb er sich umso mehr danach sehnte. Bernd kannte sich aber nun gerade mit diesem Problem bestens aus, weil seine Mutter unter genau denselben Schwierigkeiten litt, dummerweise aber einen ausgemachten Freizeitkapitän geheiratet hatte. Er bot Sanchez eine Wette an."

„Lass mich raten: Sanchez würde verkaufen, wenn Bernd ihn von seiner Seekrankheit befreit."

„Genau. Bernd ging sofort in die nächste Apotheke, wo er der Bedienung mit ein paar Scheinen gut zuredete. Er kam mit einer Packung Tabletten und Zäpfchen zurück, erklärte Sanchez, wo beides hingehörte und dass er die nächsten Tage auf Alkohol verzichten müsste. Dann charterte er eine Yacht mit kompletter Ausrüstung und fuhr eine Woche lang mit dem Spanier raus. Als sie wiederkamen, war Sanchez auch ohne Granaten beschwerdefrei und hatte unterwegs jede Menge Bonitos und sogar einen Schwertfisch gefangen. Er freute sich wie ein kleiner Junge zu Weihnachten und unterschrieb noch am selben Abend."

„Da hattet ihr euren Big Deal!" Anke schlürfte an ihrem zweiten Glas Prosecco und schaute Sylvia aufmerksam an.

„Ja, das war es. Pures 999er Gold. Die Freikarte für die Sonnenseite. Anderthalb Jahre Bauzeit, vielleicht noch ein Jahr für den Verkauf, dann musste das Projekt durch sein und das Geld auf der Bank. Versteuert und legal. Wir hatten auch schon ein passendes Objekt für uns selbst ausgeguckt. Eines der Häuser in dem Projekt liegt etwas weiter abseits. Das wollte Bernd für uns beide klarmachen. Mit eigenem Strand und Anleger."

Sylvia schwieg eine Weile, nahm einen kleinen Schluck und sah plötzlich wieder sehr traurig aus.

„Was ist passiert?", tastete Anke sich sachte vor.

„Die Mühlen der Gerechtigkeit, der so genannten. Bernd hat mir vor ein paar Monaten erzählt, es könnte sein, dass er Schwierigkeiten mit der

Steuer kriegt. Der Luxemburger Bankenskandal. Es ging um etwa drei Millionen Schwarzgeld, zum Teil noch von seinem Vater."

„Ja und? Warum hat er nicht 'ne Selbstanzeige gemacht, die Steuern nachgezahlt und gut?"

„Das hab ich ihn auch gefragt. Aber er hat immer gemeint, er sei nicht mehr drin in den geklauten Bankdaten, weil er sein Geld schon frühzeitig abgehoben hatte. Und dann hatte er das Geld ja nicht mehr. Hat doch sein komplettes Kapital in das Bauprojekt reingepulvert. Wovon sollte er denn die Nachzahlung blechen? Die wollen doch immer an die fünfzig Prozent beim Finanzamt. Da gab es kein Zurück mehr."

„Wenn du wüsstest, Dummerchen", dachte Anke. Laut sagte sie: „Und dann hat er seine Investorenkumpels abgezockt?"

„Das hat dieser Kripobeamte auch behauptet, diese Ratte!" Sylvia schnaubte wütend. Anke lächelte. Sie konnte sich die Szene lebhaft vorstellen.

„Hat sogar gemeint, ich würde da mit drinstecken. Dabei war das ganz anders. Für den Fall der Fälle hatte Bernd einen Plan B. Er hätte jemand an der Hand, der seine Anteile an den Villas Selva y Mar mit Kusshand übernehmen würde. Offensichtlich auch für Schwarzgeld. Allerdings müsste er dann sofort raus aus Europa, damit ihn die Steuerfahndung nicht in die Finger kriegt."

„Ah, und deshalb hat er hier in Deutschland heimlich seine Zelte abgebrochen und seine Vermögenswerte verflüssigt?"

„Nein, nicht deshalb. Wir wollten ja sowieso komplett nach Spanien rüber, wenn der Bau abgeschlossen war. Das andere war ja nur Plan B, falls was schiefgeht."

„Und es ging was schief?" Erwartungsvoll lehnte Anke sich zurück und nippte an ihrem Glas.

„Mitten in der Nacht rief Bernd plötzlich an. Er war völlig von der Rolle und meinte, die deutsche Polizei wäre schon in Málaga aufgetaucht und würde nach ihm suchen."

Anke sah eine kleine spanische Kaschemme vor sich und verkniff sich ein Grinsen.

„Er sagte, ab sofort läuft Plan B. Er brauchte noch ein paar Tage, um das Geschäftliche zu erledigen und das Geld sicher in Übersee zu deponieren, bis dahin musste ich auf jeden Fall in Deutschland die Fahnen hochhalten, damit nach außen alles einwandfrei aussah.

Ja, und dann kam Freitag die Mail. Bernd hatte online alle Geschäftskonten seiner Firma abgeräumt und mir 50.000 Euro auf mein Privatkonto überwiesen. Ich hab alle Geschäftsunterlagen vernichtet, die Festplatten ausgebaut und mir ein Ticket für den nächsten Flieger nach Thailand gekauft. Ich bin dort erst mal in 'ner gemütlichen Privatpension abgestiegen und hab mich in Ruhe nach 'nem geeigneten Objekt umgeguckt. Nicht zu klein, nicht zu groß, aber direkt am Wasser müsste es sein. Ich hatte auch schnell was Passendes gefunden. Bernd hat anfangs jeden Tag gemailt, alles war okay, und er würde in zwei bis drei Wochen kommen. Aber dann brach der Kontakt ab."

Betreten sah Sylvia Lieblich nach unten.

„Ich hab gewartet und gewartet, aber er hat sich einfach nicht mehr gemeldet. Ich hab mir jeden Tag tapfer vorerzählt, er würde bestimmt bald kommen. Und dann bin ich krank geworden. Salmonellen. Vier Wochen hab ich flachgelegen. Ich wäre bestimmt krepiert, wenn meine Hauswirtin mich nicht so lieb gepflegt hätte. Danach wusste ich: Das hat keinen Zweck mehr, deinen Traummann, den siehst du nie wieder."

Wieder zuckten ihre schmalen Schultern.

„Aber Bernd hat seine Anteile nicht verkauft", warf Anke ein. „Das hätte er nie gekonnt, ohne die anderen Gesellschafter zu informieren. Er hat allen anderen gegenüber monatelang vorgetäuscht, es würde fleißig weitergebaut. Und dann hat er gute vier Millionen aus dem Projekt abgezweigt und ist damit auf und davon."

„So ein Arsch! Und ich bin wieder mal die Doofe!" Sylvia Lieblich stellte ihr Glas mit zitternden Fingern auf den Tisch. Dann weinte sie wieder.

„Und die fünfzig Riesen sind auch futsch, oder?"

„Ja denkste! Die hab ich noch. Das meiste zumindest. Hab ja immer gedacht, ich brauch plötzlich Geld für 'ne Anzahlung."

„Hmm, das sagst du aber am besten keinem weiter, wenn du deine Aussage machst."

„Muss ich denn echt noch mal dahin?

„Du könntest zwar die Aussage verweigern, aber dann zerren sie dich zur richterlichen Vernehmung, und spätestens da ist Ende."

„Also, mit dem rothaarigen Frettchen rede ich auf gar keinen Fall."

„Ach, der tut doch bloß so böse. In Wirklichkeit ist der ganz lieb."

Sylvia schnaubte verächtlich durch die Nase.

„Okay, pass auf, wir machen das so", sagte Anke, während sie den restlichen Prosecco aufteilte. „Du gehst einfach morgen früh noch mal hin und meldest dich bei Hermann Stratkötter." Sie schrieb den Namen auf eine Serviette. „Das ist ein netter Onkel, da bist du gut aufgehoben. Ich melde dich bei dem an."

„Danke, ist echt lieb von dir."

„Quatsch, nicht der Rede wert. Mach ich doch gerne."

„Haste nich zufällig auch noch 'nen Job für mich?"

„Nee, ich nicht. Aber hmm, mal sehen. Kannst du Englisch?"

„Englisch und Französisch fließend, Spanisch so lala mit aufsteigender Tendenz. Wieso?" Anke dachte einen Moment nach, dann schrieb sie eine weitere Telefonnummer auf die Serviette. „Das ist die Nummer von Emily, meiner Schwester. Die ist in der Tourismusbranche. Gerade aus Kanada zurück und baut hier neu was auf. Die braucht immer gute Leute. Ruf die mal an mit 'nem schönen Gruß von mir."

Sylvia nahm den Zettel vorsichtig an. Ihre großen Augen schauten schon nicht mehr ganz so unglücklich.

26.

„Du, da kommt wieder einer."

Eyleen schaute angestrengt nach links und versuchte krampfhaft, mehr von der Gestalt zu erkennen, die sich aus Richtung Citywache langsam im Dunkeln näherte.

„He, Uli, was is? Eingepennt?"

Neben Eyleen auf dem Beifahrersitz regte sich nichts. Na ja, konnte ja mal passieren am Sonntagmorgen um drei Uhr. Tote Zeit, die man sich irgendwie vertreiben musste. Möglichkeiten gab es da reichlich, und zwar gute wie schlechte. Diese hier hieß „Adventskalender" und gehörte eindeutig zu den besten. Sie war geradezu einmalig, denn sie basierte auf einer absolut kuriosen Zufälligkeit. Die fortschreitende Technisierung brachte immer mehr drahtlose Steuerungsfunktionen in alle möglichen Bereiche, was manchmal zu unbeabsichtigten Effekten führte. Als die Volksbankfiliale an der Moltkestraße ihre neue Glasfront erhielt, hatte kein Mensch daran gedacht, dass die Funksteuerung der großen Eingangstür haargenau auf der Zwei-Meter-Frequenz der Kreispolizeibehörde Gütersloh lief. Mit einem simplen Druck auf die Sprechtaste des Handfunkgeräts konnte jeder Polizist den Mechanismus auslösen und die tonnenschwere Doppeltür zur Seite gleiten lassen, sofern er sich in Sichtweite aufhielt.

Und das taten Eyleen und Uli. Geradezu klassisch hatten sie sich in dem kleinen Pättken an der ehemaligen Schlüterschen Arztpraxis eingegraben. Allein schon die stockdunkle Passage zur Berliner Straße hin garantierte hinter dem hell beleuchteten Wendehammer der Moltkestraße nahezu perfekte Unsichtbarkeit. Doch selbst wenn einer der immer wieder vorbeizockelnden Nachtschwärmer das Fahrzeug entdeckt hätte, wäre ihm niemals der Gedanke gekommen, ein Dienstfahrzeug der Polizei vor sich zu haben.

Der Vectra A in stumpfem Rot hatte wirklich schon bessere Zeiten gesehen und bot als Einsatzmittel sowohl Vorteile wie auch Nachteile in besonderem Maß. Vorteilhaft war seine absolute Unauffälligkeit. Das Fahrzeug gehörte noch zu jener Generation, die richtig gekauft und nicht geleast war. Es hatte sein erstes Leben in einer kleinen Kriminaldienststelle im Süden des Kreises verbracht und dort kaum Kilometer geleistet, weshalb es trotz seines Alters immer noch nicht abgeschrieben war. Die Zwei-Liter-Maschine rannte wie eine Eins und der Vectra A lag schon immer satt auf der Straße, ganz im Gegensatz zu seinem schlechten Ruf als biedere Familienkutsche. Dafür hatte die Karre aber schon einiges an Rost angesetzt, der zum Schluss nur noch mit Spachtelmasse und grauem Rostprimer behandelt worden war. Ein findiger Kollege hatte das ganze Werk mit einem alten Dachgepäckträger und einem Aufkleber „Baby an Bord" gekrönt. Konspirativer ging es wirklich nicht.

Der unbestreitbare Nachteil an der Karre waren die völlig durchgesessenen Sitze.

„Einsfünfundsiebzig groß, männlich, Fransenweste, Jeans, Cowboystiefel, meinst du den?"

„Ja genau." Eyleen war wieder mal verblüfft über die Wahrnehmungsfähigkeit und Ausdauer von Uli, wenn es ums Observieren ging.

„Komm, sach: Wieviel gibste dem?"

Uli räkelte sich umständlich und versuchte mit schmerzverzerrtem Gesicht eine etwas bequeme Sitzposition zu finden.

„Zwei, höchstens drei Punkte. Das ist Festus Niewöhner, der singende Cowboy von Gütersloh. Der ist mal wieder voll wie 'ne U-Bahn."

Die Gestalt kam näher und geriet langsam in den Lichtkegel vom Wendehammer. Tatsächlich, der Kerl hatte ordentlich getankt, das war amtlich. Er beschrieb eine schöne oszillierende Amplitude über die gesamte Gehwegbreite und sang lauthals in die Nacht hinaus. „I fell into a burning ring of fire …" war fehlerfrei bis in den alten Vectra zu hören.

„Fünf Punkte!", beschloss Eyleen und griff zum Handmikrofon, wobei sie ihr Opfer mit einem wahren Leopardenblick fixierte. Der nichts ahnende Leistungstrinker bewegte sich unbeirrt auf seiner langwelligen Orbitalbahn, die aber nun eine Störung in Form eines Laternenpfahls erfuhr. Das erforderliche Ausweichmanöver war schwierig genug und brachte es mit sich, dass Festus der bewussten Glastür gefährlich nahekam. Routiniert fuhr er den linken Arm aus, um die drohende Kollision abzufangen und sich an besagter Tür abzustützen, als diese wie von Geisterhand zur Seite glitt. Der nächtliche Wanderer entschwand in den Kassenvorraum und kam nach einem spektakulären Purzelbaum direkt vor dem EC-Automaten zu liegen. Jahrelange Übung, vielleicht auch frühkindliches Judotraining bewirkte eine schmerzfreie Landung. Allerdings waren doch einige Versuche erforderlich, wieder aufrechten Stand zurückzugewinnen.

Im Vectra flossen Tränen. Uli hielt sich die Hand vor, um nicht laut loszubrüllen. „Winner of points", japste er schließlich. „Das war ein glatter Sechser! Nicht zu toppen!" Was sich schon bald als völlig falsch herausstellen sollte.

Festus, der amtierende Champion der Geistertüren, massierte schmerzverzerrt seinen dürren Hintern, nahm ohne weitere Umstände seine ursprüngliche Marschrichtung und auch das so rüde unterbrochene Lied wieder auf: „And it burns, burns, burns, that ring of fire …".

Er war kaum dem Blickfeld des Observationsteams entschwunden, als sich bereits neue Klientel näherte. Ein junges Pärchen, das sich eng umschlungen hielt, permanent Zärtlichkeiten austauschte und deshalb nur langsam vorankam.

Uli griff zum Funkmikro. „Warte, hier kommt die Revanche!"

Sie schien gerade ein besonderes Interesse für den Inhalt seiner vorderen Hosentaschen gefunden zu haben, während er dringend die Verhältnisse hinter ihrer rechten Ohrmuschel intensiver erforschen musste.

Direkt unter der Laterne und genau vor der bewussten Tür hielt das Liebespaar erneut inne. Der Körperkontakt wurde intensiver, Berührungen heftiger und zielstrebiger. Zwei halb geöffnete Münder trafen sich mit kurzem Ansauggeräusch, vier Augen schlossen die Lider, zwei Zungen, glitschig und gierig, fanden zueinander.

SWOSCH!

Zwei mal 500 Kilogramm Glas und Aluminium glitten geräuschvoll auseinander, helles Neonlicht flackerte auf. Ein Karpfenmaul trennte sich mit vernehmlichem Plopp vom anderen und vier Augen weiteten sich panisch. Was jetzt kam, sollte in die Annalen der Polizeiwache Gütersloh eingehen und noch Jahrzehnte später an unzähligen Stammtischen weitererzählt werden.

Nicht ausgeschlossen ist dabei, dass die Beteiligten das Beschriebene bis heute nicht erklären, verarbeiten oder verdrängen konnten. Nein, es waren keine Außerirdischen und keine übermenschlichen Mächte im Spiel, oder etwa schwarze Magie. Auch der Einfluss bewusstseinsverändernder Substanzen, sofern vorhanden, war völlig ohne Belang. Es waren nur zwei gewöhnliche Polizisten mit zu viel Phantasie und zu wenig zu tun; eine extrem gefährliche Mischung.

Die Liebenden ließen eine erstaunliche Weile voneinander, um das Phänomen der unerwarteten Türöffnung zu ergründen, jedoch erfolglos. Nach genau dreißig Sekunden glitten die Türen mit Elan wieder zusammen und alles war wie vorher. Man wedelte, man lief vor der Tür auf und ab, aber Sesam öffnete sich nicht. Schulterzucken, kurzes Besinnen, dann wandte man sich wieder der ursprünglichen Beschäftigung zu. Zunächst etwas Nasenreiben, dann ein paar auffordernde Küsschen auf Augen, Ohrläppchen und Wangen und schließlich die lebensrettende Sofortmaßnahme in Form intensiver Mund-zu-Mund-Beatmung.

SWOOSCH!! Tür auf, Licht an.

Große Fragezeichen über zwei jüngeren Häuptern. Erneute Ursachenforschung. Nein, keine vergessene Scheckkarte im Schacht. Kein versteckter Witzbold hinter dem Drucker für Kontoauszüge. Ratloses Herumstehen. Sie wirft einen Blick auf die Uhr und zeigt Richtung Bismarckstraße, es wird Zeit zu gehen. Beide wenden sich ab, nicht ohne sich die Zeit für ein kleines, liebes Küsschen zu nehmen. Auf den Mund?

SWOOOOSCH!!!

Zwei Salzsäulen im Wendehammer. Er mit deutlichen Zweifeln an sich und der Welt, sie mit einem erkennbaren Schimmer der Erleuchtung. Greift ihrem Liebsten kräftig mit beiden Händen ins lockige Haar und verpasst ihm einen fetten Schmatzer mitten auf den Mund, dass es nur so knallt.

SWOOOOSCH!!!

Die Erkenntnis ist überwältigend. Beide setzen sich auf den Bordstein, unfähig, etwas zu tun oder zu sagen. Nach fünf Minuten ein erneuter Versuch. Zu zaghaft, nichts passiert. Dann noch mal fester.

SWOOOOSCH!!!

Was sich gerade in dem alten Vectra dreißig Meter weiter abspielt, muss aus Anstandsgründen verschwiegen werden.

Ein weiteres Pärchen nähert sich aus Richtung Schulstraße, etwas älter als die zwei, so um die dreißig. Man spricht sich an, wildes Gestikulieren, ungläubiges Kopfschütteln. Dann der Beweis: ein kräftiger Kuss auf den Mund und …

SWOOOOSCH!!!

Misstrauisches Stirnrunzeln bei den Neuen. Dann ein Eigenversuch. Erst zögerlich, dann heftiger. Nichts.

Schulterzucken, Zeigefinger tippen an Stirnen. Doch die Jüngeren lassen nicht locker. Erneuter Kussversuch.

SWOOOOSCH!!!

Jetzt ist das Interesse auch auf der anderen Seite voll geweckt. Man rätselt, man diskutiert, man sucht, unterbrochen von mehreren Knutschereien, die sich allerdings nur streng einseitig erfolgreich zeigen.

Nach kurzem Überlegen scheint man die Versuchsreihe erweitern zu wollen. Das Mädel redet auf ihren Liebsten ein, aber der scheint sich irgendwie zu genieren. Ungeduldig geht sie selbst zur Tat über. Kurzerhand küsst sie den anderen Mann voll auf den Mund.

SWOOOOSCH!!!

Dessen Frau scheint es nicht sonderlich zu gefallen, dass ihr Kerl von einer wildfremden Tusse die Zunge in den Hals gesteckt bekommt, sie reagiert spontan angezickt. Aber sie will offensichtlich nicht hinten anstehen, geht zum Gegenangriff über und redet auf den Jungen ein. Schließlich ein zaghafter Kuss.

Nichts. Außer knallroten Ohren bei ihm.

Diskussionen flammen auf, Instruktionen werden erteilt, aber der Junge kneift. Doch das tut der Testreihe keinen Abbruch. Die beiden Frauen schauen sich kurz an, kichern und küssen sich dann ausgiebig.

SWOOOOSCH!!!

Ein voller Erfolg, nicht nur was die Türöffnung angeht. In dem Kuss lag mehr als nur wissenschaftliches Interesse, soviel ist klar. Jetzt sind die Männer dran, doch der Jüngling reagiert voll bockig, sehr zum Missfallen seiner Begleiterin. Er verweigert die Teilnahme an der erweiterten Versuchsreihe, die hier spontan ihren Anfang nimmt und der das Ausscheiden einer einzelnen Versuchsperson nicht den geringsten Abbruch tut.

Folgendes stellt sich nach intensiven Bemühungen heraus:

Ausschließlich das junge Mädel hat das Shining, es kann mit einem kräftigen Kuss auf egal welchen Mund Banktüren öffnen.

Und drei der illustren Forscher finden so viel Gefallen am Dienste der Wissenschaft, dass man spontan beschließt, die Studien anderweitig fortzusetzen. Nur der arme Jüngling bleibt zurück und trottet schließlich gesenkten Hauptes allein von dannen. Nicht ohne einen fetten, gelbgrünen Priem aus der dritten Talsohle hochzuholen und im Vorbeigehen gegen die verdammte Tür zu rotzen.

SSSWWWWOOOOOOOSCH!!!!

Unschuldig, als wäre nichts gewesen, lag die Moltkestraße in magischem Dämmerdunkel.

„Komm, lass uns 'ne Runde spazieren gehen. Ich halt's hier drin nicht mehr aus.“ Lautlos öffneten sich die Türen des alten Opel, und zwei Ordnungshüter, arg von Lachkrämpfen gebeutelt, begaben sich auf nächtliche Fußstreife, gierig die klare Nachtluft einsaugend. Sie waren keine zwanzig Meter weit gekommen, als Uli scharf durch die Zähne zischte. Schritte näherten sich auf der Königstrasse. Sekundenschnell verschmolzen die Blauröcke mit der Umgebung. Ein Mann bog forschen Schrittes bei Osthus um die Ecke und ging an den unsichtbaren Ordnungshütern vorbei die Moltkestraße hinab. Ein winziger Ausfallschritt verriet den kundigen Beobachtern, dass auch er nicht mehr ganz allein war. Die sich öffnende Tür der Volksbank lockte ihm jedoch nicht die kleinste Reaktion ab, er verschwand an der Altstadtschule. Eyleen zuckt die Schultern. „'Ne glatte Null.“

„Lass gut sein für heute, alles was jetzt noch kommt, ist eh langweilig.“ Uli verließ den Hauseingang von Foto Schorcht und beide bogen nach rechts in die Königstraße ab. „Irgendwoher kenne ich den Typen aber. Das Backpfeifengesicht hab ich schon mal gesehen.“

Die beiden waren gerade vor dem Modehaus Finke, als irgendwo in der Nähe ein kerniger Motor zum Leben erwachte und im niedrigen Drehzahlbereich näherkam. Uli und Eyleen wurden sofort wieder unsichtbar. Gerade noch rechtzeitig, bevor ein alter silberner Porsche Turbo in langsamer Fahrt an ihnen vorbeirollte. Dann sah man es: Die Kennzeichenbeleuchtung war kaputt.

Bei Uli rasteten gleich zwei Synapsen auf einmal ein. „Lauf hinterher, ich hol den Wagen“, zischte er, musste aber verwundert feststellen, dass Eyleen bereits einen sehenswerten Sprint Richtung Moltkestraße hinlegte. Na gut, dann eben andersherum. Vorsichtig und jede Deckung nutzend hastete er dem Fahrzeug hinterher, das sich im Standgas weiter auf der Königstraße Richtung Dreiecksplatz bewegte. Er lief vor bis zur Friedrichstraße, als er hinter sich das typische Geheule eines Opel Vectra mit Automatikgetriebe hörte und gleichzeitig 200 Meter weiter den Porsche nach links in die Barkeystraße abbiegen sah. Eyleen bremste den Vectra aus voller Fahrt exakt neben ihm zum Stillstand. Mit einer Handbewegung machte Uli ihr klar, dass er fahren würde. Was jetzt kam, war nichts für Anfänger, und er wollte diesen Porsche unbedingt haben. Aber Eyleen schüttelte energisch den Kopf und ruckte kurz mit dem Fahrzeug an nach dem Motto

„Steig ein oder geh zu Fuß“. Uli war stocksauer, erkannte aber, dass dies nicht der Moment für Diskussionen war. Er hatte noch den rechten Fuß draußen, als Eyleen schon voll auf dem Gas stand. „Vorne links“, konnte er gerade noch mit knapper Not herausbringen, während er mit dem Sicherheitsgurt kämpfte. Seine Gardinenpredigt, die er sich bereits zurechtgelegt hatte, würde allerdings nie gehalten werden, dafür sorgten die nächsten zehn Minuten. Die Kreuzung Barkeystraße flog auf sie zu. Eyleen stieg exakt im richtigen Moment voll auf die Bremse und lenkte ein, wobei sie völlig cool die Ideallinie links von der Verkehrsinsel nahm. Bremse lösen und Gas geben kam gleichzeitig, und der Vectra schoss ohne nennenswerten Geschwindigkeitsverlust auf das Theater zu. Donnerwetter, das Mädchen konnte fahren! Dies war die Nacht der Überraschungen. Uli griff zum Funkgerät, gab Standort und Situation bekannt und bat um Unterstützung bei einer Verkehrskontrolle. An der Herzebrocker Straße hatten sie wieder Blickkontakt. Der Porsche fuhr mit fünfzig stadtauswärts. Eyleen blieb mit hundert Metern Abstand dahinter. Schon kurz darauf sahen sie Blaulicht vor sich. Am Eispavillion kurz vor dem Westring stand ein Streifenwagen quer, und ein bemützter Kollege mit Leuchtweste schwang die Kelle.

Der Porsche bremste abrupt und blieb einen Moment mitten auf der Straße stehen. Uli war sofort klar, was los war. „Achtung, der türmt“, schrie er ins Mikrofon. Dann machte der Porschefahrer den entscheidenden Fehler. Anstatt links an der Kontrollstelle vorbeizuziehen zum nahen Westring, bog er nach rechts in die Alsenstraße ab und gab Gas. Das tat auch Eyleen, die das kurze Zögern ihres Kontrahenten genutzt hatte, um aufzuschließen. Jetzt hing sie ihm an der Stoßstange, wo sie sich gnadenlos festzubeißen gedachte.

Das gelang ihr zunächst auch prima, denn in den engen, verwinkelten Wohnstraßen konnte der Porsche seine überlegene Leistung überhaupt nicht ausspielen. Trotzdem musste Eyleen schon jetzt alles geben, um dranzubleiben, und das tat sie. Uli staunte ein ums andere Mal, wie präzise sie den alten Vectra anbremste, und nutzte die Zeit, das Magnetblaulicht aufs Dach zu pflanzen und das Martinshorn einzuschalten, was sich bei der rasanten Fahrt als extrem schwierig herausstellte. Zwei oder dreimal rutschte der Wagen kurz über die Vorderräder und drohte an irgendeinen Bordstein zu knallen. Der Vectra A neigte nun mal zu beharrlichem Untersteuern –

für Durchschnittsfahrer jedenfalls. Eyleen schien diesbezüglich nicht zu den normalen Menschen zu zählen. Nach dreimaligem reifenkreischendem Abbiegen hatte sie die Fahrphysik dieses Autos als Eckdaten in ihr internes System eingespeist und rief nun problemlos ein völlig anderes Nutzerprofil auf. Erst wusste Uli nicht, was passierte. Es begann damit, dass man inzwischen nach verschiedenen Haken wieder die Königstraße erreicht hatte. Der Porsche hatte die ganze Zeit erfolglos versucht, den Opel wie ein lästiges Insekt abzuschütteln. Jetzt machte er mächtig Dampf und zog rasant davon, bremste dann aber stark ab, um nach links in die Prinzenstraße einzubiegen. Eyleen, die eisern auf dem Gas stehen blieb, näherte sich der Kreuzung mit einer Geschwindigkeit, die nie und nimmer ein Abbiegen zuließ. Panik schoss in Uli hoch und er trat eine imaginäre Bremse durch. Das fadenscheinige Bodenblech beulte sich bedenklich nach unten. „Ey, pass auf!", entfuhr es ihm. Eyleen nahm sich Zeit für einen süffisanten Seitenblick. Viel zu spät für seine Begriffe bremste sie voll an und lenkte ein. Uli schloss die Augen.

Der Vectra würde unweigerlich über die Vorderräder geradeaus weiter rutschen und irgendwo jenseits der Kreuzung zum Stillstand kommen oder in ein parkendes Auto ballern, soviel stand für ihn fest. Tat er aber nicht. Stattdessen heulte gleichzeitig der Motor im oberen Drehzahlbereich, der Frontantrieb zog den Wagen kräftig nach links und irgendwie kam plötzlich das Heck rum. Mit leuchtenden Augen und blitzenden Zähnen zog Eyleen die alte Schleuder in einen filmreifen Four-Wheel-Drift um die Kurve, aus der sie so viel Geschwindigkeit mitnahm, dass sie dem Porsche schon wieder an der Stoßstange klebte, als der vor dem Kreisverkehr Bismarckstraße erneut stärker abgebremst hatte als nötig. Eyleen schnalzte geringschätzig mit der Zunge. Der alte Porsche-Fehler: super Auto, aber miserabler Fahrer.

Der Porsche zog mit kreischenden Reifen durch den Kreisel. Er nahm die zweite Ausfahrt in die Marienfelder Straße in rekordverdächtiger Zeit. Eyleen durchfuhr den Kreisel nicht weniger rasant, dafür aber ungleich schneller, denn sie fuhr links herum und hatte so nur ein Drittel der Kreisbahn zu bewältigen. Sie kam annähernd gleichzeitig mit dem Porsche heraus, war also fast neben ihm. Eine erstklassige Gelegenheit, ihm hinten links eins auf die Ecke zu geben und aus. Aber Uli, der seine kurze vagotone Schockstarre wieder abgeschüttelt hatte, mischte sich ein: „Lass den Quatsch, bleib einfach nur dran!"

Die Sache fing jetzt an, ihm richtig Spaß zu machen. Er hatte schon einige Schrecksekunden gebraucht, um zu kapieren, dass da eine erstklassige Fahrerin neben ihm saß, und schon war jede Panik weg. Er meldete die Verfolgungsfahrt ordnungsgemäß bei der Leitstelle an, die sofort die Einsatzleitung in vorgegebenen Strukturen übernahm. Ein Fahrzeug wurde zur Unterstützung geschickt, andere schwärmten fächerförmig aus, um mögliche Fluchtwege abzuschneiden. Straßensperren wurden vorbereitet, Stop-Sticks, eine Art Nagelketten, einsatzklar gemacht.

Eyleen dagegen schmollte wie ein zurückgepfiffener Terrier vor dem Rattennest. Zu gerne hätte sie den Affen von der Bahn gepustet. Aber dazu gab es keinen Anlass. Noch nicht, jedenfalls. Doch ihre Stunde würde kommen. Völlig entspannt saß sie hinterm Steuer und folgte dem Porsche, der alles tat, um wegzukommen. Auf der Marienfelder Straße hatte er gut 150 Meter Vorsprung herausgefahren, aber jetzt kam der Nordring und die Ampel stand auf Rot. Der Porsche bremste scharf, verplemperte einige wertvolle Zehntelsekunden zum Überlegen und bog dann rechts ab. Eyleen, die bis auf die Linksabbiegerspur ausholte, zog auf der Ideallinie nach rechts hart am Bordstein vorbei, ohne auch nur ansatzweise vom Gas zu gehen. Der Vectra driftete über beide Fahrspuren des Nordrings und hatte es ein weiteres Mal geschafft, bis auf Schlagdistanz aufzuschließen. Zu seiner großen Verwunderung stellte Uli fest, dass Eyleen mit links bremste und zeitweise gleichzeitig mit rechts Gas gab. Etwa dreißig Spackos, die wie gewohnt auf der Aral-Tankstelle abhingen, um ihre aufgemotzten Kisten zu begaffen und eine weitere Nacht lang sinnfreies Zeug zu labern, staunten pfundweise Bauklötze. Einige spendeten stehenden Applaus, weil da offensichtlich ein Underdog wie sie so einem Obermotz mal richtig den Finger zeigte. Und dann auch noch völlig cool mit einem gefakten Blaulicht. Doch jetzt machte der Porsche richtig auf und zog auf der vierspurigen Umgehungsstraße locker davon.

„Versuch einfach nur, Sichtkontakt zu halten“, coachte Uli, „alles andere regelt sich von selbst.“

„Nee, wenn der da vorne irgendwann mal merkt, was sein Auto wirklich kann, dann fährt er uns einfach weg. Der soll schon denken, dass ich ihn kriegen kann wie ich will. – Aah, wie geil, er biegt wieder ab.“

Tatsächlich, an der Brockhäger Straße war Rot, nur die Linksabbiegerspur hatte Grün. Der Flüchtige traute sich wohl nicht, voll bei Rot über die riesige Kreuzung zu brettern und bog deshalb nach links Richtung Halle ab.

Wie schon vorher bremste er den entscheidenden Moment zu früh. Wieder holte Eyleen weit nach rechts aus, stellte den Opel profimäßig an und driftete erneut mit einem Affenzahn nach links in die Brockhäger Straße. Mit jedem Stunt schien sie mehr mit dem Fahrzeug zu verschmelzen und noch höhere Kurvengeschwindigkeiten herausholen zu können.

Dieses Mal zog sie sogar innen an dem Porsche vorbei und fuhr ein Stück mit ihm auf gleicher Höhe. Uli schaute nach rechts in ein panisch verkniffenes Männergesicht, grinste und schoss den Mann mit dem Zeigefinger ab. Der blickte zurück und zog plötzlich rüber, um den Opel rammen.

„Das kannst du haben", knurrte Eyleen. Sie wich lässig nach links aus und fasste das Lenkrad fester, um dem Idioten den Todesstoß auf die Hinterachse zu verpassen. Doch dann gab der Porsche Vollgas. 450 Pferde tobten los, die Hinterräder qualmten mächtig, und der Bolide schoss nach vorn wie von der Sehne geschnellt.

Aber Eyleen stand ebenfalls längst auf dem Gas. Der Opel beschleunigte viel langsamer, aber seine 200 schaffte der immerhin auch. Die Kunst war nur, diese Geschwindigkeit möglichst nicht wieder aufzugeben, wenn sie einmal erreicht war. Eyleen dachte nicht im Traum daran.

Vor ihnen tauchte erneut Blaulicht auf. Ein Streifenwagen stand quer und zwei Kollegen kramten hektisch im Kofferraum nach Absperrmaterial. Einer sprang schnell auf die Straße und gab Anhaltezeichen. Der Porsche blendete auf und hielt voll drauf. Das Aggressionspotenzial war offensichtlich gestiegen. Früh genug sprang der Kollege von der Straße, beide Autos schossen im Abstand von 200 Metern durch die Sperre.

Der Vorfall wurde der Leitstelle gemeldet, die Lage wurde neu beurteilt. Der Porsche sollte nun notfalls auch durch Einsatz mechanischer Gewalt an der Weiterfahrt gehindert werden. Der Einsatz von Stop-Sticks wurde zu diesem Zweck freigegeben.

Eyleen fluchte wie ein Bierkutscher. „Eben hatte ich ihn auf dem Präsentierteller, da durfte ich nicht. Jetzt soll ich ihn plötzlich wegblasen, komm aber nicht mehr ran. Tintenpisser."

Man verließ jetzt die geschlossene Ortslage. Blankenhagen flog an ihnen vorbei, die Nadel klebte bei 190. Als sie bei Gut Langert die Kurve nahmen, wurde Uli doch plötzlich wieder ganz anders. In der Stadt war ja alles noch Spaß gewesen. Wenn man da rausflog, ging halt etwas Blech kaputt. Aber das hier waren Geschwindigkeitsbereiche, wo jeder Fehler tödlich enden konnte. Was Autofahren anbetraf, war Uli selbst kein Kind von Traurigkeit und bisher auch durchaus stolz auf seine Fähigkeiten gewesen. Aber Eyleen fuhr zweifelsfrei in einer anderen Liga. Äußerlich zwang er sich zu eiserner Beherrschung, aber seine Handflächen waren schweißnass und sein Mund staubtrocken. Verstohlen blickte er zu Eyleen hinüber, die locker am Steuer saß und irgendwie Sicherheit ausstrahlte. Die Rücklichter vom Porsche waren etwa 500 Meter vor ihnen gelegentlich in konstanter Entfernung zu sehen. „Wenn er die Geschwindigkeit am Sägewerk noch hält, fliegt er spätestens an der Martinsklause raus", fachsimpelte sie munter daher. Die Art, in der sie selbst die genannte Kurvenkombination durchfuhr, brannte sich auf immer in Ulis Stammhirn ein, obwohl er sie liebend gern vergessen hätte. Beamtenschweiß, die seltenste Flüssigkeit der Welt, breitete sich reichlich unter seiner Schussweste aus.

Eyleens Prognose sollte sich als richtig herausstellen. Fast jedenfalls.

Der Porschefahrer hatte sich wie erwartet überschätzt, die erste Kurve noch mit Ach und Krach geschafft, dann aber eingangs der zweiten arge Probleme bekommen, einen kapitalen Dreher hingelegt und nur mit einer Riesenportion Glück einen Abflug vermeiden können. Kurz vor der Martinsklause, in dieser scharfen, unübersichtlichen Kurve, tauchte er plötzlich fünfzig Meter vor ihnen auf und war gerade im Begriff, nach rechts Richtung Bielefeld abzubiegen. Mit einem wölfischen Grinsen im Gesicht legte Eyleen sich ihren Kontrahenten endgültig zurecht. Der Porschefahrer hatte offensichtlich dazugelernt und recht weit nach links ausgeholt. Eyleen rauschte von hinten heran, stach auf Kampflinie innen in die Lücke und erreichte so eben das flüchtige Fahrzeug, das gerade wieder aus der Kurve heraus beschleunigen wollte. Man spürte die Kollision kaum. Es war so, als schmiege sich das linke Vorderrad des Vectra an die hintere rechte Fahrzeugecke des Porsche an.

Es war nur ein kleiner Schubser, und schon brach das Porsche-Heck aus. Da der Fahrer immer noch auf dem Gas stand und quasi auf der letzten

Rille fuhr, drehten die Hinterräder sofort durch, der Bolide wirbelte herum wie ein Brummkreisel und landete, Heck voran, im rechten Straßengraben, wo er sich ordentlich eingrub und auf der linken Seite liegen blieb.

Eyleen hatte ihre liebe Not, den Vectra auf der Straße zu halten und nicht ihrerseits im linken Graben zu landen. Sie kam etwa fünfzig Meter weiter mit qualmenden Bremsen zum Stillstand. Uli war wie ein Wiesel aus dem Auto und sprintete zum Porsche hinüber. Und richtig, die Beifahrertür war schon nach oben geklappt. Jemand kletterte hastig hinaus, um in weiten Sätzen über den Acker zu flüchten. Er kam ungefähr hundert Meter weit, als ihm ohne Vorwarnung von hinten die Beine weggesenst wurden. Der Mann besaß eine große Nase. Damit zog er nun eine beträchtliche Furche in den schwarzen westfälischen Mutterboden.

27.

„Ich will sofort meinen Anwalt sprechen!"

Zum fünften Mal trompetete ein stark ramponierter Diethelm Gierhacke diesen Satz in die Stille des Schreibraumes II der Polizeiwache Gütersloh. Zum fünften Mal verhallte der Satz ungehört.

Uli und Eyleen saßen an je einem PC und hackten in die Tasten, was das Zeug hielt. Diese Ignoranz machte Gierhacke wahnsinnig. Wer waren diese dahergelaufenen Streifenhörnchen, dass sie ihn, Diethelm Gierhacke, Stararchitekt, Fußball-Mäzen und elitäres Mitglied gehobener Gesellschaftskreise, wie einen Schwerverbrecher in den Dreck schmeißen, auf die Wache zerren und in Eisen legen durften? Denen würde er es zeigen. Wozu hatte er schließlich den besten Strafverteidiger des Landgerichtsbezirks Bielefeld in seinem Freundeskreis?

„Rufen Sie jetzt sofort Dr. Rossmann in Bielefeld an. Wenn ich nicht in fünf Minuten meinen Anwalt am Telefon habe, hole ich mir eure Ärsche eben morgen früh. Den anschließenden Prozess übersteht ihr sowieso nicht. Dann kann die kleine, dumme Bullette wieder da arbeiten, wo sie hingehört. Bei Schlecker an der Kasse. Und du kriegst nicht mal mehr 'nen Job auf dem Bau, dafür sorge ich. Höchstens als Handlanger an der Mischmaschine. Und da werdet ihr den Rest eures Lebens Überstunden kloppen müssen, um meinen Porsche abzubezahlen, den ihr eben mit voller Absicht zu Schrott gefahren habt. Euch mache ich fertig. Aber so was von."

Uli starrte einige Sekunden auf seinen Bildschirm, stieß dann einen tiefen Seufzer aus und sah hinüber zu Eyleen. Zwei Blicke wurden getauscht, die jede Menge Informationen transportierten.

„Na, na, Herr Gierhacke, jetzt wollen wir aber mal die Kirche im Dorf lassen. Ich soll Sie gerammt haben? Ich würde sagen, Sie haben einfach zu früh aufs Gas getreten und sich schlicht und einfach verblasen. Der alte Turbo hat ja auch noch gar kein ESP. Braucht schon 'nen sensiblen Fuß.

Gefahren ist übrigens meine liebe Kollegin, die Schlecker-Tante. Wollen Sie mir im Ernst erzählen, dass eine kleine, dumme Bullette mit einem alten Opel Ihren Porsche von hier bis Niehorst verfolgen und Sie dann im Rammstoß von der Straße pusten kann? Wer soll Ihnen das denn glauben?"

Das zog Gierhacke erst mal den Stecker. Dass diese kleine, dumme Bullette in ihrer Freizeit Rallyes fuhr, wusste er nicht. Das hatte ja selbst Uli erst vor zehn Minuten erfahren. Für eine kleine Weile herrschte wohltuende Ruhe im Schreibraum. Dann kam es zum sechsten Mal: „Ich will jetzt endlich sofort meinen Anwalt sprechen!"

„Ich glaube, das hat so keinen Zweck, was meinst du?" Uli blickte zu Eyleen hinüber, ganz der Besorgte.

„Genau, man versteht ja sein eigenes Geschreibe nicht mehr. Bringst du den Herrn aufs Zimmer?"

„Mach ich. Henry und Patrick sind noch draußen und holen den Doc ab. He Manni, hilfst du mir gerade?"

„Geht klar. Zimmer 3?" „Ja bitte!"

Gierhacke starrte mit offenem Mund von einem zum anderen. Dann begriff er.

„Sagt bloß, ihr Pfeifen wollt mich einsperren? Das wagt ihr nicht! Das ist glatte Freiheitsberaubung! Dafür bringe ich euch in den Knast." Gierhackes Stimme, die zunächst überschnappte und vor Zorn bebte, wurde plötzlich dramatisch gesenkt, um besonders gefährlich zu klingen. Die gewünschte Wirkung blieb indessen aus. Mit kohlrabenschwarzem Gesicht, die gestylte Silberlocke voller Mutterboden und das teure Armani-Jackett halb aufgerissen, erinnerte Gierhacke mehr an einen gestrauchelten Don Quixote aus der Kohlengrube als an ein Alphatier der Hautevolee mit ernstzunehmendem Beschwerdepotenzial.

„Herr Gierhacke!" Uli war ganz gusseiserne Höflichkeit. „Folgendes wird jetzt passieren, ob Ihnen persönlich das passt oder nicht: Wir werden Sie in eines unserer Komfortzimmer verfrachten, mit eigener Toilette aus V2A. Dann wird ein Arzt kommen und ihnen eine Blutprobe entnehmen. Inzwischen werden wir Kontakt mit dem Amtsgericht Bielefeld aufnehmen, das über Ihren weiteren Verbleib entscheidet. Zwischenzeitlich werden Sie Gelegenheit bekommen, eine eigene Aussage zur Sache abzugeben.

Ihr Anwalt geht nicht ans Telefon, ich hab ihm auf den AB gesprochen. Soweit verstanden? Ach, und noch eins: Sollten Sie auf die dumme Idee kommen und während Ihres Aufenthalts bei uns irgendwelche Zicken machen wollen, dann warne ich Sie! Ich weiß nicht genau, wie ich es Ihnen erklären soll, aber ich will es mal so sagen: Wenn ich bedenke, was Sie sich bis jetzt geleistet haben, dann fallen mir spontan Leute ein, die hier schon für weit weniger den Arsch vollgekriegt haben."

Gierhacke hatte die Zeichen der Zeit immer noch nicht erkannt. Er war es einfach nicht gewohnt, dass jemand ihm widersprach oder gar drohte, der auf seiner persönlichen Werteskala so meilenweit unter ihm stand. Alkohol- und Adrenalinspiegel schienen ein Übriges zu tun, als er von seinem Stuhl aufsprang und mit immer noch nach hinten gefesselten Händen ganz dicht an Uli heranging. „Wie willst du Flachpfeife das denn anstellen? Komm, lass uns doch vor die Tür gehen. Nur wir zwei. Dann werden wir ja sehen, wer hier den Arsch vollkriegt."

Uli verdrehte hilflos die Augen und Manni bugsierte sich schon mal hinter den Delinquenten, um besser den vorgesehenen Transportgriff ansetzen zu können. Doch es kam anders.

„Gutten Morgen die Chärren in die sssöne Polizeiwache Guttersloh", schalmeite es aus dem Flur, und Dr. Volos, Haus- und Hofarzt der Kreispolizeibehörde, betrat wie immer hellwach und bestens gelaunt den Raum. Zielsicher ging er auf Gierhacke zu und streckte ihm die Hand entgegen. „Doktor Volos, bin ich Arzt. Ah, können Sie nicht Chand gebben, schade. Aber iss egal, kommen wir auch so klar, ne?"

Und zu Uli gewandt: „Was chat gegeben cheute?" Uli erklärte kurz.

„Sso-sso, Trunkencheit in Verkehr, un eine Umfall auch? Tss-tss. Was alles passiert cheute Nacht!"

Volos schüttelte betrübt den Kopf über das Ungemach dieser Welt.

„Sso, chören Ssie, Cherr … wie cheisst diese Mann? Ah, Cherr Gierrchacke. Ssin Sie verletz? Chabben Ssie Smerze? Waren Ssie bewusstlos? Erbrochen? Nix? Das is gut. Chabben Ssie da kleine Schürfwunde an Ssläfe, mussen wir gleich desinfiziere.

Sso, aberr ssuerst muss nehmen etwas Blut von Ihne. Wollen Ssie linke oderr rechte Arm, für mich is egal."

Gierhacke antwortete nicht. Mit weit offenem Mund starrte er die Erscheinung vor sich an. Er sah einen südländischen Mann im besten Alter und tadellos gekleidet, mit respektablem Bauch und schwarzem, angegrautem Lockenkopf, der geschäftig in einem Koffer wühlte und verschiedene Utensilien auf dem Schreibtisch bereitlegte. Volos, der ein untrügliches Gespür für Stimmungen hatte, blickte zu Gierhacke und dann zu Uli. „Können wir abmachen diese Chandschellen vielleicht? Geht besser dann mit die Arm, tut nixe so weh.“ Doc Volos hatte so seine Methoden, mit Delinquenten klar zu kommen. Er kam mit fast allen bestens klar, worauf er zu Recht stolz war. Bei ihm waren alle gleich, treu dem hippokratischen Eid, der bei ihm hoch in Ehren gehalten wurde. Ob Junkie, Knacki, Trucker oder Professor, er behandelte jeden ohne Unterschied, redete mit jedem auf Augenhöhe, nahm jeden ernst und wurde entsprechend ernst genommen. Nicht von Gierhacke. „Ihr wollt Blut von mir? Da müsst ihr mich schon aufschneiden.“ Er sah Volos herausfordernd an. „Aufssneiden? Keine Problem. Bin ich Chirurg, chabe ich gelernt“, gab der völlig unbeeindruckt in gemütlichem Plauderton zurück. „Tut nur mehr weh und für mich is mehr Arbeit. Kann auch Komplikationen geben, später. Besser is geben Ssie mir Arm. Kleine Pieks und fertig. Blut muss sowieso chaben. Diese Cherren lassen Sie doch nich gehen ohne Blut.“

Gierhacke war von Grund auf uneinsichtig. Er stand mitten im Raum, spreizte die Beine und war offensichtlich bereit zum Kampf. „Von mir gibt's kein Blut, und von 'nem Türken lass ich mich schon gar nicht stechen!!“

Eine kaum merkliche Veränderung ging in dem netten Mediziner vor. Seine Lippen wurden schmal wie ein Strich und er nickte Manni zu.

Zehn Sekunden später saß Gierhacke in einem anderen Raum auf einem anderen Stuhl. Der rechte Arm war unten am Stuhlbein angeschlossen, der linke Arm war in einem fachmännischen Hebel über Ulis Knie ausgestreckt, während sein Kopf von Manni in einem doppelten Genickhebel gehalten wurde. Gierhacke konnte nicht mal mehr mit den Beinen strampeln. Er hatte es einmal versucht und zwei Dinge waren geschehen. Der Mann hinter ihm hatte irgendetwas mit seinem Nacken angestellt, was unglaublich wehtat. Der zweite hatte an seinem Handgelenk gedreht wie am Gasgriff eines Motorrades und ihm dabei fast den Ellbogen ausgerenkt. Jetzt waren auch die Beine am Stuhl festgekettet, der sinnigerweise aus solidem Vierkantrohr zusammengeschweißt und am Boden festgeschraubt war. Trotzdem wollte er um nichts in der Welt sein Blut abgeben. Er wusste: Das Ergebnis würde furchtbar werden. Wenn die Führerscheinstelle seine Werte bekam, konnte er seinen Lappen für mehrere Lichtjahre abschreiben.

Er spannte den gesamten Oberkörper an, und der Doktor hatte tatsächlich Probleme, die Venüle vernünftig in eine Ader in der Ellenbeuge zu bekommen. Er versuchte es zweimal, hielt dann inne und schüttelte den Kopf. Hoffnung keimte auf bei Gierhacke. Doch nur für einen Moment. Dann spürte er einen scharfen Schmerz. Dieser Kretin hatte ihm doch glatt die Nadel einfach in den Arm gehauen. Die Augen des Mediziners leuchteten, und ein fröhliches Lied pfeifend steckte er das Röhrchen in die Venüle. Das Vakuum begann zu wirken und sog hellroten Schaum aus Gierhackes Arm, als der Arzt die Nadel suchend nach rechts und links bewegte. Es tat höllisch weh. Gierhacke schrie wie am Spieß. „Aufhören, seid ihr wahnsinnig? Okay, okay, ich gebe auf."

Gierhacke entspannte, und sofort wurde die Nadel aus seinem Arm entfernt. Mit traumwandlerischer Sicherheit hatte Dr. Volos eine zweite Kanüle in eine Armvene gestoßen. Das Vakuumröhrchen füllte sich sekundenschnell. „Brauche ich noch andere Röhrchen mit diese graue Stopfen." Uli runzelte die Stirn, stellte aber keine Fragen. Die grauen Stopfen waren für die Drogenanalyse gedacht. Ein zweites Röhrchen füllte sich, dann war es vorbei.

Gierhacke betrachtete seinen Arm. Unter dem Ellbogen hatte der jetzt eine große blaue Beule, die sich anfühlte, als hätte ein Pferd draufgetreten. Er versuchte, Dr. Volos den Arm wegzureißen, der gerade dabei war, Heftpflaster auf die beiden Einstiche zu kleben. Dummerweise hatte er vergessen, dass Uli noch immer den Armstreckhebel im Ansatz hatte. Ein kurzer Dreh am Handgelenk, Gierhacke schrie spitz auf und erlahmte in seiner Bewegung.

„Lassen Sie mich, Sie sehen doch, was der Kurpfuscher mit meinem Arm gemacht hat. Das gibt 'ne saftige Schmerzensgeldklage, das schwöre ich Ihnen aber! Und sagen Sie endlich diesem Idioten, er soll meinen Arm in Ruhe lassen!"

Volos arbeitete unverdrossen weiter, bestens gelaunt und immer eine undefinierbare Melodie vor sich hin pfeifend.

„Weißt Du Chaferkamp, diese Mann is unbelehrbar. Cherr Gierchacke chältst du besser still, ich will doch nur chelfen. Sso, fertig. Chier iste Salbenverband zum Kühlen und Abschwellen. Druckst du ordentlich drauf chier mit rechte Chand gleich, dann geht schnell besser."

Langsam begriff Gierhacke, dass er hier niemanden beeindrucken konnte. Dr. Volos beugte sich zu ihm herunter. Aus seinem Blick sprachen wissenschaftliche Neugier, menschliche Wärme und dreißig Jahre polizeiärztliche Erfahrung. „Weißt du, Gierchacke, sswei Dinge musst du merken für später. Erstens: Nix gegen die türkische Kollegen, aber ich bin Mazedonier. Und ssweitens: Kriegen wir immer Blut, und wenn wir nehmen aus Chals! Merkst du besser.

Wenn du Probleme chast mit die Arm, kommst du morgen in meine Praxis. Ab zehn Uhr, nix fruher. Chaferkamp, bringst du mich nach Chause?"

„Ja klar, mach ich sofort. Was ist mit der Haftfähigkeit? Irgendwelche Bedenken?"

„Nein, diese Mann is voll haftfähig. Mach ich vorne Vermerk in Protokoll. Kann problemlose bleiben bis ubermorgen oder nächste Woche. Oder, Gierchacke?"

„Äh Herr Doktor?" Gierhacke war plötzlich drei Nummern kleiner. Die Wirklichkeit schien ihn halbwegs wieder eingeholt zu haben. Er schien langsam zu realisieren, dass nichts und niemand ihn hier rausholen würde. „Können wir mal reden? So unter vier Augen?" Volos sah auf. „Bitte, meine Dame, meine Chärren, lassen Sie mich kurz allein mit die Patient?" Die drei nickten und gingen hinaus. Dann wandte er sich dem Delinquenten zu.

„Worüber reden, Gierchacke? Über deine Kokain-Abusus? Oder ist Amphetamin? Chabe ich längst gemerkt. Sehe ich sowas sofort. Augen wie Aphrodite in die Nacht, aber redet wie Aristoteles am Mittag. Und chast du auch Alkoholproblem? Kommt schon die große Bouzukispieler in die Nacht immer?" Gierhacke schwieg betreten.

„Ich brauche Medikamente, Herr Doktor", sagte er dann leise. „Starke Medikamente. Sonst renn' ich hier in zwei Stunden die Wände hoch." „Ah,

Tabletten auch noch?“ Gierhacke schwieg betreten. „Was Medikamente nimmst du?“ Gierhacke sagte es ihm.

„So, Psychopharmaka. Antidepressiva und Sedativa. Dazu Kokain und Alkohol. Bist du Multitoxikomane, Gierchacke. Machen wir uns nix vor.“

„Herr Doktor, helfen Sie mir. Ich halte das nicht durch. Geben Sie mir was, wenigstens für die nächsten Stunden. Sonst krepiere ich hier.“

Dr. Volos richtete sich zu seiner vollen Größe auf. „Gierchacke“, sagte er salbungsvoll, „dir chelfen keine Pillen. Das einzige, was dir chilft, das ist die Abstinenz!“ Und mit der ihm eigenen, unnachahmlichen Souveränität drehte er sich um und ging.

Vorn drückte er Uli zwei Tabletten in die Hand. „Chier, chast du sswei Diazepam. Wenn der Theater macht in vier, fumpf Stunde, dann gibst du ihm. Und vielleicht eine chalbe Becher Schnaps, nix mehr. Dann ruhig bis morgen Mittag. Wenn du selber nimmst, schläfst du vier Tage durch.“

Dann ließ sich Dr. med. Georgios Volos aus Thessaloniki von einer Streife nach Hause bringen. Eines der wenigen Dinge auf der Welt, die dieser Mann erstaunlicherweise nie gelernt hatte, war Auto fahren.

28.

Hermann Stratkötter sah auf die Uhr. Halb fünf morgens, die toteste Zeit der Welt. Genau jetzt hatte er zu nichts weniger Lust, als einen blöden Schickermann zu vernehmen, der sich ein Rennen mit den Schutzies geliefert und dabei seinen Porsche zerlegt hatte. Eigentlich ging ihn die Sache auch überhaupt nichts an, für Verkehrsverstöße war die Kripo nicht zuständig. Aber drei Dinge bewogen ihn, in diesem Fall über seinen Schatten zu springen. Einerseits war da die Sache mit dem Kollegen, der in der Straßensperre zur Seite springen musste. Das roch stark nach einem gefährlichen Eingriff in den Straßenverkehr. Fand zwar regelmäßig im fließenden Verkehr statt, galt aber als verkehrsfremder Vorgang und fiel daher leider in seinen Zuständigkeitsbereich. Hier kam erschwerend dazu, dass eine andere Straftat verdeckt werden sollte, nämlich die Trunkenheitsfahrt. Strafandrohung nicht unter einem Jahr, Verbrechenstatbestand. Dann gab es Rechtsauffassungen, die so etwas auch als versuchtes Tötungsdelikt werteten. Vor Gericht kaum haltbar, aber als Tatbestand immerhin deutlich erkennbar. Und drittens hatte Uli ihn zur Seite genommen und ihm den Zusammenhang zwischen Gierhackes Porsche und dem Einbruchsversuch in Walter Lehmanns Wohnung erläutert. Grundsätzlich hielt Hermann ja nichts von Helges kruden Theorien um die Firma Sandmann, aber eine gewisse Neugier konnte auch er nicht verleugnen. Ach ja, und viertens war er die ewigen Diskussionen mit dem Roten leid, seiner persönlichen Geißel, deren heißen Atem er just in diesem Moment wieder im Nacken spürte.

„Ah, Hermann, da bist du ja endlich. Komm, lass uns mal den Porschefahrer zur Brust nehmen, der dürfte jetzt passend gar sein." Dierk-Helge Reuter-Ritterling strahlte zu dieser unchristlichsten aller Zeiten eine geradezu unverschämte Lebhaftigkeit aus. Wie ein zweijähriger Haflinger scharrte er mit den Hufen, um einem weiteren Verbrechen auf die Spur zu kommen. Hermann Stratkötter verdrehte in gottergebener Resignation die

Augen. Nicht auszudenken, wenn die Delinquenz der Menschheit eines guten Tages einfach versiegen würde. Dierk-Helge würde vertrocknen wie ein Veilchen in der Sahara.

„Ich erkläre Ihnen das gerne noch mal.“ Manchmal staunte Hermann über sich selbst. Woher nahm er nur immer diese Engelsgeduld im Umgang mit seinen Kunden? Und warum hielt ihn seine Frau dagegen für einen cholerischen Ignoranten? Die Welt war ungerecht.

„Herr Gierhacke, Sie sind Beschuldigter im Strafverfahren. Sie haben das Recht, eine Aussage zu machen, aber nicht die Pflicht. Im Gegensatz zu Ihnen bin ich leider Gottes allerdings verpflichtet, den kompletten Bockmist aufzuschreiben und aktenkundig zu machen, den Sie hier so von sich geben. Wenn Sie ohne Ihren Anwalt nichts sagen wollen, bitte schön, mir kommt das sehr gelegen. Sie gehen in Ihre Zelle, ich gehe nach Hause und alles ist gut. Also was ist?“

Gierhacke hatte sich etwas verändert in den letzten neunzig Minuten. Er sah immer noch völlig abgerissen aus, das war es nicht. Aber der arrogante, aggressive Oberarsch bestand bestenfalls noch in der Fassade. Gierhacke war reif.

„Ich muss hier raus, sofort. Alles andere ist unwichtig. Sie können mich nicht länger hier festhalten.“ Blutunterlaufene Augen starrten Herrmann an. Befehlend. Fordernd. Flehend?

„Also, ich sehe das so.“ Dierk-Helge brauchte das Guter-Bulle-schlechter-Bulle-Spiel mit Hermann nicht zu üben. Er war ganz einfach der Bad Boy, der Wadenbeißer und Miesepriem. „Rein strafrechtlich sind Sie ziemlich am Arsch“, pflaumte er Gierhacke an. „Trunkenheit im Verkehr, Verkehrsgefährdung, gefährlicher Eingriff in den Straßenverkehr und versuchter Totschlag zum Nachteil eines Polizeibeamten. Das reicht locker für fünf Jahre Bau.“ Gierhacke sprang auf und zielte mit dem Zeigefinger auf den Roten.

„Ich hab niemand umzubringen versucht, das hängt mir keiner an.“

Dierk-Helges Antwort schnitt ihm das Wort ab.

„Sie haben voll auf den Kollegen draufgehalten und seinen Tod damit billigend in Kauf genommen. Indirekter Vorsatz. Lesen Sie's mal nach bei juris.de!“

„Quatsch, der hat mich kommen sehen. Der ist doch schon gesprungen, als ich noch 100 Meter weg war. Ich hab ihn noch mit der Lichthupe gewarnt."

„Okay." Dierk-Helge grinste niederträchtig. „Aber beweisen Sie das mal. Der Kollege ist da ganz anderer Ansicht. Der hat das viel knapper erlebt. Dabei fühlte er sich bewusst geblendet, um ihm die Flucht zur Seite zu erschweren."

„Damit kommen Sie doch niemals durch, und das wissen Sie selber. Jetzt hören Sie mal." Gierhackes Stimme schlug in einem letzten Aufbäumen seines Egos um auf väterlich-jovial. „Was soll denn der ganze Punk? Privatrache des kleinen Mannes? Einmal Schicksal spielen? Einmal die ganz große Show abziehen und jemand ärgern, der das hat, was Sie immer wollten und nie kriegen werden? Ist es das? Mein Gott, wie jämmerlich!" Gierhacke bekam wieder Oberwasser.

„Die Kripo ist auch nicht mehr das, was sie mal war. Wie wollen Sie meine Festnahme überhaupt begründen? Fluchtgefahr? Mann, ich habe nicht einen festen Wohnsitz, ich habe fünf oder sechs, den letzten Zählungen zu Folge. Dazu etliche weitere Immobilien, Vermögenswerte satt. Und das soll ich wegen eines läppischen Verkehrsvergehens aufgeben und untertauchen? Ins Ausland flüchten? Sie sind doch nicht ganz dicht!" Triumph schwang in Gierhackes Stimme, als er in die Gesichter der beiden Kripobeamten sah, die ihm interessiert und irgendwie beeindruckt zuzuhören schienen.

„Wissen Sie was, Sie können mich überhaupt nicht länger festhalten und das wissen Sie ganz genau. Ich mache Ihnen jetzt ein einmaliges Angebot, also hören Sie gut zu! Erstens lassen Sie mich sofort hier raus. Zweitens lassen Sie meinen Porsche in die Werkstatt nach Bielefeld bringen, der muss nächste Woche wieder laufen. In diesem Fall und nur dann könnte ich mich entschließen, auf eine Strafanzeige wegen Freiheitsberaubung zu verzichten." Gierhacke legte eine souveräne Kunstpause ein und blickte erwartungsvoll um sich. „Den Porsche müsst ihr natürlich ersetzen, da verklage ich die Behörde bis auf den letzten Pfennig. Notfalls nehme ich Ihre Kollegen voll in Regress. – Es sei denn …"

„Ja, was?" Dierk-Helge hob interessiert eine Augenbraue. „Es sei denn, jemand macht einen kreativen Vorschlag, was diese Blutprobe betrifft, die mir dieser Quacksalber gegen jegliche Regeln der ärztlichen Kunst abgenommen hat. Das war glatte Körperverletzung im Amt. Ein weiteres Delikt, für das Ihre Kollegen ohne weiteres den Rock ausziehen werden."

Hermann sah Dierk-Helge eindringlich an und sagte: „Gehst du mal nach nebenan? Du kannst schon mal mit der Staatsanwaltschaft telefonieren." Der kapierte nichts. „Wieso denn das?", begehrte er auf, fing dann aber einen bedeutsamen Blick von Hermann auf und trollte sich erstaunlicherweise ohne Widerspruch. Gierhacke triumphierte. Vieraugengespräch, keine Zeugen. Das bedeutete nur eins: illegale Absprache, Kuhhandel. Der Terrier war weg, der Alte schien zugänglich. Vielleicht nahm er ja auch Geld? Alles wird gut.

Kriminaloberkommissar Stratkötter sah Gierhacke lange und ruhig an. Dann sprach er.

„Wissen Sie, Herr Gierhacke, ich bin in diesem Beruf alt geworden. Im Gegensatz zu meinem jungen Kollegen dort nebenan habe ich gelernt, dass ein guter Vergleich besser ist als ein verlustreicher Sieg. Wir haben etwas, das Sie gern wiederhätten, nämlich Ihre persönliche Freiheit und Ihren Porsche.

Im Gegenzug gibt es etwas, woran wir wiederum ein vitales Interesse haben und wo Sie gewinnbringend ins Spiel kommen können. Das ist die übliche Basis für ein Geschäft."

Gierhacke nickte verständnisvoll, ganz der aktive Zuhörer. Die Sache lief haargenau in seinem Sinne, er hatte die Fäden wieder in der Hand. „Sehr gut, Herr Kommissar", lobte er gönnerhaft. „Ich bin Geschäftsmann, ich kenne das Prinzip. Mein Vorschlag liegt auf dem Tisch, machen Sie Ihr Angebot."

„Oh, ich meine nicht Ihren Vorschlag." Hermann lehnte sich gemütlich zurück. „Oder sollte ich besser sagen: Ihre Drohung? Ihre rechtlichen Ausführungen in allen Ehren, Herr Gierhacke, aber hier erinnern Sie stark an unsere Praktikanten von der Fachhochschule: bombensicheres Auftreten bei völliger Ahnungslosigkeit. Zu Ihrer Kenntnis: Bei qualifizierten Tötungsdelikten gilt der Absolute Haftgrund. Da braucht man keine Fluchtgefahr oder ähnliche Kinkerlitzchen. Die Leute werden eingesperrt und fertig. Genau das ist der Grund, warum wir Sie festgenommen haben." Schlagartig war Gierhacke emotional wieder im Keller. Das Blut wich ihm aus dem Kopf, sein Magen krampfte sich zusammen, leichtes Zittern setzte ein. Deutliche Stresssymptome, die Hermann nicht verborgen blieben. Er hatte ihn jetzt genau da, wo er ihn haben wollte. Er konnte Gierhacke nun nach Belieben ein- und ausschalten wie eine Nachttischlampe. Jetzt war gerade das Licht aus, also war Einschalten dran.

„Natürlich ist mir auch klar, dass ein Haftbefehl fraglich ist. Wenn Sie sonst keinen Dreck am Stecken haben, wird man Sie wohl nicht bis zur Verhandlung in Untersuchungshaft nehmen. Der Kollege spricht gerade nebenan mit dem Bereitschaftsdienst der Staatsanwaltschaft, und der wird einen Antrag auf Haftbefehl stellen. Die Entscheidung liegt dann beim zuständigen Haftrichter."

Knips, Licht an: Ehrlichkeit, Sachlichkeit, Augenmaß.

„Dann kann der ja sicher gleich eine Entscheidung treffen?", fragte er hoffnungsvoll.

„Nein, nicht mehr heute Nacht."

Knips, Licht aus. „Wieso denn nicht? Da muss doch jetzt einer da sein bei Gericht? Das kann doch alles nicht wahr sein." Gierhacke fühlte starken Schwindel, seine Knochen gingen sichtbar, ihm war kotzübel. Er brauchte jetzt dringend ein paar Tabletten. Oder was Starkes zu trinken. Hermann merkte genau, was los war, und machte sich bereit, seinem Kunden den Rest zu geben.

„Also ja, es gibt da einen Bereitschaftsdienst."

Knips, kleines Licht an.

„Allerdings, bei Haftsachen entscheidet das Gericht nicht am Telefon."

Knips, kleines Licht aus. „Der Haftrichter will die komplette Aktenlage vorliegen haben, und die wird erst noch geschrieben." Hermann beugte sich vor und schaltete einen verschwörerischen Augenaufschlag ein. „Die Uniformierten sind ja nun mal nicht ganz so flott im Schriftlichen. Bis die so zu Potte kommen! Und dann ist bei Haftsachen immer noch die persönliche Vorführung beim örtlichen Amtsgericht vorgeschrieben. Vor Mittag wird das glaube ich nichts. Eher früher Nachmittag. Also, ich hab jetzt auch Feierabend, die Kollegen vom Frühdienst werden sich weiter kümmern."

Rumms! Tiefste Finsternis. Stromausfall in New York.

Gierhacke war fertig, und zwar restlos. Dachte er. Doch es kam noch schlimmer. Ungläubig sah er zu, wie der alte Kommissar eine Schreibtischschublade aufzog und eine grüne Flasche auf den Tisch stellte. „John Jameson & Son Ltd., Dublin 1780“ stand drauf. Dazu gesellten sich zwei Gläser. In eines ergossen sich nun zwei Daumenbreiten einer goldgelben Flüssigkeit. Hermann nippte ordentlich und stieß einen tiefen, wohligen Seufzer aus. Dabei sah er Gierhacke unablässig in die Augen. Ein zweiter Schluck, dieses Mal größer. Gierhackes Stimme war nur ein raues Flüstern.

„Das halte ich nicht aus! Das können Sie mit mir nicht machen. Was wollen Sie? Sagen Sie mir, was Sie von mir wollen!“

„Unterhalten. Wie gesagt, ich habe Feierabend. Kann nach dem Nachtdienst immer so schlecht schlafen. Das Alter, wissen Sie? Da unterhalte ich mich gern ein bisschen. Ich frage mich zum Beispiel seit einigen Tagen, wer wohl ein Interesse daran haben könnte, in die Wohnung eines gewissen Walter Lehmann einzubrechen und darin herumzuschnüffeln. Der Mann war arm, der hatte nichts. Trotzdem macht man sich die Mühe und engagiert einen professionellen Fassadenkletterer von außerhalb, der dann auf der Flucht in einem silbernen Porsche abgeholt wird von einem Mann, der Ihnen bis aufs Haar gleicht.“

Gierhacke spürte, wie der Boden unter ihm dematerialisierte. Er kam sich vor, als schwebte er an einem seidenen Faden über einem tiefen Abgrund. Dieser kleine, schmuddelige Provinzschnüffler, den er sonst jederzeit aus dem Handgelenk abserviert hätte, strahlte eine Überlegenheit aus, die unbegreiflich war. Und woher zum Henker wusste er von Walter Lehmann? Das konnte, das durfte er nicht wissen. Was wusste dieser Mann noch? Jetzt lächelte er wieder dieses freundliche, unbekümmerte Lächeln und hob fragend eine Augenbraue. „Ach, Entschuldigung, hab ich ganz vergessen: Wollen Sie auch einen?“ Hermann goss einen kleinen Schluck in das zweite Glas, dachte aber nicht daran, es Gierhacke hinüber zu reichen.

Im Gegensatz zu Hermann hatte Gierhacke natürlich keinen blassen Schimmer vom Paragrafen 136 der Strafprozessordnung, der eine solche Vorgehensweise eindeutig als verbotene Vernehmungsmethode hinstellte und alle durch sie erlangten Informationen dem Verwertungsverbot unterwarf. Und wenn er es gewusst hätte, wäre es ihm in diesem Moment egal gewesen. Seine Psyche hatte auf Notprogramm geschaltet. Es ging längst nicht mehr um Strafanzeigen, um Führerscheinentzug oder um Fahrzeugbeschlagnahme. Jetzt ging es nur noch um eines: Wie beruhige ich meine Entzugserscheinungen und wie komme ich hier heraus? Und zwar ohne Theater, ohne aufzufallen, ohne auszurasten. Einfach nur weg! Hier war ein Glas Whiskey und hier war ein Strohhalm, an den er sich klammern und mit dem er seine Haut retten konnte. Er würde den Preis dafür bezahlen, er würde reden. Scheiß auf Sandmann, Scheiß auf Freundschaft, Scheiß auf die ganze Aktion.

Also nickte er, nahm das Glas, trank es aus, und dann redete er.

29.

Die Tür zu Reiffeisens Büro stand wie immer offen. Trotzdem klopfte Dierk-Helge, bevor er eintrat. An dem kleinen Besprechungstisch saßen außer seinem Chef bereits die Finanzermittler Schüler und Landwehr. Erwartungsvolle Blicke empfingen ihn.

Das war Dierk-Helges große Stunde. Mit roten Ohren und leuchtenden Augen stand er da und berichtete. Sachlich und knapp berichtete er über Uli Haferkamps Beobachtungen an Lehmanns Wohnung, den Porsche, der ihm in dem Zusammenhang aufgefallen war und den er nun nächtens in der City eindeutig wiedererkannt hatte.

Er erzählte von der anschließenden Verfolgungsfahrt, den dort vorgefallenen Verkehrsstraftaten und der Festnahme von Gierhacke durch die Kollegen der Wache. Wie Kollege Stratkötter und er als Kriminaldauerdienst hinzugezogen wurden und zu der Hoffnung gelangten, Gierhacke sei unter dem Eindruck der Ereignisse möglicherweise zugänglich. Unerwähnt blieb eine gewisse Flasche Irish Whiskey.

„Tja, und irgendwann kurz vor sieben war er dann so weit und redete." Ganz locker sagte Dierk-Helge das daher! Wuchs aber innerlich um glatte zehn Zentimeter in diesem Moment, den er für nichts auf der Welt missen mochte.

„Wir, das heißt Hermann Stratkötter und ich, haben Gierhacke noch am selben Morgen bis etwa halb neun Uhr vernehmen können. Dann rief sein Anwalt Dr. Rossmann an, verbot seinem Mandanten jede weitere Aussage und kam persönlich gegen zehn Uhr, um ihn abzuholen. Nach allem, was Gierhacke uns bis dahin erzählt hat, ist Sandmann Anfang des Jahres in dieses Bauprojekt in Spanien eingestiegen. Gierhacke sollte mitmachen, irgendwie war ihm die Sache aber nicht koscher."

„Warum?" fragte Landwehr sofort.

„Das Ding war zu gut. Zu exklusiv, zu verlockend und zu einfach, um wahr zu sein. Gierhacke ist Zocker. Er hat konsequent die blanken mathematischen Fakten betrachtet und sich einen Scheiß um die Geschichte geschert, die sich darum rankte. Und die Fakten sagten ihm, dass hier einfach mit zu hoher Wahrscheinlichkeit ein Haken an der Sache sein musste."

„Er war also überhaupt nicht daran beteiligt?"

„Doch, er ist der verantwortliche Architekt für die Bauplanung. Die Bauaufsicht führt ein spanischer Kollege. Kapital hat er angeblich keines drinstecken. Alles streng auf Honorarbasis. Aber mit saftigen Tantiemen."

„Clever. Hat er irgendwas mit dem Betrug zu tun?"

„Er sagt nein. Sandmann hätte sie alle gelinkt. Alles stand zum Besten. Kein Mensch hat eine Ahnung, welcher Teufel ihn geritten hat, das Firmenkapital abzugreifen und unterzutauchen.

„Er wusste also überhaupt nicht, dass Sandmann sich absetzen wollte?"

„Im Vorfeld nicht, so sagt er jedenfalls."

„Und genauso ahnungslos hat er ihm ganz nebenbei seine Stadtparkvilla für einen Schleuderpreis abgekauft?"

„Das war schon länger geplant. Sandmann beabsichtigte, sich ganz aus Deutschland zurückzuziehen und seinen Lebensmittelpunkt komplett nach Spanien zu verlegen. Der Preis war auch ganz okay, man habe mit dem Deal einen Teil seines beträchtlichen Architektenhonorars abgewickelt. Wegen der Steuer."

„Das ist Quatsch. Da floss Schwarzgeld."

„Ja sicher, darum ging es ja letztlich auch nur."

„Wie jetzt?" Reiffeisen schaute irritiert.

„Sandmann hat Gierhacke vorige Woche eine Mail geschickt und sich nach Walter Lehmann, seinem Hausmeister, erkundigt. Der hatte den Auftrag, eine größere Summe Bargeld aus dem Firmentresor zu holen, wie schon etliche Male zuvor über die Grenze nach Luxemburg zu schaffen und dort auf ein bestimmtes Konto einzuzahlen. Das Geld kam aber nie an. Nettes Sümmchen übrigens. Gut und gerne 500.000 Euro. Gierhacke sollte nach Lehmann suchen und das Geld zurückholen. Gegen üppige Beteiligung, versteht sich."

Die Nachricht haute rein. Schüler pfiff respektvoll durch die Zähne.

Dierk-Helge genoss die Situation einen süßen Moment lang und fuhr dann fort. „Stammen angeblich aus verschiedenen Vermögensliquidationen, die Sandmann hier vor seiner Flucht getätigt hatte. War von ihm wohl zunächst als Notgroschen gedacht, falls er Hals über Kopf untertauchen musste. Dann war er aber in Spanien, als sich die Dinge zuspitzten und traute sich nicht mehr nach Deutschland, weil er seine Festnahme befürchten musste. Seinem Schätzchen Sylvia Lieblich schien er nicht vertraut zu haben, die wollte er ja sowieso abservieren. Da war Walter Lehmann die beste und einzige Option."

„War das vor oder nach dem Firmenzusammenbruch?"

„Eindeutig davor. So war es jedenfalls von Sandmann geplant."

„Lehmann ist also schwach geworden", mutmaßte Landwehr. „Irgendwann hat jede Ehrlichkeit ihr Ende."

„Nicht ganz." Dierk-Helge sonnte sich in seiner Rolle als Oberchecker. „Vermutlich wäre alles gut gegangen. Lehmann bekam am Mittwoch die SMS von Sandmanns Mobiltelefon auf sein altes Firmenhandy. Er besitzt ja kein eigenes. Sie bestand im Wesentlichen aus zwei Zahlenkolonnen, die wir inzwischen identifizieren konnten. Bei der einen handelte es sich um die Kombination des Firmensafes, der sich als komplett leergeräumt erwies, bei der anderen um ein Nummernkonto in Luxemburg.

Wäre alles normal gelaufen, hätte Lehmann am Mittwochabend das Geld aus dem Tresor geholt, wäre früh am Donnerstagmorgen mit der Bahn in die Eifel gefahren und hätte von dort aus eine längere Wanderung unternommen. Gegen Nachmittag hätte er zu Fuß ein kleines Städtchen in Luxemburg erreicht, dort eine Bankfiliale aufgesucht und das Geld eingezahlt. Am Freitag wäre er zurück gewesen. Wie Gierhacke uns sagte, hat er diese Tour früher öfter gemacht. Gegen gutes Honorar."

„Und was war dieses Mal anders?"

„Lehmann wurde krank, wie wir von zwei Arbeitskollegen ermitteln konnten."

„Wie, da weiß jetzt noch jemand, wann vor zwei Monaten der Hausmeister krank war?"

„Ja, das war Gesprächsthema Nummer eins damals. Es war das erste Mal seit Menschengedenken, dass Walter gefehlt hatte. Seine Zuverlässigkeit war legendär im Betrieb. Vermutlich war er am Sonntag wieder auf dem Damm, ist in die Firma gekommen und hat gecheckt, was die Stunde geschlagen hatte. Die Mail von Sandmann an Lieblich lag ja noch neben seinem Handy im Büro. Die Firma war den Bach runter, Sandmann und Lieblich auf der Flucht, da hat er seine Felle schwimmen sehen und den Zaster für sich genommen."

„Und danach ist keinem aufgefallen, dass Lehmann fehlte?"

„Ehrlich gesagt: Wir wussten ja zuerst gar nicht, dass Walter Lehmann überhaupt existiert. Sämtliche Firmenunterlagen waren weg, einschließlich der Festplatten, und die Mitarbeiter, die wir ermittelt und befragt haben, dachten alle nur an sich. Walter Lehmann war immer der Mann im Hintergrund. Immer da, immer nützlich, aber viel zu unwichtig und zu unscheinbar, um an ihn zu denken, wenn er einem nicht zufällig über den Weg lief. Kein Mensch wäre auf die Idee gekommen, dass er nebenbei auch als Geldbote für den Chef unterwegs war. Er hat sich ja anders als die anderen Mitarbeiter nicht gemeldet und auch im Insolvenzverfahren keinerlei Ansprüche gestellt. Wir wurden erst dann wirklich auf ihn aufmerksam, als sein Führerschein in Nordspanien auftauchte."

„Ja, dieses Mal hatte er offensichtlich ein anderes Reiseziel." Reiffeisen schaute mit undurchsichtiger Miene aus dem Fenster. „Walter Lehmann", murmelte er mehr zu sich selbst. „Was bist du wirklich für ein Mensch? Graukittel, Leisetreter, Eigenbrötler. Wie kommt jemand wie du dazu, plötzlich in der Oberliga zu spielen, 'ne halbe Million abzuzocken und spurlos ins Ausland zu verschwinden?"

30.

Herbst

Der Intercity „Andreas Hofer“ durchschnitt die westfälische Landschaft mit einer Reisegeschwindigkeit von 215 Stundenkilometern. Vera Sandmann saß am Fenster, ließ grüne Wälder, saftige Wiesen und fruchtbares Ackerland an sich vorbeifliegen und versuchte herauszufinden, was genau die Bedrückung erzeugte, die sich mit jedem Kilometer in ihr aufbaute, den sie näher an ihren Heimatort herankam. War es das Flachland, das ihr nach sechs Jahren in den Kitzbüheler Alpen aufs Gemüt schlug oder der unvermeidliche Landregen? Erinnerungen, gute wie auch schlechte, die jetzt immer mächtiger in ihr hochkamen? Oder war es ganz einfach Heimweh, das sie zu lange verdrängt hatte? Mit Gütersloh rückten unweigerlich auch die Dinge näher, die sie fünf Jahre lang erfolgreich auf sichere Distanz gehalten hatte und die sie jetzt schon wieder ärgerten. Vera ärgerte vor allem, dass sie sich ärgerte, was die Sache nicht leichter machte. Kurz vor Oelde gab der Zug unmerklich Geschwindigkeit auf. Den Bahnhof Rheda durchfuhr er nur noch mit 160 Sachen, was der Reisenden am Fenster nicht auffiel. Er hielt dieses Tempo einige Minuten, bevor der Zugführer langsam einbremste.

Wenn der Hauptbahnhof Gütersloh durch irgendetwas besticht, dann durch seine völlige Trostlosigkeit und das verwahrloste, nachgerade baufällige Ambiente. Nicht, dass er sich damit merkbar von anderen Bahnhöfen unterscheidet, aber das elegante Schienenfahrzeug, das jetzt auf Gleis 4 ruckfrei zum Stillstand kam, wirkte hier wie ein futuristischer Fremdkörper. Der leise summende, stromlinienförmige Lindwurm verharrte nur kurz, um wenige Reisende auszuspucken und in sich aufzunehmen. Dann rollte er fast geräuschlos an und wand sich mit rasch steigender Geschwindigkeit auf einem Spaghettiknäuel von Schienensträngen in Richtung Bielefeld von dannen.

Wie ein Theatervorhang glitt der Zug nach links zur Seite weg. Veras Blick fiel auf den Güterbahnhof jenseits des Gleiskörpers. Als Gütersloherin war sie an den Anblick gewöhnt gewesen. Aber jetzt, da sie fünf Jahre später wieder hierher zurückkehrte, sah sie ihn mit den Augen einer Fremden, weshalb er ihr noch um Lichtjahre hässlicher und unheimlicher erschien, als er ohnehin schon war. Nach seiner Stilllegung war das Objekt eine Zeitlang als Location für das Musical „Tanz der Vampire“ im Gespräch. Hinsichtlich der erforderlichen düsteren Ausstrahlung wäre wohl kaum ein Gebäude in Deutschland geeigneter gewesen, aber leider war die ehrgeizige Vision des Ideengebers am Gütersloher Stadtrat abgetropft wie Wasser an einem Lotosblatt.

„Was für ein Scheißkaff“, fluchte Vera halblaut vor sich hin, als sie ihren Tagesrucksack schulterte und die lange Treppe vom Bahnsteig hinunterstieg. Das Gepäckband war mal wieder außer Betrieb, und der schon vor Ewigkeiten versprochene Aufzug hatte, wie sie mit einem Blick unschwer feststellen konnte, die Planungsphase zwar hinter sich lassen können, war aber außer Betrieb.

Ihren Koffer hatte sie in weiser Voraussicht vorgeschickt, aber auch das schien ihr immer deutlicher vergebliche Liebesmühe gewesen zu sein. Die gelben schmuddeligen Kacheln, der Gammel und jener undefinierbare, Jahrzehnte alte Mief nach Bremsstaub, Schweiß, Urin und kalten Kippen, all das betonierte spontan den Entschluss in ihr, keinen Tag länger hier zu bleiben als unbedingt nötig. Sie spürte, dass es kaum noch Dinge gab, die sie mit dieser Stadt verbanden.

Die achthundert Meter vorbei an Meiers Mühle bis zur Ochsenschänke waren für die trainierte Alpinistin ein Klacks. Das kleine, gemütliche Hotelrestaurant lag noch immer malerisch zwischen altem Baumbestand an der Parkstraße. Vera wunderte sich einmal mehr, wie die Ochsenschänke hier in der weitaus teuersten Wohngegend der Stadt überleben konnte. Mit großem Parkplatz, eigenem Wald und in direkter Nachbarschaft zu Stadtpark und Klinikum hätte sie eigentlich schon längst den Immobilienhaien zum Opfer fallen müssen. Sie war offensichtlich die erste, checkte ein und zehn Minuten später lag Vera in einer großen Badewanne, umgeben von duftendem Schaum. Sofort fühlte sie sich besser.

Jetzt freute sie sich erst mal auf das Klassentreffen. Dreißig Jahre war das her. Mein Gott, wo war die Zeit geblieben? Wer würde kommen? Und wie würden ihre Klassenkameraden sein? Die meisten von ihnen hatte sie seit dem Abi nicht mehr gesehen. Das Studium hatte die einst doch sehr verschworene Gemeinschaft arg zerstreut, die Kontakte waren größtenteils völlig abgerissen. Umso mehr hatte Vera sich gefreut, als sie den Anruf von Peter bekam, der es auf sich genommen hatte, die Leute ausfindig zu machen und zu kontaktieren. Nur allzu gern hatte sie dem geplanten Treffen zugesagt. Einerseits freute sie sich wirklich sehr darauf, aber andererseits war das genau der passende Grund, nach dem sie fünf Jahre lang gesucht hatte, um doch endlich wieder hierher zurückzukommen.

Eigentlich war ihr kaum etwas geblieben, was sie hätte halten können. Ihr Vater war früh gestorben, ihre Mutter lebte längst mit ihrem neuen Mann in Nürnberg. Freunde und Bekannte kamen fast ausschließlich aus dem geschäftlichen Dunstkreis der Firma: Unternehmer, Banker, Architekten. Natürlich ging man adäquaten Freizeitbeschäftigungen nach: Golfen, Yachting und Skilaufen. Die entsprechenden Gattinnen beschäftigten sich in der Zeit dagegen überwiegend mit Sonnen, Shoppen, Wellness und Après-Ski. Geld war immer reichlich da und Bernd Sandmann betrachtete diese Art von Kontaktpflege als geschäftsnotwendig. Unmerklich, aber ständig waren mit den Jahren die Ansprüche und mit ihnen auch gewisse elitäre Marotten und Ansichten gestiegen und hatten auch vor Bernd und Vera selbst nicht Halt gemacht. Bernd war schnell mit Haut und Haar in der Schickeria aufgegangen und ihren Mechanismen weitgehend erlegen. Vera hatte das bald erkannt. Sie fühlte sich in dieser Gesellschaft zunehmend unwohl und sehnte sich nach anderen Menschen und Werten, was wiederum nicht unbemerkt blieb. Damit war das Ende ihrer Ehe vorprogrammiert.

Entschlossen riss Vera sich aus ihren Grübeleien hoch, beendete ihr Bad und zog sich schnell an. Irgendwann würde Sabine auftauchen, mit der sie das Zimmer teilte. Die Ochsenschänke hatte nicht genügend Zimmer für alle Auswärtigen, und so hatte man Doppelbelegungen eingeplant.

Sie ging nach unten und traf vor dem Haus prompt auf eine Frau, die sie zuerst erstaunt musterte und dann freudestrahlend auf sie zustürmte.

„Mensch, Dietlind, bist du's?"

„Vera! Nicht möglich! Du bist echt hier? Wahnsinn. Dafür hast du aber ‘nen Orden verdient!“

Dietlind Altekniepkamp hielt ihre ehemalige Tischnachbarin auf Armeslänge von sich. „Aus Österreich extra hierher! Ich hab’s ja nicht geglaubt, als Andi anrief und sagte, du würdest kommen. Ist echt bärenstark von dir! Jetzt sag schon, wie geht’s dir so? Siehst blendend aus, soviel steht fest!“

Vera griff ihre alte Freundin am Ellbogen. „Komm, lass uns erst mal reingehen und gucken, wer sonst schon alles da ist. Ich erzähl’s euch später, dann brauch ich nicht alles zweimal sagen.“

„Wie lange brauchst du noch?“

Henry blickte von seiner Unfallskizze auf. „Zehn Minuten höchstens.“

„Dann bin ich auch so weit.“

Uli hackte mit erstaunlicher Geschwindigkeit seinen Unfallbericht in die PC-Tastatur. Es war schon eine Weile her, dass er und Henry zusammen gefahren waren. Immer öfter musste er Franzl, den Wachdienstführer, vertreten, seit er aus dem Studium zurück war. Innendienst war eigentlich überhaupt nicht seine Sache. Aber Hellmuth Cramer, der Dienstgruppenleiter, war sowieso fast nie da. Entweder war er weg zu einer der zahllosen Personalratssitzungen und Gewerkschaftsveranstaltungen, oder er hatte irgendwelche Termine in seiner Funktion als Kreistagsabgeordneter, wo er in mehreren Ausschüssen aktiv war. Ohne Abzug von Überstunden, versteht sich. Manchmal wunderte Uli sich, wie trefflich und kompetent ein Mann wie Cramer die Belange der Basis zu diskutieren wusste, obwohl er selbst immer wieder adäquate Pöstchen gefunden hatte, um den harten Dienst auf der Straße erfolgreich zu vermeiden. Die letzte Beförderung nach A 13 jedoch führte zwangsläufig zurück auf die Wache, wobei besagte Nebentätigkeiten allerdings das Gröbste abfederten.

Doch heute hatte alles gepasst. Cramer und Franzl waren im Dienst, und das Dreamteam kam mal wieder zusammen. Für einen Spätdienst am Samstag hatte es gut zu tun gegeben, aber Henry und er hatten jede Minute genossen. Es gab ihnen ganz einfach den gewissen Kick, in einem Team zu arbeiten, das erstklassig aufeinander eingespielt war, in jeder neuen Situation die Herausforderung suchte, alles optimal zu regeln, und obendrein noch jede Menge Spaß hatte.

„So, das war's." Henry gab den Druckbefehl ein, und das neue Multifunktionsgerät spuckte eine piekfeine Unfallskizze im Din A 3-Format aus. Obwohl der Älteste in der Truppe, hatte er den Nutzwert und die Möglichkeiten des neuen Zeichenprogramms als erster erkannt, mit dem man beileibe nicht nur Unfallskizzen anfertigen konnte. Schränke, Dachstühle, ja ganze Häuser mit Gartenanlage ließen sich damit kinderleicht und maßgenau entwerfen. Sogar Materiallisten spuckte das Programm mit etwas gutem Zureden aus. Für Henry waren Bleistift, Papier und Lineal jedenfalls passé.

Er gab Uli die Skizze. „Was meinst du, soll ich den Wagen schon mal ausräumen?"

„Lieber nicht zu früh, das bringt Unglück." Uli hatte noch nicht ausgesprochen, als die Haussprechanlage losquakte. „Tut mir leid, Jungs, ihr müsst noch mal raus. In der Ochsenschänke hat's 'nen Randalierer."

Uli schaute besorgt auf die Uhr. „Ey, ich hab noch 'n Date heute Abend."

„Komm, zwanzig Minuten bis Feierabend, das schaffen wir locker." Henry war nun mal Optimist. „Ist doch ganz einfach: keine Gefangenen, keine Diskussionen, Deeskalation pur. Notfalls fahren wir den Fred einfach nach Hause!"

Fünf Minuten später bremste der Bulli vor dem kleinen, aber feinen Gasthaus am Gütersloher Stadtpark. Etwa fünfzehn Fahrzeuge waren dort geparkt. „Hmm, von außen ist alles ruhig. Vermutlich wieder mal falscher Alarm." Uli spähte durch einige Fenster. „Sieht nach 'ner privaten Feier aus." „Steht auch dran", meldete Henry und zog die Eingangstür auf. Im verwaisten Schankraum trafen sie auf die Wirtin, die sie erstaunt anschaute. Henry kannte sie privat ganz gut aus früheren Zeiten. Die Polizei hatte hier kaum jemals zu tun gehabt.

„N'Abend Ingrid. Hast Du uns angerufen?"

„Nein, ganz bestimmt nicht. Obwohl, ist nett, dich mal wieder zu sehen. Lässt dich aber auch überhaupt nicht mehr blicken." Henry zuckte die Schultern. „Ist 'ne andere Geschichte. Du Ingrid, wir haben's eilig. Wer hat denn hier die Polizei gerufen?" „Kam vermutlich von da drin, da war es eben etwas lauter. Irgendwer scheint da zu viel getrunken zu haben." Ingrid nickte in Richtung Festsaal, aus dem gedämpfte Musik und leise Stimmen zu vernehmen waren.

„Na, dann wollen wir mal gucken."

Uli ging vor und drückte die Doppel-Schwingtür auf. Er blickte in einen behaglichen Raum. Etwa zwanzig Personen saßen in Grüppchen um einen mächtigen Kamin herum, in dem massive Buchenholzscheite brannten. Eine weitere Gruppe stand etwas abseits an der kleinen Bar.

Aus ihr löste sich nun ein großer, schlanker Mann in Maßanzug, Marke Aufsichtsratsvorsitzender, und schritt mit einem schlecht getarnten Haifischlächeln auf sie zu.

Auf sie? Uli merkte plötzlich, dass Henry nicht mehr bei ihm war. Sehr komisch, das war gegen jede Spielregel. Aber sicher hatte Henry sich was dabei gedacht, da vertraute er ihm blind. Gespannt blickte er dem Mann entgegen, innerlich bereit, die Sache alleine durchzuziehen.

„Ah, guten Abend, Meywald mein Name. Schön, dass Sie so schnell kommen konnten. Ich hoffe, wir machen nicht allzu viel Mühe." Ulis spitzes Ohr hörte sofort die typischen Floskeln und Mechanismen eines professionellen Kommunikationstrainings heraus, und er konterte ansatzlos mit einer positiven Gegenfrage: „Haferkamp. Sie haben uns angerufen?"

Meywald wich geschickt aus. „Wir haben hier ein Problem." Vielsagend nickte er in Richtung einer der Sitznischen. Dort erkannte Uli zwei gut gekleidete Damen, die auf einen Mann einredeten, der schon rein optisch allerdings so gar nicht in diese Gesellschaft passen wollte. Da saß ein waschechter Cowboy mit Stetson, Flanellhemd, Halstuch und Lederhose mit Fransen. Sogar mexikanische Zahnradsporen klirrten an den ausgelatschten Cowboystiefeln, die sicher noch nie in einem Steigbügel gesteckt hatten. Der ehemals abenteuergestählte Körper folgte längst nicht mehr dem Lockruf der Wildnis, sondern vornehmlich der Schwerkraft: Brust, Bauch, Wangen und Augenlider hingen bereits mächtig durch. Die dürren O-Beine sahen allerdings schon so aus, als hätte man ihrem Besitzer eben erst das Pferd unter dem Hintern weggeschossen. Uli grinste innerlich. Festus Niewöhner, der singende Cowboy aus Kattenstroth. Was machte der denn hier?

Festus war allgegenwärtig, er gehörte ganz einfach zum Gütersloher Inventar. Keine öffentliche Feier, kein Event, keine Musikveranstaltung, die ohne ihn stattfand. Undenkbar, dass er nicht plötzlich auftauchte, ein Bier in der Hand und die alte Martin D 35-Gitarre aus besseren Zeiten locker auf dem Rücken. Hals nach unten, Johnny Cash lässt grüßen. Immer auf der Suche nach einem nicht allzu abgeneigten Publikum, um schließlich doch noch ein paar seiner unerschöpflichen Country-Songs zum Besten zu geben.

Nicht dass Festus ein schlechter Musiker wäre, ganz im Gegenteil. Er hatte eine schöne, rauchige Countrystimme, die er mit einem durchaus gekonnten Gitarrenspiel authentisch begleitete. Irgendwas zwischen Don Williams und Kris Kristofferson. Das war Festus' größte Leidenschaft, zugleich aber auch sein größter Fluch. Festus litt unter Lampenfieber. Unheilbar. Bevor Festus sich traute, vor fremdem Publikum in die Saiten zu greifen, brauchte er schon einiges an Startpilot. Nach drei bis fünf Bierchen hatte er meistens den letzten seiner Selbstzweifel hinuntergespült, und seine Hände waren ruhig genug für das coole Country-Picking, das er sich erst kürzlich angeeignet hatte und auf das er so stolz war.

Leider war es meistens bereits drei Bier und vier Songs später wieder vorbei mit der Feinmotorik, und das merkte Festus. Dann wurde er wieder nervös und griff vermehrt daneben. Die Finger flatterten und schwitzten. Er vergaß Texte, Harmonien, ja ganze Lieder und stimmte in seiner Aufregung Songs an, die er gar nicht richtig konnte. Dann wurde es echt grausam für das arme Publikum. Festus' musikalisches Talent bewegte sich demnach auf einem ganz schmalen Grat zwischen viertel- und halbvoll. Meistens endete es schließlich bei ganz voll, weil ihm irgendwann jemand die Klampfe wegnahm und Festus sich dann vor lauter Frust den Rest gab. Genau dieser Zustand war jetzt eingetreten. Die alte D 35 stand hinter dem Kamin in der Ecke, Festus war ziemlich dicke und ziemlich beleidigt.

Spontan beschloss Uli, dem Herrn im schnieken Maßanzug auf den Zahn zu fühlen. Okay, Festus konnte lästig sein wie eine Scheißhausfliege, er war aber auch genau so harmlos. Kein Grund, die Polizei zu rufen.

Daher stellte er erst mal auf stur und sah Herrn Meywald verständnislos fragend an.

Der deutete nun mit beiden Händen auf Festus und machte dann eine Geste wie: Nun machen Sie doch endlich mal! Uli holte tief Luft, die er geräuschvoll durch die Nase entweichen ließ. „Also, Herr Meywald, sie müssen mir zumindest ansatzweise mitteilen, welches Problem hier polizeilich gelöst werden soll."

Meywald reagierte leicht angezickt.

„Der Herr dort ist das Problem, das sieht man doch. Er ist betrunken."

„Also, wenn ich nichts verpasst habe, dann ist das hier eine Gaststätte. Völlig okay, wenn hier Leute Alkohol trinken. Deshalb kommt man ja her."

Meywald wurde ungeduldig. „Muss ich erst deutlicher werden? Das hier ist eine private Feier. Dieser Mann ist nicht eingeladen. Er kam hier angetrunken herein und hat schon herumgepöbelt. Er soll gehen. Ist das denn so schwer zu begreifen?"

„Ah, er soll gehen. Und warum sagen Sie ihm das dann nicht einfach?"

„Wieso ich? Dafür sind Sie doch da." Meywald hatte jetzt die Nase voll. Unbeabsichtigt wurde er lauter. „Soll ich mich jetzt mit renitenten Trinkern rumschlagen? Wofür haben wir denn die Polizei? Schließlich zahle ich Steuern. Und zwar mehr als Sie sich vorstellen können."

Jetzt war auch der Letzte im Saal auf die Situation aufmerksam geworden. Der Letzte war in diesem Fall Festus Niewöhner.

„Ja nee, is klar, Meywald. Einfach die Bullen rufen. Das sieht dir mal wieder ähnlich. Genau wie früher in der Schule. Immer schön hintenrum die Leute anscheißen." Festus war mühsam aufgestanden und kam nun, gefährlich schwankend, auf Meywald zu. „Für 'n ehrlichen Fight warste doch schon immer zu feige. Petzen und Nachtreten, für mehr hat's bei dir nie gereicht. Arme Sau!"

Uli runzelte die Stirn. „Die Herren kennen sich? Ich dachte, Herr Niewöhner wäre nicht eingeladen!"

Meywald grinste niederträchtig. „Ist er auch nicht. Dies ist kein Klassentreffen, dies ist ein Abitreffen. Niewöhner hat kein Abitur. Ist in der 11 geflogen."

Die beiden Damen waren ebenfalls aufgestanden und hakten sich links und rechts bei Festus unter. „Komm schon, lass den doch, wir setzen uns wieder!" „Has' Recht, Vera, an dem Arschloch mach ich mir nich die Finger dreckig!" Der Cowboy ließ sich artig in den Sessel plumpsen.

Meywald war auf 180. „Da sehen Sie es selbst. Jetzt muss man sich hier schon beleidigen lassen. Schmeißen Sie den Penner endlich raus! Und das sage ich Ihnen: Einen Strafantrag behalte ich mir vor. Sagt der einfach ‚Arschloch' zu mir!"

„Aber wenn's doch stimmt?"

Totenstille. Meywald wirbelte herum wie von der Tarantel gestochen und sah einen zweiten Polizisten vor sich, deutlich älter als der erste. Besorgt sah auch Uli seinen Partner an. Was war denn mit dem los? Eben hatten sie noch bedingungslose Deeskalation vereinbart, und jetzt zog Henry hier voll vom Leder und riskierte aus heiterem Himmel eine fette Beschwerde, wenn nicht gar Schlimmeres. Doch dann sah er ein schelmisches Blitzen in Henrys Augen und hielt sich neugierig zurück.

Meywald hatte inzwischen seine Sprache wiedergefunden und sich vor Henry aufgebaut. „Sind Sie wahnsinnig, Mann? Mich hier in aller Öffentlichkeit zu beleidigen? Was glauben Sie, was ich morgen mit Ihnen mache? Sie armer Irrer, Sie ahnen ja nicht, mit wem Sie sich hier gerade anlegen!"

Henry grinste völlig unbeeindruckt in das hochrote Gesicht. „Klar weiß ich das. Mit Hans-Jürgen Meywald, der größten Pfeife der 10B."

Meywald stand wie vom Donner gerührt. Er brauchte volle fünf Sekunden, bis sein Gehirn wieder in den Aktivmodus schaltete.

Die anderen waren jetzt alle aufgestanden und kamen näher. Auf einmal ein Schrei: „Günter! Das ist ja Günter. Günter Lütkehennerich!"

Im Nu war Henry umringt von Leuten. Man schüttelte ihm die Hände, man haute ihm auf die Schultern, Frauen umarmten ihn.

Drei Menschen, eben noch im Brennpunkt der Aufmerksamkeit, standen nun völlig unbeachtet herum. Zum einen Uli, dem das sehr gelegen kam, dann Meywald, der sich maßlos ärgerte, weil er mal wieder vor der versammelten Klasse düpiert worden war, und schließlich Festus Niewöhner, der den unbeobachteten Moment geschickt nutzte, um die Schampusflasche der beiden Damen in sich hineinzukippen und vom Nachbartisch noch schnell eine fast volle Schachtel Marlboro zu mopsen.

„Leute, bitte!" Henry musste sich mühsam Gehör verschaffen. „Wir sind spät dran und haben's echt eilig. Ist furchtbar nett, euch alle wiederzusehen, aber wir müssen wirklich dringend los. Schichtwechsel!"

„Aber dann hast du doch gleich Feierabend."

„Ja, aber ich hab morgen schon wieder Frühdienst! Kurzer Wechsel!"

„Hättest halt was Gescheites lernen sollen." Meywald konnte es einfach nicht lassen, bekam aber sofort eine Breitseite von Dietlind Altekniepkamp. „Such dir ein Mauseloch, Meywald!" Und zu Henry: „Komm schon,

Günter, für 'nen Absacker ist immer Zeit! So lassen wir dich einfach nicht weg nach all den Jahren."

„Okay, ich versuch's, aber versprechen kann ich nichts." Henry ging zu Festus hinüber, der zwischenzeitlich eingenickt war. Sanft aber bestimmt zog er ihn auf die Füße. „Los, Alter, ich bring dich nach Hause. Der Laden ist sowieso nix für dich. Die stehen hier doch alle nur auf Schlagermucke. Keinen Sinn für 'nen echten Cowboy wie dich!"

Festus kam mühsam, aber artig auf die Beine und wurde links noch von Uli unterstützt. „Hass' Recht, Henry, alles Plinsen hier. Die ignorier ich einfach gaanich. Bist 'n echter Kumpel, Henry, weißte das? Und du auch, Uli!" Mit treuem Dackelblick schaute er den Freund und Helfer an.

„Klar, Festus, für dich immer."

Es ging auf Mitternacht zu. In der Ochsenschänke stieg die Stimmung. Irgendwer hatte Festus' Klampfe entdeckt, die hinter dem Kamin stehengeblieben war, und angefangen, darauf herumzuklimpern. Vera und Dietlind hatten sich kurz angeguckt und schließlich, nach zwei weiteren Proseccos, dem allgemeinen Druck nachgegeben und ein paar von den alten Songs angestimmt. „Banks of the Ohio" erklang nach kurzer Diskussion über die Tonart wunderschön zweistimmig und beschwor die alten Zeiten am Städtischen Gymnasium herauf, wo genau diese beiden Damen, die besten Stimmen der Stufe, durch ihren beharrlichen Boykott klassischer Musik das jähe und endgültige Ende des traditionsreichen Madrigalchors besiegelt hatten, der jahrzehntelang der ganze Stolz des früheren Mädchenlyceums gewesen war. Kurzerhand wurde eine eigene Formation gegründet. Sie war die erste einer nicht abreißenden Kette glorreicher Schulbands, die bezüglich Besetzung, Stilrichtung, Qualität und Erfolg unterschiedlicher nicht hätten sein können.

Vera und Dietlind brauchten nicht lange, um auch musikalisch wieder zueinanderzufinden. Bob Dylan, Joan Baez, CCR, die Beatles und die Stones wurden rausgekramt, und siehe da: Die Texte saßen noch, die Stimmen waren reifer geworden, aber nicht schlechter. Das Kaminfeuer prasselte, man wechselte vom Bier zu stärkeren Getränken und es schien einer von jenen seltenen Abenden zu werden, die man nie vergessen, aber auch nie wiederholen kann.

Henry, der nach einem blitzartigen Dienstschluss doch noch hergefunden hatte, rief kurz auf der Wache durch, um sich für den Frühdienst abzumelden. Er hatte Glück, es waren genug Leute vorgeplant. Zufrieden ging er zum Tresen, um sich ein Bier zu holen.

„Du Günter, sag mal", Vera Sandmann setzte sich auf den Barhocker neben ihm und beugte sich nahe herüber. „Ich tu's ja nicht gern, aber kann ich dich gerade mal was Dienstliches fragen?"

„Klar, schieß los. Wo drückt denn der Schuh?"

„Ich würde gern eine Vermisstenanzeige erstatten."

„Kein Problem. Ich hab mir zwar gerade freigenommen für morgen, aber meine Jungs haben Dienst, ich würde dich da anmelden."

„Ja okay, aber andererseits bin ich nicht sicher, ob das auch alles so gut und richtig ist."

Henry begriff. „Erzähl's mir einfach kurz, vielleicht kann ich dir helfen," sagte er. „Keine Angst, ich bin privat hier. Alles, was du mir sagst, bleibt erst mal unter uns. Außer es geht um Mord, Totschlag oder Terrorismus."

Erleichtert atmete Vera aus. „Du hast doch sicher von Bernds Pleite gehört? Ich vermisse einen alten Mitarbeiter aus der Firma."

Henry nickte. Veras Blick schweifte nachdenklich in die Ferne. „Ich habe in den Jahren immer mal wieder Briefkontakt zu ihm gehabt, weil er ganz einfach ein lieber Mensch ist. Jetzt mache ich mir Sorgen um ihn. Die Firma war sein Leben, er hatte sonst nichts. Ich habe ihm schon vor Wochen geschrieben. Aber dieses Mal hat er nicht geantwortet, obwohl er sonst immer sofort zurückgeschrieben hat. Heute Nachmittag war ich an seiner Wohnung, aber es war niemand da."

„Warum rufst du ihn nicht einfach auf dem Handy an?"

„Walter hat kein Handy."

„Walter? Walter Lehmann?

„Ja genau, Walter Lehmann. Wieso, kennst du den?"

„Nein, aber es gibt bei uns ein paar Leute, die ihn gern kennenlernen würden."

Vera blickte ihn verständnislos an.

„Hör zu", sagte er schließlich, „die Sache ist nicht ganz ohne. Dein Ex steckt ziemlich in der Tinte. Der hat irgendein Problem, das groß genug ist, um alles aufzugeben und unterzutauchen. Hier laufen Ermittlungen wegen Kreditbetrug, Steuerhinterziehung und Veruntreuung. Wer weiß, was da noch alles hinter hängt. Dein Freund Walter scheint sich offensichtlich auch vom Acker gemacht zu haben. Er ist zwar nicht direkt beschuldigt, aber zumindest ist sein Verschwinden auch nicht völlig unverdächtig." Henry schwieg und sah Vera an. Die hatte den Blick gesenkt und druckste herum.

„Also, deine Kollegen haben mich vor drei Wochen auch schon angerufen und mich alles Mögliche nach Bernd und der Firma gefragt", maulte sie schuldbewusst. „Ich hab denen aber nichts gesagt. Nicht wegen Bernd und der alten Zeiten. Oder doch, vielleicht auch deshalb, ein bisschen jedenfalls. Ach, ich weiß nicht. Da gibt es aber auch noch ein paar andere Schicksale, die an der Firma hängen und mir immer noch am Herzen liegen. Unter anderem Walter. Ich möchte niemandem schaden."

„Okay, das ist nicht verboten. Dein Aussageverweigerungsrecht gilt auch nach der Ehe weiter. Niemand kann dich zu irgendwas zwingen. Warum erzählst du mir nicht die ganze Geschichte ganz unverbindlich, wenn du Walter helfen willst? Dann kannst du entscheiden, was wir aktenkundig machen und was nicht."

Vera seufzte erleichtert. Sie hatte von früher nur vage Erinnerungen an Henry, er war schon nach der 10 abgegangen. Aber wie er erst den blöden Meywald abserviert hatte, von dem sie noch fünf Minuten vorher ziemlich mies angebaggert worden war, das hatte ihr schon imponiert. Als er sich dann noch so locker und nett um den geknickten Festus gekümmert hatte, beschloss sie spontan, ihm zu vertrauen und von Walter zu erzählen.

„Du, ist echt lieb, dass du mir helfen willst. Die Geschichte ist aber etwas länger und nicht für andere Ohren bestimmt. Hast du 'ne halbe Stunde Zeit, dann sollten wir woanders hingehen. Wir könnten kurz raufgehen. Könnte aber sein, dass wir gestört werden, ich hab das Zimmer nicht alleine."

Henry runzelte ironisch die Stirn. „Wir zwei aufs Hotelzimmer? Mensch Vera, das Angebot hätte vor dreißig Jahren kommen müssen", flachste er gutmütig. „Geht aber auch anders. Ich wohne hier gleich nebenan. Pass auf, ich geh jetzt mal kurz für kleine Jungs und du kommst in fünf Minuten unauffällig nach."

„Also echt, für den Quatsch bin ich zu alt. Sollen die Affen doch denken, was sie wollen."

Demonstrativ hakte sie sich bei Henry unter und beide verließen den Saal, gefolgt von mindestens zehn ungläubigen Augenpaaren.

„Ey, du willst mich doch wohl nicht ins Auto zerren?“ Besorgt sah Vera sich auf dem Parkplatz um, auf den Henry sie geführt hatte.

„Nee, nur hinter diesen Lkw. Wir werden verfolgt.“

„Waas? Wer ist der Arsch?“ Vorsichtig lugte sie um die Ecke. „Meywald, der geile Bock. Reicht dem denn nicht eine Abfuhr am Abend? Und – Moment, das ist doch Sabine mit dem Heiligenschein. So, denen werde ich erst mal gepflegt den Marsch blasen.“

„Heb's dir auf für später. Komm lieber rein“, raunte Henry. Vera hörte ein leises Summen. Erstaunt sah sie eine dreistufige Treppe aus dem Lkw ausfahren. Henry öffnete eine Tür und verschwand im Inneren. Vera zögerte kurz. Aber nein, Henry war okay. Sie warf noch einen prüfenden Blick auf das seltsame Fahrzeug in stumpfem Grau, das stark an einen Möbelwagen erinnerte. „Henry's Removals & Storage“ stand dort auch in schwungvollem Schriftzug drauflackiert. Sie stieg ins Dunkle, die Tür schloss sich und die Treppe fuhr ein. Innen brannte ein Notlicht. Henry winkte sie weiter und zeigte auf ein großes Fenster. Beide schauten hinaus. Mitten auf dem Parkplatz standen ein ratloser Meywald und eine ratlose Sabine und guckten sich suchend um. Sie spähten vorsichtig in jedes Auto, ohne Erfolg. Schulterzucken. Den Truck beachteten sie mit keinem Blick. Schließlich schlang Sabine die Arme um ihren Körper, ihr war wohl kalt. Meywald, der alte Wemser, brauchte keine Sekunde, um ihr wärmend den Rücken zu rubbeln und sie dann fürsorglich in den Arm zu nehmen. Permanent auf sie einredend führte er sie zurück zur Ochsenschänke. Vorn an der Straße, unter der Laterne, hatte er sie schon rumgekriegt. Oder sie ihn? Henry und Vera ersparten sich Einzelheiten. Licht ging an, und Vera fand sich in einem extrem geschmackvoll gestylten Salon wieder. Hier waren edelste Hölzer in vorbildlicher Handwerkskunst verarbeitet. Sie sah eine Schranktür aus schönem Vogelaugenahorn, eine andere schien aus geflammter Wildkirsche. Überall Leisten aus Rio-Palisander, Wengé und Bubinga, kombiniert mit gebürstetem Aluminium. Der Tisch war aus Java-Teak. Sie nahm auf einem voluminösen Ledersessel Platz, der sich bei näherer Betrachtung als der geschwenkte Fahrersitz herausstellte. „Was trinken wir? Du warst, glaube ich, bei Rotwein?“

Henry öffnete ein Staufach im Fußboden, kramte darin herum und kam mit einer Flasche und einem zufriedenen Grunzen wieder hoch. Aus einer schmucken Vitrine mit Innenbeleuchtung holte er zwei voluminöse Weingläser. Er zog den Korken und schenkte ein.

Vera war ziemlich verwöhnt, was Wein anbetraf, aber wie gerade schon bei diesem seltsamen Fahrzeug erlebte sie eine weitere angenehme Überraschung. „Mann, ist der gut! Spanien auf jeden Fall", stellte sie fest und beugte sich vor, um auf die Flasche zu schauen, auf der dummerweise kein Etikett war. „Aber frag mich nichts Näheres. Hab ich Recht?"

„Ja und nein." Henry grinste vergnügt. „Es sind ursprünglich spanische Trauben, so was wie Tempranillo. Es ist aber ein Cannonau aus Oliena."

„Nie gehört." „Liegt auf Sardinien."

„Und wie kommst du da dran?"

„Ganz einfach, du parkst dort abends dein Wohnmobil vor der Cantina Sociale und stehst morgens um Sieben auf, um ordentlich zu frühstücken. Sonst überlebst du die Verkostung nicht, wenn um halb neun der Direktverkauf losgeht."

„Ah, und da bist du gestern kurz mal vorbeigefahren?"

„Nee, ist schon etwas her. So, jetzt aber mal Butter bei die Fische. Was ist mit Walter Lehmann?"

Vera nahm einen Schluck Rotwein und schaute lange in ihr Glas.

„Was ist mit Walter?", sagte sie schließlich. „Walter ist weg, das ist mit Walter. Ich mache mir echt Sorgen."

„Hmm, seit wann ist er denn weg?"

„Mindestens, seit ich ihm vor acht Wochen geschrieben habe. Irgendwas stimmt da nicht."

„Hast du ihn angerufen?" „Ja, er geht aber nicht dran."

„Ans Handy auch nicht? Ach so, er hat ja keins."

„Nee, hat er nicht. Keinen PC, keinen E-Mail-Account, kein Facebook-Profil. Walter ist Walter. Der hat eine kleine Wohnung, einen Festnetzanschluss, ein Fahrrad und das war's."

„Könnte er nicht in Urlaub gefahren sein? Oder zu Verwandten? Schließlich muss er ja nicht zur Arbeit und hat Zeit."

„Familie gibt es nicht, soweit ich weiß. Urlaub ist eine Option, keine Ahnung."

„Wo fuhr er denn so hin im Urlaub? Fuhr er überhaupt weg?“

„Ja klar, zum Wandern. Hohe Tatra, Riesengebirge, Alpen. Den Jakobsweg hat er auch mal gemacht. Das war sein ganzer Stolz. Ansonsten war Walter Einzelgänger. Schon immer. Mit den meisten Kollegen in der Firma konnte er nicht so. Er machte seinen Job und blieb lieber für sich.“

„Echt?“, hakte Henry nach. Er bemerkte, dass Veras Blick irgendwie abschweifte. Da war doch was.

„Aber mit dir konnte er richtig gut ...“ Henry ließ den Satz in der Luft hängen. Eine Weile herrschte betretenes Schweigen.

„Walter ist halt anders als die anderen Kinder“, platzte Vera schließlich los. „Walter gehörte zum Betriebsinventar. Er war schon da, als ich in die Familie kam, und er war auch schon immer ein Sonderling, das weiß ich von Frieda, meiner Schwiegermutter.

Er ist sehr zurückhaltend und bescheiden, vollkommen schüchtern eben. Andererseits ist er unglaublich zuverlässig und verantwortungsbewusst. Und er hat erheblich mehr auf dem Kasten, als alle denken. Frieda und mir vertraute er, weil wir ihn immer ernst genommen und nie gehänselt haben. Wir haben ihm vermutlich nähergestanden als irgendjemand sonst. Walter ist ein lieber, sehr sensibler und sehr einsamer Mensch, der außer seiner Arbeit nicht viel hat im Leben. Deshalb mache ich mir auch so große Sorgen um ihn. Der Zusammenbruch der Firma muss ihn völlig entwurzelt haben.“

Henry nickte zustimmend, sah Vera ruhig in die Augen und zog fragend die Stirn kraus. Bei Vera klickte es im Hinterkopf.

„Sag mal, Günter, ist das jetzt ein Verhör? Warum seid ihr eigentlich so an Walter interessiert? Ihr sucht den doch nicht etwa?“

„Suchen nicht direkt, aber man möchte sich schon gern mal mit ihm unterhalten.“

„Wieso das denn? Walter ist völlig harmlos. Ehrlich.“

Henry schwieg vielsagend.

„Jetzt sag schon, was habt ihr da mit ihm?“, drängelte Vera.

„Unfallflucht.“

„Quatsch, Walter hat doch gar kein Auto. Hat nie eins gehabt. Ich hab lange Zeit geglaubt, dass er noch nicht mal 'nen Führerschein hat.“

„Doch, hat er wohl. Den hat er nämlich vorgelegt, als er in Spanien ein

Auto gemietet hat. Ja, und mit genau dem Auto wurde eine Unfallflucht begangen. In Vigo. Man hat es dann später verlassen aufgefunden."

„Walter in Spanien? Ein Auto gemietet? Unfallflucht? Im Leben nicht."

Vera lehnte sich spöttisch grinsend zurück und süffelte an ihrem Wein.

„Du kennst Walter nicht. Der geht lieber dreißig Kilometer zu Fuß, bevor er außerhalb vom Betriebsgelände der Firma Sandmann ein Kraftfahrzeug fährt. Und dann noch in Spanien!"

„Wieso, der Jakobsweg ist auch in Spanien. Vigo ist nicht weit weg von Santiago de Compostela."

„Ach, da war er ja auch nicht alleine. Den Jakobsweg hat er damals zusammen mit Jerzy gemacht."

„Jerzy?"

„Ja, Jerzy Pavlovic. Der hat früher mal ein paar Jahre bei uns gearbeitet. Kam aus Tschechien und ist dann irgendwann wieder zurückgegangen. Auch so 'n Wandervogel."

„Auf jeden Fall spricht alles dafür, dass Walter in Vigo ein Auto gemietet hat. Vielleicht war er ja auch dieses Mal nicht alleine."

„Ah, und mit wem war Walter denn wohl auf Spanienurlaub?"

„Na, überleg doch mal. Wo war denn dein lieber Bernd, bevor er sich vom Acker gemacht hat? In Spanien vielleicht? Und jetzt sind beide weg. Verschwunden. Zur selben Zeit und im selben Land. Abgehauen. Untergetaucht. Argentinien, Thailand, Timbuktu oder sonst wohin. Steckt Walter vielleicht mit drin in dieser Betrugssache?"

Vera stierte eine Weile auf ihr Weinglas, als könne sie darin die Antwort auf diese Frage lesen. Sie konnte offensichtlich.

„Ausgeschlossen", entschied sie bestimmt. „Walter ist der Firma zwar mit Haut und Haar treu ergeben, aber er würde nie jemandem Schaden zufügen. Anderen Leuten ihr Geld wegnehmen, und dazu noch zum eigenen Vorteil, das käme für ihn nicht infrage. No way.

Außerdem: Bernd und Walter … das kann ich mir nun wirklich nicht vorstellen. Schon gar nicht als Lebensgemeinschaft im Untergrund. Da gab es eine klare Linie. Bernd war der Boss und Walter war der Hausmeister.

Vorher, bei Wilfried und Frieda war das anders. Die beiden begegneten Walter auf Augenhöhe und schätzten seinen Rat. Aber Bernd hatte andere

Vorstellungen und pfiff auf Walters Meinung. Wie auch immer, jedenfalls hielten beide nicht allzu viel voneinander."

„Jetzt mal langsam: Walter beriet die Firma in fachlichen Dingen? Als Hausmeister?"

„Ja denkste. Offiziell war das so. Aber wenn die Trupps raus waren, dann kam Walter so gegen zehn Uhr immer zum Kaffee ins Büro, und wir sprachen über die Baustellen. Was alles an Material bestellt werden musste, welche Arbeiten anstanden und vor allem was wie gemacht werden sollte."

„Und da redete Walter mit?"

„Ich sagte ja: Walter hat erheblich mehr auf dem Kasten als es scheint. Ist aber 'ne lange Geschichte."

„Okay. Wie ist er denn sonst so, dein Walter? Ich meine, was macht er, wenn er nicht arbeitet? Hat er Hobbys?" „Über sein Privatleben hat Walter nie groß gesprochen. Ich glaube, er liest viel. Kennt sich erstaunlich gut aus, so ganz allgemein."

„Hmm. Frauen?"

„Komplette Fehlanzeige. Viel zu schüchtern."

„Und Alkohol?"

„Wie Alkohol?"

„Na, ich meine: trinkt er schon mal gerne einen?"

„Nein, absolut nicht. Walter mag überhaupt kein Bier, ist ihm zu kalt und zu bitter. Das war auch einer der Punkte, weshalb er früher ständig gemobbt wurde. Denk mal dreißig Jahre zurück: ein Maurer, der kein Bier trinkt. Hallo? Und Kurze auch nicht. Korn, Wacholder, Saurer Paul, Maurercognac, nichts davon. Schmeckt alles nach Rasierwasser, sagte er immer. Er raucht auch nicht, davon wird ihm schlecht."

„Maurercognac?"

„War früher mal groß in Mode auf dem Bau. 1/3 Boonekamp auf 2/3 Wacholder."

„Igitt! Also kompletter Abstinenzler? Kein Alkohol, keine Zigaretten, keine Frauen? Rein gar nichts?"

„Nee, nicht ganz. Also, der Rotwein hier, der würde ihm sehr gefallen. Ein Glas natürlich nur, mehr verträgt er nicht. Magenprobleme. Walter ist mehr der Genießer mit Niveau. Das glaubt nur keiner, wenn du ihn so im grauen Kittel siehst."

Vera musste plötzlich grinsen. Henry sah sie fragend an. „Ach“, meinte sie entschuldigend, „ich musste gerade an eine der letzten Weihnachtsfeiern denken, bei denen ich dabei war. Walter wollte wie üblich um kurz vor zehn Uhr nach Hause gehen, wurde aber von ein paar Kollegen an der Theke aufgehalten. Wenn er schon so früh abhaute, sollte er wenigstens noch einen Schnaps mittrinken, das wäre ja wohl das mindeste unter Kollegen. Walter lehnte wie immer ab, aber die Jungs ließen nicht locker. Ob ihm denn gar nichts läge an etwas Kameradschaft.

Damit kriegten sie ihn schließlich rum. Er bestand aber darauf, den Schnaps selbst auszugeben, weil er den Fusel nicht mochte, den die Jungs laufend kippten.

Das fand man In Ordnung, und Walter bestellte irgendwas Braunes im Schwenker. Dann hieß es Prost. Fünf Köpfe flogen in den Nacken, und fünf Maurergesellen spuckten Feuer. Walter nuckelte etwa 15 Minuten selig an seinem Glas herum. Dann ging er. Ich hab nachher daran geschnuppert. Das Zeug roch, als wenn man Boote damit streichen könnte.“

„Und was war es?“

„Irgend so ’n total heftiger Whisky mit knapp fünfzig Prozent Alkohol. Nur was für absolute Kenner. Keiner hätte gedacht, dass Walter so was durch den Hals kriegt. Ich hab ihn hinterher danach gefragt. Er sagte, das sei seine Lieblingsmarke, den trinkt er immer im Winter. Nachmittags zum Tee. Er hat mir auch den Namen gesagt. Irgend so was unaussprechlich Keltisches. Ich hab’s wieder vergessen.“

Es dauerte ganze fünf Sekunden, dann rastete bei Henry die passende Synapse ein und ein Bild erschien vor seinem inneren Auge. Eine grüne Flasche inmitten von Pizzakartons und Bierdosen.

„Laphroaig Quarter Cask.“

„Ja, genau. Der war’s. Sag bloß, den kennst du?“

„Islay Malt, extrem torfiges Zeug, 48 Prozent Alkohol. Wird in kleineren Fässern gelagert, daher der Name. Mehr Holz, weniger Schnaps. So kriegt er in kürzerer Zeit stärkeres Aroma.“

Henry spulte die whiskytechnischen Fakten ab, ohne nachzudenken. In Wirklichkeit waren seine Gedanken ganz woanders. Plötzlich wurde ihm ziemlich heiß unter seinem Flanellhemd.

Vera merkte zum Glück nichts. „Genau das mit den kleinen Fässern hat Walter mir damals auch erklärt. Das hatte auch irgendwas mit dem Transport zu tun. Die großen Fässer bekam man nicht aufs Pferd!"

Henry überlegte fieberhaft. Langsam tastete er sich weiter vor.

„Und ein Wanderer ist er also, der Walter."

„Ja, das ist seine Welt. Walter gibt ja für nix Geld aus. Kein Auto, kein Computer, kein Alkohol, nur Arbeitsklamotten. Auch seine Wanderurlaube sind ziemlich billig. Er bezahlt nur die Bahnfahrt und kommt meistens privat bei irgendwelchen Leuten unter. Ein trockener Schuppen reicht ihm. Walter ist unfassbar anspruchslos. Nur für seine Wanderklamotten, da gibt er Geld aus. Fjellräven, Wolfskin, Lowa. Alles vom Feinsten. Na ja, dafür halten die Sachen bei ihm auch eine Ewigkeit. So gesehen ist das dann auch wieder sehr preiswert."

Henrys Kopfkino zeigte plötzlich ein anderes Bild. Die grüne Flasche verschwand und ein Toter erschien, bekleidet mit einer grauen Fleecejacke von Wolfskin und Lowa-Wanderstiefeln. Beides alt und voller Entengrütze, aber sonst prima in Schuss.

Es half nichts, Henry musste jetzt Gewissheit haben.

„Kannst du Walter mal ungefähr beschreiben?"

„Na ja, so gut es eben geht. Ich hab ihn ja auch fünf Jahre nicht mehr gesehen. Walter ist jetzt 56 Jahre alt und ungefähr eins-achtzig groß, Glatze."

„Bart? Brille?"

„Bart nein, Brille ja. So 'n olles Honeckergestell."

„Und wie schwer ist er?"

„Keine Ahnung. Wieso?"

„Na ja, war er dick, schlank, kräftig?"

„Schlank. Fast dünn, würde ich sagen."

Das reichte.

Henry schenkte nach und hob sein Glas.

„Vera!" sagte er dann sehr förmlich.

„Was ist?", fragte die Genannte irritiert und hob ebenfalls ihr Glas. „Bitte jetzt bloß keinen Heiratsantrag!"

„Schlimmer", entgegnete Henry ernst. „Ich glaube, ich weiß, wo Walter Lehmann ist. Aber es wird dir nicht gefallen."

Veras Weinglas stoppte in der Aufwärtsbewegung, ihr schon geöffneter Mund fror ein. Fragend sah sie Henry an. Der räusperte sich umständlich.

„Wir hatten hier vor drei Wochen einen unbekannten Toten in der Dalke. Ohne Papiere, nicht unterzubringen, von niemand vermisst. 179 cm groß, schlank, graues, lichtes Haar, Vollbart. Bekleidet mit Wandersachen und Wanderstiefeln. Gebrauchte Markensachen."

„Scheiße!" Vera verharrte bewegungslos und starrte Henry entgeistert an. Dann setzten gewisse Automatismen bei ihr ein. Sie hob das Glas weiter und nahm erst mal einen guten Schluck. Dann noch einen. Nach und nach begann ihr Verstand wieder zu arbeiten.

„Und du meinst, das war Walter?"

„Sieht zumindest stark danach aus, meinst du nicht?"

„Ich weiß nicht. Och nee, Walter! Tu mir das nicht an!"

Betroffen schwieg Vera einen längeren Moment.

„Wie, ich meine: wie ... ist er gestorben?"

„Ich würde sagen durch mehrfaches Ertrinken."

„Wie jetzt?"

„Na ja, einerseits lag er in der Dalke mit dem Kopf unter Wasser. Daran ist er letztlich ertrunken."

„Und woran noch?"

„An der Flasche Schnaps, die er vorher getrunken hatte. 3,8 Promille."

„Walter hat nicht gesoffen. 3,8 Promille! Never!"

In Vera begannen sich nun jene Mechanismen zu regen, die in dieser Situation oft bei Betroffenen zu beobachten sind. Die Todesnachricht ist so endgültig und so ungeheuerlich, dass der Verstand sich weigert, sie zu glauben, und beginnt, nach allen möglichen Ausflüchten zu suchen.

„Vera, am Ufer fand man unter anderem eine Flasche Laphroaig Quarter Cask. Und im Magen des Mannes roch es auch nach nichts anderem. Aber so was von! Ich war doch selbst bei der Obduktion dabei."

„Aber die Haare und der Vollbart! Walter war immer tipptopp rasiert. Der hasste Bärte. Fand sie vulgär und unhygienisch."

„Du hast es doch selbst gesagt: Mit der Firma ist wohl auch bei Walter was zusammengebrochen. Völlig entwurzelt, hast du gesagt. Der Tote wurde sechs Wochen nach der Sandmannpleite gefunden. Das passt zu der

Haar- und Bartlänge, die er trug. Vielleicht hat er damals einfach aufgehört, sich zu rasieren."

„Ich glaub das nicht. Nicht bevor ich ihn gesehen habe."

„Na klar, wir gucken uns gleich morgen ein paar Fotos an. Ich muss dich aber warnen, die sind nicht gerade schön."

Vera schwieg einen Moment. „Glaubst du wirklich, dass er das ist?"

„Ja, Vera, ich glaube das. Sieh es doch mal von der anderen Seite. Da findest du mitten in Gütersloh einen Toten im Wasser. Woher kommt der? Vom Himmel gefallen? Keiner kennt den, keiner vermisst den. Keine Familie, kein Freund, kein Nachbar und kein Arbeitgeber. Kein Hahn kräht danach. Sieben Wochen lang. Auf wen trifft das bitte zu außer auf Walter? Und wie oft passiert so was? Für mich ist das in dreißig Dienstjahren das erste Mal. Und dann passen noch die Personenbeschreibung, die Wanderausrüstung und eine ziemlich seltene Whiskymarke ins Bild. Was willst du mehr?"

„Und da hat sich echt keiner gemeldet? Ihr habt doch sicher ein Bild in der Zeitung gehabt. Unbekannter Toter und so?"

„Ja klar. Aber erstens lag Walter mit dem Kopf im Wasser, Gesicht nach unten. Da quillt man ganz schön auf. Dann die Haare, der Bart und die fehlende Brille. Die liegt sicher noch da im Schlamm. Dazu kommt: Walter war unscheinbar, der Mann im Hintergrund. Der fehlte einfach nirgends."

„Aber …" Hilfesuchend starrte Vera Henry an. Schließlich sackten ihre Schultern nach unten und Tränen schlichen sich auf ihre Wangen. Nachdem sie ein bisschen geweint hatte, zog sie kräftig die Nase hoch, wischte sich die Tränen mit dem Ärmel ab und beschloss, ihre Trauer in Grenzen zu halten. Dann trank sie ihr Glas aus.

„Was machen wir denn jetzt?", fragte sie und sah sich kurz um. „Keine Ahnung. Am besten wir gehen morgen zusammen zur Kripo und regeln das Erforderliche. Ich ruf da gleich noch an. Du willst ja auch sicher zurück zu den anderen?" Vera nickte entschlossen. „Auf Klassentreffen ist mir die Lust eigentlich vergangen. Aber wenn ich mich jetzt in mein Hotelzimmer verkrieche, packt mich unter Garantie das heulende Elend. Komm, lass uns wieder rübergehen und anständig einen trinken. Was meinst du?"

Die Reihen hatten sich schon gelichtet, die ewig Alten waren längst im Bett. Ein harter Kern von etwa acht Junggebliebenen saß rund um den Kamin und sang mit Inbrunst „I am sailing", gefühlvoll begleitet von – man glaubt es nicht – Festus Niewöhner, der irgendwie den Weg wieder hergefunden hatte, einen durchaus passablen Eindruck machte und nun selig in trauter Runde saß, eine große Apfelschorle vor sich.

Vera und Henry steuerten den Tresen an, hinter dem Irmgard einen schweren Kampf gegen den Schlaf ausfocht. Gerade hatte sie mal wieder kurz verloren, schreckte aber sofort schuldbewusst hoch, als sie leise und freundlich angesprochen wurde.

Dietlind Altekniepkamp kam herübergeschlürt. „Festus war auf einmal wieder da. Hat zu Hause gemerkt, dass er seine Gitarre vergessen hat. Frische Luft und drei Kilometer Fußmarsch scheinen bei ihm Wunder zu wirken. Na, und ihr? Habt ihr euch gut unterhalten? ... Oh, eher nicht." Ihr fragender Blick entlarvte sofort Veras Traurigkeit.

„Was haste denn?"

„Schlechte Nachricht. 'N alter Kollege aus Bernds Firma."

„Oh Mist. Du Arme. Und was machen wir jetzt?"

„Jetzt? Jetzt schicken wir Walter Lehmann ordentlich auf die Reise. Günter, besorg' mal was Passendes. Biste dabei, Dietlind?" „Klar. Egal was."

Henry sprach leise mit Ingrid und kam dann mit drei Gläsern zurück. Vera roch kurz und zog die Nase kraus. „Isser das?" Henry nickte. „Puh, ich weiß nicht, ob ich den runter kriege." „Ah, Moment noch", sagte Henry schnell und taufte jeden der Drinks mit einem kleinen Schuss warmem Wasser aus dem Kran. „Das nimmt die Schärfe, und das Aroma kommt besser." „Wie auch immer, rein mit dem Zeug. Das sind wir ihm einfach schuldig." Vera sammelte sich einen Moment und hob das Glas. „Also dann: Tschüss, Walter. Mach's gut, wo immer du jetzt bist!"

Eine Träne kullerte ihre Wange hinab, dann nahm sie den Whisky mit einem Schluck. Als sie nach zwei Minuten wieder Luft kriegte, ging sie zu Festus Niewöhner hinüber und flüsterte ihm etwas ins Ohr. Der Cowboy griff ohne sichtbares Zaudern in die Saiten und zupfte ein cooles Bluesschema. Vera räusperte sich. Auf einmal fand sie den intensiven rauchig-torfigen Geschmack in ihrem Mund irgendwie sehr tröstlich. Sie schloss die Augen und fing an zu singen.

„I went down to Saint James' Infirmary. Saw my baby there, he was stretched out on a long white table, so sweet, so cold, so bare."

Irgendetwas löste sich in ihr. Der Rauch und das Volumen des Islay Malt schien sich komplett auf ihre Stimme zu übertragen. Der mächtige Geist des Destillats begann zu wirken, und sie haute den Song raus wie noch nie in ihrem Leben. So ist das also, wenn man den Blues hat, dachte sie zwischendurch, als Festus ein nettes kleines Solo fabrizierte. Sie wiegte sich im Rhythmus sachte hin und her, begann wieder zu singen und ließ sich von ihrer Trauer, vom Song und vom Whisky überfluten.

„Let him go, let him go, God bless him, where ever he may be. You can search this wide world over, but you won't find a sweet girl like me."

Festus ließ den Song mit einem extrem schrägen Dominant-Septim-Akkord und triefenden Augen ausklingen, dann brach der Beifall los. Henry kam mit einem weiteren Whisky, den Vera dankbar entgegennahm und der schon um Lichtjahre besser schmeckte als der erste.

31.

Der Bootsdiesel brummte leise. Die See schien ruhig, der Kahn schwankte kaum. Eigentlich Zeit, aufzuwachen, an Deck zu erscheinen und Segel zu setzen. Danach Frühstück. Ah, irgendwer hatte frische Brötchen organisiert. Die dufteten ja bis hierher ins Vorschiff. Aber erst mal noch fünf Minuten liegen bleiben, wo die Koje doch gerade so superkuschelig war. Ohh, der Kopf will auch noch nicht wirklich in die Senkrechte. War wohl mal wieder heftig geworden gestern Abend? Komischer Kurs aber auch, der da anliegt. Gerade hart backbord, dann wieder hart steuerbord. Und jetzt sogar rückwärts. Wer steht denn da am Ruder? Und wieso hupt hier einer? Warum denn überhaupt Boot? Wo bin ich hier? Und mit wem?

Schlagartig durchbrach Vera den Nebel ihres schlaftrunkenen Dahindämmerns und tauchte auf im reellen Jetzt und Hier. Als erstes registrierte sie, dass sie doch vorwärts fuhr und nicht rückwärts, denn dies war nicht das Vorschiff ihres Jollenkreuzers, sondern das Heck eines Landfahrzeugs. Langsam fielen alle Puzzleteile wieder an ihren Platz. Richtig. Klassentreffen, Walter, Henry, Wohnmobil, Canno-Dingens de Oliena und, verflucht noch mal, Laphroaig Quarter Cask. Soweit der äußere Rahmen. Sorgfältig checkte Vera danach ihr internes System. Starke Restmüdigkeit, leichter Schädel, trockene Zunge mit Teergeschmack. Fremdes, viel zu großes T-Shirt, unbekannte Boxershorts, darunter der zweifellos eigene Slip in ordentlichem Zustand. Die Koje neben ihr leer, ohne Bettwäsche. Fazit: kleiner Blackout, leichter Kater und offensichtlich kein ungeplanter Sex, Gott sei Dank! So weit so gut. Bloß: Wo ging diese Fahrt hin?

Vera ließ das Rollo neben sich hoch und sah nur Felder und Wiesen. Dann Wald. Das Wohnmobil rumpelte plötzlich in Schleichfahrt über sehr unebenen Untergrund. Dann hielt es. Vera schaute aus dem Fenster und erkannte, dass sie auf einem alten Bauernhof war.

„Moin, Vera, alles klar?" Henry Gesicht erschien zwischen den Vorhängen, die das Führerhaus vom Wohnbereich trennten. Er schien bester Laune zu sein.

„Weiß noch nicht", war die unsichere Antwort. Vera war völlig verwirrt.

„Okay, lass dir Zeit. Durch die rechte Stalltür geht es ins Bad, ich deck schon mal den Frühstückstisch hinterm Haus."

Und weg war er. Vorsichtig guckte Vera sich um und entdeckte ihre Sachen auf einer der Sitzbänke. Was zum Teufel war *noch* passiert gestern Nacht? Schnell zog sie sich an und stieg aus. Gerade, als sie die Treppe hinabstieg, kam eine Frau auf einem Fahrrad um die Hausecke gefahren. Sie erschrak sichtlich, als sie Vera erblickte, trat kräftig in die Pedale und fuhr mit wehenden Haaren vom Hof. Wenn Vera sich darüber wunderte, so staunte sie erst recht, als sie das „Badezimmer" betrat. Es gab einen großen alten Spülstein und eine Schwengelpumpe. An der gegenüberliegenden Wand waren eine Brause und ein Gartenschlauch installiert. Das war es. Hinter einer weiteren Tür entdeckte sie eine Toilette, hinter einer Dritten eine geräumige Sauna mit großem Fenster zum Garten hin. Alles sehr rustikal, aber irgendwie anheimelnd. Vera machte sich etwas frisch, wobei ihr das eiskalte Wasser entscheidend half. Warmes schien es momentan nicht zu geben. Dann ging sie durch die Sauna in den Garten. Henry hatte auf einer malerischen Veranda bereits eingedeckt und kam gerade mit einer Kaffeekanne aus der Küche.

„Setz dich, ist alles da", meinte er gemütlich. „Eier und Speck gibt es heute nicht, da müsste ich erst Feuer machen."

„Nee, bloß nicht, ist alles okay. Ich weiß überhaupt nicht, ob ich schon feste Nahrung vertrage. Was zum Teufel war überhaupt los gestern Nacht?"

„Nix, alles völlig normal. Wieso?"

„Wieso, wieso", leierte Vera. „Warum bin ich hier und nicht in meinem Hotelzimmer? Die Antwort würde mir für den Anfang schon reichen. Irgendwie fehlt mir das komplette Ende des Abends."

„Ach so!" Henry grinste belustigt. „Ab wann setzt es denn aus bei dir?"

„Also ich weiß noch, dass Dietlind und ich uns gestritten haben, ob ‚Scarborough Fair' in a-Moll oder in e-Moll gesungen wird. Danach ist alles weg. Jetzt sag schon, Henry! Hab ich irgendwelchen Mist gebaut? Bitte!"

„Überhaupt nicht, alles im grünen Bereich."

„Und wieso grinst du dann die ganze Zeit so dämlich?“

„Na ja, komisch war es schon irgendwie. Also, Dietlind und du, ihr habt tatsächlich ‚Scarborough Fair‘ gesungen, frag mich nicht in welcher Tonart. Hammergeil war's auf jeden Fall. Wir haben dann noch einen letzten Quarter Cask gekippt und wollten alle ins Bett. Du warst schon rauf in dein Zimmer, wir standen noch zusammen an der Bar und warteten auf das Taxi für Dietlind. Sie wollte auch Festus mitnehmen und unterwegs absetzen. Als die beiden weg waren, bin ich los zu meinem Wagen. Ich will grad die Tür aufschließen, da kommst du plötzlich hinterher gestolpert. Voll wie 'ne U-Bahn, um es mal vorsichtig zu sagen, aber total lustig drauf. Sabine hätte euer Zimmer abgeschlossen und sei da wie wild mit irgendwem am bumsen, vermutlich mit Meywald. Dann sabbelst du noch irgendein dummes Zeug und meinst mitten im Satz: So, jetzt aber ab in die Koje. Na ja, dann bist du nach hinten verschwunden, und wie ich einen Moment später nachgucke, liegst du in meiner Koje, mit meinem Schlaf-T-Shirt an und ratzt wie ein Bär. Ich wette, du hast nicht mal mehr den Aufschlag auf dem Kopfkissen mitgekriegt. Ach ja, und du hast irgendwie gemeint, was das denn für ein komisches Schiff wäre.“

„Oh nee, wie peinlich! Wahrscheinlich dachte ich, ich wäre auf meinem Boot.“ Vera wand sich förmlich. „Sowas ist mir ja noch nie passiert.“

„Mir schon.“ Henry grinste verständnisvoll. „Es gab schon das eine oder andere Whisky-Tasting, wo den ganzen Abend alles klar war, aber wenn man schließlich nach draußen geht und etwas frische Luft abkriegt, steht da plötzlich jemand mit dem Holzhammer hinter der Ecke. Man vergisst, das Zeug hat fast fünfzig Prozent.“

„Boah, aber für so ein Besäufnis geht es mir heute echt gut. Kein Schädel, kein Augenflimmern, sogar Hunger.“ Eifrig kaute sie ihr Schinkenbrötchen und spülte mit reichlich Kaffee nach.

„Tja, ist ja auch ein erstklassiger Stoff. Also alles, was Recht ist: besser hätte es nicht laufen können.“

„Was meinst du?“

„Na, Walter stilvoll auf die Reise zu schicken. Darum ging es doch.“

„Ach ja, Walter.“ Die Stimmung sackte plötzlich spürbar durch.

„Du, Günter, sei mir nicht böse, aber bevor wir hier unsere Zeit mit Smalltalk verplempern, muss ich erst mal Gewissheit haben. Lass uns auf die Wache fahren und die Fotos angucken. Ich muss auch heute am späten Nachmittag meinen Zug kriegen, zurück nach Kitzbühel."

„Ja, sicher", lenkte Henry sofort verständnisvoll ein. „Ich ruf gleich mal an."

Kurz darauf saßen sie in Henrys Wohnmobil und rollten auf der Brockhäger Straße Richtung Gütersloh.

„Ich würde ja zu gerne mal einen Blick in Walters Wohnung werfen", sinnierte Vera unverbindlich vor sich hin, warf aber unter gesenkten Augenlidern einen messerscharfen Blick zu Henry hinüber. Sie sah Zweifel in seinem Gesicht. Immerhin keine Ablehnung. „Wenn man da bloß reinkäme", legte sie daher sofort nach. „Walter war echt ein guter Freund, die Sache geht mir voll an die Nieren." Stille.

„Dafür brauchen wir 'nen Durchsuchungsbeschluss. Wir können Walter ja nicht mehr fragen."

„Echt? Walter ist doch tot. Und Angehörige hat er nicht. Irgendwer muss sich doch kümmern."

Henry sah in große, traurige Augen. „Ich weiß nicht", brummelte er, doch sein Widerstand taute zusehends ab. Vera starrte finster auf die Straße. Ihr Schweigen schien den kräftigen Dieselmotor locker zu übertönen.

„Okay, wir können ja mal gucken", meinte Henry schließlich unverbindlich.

„Bestimmt hast du so 'n Spezialteil zum Türen aufmachen?", fragte Vera hoffnungsvoll.

„Nee, Vera, wir sind hier nicht im Film. Ich würde da auch nie eigenmächtig reingehen. Aber ich glaube, ich kenn' da jemand, der uns helfen kann".

Etwas später klingelten sie an einer Tür im bewussten Wohnblock am Brockweg.

Hilde Westersuhrbier öffnete Sekundenbruchteile später, als hätte sie die ganze Zeit auf einen unverhofften Gast gewartet. Neugierig beäugte sie Vera und Henry. Dann klickte es bei ihr.

„Ah, der nette Polizist von neulich. Sie, das ist ja schön, dass Sie nochmal vorbei gucken, ich wollte schon anrufen. Sie ahnen ja nicht, was hier los war die letzte Zeit!"

„Nein, was war denn?“, fragte Henry harmlos.

„Na ja, erst mal kam Herr Lehmann ja aus dem Urlaub wieder. Das war eine Woche nachdem Sie hier waren. Hat kurz ‚Guten Abend‘ gesagt und wollte gleich wieder weg. Ich hab ihm sofort von dem Einbruch erzählt. Er hörte sich aber nur alles an, sagte dann ‚Ja danke, ich kümmere mich‘, und weg war er. Also ich war vollständig platt.“

Henry schaute verwundert auf Frau Westersuhrbiers gigantischen Busen, aber da war noch alles in Ordnung. Doch bevor er einhaken konnte, sabbelte Frau Westersuhrbier schon wieder los.

„Sie, und dann habe ich ihn tagelang nicht gesehen. Man hörte es wohl rumoren in der Wohnung, auch spät abends noch. Na ja, war ja nicht weiter verwunderlich, wo er doch jetzt keine Arbeit mehr hat. Zwischendurch trafen wir uns aber ein paarmal auf dem Flur. Schlecht sah er aus. Mager, bleich, unrasiert. Und so schweigsam. So kenne ich ihn gar nicht. Und …“ Hilde kam näher und senkte bedeutungsvoll ihre Stimme, „ich sag's ja nicht gerne, aber … er roch. Ziemlich. Dann habe ich irgendwann auch nichts mehr gehört. Ich glaube, der ist wieder weggefahren. Er hatte auch sowas angedeutet, als wenn er vielleicht noch mal wegmüsste. Und ob ich dann nach der Post gucken würde, er käme sie später abholen.“

„Haben Sie denn nicht mal in der Wohnung nachgesehen?“

„Um Gottes Willen, ich kann da doch nicht einfach so reingehen, ganz ohne Auftrag von Herrn Lehmann“. Entrüstet sah Hilde Westersuhrbier Henry an.

„Nein, ganz richtig“, lenkte der sofort ein. „Trotzdem sollten wir mal nachgucken. Es kann ja sein, dass ihm was passiert ist. Den Schlüssel haben Sie ja noch?“

„Selbstverständlich, Herr Kommissar!“ Hilde wirbelte auf dem Absatz ihrer rosa Plüschpantoffeln herum und kam Sekunden später mit dem Schlüssel zurück, um diensteifrig Lehmanns Tür aufzuschließen. „Das lassen Sie uns bitte machen“, sagte Henry bestimmt und schaute Hilde ernst an. Die erschrak, schlug die Hände vor den Mund und zog sich in ihre Wohnung zurück.

Ein übler Geruch schlug den beiden entgegen, als Henry die Tür öffnete. Vera wich zurück und sah Henry fragend an. Der schnüffelte intensiv.

„Keine Sorge“, sagte er dann, „da liegt keiner drin. Das riecht ganz anders.“

„Und wonach riecht das hier?“, fragte Vera ängstlich.

„Nach Pennerbude halt. Verplempertes Bier, unerledigter Abwasch, vergammelte Lebensmittel, dreckige Wäsche, nie geputztes Klo, Siff, Schimmel, Müll. Und vier Wochen nicht gelüftet. Was glaubst du, in wie vielen Wohnungen es so zugeht? Wenn du ‘ne feine Nase hast, riechst du schon auf dem Flur, was hinter der Tür los ist. Hui, hier sieht’s aber anders aus als beim letzten Mal!“

Erstaunt sah Henry sich in dem kleinen Apartment um. Der Boden war übersät mit Leergut, wahllos waren irgendwelche Kleidungsstücke verstreut, die still vor sich hin müffelten. Die kleine Kochnische sah aus, als hätte eine Bombe dort eingeschlagen. Im Badezimmer hatte sich jemand übergeben und die Bescherung anschließend nicht beseitigt, die schon mal gegessene Pizza war gut durchgetrocknet.

Es dauerte eine Weile, bis Henry in dem ganzen Chaos ein Muster auffiel, das er gut kannte, hier aber nicht erwartet und zunächst im allgemeinen Durcheinander übersehen hatte. Er warf noch einen sichernden Blick in das kleine Schlafzimmer, der seinen Verdacht bestätigte.

„Komm, Vera, wir müssen gehen.“

„Wieso?“ Vera stand am Küchentisch und las in irgendwelchen Papieren, die in einem Karton lagen.

„Sieht so aus, als wäre hier schon vor uns unangemeldeter Besuch gewesen. Die Bude ist durchsucht worden.“

Jetzt fiel auch Vera auf, dass alle Schränke und Schubladen geöffnet und der Inhalt teilweise auf dem Boden verstreut war.

„Pack nichts an, huste nicht, nies nicht, pass auf, wo du hintrittst und nix wie raus hier. Wir müssen die Kripo ranholen. Walter wird tot aufgefunden, seine Wohnung wird von irgendwem durchsucht und es fehlt jede Menge Geld. Das stinkt doch genau so streng zum Himmel wie diese Bude.“

Vera griff ihre voluminöse Handtasche vom Tisch und drehte sich zu Henry um.

„Und wonach stinkt es?“, fragte sie im Rausgehen.

„Nach einem saftigen Kapitaldelikt. Wenn 500.000 Ocken kein Mordmotiv sind, was dann?“

Im Rausgehen blieb Henrys Blick an einem einsamen Foto hängen, das in einem alten Rahmen an der Wand hing. „Ist das Walter?“

„Ja, der linke. Rechts, das ist Jerzy Pavlovic. Wahrscheinlich ein Bild vom Jakobsweg damals."

Walter ging näher heran und schaute intensiv.

„Das isser", sagte er dann leise. „Wer?" Vera war schon draußen und drehte sich noch mal um.

„Walter. Effe. Der Tote aus der Dalke."

„Bist du sicher?"

„So gut wie."

Sie gingen nach nebenan, wo Frau Westersuhrbier hinter der spaltbreit geöffneten Wohnungstür auf Lauerposten stand und sofort zur Stelle war, als sie Stimmen auf dem Flur hörte.

„Tut mir leid, Frau Westersuhrbier, aber wir müssen kurz Ihre Gastfreundschaft in Anspruch nehmen. Es scheint so, als wäre Herr Lehmann unter ungeklärten Umständen verschwunden. Die Kripokollegen müssen sich die Wohnung etwas genauer anschauen, die dürften in einer halben Stunde da sein."

„Oh Gott, was ist dem armen Herrn Lehmann denn passiert?" Die Aufregung erzeugte sichtliche Kurzatmigkeit bei der treuen Nachbarin.

„Das wissen wir noch nicht", wich Henry geschickt aus. „Dürfen wir reinkommen, bis hier alles angelaufen ist?"

„Aber natürlich. Gehen Sie nur durch nach links in die Küche. Ich hab gerade frisch Kaffee gekocht."

Als erstes trafen Eyleen und Manni im Streifenwagen ein. Henry ging mit ihnen raus, um sie in die Lage einzuweisen, als schon ein flammend roter Haarschopf auf dem Treppenabsatz leuchtete. Dierk-Helge kam die Stufen heraufgesprintet, den schweren Spurenkoffer mit eiserner Faust umklammert, die Fotokamera in wilden Schlenkern vor der Brust baumelnd. Tatendurst leuchtete aus seinen Augen.

„Sie, gehen Sie bitte zurück in Ihre Wohnung!", blaffte er die völlig konsternierte Frau Westersuhrbier an, dann wandte er sich an Henry und die anderen. „Ihr geht am besten eine Treppe runter. Ich muss den kompletten Etagenflur haben. Wenn ich damit fertig bin, können wir die Absperrung auf die Tatwohnung zurücknehmen. Circa vierzig Minuten, schätze ich."

Stille.

Dann das deutlicher werdende Schnaufen einer herannahenden Dampflok. Hermann Stratkötter arbeitete sich die Treppe hoch, im Gegensatz zu seinem jungen Kollegen bar jeglicher Ausrüstung.

Er war noch nicht oben, da bekam er schon die erste Breitseite.

„Ey, wo hast du das Equipment? Flatterband, Tüten, Säcke, Mikrospurenkoffer? Mensch, Hermann, muss ich hier alles alleine machen?"

Hermann brauchte zehn Sekunden, um zu Atem zu kommen.

„Fahr runter, Roter, alles ist gut. Wir brauchen das Zeug nicht. Ich hab's die ganze Zeit schon durchgesagt, aber du hast ja mal wieder deine Funke nicht an."

Erschrocken checkte Dierk-Helge sein Gerät und drehte an einem Schalter. „Stand noch auf Wiedenbrück", meinte er verlegen.

„Und mach hier bloß nicht den Hermann. Reiffeisen hat Führungsbereitschaft und ist auf der Leitstelle. Die Spusi aus Bielefeld rollt an, die übernehmen die Sache hier komplett. Wir sollen die Wohnung sichern, bis die da sind. Die Wohnung, Roter. Nicht den ganzen Block!"

„Ups, das riecht nach MK", kombinierte Henry.

„Nee, nicht ganz", wusste Hermann zu berichten. „Reiffeisen will nur die Spuren komplett haben für den Fall der Fälle. Für eine Mordkommission ist die Verdachtslage eindeutig zu dünn. Zumindest noch. Es fehlen immer noch konkrete Hinweise auf fremdverschuldeten Tod. Er stellt sich aber 'ne eigene kleine Ermittlungskommission vor."

„Och nee, 'ne?" Der Rote verdrehte die Augen. „Wasch mir den Buckel, aber mach mich nicht nass. Die Bielefelder fliegen hier FBI-mäßig ein, ziehen die dicke Show ab und machen sich wieder vom Acker, als wenn sie nie da gewesen wären. Und uns bleibt die Kleinscheiße. Personal gibt's natürlich auch nicht von der Kriminalhauptstelle. Das dürfen wir in der Provinz mal wieder alleine ausbaden. Ich sehe schon: Die ziehen wie immer zwei Leute aus unserem Kommissariat ab, und ich darf dann von denen die Fahrraddiebstähle übernehmen. Zum Kotzen!" Tief deprimiert setzte Dierk-Helge den Koffer ab und blickte entgeistert aus dem Fenster.

„Genau so wird es sein", rieb Hermann noch schnell etwas Salz in die Wunde. Zehn Sekunden ließ er den Roten schmoren, ehe sich ein mildes Lächeln auf seine Lippen stahl. „Du bist übrigens dabei, dieses Mal."

Dierk-Helge fuhr mit großen Augen herum. „Wie jetzt? Ich? In der EK Sand?"

„Ja, in der EK Sand. Du höchstselbst." Hermann sah die nackte Freude in Dierk-Helges Augen. „Ich leider auch", fügte er dann mit einem tiefen Seufzer hinzu. „Kommissionsleiter ist übrigens KHK von Bühlow."

„Der Baron vom K2?"

„Ja, der braucht wohl noch ein paar Pluspunkte für die Karriere. Soll doch demnächst das Kommissariat übernehmen."

Vera zog Henry am Ärmel. „Du, mir reicht das hier. Ich muss langsam auch los, mein Zug geht in zwei Stunden." Henry sah sie an und merkte, dass es Vera nicht wirklich gut ging. „Okay, ich fahre dich", bot er sofort an.

„Äh, Frau Sandmann, Sie können jetzt nicht einfach fahren. Wir brauchen Sie heute noch für eine Vernehmung." Dierk-Helge ging sofort auf in seiner neuen Rolle als EK-Mitglied.

„Wollen Sie mich etwa festnehmen?" Veras Stimme klang ruhig, aber innerlich fuhr sie gerade hoch.

„Nicht direkt, aber Sie dürfen die Stadt nicht verlassen", brachte Dierk-Helge seinen Spezialspruch, der in der Regel wunderbar zog. Heute nicht.

„Mach halblang, Roter", grätschte ihm Hermann dazwischen. „Du gehst zu viel ins Kino!"

32.

Die EK Sand tagte. Das heißt, sie wollte tagen, aber der Kommissionsleiter KHK von Bühlow war säumig. Die Ermittler dümpelten seit zehn Minuten im Besprechungsraum herum. Hermann wollte gerade gemütlich eine rauchen gehen, als Dierk-Helge sich räusperte. „Hört mal grade her", trompetete er in den Raum. Hermann erstarrte in seiner Bewegung, verzog sein Gesicht, als hätte er auf einen Gallenröhrling gebissen, schob in gottergebener Resignation seine Gauloises wieder zurück in die Schachtel und wappnete sich innerlich gegen eine weitere Posse seines jungen Kollegen, der schon wieder an beiden Enden brannte. Die anderen mochten diese EK als lästige Zugleichaufgabe ansehen oder als willkommene Entlastung vom täglichen Vorgangsdruck. Oder beides. Dierk-Helge jedenfalls blühte auf in der ersten EK seines Lebens, die er dazu noch selbst losgetreten hatte. Er würde alles geben, um diese Sache aufzuklären, jedenfalls mehr als sonst, sofern das überhaupt möglich war. Auch wenn Hermann schon wieder Magenkrämpfe und nervöse Zuckungen bekam, der faule Sack.

„Bis Holger von Bühlow hier ist, könnten wir vielleicht schon unsere bisherigen Ermittlungsergebnisse zusammentragen und strukturieren", übernahm er ungefragt die Führungsrolle.

„Hermann hat die ehemaligen Mitarbeiter von Sandmann noch mal befragt. Hermann?"

Hermann atmete schwer aus. Er verspürte den starken Drang, Dierk-Helge den selbsternannten Oberindianer mit ein paar saftigen Sprüchen um die Ohren zu hauen, entschied sich aber schließlich dagegen. Er hegte berechtigte Hoffnung, dass das innerhalb der nächsten Minuten schon jemand anderer aus der Runde besorgen würde. Umständlich nestelte er sein altes, zerfleddertes Notizbuch aus der Hemdtasche hinter der Gauloises-Packung hervor und schob die Brille auf die Stirn, um die eigenen Hieroglyphen darin halbwegs korrekt zu entziffern.

„Viel ist dabei nicht rumgekommen“, meldete er. „Der Laden lief gerade mal so, die meisten altgedienten Mitarbeiter waren abgewandert und hatten sich scheinbar was Anderes gesucht. Quasi die komplette Mannschaft hat sich in den letzten Jahren verändert, und nicht gerade zum Besten. Sylvia Lieblich, die neue Geschäftsführerin, hatte nicht unbedingt ein Händchen für das Personal und Sandmann war ständig im Ausland. Es fehlte ganz einfach ‘ne Führungspersönlichkeit vor Ort. Über das Spanienprojekt wusste von der hiesigen Belegschaft keiner etwas Näheres, erst recht nicht über Lehmann. Der schien im Betrieb ein Leben am Rande zu führen. Man wusste, er kam mit dem Fahrrad, er war immer da, war pünktlich, zuverlässig, aber auch ziemlich pingelig. Gerade die neuen Poliere hatten ein massives Problem, von Lehmann kritisiert zu werden. Dass er in aller Regel Recht hatte, machte die Sache nicht besser. Schon deshalb war er ein Sonderling. Sprach wenig, hatte zu niemandem engeren Kontakt.“

„Und niemand hat ihn vermisst nach der Firmenpleite?“

„Nee. Die meisten waren nur mit sich selbst beschäftigt.“

„Danke, Hermann. Jörg, du wolltest die Finanzen von Lehmann recherchieren?“ Jörg Landwehr, der Finanzermittler vom K2, sortierte seine Unterlagen. Auch er schaute leicht irritiert in die Runde, bequemte sich aber dann doch zu einem Statement. Offensichtlich waren seine Ergebnisse interessant, er wollte sie an den Mann bringen.

„Sein Kontostand ist ja schon im Vorfeld bei den Betrugsermittlungen bekannt geworden. Lehmann lebte bescheiden, aber solide. Gute 20.000 Euro auf dem Tagesgeldkonto, dann der große Griff nach Sandmanns Schwarzgeld. Alles soweit bekannt. Ich hab dann nochmal seinen Banker angebohrt. Der hat erst etwas gemauert, von wegen Bankgeheimnis und so, wurde dann aber zugänglicher, als er erfuhr, dass sein Kunde das Zeitliche gesegnet hat und zum Schluss nicht unbedingt stubenrein war. Wenn man die Historie betrachtet, ergibt sich ein ganz anderes Bild. Lehmann hatte bis 2007 an die 200.000 Euro angespart, alles auf sicheren Festgeldkonten.“

„Respekt“, entfuhr es Hermann. „Wie kommt einer wie Lehmann an so viel Geld?“

„Ganz einfach“, grinste Landwehr, „du nimmst möglichst viel ein und gibst möglichst wenig aus.“

„Quatsch. Du musst doch leben. Essen, Trinken, Miete, Versicherungen, das übliche halt." Sein Kollege Klemens Schüler, Materialist durch und durch, meldete Zweifel an. „Die meisten Malocher schaffen es doch gerade mal, am Monatsende auf plus/minus Null zu bleiben. Handy, Internet, Auto, Versicherungen und all die Kleinbeträge, die sich dann doch summieren und dir normalerweise den größten Batzen vom Gehalt wegfressen."

„Richtig, aber so gesehen ist Lehmann offensichtlich alles andere als normal. Bei Sandmann ging er am Monatsende mit circa 2.000 Euro nach Hause. Netto Cash."

„Gar nicht mal schlecht für 'nen ledigen Hausmeister!" Hermann lehnte sich erstaunt zurück.

„Ja, aber wir wissen inzwischen, dass Lehmann auch andere Aufgaben hatte", meldete Dierk-Helge sich zu Wort. „Er war halt Mädchen für alles. Rechte Hand vom Chef, Geldbote und wer weiß was noch. So gesehen war das Gehalt durchaus angemessen."

„Genau. Für seine Zweizimmerbude in dem Betonbunker bezahlte er etwa 400 Euro warm. Ausgaben für sich selbst hatte er um die 600, mal mehr, mal weniger. Demnach hat er locker jeden Monat an die tausend Ocken auf die Kante gelegt."

„Unmöglich", konstatierte Schüler. „Eben nicht", konterte Landwehr. „Lehmann hatte kein Auto, kein Internet, kein eigenes Handy. Soweit wir von seinen Kollegen wissen, trank er nicht, spielte nicht, hatte nichts mit Frauen. Okay, er ging oft wandern in seiner Freizeit. Dafür gab er schon mal Geld aus, aber teuer waren diese Urlaube nicht. Ansonsten hatte er 'nen Fernseher mit eigener Schüssel am Balkon, 'nen Festnetzanschluss und 'ne Privathaftpflicht. Das war's."

„Irgendwelche Unregelmäßigkeiten bei den Zahlungen?" KHK von Bühlow hatte inzwischen den Raum betreten, sich still auf einen Stuhl gesetzt, die hohe Denkerstirn in Falten geworfen und sein seidenes Halstuch zurechtgezupft, das er immer statt einer Krawatte unter dem Sakko trug. „Ja. Ein paar Bareinzahlungen in unregelmäßigen Abständen. Tausend, zweitausend, auch mal viertausend."

„Gratifikationen für Schwarzgeldtransporte?", kombinierte Dierk-Helge.

„Kann sein, klingt sogar plausibel", stimmte von Bühlow zu.

„Dann hat Lehmann also gute 200.000 Euro mit in die Kiste genommen? Wie doof!“ Hermann pfiff beeindruckt durch die Zähne.

„Nein, hat er nicht. Auch Lehmann ist offensichtlich mit Beginn der Niedrigzinsphase zum Kauf verschiedener Zertifikate und Fondsanteile geraten worden. Er investierte eigentlich ganz konservativ in Immobilienwerte. Dann kam die Finanzkrise. Gut die Hälfte verlor er allein mit seinen Namensvettern, den Lehmann Bros. Einen weiteren Batzen steckte er in verschiedene offene Immobilienfonds, eigentlich grundsolide Anlagen, die aber wegen krisenbedingter Rückgabeforderungen schließen mussten und nun abgewickelt wurden. Kurz und gut, Lehmann hat seit 2008 den größten Teil seines Sparguthabens verloren.“

„Das ist bitter“, bemerkte Hermann mitfühlend. „Da ging ein Lebensplan den Bach runter.“

„Haargenau“, bestätigte Landwehr. „Lehmanns Banker plagten offensichtlich Schuldgefühle, weil er als Berater an dem Desaster nicht ganz unbeteiligt war. Er zerfloss geradezu vor Mitleid. Es war beabsichtigt, das Kapital in eine private Rentenversicherung zu schießen. Lehmann wollte letztes Jahr aufhören und sich zurückziehen. Aber der Plan ist geplatzt, es war jetzt zu wenig Geld da.“

„Und Lehmann musste weitermachen bei Sandmann.“

„Ja, und zwar als ganz normaler Malocher. Alles andere hatte die entzückende Frau Lieblich ihm ja weggenommen.“

„Warum haben die ihn eigentlich dann noch weiter beschäftigt für das Gehalt?“

„Ist doch klar. Sandmann hatte mit seinem Schwarzgeld ein paar ziemlich tote Leichen im Keller. Die konnten Lehmann nicht einfach so kicken. Außerdem leistete er immer noch gute Arbeit.“

„Aber das hat ihm dann auch nichts mehr genutzt. Die Firma ging den Bach runter und Walter Lehmann stand auf der Straße. Statt wohlsituiertem Vorruhestand jetzt Arbeitslosigkeit und sozialer Absturz. Hartz IV bis ans Lebensende.“

„Ja, da kommt man schon mal auf dumme Gedanken. 500.000 Euro Schwarzgeld in der Hand, die komplette Chefetage auf der Flucht! Günstiger kann eine Gelegenheit nicht sein.“

„Okay, so weit zu Lehmann.“ Unbeeindruckt der Tatsache, dass von Bühlow nun mitten unter ihnen saß, behielt Dierk-Helge die Zügel weiter fest in der Hand.

„Klemens, du hast den Hintergrund von diesem Jerzy Pavlovic recherchiert, Lehmanns Wanderkumpel in Tschechien.“

Klemens Schüler brauchte keine Notizen. Er zuckte mit den Schultern und berichtete kurz und knapp.

„Ja, den Hinweis auf Pavlovic fanden wir in Lehmanns Wohnung. Ist der einzige Sozialkontakt außerhalb der Firma, den wir nachvollziehen können. Es gibt ein kleines Fotoalbum von verschiedenen Wanderurlauben. Alpen, Pyrenäen, Korsika, aber eben auch Riesengebirge und Hohe Tatra. Auf etlichen Bildern ist Jerzy Pavlovic zu erkennen, unter anderem auch auf einer Baustelle mit Lehmann zusammen. Demnach haben sie sich hier bei Sandmann kennengelernt und sind dann etliche Male zusammen losgezogen, meistens bei Pavlovic in Tschechien.

Ich habe da bei ihm im Ort den zuständigen Dorfsheriff angemorst. Der spricht einigermaßen Deutsch. Ich wollte über ihn irgendwie mit Pavlovic Kontakt aufnehmen. Hat aber nicht geklappt.“

„Ist Pavlovic etwa auch untergetaucht?“ Dierk-Helges Augen leuchteten erwartungsvoll.

„Pavlovic ist tatsächlich abgetaucht.“ Dierk-Helge strahlte. Einen kurzen Moment sonnte er sich in seinem Scharfsinn. Bis Schüler weiter redete. „Und zwar ist er unter den Rasen abgetaucht. Acht Spatenstiche tief. Starb ziemlich genau vier Wochen bevor wir Lehmann hier in Gütsel aus der Dalke gefischt haben.“ Dierk-Helge zog eine Schüppe.

„Etwa auch ertrunken?“, hakte von Bühlow sofort ein.

„Nein, er ist ganz elendig verreckt, der arme Hund. Der Mann litt schwer an Lungenkrebs. Langsames Ersticken in mehreren Etappen. Das war's.“

„Und? War Lehmann da unten, als er starb?“ KHK von Bühlow schaltete sich in die Unterhaltung ein.

„Lehmann ist dem Kollegen dort nicht bekannt. Auch der geschiedenen Frau von Pavlovic nicht. Da wurde seitens der tschechischen Polizei nachgefragt.“

Schüler hielt einen Papierbogen hoch, der mit Tabellenspalten bedruckt war.

„Lehmanns Einzelverbindungsnachweis. Viel telefoniert hat er nicht. Die meisten Einträge datieren haargenau auf dem Wochenende, als Sandmann und Lieblich die Fliege gemacht haben. Lehmann hat etliche Male erfolglos versucht, eine Nummer in Tschechien anzurufen. Der Vorwahl nach könnte das Pavlovics Anschluss sein."

Die Nachricht musste erst mal verdaut werden. Eifriges Gequatsche kam auf.

„Armer Teufel", sagte Hermann zu niemand Bestimmtem. „Bricht hier die Zelte ab, geht zu dem einzigen Freund, den er auf der Welt hat, und kommt gerade noch rechtzeitig, um ihn elendiglich krepieren zu sehen. Kein Wunder, dass er komplett durchgetickt und an die Pulle gekommen ist."

Unbewusst griff seine linke Hand zu seiner Brusttasche und tastete nach den Gauloises, er musste jetzt unbedingt eine rauchen.

„Ich hab da auch noch was Interessantes!" Dierk-Helge räusperte sich umständlich und sah bedeutsam in die Runde. Mit voller Absicht hatte er seinen eigenen Ermittlungsbeitrag zurückgehalten, damit der Knalleffekt am Schluss besser kam. Hermanns Hand zuckte zurück, als hätte sie an einen Weidezaun gepackt.

„Ich selbst habe noch mal in Spanien nachgehakt. Bis jetzt waren die Kollegen da unten ja nicht gerade kooperativ, wir konnten da keinen Schritt weiterkommen. Das hatte aber seine Gründe. Die arbeiten da an einem riesigen Korruptionsskandal. Dementsprechend haben sie sich bis jetzt bedeckt gehalten. Es gab eine landesweite Verhaftungswelle. Unter anderem hat's auch einen gewissen Bruno Hernandez erwischt."

„Muss man den kennen?", fragte von Bühlow dazwischen.

„Das ist der Baudezernent der dortigen Bezirksregierung. Zuständige Genehmigungsbehörde für Sandmanns Hotelprojekt", assistierte Hermann.

„Ja, genau, ein ganz faules Ei, wie jetzt herauskam." Dierk-Helge ließ sich die Gesprächsführung nicht abnehmen. Das hier war seine Show.

„Die Baugenehmigung für die Hotelanlage hätte so niemals erteilt werden dürfen. Sie wurde bereits zwei Monate vor Sandmanns Flucht vorläufig außer Kraft gesetzt, als Hernandez nach gekippter Kommunalwahl aus dem Amt flog. Die neue Dezernentin ist ausgerechnet von der Ökologischen Partei und hat die Bautätigkeit vorläufig gestoppt mit der Absicht, sie endgültig zu widerrufen. Sandmann hat diesen Umstand in Deutschland verheimlicht und stattdessen weiteren Baufortschritt vorgetäuscht".

„Ah, jetzt wird einiges klar!" Von Bühlow beugte sich gespannt vor.

„Sandmann investiert sein Schwarzgeld in dieses Projekt, um es zu legalisieren und obendrein noch lukrativ zu vermehren. Das Projekt geht aus den jetzt bekannten Gründen baden, das Schwarzgeld ist weg. Bitter, aber nicht existenziell. Aber dann kriegt Sandmann irgendwie spitz, dass ihm obendrein in Deutschland die Steuerfahndung im Genick hängt. Und das Geld, von dem er Strafe und Nachzahlung leisten könnte, ist ja weg. Das hätte ihn schon hart getroffen. Sein Plan vom vorgezogenen Ruhestand in Sonne und Luxus war geplatzt. Genau wie der von Lehmann.

In diesem Moment beschließt er, seine Investoren abzuzocken und sich nach Übersee abzusetzen."

„Na, wenn er sich da mal nicht verrechnet hat. In ein paar Jahren ist das Geld alle, dann kommt er auf dem Zahnfleisch zurück", prophezeite Schüler. „Vier Millionen sind schnell weg. Übrigens, 500.000 Euro kann man in der Situation auch nicht einfach so liegenlassen. Ich trau Sandmann schon zu, dass er in seiner Verzweiflung Lehmann aufs Dach gestiegen ist, als sein Spezi Gierhacke gescheitert war. Hopp oder topp, in so einer Situation schreckt mancher auch vor rabiateren Methoden plötzlich nicht mehr zurück."

Von Bühlow überflog einige Seiten in seiner Arbeitsmappe, die er vor sich auf den Tisch gelegt hatte. Dann hob er die Stimme. „Ja richtig, Sandmann hat auf jeden Fall ein plausibles Motiv, Walter Lehmann anzugehen. Das dürfen wir nicht außer Acht lassen. Es gibt aber noch eine ganz andere Richtung, auf die wir uns konzentrieren müssen. Ich habe hier den Spurensicherungsbericht der KTU aus Walter Lehmanns Wohnung." Spontan wurde es wieder still. „Einfach eingerichtet, eigentlich alles picobello, aber seit einiger Zeit komplett verwahrlost und versifft, ich erspare mir Einzelheiten. Interessant sind nur folgende Umstände:

Abgesehen vom desolaten Allgemeinzustand wurde die Bude offensichtlich gründlich gefilzt. Man könnte meinen, der Bewohner habe auf der Suche nach letzten Alkoholbeständen selbst alle Schränke ausgeräumt, dem ist aber nicht so.

In der Wohnung fanden sich unterschiedlichste Fingerspuren, von denen wir sechs Sätze zuordnen konnten.

Zum einen natürlich Lehmann selbst, dann seine Nachbarin Frau Westersuhrbier, die der Spurenlage zu Folge beileibe nicht nur Post hingelegt und Blumen gegossen hat. Weiter wurden wenige Prints vom Kollegen Lütkehennerich und seiner Begleitung Frau Vera Sandmann an vorbezeichneten Stellen gesichert. So weit so gut." Von Bühlow hielt kurz inne und blickte sich bedeutsam um. Er hatte schon ein Gespür für Dramatik.

„Die beiden letzten Sätze allerdings sind hochinteressant. Sie gehören einerseits dem amtsbekannten Stanislav Dvorak, andererseits dem nicht minder prominenten Konrad Gerke."

Diese Nachricht haute rein. Alle Ermittler hingen an von Bühlows Lippen. „Die Spurenlage lässt darauf schließen, dass beide in der Wohnung einiges an Alkohol konsumiert haben. Dvorak hat dabei die komplette Bude auf den Kopf gestellt und alle Behältnisse rigoros durchsucht.

Wir wissen, dass Dvorak etwa eine Woche nach Lehmanns Tod auf dem Personengleis der Deutschen Bahn AG das Zeitliche gesegnet hat, nähere Umstände nicht bekannt. Sandmann ist aller Wahrscheinlichkeit nicht mehr auf europäischem Boden. Bleibt die Frage nach Konny Gerke. Hat irgendwer eine Idee? … Nein? Haben wir vielleicht doch noch zufällig irgendeinen unbekannten Toten auf Halde liegen, der möglicherweise der Gesuchte sein könnte?"

Schweigen.

Dierk-Helge meldete sich artig. „Gerke wurde damals ja vom Kollegen Lütkehennerich als Anerkennungszeuge zur Obduktion von Walter Lehmann hinzugezogen."

„Gerke wurde waaas?" Von Bühlow blickte sich erschüttert um. „Soll ich das jetzt glauben? Ein Penner als Anerkennungszeuge und ein Schupo als Todesermittler bei einer Obduktion in einer offiziellen Leichensache?"

„Ja wieso?" Hermann schaltete angezickt auf Verteidigung. Abgehobene Kripoallüren waren einfach nicht sein Ding, er hatte auch nach zwanzig Jahren Kriminaldienst noch nicht vergessen, wo er herkam. „Da liegt nach einer fetten Sauforgie ein unbekannter Penner tot im Bach, der Schniepel hängt noch aus dem offenen Hosenstall. Alles sieht nach alkoholbedingtem Absturz beim Pinkeln aus und wir müssen dringend die Leiche unterbringen. Wen hättest du denn gefragt? Den Stadtrat auf dem Weg zur Frühmesse vielleicht? Oder Konny, der hier schon seit dreißig Jahren Platte macht? Und das Kripoteam vom Frühdienst war schon wieder unterwegs am nächsten Tatort. So ist das nun mal, hier auf'm Land."

Von Bühlow schaute indigniert zur Decke und schwieg. Dierk-Helge griff das Thema wieder auf. „Konny hatte Lehmann damals als angeblichen ‚Effe' identifiziert, einen Landstreicher auf der Durchreise, der noch nie in Gütersloh war. Seine Prints in der Wohnung sind jetzt der Beweis, dass er in Wirklichkeit wusste, wer Lehmann war und wo er wohnte."

„Genau", spann Landwehr den Faden weiter. „Er hat damals gelogen. Entweder wollte er seine Beziehung zu dem Toten verschleiern, oder er wollte nicht, dass Lehmanns wahre Identität bekannt wird."

„Oder beides!" Dierk-Helge sprang auf und trabte wie elektrisiert hin und her. „Ich wusste es von Anfang an: Dieser Gerke hat es faustdick hinter den Ohren. Pennerkönig, Beichtvater, Helfer der Entrechteten? Ja von wegen! Seine eigenen Kumpels abgezockt, das hat der. Ich denke da gerade an all die anderen mysteriösen Todesfälle in der Szene. Da wird mir ganz komisch. Das passt doch einfach zu gut. Der hat einen nach dem anderen kalt gemacht und ausgenommen."

„Hmm, interessante Theorie", meinte von Bühlow trocken. „Gerke schubst im Vorbeigehen seine Saufkumpane um und nimmt sie aus. Einige sterben dabei. Bei Lehmann lässt er sich von Dvorak helfen, den er anschließend auch noch abserviert. Nicht unmöglich, aber ziemlich abenteuerlich und leider bar jeglicher konkreter Verdachtsmomente."

Sofort hakte Dierk-Helge ein.

„Gerke war in der Nacht, als Lehmann starb, nicht zugegen, das haben alle Anwesenden bestätigt. Der damaligen Ermittlungsakte zu Folge hing er mit massivem Brechdurchfall zu Hause überm Klo."

„Diese letzte Information haben wir aber nur von ihm selbst. Warum zum Henker sollte ein Widerling wie Dvorak jemand zusätzlich einweihen? Nur um die Beute zu teilen? So eine Sache zieht man bequem alleine durch. Aber die Fingerprints in Lehmanns Wohnung verraten eindeutig, dass beide dort waren. Oder waren die so dick miteinander?"

Hermann brachte seine Szenekenntnisse ein:

„Dvorak war mit keinem Menschen dick. Und Gerke war schon immer ein schlauer Fuchs. Ich traue ihm zu, dass er Lehman ausgespeckert hat, um den neuen, ach so spendablen Saufkumpanen um sein Vermögen zu erleichtern. Er selbst ist aber körperlich schon ziemlich schlecht drauf. Womöglich hat er Dvorak angestiftet, Lehmann den Schlüssel zu ziehen. Anschließend ist man gemeinsam in die Wohnung, das verraten uns die Fingerspuren. Ich glaube, keiner von denen hat sich auch nur träumen lassen, was da auf sie wartete. Bei der Summe dürfte auf jeden Fall gewaltig Thermik aufgekommen sein. Vielleicht wollte Gerke Dvorak ausbooten, vielleicht auch umgekehrt. Von brüderlichem Teilen hielten beide nicht besonders viel, das ist mal amtlich. Auf jeden Fall hat Dvorak irgendwann nach der Tat den Zug ins Nirwana genommen und Gerke ist mitsamt dem Zaster untergetaucht."

Von Bühlow übernahm wieder das Wort.

„Apropos untergetaucht: Woher wissen wir eigentlich, dass Gerke tatsächlich verschwunden ist?"

„Von Henry … äh, von PHK Lütkehennerich." Hermann dachte einen Moment nach. „Hab heute Morgen mit ihm darüber geredet. Gerke ist weg. Wurde jedenfalls seit Lehmanns Tod nicht mehr auf der Platte gesehen. Er wohnt in so ‘ner WG irgendwo am Westring. Seine Bude ist komplett leer, bis auf ein altes Bett und etwa zwanzig Bierdosen. Letztmalig fiel er Henry und Otto Krüger kurz nach Lehmanns Tod auf, wie er durch den Riegerpark trabte, ‘nen großen Trekkingrucksack auf dem Buckel. Ach so, in dem Zusammenhang fällt mir übrigens was ein. Hab ich neulich schon drüber nachgedacht."

Hermann stand auf und steckte sich demonstrativ eine Gauloises unter die Nase. Nach einem derart umfangreichen Wortbeitrag war es höchste Zeit für eine Raucherpause. „Hat mal einer nachgeguckt, ob Lehmanns Rucksack noch da ist? Der große braune, den man auf den Wanderfotos sehen kann?"

Landwehr blätterte die Fotostrecke der Ermittlungsakte durch und checkte die Asservatenliste.

„Ein kleiner Tagesrucksack steht hier. Schwarz, Wolfskin. Ansonsten Fehlanzeige."

„Das reicht." Von Bühlow überlegte kurz. „Klemens, du kümmerst dich um Spanien. Da ist umfangreiches Material im Anflug, das übersetzt und gesichtet werden muss. Lass dir von Jörg und Hermann helfen."

Landwehr nickte gleichmütig, Hermann stöhnte schmerzlich auf.

„Und Du, Dierk-Helge, organisierst bitte die Fahndung nach Gerke. Ich sehe dringenden Tatverdacht."

„Wegen Mordes?" Dierk-Helge riss ungläubig die Augen auf.

„Nein, der Verdacht auf ein Tötungsdelikt lässt sich einfach nicht ausreichend erhärten. Nicht was den Täter angeht, sondern in diesem Fall ist das Delikt selbst fraglich. Es sei denn, jemand hier im Raum kann bei irgendeinem der Verstorbenen halbwegs vernünftig eine Fremdeinwirkung konkretisieren.

Aber zumindest geht es um den räuberischen Diebstahl von 500.000 Euro. Gerke ist bereits abgetaucht, daher besteht Fluchtverdacht. Für einen Haftbefehl reicht das zweimal.

Stell einen Antrag bei der Staatsanwaltschaft Bielefeld und steuere ein bundesweites Fahndungsersuchen.

Vermutlich wird sich die Sache aber von selbst erledigen. Ein Penner mit 500.000 Euro lose im Rucksack fällt zwangsläufig auf wie ein bunter Hund. Vermutlich purzelt er uns über kurz oder lang aus irgendeinem Puff vor die Füße, voll des süßen Mostes."

Aber da irrte sich KHK von Bühlow. Konny Gerke blieb verschwunden.

Vera und Henry saßen auf der Terrasse der Ochsenschänke. Es war ein warmer und sonniger Herbsttag, wie gemacht für einen Kaffee im Freien. Vera hatte ausgecheckt, ihr Tagesrucksack lag neben ihr.

„Du weißt, du sollst noch mal zur Vernehmung kommen. Die werden nicht lockerlassen."

Vera wirkte mit ihrer großen, dunklen Sonnenbrille seltsam distanziert. Fast schien es, als wollte sie sich dahinter verbergen.

„Ich weiß nicht, Henry. Nee, ich geh da nicht hin. Natürlich will ich, dass Walters Tod aufgeklärt wird. Aber ist er denn tatsächlich umgebracht worden? Was ist, wenn er wirklich einfach nur betrunken in die Dalke gestürzt und da gestorben ist?"

„Es sind einfach zu viele Fragen offen. Was hat Walter in Spanien gesucht? Und wo war er danach?"

„Walter war nie in Spanien."

„Wie jetzt? Und die Unfallflucht? Der Führerschein?"

„Walters Führerschein? Da hab ich so meine ganz eigene Theorie. Bernd fuhr wie 'ne besengte Sau. Schon immer. Frag nicht wie oft wir Krach hatten deswegen. Ich weiß, dass er Walter mehrmals vorgeschoben hatte, wenn mal wieder ein Bußgeldbescheid ins Haus geflattert kam. Irgendwann hatte er trotzdem sein Konto in Flensburg überzogen und musste seinen Schein abgeben. Da hat er halt zeitweise den von Walter mitgenommen. Der brauchte ihn ja sowieso nicht. Keine Angst, er hat gut dafür bezahlt."

„Und das ist nie aufgefallen?"

„Wie denn? Das war 'ne umgeschriebene Klasse 4. Walter mit 16 und langen Haaren. Wer will da heute noch jemand wiedererkennen? 'Ne Nase und zwei Augen, mehr stimmt da nicht überein."

Henry nickte.

„Die Masche ist bekannt. Funktioniert aber nicht mehr sicher. Bei so einem alten Lappen musst du jetzt fast immer auch noch deinen Ausweis vorzeigen. Wenn du den nicht dabeihast, checken sie deinen Lappen im System, und dann fliegst du auf."

Er überlegte kurz, dann bohrte er weiter.

„Du vergisst, dass da 'ne schlichte halbe Million fehlt. Wo ist denn das Problem, Vera? Dein Kerl ist für immer weg, mit dem hattest du doch schon längst abgeschlossen. Was gibt es denn noch zu verbergen? Und wem nützt es, wenn du schweigst?"

Vera grübelte ein paar Minuten, nippte an ihrem Cappuccino und drehte den Kaffeelöffel in der Hand hin und her.

„Ganz so ist es nicht. Stimmt, mit Bernd bin ich fertig. Wir hatten früher mal ein gemeinsames Ziel. Aber Bernd hatte sich immer weiter davon entfernt, deshalb ist es letztlich auch schiefgegangen mit uns. Das verfluchte Geld. Jetzt bin ich mir ziemlich sicher, dass er gerade haargenau das macht, wovon wir beide immer geträumt haben."

„Du wirst nichts sagen?" „Nein. Es würde euch auch nicht viel helfen. Tatsächlich habe ich keine Ahnung, wo er sich im Moment rumtreibt. Aber wie auch immer, ich gönne es ihm. Wie es scheint, hat er doch noch den Dreh zurück gekriegt und ist wieder ein Stück weit der Mann, den ich mal sehr geliebt habe. Es tut nur furchtbar weh, dass er es jetzt alleine durchzieht und dass wir es nicht zusammen geschafft haben. Gebt euch keine Mühe, ihr kriegt ihn niemals."

„Aber es geht nicht nur um Bernd. Da ist doch noch mehr." Lauernd sah Henry Vera an.

Die brauchte eine Weile, um ihren Cappuccino auszutrinken. Sie winkte Ingrid heran und bestellte ein Wasser.

„Ja, kann sein, da ist noch was. Ich weiß nicht, ob es wirklich wichtig ist. Aber wenn du das wissen willst, musst ich dir 100 Prozent vertrauen können. Das darf niemals in eine Akte kommen. Unter gar keinen Umständen." Vera nahm die Sonnenbrille ab und sah Henry direkt an. „Versprichst du mir das?"

„Vera, du kennst die Spielregeln. Was ich privat erfahre, kann ich grundsätzlich raushalten, außer bei Verbrechen wie Raub, Mord und Totschlag. Hier sind Leute gestorben und es fehlt 'ne halbe Million. Wenn rauskommt, dass bei Walter oder Stan jemand nachgeholfen hat, dann ist es soweit. Dann kann ich nicht schweigen. Und ich würde es auch gar nicht wollen. Ich weiß nicht, wie es dir geht, aber ich käme nicht damit klar, einen Mörder zu decken. Ich könnte dir hier auch locker was vormachen, aber ich kann und werde dir nichts versprechen, was ich nicht halten kann. Wenn's hart auf hart kommt, muss ich reden."

Vera nickte. Dann stand sie auf. „Danke für deine Ehrlichkeit", sagte sie und umarmte ihn fest. Sie nahm ihren Rucksack auf und ging mit flottem Schritt die Emilienstraße hinunter, wo sie bald zwischen den alten Gütersloher Herrschaftshäusern verschwand.

33.

Eigentlich hatte Henry die Suche schon aufgegeben. Mehrmals hatte er Leute angesprochen, aber nur Kopfschütteln geerntet. Beim letzten Mal schien es ihm fast, als habe die ältere Frau in Schwarz geradezu abweisend reagiert. Nicht gerade nett, die Menschen hier. Er schwenkte wieder auf den Mittelweg des kleinen Friedhofs ein, um zu seinem Wohnmobil zurückzugehen, das vorn vor der alten Holzkirche abgestellt war.

Henry hatte es einfach nicht lassen können. Als seine Tante zufällig passend Geburtstag hatte, beschloss er kurzerhand, das Angenehme mit dem Nützlichen zu verbinden und nach dem längst überfälligen Verwandtenbesuch in der Niederlausitz noch zweihundert Kilometer weiter mitten ins Riesengebirge zu fahren. Da wollte er sowieso schon immer mal hin. Veras Verschlossenheit konnte er irgendwo verstehen. Er war sicher, dass sie gute Gründe für ihr Schweigen hatte. Aber genau diese Gründe musste er wissen, um irgendwie weiterzukommen. Und es wurmte ihn gewaltig, dass in der ganzen Geschichte um Walter und Konny einfach kein Licht aufgehen wollte. Streng genommen ging es ihn ja nichts an, aber auch die EK trat auf der Stelle, nirgendwo tat sich ein Ermittlungsansatz auf. Konny Gerke, der Hauptverdächtige, war wie vom Erdboden verschluckt. Henry wurde das Gefühl nicht los, dass auch Konny sich schon längst die Radieschen von unten anguckte. Von Bühlow hatte ganz recht: Wie sollte ein Penner mit 500.000 Euro klarkommen, ohne massiv aufzufallen?

Lehmann gab ermittlungstechnisch rein gar nichts her, er hatte einfach zu abgekapselt gelebt. Fast alle erfolgreichen Nachforschungen zu einem Menschen laufen über sein soziales Umfeld. Arbeitsstelle, Familie, Freundeskreis. Bei Walter herrschte da komplettes Hängen im Schacht. Aber an allen Fronten. Außer bei Vera, und die hatte dicht gemacht. Blieb nur noch Jerzy Pavlovic. Ein offizielles Ermittlungsersuchen war nach Tschechien gegangen, aber mit bescheidenem Ergebnis, wie Hermann ihm verraten hatte. Pavlovic war im Ort bekannt. Geschieden, zwei erwachsene Kinder. Nach der gescheiterten Ehe und mehreren Jahren in Deutschland sei er nach hier zugezogen. Er habe hinter dem Dorf, direkt am Berghang, ein schönes, kleines Haus gekauft und nach und nach komplett modernisiert. Schon bald war er wegen gesundheitlicher Probleme in Frührente gegangen und verbrachte seine Zeit mit Wandern und Naturbeobachtungen. Sein Zustand verschlechterte sich plötzlich sehr, und er verstarb schließlich vor einigen Monaten. Seine Verwandtschaft kümmerte sich um seinen Nachlass, alles völlig unauffällig. Und nein, ein Walter Lehmann oder sonst ein Arbeitskollege aus Deutschland sei dort niemals aufgetaucht.

Noch einmal blickte Henry sich suchend um. Irgendwas war hier komisch. Wieso konnte er Pavlovics Grab nicht finden? War er überhaupt nicht hier beerdigt worden? Resigniert zuckte Henry mit den Schultern und wollte sich gerade auf den Patt machen, als er wieder die alte Frau in Schwarz bemerkte, die im hinteren Bereich auf einem Nebenweg zur Friedhofsmauer ging und dann dahinter verschwand. Als er genauer nachsah, bemerkte er eine kleine Pforte, die ihm zuvor entgangen war. Neugierig schlich er der Alten nach durch den engen Gang. Auf der anderen Seite empfing ihn heller Sonnenschein. Der Weg führte direkt an der Mauer entlang, linker Hand floss ein kleiner Bach, direkt dahinter begannen der Wald und die Berge. Ein malerisches Fleckchen.

An dem alten Mühlstein wäre er fast vorbeigelaufen. Irgendjemand hatte das abgenutzte Stück offensichtlich neu gesandstrahlt und etwas abseits direkt an der Friedhofsmauer neben einem Holunderbusch aufgestellt. Er las die Inschrift, die ein Steinmetz mit scharfem Werkzeug in den Granit gemeißelt hatte:

JERZY PA**WL**OVIC
in ewiger Liebe
Jelena

Anders als Walter Lehmann schien Pavlovic wenigstens einen Menschen gehabt zu haben, der ihn geliebt hatte. Obwohl Hermann von einer Familie gesprochen hatte. Henry stutzte. Und warum hatte man Jerzy nicht auf dem Friedhof bestattet? Konfessionelle Gründe konnten es kaum sein.

Tschechien galt allgemein nicht als besonders religiös. Hier im polnischen Grenzgebiet war man überwiegend katholisch, auf dem Friedhof hatte Henry aber ebenso lutherische wie auch orthodoxe Symbolik entdeckt.

Er ging zum Bachufer, suchte eine Weile herum, fand aber nicht, was er brauchte. Schließlich ging er zu einem angrenzenden Kornfeld und pflückte einige der dicken Weizenähren, die dort standen. Er band eine kleine Garbe und legte sie an den Stein. Eine Weile stand er still da und dachte über Jerzy Pavlovic nach.

„Hast du ihn gekannt?", fragte plötzlich jemand hinter ihm. Die junge Frau war vielleicht 25 Jahre alt und sprach mit deutlichem slawischem Akzent. Sie stand an der Friedhofsmauer und sah ihn unverwandt an. Neugierig, wie Henry fand. Und freundlich. Er ahnte, wen er vor sich hatte.

„Jelena?", fragte er und zeigte auf den Stein. Sie nickte. „Du bist Jerzys Tochter?"

„Ja, Jerzy ist mein Papa. War mein Papa", verbesserte sie sich. „Dann war er weg. Und als ich ihn endlich zurückhatte, ging er wieder fort. Für immer." Auf einmal sah Jelena sehr traurig aus.

„Woher weißt du, dass ich Deutscher bin?" Henry ging zu ihr hinüber und sah, dass sie ein paar Tränen abwischte. „Dein Auto, vorne vor der Kirche. Du hast ein Gütersloher Kennzeichen. Das kann kein Zufall sein. Und?"

„Und was?"

„Kanntest du meinen Papa? Bist du ein Freund von früher?"

„Nein." Henry spürte, dass er hier nur mit Ehrlichkeit weiterkam. Jelena strahlte nicht nur Trauer aus, da war auch etwas Lauerndes, Misstrauisches, Streitbares. „Ich habe ihn nie gesehen."

„Dann bist du ein Freund von Walter." Wieder dieser lauernde Blick. Einen Moment zögerte Henry. Dann gab er sich einen Ruck. Keine Hampelei, kein Geschwafel, kein Herumeiern, einfach raus damit. So wie immer.

„Walter ist tot", sagte er schlicht.

Jelena wandte sich ab, ging zum Bach und setzte sich am Ufer ins Gras. Ihr Blick schweifte ab zu den Berggipfeln vor ihr.

Einen Moment blieb Henry unschlüssig stehen, dann setzte er sich neben sie. Eine Weile saßen sie so nebeneinander. Irgendwann, nach gefühlten fünf Minuten, lehnte sie ihren Kopf an seine Schulter. Und dann fing sie leise an zu weinen.

„Ich hab Walter nur ein paar Mal getroffen", sagte sie schließlich. „Er war so ein netter Mann. Und Papa war so glücklich mit ihm."

Henry brauchte einen Moment, dann ging ihm eine Stalllaterne auf. Eine ganze Handvoll Puzzleteile fiel auf einmal an ihren Platz und rastete passgenau ein.

„Ich war zehn, da ist Papa plötzlich ausgezogen und weggegangen, nach Deutschland. Ich war so wütend und so böse auf ihn. Er war doch mein Ein und Alles. Und dann haute er einfach ab und ließ uns alleine. Ich hab's einfach nicht kapiert. Mama durfte man überhaupt nicht darauf ansprechen. Bei ihr war es so, als wäre er gestorben. Sie hat nie wieder über ihn geredet, und wir durften es auch nicht. Irgendwann vor vier Jahren hab ich dann mitgekriegt, dass er krank ist und dass es ihm gar nicht gut geht. Ich bin einfach hergefahren und hab ihn getroffen. Und da hat er mir alles erzählt. Dass er schwul ist, dass er es mit Mama einfach nicht mehr ausgehalten hat und sie nicht mehr mit ihm. Dass es ein Riesenproblem war und dass niemand es wissen durfte. Am wenigsten wir. Darum ist er ganz weggegangen, nach Deutschland. Und auch wegen dem Geld. Er hat viel verdient. Aber das meiste hat er uns gegeben, für unsere Ausbildung. Er hat immer gut für uns gesorgt, obwohl er uns nicht sehen konnte. Mama hat nie etwas davon erzählt, ich hab das erst später von ihm erfahren."

„Ja, muss 'ne gute Zeit gewesen sein, damals beim alten Sandmann."

„Da bei Sandmann, da hat er Walter kennengelernt. Die beiden waren wie füreinander gemacht. Papa sagte, für ihn war es die schönste Zeit in seinem Leben. Das war aber nur die eine Seite. Denn irgendwann ist er krank geworden. Wegen dem ganzen Asbest. Die haben das Scheißzeug heimlich aus den Häusern rausgeholt und dickes Geld damit verdient. Wohnungen, Kaufhäuser, Gewerbebetriebe, sogar öffentliche Gebäude. Die Auftraggeber hatten panische Angst, dass was rauskam. Die zahlten jeden Preis. Nur mit dem Atemschutz nahmen sie es nicht so genau. Es durfte ja niemand etwas merken. Papa wurde krank, zwei andere auch, Dieter und Wassili. Die konnten auf einmal nicht mehr arbeiten, kriegten schlecht Luft."

„Und dann hat Sandmann die gefeuert?"

„Nein, das waren ganz liebe Leute bei Sandmann. Papa hat oft von Tante

Frieda erzählt. So nannte er die Chefin. Die hat denen Geld gegeben, damit sie klarkamen und nichts verrieten. Jeder tausend Mark im Monat. Von dem Geld, das Sandmann mit dem ganzen Dreck verdient hat. Das hatte er irgendwohin beiseitegeschafft. Wenn das alles rausgekommen wäre, hätten sie die Firma dichtgemacht und alle hätten ihre Arbeit verloren. Die Überweisungen kamen immer von einer Bank in Luxemburg. Pünktlich zum Ersten. Dieter und Wassili waren vor zwei Jahren mal hier, haben mit Papa und Walter zu viert eine Woche Urlaub gemacht. Da haben sie darüber geredet."

„Aber irgendwann sind die Zahlungen dann eingestellt worden", mutmaßte Henry.

„Nicht irgendwann. Drei Wochen bevor Papa starb. Als wenn die das geahnt hätten. Aber das war ja erst der Anfang. Papa ging es im letzten Jahr ziemlich schlecht. Hier konnte man ihn nicht gut behandeln. Er wollte nach Deutschland in eine Spezialklinik."

„Und warum ist er nicht gegangen?"

„Zuerst fehlte einfach das Geld. Die tschechische Krankenversorgung ist nicht so gut. Eine Therapie im Ausland hätten die nie übernommen. Aber dann kam auf einmal Walter reingeschneit und meinte locker: Kein Problem, ich hab Geld genug, wir fahren nächste Woche. Er war total aufgedreht, hatte schon die Klinik klargemacht und meinte, jetzt würde alles gut. Aber es ging nicht gut. Papa war überhaupt nicht begeistert von dem Plan. Zwei Tage lang druckste er so komisch herum, dann hat er uns schließlich gesagt, was er schon länger wusste: Lungenkrebs im Endstadium. Nichts mehr zu machen."

Jelenas Stimme brach, sie musste wieder weinen. Dann nahm sie ein Taschentuch und putzte sich kräftig die Nase. „Es war furchtbar. Papa ist ein paar Mal fast erstickt, alle paar Tage mussten sie ihm Gewächse aus den Atemwegen entfernen, so aggressiv war der Krebs. Es hat fast zwei Wochen gedauert, bis er es schließlich geschafft hatte. Ich hab ihn besucht, so oft ich konnte, aber ich muss ja auch zur Arbeit. Walter ist die ganze Zeit nicht von seiner Seite gewichen, nur zum Schlafen."

„Und dann habt ihr ihm hier den Stein aufgestellt? Er ist wunderschön. Mitten in der Sonne und mit Blick auf den Berg."

„Ja klar, schön!" Jelenas Stimme wurde auf einmal bitter. „Als wenn wir eine Wahl gehabt hätten. Auf den Friedhof durfte er ja nicht."

Henry sah sie fragend an.

„Als Papa gestorben war, kam die Frage nach der Beerdigung auf. Walter kümmerte sich sofort um alles. Er hatte hier beim Steinmetz einen Grabstein bestellt. Ein wirklich edles Stück. Richtig teuer. Und natürlich sollte sein Name auch mit drauf. ‚In ewiger Liebe – Jelena Pavlovic und Walter Lehmann'. Irgendwie war es dann plötzlich im Dorf rum, dass Papa und Walter ein Paar waren. Da ging dann die Post ab. Der Pfaffe ist ein total verbohrter, erzkonservativer Bock. Schlimm genug für ihn, dass er auf seinem Friedhof auch Christen anderer Konfessionen dulden muss. Wegen der Bestattungsbestimmungen. ‚Eine Schwuchtel kommt mir nicht ins Haus', hat er gesagt. Gift und Galle hat er gespuckt, als er schließlich den amtlichen Beschluss kriegte und Papa beerdigen musste. Aber den Grabstein konnte er verhindern. Es kam nur eine anonyme Bestattung infrage. Direkt hinter uns, an der Mauer haben sie ihm ein kleines Urnengrab ohne Kennzeichnung zugewiesen. So ein dunkles, feuchtes Matschloch. Da haben wir eben diesen Platz hier ausgesucht, vor der Mauer. Das hat aber noch mal ein paar heftige Grabenkämpfe gekostet."

„Man wollte kein Grabmal außerhalb des Friedhofs", mutmaßte Henry.

„Das war noch ein weiteres Problem. Der Bürgermeister wollte aber vor allem keinen Gedenkstein im Ort haben, der eine homosexuelle Beziehung erkennen lässt. Walter durfte nicht mit auf den Stein, das war seine Bedingung. Und 3.000 Euro für die Kirchengemeinde."

„Tolles Ding", meinte Henry verständnisvoll. „Da wirst du in deinem eigenen Heimatdorf in irgendeinem namenlosen Loch vergraben, dein Grabstein steht ganz woanders und der liebste Mensch in deinem Leben darf nicht mit drauf. Konntet ihr das denn nicht irgendwie anders deichseln?"

Jelena grinste plötzlich schelmisch. „Was glaubst du, was da in dem Sumpf hinter der Mauer wirklich liegt?"

Henry zuckte die Schultern.

„Das ist 'ne billige Transporturne aus Zink. Mit etwas Asche vom letzten Grillabend. Papa liegt hier genau unter dem Stein. In Omas alter Teedose. Die fand er immer so schön. Und fällt dir noch was auf?"

„Ja klar. Ich habe mich schon gefragt, warum da auf dem Stein PAWLOVIC mit W geschrieben wird und die Buchstaben W und L dicker sind. WL – Walter Lehmann. Ihr habt ihn heimlich mit draufgeschrieben."

„Genau. Das hat wenigstens ein bisschen Spaß gemacht. Papa hätte es toll gefunden."

„Und du wohnst jetzt hier?"

„Ja, ich hab Papas Haus übernommen und bin hierhergezogen."

„Du bist sein einziges Kind?"

„Nein. Aber der einzige Mensch seiner ehemaligen Familie, der zu ihm gehalten hat. Der Rest der buckligen Verwandtschaft hatte ihn doch komplett abgeschrieben. Aber als er tot war, da standen alle auf der Matte und wollten erben."

„Tja, beim Erben, da lernst du die Menschen kennen."

„Hat aber nicht geklappt. Mama hatte ein altes Testament, in dem sie und Papa sich gegenseitig als Alleinerben eingesetzt hatten. Damit ist sie zum Gericht gerannt, um den Erbschein zu kriegen." „Sag bloß, die wollte hierherziehen?"

„Quatsch, die wollte das Haus verkaufen und das Geld haben. Aber es kam anders. Es gab nämlich noch ein zweites, neueres Testament. Und darin hat Papa Walter als Alleinerben eingesetzt. Das hatten sie aufgesetzt, als Papa das Haus gekauft und renoviert hatte. Walter war zu fünfzig Prozent daran beteiligt, konnte damals aber als Ausländer noch kein Grundeigentum erwerben."

„Ui, das hat Ärger gegeben!"

„Und wie! Mama und ihr sauberer Bruder haben das Testament angezweifelt und Himmel und Hölle in Bewegung gesetzt. Die haben einen Anwalt genommen und alles versucht, aber das Testament war okay. Papa und Walter hatten es sogar voriges Jahr noch mal aktualisiert. Da ging es Papa schon schlecht."

„Aber Walter ist ja tot und hat keine erbberechtigten Nachkommen. Da tritt, zumindest in Deutschland, die gesetzliche Erbfolge ein. Demnach wärst du jetzt ja Erbin. Zusammen mit deinen Geschwistern. Gibt es welche?"

„Ja, ich hab noch zwei jüngere Brüder. Und die scharren schon mit den Hufen. Haben sich nicht ein einziges Mal hier blicken lassen. Aber das Geld wollen sie haben. Klappt aber nicht."

Henry sah ihr zufriendenes Grinsen und schaute sie fragend an.

„Nachdem Papa tot war, ist Walter noch zu dem Notar gegangen und hat ein eigenes Testament aufgesetzt."

„Ah, verstehe: Er wollte, dass du das Haus kriegst, weil du dich als einzige um Jerzy gekümmert hast. Das sieht ihm ähnlich. Bleibt nur noch der Pflichtteil für deine Brüder."

„Ja, das dachten die auch, war aber falsch. Erblasser ist in diesem Fall Walter, und meine Brüder sind nicht seine Söhne. Die sind voll abgeblitzt."

„Und seitdem ist der Ofen komplett aus in eurer Familie?"

„Ja, endgültig! Die haben sogar den Dorfpolizisten hier heiß gemacht. Der wollte Walter und mich aus Papas Haus rausschmeißen. Wahrscheinlich haben sie ihn geschmiert."

Henry lehnte den Kopf zurück und grinste verständnisvoll. „Ah ja, das macht Sinn!"

34.

„Come listen Honey, while I say; How could you fix your mind and go away?“ Einmal mehr füllte Gerry Spooner mit mächtigem Organ die Traverse der Alten Weberei und beschwor mühelos die Geister von Bessie Smith, Robert Johnson und Huddy Ledbetter herauf. „Don't say we must part, don't brake my aching heart ...“ Zusehends verwandelte sich die Kneipe in eines jener verrufenen Ginhäuser in den Südstaaten der 20er Jahre. Der Typ hinter dem Tresen und auch die Leute davor wirkten eine Spur verwegener, ja nachgerade verrucht. Auch die Dalke, fünfzig Meter weiter, floss plötzlich irgendwie öliger, träger, halt etwas mississippimäßig vorbei. Small Muddy.

„Some day, when you get lonely, your heart is gonna break like mine and you will want me only ...“

Der Laden war mal wieder gerappelt voll, andächtig lauschte die eingeschworene Fangemeinde dem fulminanten Solo, das Andi jetzt auf der Bluesharp raushaute. Frenetischer Beifall folgte, Augen glänzten. Der zweite Donnerstag im Monat war bei den meisten fest gebucht und wurde selbst in der Urlaubsplanung berücksichtigt. Kindergeburtstage wurden rechtzeitig beendet, Verwandtenbesuch abgewimmelt oder einfach mitgebracht, je nachdem. Aber Teilnahme war Pflicht, wenn die Protagonisten der örtlichen Bluesszene sich ein Stelldichein gaben, um nach Herzenslust zu jammen. Die Rumpfmannschaft von vier bis fünf alten und jungen Kämpfern wurde stets spontan von weiteren Recken unterstützt, die sich mehr oder weniger zufällig einfanden und für immer neue Konstellationen und Arrangements sorgten. Live Music vom Feinsten. Im soziokulturellen Bürgerzentrum „Die Weberei“ mochten sich Skandale, Insolvenzen und gescheiterte Trägerschaften aneinanderreihen wie die Entenküken in den nahen Dalkeauen, aber die monatliche Barfly-Session mit ihren aktiven und passiven Teilnehmern stand seit vierzehn Jahren wie ein Fels in der Brandung. Uli entdeckte Henry ganz hinten an einem Stehtisch, halb verdeckt von einem alten Kinoprojektor, der dort dekorativ in der Gegend herumstand. Er verstand den Wink und brachte vom Tresen gleich zwei Halbe mit. Die Partner prosteten sich zu, nahmen einen tiefen Zug und genossen erst mal die Musik. Das Zepter war mittlerweile von der Bluesharp auf das Piano übergegangen. Benni, der jüngste in der Combo, entlockte dem altersschwachen Kneipenklavier mit der rechten Hand atemberaubende Blue Notes, was nicht ganz ungefährlich war. Denn auf einigen der weißen Tasten war das Elfenbein gesplittert und konnte dem unachtsamen Pianisten schon mal böse Schnittwunden zufügen, wenn er in seiner Ekstase einen Slide über vierzig Tasten hinlegte und dabei nicht höllisch aufpasste. In der Tat war dieses Piano schon mehrfach mit blutenden Fingern und unter Schmerzen gespielt worden, was dem Blues allerdings keinen Abbruch tat. Im Gegenteil. Natürlich hatte der eifrige Tastenmann auch die Verkleidung abgenommen, wie es sich für ein richtiges Blues-Piano gehört. Allerdings nicht nur, um dem Publikum ein ungedämpftes Klangerlebnis und den freien Blick auf das rasant arbeitende Hammerwerk zu ermöglichen. Nein, eine der B-Saiten sackte in dem alten Kasten immer wieder gefährlich ab, der Stimmstock war einfach ausgenudelt. Auf dem betreffenden Wirbel steckte nun ein Stimmhammer und ermöglichte es dem jungen Musiker, die schlappe Saite mitten im Stück nachzustimmen. Gelegentlich nutzte er die Vorrichtung auch, um den Ton an passender Stelle kräftig zu ziehen, wie Gitarristen es gern machen. Bendig am Klavier, das war einzigartig. Mittlerweile hatte Benni Unterstützung von Roger am Kontrabass bekommen. Der Oldie der Truppe hatte die Siebzig bereits überschritten, womit ihn altersmäßig genau vierzig Jahre vom Pianisten trennten. Aber der weiße Lockenkopf und Frauenschwarm hatte immer noch weit mehr Swing im Hintern als die meisten Zwanzigjährigen, das stellte er jedes Mal wieder eindrucksvoll unter Beweis.

„Und, was macht die Kunst?“, fragte Henry, als die Musiker Pause machten. Es war seine Idee gewesen, mit Uli hierherzukommen, damit er mal rauskam und seinen Liebeskummer vergaß. Wenigstens für einen Abend.

„Muss ja“, kam es unbestimmt zurück.

„Na komm schon. Klar, schöner wäre es andersrum gewesen, aber wenn es doch nun mal einfach nicht passt? Sei froh, dass das jetzt passiert ist und nicht erst in ein paar Jahren.“

„Weiß ich doch selbst. Aber ich war schon ziemlich heftig auf dem Trip mit Familie und Kindern und all dem. Und zwischendurch hatte ich echt das Gefühl: mit Birte-Sophie bist du jetzt auf der Zielgeraden. Flötepiepen! Komm, lass uns erst mal noch einen trinken."

„Warte, ich bin dran. Was willst du?"

„Nee, lass gut sein, dieser Abend geht auf mich." Doch es kam anders. Auf einmal reckte Henry den Hals.

„Mensch, das ist doch ... Das ist doch ... Horst! Mein Streifenkumpel von früher!" Und schon wühlte er sich durch die Menge an der Klotür vorbei zum Wintergarten. Dort sprach er einen alten Mann an, den er freudestrahlend mit an den Tisch schleppte. Gleich wuselte er zurück zum Tresen, um Getränke zu besorgen. Selbstverständlich würde er seinen alten Bärenführer freihalten.

„Mensch, Horst, was machst du denn in der Weberei?"

„Ich war schon immer hier, die Weberei ist mit mir groß geworden. War doch von Anfang an in meinem Bezirk. Ich hab kaum eine Session verpasst in meiner aktiven Zeit. Genau meine Kragenweite. Mehr Spaß kannst du auch für Geld nicht haben." Der rüstige Pensionär grinste unternehmungslustig und nahm erst mal einen ordentlichen Schluck vom angebotenen Bier.

„Und was machst du sonst so? Hab dich ja ewig nicht gesehen."

„Bin viel unterwegs. Komme gerade aus Norwegen wieder. Ich hab da 'ne Hütte für den Sommer. Die Luft tut mir gut. Und im Winter geht's ab nach Spanien zu meinem Wohnwagen. Wegen der Wärme. Wenn ich dann zwischendurch mal hier bin, komme ich auf jeden Fall immer in die Weberei."

„Horst hat mir damals bei der Polizei das Laufen beigebracht", erklärte Henry. „Das ist übrigens Uli", wandte er sich wieder an Horst. „Mit dem ist das ungefähr so wie bei uns beiden früher."

„Stromert ihr also des Nachts auch zu Fuß durch die Stadt?"

„Genau. Von dir hat er das also?"

„Ist halt 'ne alte Gewohnheit. Als ich bei dem Verein anfing, gab es im ganzen Kreis nur einen einzigen Streifenwagen. Opel Kapitän. Da ging man eben zu Fuß."

„Wahnsinn. Also mir macht die Sache einfach nur Spaß. Vor allem kommt was dabei rum. Man fängt echt Leute."

Für eine Weile schwelgten die drei in Erinnerungen. Oder besser gesagt Henry und Horst fingen an, eine Schote nach der anderen aus ihrer gemeinsamen Vergangenheit hochzukochen, während Uli mit Begeisterung zuhörte. Die Musiker hatten inzwischen wieder die Bühne geentert. Nach kurzer Diskussion einigte man sich auf J.J. Cales „Sensitive Kind". Mittlerweile war Martin mit seinem Saxophon zur Truppe gestoßen, um dem ohnehin schon fetten Sound noch das erforderliche Gebläse zu verschaffen. Ein graubärtiger Mann in kariertem Hemd bestieg ebenfalls kurzerhand die Bühne, spielte ein schönes Solo auf der Tin Whistle, heimste seinen Applaus ein und setzte sich wieder ins Publikum. Die Stimmung war bombig.

Horst und Henry waren derweil dazu übergegangen, im Rahmen ihrer Vergangenheitsbewältigung alte Kollegen und Kunden durchzugehen.

„Sachma", sagte Horst irgendwann, „was ist eigentlich mit Konny Gerke? Ich geh vorgestern in die Stadt einkaufen, laufe so über den HVP und denke: Irgendwas fehlt hier doch. Erst wollte es mir gar nicht einfallen, aber plötzlich war mir klar: Es ist viel zu leise. Konny Gerke ist ja überhaupt nicht da. Irgendwelche anderen Galgenvögel machten sich auf seiner Bank breit, aber von Konny keine Spur. Gibt's den überhaupt noch?" „Das wüssten wir auch gerne." Henry starrte auf sein Bierglas, als ob er Konnys Verbleib aus der Schaumkrone ablesen könnte. Doch die gab mal wieder nichts von ihrem immensen Wissen preis.

„Tatsache ist: Konny ist weg. Vor ungefähr zwei Monaten habe ich ihn noch im Riegerpark vorbeitraben sehen. Er wollte aber ganz offensichtlich nichts mit mir zu tun haben und hat sich schnell vom Acker gemacht. Seitdem fehlt von ihm jede Spur. Wieso fragst du?"

„Na ja, wenn wir von alten Zeiten und alten Kämpfern plaudern, kommst du an Konny Gerke einfach nicht vorbei. War schon damals einer meiner besten Kunden. Den haben wir beide doch auch etliche Male eingebuchtet. Und später, im Bezirks- und Ermittlungsdienst, hatte ich alle Nasen lang mit ihm zu tun. Körperverletzung, Beleidigung, Hausfriedensbruch, Widerstand. Der hatte 'ne endlose Latte bei uns."

„Die Sache ist die", erklärte Uli, „es gibt da zwei Möglichkeiten. Zum einen könnte Konny durchaus von uns gegangen sein. Er wäre nämlich nicht der einzige aus der Szene, der in letzter Zeit den Löffel gereicht hätte. Seit Frühjahr hat es Gernot Bierwein, Irene Männertreu und Robert Magura dahingerafft, dann nach kurzer Pause Lehmann und Dvorak. Alles Lokalmatadoren. Vielleicht ist Konny ja der sechste, und man hat nur seine Leiche noch nicht gefunden.

„Seltsam", meinte Horst, „Und wird da ermittelt? Gibt's 'nen Tatverdacht?"

„Na ja, erst mal gibt es überhaupt keine Anzeichen von Fremdeinwirkung, das ist das ermittlungstechnische Problem. Offiziell sind die alle ganz normal im Suff verunglückt, halt eben nur auffällig dicht nacheinander."

„Dazu kommt folgendes", ergänzte Henry, „Lehmann hat offensichtlich im Juni seinem Chef etwa 500.000 Euro Schwarzgeld abgezogen. Er ist dann untergetaucht, um Wochen später als unbekannte Wasserleiche in der Dalke wieder aufzutauchen. Niemand kannte den, vor allem nicht Konny Gerke. Den hatte ich nämlich noch als Anerkennungszeugen zur Obduktion hinzugezogen. Aber da hat er offensichtlich gelogen und den Mann als ‚Effe' bezeichnet, einen Penner auf der Durchreise, den keiner näher kennt. Als endlich rauskam, wer er ist, findet die Kripo in Walters Wohnung Fingerabdrücke von Konny und von Stan. Lehmann ist tot, Stan ist tot, Konny ist weg und das Geld ist auch weg. Kurz und gut: nach Konny wird gefahndet. Wahrscheinlich ist, dass er sich das Geld unter den Nagel gerissen hat, möglich ist, dass er irgendwas mit dem Tod von Lehmann zu tun hat. Nicht ausgeschlossen ist, dass ihm inzwischen auch jemand eins über den Schädel gezogen und den Zaster abgenommen hat. Noch Fragen?"

„Wie sagtest du hieß dieser Tote in der Dalke?"

„Lehmann."

„Und was war das so für einer, dieser Lehmann?"

„Lehmann war Kalfaktor bei Sandmann, dem Baugeschäft, das neulich Pleite gemacht hat. So ein Mädchen für alles. Hat sich dann dem Suff hingegeben und ist irgendwie in der Pennerszene gelandet. Aber das ist 'ne andere Geschichte."

Horst trank einen tiefen Zug Bier, wobei er angestrengt nachdachte.

„Jungs, ich glaube, ihr könnt Konny als Täter vergessen."

Er blickte in zwei ratlose Gesichter. „Wie meinst du das denn jetzt?"

„Eben, als du den Namen Lehmann nanntest, ist mir nichts weiter daran aufgefallen. Lehmänner gibt's ja wie Sand am Meer. Aber im Zusammenhang mit Konny Gerke sieht das ganz anders aus.

Wisst ihr, dass Konny als junger Spund mal die komplette Handwerkskammer samt Innungsmeister windelweich geprügelt hat?"

„Ja klar, habe ich gehört. Die haben ihn durch die Gesellenprüfung segeln lassen und dann ist er durchgedreht. Hat Staatsanwalt Heitkamp neulich erzählt, bei der Obduktion von Lehmann."

„Nee, das stimmt so nicht. Erstens ging es um die Prüfung zum Bautechniker. Maurergeselle war Konny längst. Zwei Jahre lang ist er zweimal die Woche nach Bielefeld gefahren, zur Abendschule. Er ist auch nicht durch die Prüfung gesegelt, die hätte er jederzeit mit links geschafft. Ist nämlich eigentlich ein schlaues Köpfchen, unser Konrad. Spricht übrigens einige Fremdsprachen.

Nein, die Sache war anders. Konny hatte auch damals schon seine drei Kernprobleme: eine zu große Zuneigung zu einem vollen Glas Bier, eine zu kurze Zündschnur und, fatalerweise, unglaubliche Körperkraft. Ganz ungünstige Mischung. Und Selbstdisziplin war auch nicht sein Ding. Zum Glück gab es aber im selben Kurs einen anderen jungen Mann, der es richtig draufhatte. Die beiden wurden dicke Freunde, obwohl sie unterschiedlicher nicht hätten sein können. Konny, der Kleiderschrank, der mit Pflastersteinen nach Kaninchen warf, der andere Junge ein Leisetreter, dem man das Vaterunser durch die Rippen beten konnte, der aber alles gelesen und behalten hatte, was zum Thema Bau geschrieben worden war. Dieses Wissen teilte er freigiebig und paukte abends mit Konny, wenn es eng wurde. Der räumte dafür weltliche Probleme aus dem Weg, wie etwa mobbende Kommilitonen oder arrogante Dozenten. Die beiden ergänzten sich super. Als die Prüfung anstand, war Konny auf den Punkt vorbereitet. Vor ihm war nur noch sein Freund dran, der als sichere Bank galt. Aber der litt unter massiver Prüfungsangst, bekam einen Blackout und fiel mit Pauken und Trompeten durch. Schriftlich und praktisch war alles bestens, aber die mündliche Prüfung war für ihn die Hölle. Dieser junge Mann war Walter Lehmann, damals Maurergeselle bei Sandmann.

Konny ist ausgerastet. Er hat den Prüfungsraum gestürmt und erst mal den Innungsmeister durchbeleidigt, Der hat ihn prompt von der Prüfung ausgeschlossen. Im selben Moment hatte er schon zwei Zähne weniger, und der ganze Laden war nur noch Kleinholz.

Konny ist dann obendrein für anderthalb Jahre eingefahren. Ich hab selbst den Haftbefehl vollstreckt, denn er ist natürlich nicht zum Haftantritt erschienen. Ich hatte damals auch die komplette Ermittlungsakte eingesehen, weil ich etliche Leute vernehmen musste. Unter anderem Walter Lehmann.

Henry, die beiden waren wirklich Freunde. Walter hatte unglaubliche Schuldgefühle und ging Konny dauernd besuchen im Knast. Da lief natürlich auch nicht alles glatt, er legte sich ständig mit Mitgefangenen und den Wärtern an und kriegte deshalb ein paarmal Nachschlag. Als er endlich rauskam, hat er sich nirgendwo mehr halten können und landete schließlich auf dem HVP."

„Und Walter? Wie ging's mit dem weiter?"

„Walter blieb bei Sandmann, wo sollte er denn auch sonst hin? Ich kannte die Seniorchefin gut, Frieda. Ich hatte ganz früher mal was mit der. War 'ne Seele von Mensch."

„Und die hat Walter also übernommen?"

„Jau, sie hatte 'nen Narren gefressen an dem, und zwar aus gutem Grund. Da gab es nämlich noch einen dritten Aspiranten in der Klasse, und das war ihr feiner Sohn Bernd. Aber der war ein ganz fauler Hund, der hatte überhaupt keine Lust zum Pauken und wäre unter Garantie durchgesegelt, wenn er Walter nicht gehabt hätte. Und ausgerechnet die Pfeife hat als einziger bestanden. Walter blieb also im Betrieb. Was Besseres konnte ihm gar nicht passieren. Und Frieda auch nicht. Schließlich bekam sie 'nen erstklassigen Bautechniker zum Preis eines normalen Maurergesellen. Walter hat dann den Laden im Wesentlichen gewuppt. Frieda war die Kauffrau und die Seele vom Betrieb. Wilfried war der typische Maurermeister, hat sich von der Pike hochgearbeitet. Aber ehrlich gesagt: zu mehr als zum soliden Handwerker hat's bei dem nicht gereicht. Der kreative Kopf des Unternehmens war immer Walter gewesen. Da hätte sich mancher Architekt hinter verstecken können."

„Wieso hat Walter es denn nicht noch mal probiert?"

„Zu schüchtern. Lampenfieber ohne Ende. Keine zehn Pferde hätten ihn nochmal vor den Prüfungsausschuss gekriegt. Hat er mir damals alles haarklein erzählt, nachdem die Sache mit Konny passiert war. Hat sich auch nachher um ihn gekümmert, als er schon längst auf der Platte war. Wollte ihm immer mal 'nen Fuffi zustecken oder was Warmes zu essen. Aber Konny war das peinlich. Er war ja Weltmeister im Schnorren, aber von Walter wollte er nichts nehmen. Irgendwann hat Walter schweren Herzens aufgegeben, und der Kontakt brach ab."

Henry überlegte einen Moment scharf, während Roger zum allgemeinen Jubel seinen Kontrabass weglegte und die 68er Stratocaster umhängte. Kurz darauf erklang „Apache" von den Shadows im eigentlich unnachahmlichen Originalsound.

„Was ich nicht kapiere: Wieso hat Konny Walter bei der Obduktion verleugnet? Erzählt was von irgendeinem ‚Effe' auf der Durchreise. Wieso wollte Konny nicht, dass Walter erkannt wird?"

„Liegt doch ziemlich auf der Hand. Konny wollte nicht, dass jemand eine Verbindung zwischen Walter und ihm ziehen konnte. Gründe dafür kann es nicht viele geben. Entweder Konny hat was mit Walters Tod zu tun oder er hat Walters Kohle", resümierte Uli. „… oder beides", ergänzte Henry.

„Okay, 'nen Glücksgriff im günstigen Moment traue ich Konny jederzeit zu. Aber 'nen Mord? Nee. Und dass er Walter was antut? Niemals." Horst dachte einen Moment nach.

„Ach ja, von wegen Effe: Da hat Konny nur zum Teil gelogen. Walter wurde früher in der Schule ‚Effe' genannt. Sein voller Name lautete nämlich ‚Gotthold Ephraim Walter Lehmann'. Er litt furchtbar unter diesen Vornamen, weil er damit ständig gehänselt wurde, damals auf ‚Freiherr-vom-Stein'. Da war er übrigens ein eher schlechter Schüler. Ist ziemlich gemobbt worden und hätte vielleicht nicht mal den Abschluss geschafft. Walter war halt schon immer anders als andere Jungs."

„Woher weißt du das denn?", mischte Uli sich ein.

„Von Konny. Der war nämlich damals hängen geblieben und zu Walter in die Klasse gekommen. Vermutlich wären beide gescheitert, wenn sie sich nicht zusammengetan hätten. Walter half Konny beim Lernen und der passte dafür auf ihn auf. Schon damals. In der Lehre war es dann nicht anders. Konny hatte übrigens auch beim alten Sandmann gelernt, wenn ich mich nicht irre. Auf jeden Fall hat Walter seine beiden ersten Vornamen im Melderegister streichen lassen, sobald er Achtzehn war. Ich hab den Eintrag noch selbst gesehen. Ist vermutlich im Rahmen der Digitalisierung irgendwann untergegangen."

„Tja, Fragen über Fragen", sinnierte Henry. „Die interessanteste ist: Wo ist Konny jetzt? Hat er das Geld oder nicht? Hat er sich abgesetzt oder hat er auch schon ins Gras gebissen? Mann, Konny, mit dir haben wir echt schon reichlich Stress gehabt. Da blieb kein Auge trocken. Wisst ihr noch? Der legendäre Dosenwurf? Den macht ihm keiner nach."

„Jau." Horsts Augen leuchteten. „Konny konnte rückwärts blind jederzeit aus drei Metern Entfernung mit 'ner Bierdose in jeden Mülleimer treffen. War sein Markenzeichen."

„Moment mal!" Uli schaltete sich plötzlich ein, wobei er einen höchst beunruhigten Gesichtsausdruck zur Schau stellte. Fragend blickten Horst und Henry ihn an. Aber Uli schüttelte entschlossen den Kopf, hielt abwehrend eine Hand hoch und begann, hektisch auf und ab zu gehen. Eine Weile schaute er der Band zu, die gerade „Jambalaya" in Jerry Lee Lewis' hammerharter Boogie-Woogie-Version zum Besten gab, dann ging er raus in den Biergarten. Henry und Horst vergaßen ihren verwirrten Kollegen und widmeten sich lieber der hinreißenden Musik. Jan flippte am Schlagzeug aus, während Benni und Olli sich ein lupenreines Duell zwischen Klavier und E-Gitarre lieferten. Mittendrin kam Uli wieder hinein, nahm sein Bier vom Tisch, trank genüsslich und sah seine Kollegen mit einem aufdringlichen Schlaumeierblick an.

„Was is jetzt?", fragte Henry ungeduldig.

„Ich weiß, wo Konny ist."

„Okay, und sagst du es uns auch?"

„Klar. Auf Korfu."

„Aha. Und woher weißt du?"

„Hab ihn da getroffen, neulich im Urlaub. Hab ihn bloß nicht erkannt."

„Quatsch. Wie kann man Konny Gerke denn nicht erkennen?" Horst war skeptisch.

„Gegenfrage: hast du schon mal Konnys Gesicht gesehen?"

„Na klar. Öfter als mir lieb ist."

„Nee, hast du nicht. Konnys Gesicht ist nämlich seit seinem siebzehnten Lebensjahr völlig zugewachsen mit einem Wust von Haaren und einem riesigen Bart, früher braun, heute weiß. Der Mann, den ich gesehen habe, hatte einen Sechs-Millimeter-Schnitt und einen Stoppelbart. Dazu hatte er neue, saubere Sachen an."

„Und wieso hast du ihn ausgerechnet jetzt wiedererkannt?"

„Ich hatte schon damals so ein komisches Gefühl, als würde ich den kennen, kam aber einfach nicht drauf. Dieser Blick, und wie der lief. Ich hab mir zigmal das Gehirn zermartert.

Als ihr jetzt gerade was von Bierdose rückwärts wegwerfen erzählt habt, hat's bei mir geklickt. Der Kerl hatte nämlich auch seine Bierdose, als sie leer war, mit so 'nem komischen Schlenker aus dem Handgelenk nach hinten weg über die Kaimauer befördert."

„Kein Zweifel, dass er es ist?", fragte Henry.

„Kaum. Ich bin ziemlich sicher: das war Konny."

„Na, dann wünsche ich euch noch viel Spaß beim Ermitteln. Ich muss los. Hab morgen früh 'n paar Arzttermine. Komplette Runderneuerung, bevor es losgeht Richtung Spanien. Macht's gut, ihr zwei."

Horst winkte freundlich und ging, blieb aber prompt vorn bei der Musik hängen. Auf der Bühne hatte man gerade den hartnäckigen „Zugabe!"-Rufen nachgegeben und spielte zum Abschied sinnigerweise „Why don't you try me tonight" von Ray Cooder. An die zehn Musiker drängelten sich inzwischen einträchtig auf dem kleinen Podest und sangen aus vollem Hals. Horst genoss das Stück bis zum letzten Takt mit wippender Hüfte und verschwand dann in Richtung Bogenstraße.

Henry und Uli hatten ganz überraschend von der Bedienung, die plötzlich doch noch aus dem Nichts aufgetaucht war, ein Bier geliefert bekommen.

„Hmm, Korfu ..." Henry hatte schon wieder seine Denkerstirn angeknipst. „Das ist ja ein Zufall. Dieser Wassili Ketsidis, du weißt schon, einer der Sandmann-Mitarbeiter mit Asbestose, der stammt doch auch von Korfu!"

„Genau, und dahin ist er angeblich auch wieder zurückgegangen. Ganz plötzlich. Ungefähr um die Zeit, als Lehmann starb und auch Konny verschwand. Das sollten wir aber zügig an den Ritter und seine Crew weitermelden."

„Nee, mal ganz langsam, das ist 'ne Scheißidee. Uli, ich hab's dir doch erklärt. Die Sache mit Jerzy Pavlovic, Dieter Sonntag und Wassili Ketsidis, das waren genau die Infos, die Vera mir nicht verraten wollte. Sie hatte Angst, dass das in die Ermittlungsakte kommt und die drei Schwierigkeiten kriegen. Und da hatte sie Recht. Die Steuerfahndung sitzt doch mit in der EK. Wenn ich die Geschichte jetzt aktenkundig mache, dann kippen die mit ihrer ‚Betriebsrente' auf und die Steuerfahndung rückt denen auf den Hals. Die raken da unter Garantie voll hinterher. Okay, Pavlovic ist tot, aber die beiden anderen kriegen ein saftiges Steuerstrafverfahren an den Arsch und müssen obendrein die ganze Kohle nachversteuern, die sie die letzten Jahre von Sandmann gekriegt haben. Mann, denen geht's doch schon dreckig genug. Ich hab da echt 'n moralisches Problem."

„Aber alles spricht doch dafür, dass Konny mit 500.000 Euro auf der Walz ist, dass das Geld vorher im Besitz von Walter Lehmann war und Walter unter nicht geklärten Umständen ums Leben gekommen ist. Du hast doch selbst gesagt, das stinkt nach Mord. Mensch, Henry, du machst dich strafbar, wenn du da Informationen zurückhältst. Das weißt du besser als jeder andere."

„Genau, Uli, ich weiß es besser als jeder andere. Konny ist nicht mit 500.000 Euro unterwegs, sondern mit wesentlich weniger. Das Geld wurde vorher aufgeteilt. Ich hab letzte Woche privat ein bisschen ermittelt. Walter ist kaum unter der Erde, da wird bei Dieter Sonntag aufwändig umgebaut. Komplette Altbau-Kernsanierung. Barrierefrei. Der kann kaum noch schnaufen, schafft nicht mal mehr die eigene Treppe rauf ins Schlafzimmer. Die letzten zwei Jahre hat er unten auf dem Sofa im Wohnzimmer gepennt. Okay, die machen den kompletten Umbau selbst, fast alles in Eigenleistung. Aber die stecken da trotzdem locker über hundertfünfzigtausend rein in die alte Hütte. War übrigens gar nicht leicht, da 'nen Fuß in die Tür zu kriegen. Als ich da auflief und den alten Sonntag nach Walter Lehmann gefragt habe, hat der mich ganz komisch angeguckt und sofort gemauert. Dann kam sein Sohn an, 'ne ziemliche Kante, und hat gemeint, ich sollte besser verschwinden und meine Nase nicht in fremde Angelegenheiten stecken. Die hatten da aber 'nen alten Zimmermann am Start für die Holzarbeiten, den kenn ich von früher. Der hat mir vorige Woche ein bisschen erzählt.

Ja, und dann hab ich mich nach dem griechischen Kollegen erkundigt.

Wassili Ketsidis hat hier sein Leben lang auf Sparflamme gekocht, zur Miete gewohnt und auch als Frührentner immer noch nebenbei malocht, um klarzukommen. Plötzlich lässt er hier alles sausen und geht zurück nach Griechenland, mitten in der dicksten Krise."

„Moment, kapier ich gerade, was du mir sagen willst? Lehmann hat die Kohle gar nicht für sich abgezweigt, sondern für die drei Asbestopfer? Weil er wusste, dass mit dem Zusammenbruch der Firma auch die laufenden Zahlungen an die drei asbestgeschädigten Kollegen wegfallen würde?“

„Ob er das von Anfang an vorhatte, weiß ich nicht. Auf jeden Fall hat er rechtzeitig gemerkt, dass Sandmann durchgebrannt ist, und hat den finalen Schwarzgeldtransport abgezweigt. Damit war sein Plan gerettet. Er hatte genug Geld und konnte nun endlich mit Jerzy zusammenleben, für eine optimale medizinische Versorgung aufkommen und mit ihm gemeinsam alt werden. Er kommt aber gerade nur noch rechtzeitig, um Jerzy beim Sterben zu helfen. Das dauert volle drei Wochen. Danach kommt er zurück nach Gütersloh, völlig entwurzelt und konzeptlos. Weil er niemand mehr hat auf der Welt, sucht er Kontakt zu seinem alten Spezi Konny. Er rutscht in die Pennerszene ab und verbringt die nächsten zwei Wochen damit, sich totzusaufen. Irgendwann in dieser Zeit war bei Dieter Sonntag Bauplanung angesagt und Wassili Ketzidis unternahm erste Schritte, seine Zelte hier abzubrechen.

„Was für ein scheiß Schicksal!“ Uli spülte seine echte Betroffenheit erst mal mit einem ordentlichen Schluck Bier runter. „Wenn du einmal mit deinem Lebensziel scheiterst, kommst du ja vielleicht noch mal wieder hoch. Aber gleich zweimal hintereinander? Was für ein Elend!“ Vorsichtshalber setzte er den Humpen gleich ein weiteres Mal an, hielt aber plötzlich inne.

„Und wie geht die Story weiter? Irgendwann kommen jetzt doch Stan und Konny ins Spiel.“

„Ja, aber nicht zusammen. Das haben wir bis jetzt nur immer angenommen, weil wir nicht wussten, wie Walter und Konny zueinander standen. Jetzt sieht es eher so aus, als ob Walter Konny vor seinem Tod mit zu sich nach Hause genommen hat. Dem Spurenbericht nach haben sie sich ordentlich die Kante gegeben. Dabei wird er ihm sein Herz ausgeschüttet haben. Anschließend gibt Walter die Fete im Park, fällt in die Dalke und stirbt. Ob mit oder ohne fremde Hilfe wissen wir immer noch nicht. Dabei wird Stan Dvorak die Gunst der Stunde erkannt und ihm den Schlüssel gezogen haben. Walter war spendabel, der hatte Moos auf der Tasche. Für Stan Grund genug, bei ihm einen Stubendurchgang zu machen. Er mardert durch alle Schränke und findet den Rucksack mit dem Geld.“

„Klingt logisch. Aber wenn das stimmt, dann muss Konny irgendwann dahintergekommen sein und ihm den Zaster wieder abgenommen haben. Wenn er nicht selber Täter ist. Anstifter, Beihelfer, was weiß ich. Den Heiligenschein nehme ich Konny nicht einfach so ab. Du hast ihn doch selber im Riegerpark gesehen, mit Walters ollem braunem Trekkingrucksack auf dem Rücken. Der hat den Zaster und macht sich auf Korfu 'nen lauen Lenz."

Henry sah sich gedankenverloren um und stellte fest, dass sie mittlerweile die letzten waren. Mit einem Zug trank er sein Bier aus und griff seine Jacke vom Projektor.

„Genau da ist bei mir auch Ende der Fahnenstange. Aber eins ist mir noch aufgefallen. Ketsidis hat etwa eine Woche nach Walters Tod bei seinem Vermieter völlig überraschend die Wohnung gekündigt. Das war ziemlich genau an dem Tag, als ich Konny im Riegerpark mit dem Rucksack gesehen habe. Kündigungsfrist war ihm egal, er hat drei Monatsmieten bar auf den Tisch gelegt, direkt seine Sachen ausgeräumt und war zwei Tage später weg."

„Und was willst du mir damit sagen?"

„Na ja, sieht alles so aus, als ob Konny ihm seinen Anteil gebracht hat. Quasi Walters letzten Willen vollstreckt. Ist ja auch komisch, dass Konny sich ausgerechnet nach Korfu abgesetzt hat, in Wassilis Heimat."

„Ah, du meinst, Konny klingelt bei dem an der Tür, gibt ihm 'ne Alditüte mit 150.000 Ocken drin und sagt: Hier bitteschön, von deinem alten Kumpel Walter. Und Wassili sagt: Au prima, dann bin ich mal direkt weg nach Korfu. Willste nicht mitkommen, is schön da."

Henry überlegte einen Moment. „Ja, irgendwie so. Könnte zumindest sein."

35.

Punkt halb acht bog der alte Opel Omega von der B 68 ab und rollte in das malerische Städtchen mitten im Teutoburger Wald. Wie immer parkte Jupp seinen Wagen in der letzten Ecke hinter dem Rathaus. Dann kramte er gemütlich seine Aktentasche vom Rücksitz, dazu sein Mittagessen. Eine ordentliche Düppe Schnippelbohnen mit Rippchen, da freute er sich schon drauf. Doch bevor er sein Tagewerk begann, ging er erst mal um die Ecke zum Bäcker. Zwei Müslibrötchen und ein Croissant kamen in die Tüte, ein kurzer Flirt mit der Bäckerschen, dann machte er sich gut gelaunt und mit elastischem Schritt auf den Weg in sein Büro. Jupp mochte die Welt und die Welt mochte ihn. Daran änderten auch die sechzig Lenze nichts, die er mittlerweile auf dem Buckel hatte und die keiner ihm ansah.

Jupp freute sich auf einen weiteren schönen Tag in seiner Dienststelle. Einzelposten im Bezirksdienst. Für die meisten Polizisten der schiere Horror, für andere Vorruhestand bei vollem Lohnausgleich. Für Jupp war dieser Job seit zwanzig Jahren und für noch zwei weitere das Beste, was ihm und seiner Stadt passieren konnte.

Hier und da grüßend betrat er das Rathausfoyer, ging auf sein Büro gleich rechts neben der Information zu, schloss zügig auf und fragte sich, welche Überraschungen heute auf ihn warten würden. Er sollte nicht enttäuscht werden. Denn er wurde observiert. Zwei scharfe Augen hinter einer großen Sonnenbrille folgten unter einer breiten Hutkrempe hinweg jeder seiner Bewegungen, gut versteckt hinter einem dicken Betonpfeiler.

Jupp ahnte nicht das Geringste davon, er zog seine Uniform an und machte sich streifenfertig. Nutzlos am Schreibtisch rumtrödeln gab es bei ihm nicht. Wer von Jupp was wollte, musste ihn entweder auf der Straße suchen oder auf dem Handy anrufen. Er hatte das Uniformhemd schon übergestreift und stieg gerade aus seiner Jeans, als die Bürotür aufflog. Ein Frauenzimmer stürmte herein, warf einen sichernden Blick nach draußen, knallte die Tür zu und lehnte sich schwer atmend dagegen. Jupp stutzte in milder Verwunderung. Er kannte die Dame nicht. Erst als sie die Sonnenbrille Marke „Sophia Loren“ abnahm, klingelte es bei ihm. „Nanu, Elly, du hast es aber eilig heute“, frotzelte er und zog sich ungeniert weiter um.

Eleonore von Appelhülsen-Weniger rauschte mit wehendem Glockenrock zum Fenster, scannte hektisch den Parkplatz und zog dann – raatsch – die Vorhänge zu.

Jupp, der gerade entschlossen – raatsch – den Reißverschluss seiner Diensthose hochzog, schaute nun doch etwas besorgt zu Eleonore hinüber. Beruhigt stellte er fest, dass sein Überraschungsgast aber nicht wie befürchtet zum Nahkampf überging und sich stattdessen auf seinem Bürostuhl niederließ. Alles andere hätte ihn auch gewundert. Schon als Teenager war die „Gräfin“, wie sie damals vorn und achtern genannt wurde, ungefähr so zugänglich wie Queen Victoria im Migräneschub, halt die geborene alte Jungfer. Staksig, unsportlich, uncool, fundamental protestantisch, immer im groß geblümten Kostüm, mit Pferdeschwanz und Schleife im Haar. Daran änderte sich auch die nächsten zwanzig Jahre nichts, bis schließlich der ebenso aufstrebende wie verklemmte Bankangestellte Leander Weniger im Dorf auftauchte, sich langsam aber stetig in der Dependance hocharbeitete und nebenbei in Finanzwirtschaft promovierte. Stets in gebügeltem Hemd, mit Schlips und Pullunder. Fünf Jahre strichen die zwei umeinander wie die Katzen, bis sich dann schließlich doch einer für den anderen erbarmte. Natürlich gab es keine Kinder, man munkelte, die Beziehung der beiden sei rein platonisch, ‚was immer das für ‘ne Sauerei ist‘. Dafür setzte das Paar einen ebenso teuren wie hässlichen Protzbau auf ein schönes Hanggrundstück im Grünen, das Eleonore mit in die Ehe gebracht hatte. Sie stammte keineswegs aus verarmtem Landadel, was gut zum ansehnlichen Gehalt von Dr. Leander Weniger passte. „De Düwel schitt immer upp ’n gröttsten Haupen“, sagte man im Dorf.

Seit dem Immobilienskandal hatte man aber weder Dr. Weniger noch seine liebreizende Gattin jemals wieder im Dorf gesichtet, die Gerüchteküche brodelte entsprechend hoch. Getratsche ohne Ende, was das konspirative Verhalten von Eleonore voll und ganz erklärte.

Mit den Augen einer waidwunden Hirschkuh sah sie jetzt zu, wie Jupp seinen Gürtel schloss, Handschellen, Taschenlampe und Pfefferspray ansteckte und schließlich seine Dienstwaffe ins Holster schob, wo sie mit einem satten Klick einrastete.

„So, ich wäre dann so weit, Elly. Was kann ich für dich tun?"

„Ich will Anzeige erstatten", flüsterte sie kaum hörbar.

„Kein Problem", sagte Jupp und fuhr seinen PC hoch. Der würde circa zehn Minuten brauchen, bis die sichere Verbindung zum Zentralserver aufgebaut war, bis dahin könnte man ja schon mal das Wesentliche im Vorgespräch klären.

„Gegen wen soll's denn gehen?"

„Gegen Doktor Leander Heinrich Weniger!" Das Flüstern wurde rauer, ein bisschen kalter Hass hatte sich beigemischt.

‚Huiuiui, gegen den werten Gatten', dachte Jupp. „Huiuiui. Gegen den werten Gatten", sagte er laut und mit ernster Miene. Seine Gedanken rasten. Jetzt bloß nichts falsch machen. Er ergriff die flatternde Hand, die vor ihm nervös auf der Tischplatte herumtrommelte, und drückte sie. Erst mal Vertrauen aufbauen.

„Elly, überleg dir gut, was du machst. Du brauchst gegen deinen Ehemann nicht auszusagen. Egal wann und weshalb."

„Weiß ich alles, erspar uns den Zinnober. Was der Kerl mir angetan hat, ist unverzeihlich. Du glaubst nicht, was passiert ist!"

Jupp hörte Eleonores Ausbruch mit Stirnrunzeln. Jedem Bürger seines geliebten Städtchens hätte er in dieser Situation dringend von einer Aussage abgeraten. In dem Shitstorm, der neulich durch die Lokalpresse gerauscht war, stand Dr. Weniger zudem nicht gerade als Bösewicht da. Eher als das tragikomische Bauernopfer, das etwas zu gutgläubig in ein zweifelhaftes Projekt eingestiegen, von abgefeimten Betrügern über den Tisch gezogen und danach von seiner Bank fallen gelassen worden war. Die Aktenlage bestätigte das. Umso verwunderlicher, dass sein geliebtes Weib, dazu Paradechristin und Stütze der örtlichen Kirchengemeinde, ihn plötzlich gnadenlos ans Messer liefern wollte. Jupps Antennen, in vierzig Dienstjahren feingeschliffen, meldeten zielsicher eine Sensation voraus. Schnell nutzte er die Gunst der Stunde, bevor ihr größter Zorn womöglich verraucht war und verpasste Eleonore noch den Rest der zeugenschaftlichen Rechtsbelehrung, die gerade in dieser Situation von elementarer Wichtigkeit war.

„Ich glaub dir alles, Elly. Vielleicht solltest du vorher mal einen Rechtsanwalt fragen? Nicht, dass du dich noch selbst in irgendwas reinreitest. Alles, was du mir erzählst, kann im laufenden Strafverfahren gegen deinen Mann verwendet werden."

„Deshalb bin ich doch hier, was denkst du denn?" Der PC piepte, die Verbindung stand und Jupp druckte erstmal das Belehrungsformular aus. Eleonore unterschrieb es blind, mit Wut und Schwung. Jupp legte das Formular sorgfältig zur Seite. Alles, was Eleonore sagen würde, war ab jetzt voll gerichtsverwertbar. Was er davon am Ende tatsächlich verwenden würde, konnte er ja immer noch in Ruhe entscheiden. Erstmal beugte er sich vor, ergriff wieder ihre Hand und schaltete seinen ‚Ich-verstehe-alles'-Blick ein, mit dem er ihr tief in die Augen schaute und von dem er wusste, dass er schon härtere Brocken zum Schmelzen gebracht hatte. Er begann wie immer auf der emotionalen Welle.

„War sicher schwer für dich, nach dem ganzen Schlamassel. Dein Mann rausgeflogen, das Getratsche und alles."

„Spießrutenlauf. Das glaubt kein Mensch! Regelrechten Spießrutenlauf haben die mit mir veranstaltet. Du machst dir kein Bild, wie kleingeistig die Leute sein können. Offen tritt dir ja keiner gegenüber, aber ständig diese Blicke, die Andeutungen und die plötzliche Stille, wenn du zum Schlachter oder zum Bäcker reingehst. Vorgestern Abend hat mich Therese, die alte Gemeindeschwester, ganz komisch angeguckt. Und dann hat sie mir unter Tränen gesagt, man hätte sie gebeten, mich zu fragen, ob ich nicht endlich mein Amt als Presbyterin niederlegen wollte. Sehr christlich."

Eleonore standen Tränen in den Augen. Sie schniefte kräftig, dann holte sie tief Luft.

„Aber das ist alles nur Nebensache. Eigentlich hatte ich es gar nicht anders erwartet. Als der ganze Mist losbrach, da hab ich meinen Leander angeguckt und hab ihn gefragt, ob er irgendwas mit den Betrügereien zu tun hat. ‚Leander', hab ich gesagt, ‚egal was war und egal was kommt, wir stehen das durch. Wir haben Geld genug, wir haben unser Haus, wir haben uns und wir haben Gott. Das ist das Wichtigste. Wir fangen einfach neu an. Aber sag mir die Wahrheit. Das ist das einzige, worum ich dich bitte.' Und mein Leander hat mich angeguckt und hat mir gesagt: ‚Nein, mein Schatz, dieser Sandmann, der hat mich bei Gott genauso angeschmiert wie alle anderen.'

Und er würde uns was Passendes suchen. In Süddeutschland, er würde da jemand kennen aus dem Studium. Aber irgendwie war er die ganze Zeit so komisch. So abwesend, so distanziert, so fremd. Ich hab's natürlich auf den Skandal geschoben. Wie schlimm musste das alles erst für ihn sein. Da kann man schon mal depressiv werden.

Ja, und gestern Morgen, da streikt mal wieder mein Laptop. Ich musste aber dringend ein paar Überweisungen machen. Also bin ich in Leanders Arbeitszimmer und hab mich an seinen PC gesetzt. Ich gehe da sonst nie rein. Er hatte da immer auch Banksachen, die absolut vertraulich sind. Aber ich wollte nun mal nicht zur Bank gehen, nach allem was da passiert ist. Jedenfalls klappte das nicht mit den Überweisungen, das Konto war überzogen. Ja klar, dachte ich, Leander kriegt ja auch kein Gehalt mehr, musst du eben was umschaufeln. Irgendwie kam ich aber in unser Depot nicht rein. Da habe ich bei der Bank angerufen. Herr Weiß war dran. Der hat nachgeschaut und gesagt, das Depot wäre vorige Woche im gegenseitigen Einvernehmen aufgelöst worden, die Anlagen seien schon vor Monaten zu einem anderen Institut transferiert. Zum Glück hab ich noch mein eigenes Geld. Bleib erst mal ruhig, hab ich gedacht, bestimmt gibt es dafür eine Erklärung. Aber misstrauisch bin ich schon geworden. Ja, und dann stand da sein Aktenkoffer. Das hat mich absolut gewundert. Ohne den geht er sonst nie aus dem Haus. Wo er doch noch mal nach Spanien los ist, mit diesem Gierhacke. Da wäre angeblich doch noch was zu retten. Er war so zuversichtlich. Vielleicht wird ja doch noch alles gut, dachte ich, hatte aber schon so ein komisches Gefühl. Dieser Gierhacke, ich weiß nicht. Den mochte ich ja noch nie, der hat irgendwie so was völlig Obszönes. Ein echter Schmierlappen. Aber Leander sagte, das wäre der einzige aus der ganzen Spaniengeschichte, der noch zur Stange hält und Ahnung hat. Na ja, ich hab auf jeden Fall in seinen Koffer geguckt, und dann fand ich das!"

Das Foto war nicht besonders gut, aber es sprach für sich selbst. Herrn Dr. Leander Weniger konnte man fehlerfrei erkennen. Wenn man seine Kleidung als äußerst sparsam bezeichnen musste, so war das gar nichts im Vergleich zu dem Outfit der sehr jungen und sehr anschmiegsamen Dame, die außer einem Brustwarzenpiercing rein nichts zu tragen schien. Im Hintergrund konnte man ein exklusives Clubgelände erkennen, dazu mehrere kleine Personengruppen, die entweder äußerst frivol, oder aber völlig unbekleidet einhergingen und offensichtlich innige Zuneigung zueinander verspürten.

Jupp blickte auf und sah, dass Eleonores Gesicht hochrot angelaufen war. Er suchte krampfhaft nach Worten, um irgendwas Beschwichtigendes oder Tröstendes zu sagen. „Komm, Elly“, fing er an, wurde aber sofort gestoppt.

„Versuch's gar nicht erst“, fauchte sie. „Meine Unschuld hab ich mir aufgespart für den!“ ‚Ja, weil sie vorher keiner haben wollte‘, dachte Jupp und schämte sich ein bisschen dafür.

„Und jetzt, wo alles den Bach runtergeht, hat er nichts Besseres zu tun, als mit so 'nem jungen Flittchen rumzuhuren. In guten wie in schlechten Zeiten, das haben wir uns geschworen damals.“ Tiefe Traurigkeit stand in Eleonores Gesicht, aber auch ein gefährliches Funkeln war in ihren Augen zu sehen.

„Und du bist sicher, dass du ihm diesen Fehltritt nicht verzeihen kannst, irgendwann?“

„Das hab ich mich auch gefragt, Jupp. Bestimmt zwanzig Mal seit gestern Morgen. Aber glaub bloß nicht, dass das das einzige Foto ist. Es gibt noch ungefähr fünfzig, die hab ich auf seinem Rechner gefunden. War gar nicht schwer, alles ordentlich archiviert, pedantisch wie er nun mal ist. Aber die hab ich nicht mitgebracht.“ Eleonore schwieg betreten.

„So schlimm?“

„Dunja heißt die Kleine, kommt wohl irgendwo vom Balkan. Und das geht nicht erst seit gestern. Da war schon was, bevor die Spaniensache aufgeflogen ist. Offensichtlich kriegt er von ihr, was ich ihm nicht geben kann und auch nicht geben will. Das hab ich gestern kapiert. Aber das ist ja noch nicht alles.“

Der Papierstapel, den Eleonore aus ihrer Umhängetasche zog und auf den Tisch knallte, war einen knappen Zentimeter dick. Jupp las englisches Bankenkauderwelsch und irgendwelche Zahlenkolonnen. Fragend und leicht hilflos schaute er Eleonore an.

„Offshoreanlagen. Hab's im Internet recherchiert. Ich steige zwar nicht so ganz durch, aber ein paar Millionen sind da schon hin und her geschoben worden von meinem lieben Gatten.“

„Ja, aber das ist doch sein Job.“

„Nicht mehr, Jupp. Jetzt nicht mehr. Guck mal aufs Datum."

„Ah, und du meinst …"

„Genau. Die blöde Nutte hätte ich ihm vielleicht noch verziehen. Irgendwann. Aber dass er mir nicht die Wahrheit gesagt hat wegen der Spanienaffäre, das war zu viel. Verstehst du? Er hat mich angelogen. Mich und Gott."

Achte auf die Reihenfolge, dachte Jupp. Spätestens jetzt war ihm klar: Eleonore wollte Rache. Und nichts würde sie davon abbringen. Also rief er das passende Formular auf und begann zu schreiben: „Unaufgefordert erscheint die o.g. Frau Eleonore von Appelhülsen-Weniger auf der hiesigen Dienststelle, reicht die beigefügten Unterlagen herein und gibt dazu folgendes zu Protokoll …"

36.

Es war eines von den mittelgroßen Wohnmobilen, das dort auf dem Parkplatz hart an der äußeren Buschreihe abgeparkt war. Es gibt unzählige Klischees über Wohnmobile. Dieses erfüllte sie alle. Vorn in der Windschutzscheibe prangte ein großes buntes Blechschild, illuminiert von blauen Leuchtdioden. „Karl-Heinz und Edeltraut on Tour" stand darauf. Etwa siebzehn Elche in unterschiedlicher Größe waren rundum auf die schon recht abgestumpfte Silbermetallic-Lackierung geklebt, dazu etwa zehn Länderkennzeichen, die alle verdächtig gleich aussahen und wohl bei einem Online-Versand bezogen worden waren. Eine Deutschlandfahne flatterte an jedem Außenspiegel, und das Heck zierte der Kopf eines altdeutschen Schäferhundes in aufwändiger Airbrush-Technik. „Wolfi on Board" stand in schwungvollen Lettern darunter. Uli konnte von seinem Pkw aus sämtliche Bewohner des rollenden Heims mit einem Blick erfassen. Edeltraut watschelte gerade mit einer prall gefüllten Aldi-Tüte zum bereits überquellenden Mülleimer an der Bushaltestelle. Mit der ganzen Kraft ihrer stämmigen Oberarme stopfte sie ihren Müll noch dazu und komprimierte den Abfall dabei derart, dass schwerer Werkzeugeinsatz erforderlich sein würde, um ihn wieder hinaus zu bekommen. Ihren Gatten sah Uli indessen am Fahrzeugheck knien und dort hantieren. Bald hörte er ein vernehmliches Plätschern und sah einen starken, dunklen Wasserstrahl hinab schießen. Karl-Heinz, der alte Camping-Fuchs, hatte mit seinem Rohr exakt über einem Regenwasserschacht geparkt und ließ nun seine 180 Liter Grauwasser elegant verschwinden. Vom Plätschergeräusch offensichtlich angeregt, drehte er sich um und erleichterte sich selbst erst mal an der rückwärtigen Eibenhecke. Erstaunlich kräftiger Strahl für das Alter, dachte Uli bei sich. Er fragte sich längst nicht mehr, warum einige der so genannten Camper ihre eigene Bordtoilette nach Möglichkeit vermieden und lieber auswärts pinkeln gingen. Die Kapazität heutiger Chemietoiletten beträgt oft nur 15

Liter und die Entsorgung kostet Geld, hatte Henry ihm erklärt. Jetzt bemerkte Uli auch Wolfi, das treue Tier. Der stattliche altdeutsche Schäferhundrüde saß auf dem Fahrersitz. Man konnte ihn wegen der beschlagenen Scheiben zwar nicht sehen, aber er bellte sich die Lunge aus dem Leib, weil Herrchen und Frauchen mal wieder stundenlang ihrem Vergnügen nachgingen, während er zu Hause bleiben musste. Uli sah die großen Pfützen auf dem Parkplatz und fragte sich gerade, was für Dunstschwaden ein großer, nasser, bellender Hund den Tag über in so einem engen Raum erzeugte. Das hätte er besser gelassen, denn nun ging sein Kopfkino an und warf Szenarien an sein inneres Auge, in denen zusätzlich noch sechs gigantische, durchgeschwitzte Saunatücher und der chlorgetränkte Badeanzug von Edeltraut, Marke „Zirkuszelt", im Mittelgang zum Trocknen aufgehängt waren. Schnell griff er seine Tasche und strebte entschlossen seinem Badespaß zu. Vorbei an Karl-Heinz und Edeltraud, die ihm enthusiastisch zuwinkten. Camper sind halt durch und durch offene, kontaktfreudige Menschen. Uli war Saunafan und gönnte sich alle paar Wochen das Vergnügen in einer der zahlreichen Thermen im Umland. „Die Welle" in Gütersloh vermied er dabei. Die Saunalandschaft dort war prima, das war es nicht. Aber dort lief man Gefahr, ständig auf irgendwelche vermeintlichen Bekannten zu treffen, die einen unter Garantie sofort mit ihren Privatproblemen belästigten nach dem Motto: „Hömma, du bist doch bei der Polizei." Im schlimmsten Fall traf man auch gern auf Kunden, mit denen man erst kürzlich zu tun gehabt hatte. Meist blieb es ja nur bei Blicken, deren Botschaften allerdings ein breites Spektrum abdecken konnten. Das ging von „Scheiße, jetzt verfolgen die Bullen mich schon bis ins Tauchbecken" bis zu „Du kannst mich so oft festnehmen wie du willst, meiner ist trotzdem länger als deiner!" Manchmal waren auch schon blöde Sprüche rübergekommen. Nicht dass Uli jemals um die passende Antwort verlegen gewesen wäre, aber so etwas braucht wirklich niemand. Das nette Solebad direkt am Teutoburger Wald war gerade richtig für ihn. An einem Dienstagmorgen wie heute war die Saunalandschaft wenig besucht, nur die gewöhnliche Rentnerszene war anwesend und hatte ihre angestammten Liegen bereits mit voluminösen Taschen und Handtuchbergen belegt. Das Ehepaar neben ihm hatte gleich drei Liegen in Beschlag genommen. Er links, sie rechts und auf der mittleren Liege wurde momentan das Frühstücksbuffet gerichtet. Zahlreiche

Tupperdosen offenbarten gerade ihren Inhalt: Graubrotkniften mit Schinken und Käse, Tomatenviertel, Apfelschnitze und Kaffee aus der Thermoskanne. Dann ein Müslijoghurt zum Nachtisch.

Die Außensauna am Naturbadesee war Ulis Favorit. Im Blockhaus war die Atmosphäre um Lichtjahre besser als in den düsteren Einbauschwitzkästen im Gebäude. Dazu boten die beiden großen Fenster viel Tageslicht und einen schönen Ausblick auf den Badesee direkt nebenan, der mit seinem eiskalten Wasser das beste Abkühlerlebnis der ganzen Anlage bot. Die Hitze war sanft, aber nachhaltig. Langsam durchdrang sie Ulis Körper und erfüllte ihn mit großer Ruhe. Schweiß begann zuerst leicht auf seiner Stirn zu perlen, floss aber schon kurze Zeit später reichlich am ganzen Körper. Dazu der würzige Duft nach aufgeheiztem, trockenem Holz. Mühelos verfiel Uli in jenen meditativen Schwebezustand, der in allen autogenen Trainings propagiert, aber kaum jemals wirklich erreicht wird. Er glitt gerade in einen höheren Level der Leichtigkeit des Seins hinüber, als er im Vorraum zunächst Schritte hörte, dann eine Stimme. „Komm, Kalleinz, hia iss schön leea!" Oh Mist! Uli ließ die Augen geschlossen. Einerseits wollte er nicht sehen, wie Edeltraut ihre zweieinhalb Zentner Lebendgewicht durch die Saunatür schob und auf die Bank wuchtete. Andererseits hoffte er, dass sie ihre Klappe halten würde, wenn er sich schlafend stellte. Vergebens.

„Kumma, Kalleinz, dat is doch der nette junge Mann vom Paakplatz ehmt. Na, auch schön am Schwitzen?" Uli kam nicht mal dazu, sich weiter schlafend zu stellen.

„Sie, dat iss abama 'ne schöne Sauna hia. Wia sint gezz ja schon acht Wochen untaweechs, aba sowat schönes hamwa noch nich gehappt. Oda, Kalleinz? Sach doch auma watt!" Kalleinz grunzte zustimmend. Doch bevor die Unterhaltung Gefahr lief, vertieft zu werden, öffnete sich die Saunatür und weitere Gäste traten ein. Der Raum füllte sich zusehends, denn das stündliche Aufgussritual stand bevor. Das übliche Suchen und Rutschen begann. „Ist da noch Platz?" „Kann ich da mal durch?" „Kommse ma ran, wir rücken auf." Uli hatte sich beizeiten in eine sitzende Position gebracht, um nicht mehr Platz zu beanspruchen als nötig. Um ihn herum herrschte munteres Geplaudere, doch er hielt die Augen gesenkt, denn er wollte nicht Gefahr laufen, erneut von Edeltraut in ein Gespräch verwickelt zu werden. Als er aber seinem Vordermann konzentriert in den Nacken starrte, wusste er, dass Edeltraut das kleinere Übel gewesen wäre. Einige fette Eiterpickel blühten direkt vor ihm in unterschiedlichen Reifegraden. Einer schien jeden Moment explodieren zu wollen. Den zahlreichen Pockennarben nach, die sich über den gesamten Rücken ausbreiteten, hatte der Mann ein intensives Akneproblem, was ihn aber nicht davon abhielt, die öffentliche Sauna zu frequentieren. Im Gegenteil, die hautreinigende Wirkung hatte er schließlich besonders nötig. Uli entdeckte nach kurzer Suche zwei frische, hellrote Krater auf dem linken Schulterblatt des Mannes und war froh, dass er dem zweifelhaften Vergnügen der zahlreichen Whirlpools schon seit Längerem abgeschworen hatte.

Die Tür ging auf und herein kam der Aufgussmeister des heutigen Tages. Schlagartig verstummte die Unterhaltung, alle Blicke wendeten sich ihm zu. So hatte er es gerne. Selbstzufrieden drapierte er verschiedene Handtücher am Ofengeländer und hub dann zu seiner obligatorischen Ansprache an. Sie war immer gleich, bei allen Handtuchschwenkern. Uli kannte sie längst auswendig und stellte sich jedes Mal zwanzig Bademeister in orangem T-Shirt und mit kariertem Badetuch um die Hüften vor, die bei der jährlichen Fortbildungsmaßnahme im Halbkreis standen und im Chor ihren Spruch aufsagten: „Hallo, ich bin der Wilfried und mache heute die Aufgüsse. Als Duft habe ich euch Latschenkiefer-Orange mitgebracht und ich werde dreimal aufgießen. Wer will, kann jederzeit rausgehen, das ganze dauert acht bis zwölf Minuten, aber zuerst mache ich etwas Frischluft.“ Erwartungsvolle Vorfreude schlich sich auf die Gesichter der Saunagäste, die nun dichtgedrängt auf den drei Holzbänken saßen wie die Hühner auf der Stange. Wilfried ordnete sein großes Badetuch und schaufelte erst mal ordentlich kalte Luft in das Blockhaus. Uli fröstelte dabei, aber vermutlich war das erforderlich, damit am Ende nicht die Gäste auf der unteren Bank wegen akutem Sauerstoffmangel reihenweise umkippten. Jetzt nahm Wilfried den Holzbottich zur Hand, stützte ihn auf dem Ofengeländer ab und führte mit der rechten Hand die Aufgusskelle. Das Ding war zwar geformt wie eine gewöhnliche Suppenkelle, aber Wilfried bediente sie mit abgespreiztem Finger und jener Eleganz, die an Karajan und seinen Taktstock erinnerte. Vorsichtig kippte er die Kelle, sodass nur ein dünner Strahl auf die heißen Steine pillerte, dabei beschrieb er schwungvolle Bögen nach einer fest einstudierten Choreografie. Nach vier Suppenkellen legte er das

Gerät ehrfürchtig zur Seite, griff sein Badetuch und sah seine Gemeinde einen kurzen Moment andächtig an, während Duft und Hitze sich im Raum verteilten. Würdevoll faltete er das Tuch und begann es bedächtig, aber nicht ohne Grazie über dem Kopf zu schwenken, wobei er der Reihe nach jedem Badegast einen eigenen Schwenker und ebenso einen messianischen Blick zudachte. Und tatsächlich: beim überwiegenden Teil der Badegäste zeigte die Behandlung frappierende Wirkung. Die Arme wurden emporgereckt, die Augen in wohliger Andacht geschlossen und in den Gesichtern spiegelte sich eine Seligkeit, als würden sie nicht einen Wasserdampfschwaden mit einem Quäntchen ätherischem Öl empfangen, sondern den Heiligen Geist höchstselbst.

Wilfried hängte sein Badetuch weg. Er griff zu seinem kleinen rosa Handtuch, um sich den Schweiß von der hohen Stirn zu wischen … und erstarrte mitten in der Bewegung. Langsam drehte er sich um und sah ernst auf seine Schäfchen. Einen Teil seiner Herde, um genauer zu sein. Da ergingen sich doch tatsächlich zwei schwatzhafte Damen in gedämpfter Unterhaltung! Bar jeglicher Pietät? Doch Wilfried sagte kein Wort. Das war unter seiner Würde. Er griff Bottich und Kelle, drehte sich zum Publikum und wartete einfach, sanft lächelnd. Und siehe da, nach etwa fünfzehn Sekunden ertönte ein verhaltenes „pssst“, dann noch eines. Schließlich blickten die Damen auf, um sogleich erschrocken und errötend in Schweigen zu verfallen. Wilfried lächelte huldvoll, die Welt war wieder in Ordnung. Es war Zeit, sein Ritual, nein, seine Liturgie fortzuführen. Elegant und gekonnt führte er wieder die Kelle. Der Strahl war nun stärker, die Dosis größer. Mächtige Wärme machte sich breit, dazu ein betörender Duft. Saßen die Gläubigen eben noch in stiller Andacht, so schienen sie nun deutlich erregt. Leidend wie auch frohlockend zugleich. Wilfried hatte sein Badetuch doppelt genommen und fächelte jedem einzelnen einen eigenen kleinen aromatischen Wüstenwind zu, was mit wohligem Stöhnen quittiert wurde. Einige wenige Weicheier aus der unteren Bank verließen fluchtartig den Raum, wobei nicht klar war, ob es die Hitze oder Wilfrieds mächtige Aura war, der sie entflohen. Ruhe kehrte ein, alles sammelte sich zum großen Finale. Uli, der auf der obersten Bank saß und schon vor Beginn des Aufgusses eigentlich so gut wie gar gewesen war, nahm sich noch einmal für die letzte Hitzewelle zusammen. Scharf fixierte er den Nacken seines Vordermannes. Der Pickel leuchtete wie der Morgenstern und Uli konzentrierte sich auf diesen Punkt, um nicht seinem starken Drang nachzugeben, nach draußen zu rennen und sich kopfüber in den eiskalten Badesee zu stürzen. Wilfried arbeitete nun rasch und zielstrebig. Sechs Kellen knallte er auf die heißen Steine, hob dann nach kurzem Warten den ganzen Bottich an und kippte ihn aus. Dann schnappte er sein drittes Handtuch, eher eine Badematte, schwang sie über den Kopf wie ein Erzengel das Flammenschwert und schleuderte mit jedem Schlag ein kleines Inferno in den Raum, wobei der Frotteestoff knallte wie eine schwere Ochsenpeitsche. Jegliche Andacht war verflogen. Ekstase machte sich breit. Die Hitzejünger ließen deutliche orgastische Anzeichen erkennen. Halblaut gepresstes „ja, ja" war zwischen dem allseitigen Gestöhne zu hören, während eine Frau links neben Uli rhythmisch und stoßweise ausatmete. Alles strebte dem gigantischen Höhepunkt entgegen, der sich in zweifacher Hinsicht einstellte. Edeltraut fiel mit einem lauten Platscher von der Bank. Im selben Moment brach der Pickel von Ulis Vordermann auf und ergoss seinen gelbroten Inhalt in einem kleinen Rinnsal den Rücken hinab.

Raus, nur raus! Uli nutzte seine günstige Position und schlüpfte aalmäßig durch die Tür, dem kühlen Naturbadesee entgegen. Kurz vor der rettenden Treppe traf ihn jedoch Wilfrieds Argusauge mit festem, vorwurfsvollem Blick. Schuldbewusst bog Uli nach links ab und sprang kurz unter die Schwalldusche. Doch dann ließ er seinen Körper unter die Oberfläche des herrlich kalten Wassers gleiten. Das Blut pochte in seinen Schläfen und ein Gefühl von unglaublicher Frische und Kraft durchströmte seinen Körper. Langsam tauchte er auf, holte tief Luft und dümpelte mit geschlossenen Augen eine Weile an der Oberfläche herum.

Als Uli richtig durchgekühlt war, wechselte er zum Außenschwimmbecken und genoss das warme Salzwasser. Selig schloss er die Augen und ließ sich treiben. Als er irgendwann wieder aufblickte, war ihm, als sei er Zeuge einer Fata Morgana. Die Frau, die gerade durch die Dunstschwaden die Treppenstufen ins Wasser hinabschritt, war schlicht atemberaubend. Ihr langes braunes Haar wippte im Takt mit ihren festen Brüsten, und es schien, als würde das halbe Universum mitwippen. Gespräche verstummten, Münder standen offen und etwa dreißig Männeraugen schienen an der völlig irrealen Erscheinung wie festgeschweißt.

Die Schöne genoss die Aufmerksamkeit sichtlich. Sie ging zielstrebig auf den plötzlich irgendwie partiell gelähmten Uli zu und umarmte ihn fest. Uli spürte nur Wangen, Busen und Schenkel. Für einen kurzen Moment drohten ihm die Sinne zu schwinden, aber dann fing er sich wieder. Allerdings konnte er es nicht verhindern, dass sein bestes Stück ansprang wie ein Tiger.

„Hallo Anke, was machst du denn hier?“ brachte er schließlich hervor und versuchte, sich aus der Umarmung zu lösen und seine Peinlichkeit zu verbergen. Anke ließ aber nicht locker, sondern schob im Gegenteil ihre Hüfte noch etwas nach vorn. Sie spürte genau, was los war. „Hi Uli“, sagte sie freundlich. „Hey, du freust dich aber echt, mich zu sehen!“

„Ja klar“, quetschte Uli mühsam zwischen zusammengepressten Zähnen raus. Dann gab er sich einen Ruck. Bitte, wenn sie’s so haben wollte? An ihm sollte es nicht liegen. „Ist Dierk-Helge auch da?“

„Nee, der schiebt mal wieder Sonderschicht. Die haben diesen Dr. Weniger hochgenommen.“

Anke hatte Uli inzwischen losgelassen und sich neben ihn in die Liegemulde geschlängelt. Auf Tuchfühlung. Zum Glück war gerade das Sprudelwasser an.

„Was ist denn faul bei unserem Schmalspurbanker?“

„Faul ist gar kein Ausdruck. Wir waren doch schon immer am Rätseln, wie es kommen konnte, dass Sandmann das komplette Firmenkonto der Selva y Mar S.L. abgeräumt hat.“

Belustigt registrierte Uli das ‚Wir‘. Offensichtlich hatte Anke sich mental längst voll in den Ermittlungsprozess integriert.

„Wir wissen aber inzwischen, dass Dr. Weniger und er als einzige Gesellschafter jeder für sich umfassende Vollmachten hatten. Beide hatten beträchtliche eigene Vermögenswerte investiert und vertrauten sich gegenseitig, da jegliche Unregelmäßigkeit einen Schnitt ins eigene Fleisch bedeutete. Heute Morgen kam aber der Verdacht auf, dass Sandmann das Geld überhaupt nicht abgehoben hat.“

„Echt nicht?“

„Zumindest nicht die vier Millionen vom zweiten Bauabschnitt. Vorher hat er schon ordentlich in die Kasse gegriffen. Irgendwas im hohen sechsstelligen Bereich. Dr. Weniger scheint die vier Millionen angewiesen und kurz darauf selbst wieder abgehoben zu haben. Mit 'ner Online-Identität, die auf Sandmann zugelassen war."

„Geil. Und wie habt ihr da 'ne Nase drangekriegt?"

„Klassischer Fall von Honeytrap. Der saubere Dr. Weniger scheint sich letzte Zeit intensiver mit zweifelhaften Damen beschäftigt zu haben, besonders mit einer bestimmten. Große Liebe, der zweite Frühling. Dummerweise hat das seine Gattin spitzgekriegt. Der Haussegen hängt wohl mächtig schief. Vor allem, als die Gute feststellen musste, dass auch der größere Teil des Familienvermögens in dem Projekt verzockt wurde."

„Sag bloß, die ist übergelaufen und hat ihren Alten verpetzt?"

„Aber sowas von! Ist heute Morgen zu Jupp auf den Posten marschiert und hat ihm einen Stapel Unterlagen auf den Tisch geknallt."

„Wie, bei Jupp? Das wird von Bühlow aber gar nicht geschmeckt haben."

„Nee, der hat gleich getobt, warum Jupp nicht sofort 'nen professionellen Ermittler hinzugezogen hat und wollte prompt selber loskacheln. Ist aber sauber abgeblitzt. Es stellte sich heraus, dass Frau Eleonore von Appelhülsen nur mit Jupp reden wollte, mit niemand anderem. Dierk-Helge ist dann schließlich zur Unterstützung runtergefahren", bemerkte sie mit hörbarem Stolz. „Und jetzt ist er noch im Büro und vernimmt Dr. Weniger, den sie aus irgendeinem Swingerclub hier in der Gegend weggeschleppt haben. Der sitzt gerade in Gütersloh auf dem Stuhl und wird vernommen. Im Kreuzverhör."

„Ah, verstehe. Dann muss er schließlich doch noch rechtzeitig spitzgekriegt haben, dass das Projekt in Spanien gestorben ist und dass Sandmann sich mit der Kohle absetzen wollte. Trotz aller Verschleierungsmaßnahmen. Ich möchte echt gerne wissen, wer ihm das gesteckt hat."

„Guck mal da rüber, dann weißt du es."

Uli, der gerade schon wieder heimlich Ankes Kurven bewunderte, löste seine Augen widerwillig von dem sensationellen Anblick und schaute in die Runde. Der Mann fiel sofort auf. Seine faltige Lederhaut, die streckenweise an den Hals einer Schnappschildkröte erinnerte, war nahtlos tiefdunkelbraun und bot einen starken Kontrast zu dem noch erstaunlich dichten, silberweißen Haar, das elegant nach hinten gekämmt war. Dass der Mann sein Handtuch über dem Arm und nicht wie allgemein üblich um die Hüfte trug, hatte einen guten Grund. Denn so hatte man freie Sicht auf den schweren goldenen Reif, der sein sorgfältig rasiertes Geschlechtsteil umspannte. Der freizügig gewährte Einblick offenbarte dem aufmerksamen Beobachter allerdings noch eine andere Erkenntnis, nämlich die, dass der Schmuckträger den Zenit seiner Manneskraft längst überschritten hatte; die Glocken hingen schon deutlich tiefer als der Strick. Seiner Wirkung auf die holde Weiblichkeit schien das allerdings keinen Abbruch zu tun, denn er wurde begleitet, nein, umschwärmt von zwei Damen, die eigentlich etwas zu jung waren, um seine Töchter sein zu können und irgendwie südosteuropäisch aussahen.

„Gierhacke!", knurrte Uli. „Ist das jetzt Zufall?"

„Nee, nicht ganz. Dierk-Helge hat mir vor 'ner Stunde den Zwischenstand der Vernehmung aufs Handy geschickt. Dr. Weniger hatte wohl raushängen lassen, dass Gierhacke hier Stammkunde ist. Irgendwie hab ich da plötzlich tierisch Bock auf Sauna gekriegt. Und siehe da: Treffer."

Uli musste grinsen. Sowas brachte nur Anke. Schnell warf er einen weiteren Blick auf die zauberhafte Gestalt neben ihm, dann sah er wieder hinüber zu Gierhacke. Auch Anke betrachtete den alten Silbergockel mit scharfem, zornigem Blick.

„Ich fass' es nicht. Läuft hier dreist mit zwei Nutten auf, schwimmt im Geld und lässt sämtliche Schwierigkeiten von seinem Staranwalt locker auf andere abwälzen."

„Wenn das man klappt. Dr. Weniger singt doch bestimmt schon wie 'ne Nachtigall!"

„Nee, der mauert wie blöd, sagt Dierk-Helge. Noch jedenfalls. Aber seine Holde geht voll nach vorne. Für 'nen Haftbefehl reicht das dicke. Ist nur 'ne Frage der Zeit, dann kippt der um. Das Problem ist Gierhacke. Wie es jetzt aussieht, hat er erst bei seinem besten Freund Sandmann als Krisenmanager und Fluchthelfer abkassiert und ihn dann in exakt demselben Moment an Dr. Weniger verhökert, als er sich mit der dicken Kohle absetzen wollte. Sandmann hat den Abschluss der Rohbauten vorgetäuscht und die nächste Bausumme angefordert, um sich mit dem Firmenkapital aus dem Staub zu machen. Aber da sind die beiden Herren ihm dazwischen gegrätscht. Absolut clever gemacht. Sogar die IP-Adresse des Computers passte, von dem die Transaktionen gelaufen sind. Der stand in Sandmanns Elternhaus im Stadtpark."

„Über das zu der Zeit schon Gierhacke verfügte.“

„Genau. Aber der weiß mal wieder von nichts und regelt alles über seinen Staranwalt, Herrn Rossmann aus Bielefeld. Gierhacke ist einfach zu clever und zu abgezockt. Da ist wieder mal Schicht, meint Dierk-Helge. Eigentlich müsste man direkt bei dem durchsuchen, um seine Tatbeteiligung vernünftig nachzuweisen, aber für einen Beschluss reicht es nie und nimmer. An den kommt keiner dran.“

„Gierhacke? Wieso? Den servier ich euch mit links auf dem silbernen Tablett. Gib mir ein paar Wochen, dann ist der reif.“

„Echt? Wie willst du das denn schaffen? Die Beweislage ist einfach zu dünn, sagt Dierk-Helge.“

„Ja klar, die kriminalistische Schiene bringt euch nicht weiter. Da muss schon die richtige Polizei ran.“ Zwei völlig verwirrte Rehaugen schauten ihn fragend an.

„Guck doch mal rein in die Knäste, Anke! Bielefeld-Senne, Pavenstädt, Brockhagen, Pixel. Wer sitzt denn da ein? Wofür kriegst du denn heute überhaupt noch 'ne Freiheitsstrafe?“

„Ich weiß nicht?“

„Vergiss alles, was du denkst oder im Fernsehen siehst. Geh von mir aus klauen oder Leute verprügeln, kein Problem. Bevor du dafür in den Bau gehst, wird 'ne alte Oma wieder jung. Nur drei Dinge darfst du nicht machen, wenn dir deine Freiheit lieb ist: Steuervergehen, Unterhaltspflichtverletzung und, jetzt kommt's: Verkehrsstraftaten. Alkohol am Steuer und Fahren ohne Fahrerlaubnis. Spätestens beim dritten Mal bist du drin. Gierhacke gehört zu den Typen, die können nicht ohne ihr Auto. Der Porsche ist ihm genauso wichtig wie sein bestes, goldgeschmücktes Stück. Und Gierhacke hat die Fleppe doch schon weg! Die haben Eyleen und ich ihm doch neulich schon geknipst. Besser geht es gar nicht. Den schließen wir ab jetzt einfach in unsere täglichen Gebete mit ein, und ich garantiere dir, es ist nur eine Frage der Zeit, dann erwischen wir ihn wieder mit runtergelassenen Hosen. Stell dir vor, wenn einer wie Gierhacke erst mal sitzt. Kein Porsche, keine Nutten, kein Schampus, die ganze Woche Einheitsfraß und 'nen Zellennachbar, der jeden Morgen direkt neben seinem Bett 'nen dicken Haufen ins Klo scheißt, der schnarcht wie ein Walross und zweimal pro Nacht lautstark onaniert. Dazu überall Leute, die ihm auf der Nase rumtanzen und den Takt ansagen. Muskelbepackte Knackies und ignorante Schließer. Nach zwei Wochen spätestens bettelt der um ‘nen Deal mit dem Staatsanwalt. Aber auf Knien.“

Beide sahen wieder zu Gierhacke hinüber. Er hatte sich mit seinen Damen in einer Sitzgruppe niedergelassen. Jetzt war ein junger Mann dazu gekommen, der Getränke reichte.

„Kuck, das ist der Fahrer. Gierhacke weiß natürlich, dass er vorsichtig sein muss. Aber wenn's drauf ankommt fährt der unter Garantie auch selbst. Zu schade, dass wir ihn nicht gleich jetzt nageln können.“

„Wieso?“

„Na ja, vermutlich weiß er noch nichts davon, dass Dr. Weniger gerade bei uns auf dem Stuhl sitzt und kurz vorm Umkippen ist. Wenn er erst mal gespannt hat, dass die Sache aufgeflogen ist, kann er in aller Ruhe alles zur Seite schaffen, was man besser nicht bei ihm finden sollte. Ich hätte nicht übel Lust, mich gleich einfach mal an ihn dran zu hängen. Wenn man bloß wüsste, ob der doch noch in seinen Porsche steigt. Und wenn ja, wo!“

„Kein Problem“, sagte Anke. Dann stand sie auf, entstieg dem Wasser wie eine Nymphe und ging, nackt wie Gott sie schuf, mit waffenscheinpflichtigem Hüftschwung in Richtung Bar. Gierhacke, den sie dabei fast am Kopf gestreift hätte, litt drei Sekunden lang unter massiver Gesichtslähmung, dann sprang er auf und wuselte eilig hinter ihr her.

Fünf Minuten später glitt Anke wieder links neben Uli in die Liegemulde. Sie spähte konspirativ in die Runde, dann drehte sie sich zu ihm auf die Seite, ihr Oberschenkel schob sich halb auf seinen, er spürte eine feste Brust an seiner linken Schulter. Als wenn nichts wäre, kam ihr Kopf nahe an sein Ohr. Uli roch ihren betörenden Atem, als sie leise zu sprechen begann, und ihm schwamm schon wieder der Horizont weg.

„Läuft“, sagte sie wie selbstverständlich.

„Was läuft?“

„Date. Heute Abend.“

„Echt?“

„Na klar, Kinderspiel. Er kam sofort um die Ecke mit der Tour ‚Wer bist du denn, dich hab ich aber noch nie hier gesehen‘. Ich dann so: ‚Kein Wunder, ich bin normal immer in Gütersloh in der Welle‘. ‚Ah schick, wie ist's denn da so?‘ ‚Voll super. Kannst ja mal vorbeikommen, aber lass deinen

Hühnerstall zu Hause.' ‚Das sind meine kleinen Nichten, die müssen sowieso gleich ins Bett', meinte er sofort. Und ob wir uns nicht noch treffen sollen."

„Und? Willst du?"

„Klar. Er bringt nachher seine ‚Verwandtschaft' nach Hause und fährt dann nach Gütsel, noch was trinken."

„Und du meinst, der kommt echt?"

„Todsicher. Es sei denn, er wird bis dahin lahm oder schwul. Und bestimmt kommt der nicht mit der Straßenbahn. Ich steh nämlich voll auf alte 911er. Wusstest du das noch nicht?"

„Cool, läuft echt! Haste 'n iPhone?"

„Ja, wieso?"

„Ach, mir kommt da grad 'ne Superidee. Was für ein Arschloch. Zockt locker seine eigenen Freunde ab. Von wegen: eine Krähe hackt der anderen kein Auge aus."

Anke hörte das offensichtlich gerne. Unbewusst krabbelte sie noch einen Zentimeter näher an Uli heran. Der wünschte sich inzwischen wieder sehnlichst in die Sauna zurück, da wäre ihm entschieden kühler.

„Apropos Krähe: Was denkst du denn so über Sandmann?", sinnierte Anke unverdrossen weiter.

„Ja, Sandmann", konzentrierte Uli sich mühsam wieder auf den Fall, „der scheint ja mit seiner Flucht jetzt ziemlich mau dazustehen. Wenn ich das richtig überzuckere, dann hat er nicht viel von der Kohle mit rübergerettet. Für ein Leben im Wohlstand reicht das auf keinen Fall. Der wird anständig arbeiten müssen, um rund zu kommen. Ohne Netz und doppelten Boden. Nix mit Krankenversicherung, Arbeitslosengeld und Altersversorgung."

„Genau. Mir tut er fast leid." Das war wieder typisch für Anke. Immer hielt sie zu den Schwachen, den Betrogenen, den Gearschten. „Eigentlich hat er alles richtig gemacht. Hat gezielt auf seinen Traum hingearbeitet und seine Sache durchgezogen. Dann hat er Pech, zieht die Notbremse, um zu retten, was zu retten ist und wird dabei ein zweites Mal gelinkt. Ist schon zum Verzweifeln."

„Wart's ab, der Betrug verjährt nach zehn Jahren." Uli grinste hintersinnig. „Spätestens dann steht er wieder hier auf der Matte und beantragt Stütze. Wenn er dann noch lebt."

„Ich weiß nicht." Anke schaute versonnen zum Wasserfall hinüber, der gerade angegangen war. „Sandmann war in Spanien als Bauunternehmer ziemlich erfolgreich. Er spricht die Sprache und hat Ahnung. Warum sollte er damit nicht auch woanders klarkommen? In Lateinamerika zum Beispiel, da fehlt sowas überall."

Eine Weile kombinierte Uli noch weiter auf dienstlicher Ebene vor sich hin. Doch er konnte machen, was er wollte, alle seine Sinne landeten unweigerlich wieder bei Anke. Verdammt, wie würde das hier ausgehen?

Er konnte doch nicht einfach mit der Frau von einem Kollegen … Andererseits: Dierk-Helge hatte so eine Granate doch überhaupt nicht verdient. Irgendwann würde sowieso ein anderer kommen. Warum dann nicht er? Er musste das jetzt mit Anke klären. Er suchte krampfhaft nach Worten.

„Sachma Anke, ist das nicht 'n bisschen komisch? Dierk-Helge im Dienst und wir zwei beide hier Arsch an Arsch in der Sauna und quatschen auch noch über seinen Fall? Ich möchte ihm nicht gerne ins Gehege kommen."

„Ach Blödsinn, mach dir keine Gedanken. Das bleibt unser kleines Geheimnis."

„Ah okay, ist völlig normal für dich?"

„Klar. So 'n fremder Einfluss ist doch immer unglaublich belebend. Finde ich jedenfalls. Du nicht auch?"

„Hrrm ja …"

„Aber sag ihm bloß nichts davon. Was seine Arbeit angeht, da ist er wahnsinnig eifersüchtig!"

„Ach, du redest von dem Fall! Ich dachte …"

Uli war völlig perplex. Anke sah die Verwirrung und Enttäuschung in seinen Augen und kicherte.

„Komm schon, Uli, das wird doch nichts mit uns beiden. Wir würden zwei Tage lang tierisch Spaß haben, aber spätestens dann würden wir uns unweigerlich auf die Nerven gehen. Wir wollen doch beide immer bestimmen, wo vorne ist. Ich brauche halt einen Mann, der mich anhimmelt, der mir jeden Wunsch von den Lippen abliest und den ich dafür nach Strich und Faden verwöhnen kann."

Uli schluckte. „Ja okay, und warum kommst du dann so angekrabbelt? Ich steh halt voll auf dich, was soll ich denn machen? Du ahnst ja gar nicht, was du angerichtet hast!"

„Doch, hab ich ziemlich genau gemerkt", antwortete sie trocken. Dann wurde ihr Blick weich. „Ich bin halt manchmal etwas impulsiv", murmelte sie schuldbewusst. „Ich find dich doch auch supernett und hab mich halt tierisch gefreut, dich hier zu treffen. Und ist es verboten, mal zwanzig Minuten zu träumen?"

„Nee, schon okay", sagte Uli tapfer. Er wusste, eigentlich musste er für den Moment dankbar sein. Frustriert starrte er vor sich hin. Das war ja mal wieder ein voller Schlag ins Wasser gewesen. Dass er aber auch nie mal etwas Glück haben konnte bei den Frauen!

Anke streckte plötzlich ihren Arm aus dem Wasser und winkte. Erstaunt sah Uli sich um, und wieder dachte er, er wäre in einem Traum. Ein zweites Mal schwebte Anke nebelumwabert die Stufen hinunter. Nein, nicht ganz. Etwas schlanker, etwas sportlicher, das braune Haar kurz geschnitten. Und anders als Anke stieß sie sich in einem flachen Hechtsprung von der Treppe ab, tauchte geräuschlos ein, und ihr atemberaubender Körper glitt mühelos wie ein Seehund durch das Wasser auf sie zu. Dunkle, offene Augen und ein strahlendes Lächeln tauchten direkt vor ihm auf. Neben sich hörte er Ankes Stimme: „Uli, kennst du eigentlich meine kleine Schwester aus Kanada schon? Das ist Emily. Emmy, sag ‚Guten Tag' zu Uli!"

„Guten Tag, Uli", sagte Emmy folgsam.

„Du, Emmy-Schatz, kannst du vielleicht mit Uli nach Gütersloh zurückfahren? Ich hab gleich noch was vor."

„Du weißt doch, ich tue alles für dich, Schwesterherz", sagte Emmy, ohne die Augen von Uli zu lassen. Dann glitt sie rechts neben ihm in die Liegemulde und hakte sich bei ihm ein.

37.

Amtsgerichtsrat Messerschmitt runzelte die Stirn. Das hier war mal wieder ein ganz schwerer Fall. Unbewusst spannten sich seine Nackenmuskeln an, das markante Kinn schob sich einige Millimeter vor. Den beiden Herren vor ihm entgingen diese Signale. Beide strahlten diese gewisse überlegene Arroganz aus, die Messerschmitt schon bei der kurzen, förmlichen Begrüßung auf die Nerven gegangen war.

Rechtsanwalt Rossmann war kein Unbekannter. Beileibe nicht. Ein Tumultverteidiger, wie er im Buche stand. Dr. Rossmann ließ keinen Fall aus, solange er nur geeignet war, in die Medien zu kommen. Ganz egal, ob er Gewinn einfuhr oder am Ende drauflegen musste. Prozessverschleppung, aggressive Vernehmungstaktiken, hinterhältige Pressearbeit und formaljuristische Spitzfindigkeiten waren die Werkzeuge, die ihm immer wieder spektakuläre und vor allem anrüchige Erfolge brachten.

Messerschmitt musterte den geschniegelten Yuppie in dem makellosen Talar aus schwarzem Satin, und er merkte, wie sein Adrenalinspiegel langsam stieg. Oh, er kannte die Rolle der Verteidigung in der deutschen Rechtspflege, und er akzeptierte sie aus vollem Herzen.

Es war vollkommen in Ordnung, wenn ein Rechtsanwalt für seinen Mandanten alles herausholte, was möglich war und dabei sämtliche Register zog, egal ob auf sachlicher oder formeller Ebene. Er war halt der Gegenpol, der den Angeklagten zur oftmals übermächtigen Staatsgewalt ins erforderliche Gleichgewicht brachte und einen der Grundpfeiler des demokratischen Rechtsstaats darstellte. Wer aber die durchaus liberalen Spielregeln der deutschen Juristerei missbrauchte, um mit ihnen eine sachgerechte Rechtsfindung zu torpedieren, der sägte langfristig diesen Pfeiler ab. Mit Erfolg, wie Messerschmitt zu seinem großen Leidwesen immer häufiger feststellen musste. Zahlreiche Kollegen knickten bereits frustriert ein und gaben dem allgemeinen Druck aggressiver Medien und explodierender Prozessaufwände auf immer windschnittigere Art und Weise nach. Pfui Teufel!

Der Typ neben Rossmann machte die Sache nicht besser. Hätten Äußerlichkeiten in der Urteilsfindung des Richters auch nur annähernd eine Rolle gespielt, wäre Diethelm Gierhacke bereits in dem Moment verloren gewesen, als er den kleinen Verhandlungssaal 101 des Amtsgerichts Gütersloh betreten hatte. Nur einen Wimpernschlag lang blickten Messerschmitts müde, graue Augen auf die hagere Gestalt mit dem schmierigen Lächeln und dem teuren schwarzen Maßanzug, und schon schlug seine Arschlochantenne direkt um 180 Grad aus. Aber weit mehr als dreißig Jahre Rechtsprechung hatten ihn eindrucksvoll gelehrt, dass selbst er sich immer noch täuschen konnte, auch wenn sein Blick deutlich tiefer hinter die Fassaden seiner Delinquenten ging, als es gewöhnlichen Menschen möglich war. Wer auch immer das war, Messerschmitt beschloss, ihm weitere zehn Minuten zu geben, bevor er sich festlegte. Er sah, dass Rossmann sich ihm zuwandte und Luft holte, um direkt die Verhandlungsführung an sich zu ziehen. Den Triumph wollte er ihm nicht gönnen und auch keinen weiteren.

„Herr Stratkötter“, sagte er daher sofort freundlich, „ist es nötig, den Beschuldigten weiter zu fesseln?“

Hermann überlegte einen Moment.

„Also, mein persönliches Vertrauen hat er verspielt, Herr Vorsitzender.“

Messerschmitt zog eine Augenbraue hoch und nickte verständnisvoll. Natürlich kannte er Hermann Stratkötter seit Jahrzehnten und wusste, dass man sich schon richtig Mühe geben musste, um diesen grundgemütlichen Kriminalbeamten gegen sich aufzubringen. Mit einem Seitenblick nahm er wahr, dass Rossmann ein weiteres Mal Luft holte. „Was meinen Sie“, fuhr er daher schnell fort „wenn wir vielleicht Ihren jungen Kollegen hier an die Tür setzen könnten? Wir sind ja auch im ersten Stock.“

Dierk-Helge schaltete verzögerungsfrei und nahm mit verschränkten Armen demonstrativ neben der Tür Platz, während Hermann umständlich und nicht ohne lautes Wehklagen des Delinquenten die Handschellen aufschloss. Königlich-Bayrisches Amtsgericht? Dreck dagegen! Gierhacke rieb sich die Handgelenke und hielt sie sofort seinem Rechtsbeistand hin, der die zweifellos vorhandenen Druckstellen fleißig mit dem Smartphone fotografierte.

Messerschmitt nutzte die Zeit und studierte die vorab gefaxten und nun im Original überreichten Haftunterlagen. Er kam nicht weit.

„Ich erhebe sofortige Beschwerde gegen die Freiheitsentziehung meines Mandanten", tönte Rossmann ansatzlos in den Saal. „Seine Festnahme war ex ante rechtswidrig, sie verstößt in mehreren Aspekten gegen die Menschenwürde und zudem wurde mein Mandant nicht unerheblich an den Handgelenken verletzt, und zwar durch eine rechtswidrige Fesselung. Er ist nicht verhandlungsfähig und bedarf sofortiger ärztlicher Hilfe. Ich weise in aller Deutlichkeit darauf hin, dass ab sofort Sie als vorsitzender Richter Garantenstellung für das Wohlergehen meines Mandanten haben und eine Verweigerung ärztlicher Behandlung gravierende rechtliche Konsequenzen haben kann … und wird." Rossmann hatte seine erste Breitseite abgefeuert, und sein scharfer Blick fraß sich an Messerschmitt fest, um jede seiner Reaktionen zu erfassen. Es kam jedoch keine. Messerschmitt blätterte völlig ungerührt die mehrseitige Akte durch, die er sorgfältig las. Rossmann guckte ihm etwa dreißig Sekunden verblüfft zu, dann hob er wieder seine Stimme.

„Hilfe, einen Arzt. – Einen Arzt bitte, schnell! Hier ist jemand verletzt", bölkte er erneut los.

Hierbei eilte er zur Tür, um weitere Hilferufe lauthals auf den Flur hinauszuposaunen. Eilig kam ein Justizwachtmeister die Treppe hinaufgerannt und schaute fragend in den Saal. Messerschmitt schüttelte kurz mit dem Kopf. Der Wachtmeister grinste, ließ sich aber vorsichtshalber auf einem der hinteren Stühle nieder, um das Geschehen im Auge zu behalten.

Rossmann ließ sich mit frustriertem Augenaufschlag und anklagender Geste wieder auf seinen Stuhl sinken und stierte zu Messerschmitt hinüber. Der schien schließlich seine Lektüre beendet zu haben und sah auf.

„In der Haftsache Gierhacke eröffne ich hiermit die Verhandlung. Vorgeführt aus dem Polizeigewahrsam erscheint der Beschuldigte Diethelm Gierhacke, geboren am 20.05.1958, wohnhaft in Gütersloh, dazu sein Rechtsbeistand Dr. Rossmann aus Bielefeld sowie die Herren Kriminalbeamten Stratkötter und Reuter-äh-Ritterling von der Polizei Gütersloh.

Herr Gierhacke, Ihnen wird Unterschlagung und Betrug zum Nachteil der Selva y Mar Wohnungsbaugesellschaft mbH vorgeworfen. Es geht um einen Betrag in Höhe von circa vier Millionen Euro, die Sie gemeinsam mit dem ebenfalls in der Sache beschuldigten Dr. Leander Weniger beiseitegeschafft haben sollen."

Hier musste Richter Messerschmitt Luft holen; eine Chance, die Rossmann nicht ungenutzt lassen konnte.

„Ich wiederhole mit allem Nachdruck meine Beschwerde von eben und …"

„Stopp!" Messerschmitt ging mit einer Lautstärke und einer Schärfe dazwischen, die Rossmann tatsächlich davon abhielt, wie sonst einfach ungebremst weiterzureden.

„Herr Rechtsanwalt, in meinem Gerichtssaal bestimme ich, wer redet und vor allem wann er redet. Für eine korrekte Verhandlungsführung ist das unerlässlich. Zuwiderhandlungen gegen die Ordnung im Gerichtssaal oder gegen meine Anordnungen können empfindliche Geldbußen nach sich ziehen. Die letzte Ordnungshaft habe ich vor genau fünfzehn Jahren verhängt, seitdem hat es niemand mehr gewagt, sich bei mir danebenzubenehmen. Sie, Herr Rechtsanwalt, scheinen seit damals der erste ernsthafte Kandidat zu sein, auf den dieses Mittel wieder angewendet werden kann … und wird, falls Sie sich nicht entscheidend zusammennehmen!", fügte Messerschmitt nach kurzem Nachdenken hinzu. Einen Moment lang ließ er die Stille wirken, die seine Ansprache erzeugt hatte, dann fuhr er fort.

„Damit wir uns klar verstehen, Herr Rossmann: Sie dürfen antworten, wenn ich Ihnen eine Frage stelle. Sie dürfen reden, wenn ich Ihnen das Wort erteile. Wenn Sie in dieser Richtung einen Wunsch verspüren, dürfen Sie die Hand heben. Ansonsten dürfen Sie dort auf Ihrem Stuhl Platz nehmen und versuchen, mich möglichst wenig zu ärgern, obwohl meine Hoffnung sich in dieser Richtung stark in Grenzen hält."

Rossmann setzte sich, und nach kurzem Zähneknirschen schluckte er die Kröte. Aber das hier war nur das Vorgeplänkel. Das war beiden Kontrahenten klar, als sie sich etwas länger als sozial üblich in die Augen starrten. Langsam hob Rossmann die Hand. Er bat um das Wort.

Messerschmitt kam ihm ein weiteres Mal zuvor.

„Ach ja, was die behauptete Verletzung Ihres Mandanten angeht, steht

Ihnen ärztliche Hilfe selbstverständlich zur Verfügung. Möchten Sie welche in Anspruch nehmen?"

„Ich muss auf umgehende ärztliche Behandlung bestehen. Ich bitte um Entsendung eines Rettungswagens und die sofortige Einweisung ins Elisabeth-Hospital".

„Ah, Sie halten eine stationäre Aufnahme für erforderlich?"

„Das ist unser derzeitiger Standpunkt."

Messerschmitt knurrte leise. Das war eine seiner Lieblingsformulierungen. Laut sagte er: „Raimund, rufen Sie bitte sofort in der JVA Ummeln an und machen Sie einen Transport ins Justizkrankenhaus Fröndenberg klar." Der Justizwachtmeister machte sich sofort auf den Weg nach draußen.

„Waas? Mein Mandant geht auf keinen Fall nach Fröndenberg!", rief Rossmann voller Entrüstung. „Er ist kein Gefangener. Er hat ja noch nicht mal einen Haftbefehl."

„Das kann sich schneller ändern als Sie glauben", war Messerschmitts trockene Antwort.

„Zu Ihrer Kenntnis und zur momentanen Situation Ihres Mandanten: Wie Sie sehen, ist Herr Gierhacke keineswegs im Besitz seiner persönlichen Freiheit. Er wurde von der Polizei vorläufig festgenommen. § 127 Absatz 2 der Strafprozessordnung ist Ihnen sicher geläufig. Die Staatsanwaltschaft Bielefeld stellt in der Sache fernmündlich Antrag auf Haftbefehl. Und wir sitzen hier gerade zusammen, um den erforderlichen Richterentscheid über die Anordnung der Untersuchungshaft herbeizuführen, so wie das deutsche Grundgesetz es im Artikel 104 vorschreibt.

Zuallererst wird ein dringender Tatverdacht gefordert. Die belastenden Umstände müssen die entlastenden erkennbar überwiegen, wie wir Juristen und auch die Herren Polizeibeamten es bereits im zweiten Semester gelernt haben sollten.

Momentan kenne ich nur die polizeiliche Ermittlungsakte, die allerdings ganz überwiegend belastende und dazu recht überzeugende Informationen enthält. Sollte der Gesundheitszustand Ihres Mandanten mich also zwingen, eine sofortige Entscheidung zu fällen, könnte ich zum jetzigen Zeitpunkt nicht umhin, die Untersuchungshaft anzuordnen. Ihnen bliebe dann für Ihre entlastende Argumentation der Haftprüfungstermin in frühestens zwei Wochen. Wenn Sie das kurz mit Ihrem Mandanten besprechen würden?"

Rossmann beugte sich zu Gierhacke hinüber, beide flüsterten leise.

„Unter den gegebenen Umständen bleibt meinem Mandanten nichts übrig, als sich dem massiven Druck des Gerichts zu beugen und eine stationäre Behandlung gegen jede Vernunft aufzuschieben, allerdings unter scharfem Protest. Eine sofortige ärztliche Behandlung ist aber unerlässlich."

Messerschmitt nahm den Telefonhörer auf. „Raimund? RTW abbestellen, einmal den ärztlichen Notdienst. Was? Ja, ohne Musik!"

Dann wandte er sich Hermann und Dierk-Helge zu. „Wenn die Herren kurz ihre Ermittlungsergebnisse vortragen würden?"

Dierk-Helge ergriff das Wort. Kurz und sachlich berichtete er von der Entwicklung um Dr. Weniger im Fall Sandmann.

„Dr. Weniger ist dringend tatverdächtig, gut vier Millionen Euro unrechtmäßig dem Firmenkapital der geschädigten Selva y Mar Baugesellschaft mbH entzogen zu haben", resümierte er schließlich. „Er hat dann die Unterschlagung sehr geschickt seinem Teilhaber Bernd Sandmann in die Schuhe geschoben, von dem er wusste, dass er sich bereits außer Landes auf der Flucht befand. Dr. Weniger wurde gestern dem Amtsgericht Halle vorgeführt. Er befindet sich bereits in Untersuchungshaft. Die Beweislast der Unterlagen, die seine Ehefrau der Polizei überreicht hat, ist erdrückend."

Diese Nachricht haute bei Gierhacke rein wie eine Bombe. Panisch sah er seinen Rechtsbeistand Rossmann an. Der hingegen blieb völlig cool. Das war das Terrain, in dem er sich auskannte und wohlfühlte.

„Und der Haftgrund?", fragte er kurz und knapp.

„Verdunkelungsgefahr. Die vier Millionen Euro sind in undurchsichtigen Offshoreanlagen verschwunden, die derzeit nicht nachvollziehbar sind. Die entsprechenden Daten, Dokumente und Belege der Senoritas S.L. wurden sowohl bei der Landsparkasse Bockhorst wie auch in Dr. Wenigers Privatanwesen gezielt beiseitegeschafft. Datenbestände wurden gelöscht, schriftliche Unterlagen entwendet. Ebenso fehlen zur Stunde sämtliche Geschäftsunterlagen zur geschädigten deutschen Selva y Mar Baugesellschaft. Dr. Weniger gibt vor, zum Verbleib der prozesserheblichen Daten und Unterlagen keine Angaben machen zu können. Ansonsten schweigt er beharrlich zu den Vorwürfen. Nicht dagegen seine Frau. Ihrer Aussage zufolge ging der hier beschuldigte Herr Gierhacke im Hause Weniger ein und aus und beriet Dr. Weniger in allen Fragen, die den Bauskandal betrafen. Anhand eines Teils der verschwundenen Unterlagen, die wir gestern im Pkw und in der Wohnung von Herrn Gierhacke wiederfinden und beschlagnahmen konnten, haben wir schlüssig nachvollzogen, dass er Beteiligter, wenn nicht gar Anstifter bei dieser Unterschlagung war, nicht unerheblich davon profitierte und ebenso in das Verschwinden der Dokumente intensiv verstrickt ist. Die Ermittlungsakte enthält alle nötigen Informationen."

Messerschmitt sah von den Unterlagen auf, die er simultan überflogen hatte. Er erwartete Rossmanns donnerndes Gegenstatement und drehte verwundert den Kopf, als es ausblieb. Rossmann redete leise mit Gierhacke, als habe er überhaupt nicht zugehört. Schließlich blickte er zu Messerschmitt und hob langsam die Hand. Wohlwollend nickte Letzterer und erteilte ihm umgehend das Wort.

„Ich denke, wir sollten zunächst einige Formalia des Falles betrachten. Insbesondere die Rechtmäßigkeit der polizeilichen Maßnahmen wirft ernste Fragen auf. Fangen wir an." Unternehmungslustig rieb Rossmann seine Hände. „Mein Mandant wurde gestern Nacht im Rahmen einer allgemeinen Verkehrskontrolle angehalten, so wurde ihm jedenfalls gesagt. Das ist sachlich falsch. Vielmehr war er Zielperson einer bereits länger andauernden Observation seitens der uniformierten Gütersloher Polizei, die es offensichtlich darauf angelegt hat, ihn jeglicher Privatsphäre zu berauben. Ich unterstelle, dass es für diese Observation keine richterliche Anordnung gab, die mangels jeglicher rechtlicheren Voraussetzungen auch nie erteilt werden dürfte."

Messerschmitt runzelte ernst die Stirn und blickte zu Hermann und Dierk-Helge hinüber.

Letzterer hob bedauernd die Schultern.

„Dazu kann ich nichts sagen. Ich habe keinen Überblick über die Aktivitäten des Streifendienstes."

Rossmann grinste zufrieden, Messerschmitt schaute besorgt.

„Können wir kurzfristig einen auskunftsfähigen Kollegen dazu befragen?"

Dierk-Helge lächelte etwas schmierig.

„POK Haferkamp und PK'in O'Toole sitzen draußen. Sie können hier sicher Auskunft geben."

„Dann holen Sie bitte beide herein", beschied Messerschmitt mit sichtlicher Verwunderung. „Einspruch", ging Rossmann scharf dazwischen. „Für die Wahrheitsfindung ist es erforderlich, die Zeugen getrennt anzuhören."

„Herr Rechtsanwalt, ich bitte Sie!" Messerschmitt schaute väterlich-besorgt. „Wir sind hier nicht in der Hauptverhandlung. Noch nicht, jedenfalls. Ich lasse bitten."

Der Wachtmeister holte Uli und Eyleen herein, die beide erstaunlicherweise zivile Kleidung trugen. Messerschmitt begann kurz und bündig.

„Herr Haferkamp, schildern Sie uns bitte, wie es letzte Nacht dazu kam, dass Herr Gierhacke von der Polizei angehalten wurde."

„Ganz einfach. Ich fahre privat die Verler Straße entlang, da sehe ich, wie der Porsche von Herrn Gierhacke auf dem Stadtring querkommt. Da habe ich sofort die Kollegen angerufen und bin hinter Herrn Gierhacke hergefahren, damit er angehalten und kontrolliert wird. Herr Gierhacke hat derzeit keinen Führerschein."

„Das wissen Sie auswendig?"

„Na ja, Frau O'Toole hier und ich hatten im Frühsommer Herrn Gierhacke erwischt, wie er unter Einfluss von Alkohol und anderen berauschenden Mitteln ein Kraftfahrzeug führte. Er ist damals geflüchtet und hat dabei richtig Gas gegeben. Frau O'Toole konnte ihn schließlich nach einer längeren Verfolgungsfahrt in den Straßengraben abdrängen. Der Fall war ziemlich spektakulär, das weiß die komplette Wache."

Rossmann schaltete sich ungefragt ein, was ein Stirnrunzeln bei Messerschmitt erzeugte. „Und seitdem observieren Sie ihn permanent und warten, dass er sich hinters Steuer setzt, um ihn erneut anzuzeigen?"

„Nein, natürlich nicht."

„Sie behaupten also, dass die Adresse meines Mandanten nicht mindestens einmal am Tag von Polizeifahrzeugen angefahren wird? Dass Beamte sich dem Fahrzeug meines Mandanten nicht genähert und Auspuff und Motorhaube nicht angefasst haben?"

„Nein."

„Nein was?"

„Nein, das behaupte ich nicht."

„Ah, Sie geben also zu, dass Sie all das tun? Aber observieren tun Sie meinen Mandanten nicht? Ja um Gottes Willen, was tun Sie denn dann?

Sind Sie sich überhaupt der Tragweite Ihrer Handlungen bewusst? – Herr Vorsitzender", wendete Rossmann sich nun an Messerschmitt, „ich kann kaum glauben, was ich hier höre. Mein Mandant wurde gestern im Rahmen einer rechtswidrigen Observation ausgespäht und angehalten. Er ist auf der Stelle freizulassen, alle Maßnahmen sind rückgängig zu machen. Regressforderungen behalten wir uns selbstverständlich vor."

„So schnell schießen die Preußen nicht", murmelte Messerschmitt, der sich eifrig Notizen machte. „Frau O'Toole, schildern Sie doch bitte, in welcher Form Ihre – äh – Überwachungsmaßnahmen bei Herrn Gierhacke ablaufen."

„Ganz einfach: Herr Gierhacke ist einer von etwa fünfzehn bis zwanzig Kandidaten, die in letzter Zeit ihren Führerschein aus unterschiedlichen Gründen eingebüßt haben. Im Rahmen der Streife fährt man immer mal bei diesen Leuten vor der Tür her, wenn es gerade passt und schaut, ob das Fahrzeug zu Hause oder unterwegs ist. Bei Herrn Gierhacke ist das übrigens häufig der Fall."

„Was? Dass es da ist oder weg?"

„Beides, aber öfter weg als da."

„Und wenn es unterwegs ist?"

„Dann hält man die Augen offen und gibt die Info kurz an die anderen Streifenwagen weiter, die dann ebenfalls die Augen offenhalten."

„Und wo speichern Sie all diese Daten?"

„Die meisten Kennzeichen hab ich im Kopf, einige in meinem Notizbuch."

„Da haben wir es", grätschte Rossmann dazwischen. „Die warten eiskalt, bis ihre Opfer losgefahren sind, die sich oft im Leben einfach nicht anders helfen können. Und dann halten sie sie an und erstatten Strafanzeige. Wie furchtbar. Ein Polizist ist dazu da, Straftaten zu verhindern. Wenn er sie wissentlich geschehen lässt, macht er sich selbst strafbar. Das wissen wir spätestens nach dem zweiten Semester."

Uli grinste gemütlich. „Herr Gierhacke weiß, dass wir ihn auf der Rolle haben. Wir hatten ihn in der Nacht damals mehrfach eindringlich gewarnt, die Finger vom Steuer zu lassen, und ihm gesagt, dass wir genau auf ihn achten werden. Mehr kann man wirklich nicht tun. Wer nicht hören will …"

„Mir reicht das erst mal zum Thema Verkehrskontrolle." Messerschmitt übernahm wieder die Verhandlungsführung mit fester Hand. „Kommen wir zum Kern der Sache. Die verschwundenen Millionen. Die Beweislage scheint hinreichend und schlüssig zu sein. Was meinen Sie, Herr Rechtsanwalt?“

„Die Beweislage ist weder hinreichend noch schlüssig, weil sie schlicht und ergreifend nicht existent ist. Unser Standpunkt ist weiterhin, dass mein Mandant Opfer einer illegalen Ausspähung wurde. Aber das ist ja noch längst nicht alles: Sein Pkw, ein Porsche 911 Turbo, wurde von der Polizei einfach beschlagnahmt. Auch hier fehlt jede Rechtsgrundlage. Der Porsche ist weder Beweismittel in einem Strafverfahren, noch unterliegt er der gerichtlichen Einziehung. Die Bestimmungen der Strafprozessordnung sind hier ganz eindeutig.

Nachdem man das Fahrzeug einmal in den Fingern hatte, nutzte man wohl die günstige Gelegenheit zu einer gründlichen Durchsuchung und fand hinter dem Reserverad einen Aktenordner, dessen Inhalt wiederum unerlaubt gesichtet und als belastend bewertet wurde. Nun wurde im Eilverfahren ein Durchsuchungsbeschluss beim Amtsgericht Bielefeld erwirkt, der in Unkenntnis der rechtswidrigen Vormaßnahmen tatsächlich erlassen wurde.

Auf diese unrechtmäßigen und zweifellos auch strafbaren Handlungen wurde ein Verdachtsgerüst aufgebaut, um meinen Mandanten jetzt im Rahmen eines persönlichen Rachefeldzuges dieser vier Polizisten hinter Gitter zu bringen. Inhaltlich wird dazu später noch eine Menge zu sagen sein. Rein formell stelle ich fest, dass alle belastenden Umstände dieser Ermittlungsakte dem Verwertungsverbot unterliegen. Mein Mandant ist auf der Stelle freizulassen.“

„Da ist was dran“, gab Messerschmitt unumwunden zu und schaute erwartungsvoll die Polizeibeamten an. Die schwiegen erst mal. Keiner schien antworten zu wollen. Rossmann grinste innerlich. Erwischt! Messerschmitt sah nun deutlich besorgt aus. „Meine Dame, meine Herren? Sie sollten mir schon eine schlüssige Rechtsgrundlage bieten, sonst muss ich diesen Herrn laufen lassen.“

Noch immer schauten Dierk-Helge, Eyleen, Hermann und Uli sich unentschlossen an. Schließlich hob Uli die Hand.

„Das ist nicht ganz einfach zu erklären“, begann er umständlich.

„Kann ich gut verstehen", warf Rossmann sarkastisch ein. „Es gibt ganz einfach keine Erklärung. Die Strafprozessordnung kenne ich in- und auswendig. Da kommen Sie keinen Millimeter weiter."

„Genau da liegt ja das Problem", sagte Uli freundlich. „Die Strafprozessordnung ist hier gar nicht gefragt. Ich weiß", fügte er mit einem ernsten Blick auf den süffisant grinsenden Dr. Rossmann hinzu, „einem eingefleischten Strafrechtler ist das schwer zu vermitteln, dazu mitten im Gerichtssaal. Die Sache ist die: Der Porsche wurde nicht im Rahmen des Strafverfahrens beschlagnahmt. Es geht nicht darum, irgendetwas zu beweisen oder ihm die Karre wegzunehmen, weil er sie irgendwie ergaunert hätte. Es geht einfach darum zu verhindern, dass er weiter permanent damit herumfährt, ohne Führerschein und unter Einfluss berauschender Mittel. Und da gilt das Polizeigesetz, das im Jurastudium leider immer sehr stiefmütterlich behandelt wird. Und natürlich mussten wir den Wagen durchsuchen. Schließlich hatte Herr Gierhacke noch Sachen drin, die wir ihm zurückgeben mussten. Seine Saunatasche, etwas Kleidung, auch Schmuck von, na ja – sehr spezieller Art. Dann Bargeld, ein iPhone und zwei kleine Tütchen mit Resten von weißem Pulver. Die kriegt er aber natürlich nicht zurück, weil der Kokainvortest ziemlich heftig darauf reagiert hat."

„Papperlapapp!" Rossmann setzte seine Oberlehrermaske auf. „Die Herkunft der Tütchen in seinem Pkw kann mein Mandant sich selbst nicht erklären, ebensowenig die Spuren von Kokain daran. Was Sie auch immer mit Ihrem Polizeigesetz aufstellen mögen, der Wagen muss ja doch wieder herausgegeben werden. Spätestens heute und mit dem gesamten Inhalt. Ihre Durchsuchung zur Eigentumssicherung war überhaupt nicht erforderlich und damit rechtswidrig. Wem immer Sie das auf die Nase binden wollen, es erklärt niemals, was Sie hinter der Seitenverkleidung und am Reserverad zu suchen hatten. Kommen Sie mir bloß nicht mit Zufallsfund! Sie waren ganz gezielt auf der Suche nach belastendem Material. Und das, ohne auch nur eine leise Idee zu haben, ob und was Sie möglicherweise finden würden und vor allem, ohne meinen Mandanten mal darüber aufzuklären, welcher Straftat er überhaupt verdächtigt wird, geschweige denn ihn formell über seine Rechte als Beschuldigter zu belehren, wie es das Gesetz zwingend vorschreibt!"

„Herr Gierhacke wurde rechtlich belehrt“, warf Uli ein.

„Ja, aber nur bezüglich des Verkehrsdelikts. Ein Millionenbetrug wurde ihm niemals vorgehalten. Das geschah erst viel später auf der Wache. Ein weiterer gravierender Formverstoß, der das komplette Einschreiten der Polizei null und nichtig macht. Oder sehe ich das falsch, Herr ... Wachtmeister?“

„Haferkamp ist der Name. Und ja, allerdings sehen Sie das falsch. Zwei Fehler sind Ihnen in Ihrer Darstellung unterlaufen“, sagte Uli, der sich jetzt freute, dass er genau diese Problematik voriges Jahr im Studium als Seminarthema gewählt hatte.

„Erstens: Die Belehrungspflicht bezieht sich auf die Vernehmung des Beschuldigten, nicht auf die Durchsuchung seiner Sachen. Sie erfolgte daher zeitlich und inhaltlich korrekt.

Zweitens: Herr Gierhacke wird seinen Porsche nicht zurückbekommen. Nicht heute, nicht morgen und auch nicht nächstes Jahr. Das Fahrzeug wird einbehalten und verwertet.“

Dr. Rossmann lehnte sich zurück und lachte laut. Das Lachen war gekünstelt und klang daher ziemlich falsch. Dann brach er abrupt ab und zeigte mit dem Finger auf Uli.

„Wenn Sie ...“, Rossmann sammelte sich kurz, „wenn Sie den Wagen nicht umgehend herausgeben und meinem Mandanten vor die Haustür stellen, dann mache ich Sie fertig. Verbotene Eigenmacht, Rechtsbeugung, Amtsmissbrauch, die ganze Palette. Und was glauben Sie, was da an Schadensersatzforderungen auf Sie zukommt? Auf Sie persönlich und Ihre Behörde? Sie machen sich ja gar kein Bild von der Lawine, die Sie damit losgetreten haben. So, mir reicht der Mummenschanz hier jetzt! Herr Vorsitzender, mit Ihrer Erlaubnis resümiere ich mal kurz“, wendete er sich an Messerschmitt. Er checkte kurz seine Aufzeichnungen, stand dann auf und holte tief Luft.

„Mein Mandant ist in der Vergangenheit völlig unbescholten. Kürzlich fiel er zweimal verkehrsrechtlich auf, was einer aktuellen persönlichen Lebenskrise zuzuschreiben ist. Ein völlig alltäglicher Sachverhalt. In beiden Fällen war das Verhalten der Polizei mehr als zweifelhaft und in Teilen sogar haarsträubend rechtswidrig. Ich bin sicher, dass die Anklage die Hauptverhandlung nicht übersteht. Und das nehmen diese äh ‚Schergen' muss ich jetzt sagen, zum Anlass, meinem Mandanten seinen Pkw im Wert von circa 100.000 Euro zu enteignen? Zur Abwehr einer gegenwärtigen Gefahr für die öffentliche Sicherheit, wie das Polizeigesetz fordert, das mir im Übrigen besser geläufig ist als der junge Herr mir vermessenerweise unterstellt! Ich fordere die sofortige Aufhebung der Beschlagnahme wegen Rechtswidrigkeit der Maßnahme. Aus demselben Grunde sind alle getroffenen Folgemaßnahmen ebenfalls rechtswidrig. Die beschlagnahmten angeblichen Beweismittel, Schriftstücke und Computerdaten unterliegen dem Verwertungsverbot und sind umgehend zurückzugeben, Kopien sind zu vernichten.

Schlussendlich ist mein Mandant auf der Stelle freizulassen, da alle Anklagepunkte bis auf das Verkehrsdelikt ‚Fahren ohne Fahrerlaubnis' hinfällig sind."

Stille herrschte für einige Minuten, während Messerschmitt seinerseits Aufzeichnungen, Unterlagen und Rechtskommentare durchforstete. Dann hob er den Blick und richtete das Wort an Dr. Rossmann, der immer noch siegessicher und arrogant zurücklächelte.

„Zunächst zur Frage der Überwachung Ihres Mandanten durch die Polizei, Herr Rechtsanwalt. Eine Observation ist die planmäßige Ausspähung eines Menschen zur systematischen Erhebung persönlicher Daten. Wenn die Polizei im Rahmen ihrer Streifentätigkeit ihre Schäfchen abklappert und unter Einsatz ihrer speziellen Personen- und Milieukenntnisse dem Gesetz Geltung verschafft, dann tut sie haargenau das, wofür sie bezahlt wird."

Dann wendete Messerschmitt sich an Diethelm Gierhacke, dessen überhebliche Alphatier-Fassade gerade sichtlich zu bröckeln begann.

„Herr Gierhacke, Sie sind keineswegs das Unschuldslamm, als das Ihr Verteidiger Sie darzustellen versucht. Trunkenheitsfahrten, Gefährdung des Straßenverkehrs, gefährlicher Eingriff in den Straßenverkehr. Alkohol, Drogen und Medikamente in bedenklichen Konzentrationen. Das war im Sommer. Jetzt der nächste Vorfall. Fahren ohne Fahrerlaubnis und schon wieder eine Blutprobe."

„Positiver Vortest", assistierte Uli. „Alkohol und Kokain".

„Soviel zu den beiden Tütchen!" Messerschmidts Stimme bekam einen sarkastischen Unterton. „Und das ist keineswegs alles. Abweichend von der

Darstellung Ihres Rechtsanwalts sind Sie in der letzten Woche bereits ein weiteres Mal am Steuer aufgefallen, die Anzeige liegt mir vor. Aufgrund der Verkehrssituation und Ihres rasanten Fahrstils konnten Sie zwar nicht angehalten werden, wurden von den Beamten Grünbaum und Kröger aber einwandfrei identifiziert."

Messerschmitt lehnte sich vor und fixierte seinen Delinquenten scharf.

„Herr Gierhacke, Sie sind eine tickende Zeitbombe! Wenn das hier die Hauptverhandlung wäre, würden Sie bei mir alleine für die Verkehrsstraftaten in Haft gehen, so viel steht fest. Fest steht auch, dass Sie trotz eindringlicher und aktenkundiger Ermahnung fortgesetzt ein Kraftfahrzeug führen, obwohl Ihnen die Fahrerlaubnis entzogen wurde. Das Ergebnis der ersten Blutprobe beweist Ihren Alkohol- und Drogenkonsum und damit sehr wohl die Gefahr, dass Sie sich in Ihrer Unbelehrbarkeit zu jedem Zeitpunkt wieder hinter das Steuer eines Pkw setzen, weitere Straftaten begehen und in Ihrer permanenten Fahruntüchtigkeit Leib und Leben anderer Personen gefährden werden.

Da der vorläufige Entzug Ihrer Fahrerlaubnis wirkungslos blieb, erscheint die Beschlagnahme des Pkw ‚Porsche' zur Verhütung weiterer Straftaten zumindest plausibel. Über Ihre Beschwerde dagegen und Ihren Antrag auf Herausgabe werde ich hier allerdings nicht entscheiden. Die richten Sie bitte freundlich an das Verwaltungsgericht in Minden, dafür sind wir hier nicht zuständig. Ich vermag letztlich keinen offensichtlichen Rechtsmangel an den polizeilichen Maßnahmen zu erkennen und lasse das vorliegende Beweismaterial als Zufallsfund zu. Parallel zum Fall Dr. Weniger erkenne ich dringenden Tatverdacht, die Haftgründe gelten analog. Herr Rechtsanwalt", wendete er sich an Dr. Rossmann, „beim derzeitigen Sachstand neige ich dazu, die Untersuchungshaft anzuordnen, es sei denn, Sie bringen entlastende sachliche Argumente ein."

Rossmann knurrte wie ein hungriger Wolf. Er hatte die erste Runde eindeutig verloren, war aber noch lange nicht geschlagen. Er wusste genauso gut wie Messerschmitt, dass es alles andere als leicht war, das Verhandlungsergebnis von Dr. Weniger nahtlos auf seinen Mandanten zu übertragen. Indizien reichten nicht aus, für einen dringenden Tatverdacht waren unumstößliche Fakten gefordert. Rossmann bat um kurze Bedenkzeit, vertiefte sich in die Akten und schwieg konzentriert. Nicht so sein Mandant.

„So, jetzt wollen wir hier mal Deutsch reden!“ Gierhacke war aufgesprungen, hochrot im wutverzerrten Gesicht.

„Sie wissen ja gar nicht, was hier wirklich abläuft! Verbrecher sind das hier. Alle, wie sie dasitzen. Der da“, er zeigte mit einem zitternden Finger auf Hermann, „der ist der Säufer, nicht ich. Der hat damals nach der Verfolgungsfahrt Schnaps getrunken. Irischen Whiskey. Im Büro, während der Vernehmung. Macht er immer nach dem Nachtdienst, hat er gesagt. Mir hat er auch was von dem Zeug gegeben. Ich war doch eh schon fertig, hatte den ganzen Tag nichts gegessen. Und dann später in der Zelle kam ein Beamter an und hat mir einen Becher Schnaps und zwei Rohypnol verabreicht. Angeblich auf ärztliche Verordnung. Alkohol und Drogen auf dem Polizeirevier, das ist die Wahrheit.“

Dr. Rossmann schaute alarmiert zu seinem Mandanten auf und wollte ihn am Jackett zurück auf die Bank ziehen, aber der war bereits nach vorn an den Richtertisch geturnt, außerhalb jeglicher Reichweite. Dort sprudelte der Frust weiter ungehemmt aus ihm heraus.

„Und das war ja noch nicht alles. Die ganze Aktion gestern Nacht haben die doch von vorne bis hinten sauber eingefädelt. Ich liege am frühen Abend nichts ahnend in der Sauna, da spricht mich aus heiterem Himmel ‘ne junge Frau an. Was für eine Göttin! So eine Granate hab ich selten gesehen und ich hab einige gesehen, das können Sie mir glauben!“

Gierhacke fing ein scharfes Zischen seines Verteidigers auf, der verzweifelt mit dem Kopf schüttelte. Aber die Warnung wurde ignoriert.

„Nee, lass gut sein, Arnulf, die Wahrheit muss einfach ans Licht“, fuhr Gierhacke unbeirrt fort.

„Na ja, ich kurz ein Date klar gemacht mit der Kleinen. Wir treffen uns direkt nach der Sauna in Gütersloh, trinken eine Kleinigkeit und fahren danach nichts ahnend noch zu mir, um den Abend gemütlich ausklingen zu lassen, wenn Sie verstehen, was ich meine. Und wie’s der Teufel will, kommen auch schon die Bullen und halten mich an. Wie bestellt. Mitten in der Nacht auf ‘nem Dienstag. Da sitzen die doch sonst nur auf der Wache vor der Glotze und saufen Kaffee, das weiß doch jedes Kind.

Und kaum tauchen die Sheriffs auf und nerven rum, schwuppdiwupp ist die Schöne auch schon verschwunden. Hat sich einfach in Luft aufgelöst. Ich sag Ihnen, das war ‘ne Professionelle, wie die rangegangen ist. Da kann doch jeder dran fühlen, dass das getürkt war. Die haben mir locker die Mieze untergeschoben, um mich fertig zu machen. So war das, Herr Richter. 'Ne ganz abgezockte Bande ist das. Wenn hier einer eingesperrt gehört, dann dieser saubere Mützenträger und seine Superbullette neben ihm."

Richter Messerschmitt kräuselte belustigt die Stirn. Das war haargenau die Geschichte, auf die er gewartet hatte. „Bei allem Respekt", begann er vorsichtig, „im Hinblick auf Ihr Alter, hat es Sie denn überhaupt nicht gewundert, dass Sie von einer jungen und, wie Sie sagen, ausnehmend hübschen Dame aus heiterem Himmel angesprochen werden, die dann auch noch anstandslos mit Ihnen in die Kiste hüpfen will?"

„Nein überhaupt nicht", strunzte Gierhacke im Brustton voller Überzeugung. „Sowas passiert mir andauernd. Wissen Sie, manchmal ist es mir direkt lästig. Aber bei der war es anders. Die Frau hatte Niveau. Die spielt ganz oben in der Liga mit. Mich so abzuziehen. Na warte, du Luder, irgendwann kommst du mir auch nochmal quer in deinem blauen Käfer!"

Messerschmitt lag ein saftiger Kommentar auf der Zunge, der ihm aber im Halse steckenblieb. Verwundert blickte er nach links und sah einem hochroten Dierk-Helge hinterher, der eilig durch die Tür nach draußen schoss.

„Nanu, Herr Stratkötter", sagte er dann „Was ist denn mit Ihrem jungen Kollegen?"

„Dem geht's nicht so gut. Magen-Darm, glaube ich. Seit gestern."

„Ah, wie bedauerlich. Herr Haferkamp", forschte Messerschmitt dann weiter, „Sie sind aber sicher, dass Sie keinen Anruf erhalten haben, der Ihnen den Standort von Herrn Gierhackes Porsche verraten hätte? Oder dass der Ort dieser Verkehrskontrolle sonstwie abgesprochen worden wäre?"

„Ja, Herr Vorsitzender, das war nicht der Fall", bekundete Uli wahrheitsgemäß. Was er Messerschmitt verständlicherweise verschwieg, war, dass Ankes iPhone auf Verfolgungsmodus gestellt war und er dessen Standort auf seinem Gerät in Echtzeit und ohne ihr Zutun nachvollziehen konnte. Aber danach war er ja nicht gefragt worden. Auch die Frage, ob ihm am Anhalteort eine junge Schönheit aufgefallen sei, die sich klammheimlich zu Fuß vom Acker gemacht hatte, hätte er wahrheitsgemäß verneint, denn er war sofort abgebogen, als er den Streifenwagen sicher hinter Gierhackes Porsche gelotst hatte.

Aber diese Frage wurde nie gestellt, denn die Tür ging auf und herein trat … Dr. Volos, der heute den ärztlichen Notdienst stellte und damit ein weiteres Mal die medizinische Eilversorgung der Stadt Gütersloh in souveräner Manier gewährleistete.

„Gutten Morgen die Cherren, chabe ich gechört brauchte jemand Chilfe chier?“

„Hallo Herr Doktor, Sie kommen gerade rechtzeitig. Der Herr dort drüben klagt über ernste Verletzungen. Wenn Sie bitte nach ihm schauen würden?“

Dr. Volos blickte den Genannten an, und ein Leuchten trat in seine Augen.

„Ah, Gierchacke, geht dir nix gut? Erst auf die Polizei und jetzt schon vor die Gericht. Tz-tz, chabe ich gleich gesagt, Gierchacke: das einzige was dir chilft, das is die Abstinenz. Sonst geht sslimm aus. Chabe ich gesagt. Oder? Was chast du cheute?“

Gierhacke war drei Schritte zurückgewichen und hatte jegliche Farbe aus dem Gesicht verloren.

„Weg! Weg mit dem!“, kreischte er panisch. „Der packt mich nicht an, der Kurpfuscher. Hat mir neulich den ganzen Arm versaut. Ich war noch zwei Wochen lang in Behandlung. Der ist ein Sadist, der die Leute mit Nadeln quält. Der lauert mir auch auf, genau wie die Polizei. Die stecken alle unter einer Decke!“ Gierhacke stand mittlerweile im hintersten Winkel des Raumes, hatte Schweiß auf der Stirn und hielt beide Hände abwehrend nach vorn ausgestreckt.

Dr. Volos sah Messerschmitt an und zuckte hilflos mit den Schultern.

„Wenn diese Patient keine Bechandlung will, ich kann nix machen“, sagte er.

„Kein Problem. Herr Gierhacke scheint mir nicht wirklich ernsthaft verletzt. Was meinen Sie?“

„Nein, iste nix verletzt. Aber chat Probleme. Iste Wechselwirkung von Kokain und Antidepressiva. Chast du schon bald Wahrnehmungsstörunge, sogar Challuzinatione. Manchmal auch Schizophrenie, kann nie wissen. Gefährliche Sache. Aber nixe verletzt. Diese Mann ist voll chaftfähig. Brauche Sie Attest?“

Messerschmitt sah zu Rossman hinüber. Der winkte nur ab und starrte aus dem Fenster.

38.

Winter

„Nee, Henry, ich weiß nicht."

Schuldbewusst blickte Uli in seine Glühweintasse und schwieg vorsichtshalber 'ne Runde. Henry hielt das locker aus. Genüsslich schlürfte er an seinem Eierpunsch und drehte die Tasse hin und her, beobachtete aber aus dem Augenwinkel scharf seinen Lieblingskollegen, der sich gerade dadurch verriet, dass er verlegen von einem Bein aufs andere hampelte.

Die beiden waren nach dem Spätdienst schnell noch auf ein Heißgetränk über den Gütersloher Weihnachtsmarkt geschlürt. Die einstige völlig geschmacklose Ansammlung verschiedenster Fress- und Saufbuden hatte sich inzwischen zu einer doch recht anheimelnden Geschichte gemausert. Weihnachtliches Gepräge und Kunsthandwerk suchte man zwar immer noch vergebens, denn mehrere Versuche hatten gezeigt, dass der Gütersloher an sich doch mehr auf Trinken und Quatschen gebürstet war. Gediegene Drechselkunst aus dem Erzgebirge vermochte ihm zwar durchaus Bewunderung zu entlocken, aber sicher keinen Geldschein. Also beschränkten die Planer sich nun darauf, die Glühweinbuden in ansprechend verschlungenen Gässchen anzuordnen, mit ausreichend Pilszapfstellen anzureichern, die Schwenkgrills und Spießbratenstände abgesetzt nach außen zu verlagern und die Bühne halbwegs ins Geschehen zu integrieren. Eine Armada von Weihnachtsbäumen und aufwändige Lichttechnik schafften anheimelnde Atmosphäre, und ein zumindest streckenweise nettes Musikprogramm sorgte dafür, dass der HVP allabendlich gut besucht war. Eine deutsch-irische Folkband spielte gerade locker auf, Fiddle und Akkordeon kamen recht flott rüber. Etwa vierzig Zuhörer hatten sich um die Bühne geschart, schunkelten und sangen mit. Henry und Uli, die den einzigen

Stehtisch gleich neben dem Mischpult ergattert hatten, hörten einen Augenblick versonnen zu. „Boah, nee, ich weiß ja, ich hab's dir versprochen, aber um fünf Uhr aufstehen, das ist echt zu hart. Das sind noch genau sechs Stunden."

„Ja und?" Henry nippte an seinem Eierpunsch. „Um halb acht sind wir fertig, dann gehst du locker noch mal bis zwölf in die Koje und bist pünktlich fit für den Spätdienst. Komm schon, Uli, seit drei Jahren drücken wir uns nun schon drum herum. Ich hab das früher jedes Jahr gemacht, mit Nina zusammen. Morgen ist es halt einfach dran. Also ich gehe auf jeden Fall. Wenn du kneifen willst, bitte. Aber komm mir hinterher nicht unter die Augen!"

„Völliger Schwachsinn", grummelte Uli. Henry verschwand kurz und kam mit zwei neuen Bechern zurück, aus denen es verheißungsvoll dampfte. Einen stellte er Uli kommentarlos vor die Nase, doch bevor Henry den Faden wieder aufnehmen konnte, gesellten sich mehrere Männer an den Tisch, stellten ihre Getränke ab und fingen an, aus vollem Hals mit der Band mitzusingen. Besonders ein kräftiger Kerl mit weißem Bart und respektablem Bauch schmetterte dermaßen los, dass der Mann am Mischpult dosiert nachpegeln musste, damit die Band nicht unterging. „It's not the leaving of Liverpool that grieves me, but my darling that I think of thee."

„Wird Zeit", meinte Uli schließlich, als das Lied in einer schönen D-Dur-Quinte ausgeklungen war und die Musiker anfingen, ihre Sachen zu packen. Entschlossen griff er nach seinem Glühwein und trank aus. Doch plötzlich stoppte er abrupt, denn irgendwas hatte beim letzten Schluck geklimpert und war ihm gegen die Zähne gepurzelt. Argwöhnisch inspizierte er seine Tasse und fischte schließlich ein 50-Cent-Stück heraus.

„Igitt, tun die jetzt das Wechselgeld schon in den Glühwein?"

„Nee, aber jetzt bist du dran." Henry grinste hinterhältig. „Das ist der erste Lohn für deinen neuen Job morgen früh. Du hast ihn genommen und fertig. Aus der Nummer kommst du nicht mehr raus."

„Ja, ja, Henry, netter Versuch. Aber das ist doch völliger Quatsch."

„Ist es nicht", kam es unisono aus sechs Mündern ringsum. Eine Pranke wie eine Bratpfanne legte sich tröstend auf Ulis Schulter.

„You're in the Army now", beschied ihn der Mann mit der gewaltigen Stimme und erklärte sofort in schwerem englischem Akzent: „So haben die früher die Jungs in die Army geschasst. Der Sergeant ging in eine Pub und gab die Leute ordentlick Beer aus. Aber in ein paar Kruge lag unten eine Shilling drin. Un wenn du die Beer getrunken hast und da war eine Shilling unten drin, dann du warst in die Army, denn du hattest dein erstes Sold angenommen. Deshalb einige clevere Landlords haben diese Kruge mit Glasboden erfunden. Da konntest du die Krug hochheben und von unten gucken ob da war Geld drin. Und wann da war eine Münze drin du konntest sagen: ick nehme diese Beer nickt. Take the Shilling sagt man heute noch, when einer geht in die Army. Glaub mir, ick war zwanzig Jahre drin."

„Um was geht's denn überhaupt?", wollte ein anderer Sänger wissen, ein Typ Mitte fünfzig mit Pferdeschwanz.

„Adventssingen", erklärte Henry kurz und bündig. „Morgen früh fünf Uhr an der Evangeliumskirche."

Dabei sah er Uli scharf an.

„Nee, komm, Henry, wir sind doch beide nicht ansatzweise kirchlich angehaucht", startete der einen letzten Versuch, bekam aber postwendend die passende Antwort.

„Das Adventssingen ist ursprünglich überhaupt keine kirchliche Veranstaltung", schoss Henry zurück. „Entspringt eher polizeilicher Tradition."

„Quatsch mit Soße", erwiderte Uli.

„Doch, stimmt aber haargenau", mischte sich einer der anderen Männer am Tisch ein. „Irgendein Gütersloher Nachtwächter ist im frühen 19. Jahrhundert damit angefangen und hat in der Adventszeit abends statt seiner Stundenansage Adventslieder gesungen. Leider wurde er dabei schon bald von etlichen Trunkenbolden begleitet, die zu der Zeit aus der Kneipe getorkelt kamen und das Ganze für eine Riesengaudi hielten. Die stockprotestantischen Gütersloher Bürger fanden das Gegröle schockierend. Spaß und Kirche konnten die hochheiligen Nazarener einfach nicht auf einen Nenner bringen. Es erging ein Ratsbeschluss und schließlich nahm sich die Kirche dieses Phänomens an. Das Ganze wurde organisiert, zum christlichen Brauchtum erklärt und gleichzeitig auf unchristliche Zeit sowie auf mehrere Stadtbezirke verlegt, so wie es bis heute überlebt hat."

„Kuck, Uli, Ordnungsmacht und Nachtschwärmer, wenn das keine passende Basis ist?" Freundschaftlich legte Henry seinem Partner den Arm um die Schulter. „Komm, Zeit zu gehen."

Uli zuckte schließlich resigniert mit den Schultern. Beide machten sich auf den Patt. Sie waren noch keine fünf Meter weit gekommen, als hinter ihnen eine Männerstimme laut und klar zu singen begann: „What a hungry feeling came o'er me stealing, and the mice were squealing in my prison cell ..." Sie drehten sich um und sahen, dass die sechs Männer sich im Kreis aufgestellt, die Augen geschlossen und die Nasen zum Himmel gereckt hatten. Dann brach ein mehrstimmiger Satzgesang los, der kein Mikrofon und keinen Poweramp brauchte, um den kompletten Platz zu beschallen: „And the auld triangle went jingle jangle all along the banks of the Royal Canal."

Es war kurz vor fünf, als Henry mit forschem Schritt die Schillstraße in Richtung Brockhäger Straße entlang marschierte. Er hatte gestern Abend keinen Bock mehr gehabt, durch die Kälte bis nach Niehorst zu radeln und war kurzentschlossen, obwohl mit leichten Gewissensbissen, weich geworden und bei Gabi unter die Decke geschlüpft. An der Fußgängerampel wartete bereits ein extrem muffeliger Uli, der sich gegen den einsetzenden Schneefall tief in einen mächtigen Dufflecoat eingemummelt hatte, unter dem er Faserpelz in mehreren Schichten zu tragen schien.

Sie umrundeten gemeinsam den frei stehenden Kirchturm und steuerten das Portal an. Uli blickte hoch und betrachtete skeptisch den vor ihm liegenden Bau. „Komischer Kasten", meinte er kurz angebunden.

„Bremers Hippodrom", erwiderte Henry lakonisch und ergänzte auf Ulis fragenden Blick:

„Na ja, Pastor Bremer hatte seinerzeit Ende der Fünfziger diesen ultramodernen Sakralbau in Auftrag gegeben. Die einzige sechseckige Kirche weit und breit. Dafür aber mit 'ner Superakustik. Und weil die Dachkante so wellenförmig auf und ab verläuft, fühlte sich der Gütersloher Volksmund direkt an ein Kirmesfahrgeschäft erinnert."

Uli fing an zu grinsen. „Warte mal, gibt's da nicht noch 'ne Kirche mit so 'nem witzigen Spitznamen?"

„Ja klar, Epiphanias am Postdamm. Die heißt bei den alten Leuten doch nur ‚Pastor Lohmanns Gedächtnisscheune'. Die hatten damals kaum Geld, und es hatte nur zu diesem profanen Rechteckbau mit Satteldach gereicht. Komm, lass uns reingehen."

Im Kirchenfoyer saßen etwa zwanzig Leute an Tischen, tranken Kaffee, aßen Platenkuchen und wurden eifrig von einer älteren Dame bedient, die es immer wieder schaffte, jedem Einzelnen mindestens zwei Tassen Kaffee und zwei Stück Kuchen mehr aufzunötigen, als man eigentlich vertragen konnte. Bei Uli meldete sich zudem der Glühwein vom gestrigen Abend, und so gloste schon ein netter kleiner Sodbrenner in seiner Kehle, als alle aufstanden und nach vorn zum Altar gingen, um sich dort einzusingen. Heute war der zweite Advent, also war „Macht hoch die Tür" dran. Natürlich stimmte der Vorsänger wie immer zu hoch an und wie immer verwechselte die Hälfte der Truppe die Schlusszeile. Beides würde sich im Laufe des Törns einpendeln bis zum nächsten Jahr, wo wiederum mit denselben Startschwierigkeiten gekämpft werden musste. Uli kannte das Lied und kam problemlos klar. Die ersten Stationen an der Holler Straße sang die Gruppe gemeinsam, dann teilte man sich auf, eine Hälfte ging östlich und die andere westlich der Brockhäger Straße. Weil die Westgruppe heute sehr schwach besetzt war, entschloss sich Henry spontan, dieses Mal anders als sonst auf der westlichen Seite mitzugehen. Uli dackelte brav hinterher. Auf einem festgelegten Parcours, der nur dem Vorsänger bekannt zu sein schien, gingen sie durch die dunklen, verschneiten Straßen, hielten an bestimmten Stellen an und sangen. So arbeiteten sie sich langsam durch die nordwestlichen Wohngebiete der Gemeinde. An der Hermann-Goldstein-Straße trafen sie auf eine motorisierte Abteilung des Stiftischen Posaunenchors, der sehr ergreifend „Tochter Zion" spielte. Der Adventsgesang klang gegen den satten Bläsersatz etwas dünn. Einige junge Leute in der Gruppe begannen deshalb, den letzten Ton zaghaft in der Terz über der Hauptstimme zu singen. Der Vorsänger konnte das als führendes Mitglied des Turnergesangvereins nicht auf sich sitzen lassen und sang beim nächsten Mal die Quarte darunter, sodass an der Fröbelstraße Ecke Haegestraße ein schöner Schlussakkord ertönte. An der Frankestraße klang die Sache schon kräftiger, und alle freuten sich auf die Heidestraße, um die neue Errungenschaft gleich nochmal zu probieren. Mitten auf der Kreuzung stimmten sie die dritte Strophe an, als Henry Uli leicht in die Seite stieß. Auf der anderen Straßenseite dicht neben einer Eibenhecke stand eine schmale, dunkle Gestalt. Uli traute seinen Augen nicht. Alles stimmte. Das NYPD-Basecap, der schwarze Kapuzenpulli und die dunkelgrauen

Cargohosen. Die geheimnisvolle Gestalt stand seelenruhig auf dem Bürgersteig in knapp zehn Metern Entfernung, quasi in bester Schlagdistanz. Höchstselbst, leibhaftig und in Farbe schaute das Phantom zu den Sängern hinüber als wenn nix wäre. Und ja, tatsächlich, es sang laut und deutlich mit: „O wohl dem Land, o wohl der Stadt, so diesen König bei sich hat …" Sogar die Tonhöhe passte.

Uli war voll im Jagdfieber. „Was meinst du? Wenn wir beide jetzt lossprinten, müssten wir ihn eigentlich kriegen", raunte er Henry zu. Der zischte missbilligend durch die Zähne. „Nee, der is zu schnell für uns. Die Chance kriegen wir nie wieder, wenn wir es versauen. Außerdem haben wir keine brauchbare Rechtsgrundlage, ihn aus heiterem Himmel einfach so umzuhauen. Und irgendwie scheint man ihn hier zu kennen." Tatsächlich, zwei Sängerinnen winkten dem dunklen Mann zu. Der Schlussakkord ertönte kräftig und harmonisch. Das Phantom lauschte andächtig, winkte sogar einmal kurz zurück und blickte der Gruppe noch lange nach, als diese sich auf der Heidestraße zum nächsten Stopp entfernte.

Sofort machten Henry und Uli sich an eine der Frauen heran, die dem Phantom zugewinkt hatte.

„Du, Christiane, wer war das denn eben, da vorne an der Kreuzung?"

„Wer jetzt? Ach, du meinst eben an der Fröbelstraße? Das war Olli. Der steht immer da und singt mit, wenn wir kommen. Schon seit drei oder vier Jahren. Der verpasst uns kein einziges Mal."

„Und wer ist das, dieser Olli?"

„Weiß ich auch nicht so genau. Ich glaub aber, der ist nicht ganz dicht. Da fragt ihr am besten Volker."

„Redet ihr von Olli?", mischte sich der Genannte ein. „Keine Angst, der ist völlig harmlos. 'Ne ganz arme Wurst ist das."

„Nee, schon okay", meinte Henry. „Es ist nur so: Ich hab den schon einige Male gesehen, wie er nachts durch die Straßen gegeistert ist. Immer alleine, immer auf Achse, meistens völlig unsichtbar, wenn man nicht genau drauf achtet."

„Ja, genau. Das kann er gut." Der hilfreiche, ältere Mann grinste wissend vor sich hin.

„Zufällig habe ich einen Teil seiner Geschichte mitgekriegt. Ich habe Olli eine Zeit lang betreut, als wir beide noch in der LWL-Klinik waren."

„Und was ist mit ihm?"

„Das kann man mit einem Wort nicht sagen." Volker dachte einen kurzen Moment nach. Dann schaute er plötzlich misstrauisch auf. „Was will die Polizei denn von Oliver Gutjahr? Hat er vielleicht irgendeinen Mist angestellt? Ihr wisst, ich stehe immer noch unter ärztlicher Schweigepflicht!"

„Kenn ich", erwiderte Henry freundlich, „bei uns ist es die Amtsverschwiegenheit. Keine Sorge, wir erzählen nichts weiter und wir haben auch nichts gegen Olli. Aber wir vermuten, dass er auf seinen Streifzügen Dinge gesehen hat, die sehr wichtig für uns sein könnten. Es geht da um eine Einbruchserie in der Innenstadt, letztlich auch um einige mysteriöse Todesfälle im örtlichen Pennermilieu."

„Ah, da habe ich auch schon drüber nachgedacht. Irene Männertreu, Robert Magura und Gernot Bierwein. Alles alte Kunden von mir." Volker lächelte vor sich hin und entspannte sich sichtlich. Kollegiale Gefühle schienen bei ihm aufzukommen, und er wurde gesprächig.

„Olli schleppt ein ganzes Paket mit sich rum. Irgendwie ist er sicher auch autistisch. Sein größtes Problem ist aber eine ausgeprägte Anthropophobie." Henry kratzte seine rudimentären Lateinkenntnisse zusammen, aber Uli war schneller. „Menschenangst?"

„Ja, richtig. Olli hat panische Angst vor Kontakt mit anderen Leuten. Ich meine damit jeglichen Kontakt. Allein die Anwesenheit von mehr als zwei Menschen ist problematisch. Olli könnte niemals zu normalen Zeiten durch die Stadt gehen. Deshalb traut er sich nur nachts nach draußen. Kommt jemand näher als zehn Meter an ihn heran, wird er flüchten. Blickkontakt weicht er ebenfalls aus. Wenn du versuchst, ihn anzufassen, rastet er aus und wird aggressiv."

„Und wie lebt er?", fragte Uli nach der nächsten Strophe. Man war inzwischen in der Schlüterstraße angekommen, wo sie von einer netten Oma mit heißem Holunderpunsch verwöhnt wurden. „Ich stelle mir das unglaublich schwierig vor, außerhalb einer geschlossenen Abteilung."

„Stimmt. Aber noch schwieriger ist es in einer geschlossenen Einrichtung." Volker seufzte tief, während er sich erinnerte. „Auf Station konnten wir ihn kaum halten, ohne ihn dauernd zu sedieren und zu isolieren. Da liefen ja viel zu viele Menschen rum, einige davon völlig distanzlos. Es wurde daher schon früh versucht, Olli auszuwildern. Aber alle Versuche gingen schief. Irgendwann hat es dann doch wohl geklappt, das war aber nach meiner Zeit. Er hat 'nen Job in einem Gewerbekomplex bekommen, irgendwo am Stadtring. Da war auch 'ne kleine Hausmeisterwohnung mit drin, aber die Planung ging nicht auf. Kein Schwein wollte da einziehen, mutterseelenallein und mitten im Gewerbegebiet. Für Olli war es ideal. Tagsüber schläft er, nach Feierabend erledigt er Reinigungs- und Wartungsarbeiten und kann sein Geld verdienen, ohne einem Menschen begegnen zu müssen."

„Und nachts geistert er durch die Gegend", sinnierte Uli vor sich hin.

„Aber wie. Das war schon immer sein spezielles Hobby. Denn er vermeidet zwar panisch jeden Kontakt, ist aber trotzdem unglaublich neugierig. Offensichtlich kompensiert er seine soziale Isolation, unter der er übrigens stark leidet, indem er Leute, Orte und Geschehnisse beobachtet. Es war mal wieder Henry, der die entscheidende Frage stellte: „Hat er überhaupt irgendeinen Kontakt? Vielleicht jemand, mit dem er redet, dem er vertraut? Er ist doch sicher weiter in Behandlung. Vielleicht ein Therapeut?"

„Da sprichst du das Kernproblem an, das wir schon immer mit Olli hatten. Ja, es gab meistens irgendwen, der einen gewissen Zugang zu ihm hatte. Das war aber nie der behandelnde Arzt. Mal ein Pfleger, mal ein anderer Patient. Einmal war es eine kurdische Putzfrau, die er spontan ins Herz schloss. Die sprach aber leider so schlecht Deutsch, dass sie uns kaum erzählen konnte, was er ihr sagte. Für ein oder zwei Jahre hatte ich selbst einen vergleichsweise guten Draht zu Olli, allerdings war es nur eine Einbahnstraße. Er hörte mir zu, er ließ sich von mir Blut abnehmen und nahm einige der Medikamente, die ich ihm anbot. Aber er sprach nicht mit mir. Offenbar verschenkt er sein Vertrauen nur sehr selten, nur auf begrenzte Zeit und nach keinem erkennbaren Muster. Ich kenne den derzeitigen Stand nicht, aber du kannst ja mal Dr. Leicht fragen, der hat ihn zu meiner Zeit behandelt und ist immer noch im Dienst."

Die Gruppe hatte mittlerweile die Barthstraße abgesungen und versammelte sich nun zwischen den Hochhäusern Fröbelstraße auf dem Rasenhügel über der Tiefgarage zur letzten Strophe der Runde. Die Bausünden der 60er-Jahre ragten hässlich in den grauen Himmel, doch die Akustik zwischen den hohen Kästen war grandios und der Abschluss daher immer besonders ergreifend. Ulis Adlerauge entdeckte sofort die dunkle Gestalt an der Hausecke des alten Waschbetonblocks, die bewegungslos zu ihnen herüberstarrte.

„Wieso steht Olli denn ausgerechnet immer hier und hört euch zu?", fragte er Volker.

„Olli ist hier groß geworden, in einem von diesen Bunkern. Wie er hier groß geworden ist, willst du gar nicht wissen."

Sie sangen die letzte Strophe, die wirklich satt rüberkam. Irgendwer klatschte von einem Balkon und wünschte „Frohe Weihnacht", während gleich nebenan eine alte Zicke im Bademantel „Ruhe" brüllte.

Dr. Leicht erwies sich als freundlich, aber wenig informativ, als Henry ihn ein paar Tage später anlässlich einer Zwangseinweisung in der Ambulanz der LWL-Klinik ansprach.

„Oliver Gutjahr ist seit über zwei Jahren nicht mehr hier gewesen. Er führt offensichtlich ein nahezu eigenständiges Leben, und das ist mehr, als man jemals erwarten konnte. Wir sind froh, wenn wir die Leute nicht mehr sehen, das ist immer ein gutes Zeichen. Es gibt natürlich einen Betreuer, aber der beschränkt seine Tätigkeit auf rein formelle Angelegenheiten. Ich gebe Ihnen für alle Fälle mal seine Adresse."

Am übernächsten Sonntag stand Henry wieder um fünf Uhr auf. Die Sache ließ ihm einfach keine Ruhe. Vielleicht konnte er ja die nette Sängerin überreden, bei Olli einen Annäherungsversuch zu starten. Er stieg aus seinem Bomber, den er am Mohns Park abgestellt hatte und ging los. Auf der Schillstraße stieß er auf Nina und Eyleen, die sich ebenfalls dick angezogen hatten und offensichtlich auch mitwollten.

Die Mädels hakten sich bei ihm unter und sein Herz machte einen kleinen Hüpfer. Genau wie früher.

Der Himmel war sternenklar und es fror Stein und Bein. Im Dornbusch stand wie immer ein Tablett auf einem Pfosten mit einer Laterne, einer Flasche Schnaps und einigen Gläsern drauf. Angesichts der Kälte nahm fast jeder einen Schluck von dem wirklich ausgezeichneten Kirschwasser, dann ging es weiter. An einer anderen Haustür hing ein Korb. Irgendjemand hatte für die Sänger selbst gebackene Weihnachtsplätzchen liebevoll in kleine Tüten verpackt.

Als die Gruppe sich der Fröbelstraße näherte, ging bei Henry automatisch der Puls hoch. Volker hatte direkt abgelehnt, Olli anzusprechen, und Christiane war heute nicht dabei, aber er würde es auf einen Versuch ankommen lassen. Sie folgten der Fröbelstraße, die eine scharfe Kurve machte, und richtig, da stand die dunkle Gestalt. Haargenau neben der Eibenhecke, genau wie vor zwei Wochen. Die Gruppe begann zu singen: „Dein König kommt, o Zion, er kehret bei dir ein …"

Olli sang mit, aber irgendwie schien er den durchdringenden Blick zu spüren, mit dem Henry ihn beobachtete. Ihre Augen trafen sich einen Moment, dann wich er instinktiv einen halben Schritt zurück und drehte sich ab, als wolle er jeden Moment verschwinden. „Mist, das wird nix", erkannte Henry sofort. Doch dann sah Olli wieder zu ihm herüber. Zu ihm? Nein, er schaute auf einen Punkt weiter links. Henry blickte zur Seite und bemerkte Eyleen. Eine steile Falte stand auf ihrer Stirn und ihre grünen Augen waren auf Olli fixiert. Gebannt beobachtete Henry die beiden weiter. Irgendetwas schien zu passieren zwischen ihnen. Eyleens Gesichtszüge entspannten sich plötzlich, die steile Falte verschwand und sie ging ganz locker auf Olli zu, der komischerweise keine Anstalten zur Flucht machte. Als sie noch eineinhalb Meter von ihm entfernt war, hielt sie an und streckte den Arm aus. Es dauerte fünf lange Sekunden, dann griff Olli zu und nahm die Tüte mit den Weihnachtsplätzchen vorsichtig entgegen. Sie sahen sich noch einmal lange an, dann drehte der Dunkle sich um und war so plötzlich verschwunden, als wäre er nie da gewesen. Henry war baff, gleichzeitig aber auch total jibbelig. „Wieso lässt du ihn denn so einfach verschwinden? Du hättest dich doch wenigstens etwas mit ihm unterhalten können. Vielleicht ein Date absprechen!" „Was meinst du, was ich die ganze Zeit gemacht habe? Olli musste jetzt weg, er konnte hier nicht reden. Wir treffen uns später."

„Später, aha." Henry schnallte rein gar nichts. „Und wann und wo? Habt ihr das auch schon klargemacht?"

„Wozu? Wir finden uns schon, keine Sorge."

Das Komische war: Henry glaubte ihr jedes Wort. Er sah Eyleen eine Weile an. Dann sagte er rundheraus, was er schon lange dachte:

„Vor fünfhundert Jahren hätten sie dich auf einem großen Holzstoß festgebunden und angezündet."

Eyleen sah ihn ruhig an. „Du weißt nicht, was du sagst, Henry." Und nach einer kurzen Pause: „Sechshundertzweiundsiebzig".

„Wie, sechshundertzweiundsiebzig?"

„Es ist genau sechshundertzweiundsiebzig Jahre her, dass sie mich verbrannt haben", sagte sie ernst. „Das erste Mal zumindest. Seit damals hab ich auch diese rotbraunen Haare. Vorher war ich immer pechschwarz."

„Ah ja, nee is klar!" Henry fühlte sich ziemlich verarscht, war sich längst nicht so sicher, wie er zu klingen versuchte. „Dann bist du jetzt also knapp siebenhundert? Dafür hast du dich aber echt gut gehalten."

„Blödsinn, was für ein Quatsch." Eyleen schüttelte missbilligend den Kopf. „Kein Mensch wird 700 Jahre alt, was träumst du denn nachts? – Zumindest nicht in ein und demselben Körper."

Schwer grübelnd gab Henry dieses Thema fürs erste auf und wandte sich dringenderen Fragen zu.

„Wie hast du denn mit ihm, äh, kommuniziert?"

„Frag mich nicht. Ich kriege halt irgendwie mit, was er in meine Richtung denkt und umgekehrt."

„Und das klappt bei jedem?"

„Nee, bei den wenigsten. Ist wie beim Funken. Beide Stationen müssen eingeschaltet sein, auf derselben Frequenz senden und in derselben Sprache reden, damit am anderen Ende was ankommt."

„Ah, verstehe. Und Kernproblem ist die gemeinsame Wellenlänge?"

„Nee, Kernproblem ist, dass 98 Prozent aller Menschen überhaupt nicht wissen, dass sie ein Funkgerät an Bord haben, geschweige denn, wie man es einschaltet."

Aber über Weihnachten tat sich nichts. Funkstille.

39.

Franzl Horstmann war in seinem Element. Die Kugel schimmerte in etwa derselben Farbe wie Henrys fantastischer Rotwein. Dunkelrot mit einem Stich ins Schwarze und samtigem Glanz, der sich jetzt in Franzls Augen widerspiegelte. Mit zärtlichem Griff erfasste er sie, schob vorsichtig zwei Finger durch die Öse und bugsierte sie langsam über den Zweig, wobei kaum Nadeln zu Boden fielen.

Der Baum hatte wirklich klasse gehalten, bis Mitte Januar. War ja auch an Heiligabend frisch geschlagen und exklusiv angeliefert worden. Franzl grinste vergnügt. Die Aktion war mal wieder haargenau in seinem Sinne verlaufen. Er war halt Gemütsmensch durch und durch. Und Weihnachten ohne Weihnachtsbaum war genauso undenkbar wie Gütersloh ohne Fahrräder.

Sparmaßnahmen. Ja nee, is klar. Die meisten hatten nur kurz mit den Schultern gezuckt, als der Weihnachtsbaumerlass rauskam, der die Anzahl der behördlich beschafften Bäume auf gerade mal einen pro Standort begrenzte. Der stand jetzt nutzlos im Eingangsbereich. Henry konnte in den Gesichtern der Kollegen den Unmut lesen. Früher, da hatte jede Dienststelle einen bekommen. Aber zumindest stand bis letztes Jahr in jeder Etage ein geschmückter Baum. Franzl war wütend geworden. Wussten die Dumpfbacken denn nicht, dass die Kollegen aus dem Schichtdienst hier auf der Wache einen wesentlich größeren Teil ihres Lebens verbrachten als normale Arbeitnehmer? Sonntage, Feiertage, Nächte, Geburtstage? Ostern, Pfingsten und, ja verdammt, halt auch Weihnachten und Silvester? Die arbeiteten hier nicht nur, die wohnten hier. Gewissermaßen.

Ein weiteres Mal schüttelte Franzl den Kopf über die geballte Ignoranz dieser Welt und ließ die Kugel vorsichtig in eine Pappschachtel gleiten, nicht ohne sie vorher in ein Stück Seidenpapier sorgfältig eingeschlagen zu haben.

Bei so ernsthaften Themen wie Weihnachten im Dienst verstand Franzl keinen Spaß. Als Anfang Dezember der Weihnachtsbaumerlass per E-Mail die Runde machte, hatte er sofort seine Truppe zusammengetrommelt und den Auftrag herausgegeben, bis zum 23. Dezember einen passablen Baum zu beschaffen, egal wie. Den Korruptionserlass, der seit einiger Zeit sehr streng ausgelegt wurde und selbst die Annahme von völlig unverfänglichen Naturalien strikt verbot, wurde zu diesem Zwecke von ihm kurzerhand suspendiert. Weihnachtsamnestie. Notfalls hätte Franzl auch einen Baum gekauft, aber das widersprach zutiefst seinem persönlichen Ehrgeiz und ebenso den basispolizeilichen Traditionen. Zunächst mal passierte nichts. Vollkommene Fehlanzeige. Leichte Panik machte sich schon breit bei Franzl.

Doch dann griff Oskar ins Geschehen ein. Der Zuchtbulle von Bauer Heinrichzampenschnieder hatte sich am dritten Advent im Grenzgebiet zwischen Friedrichsdorf und Sürenheide selbstständig gemacht, eine fadenscheinige Stelle im Weidezaun genutzt und war nun auf dem Weg in eine andere, verheißungsvollere Gegend, von der ein leichter Ostwind ihm verraten hatte, dass dort einige paarungsbereite Rinder standen. Nun hatte er seine zwanzig Zentner Lebendgewicht schon einige Kilometer in gemächlichem Schritt vorangebracht, wobei er nichts anderes im Kopf hatte als seiner naturgegebenen Bestimmung nachzugehen, nämlich möglichst viele Kälber zu zeugen. Dabei benutzte er allerdings die gesamte Breite der Paderborner Straße, was automatisch mit den Belangen des öffentlichen Straßenverkehrs kollidierte. Und mit einem älteren Nissan Micra, der sich ihm dummerweise in den Weg zu stellen erdreistete.

Solche Dinge brachten Oskar nicht aus der Ruhe. Er drückte sich einfach an der lächerlichen Blechkiste vorbei und schob sie halb in den Graben, wobei die Fahrerseite eine beträchtliche Kaltverformung erlitt. Dann trabte er munter weiter.

Damit kam die Polizei auf den Plan. Oskar stellte eine beträchtliche Gefahr für die öffentliche Sicherheit dar und musste dringend von der Straße. Auch die Kollegen hatten weit mehr als nur Respekt vor einer ganzen Tonne schierer Vitalenergie, hinter der sie Oskars durchweg sanftes Gemüt nicht zu erkennen vermochten. Eine Maschinenpistole war daher vorsichtshalber nachgeführt worden. Die verschoss zwar dieselbe 9-mm-Munition wie die Dienstpistole, die zum Töten von Großwild ungefähr so geeignet ist wie ein Teelicht zum Grillen, bot aber wegen der höheren Mündungsgeschwindigkeit zumindest eine faire Chance, den Koloss mit einem sauberen Schuss hinters Ohr zu erlegen, wenn er denn gut gezielt war. Manni übernahm die Waffe und suchte nach einer geeigneten Schussposition. Oskar seinerseits ließ sich nicht beirren und trottete zielstrebig weiter, wobei er nun die Nase in den Wind reckte, intensiv witterte und laut brüllte. Das reichte Eyleen völlig, um die Situation zu durchschauen: der Koloss war nicht böse, der war einfach nur spitz. Die MP wurde wieder abgesetzt, der Verkehr wurde etwas weiträumiger gesperrt, Oskar trabte entschlossen und mit zunehmender Lebhaftigkeit noch einen guten Kilometer weiter. Geradezu tänzelnd bog er dann ohne weiteres Zutun auf Jürgenkötters gut besetzte Rinderweide ein, an der Eyleen in weiser Voraussicht bereits das Gatter geöffnet hatte.

Alle waren bestens zufrieden. Oskar überließ sich umgehend seinen angeborenen Trieben und Bauer Jürgenkötter freute sich schon bald über vier bis fünf völlig kostenfrei gedeckte Rinder. Wilhelm Heinrichzampenschnieder schließlich zerfloss vor Dankbarkeit, dass sein Prachtstück nicht vorzeitig als T-Bone-Steak geendet hatte. Darum ließ er es sich nicht nehmen und fuhr höchstselbst am 24.12. früh morgens mit seinem alten Deutz hinten an der Dienststelle vor, um eine stattliche Schwarzwaldtanne abzuladen, die haargenau in die Kaffeebude passte und bereits etwas Weihnachtsschmuck trug: zwei schöne luftgetrocknete Mettwürste aus eigener Hausschlachtung.

Fröhlich vor sich hin pfeifend nahm Franzl die neue LED-Lichterkette ab, die er zu diesem Anlass gestiftet hatte. Patrick und Eyleen kamen vorbei und schauten kurz zu. „Was hast du mit dem Baum vor?“, fragte Eyleen sofort. „Sollen wir den irgendwie entsorgen?“

„Nee danke, ist lieb von dir.“ Franzl raffte die Tüten mit dem Weihnachtsschmuck zusammen. „Das macht morgen früh unsere Putzfee. Sie besteht darauf.“

„Okay, wir sind mit dem Unfall von gestern soweit fertig, liegt alles bei dir auf dem Tisch“, meldete Patrick. „Hast du noch was Bestimmtes mit uns vor für diese Nacht?“

„Nee, fahrt raus und macht die Stadt sicher. Ihr könnt ja den alten Vectra nehmen und etwas rumspeckern.“

Patrick räusperte sich. „Äh, mir ist heute irgendwie nach frischer Luft. Eyleen, was hältst du von 'ner Fußstreife durch die Innenstadt?" „Oh yes, prima." Eyleen war wie immer für jeden Spaß zu haben.

Franzl grinste vor sich hin, als die beiden abzogen. Fußstreife war normalerweise überhaupt nicht Patricks Ding, im Gegenteil zog er immer ein Gesicht, wenn Henry oder Uli ihn mit auf Tour nahmen. Wenn er mit Eyleen zusammen eingeteilt war, hatte sich das in letzter Zeit aber geändert. Seit der spektakulären Verfolgungsfahrt mit Gierhacke hatte Eyleen sich ja zwangsläufig als Rallye-Fahrerin geoutet. Und Patrick wusste nie, welches der beiden Probleme, die er nun hatte, das größere war. Nahm er den Fahrzeugschlüssel, hatte er Angst, sich vor dem Mädchen zu blamieren, weil seine Künste am Steuer allerhöchstens durchschnittlich waren. Das nagte an seinem männlichen Stolz. Den Beifahrersitz scheute er aber genau so sehr, denn allein der Gedanke an eine Einsatzfahrt mit Eyleen drückte seinen Mageninhalt deutlich nach oben. Dann doch lieber zu Fuß.

Etwas später schlürten die beiden durch die frostklare, mondhelle Nacht. Die Stadt war totenstill, kein Fahrzeug, kein Mensch war unterwegs. Automatisch hielten sie sich im Schatten der Straßenbeleuchtung und benutzten kleinere Durchgänge und Passagen, um nicht aufzufallen. Hier und da blieben sie in einer dunklen Ecke einige Minuten regungslos stehen. Henry und Uli hatten dieser Dienstgruppe unverkennbar und für alle Zeit ihren Stempel aufgedrückt. Okay, außer Otto vielleicht.

Sie waren irgendwo mitten im Webereipark. Eyleen reckte den Kopf in die Höhe und lauschte angestrengt in die Stille. Ihre grünen Augen schienen Büsche und Gebäude mühelos zu durchdringen. Patrick sah und hörte nichts, aber sie ging relativ zügig über die Dalkebrücke. Da hörten sie den Schrei. Erst dachte Patrick, es sei ein rolliger Kater, der da rief, aber der zweite Schrei kam langgezogen, unglaublich gequält und grausam. Dann brach er plötzlich ab. Das war keine Katze.

Beide sprinteten los. Sie bogen von der Dalkestraße in die Seniorenanlage am Bachschemm ein und sahen sofort die dunkle Gestalt, die unter der einsamen Laterne reglos am Boden lag. Eine weitere dunkle Gestalt rannte in Richtung Bahntunnel davon und hatte schon einiges an Vorsprung. „Den schnapp ich mir", fauchte Patrick und sprintete los. Eyleen registrierte mehrere Dinge auf einmal und fühlte sich instinktiv beschissen. Sie erkannte Oliver Gutjahr, der sich vor Schmerzen krümmte, und sie sah Blut. Viel Blut. Gleichzeitig gingen ihre Alarmglocken an. Sie musste bei Olli bleiben, Erste Hilfe leisten und einen Notruf absetzen. Aber Patrick war allein hinter dem Täter her. Das war brandgefährlich und gegen jede Spielregel. Scheiße. Sie riss ihr Funkgerät raus. Dabei stellte sie gleichzeitig fest, dass sie mal wieder keine Verbindung hatte und dass Olli weggetreten war. Zum Kotzen. Olli blutete stark am Kopf, irgendwie musste sie das stoppen. Verzweifelt tastete sie nach seinem Puls. Da war nichts.

Hinter Eyleen ging eine Haustür.

„Gezz lässte mich abama dabei, Määtken!“ Eyleen registrierte einen pinkfarbenen Plüschbademantel neben sich und drum herum eine dicht wabernde Wolke 4711. Herta Dreismickertöns schien voll in ihrem Element, als sie den Verletzten übernahm und professionell die Vitalfunktionen checkte. „Waa früha schließlich ma Statzonsschwesta auffe Eins im Städtischen. Un gezz nix wie hintahea, ssonst cheta euch noch duache Lappen!“

Eyleen zögerte keinen Moment und lief los. Sie konnte Patrick gerade noch an der Murkenklinik vorbei über die Neuenkirchener Straße in Richtung Stadtpark verschwinden sehen. Mühsam unterdrückte sie den Drang, aufzuschließen, und blieb auf Sichtkontakt. Die Jagd ging an Meiers Mühle vorbei und über die Dalke. Auf der Emilienstraße sah sie, wie Patrick zu einem Spurt ansetzte. Fünfzig Meter weiter vorne erkannte sie den flüchtigen Täter, der sich immer wieder umschaute.

Patrick sprintete mächtig los, und der Abstand verringerte sich beträchtlich. Vielleicht noch fünfzehn Sekunden, dann müsste er ihn haben. Aber Eyleen bemerkte sofort den lockeren, unverkrampften Lauf des Täters und befürchtete Schlimmes. Und richtig: Patrick war fast auf Tuchfühlung heran, da zog der Fremde plötzlich das Tempo an. Patrick griff ins Leere, lief noch eine Weile hinterher und brach dann völlig ausgepumpt ab. „Bleib einfach dran und gib Standorte durch“, rief sie ihm zu, als sie Sekunden später an ihm vorbeiflog. Aber da kotzte er auch schon.

Dann sah sie nichts mehr, nur noch diese dunkle Gestalt vor sich, die mit lockeren, Raum greifenden Schritten vor ihr herlief. Eine steile Falte erschien auf ihrer Stirn und ein Urinstinkt kam in ihr hoch. ‚Ich kriege dich, was immer du tust' war die Botschaft, die aus ihren smaragdgrünen Augen schoss und sich mit Lichtgeschwindigkeit in das Rückenmark des Flüchtenden bohrte.

Der schien tatsächlich etwas gespürt zu haben. Er sah sich im Laufen um, drehte das Gesicht abrupt wieder nach vorn und beschleunigte. Eyleen registrierte die Reaktion mit wissender Genugtuung und grinste böse. Mental völlig in ihr Opfer festgekrallt lief sie leicht und locker, atmete ruhig und spürte, dass sie noch etliche Körner zum Drauflegen hatte. Trotzdem wurde sie nicht leichtsinnig. Ihre Sprinterqualitäten waren nicht berauschend, sie musste ihre gute Kondition ausspielen. Außerdem musste sie darauf achten, sich nicht völlig zu verausgaben, schließlich wollte sie den Typ noch festnehmen. Und sie war allein. Ein Blick über die Schulter bestätigte: Patrick war nicht mehr zu sehen. Aber sie hatte einen entscheidenden Vorteil. Sie brauchte nur dran zu bleiben, bis Verstärkung kam. Der andere musste wegkommen. Sie legte etwas zu, arbeitete sich bis auf zwanzig Meter ran und hielt die Distanz. Der Kerl brauchte Druck. Er sollte sie spüren, mürbe werden. Und richtig, jetzt schlug der Flüchtende einen Haken nach links in den Stadtpark und zog einen Spurt an. Das Gelände war relativ offen. Eyleen gönnte ihm zwanzig Meter, dann steigerte sie dosiert und nahm ihm die Distanz wieder ab. ‚Guck dich um', dachte sie in seinen Kopf hinein, ‚ich kann das Tempo noch locker zehn Kilometer durchhalten. Und du bist doch schon am Pumpen. Ich sitz dir im Nacken. Stehen dir die Haare hoch? Pass auf: Seitenstiche. Gleich. Noch zehn Schritte! Gib besser auf. GIB AUF!'

Wieder schien es, als sei ihre Botschaft angekommen. Der Lauf des Mannes wurde zögerlich, er sah sich mehrfach nach ihr um, sein Brustkorb ging heftig. Fast blieb er stehen. Doch plötzlich trat er wieder an, jetzt aber nicht mehr leicht und locker. Die Beine stampften, die Arme ruderten. Er gab alles. Wie dumm. Wo wollte er denn hin? Alles war offen hier. Und gleich würde er platt sein wie eine Flunder, sie brauchte ihn nur noch aufzusammeln. Dann sah sie es. Das Tor zum Botanischen Garten. Einer der Flügel stand offen. Wenn er es bis dahin schaffte, war er weg. In dem stockfinsteren Labyrinth von Gängen, Büschen und Heckenlauben würde ihn keine Hundertschaft finden. Jetzt ging es um die Wurst. Aber Eyleen blieb cool. Sie trat an und sprintete mit etwa 80 Prozent. Locker beschleunigte sie, ohne zu verkrampfen. Dann checkte sie die Distanz. Es würde knapp werden. Auch sie musste an ihre Grenze gehen und sie hatte nur diese eine Chance. Der Typ war größer und stärker als sie, aber sie hatte die richtige Taktik, sie war halt die geborene Jägerin. Die letzten vierzig Meter gab sie Vollgas, und sie wusste, sie würde es schaffen. Der Flüchtende konnte nicht mehr gegenhalten, seine Beine wurden schwer, das war deutlich zu sehen. Er erreichte das Tor, kurvte scharf um den offenen Flügel herum und hatte es schon fast geschafft, als Eyleens Hand ihn berührte. Wie die Tatze einer Gepardin, die ihre Beute in vollem Lauf leicht antitscht, nur damit diese ins Trudeln kommt und bequem erledigt werden kann. Kein Griff, kein Schlag, kein Reißen, kein Bodycheck. Nur ein kleiner gemeiner Schubser nach rechts. Anstatt in dem undurchdringlichen, dunklen Dschungel zu verschwinden, blieb Marko Hessenberg in vollem Lauf mit der rechten Schulter am rechten Torflügel hängen und ging hart auf die Bretter.

Blitzartig war Eyleen auf ihm, ein Knie bohrte sich in seinen Nacken, das andere in die oberen Lendenwirbel, sein linker Arm war auf den Rücken gedreht. Sekunden später klickten die Handschellen.

Aber leider nur einmal.

Hessenbergs rechter Arm lag unter seinem Körper, und so sehr Eyleen sich anstrengte, sie bekam ihn nicht mit ihrer freien Hand drunter weggezogen. ‚Scheiße, wo ist mein verdammter Partner, wenn ich ihn einmal im Leben brauche?‘

Hessenberg pumpte wie blöd, hielt seinen Arm aber weiter eisern unter seinem Bauch eng an den Körper gepresst.

‚Nicht mit mir‘, dachte Eyleen, nahm den freien Arm in einen schulmäßigen Kreuzfesselgriff und hebelte mit aller Kraft. Hessenberg atmete scharf aus und wurde für eine Sekunde weich, doch dann spannte er seine Schultermuskulatur an und Ende war mit Hebeln. Himmel, der Kerl war aus schierem Eisen.

Nach drei Versuchen merkte Eyleen, wie ihre Kräfte nachließen, der Schweiß brach ihr aus. Das Blatt schien sich zu wenden und keine Hilfe in Sicht.

Eyleen spürte die aufkommende Panik und zwang sich zur Ruhe. Denk nach! Wie geht Plan B? Ihre freie Hand tastete nach dem Pfefferspray. Das saß immer noch vorschriftsmäßig am Gürtelclip. Wenn Hessenberg tatsächlich wieder hochkommen sollte, würde sie ihm ein ordentliches Ding verpassen. Aber er kam nicht hoch. Er lag einfach ruhig unter ihr, atmete schwer und schien völlig passiv. Sie riskierte einen schnellen Griff zum Funkgerät, setzte einen Notruf ab und gab ihre Position durch. Im nächsten Moment flog sie durch die Luft. Aber wie! Hessenberg drückte sich mit dem freien Arm schlagartig nach oben, machte einen Katzenbuckel und warf sie einfach ab wie ein bockendes Pferd. Eyleen rollte rückwärts ab, zog im Aufstehen das Pfefferspray und verpasste dem vorstürmenden Kontrahenten einen satten Strahl mitten in die wutverzerrte Fresse. Das sollte reichen. Dachte sie. Aber Hessenberg schüttelte sich nicht mal, sondern stürmte ungebremst weiter auf sie zu. Zuviel Adrenalin, reduziertes Schmerzempfinden. Instinktiv erkannte Eyleen die oft trainierte Situation und steppte geschickt seitwärts, um dem rechten Haken zu entgehen und dem Typ eine weitere Ladung zu verabreichen. Sie sah die Faust kommen, die haarscharf an ihrem Gesicht vorbeizischte, nicht aber die Handschelle, die daran hing. Der Schmerz war so scharf, dass Eyleen die Hände vor die Augen schlug und sich wegdrehte. Der Tritt folgte unmittelbar und traf sie seitlich in die kurzen Rippen. Ihr blieb die Luft weg und der Boden stürzte auf sie zu. Durch einen blutigen Schleier sah sie Hessenberg, der einen Schritt zurück tänzelte, sie mit zusammengekniffenen Augen scharf fixierte und dann anlief, als wolle er einen Elfmeter treten. Das war das Ende.

Überdeutlich sah sie den schwarzen Doc-Martens-Stiefel auf ihren Kopf zuschießen, dann wurde es dunkel. Der Knall war unglaublich laut, und er dröhnte in Eyleens Ohren wie eine Kesselpauke, mit einer fiesen, zerstörerischen Dissonanz. Etwas zerbarst und splitterte, etwas anderes zerriss mit einem scharfen, peitschenähnlichen Geräusch. Dann war es still. Es wurde heller, der Fuß verschwand nach oben und – wie komisch: das Standbein folgte ihm nach. War sie tot? Lief ihr Lebensfilm schon in Zeitlupe vor ihr ab? Nicht schon wieder, dachte sie etwas traurig. Es war doch gerade so schön hier. Und wer wusste schon, in welchem Leben sie das nächste Mal landete. Und wann.

Hessenberg schwebte einen Moment in der Luft wie bei einem Fallrückzieher. Dann schlug sein Kopf mit einem hässlichen Klatschen auf das Basaltpflaster auf.

Schöner Traum, dachte Eyleen. Von links kam ein Cowboy ins Bild. Er beugte sich über Hessenberg und stieß ihn mit der Spitze eines abgelatschten Schlangenlederstiefels an. Das Letzte, was Eyleen hörte, war das Klingeln von großen mexikanischen Zahnradsporen. Dann wurde die Watte um ihren Kopf dicht.

Da war es wieder, das Dilemma, das immer dann auftauchte, wenn die Katastrophe größer war als normal. Henry kannte es besser als ihm lieb war. Du kannst halt nicht mehrere Menschen gleichzeitig trösten. Blaulichtgewitter zerschnitt die eben noch tiefe Dunkelheit im Stadtpark. Im RTW heulte Eyleen vor Schmerzen und vor Wut, weil sie Hessenberg nicht allein erledigt hatte, weil sie verletzt war, weil sie ausfiel und überhaupt, weil sie alles konnte außer Opfer. Am meisten nervte sie Patrick, der sie permanent betüddelte und bedauerte und gleichzeitig vor Selbstvorwürfen und vor Selbstmitleid zerfloss, weil er zu schlapp gewesen, weil er zurückgefallen war und seine Partnerin mit dem Täter allein gelassen hatte.

Henry überließ die beiden ihrem heulenden Elend. Patrick würde sein Ego durch hartes Training und durch gesunde Selbsteinschätzung aufbauen müssen. Eyleen würde die Gehirnerschütterung und die Rippenprellung überstehen, die klaffende Risswunde über dem rechten Auge würde allerdings bleibende Spuren hinterlassen. Henry fand, dass eine ordentliche Narbe einem so taffen Mädchen wie Eyleen eigentlich gut zu Gesicht stand, sie würde sie mit Stolz tragen.

Im zweiten RTW heulte Marko Hessenberg. Er heulte deutlich lauter als Eyleen, wofür es mehrere Gründe gab. Ein Gesicht, in dem der Korpus einer soliden Westerngitarre zertrümmert wurde, kann schon prinzipiell nicht mehr besonders heile sein. Sechs Stahlsaiten können dabei durchaus eine Wirkung erzeugen, die der eines Eierschneiders nicht unähnlich ist. Der Begriff „Hackfresse" schien die Sache in diesem Fall ziemlich gut zu treffen. Bei einer Westerngitarre addiert sich die Spannung der Saiten zudem auf beachtliche achtzig Kilogramm, die sich fatal auswirken können, wenn sie plötzlich frei werden. Die meisten dieser Saiten hatten nämlich dem Schlag nicht standgehalten, waren oben am Sattel gerissen und peitschenartig in Richtung Steg geschossen. Eine hatte dabei Hessenbergs linkes

Auge getroffen und die Hornhaut übel verletzt. Eine andere, ausgerechnet die dicke E-Saite, hatte seine Oberlippe und die Zunge durchschlagen und musste nun operativ entfernt werden. Hessenberg, der zwischenzeitlich aus seiner Bewusstlosigkeit erwacht war, randalierte trotzdem gleich munter los, weshalb er von Uli und Manni mit bewährten Techniken fixiert wurde, die ebenfalls ausschließlich auf Schmerzreizen basierten. Notarzt Dr. Volos verzichtete allerdings konsequent auf jegliche Form der Anästhesie. Zimperlichkeit war bei dieser Art von Zeitgenossen überhaupt nicht sein Ding. Fröhlich pfeifend nähte er Hessenbergs Kopfschwarte im groben Kreuzstich zusammen. Dummerweise ließ Hessenbergs Adrenalinspiegel gerade jetzt entscheidend nach. Die satte Ladung Pfefferspray, die sein Gesicht getroffen hatte, entfaltete deshalb nochmals ihre volle Wirkung, den sogenannten Nachbrenner. Besonders im Rachenraum und in den zahlreichen tiefen Schnittwunden. Da half auch die vorgeschriebene Augenspülung nicht wirklich weiter.

Henrys Mitleid hielt sich bei Hessenberg stark in Grenzen. Er wandte sich dem vierten Sorgenkind zu. Festus Niewöhner saß völlig entgeistert auf einer Bank. Seine Augen blickten ins Leere, trotzdem flossen dicke Tränen seine stoppeligen Wangen hinab.

Man mochte meinen, er hielte ein totes Kind im Arm und genauso fühlte er sich offensichtlich auch. Es waren aber die Überreste seiner geliebten Martin D 35, die er zärtlich umschlungen hielt. Die schönen Zargen aus indischem Palisander waren zerschmettert, der einzigartige, dreiteilige Boden eingekracht und die Zierspäne aus echtem Schildpatt zerbröselt. Die Schalldecke, feinste Sitkafichte, war mehrmals gesplittert und gab einen obszönen Blick nach innen auf die Bebalkung und die Riemchen frei, wie auf die Eingeweide eines aufgeschlitzten Körpers. Der Hals war aus der Schwalbenschwanz-Verleimung gebrochen und hing lose an zwei verbleibenden Saiten herab. Es gab nichts mehr, was an dieser Gitarre zu retten war.

„Komm, Alter. Eyleen war es wert. Wenn du nicht passend dagewesen wärst mit deiner Klampfe und damit dem Arschloch das Ding verpasst hättest, wäre unsere Kleine jetzt hin. Stell dir vor, der hätte sich ihre Kanone geschnappt! Da kann ich gar nicht dran denken. Überhaupt, sachma: Wieso geisterst du eigentlich um diese Zeit hier rum?“

„Ochsenschänke", murmelte Festus. „Hab da 'n Deal mit Ingrid, seit neulich. Countrytime, einmal im Monat. Steaks und Musik. Läuft."

Festus schaute wieder auf das Desaster in seinen Armen.

„Die happich von mein' Pappa geerbt", flüsterte er. „Vom Munde abgespart hatte er sich die. Durfte ich als Kind nie drauf spielen, nichma anpacken. War ihm heilig. Hat sie mir dann geschenkt, kurz bevor er starb. Ich sollte … ich musste nur versprechen, dass ich irgendwann mal so gut spiele wie er."

„Und? Du spielst doch super!"

„Nee, an Pappa bin ich nie drangekommen. Der hatte es echt drauf. Bluegrass, Fingerstyle und so. Flatpicking. Ich hab mir echt Mühe gegeben. Zigmal bin ich neu angefangen und hab versucht, weiterzukommen. Ich hab's ihm doch versprochen. Aber ich bin immer hinterhergehinkt. In allem. Job, Familie, Haus, Musik. Nie richtig was auf die Kette gekriegt. Und jetzt ist auch noch die Klampfe hin. Nich mal das hab ich geschafft. Für nix bin ich gut! Scheiße!"

Bei Festus brach jetzt der Damm, er heulte hemmungslos. Henry nahm ihn in den Arm, und so saßen sie eine Weile da.

Am RTW tat sich was, es wurde laut innen drin. Die Tür ging auf, ein völlig geknickter Patrick stieg aus und trollte sich zu den Streifenwagen hinüber.

Henry hatte eine Idee. Er zog Festus hoch und ging mit ihm zu den Sanis.

Eyleen hatte gerade was bekommen. Sie sah Festus aus schwammigen Augen an, war aber noch halbwegs auf Ballhöhe. Wortlos zog sie ihn am Ärmel zu sich heran und drückte ihn lange. Dann kullerten endlich auch bei ihr die Tränen. „Du hast mir den Arsch gerettet, Festus. Du bist mein Held, das vergess ich dir nie", schniefte sie gerührt. Festus, der sowieso nah am Wasser gebaut war, flennte auch schon wieder haltlos vor sich hin.

„Mensch, Mädchen, meine Klampfe! Voll inne Mäse! Das kannste nie wieder gutmachen."

„Doch, kann ich", sagte Eyleen leise. Dann sackte sie wieder weg.

40.

Eyleens Gesicht glühte rot, ihr Atem dampfte in der eiskalten Luft und kondensierte zu dicken Raureifsträngen an der Pelzkante ihrer Anorakkapuze. Dieser Winter hatte es wirklich in sich. Schon zwei Wochen lang unter minus 10 Grad und kein Ende in Sicht. Eyleen pfiff auf den beißenden Frost, der ihr ins Gesicht kniff. Sie trat ordentlich in die Pedale, damit ihr warm wurde, und genoss die Fahrt durch die verschneite Landschaft. Eine fahle Wintersonne stand tief über Marienfeld in einem violetten Nachmittagshimmel, die Luft roch nach Schnee. Ein Rudel Rehe in fast schwarzem Winterkleid stand auf dem Feld und scharrte nach Futter. Eyleen bog vorsichtig nach rechts in den Waldweg ein, hier war es arg vereist, dunkel und holperig. Sie stieg lieber ab und ging den Rest zu Fuß. In der Remise schlug ihr eine mächtige Wärme entgegen. Der große Ofen bollerte fleißig, und auch in der Esse war ein kräftiges Feuer angefacht.

Henry stand in grauem Kittel an der Hobelbank und werkelte eifrig. Eyleen schälte sich aus ihren dicken Klamotten und schnitt sich im Vorbeigehen am Küchentisch ein Stück Mettwurst ab. Einmal mehr musste sie feststellen, wie unglaublich praktisch und gemütlich es hier war. Kauend ging sie zu Henry hinüber, der gerade dabei war, mit einer Kneifzange vorsichtig die Bunddrähte aus dem Griffbrett einer alten, arg ramponierten Gitarre herauszuziehen.

„Das wird was mit der Klampfe von deinem Opa“, meinte er, ohne von seiner Arbeit aufzuschauen. „Der Lack ist auf und die Kopfplatte braucht ein neues Furnier. Die Zierspäne waren teilweise lose, die habe ich aber schon geklebt. Das Griffbrett muss auch etwas abgerichtet werden, aber sonst ist alles gesund. Ich war vorsichtshalber beim Gitarrenbauer damit. Der kriegte gleich leuchtende Augen. Das ist noch ‘ne echte alte Handarbeit. Die Marke ist heute kaum noch zu haben. Erst wollte er sie mir direkt abkaufen. Hat mir dann aber doch noch einige Tipps gegeben. Also nix wie ran.“

Er zog die letzten Bünde, breitete dann ein Stück alten Veloursteppich auf dem Küchentisch aus und legte die Gitarre darauf. Den Hals stützte er auf einem gepolsterten Holzklotz ab, den er unterlegte. Dann reichte er Eyleen ein paar Stecheisen, die alle haarscharf geschliffen waren, und zeigte ihr, wie man die Schneide über das Holz ziehen musste, um den alten Lack abzuschaben. Eyleen machte sich mit Feuereifer ans Werk.

„Was macht übrigens dein Schädel?", fragte Henry besorgt und schaute von der Gitarre zu Eyleen auf. Ein frisches Pflaster ging ihr vom rechten Augenwinkel bis unter den Haaransatz. „Sind die Fäden schon raus?"

„Nee, es waren nie welche drin. Doc Volos hat tatsächlich mal kosmetisch gedacht und den Riss nur geklammert. Wenn ich Glück habe, sieht man hinterher kaum was. Ab nächste Woche bin ich wieder im Rennen." Konzentriert schabte sie die Gitarrendecke ab. Der Lack war rissig, teilweise völlig abgegriffen und stark verdreckt. Verwundert stellte Eyleen fest, dass er schon bei leichtem Druck unter der scharfen Schneide zu hellem Staub zerbröselte, der intensiv nach Harz roch. Schweigend und konzentriert arbeitete sie eine halbe Stunde, in der sich das alte Instrument grundlegend veränderte.

„Hab übrigens gleich auch Olli besucht", sagte sie auf einmal.

„Und?"

„Na ja, er steht nach wie vor ziemlich unter Drogen. Hat ein Einzelzimmer und macht jedes Mal Theater, wenn einer reinkommt. Als ich kam, schlief er gerade. Ich hab mich einfach dazu gesetzt, und nach 'ner halben Stunde wurde er wach."

„Ja und? Hat er was gesagt?"

„Kann man wohl sagen. Der Junge weiß Sachen, das glaubst du nicht."

Eyleen hatte inzwischen das Stecheisen zur Seite gelegt und einen Bogen 180er Sandpapier um ein kleines Holzbrettchen gewickelt. Nun begann sie, die Gitarre sorgfältig und geduldig abzuschleifen, wobei letzte Lackreste entfernt wurden. Wunderschönes, uraltes Zedernholz kam darunter zum Vorschein.

„In der Nacht, als Walter Lehmann an der Weberei in die Dalke fiel, war Olli zum Beispiel in der Gegend."

„Was, echt? Das ist ja der Hammer. Und? Hat er was gesehen?"

„Ja, definitiv. Da war voll die Fete angesagt. Walter hatte reichlich Getränke besorgt. So an die acht Strategen waren anwesend und gaben sich gnadenlos die Kante. Konny Gerke war übrigens nicht dabei. Irgendwann, das musst du dir mal reintun, fährt plötzlich der Pizza-Express vor und liefert Essen für alle. Rotwein, Bier, Schnaps, das komplette Programm. Sause vom Feinsten."

„Nicht schlecht. Und wie ging es weiter?"

„Olli ist dann zwischendurch woanders gewesen. Als er später wieder vorbeikam, war die Fete zu Ende. Alle waren weg, bis auf Walter. Der saß mutterseelenalleine auf der Bank und stierte in die Dalke. Irgendwann musste er pinkeln und ist dann zum Ufer vorgetorkelt, wobei er sich kaum gerade halten konnte. Ja, und wie der da gerade so richtig schön am Strullern ist, kommt Dvorak den Weg entlang gewieselt, schleicht sich von hinten an ihn ran und gibt ihm einfach 'nen kleinen Schubs in den Rücken."

„Ah, genau wie wir vermutet hatten. Und? Walter hat direkt einen Köpper in den Bach gemacht?"

„Nee, nur bis kurz davor. Dvorak ist dann direkt zu ihm runter und hat ihm die Taschen umgedreht. Dann hat er sich vom Acker gemacht."

„Und das war es?"

„Wart's ab. Dvorak war schon ein Widerling, das wusste jeder. Hatte dauernd Streit, eckte mit jedem an. Was aber nur Olli wusste, weil er dauernd irgendwo hinter einem Busch stand und speckerte, war Folgendes: Dvorak konnte unglaublich saufen. Er stand immer noch wie 'ne Eins, wenn alle anderen schon torkelten und lallten. Und genau dann hat er mit Vorliebe seine Saufkumpane schikaniert. Hier mal ein kleiner Rempler, da mal ein Schubser oder einfach nur ganz hinterhältig den Fuß stehen lassen. Es schien ihm ganz einfach Spaß zu machen, wenn sich einer auf die Nase legte. Und wenn er nicht wieder hochkam und die Luft war rein, hat er ihm die Taschen leer gemacht. Manchmal hat er die Leute auch beklaut, wenn er ihnen wieder aufhalf. Und wenn es nur etwas Tabak oder ein paar Cent waren."

„Okay, aber dann wissen wir immer noch nicht, wie Walter schließlich in den Bach geraten ist."

„Tja, die Frage bleibt wohl weiter offen. Olli hat sich an Stan Dvorak drangehängt, aber der hatte hinten an der Feuerbornstraße sein altes Fahrrad stehen und ist abgedampft."

„Lass mich raten: grobe Richtung Brockweg?“

„Ganz bestimmt. Stan hat Walters Wohnung durchsucht, das wissen wir sicher. Stell dir vor, er findet dabei das Geld. Ist doch nur logisch, dass er zurückgeht und Walter kurz mal ins Wasser rollt, um lästige Fragen zu verhindern.“

„Ja sicher. Dann könnten ja auch Irene Männertreu, Gernot Bierwein und Robert Magura auf sein Konto gehen.“

„Darüber diskutiert die EK gerade auch. Und zwar mit heißen Köpfen. Dierk-Helge meint ja, von Bühlow und die anderen sind mangels Indizien bretthart bei Nein.“

Henry hatte inzwischen aus einem Brett, zwei Leisten und einem dünnen Streifen Sperrholz eine leicht nach innen gewölbte Vorrichtung gebastelt, auf die er nun mit Sprühkleber einen Bogen Sandpapier klebte. Mit dieser hohlen Schleiffläche begann er vorsichtig, das Griffbrett der Gitarre abzurichten.

„Und Hessenberg? Was ist mit dem?“, fragte er, während er andächtig schmirgelte und gelegentlich kritisch das Ergebnis prüfte.

„Über Hessenberg hat er einiges erzählt. Den hatte er in letzter Zeit auch auf der Rolle.“

„Wieso?“

„Na, weil der genau wie er nachts durch die Straßen schlich. Zuerst war es wohl nur Neugier, aber dann hat Olli gemerkt, dass Hessenberg jede Menge Blödsinn macht. Zum Beispiel, dass er in Geschäfte einbricht, die schon leer sind. In dem Zusammenhang erwähnte er einen Transporter von irgendeinem Paketdienst, der möglicherweise vorher die Sore aus den Läden abgefahren hat. Olli wollte einfach rauskriegen, was Hessenberg alles so treibt, neugierig wie er ist. Außerdem hatte er seinen Ehrgeiz. Er wollte der bessere Schleicher sein. War er ja auch. Bis vorige Woche. Da hat Hessenberg wohl irgendwie gemerkt, dass Olli ihn verfolgt, ihn in die Falle gelockt, plötzlich aus dem Nichts angegriffen und direkt umgehauen.“

„Ja klasse, da sind wir ja genauso weit wie vorher. Ein paar vage Verdachtsmomente, aber kein greifbarer Beweis!“ Henry legte die Schleifvorrichtung beiseite und begann jetzt, neuen Bunddraht mit einer scharfen

Zange auf passende Länge zu schneiden und vorsichtig mit einem Plastikhammer in die Bundschlitze einzuschlagen. Die überstehenden Enden kniff er mit einem Seitenschneider ab und feilte sie anschließend mit einer Schlichtfeile und dann mit feinem Schmirgelpapier bündig. „Ist ja schon toll zu wissen, dass hier wohl wirklich jemand einigen unserer Kunden ins Jenseits geholfen hat. Dierk-Helge wird jubeln. Aber was nützt uns das? Hessenberg rennt weiter frei rum und lacht sich 'nen Ast."

„Hessenberg rennt nicht mehr frei rum. Er ist heute Nachmittag eingefahren. Astreiner U-Haftbefehl."

„Echt? Wegen der Körperverletzung an Olli? Das kann ich kaum glauben."

„Ist aber wahr. Hessenberg hat schließlich versucht, Olli mit dem Kopf auf die Kante von so 'nem Stahlmülleimer zu knallen. Hat zum Glück nicht richtig geklappt, Olli war wohl zu flink. So hat er nur 'ne deftige Platzwunde und 'ne Gehirnerschütterung abgekriegt. Staatsanwalt Heitkamp hat Tötungsabsicht unterstellt. Messerschmitt ist ihm als Haftrichter da aber leider nicht gefolgt. Dafür hat er 'ne saftige Verdunkelungsgefahr gesehen. Schließlich sollte Olli als Zeuge für die Einbrüche ausgeschaltet werden. Ja, und dann war da auch noch der Angriff auf mich. Gefährliche Körperverletzung und Widerstand gegen die Festnahme. Das hat Richter Messerschmitt gar nicht gefallen und letztlich den Ausschlag gegeben."

Respektvoll pfiff Henry durch die Zähne, während er vom Regal ein Stück Furnier nahm, das er offensichtlich schon vorbereitet hatte. Es war dunkelrotes Bubinga und wies einen Schriftzug aus fast weißem Ahorn auf, der als Intarsie hineingearbeitet war.

„Boah, wie schön", rief Eyleen. „Aber … das ist doch gar keine Framus!"

„Wer lesen kann, ist eindeutig im Vorteil", frotzelte Henry. Eyleen las noch mal. Da stand „Festus". Und zwar haargenau im Schriftzug der alten deutschen Gitarrenmarke.

„Wie hast du das denn hingekriegt?"

„Na, mit 'nem Taschenmesser aus dem vollen Stamm geschnitzt, was dachtest du denn? Quatsch, ein Kumpel von mir hat das kurz erledigt. Mit 'ner CNC-Fräse."

Henry bestrich die Rückseite des Kunstwerks und ebenso die Kopfplatte der alten Gitarre mit Leim, presste das Furnier auf, legte zwei Brettchen drüber und zog alles mit einer großen Schraubzwinge fest.

„So, zwanzig Minuten Pause", freute er sich, ging zum Kühlschrank, holte zwei Flaschen Bier und bot Eyleen eine an. Beide plumpsten ins Sofa und spülten sich erst mal den Schleifstaub aus der Kehle und aßen etwas von der Mettwurst dazu.

„Hessenberg ist also eingefahren." Henry nahm einen zweiten Schluck. „Ist ja schon mal etwas. Aber ich wette, der ist nach der Haftprüfung wieder draußen. Denk mal nach, die haben nur die zweifelhafte Aussage von einem Olli, der psychotisch ist und unter Betreuung steht. Die kriegen vielleicht 'ne gefährliche Körperverletzung hin, wegen dem Mülleimer. Jeder Verteidiger würde Olli als unzurechnungsfähig hinstellen. Und dann die einzigartigen Vernehmungsumstände. Er sagt nur dir was, nur, wenn kein anderer in der Nähe ist und das meiste davon noch auf eine Art und Weise, die kein anderer nachvollziehen kann. Vergiss es."

„Nee, Henry, mit mir spricht er inzwischen schon Klartext. Und das Ganze wird ab morgen beweiskräftig videografiert. Die EK hat erst mal Hessenberg und seine Bude komplett auf den Kopf gestellt und jede Menge Spuren gesichert. Da kamen interessante Sachen heraus. Unter anderem wurde ein Satz Einbruchswerkzeug gefunden. Handgefertigt, 1A-Qualität. Hessenberg hat definitiv die fingierte Einbruchserie hingelegt. Quasi als bestellter Türöffner. In den meisten betroffenen Immobilien steckt übrigens irgendwie Gierhacke mit drin, zumindest als Verwalter. Und die Pächter hatten Umsatzprobleme. Ein paar echte Einbrüche gab es anfangs auch, das waren aber wohl Rumänen."

„Sagt Olli."

„Genau. Es scheint so, als wenn diese ersten Geschäftseinbrüche Gierhacke auf die Idee gebracht hätten, wie er seine maroden Pächter sanieren und weiter seine völlig überzogenen Mieten einkassieren kann. Er kannte Hessenberg von früher aus dem Turnverein. Da hat er ihn eine Zeitlang protegiert, war wohl ein hoffnungsvolles Talent. Aber dann hat er Mist gebaut und musste aus dem Verein austreten. Das war auch die Zeit, als er mit den Glatzen abhing. Gierhacke hat ihm dann 'ne Lehrstelle als Schlosser besorgt, irgendwo bei Kassel."

„Was, Hessenberg war Turner? Jetzt wird mir auch klar, wer da bei Walter Lehmann das Regenrohr hochgeklettert ist bis in die 3. Etage."

„Ja, irgendwie scheint das Puzzle aufzugehen. Bei Hessenberg im Handy fand man dann auch noch einige interessante Nummern und Nachrichten. Er scheint immer noch Kontakte zur rechten Szene zu haben. Der Staatsschutz ist da sofort drauf angesprungen. Vermutlich hat Hessenberg hier versucht, Geld zu beschaffen und neue Leute um sich zu scharen."

„Und das von Olli hast du der EK alles schon erzählt?"

„Ja sicher, die haben mich erst mal zwei Stunden lang durch den Wolf gedreht. Mit Olli können die ja nicht reden. Der fängt jedes Mal an zu randalieren, wenn einer von denen nur die Nase durch die Tür steckt. Von Bühlow simmert die ganze Zeit kurz unter 100 Grad, weil das komplette Vorankommen seiner Ermittlungen von einer einzigen Schutzpolizistin abhängt. Ich sollte heute Nachmittag gleich wieder los und Olli gefühlte zweiundsiebzig unterschiedliche Fragen stellen. Ich hab aber einfach gesagt, Olli redet heute nicht mehr und ich brauch 'ne Auszeit bis morgen. Dann bin ich hergekommen. Ich glaube, seitdem hat der EK-Leiter ein Magengeschwür."

„Als nächster wäre da Stan Dvorak. Aber der wird selber schuld sein. Dumm genug, da oben auf dem Personengleis herumzudackeln."

„Nee, den hat Olli auf dem Gewissen."

„Wie, echt?"

„Ja, meint Olli zumindest. Er hat Stan ja auf der Rolle gehabt. Weil er Walter die Taschen leergemacht hat. Irgendwann hat er ihn am Bahndamm gesehen und sich drangehängt. Stan ist über die Gleise geturnt und hat sich an so 'nem alten Betonsockel zu schaffen gemacht. Dann kam auf dem Gütergleis plötzlich ein Personenzug an. Olli musste wohl oder übel seinen Arsch in Sicherheit bringen und genau hinter dem Sockel abtauchen, an dem Stan Dvorak dran war. Da hat Stan ihn entdeckt. Beide haben sich tierisch erschrocken und sind abgehauen. Stan leider in die falsche Richtung. Denn da kam der ICE an."

„Mein Gott, was schleppt der Typ alles mit sich rum!" Henry löste die Schraubzwinge von der Kopfplatte und hobelte die Kanten mit einem Minihobel bündig. Dann schliff er das komplette Instrument noch mal hingebungsvoll mit 800er Sandpapier ab und polierte mit feiner Stahlwolle nach.

„Zu allem Überfluss sieht er vor seinen Augen, wie es einen Menschen komplett zerfetzt. Und hat niemand, mit dem er drüber reden kann."

„Doch, hat er."

„Ja, klar, dich jetzt."

„Nee, ich meine nicht mich. Konny Gerke. Der war sein Freund. Mit dem hat er sich nachts getroffen, dem hat er sein Herz ausgeschüttet."

„Kuckma, Konny war also bestens über alles informiert", sinnierte Henry. „Dann brauchte er also nur noch zwei und zwei zusammenzählen und wusste, wo der Zaster war."

Er legte die Stahlwolle weg, pustete kräftig über das seltsam matte Instrument und holte dann aus dem Regal ein Marmeladenglas und einen Lappen. Als er das Glas öffnete, roch es sofort intensiv nach Marzipan, Orange und Fensterkitt. Er tunkte den Lappen in das dunkle Leinöl und begann, die Gitarre damit einzureiben. Das Ergebnis war fantastisch. Die ramponierte Klampfe von Eyleens Opa erstrahlte schlagartig in neuem Glanz, Farbe und Maserung der alten Zederndecke und der Walnusszargen wurden kräftig angefeuert und leuchteten erhaben, durchzogen von ein paar Macken und Kratzern. Wenn der Begriff „Vintage Finish" auf irgendein Instrument zutraf, dann auf diese Gitarre. Henry setzte die frisch geölten und polierten Mechaniken ein und begann, neue Saiten aufzuziehen.

„Schade, dass ich so miserabel spiele. Man könnte glatt Lust kriegen." Er stimmte das Instrument und schlug einen E-Dur-Akkord an. Erwartungsgemäß produzierte die Zederndecke samtige, satte Bässe und Mitten. Aber auch in den Höhen hatte diese Klampfe reichlich Attack. Die hatte mal im oberen Regal gestanden, kein Zweifel.

„Hmm, ich glaube, diese Geige überfordert mich deutlich", sagte er mit hörbarem Bedauern und polierte das Instrument hingebungsvoll mit einem weichen Lappen nach. „Festus' Seele ist auf jeden Fall gerettet. Wir sollten uns lieber mal an dem alten Betonsockel umsehen."

„Hab ich schon. Ist ziemlich mit Efeu zugewachsen, das Ding. War wohl früher mal irgendein Pfeiler drauf montiert. Und ist hohl innen. Kommt man so nicht drauf. Aber unter dem Efeu hab ich so 'ne alte Eisenklappe entdeckt."

„Und? War was drin?"

„Nee, absolut leer."

„Hmm, dann war da wohl jemand schneller."

Henry grübelte einen Moment vor sich hin.

„Ansonsten ist die ganze Sache aber ziemlich cool gelaufen, oder?"

„Finde ich auch", sinnierte Eyleen. „Zuerst tut ihr bei eurer Nachtstreifenaktion diesen Hessenberg auf. Dann spielen Uli und ich ‚Adventskalender' und legen Gierhacke megageil aufs Kreuz. Sonst hätte er Hermann und dem Roten nie im Leben auch nur ein Sterbenswörtchen erzählt. Die echten Ganoven quatschen doch höchstens dann, wenn du sie beim Scheißen erwischt.

Du triffst 'ne Schulfreundin von früher, die dir ein paar Geheimnisse verrät, und ein alter, pensionierter Bezirksbeamter lüftet eben mal so beim Bier das Geheimnis um Walter Lehmann und Konny Gerke. Der letzte entscheidende Baustein purzelt uns sonntags um halb sieben beim Adventssingen vor die Füße."

„Ja stimmt. Wieso?"

„Na ja, ich bin ja noch nicht lange dabei, aber ich dachte immer, die Jungs von der Kripo, die pflügen durchs Milieu, die schlagen sich die Nächte um die Ohren und kennen jedes Arschloch mit Vornamen, um all diese Sachen rauszukriegen. Aber irgendwie sitzen die den ganzen Tag nur in ihrem Office und arbeiten die Sachen auf, die wir anliefern. Kripo hab ich mir echt anders vorgestellt."

Henry lachte laut. Dann nahm er einen gehörigen Schluck Bier und sinnierte grinsend vor sich hin.

„So wie im Fernsehen? Schimanski, der im Alleingang ganz Duisburg aufräumt? Nee, das ist blanke Illusion. Kuck dir doch mal an, wie so ein Tag im Kommissariat abläuft. Morgens gehst du als erstes an dein Fach und holst dir 'nen dicken Stapel neuer Fälle ab. Die legst du zu dem dicken Stoß älterer Fälle und versuchst den ganzen Tag, den Berg halbwegs abzuarbeiten. Zeugen anschreiben, Beschuldigte vernehmen, alles zusammentackern, zur Staatsanwaltschaft wegschicken und, als Krönung der detektivischen Bemühungen, die Statistik bedienen. Jede Menge Papier.

Bis mittags hast du auch schon richtig schön was weggeschaufelt, die Halde wird kleiner. Mit etwas Glück wird sie morgen früh sogar etwas kleiner sein als heute.

Und dann kommt der Super-GAU: Die Jungs von der Streife kommen mit einem Täter rein. Haftsache. Was Schlimmeres kann dir gar nicht passieren. Vernehmung, erkennungsdienstliche Behandlung, Durchsuchungen, anschließend zum Haftrichter, womöglich ellenlange Telefonüberwachung mit Dolmetscher. Mehrere Tage Arbeit.

So weit, so gut, aber der Stapel auf deinem Schreibtisch, der wächst in der Zeit fleißig weiter. Und du kannst dich nicht wehren, du kannst nichts davon wegschaufeln, du hast nämlich diese Haftsache am Arsch. Je mehr du unten abarbeitest, desto mehr wird von oben wieder nachgekippt. Das hört nie auf. Du arbeitest immer im Minusbereich und wirst nie fertig.

Rausfahren und ermitteln? Mal zwei Nächte speckern? Abends um die Häuser ziehen und mit Informanten quatschen? Vergiss es. Da hast du gar keine Zeit für. Das Förderband läuft permanent. Immer der gleiche Dreck. Jahrelang Fahrraddiebstähle, Pkw-Aufbrüche und Online-Betrüge. Und du musst unten ständig und heftig schaufeln, damit der Berg nicht oben durch die Decke geht. Denn dann kriegst du ein massives Problem mit Reiffeisen.

Bei uns ist das anders. Das Schichtende kommt und du bist raus. Und am nächsten Tag fängst du bei null wieder an. Kripo? Nee komm, geh mir wech. Bewaffnete Verwaltung ist das, sonst nichts. Ich bleib, wo ich bin: auf der Straße."

„Keine Angst, Henry, ich auch." Eyleen mummelte sie sich sorgfältig ein, steckte das Instrument in eine alte Gigbag und streifte die Trageriemen über die Schulter. „Ich muss los, einen alten, einsamen Cowboy glücklich machen."

„Jau, ich hab auch noch zu tun", sagte Henry. „Morgen ist Spätdienst, mein letzter fürs Erste. Und ich muss noch ein paar Sachen zusammensuchen."

Eyleen nickte und winkte ihm zu. Dann schob sie ihr Rad in die mondhelle Winternacht.

41.

Dierk-Helge Reuter-Ritterling stand in der weit geöffneten Tür zu seinem Büro. Genauso offen wie die Tür stand der Mund in seinem Gesicht. Seine Kinnlade klappte nach unten und die alte, schweinslederne Aktentasche von seinem Opa purzelte auf den abgetretenen, grünen Teppich. Konsterniert sah er seinen Partner an, als betrachte er eine Fata Morgana.

Es war kurz nach sieben Uhr. Hermann Stratkötter stürzte gerade seinen Morgenkaffee, der ausschließlich nach Kaffee duftete, auf ex hinunter. Seine Bild-Zeitung lag sauber gefaltet neben der unberührten Butterbrotsdüppe auf dem Tisch. Er grapschte gerade den kompletten Inhalt aus einem Aktenkörbchen und stopfte ihn in seine arg zerfledderte GdP-Mappe, die er sofort unter den Arm klemmte. Sogar seine Dienstwaffe mit Reservemagazin und Handfessel saß bereits vorschriftsmäßig am Gürtel, was extrem befremdlich war. Zu allem Überfluss lag da auch schon eine Fahrzeugmappe auf dem Tisch, die Hermann nun mit der freien Rechten ergriff und mit Schwung nach vorn schleuderte. Dierk-Helge konnte sie gerade noch aus der Luft greifen, als sie an seinem Kopf vorbeizischen wollte. Hermann musste tatsächlich bereits auf dem Hinweg zwischen Gleitzeit-Terminal und Kaffeeautomat beim Fahrzeugpool vorbeigegangen und einen der wenigen Zivilwagen reserviert haben. „Los, wir müssen raus", blaffte er den Roten an.

„Wwww … wo geht's denn hin?", stotterte der höchst verwirrt, während Hermann vor ihm in bedenklichem Tempo den Fahrstuhl links liegen ließ und die Treppe heruntereilte.

„Ummeln", war die knappe Antwort.

„Was ist denn los?", fragte Dierk-Helge schließlich, als er, Hermanns Anweisungen folgend, die überfüllte B61 vermied und über Hollen, Holtkamp und Obersteinhagen auf den riesigen JVA-Komplex zufuhr.

„Gierhacke will singen", knurrte Hermann mit einem Feuer in den Augen, das Dierk-Helge bisher nicht für möglich gehalten hatte. „Hat mich heute Morgen auf meinem Privathandy angerufen. Die Nummer hatte ich ihm damals nach der Verfolgungsfahrt gegeben, falls er doch noch weich werden sollte. Klang jetzt überhaupt nicht gut. Ich glaube, der ist gar. Wenn wir Glück haben, können wir dazwischengrätschen, bevor Rossmann uns dazwischengrätscht. Also klüngel hier nicht so rum, gib Gas!"

Das tat Dierk-Helge. Der Terrier hatte angeschlagen und fuhr locker hoch auf 200 Puls, als der riesige Betonklotz mit Stacheldraht, Wachtürmen und eigenem Wohnquartier für Bedienstete in Sicht kam.

Die Prozedur am Eingang schien schier endlos. Zig Formulare, drei Schleusen, Metalldetektoren und Abnahme der Dienstwaffen gegen Übergabeprotokoll. Dann das spartanische Vernehmungszimmer: ein Resopaltisch, drei Stühle, ein Fenster und sonst nichts. Die Wartezeit betrug eine gefühlte Ewigkeit, bis schließlich ein schweres Schlüsselbund rappelte und Schritte zu hören waren.

Ein riesiger Schließer mit Bürstenschnitt kam herein, einen Diethelm Gierhacke im Schlepp, den Hermann und Dierk-Helge kaum wiedererkannten. War der ehemalige Stararchitekt schon zuvor schlank bis hager gewesen, so konnte man ihn jetzt ruhigen Gewissens als Vogelscheuche bezeichnen.

Seine Gesichtsfarbe hatte von dem tiefen Sonnenbankbraun in ein blasses Grau gewechselt und er zitterte deutlich. Die Körperhaltung war gebeugt und der flackernde Blick seiner Augen war einseitig, denn auf der linken Seite trug er das, was früher als fettes Veilchen bezeichnet worden wäre, heute aber als Monokel-Hämatom durchging. Herr Gierhacke hatte offensichtlich vor Kurzem einen kleinen Unfall unter der Dusche erlitten, war vielleicht auf der Seife ausgerutscht. Der verwaschene Blaumann und das lappige graue Polohemd vollendeten den gesellschaftlichen Höhenunterschied, den Gierhacke in den letzten Tagen im freien Fall durchschlagen hatte.

Trotzdem schien er gefasst.

„Wie lange braucht ihr?", fragte der Schließer sachlich.

„Kann dauern", antwortete Dierk-Helge unbestimmt, worauf der Riese schulterzuckend ging und die Tür leise hinter sich zumachte. Der Augenausdruck, den Dierk-Helge dabei von ihm auffing, war irgendwie komisch.

„Ich will einen Deal", sagte Gierhacke ebenso heiser wie entschlossen, nachdem er am Tisch Platz genommen und zehn Sekunden die Augen zugekniffen hatte.

Hermann wartete ebenfalls zehn Sekunden und legte noch zehn drauf. „Wir hören", sagte er dann knapp.

„Ich will, dass der Haftbefehl außer Vollzug gesetzt wird. Und ich will eine Bewährungsstrafe."

„Langsam, langsam, eins nach dem anderen!" Hermann lehnte sich zurück, schüttelte indigniert sein weises Haupt und zog die Augenbrauen pädagogisch nach oben.

„Fangen wir mal bei der Untersuchungshaft an: Sie sitzen hier ein wegen Verdunkelungsgefahr. Das heißt, man sperrt Sie bis zur Hauptverhandlung ein, weil man konkret befürchtet, dass Sie bis dahin Beweismittel beiseiteschaffen oder auf Prozessbeteiligte einwirken könnten, wenn man Sie frei herumlaufen ließe.

Es fehlen entscheidende Unterlagen im Finanzkomplex Villas Selva y Mar, die Aufschluss über Berechtigungen und Ablauf der Geldflüsse geben würden. Einen kleinen Teil hat man in Ihrem Porsche gefunden, da ist der Schluss erlaubt, dass Sie auch den Rest irgendwo gebunkert haben und vernichten werden, sobald Sie können. Deshalb haben wir Sie eingesperrt. Liefern Sie uns die Unterlagen, dann hat sich die Untersuchungshaft bis zur Hauptverhandlung erledigt."

„Das kann ich aber nicht. Dr. Weniger hat alles. Ich habe den Ordner doch nur von ihm bekommen. Im Swingerclub." Gierhackes Blick schweifte ab, lebte sichtbar auf, und ein schmieriges Lächeln stahl sich auf seine faltigen Lippen. „Ihr glaubt ja gar nicht, wie der tickt. Ich hab schon einige schräge Vögel erlebt, aber Leander-der-Löwe bricht alle Dimensionen. Zieht euch das mal rein: Doktor Leander Weniger kommt im exklusiven ‚PureLust²' aus der Umkleide: stattliche 172 cm Lebendgröße, Trichterbrust, Seitenscheitel, Lederslip und Netzshirt. Linker Hand ein Glas Wein, rechts sein alter Aktenkoffer. Ohne Scheiß, der nimmt seine Unterlagen mit zum Bumsen. Wichtige Dokumente, hat er gesagt, die könnte er nicht aus der Hand geben. Der Blödmann. Tatsache ist: der kann nicht ohne Aktenkoffer. Kein Witz jetzt: Weniger ist im Grunde die wandelnde Ejaculatio praecox. Dem läuft normal schon die Vorfreude am Bein runter, wenn er nur ein paar nackte Titten sieht. Seine fromme Eleonore hat sich doch ein Leben lang nur im Dunkeln ausgezogen. Aber selbst die schärfste Braut, die ich ihm besorgt habe – und da waren echte Rasierklingen dabei –, selbst die geilste Stute konnte sich einen Wolf reiten, da kam nur heiße Luft, wenn Leander seine hochheiligen Bankgeheimnisse nicht in Reichweite hatte. Megapeinlich, die Geschichte. Ich hab ihm erstmal ein Paar Badeschlappen geliehen, die Socken ausgezogen und dann den Koffer abgenommen. Der Ordner mit den brisanten Papieren kam in meinen Porsche hinter das Reserverad. Da war er dann erst mal sicher aufgehoben, und Herr Dr. Weniger konnte befreit abspritzen."

„Ja, prima, nur glaubt Ihnen das keiner. Wenn wir das Staatsanwalt Heitkamp erzählen, zeigt der uns 'nen Vogel."

„Nein, tut er nicht. Wenn ich ihm sage, was ich weiß, kommt nicht nur dieser Prozess für ihn erfolgreich zum Abschluss. Ich will nur eben am Ende nicht der Doofe sein. Erzählt das eurem sauberen Staatsanwalt Heitkamp. Ich rede nur mit dem. Unter vier Augen."

„Okay, was auch immer." Hermann schaltete sein Pokerface ein und schaute desinteressiert aus dem kleinen, vergitterten Fenster. „Ich treffe hier sowieso keine Entscheidungen, ich überbringe höchstens die Botschaft. Aber wenn die überhaupt einer hören will, dann müssen Sie schon was anbieten. Ein Brautgeschenk sozusagen. Also, jetzt mal Butter bei die Fische. Fangen wir zum Beispiel mit Sandmann an. Wir würden wirklich zu gern wissen, wo der steckt. Wenn Sie uns fürs erste nur das Land verraten, in dem er untergetaucht ist? Das wäre vielleicht ein Anfang, den Staatsanwalt Heitkamp interessant genug finden könnte, um hier mal auf einen informativen Besuch hereinzuschauen und Näheres zu erfragen."

„Land? Heitkamp will ein Land?" Gierhacke haute sich beidhändig auf die Schenkel und lachte albern. „Land! Bernd Sandmann ist in keinem Land!" Er kicherte weiter und begann schließlich, eine bekannte Melodie zu pfeifen.

„Okay, Hermann, mir reicht's!" Dierk-Helge hatte bis jetzt nichts gesagt. Nun aber war er aufgesprungen und strebte zur Tür. „Lass uns fahren, mein Schreibtisch ist zum Bersten voll. Ich hab einfach nicht den Nerv, hier meine kostbare Zeit zu verplempern und mit diesem abgedrehten Spinner alte Gassenhauer zu flöten."

Er ging einfach raus und war schon an der nächsten Zwischentür, als er merkte, dass Hermann nicht mitgekommen war. Genervt stiefelte er zurück. Schon vor der Tür hörte er den kräftigen Bariton seines Kollegen: „Ein Wind weht von Süd und zieht mich hinaus auf See…"

„Ah, La Paloma, endlich fällt der Groschen", frotzelte Gierhacke und grinste noch schmieriger als sonst.

„Ja, ihr habt's kapiert, Sandmann ist in See gestochen. Wollte er doch immer schon, das war sein großer Traum, bereits damals zusammen mit Vera. Genug Geld auf die Kante legen, dann eine hochseetüchtige Segelyacht, alles hinter sich lassen und ein Leben als See-Zigeuner unter dem Kreuz des Südens, irgendwo zwischen Neuseeland und Galapagos. In der Luxusversion natürlich, mit internationaler Krankenversicherung, Auslandschutzbrief und Altersversorgung. Tja, erst ist Vera auf der Strecke geblieben und dann das Geld. Aber weg ist er, kein Zweifel. Bernd Sandmann befindet sich in internationalen Hochseegewässern außerhalb von jeglichem staatlichen Zugriff. Soweit mein Brautgeschenk für den Herrn Staatsanwalt, jetzt seid ihr dran, meine Herren."

„Aha, Sie haben also die ganze Zeit gewusst, dass Sandmann sich per Segelboot absetzen und vorher noch die Betriebskasse plündern will?" Dierk-Helge schaltete sich in das Gespräch ein, wie immer aggressiv.

„Nein, habe ich nicht, das habe ich Ihnen vor Monaten schon erzählt. Ich weiß aber, dass er spurlos verschwunden ist, dass sein Lebensziel immer eine Weltumsegelung war und dass er in Spanien mit irgendwem über ein größeres Boot in Verhandlung stand. Zwei und zwei kann ich noch zusammenzählen."

„Dass der Bau seit zwei Monaten stilllag und Sandmann aber trotzdem weitere Baufortschritte vorgetäuscht hatte, wussten Sie aber schon."

„Ja klar, das schon. Ist auch nicht weiter spannend. Da verliert aus heiterem Himmel die konservative Regierungspartei im Bezirk Málaga die Kommunalwahl. Hernandez tritt ab, und die neue Baudezernentin, natürlich so eine Veganer-Zicke von der ökologischen Partei, muss erst mal sofort reihenweise die bestehenden Baustellen im Bezirk stilllegen, um alles nachzuprüfen. Sandmann und ich waren uns einig, dass seine Investoren abspringen, wenn das durchsickert. Also hat er erst mal die Klappe gehalten und so getan, als wäre alles in Butter. Die Baugenehmigung hatten wir ja so von Sanchez übernommen und nur etwas abgeändert. Die war ja bereits abgesegnet und eigentlich völlig in Ordnung. Wir waren davon ausgegangen, dass es nach ein paar Wochen weitergehen würde. Hernandez hatte uns auch dahingehend beruhigt, war dann aber ganz plötzlich nicht mehr da. Irgendwer munkelte was von Privatinsolvenz und Flucht. In Wirklichkeit saß er da längst in Untersuchungshaft, im Rahmen einer landesweiten Korruptionsaffäre. Da sind noch ganz andere Köpfe gerollt. Wer hätte ahnen können, dass Hernandez vorher schon von Sanchez geschmiert worden war, um die Umweltauflagen, sagen wir mal, extrem großzügig auszulegen und so die Villas Selva y Mar erst richtig lukrativ zu machen? Die hätten so nie gebaut werden dürfen und schon gar nicht so nah am Wasser.

Hernandez muss irgendwie gewusst haben, dass sein Stuhl kippen würde, da haben die beiden schnell noch versucht, das faule Ei weiterzuschieben und mit einem blauen Auge aus dem Projekt auszusteigen. So gesehen sind Bernd Sandmann und Leander Weniger die Geleimten. Ich habe ja gleich geahnt, dass da irgendwo so ein Haken dran ist. Das Angebot war einfach zu gut, um koscher zu sein. Aber andererseits, dass Sanchez mit dem örtlichen Baudezernenten unter einer Decke steckte, das ist schon ein Hammer. Da wäre jeder drauf reingefallen."

„Alles soweit logisch." Dierk-Helges Lächeln war jetzt mindestens so schmierig wie das von Gierhacke. „Aber das wissen wir alles schon längst. All diese Erkenntnisse ziehen keinen Hering vom Teller. Und Sandmann sind wir auch keinen Schritt nähergekommen, im Gegenteil. Wenn das alles war, was Sie zu bieten haben, dann können wir ja wieder fahren."

Hermann nickte ebenso zustimmend wie gelangweilt.

„Wir hätten da noch Hessenberg." Gierhacke schaute verschwörerisch zwischen den beiden Kriminalbeamten hin und her.

„Ah, Marko Hessenberg. Was war noch mal mit dem?" Dierk-Helge fasste sich an die Stirn und dachte scharf nach. „War das nicht dieser Schläger mit leichtem Rechtsdrall? Gefallenes Turnertalent mit Schlosserausbildung, gesponsert von einem gewissen Vereinsfunktionär Gierhacke? Jäger des verlorenen Sandmann-Schatzes mit Fassadenklettererfahrung und mittlerweile Geschäftseinbrecher auf Abruf, bevorzugt für Objekte der Immobilienverwaltung Gierhacke GmbH & Co. KG? Meinen Sie den?"

Gierhacke schaute irritiert, aber nur für einen Moment. Dann lächelte er selbstsicher.

„Okay, die Sache mit Lehmann gebe ich zu. Das war allerdings nur versuchter Hausfriedensbruch. Wir wollten für Sandmann sein Schwarzgeld wiederholen, das Lehmann schließlich selbst geklaut hatte. Von Einbruchsdiebstahl kann keine Rede sein, wir haben im Namen des rechtmäßigen Eigentümers gehandelt."

„Gut, kommen wir zum Kern der Sache", warf Hermann ein. „Was uns interessiert, ist der Vier-Millionen-Deal. Wie und von wem wurde das Geld für die Baustufe 2 abgezweigt und vor allem: wo ist es geblieben? Wenn Sie hier den Kronzeugen geben wollen, dann sind das die Fragen, auf die wir eine Antwort brauchen. Ansonsten können wir auch gern wieder gehen." Er sah Gierhacke scharf ins Gesicht und deutete auf das zugeschwollene Auge. „Ich meine, unter den Blinden ist der Einäugige zwar König, aber hier im Knast können alle sehen. Und wenn das zweite Auge auch noch dicht ist, wird es hier plötzlich ziemlich finster."

Gierhacke schwieg und guckte betreten seine Füße an. Als er Stühle rücken hörte, sah er wieder auf und sah die beiden Kriminalbeamten, die ihm bereits den Rücken gekehrt hatten und zur Tür hinausgingen. Gierhacke fühlte sich wie ein Sechsjähriger, der zum ersten Mal vom Dreier springen soll. Er fühlte den Schmerz in seinem Gesicht, dachte an seinen gewalttätigen Zellennachbarn und all die unterschwelligen und direkten Drohungen, die er heute schon wieder gehört hatte.

„Leander war's", schrie er den beiden Polizisten hinterher. Nichts passierte, die beiden waren raus, die Tür schwang nach und knarrte penetrant. „Er hat das Geld angewiesen und dann selbst wieder abgehoben", sagte Gierhacke leise hinterher. Resigniert. Hoffnungslos.

„Ja, weiter, wir hören noch. Aber der Schließer ist schon unterwegs."

Hermanns Gesicht erschien im Türrahmen, er machte aber keine Anstalten, hereinzukommen.

„Leander hatte irgendwie gemerkt, dass mit dem Bau irgendwas nicht stimmt. Er hatte die ganze Zeit ein mulmiges Gefühl wegen der Überweisung."

„Quatsch. Sie wussten, dass die Baugenehmigung kippte und dass Sandmann sich absetzen wollte."

Der Terrier erschien im Türrahmen und schnappte erbarmungslos in Gierhackes Wade. „Erst haben Sie ihm geholfen, seine hiesigen Sachwerte zu verflüssigen und dabei üppig verdient. Und im selben Moment haben Sie ihn an Dr. Weniger verpfiffen, um bei dem ein zweites Mal abzukassieren.

Echt, Hermann, ich will den Müll nicht mehr hören. Der Kerl lügt doch wie gedruckt. Die IP-Adresse, von der die Transaktionen getätigt wurden, führt zu seiner Villa im Stadtpark. Komm, lass uns fahren."

„Aber da war ich doch nie", beschwor Gierhacke die beiden, „die hab ich doch Leander geliehen. Als Liebeslaube für seine Dunja. Zuhause wollte er sich ja sowieso nicht mehr so gerne blicken lassen. Also hat er auch sein Büro dahin ausgelagert. War ja alles picobello in Sandmanns Herrenhaus. Da musste nicht mal renoviert werden.

Okay, ja, ich hab ihm den Tipp gegeben, dass Sandmann sich absetzen will und so. Aber erst, als ich gehört habe, dass da eine Riesensumme fällig war. Die Transaktionen hat Weniger allein gemacht. Keine Ahnung, wie das funktioniert hat. Aber wo das Geld geblieben ist, das weiß ich genau. Da kann ich Daten liefern."

Interessiert sahen die beiden Kriminalbeamten auf Gierhacke hinab. Der Widerstand war noch nicht völlig gebrochen, aber er war über den Punkt und würde weiterreden. Alles andere war Routine. Jetzt nur nicht den Faden abreißen lassen und das Eisen schmieden, solange es heiß war. In einer halben Stunde würde Gierhacke alles erzählen, was sie wissen wollten, wahrscheinlich sogar noch viel mehr. Hermann war dran. Er überlegte gerade, wie er die nächste Frage stellen wollte, da ertönten Schritte auf dem Flur.

„Those were the days, my friend, we thought they'd never end …" flötete Mary Hopkin mit zartem Vibrato aus den alten Boxen, so wie jeden Abend um Mitternacht. Die gleichnamige Kneipe war für einen Dienstag ziemlich voll, der größere Teil der Gäste sang den Refrain aus vollem Halse mit.

Der große Tisch hinten rechts in der Ecke hatte sich allerdings schon deutlich geleert, auch Polizisten mit verkorkstem Biorhythmus müssen irgendwann mal ins Bett.

Uli war am dritten Bier und an Anke hängengeblieben, die seltsamerweise plötzlich aufgetaucht war, um ihren Dierk-Helge abzuholen, der irgendwie überfällig war. Beide summten gedankenverloren die Melodie des alten Gassenhauers mit, von der kaum einer wusste, dass sie in Wirklichkeit von einem alten russischen Volkslied geklaut war.

Jerry kam ungefragt herangewuselt und stellte einen großen Strongbow Cider und ein Glas Rotwein auf den Tisch und richtig, im selben Moment kamen Dierk-Helge und Hermann durch die Tür. Beide setzten sich mit undurchdringlicher Miene und tranken schweigend.

„Jetzt sagt schon“, polterte Anke sofort los, „hat Gierhacke tatsächlich gesungen?“

„Klar“, sagte Dierk-Helge versonnen. Anke strahlte. Schließlich hatte sie damals zwar nicht ganz legal, aber dafür umso maßgeblicher an Gierhackes Verhaftung mitgewirkt.

„Wart’s ab“, brummte Hermann und nuckelte weiter an seinem Rotwein. „Singen geht eigentlich anders. Okay, heute Morgen hat er mich angerufen. Er saß ja hier in Ummeln im Hochsicherheitstrakt ein und da ist ihm die Decke auf den Kopf gefallen. Er wollte tatsächlich auspacken. War wohl mit seiner Kodderschnauze bei seinem Zimmerkumpel angeeckt und hat sich prompt ‘nen Augenring eingefangen. Das hat ihm dann den Rest gegeben.“

Uli und Anke gaben sich „high five“.

„Wir sind direkt losgesaust und haben mit ihm geredet. Gierhacke war fertig, lief voll auf dem Zahnfleisch und wollte einen Deal: Entlassung aus der U-Haft und eine verlässliche Aussicht auf eine Bewährungsstrafe, dann würde er die Karten vorbehaltlos auf den Tisch legen.“

„Und? Habt ihr den Deal?“ Ankes leuchtende Augen hingen an Hermanns Lippen.

„Natürlich nicht.“ Hermann lehnte sich zurück und zog einen Schluck Wein genießerisch durch die Zähne. Dierk-Helge schaute ins Nichts, schüttelte den Kopf und seufzte bitter. Anke zog eine süße Schüppe.

„Die Welt ist einfach ungerecht.“ Dierk-Helge saugte ebenfalls recht depressiv an seinem Cider. „Wir hatten ihn gerade gargekocht, nach allen Regeln der Kunst. Er fing tatsächlich an, ernsthaft zu erzählen und ließ die ersten harten Fakten raus. Und genau in dem Moment kommt sein Anwalt Rossmann hereingeschneit, unterbindet jede weitere Befragung und schwenkt ein ärztliches Gutachten von wegen schwer psychotisch und nicht vernehmungsfähig. Vor unserer Nase haben sie Gierhacke abtransportiert. Er ist jetzt in Fröndenberg zum Entzug, es geht ihm echt dreckig. Rossmann plädiert auf nicht prozessfähig. Von dem erfahren wir kein Wort mehr. Wir sind extra noch runtergefahren und haben versucht, da einen Fuß in die Tür zu kriegen. Staatsanwalt Heitkamp hatte noch versucht zu intervenieren, denn Gierhacke war weiter aussagebereit. Aber als wir endlich da waren, hatte er schon ein gemütliches Einzelzimmer bezogen, ein paar bunte Pillen gekriegt, neuen Mut gefasst und war von Rossmann eingenordet worden. Ende der Fahnenstange." Dierk-Helge seufzte in tiefer Resignation. „Solche Arschlöcher fallen doch immer wieder auf die Füße. Woher Rossmann wohl von uns wusste?"

„Der Schließer. Der Riese mit dem Korea-Nahkampfschnitt. Der hat die ganze Zeit so falsch aus der Wäsche geguckt. Ich wette, Rossmann hat den geschmiert." Hermann rappelte sich aus seiner missmutigen Nachdenklichkeit hoch.

„Klar, ärgerlich. Aber so schlecht sieht's ja nun nicht aus. Unser Bankdirektor sitzt jetzt auch schon gute zwei Wochen in Haft. Seine Eleonore hat ihn eiskalt abserviert und seine bulgarische Mieze ist mit einer fünfstelligen Summe verschwunden. Der bricht in Kürze zusammen."

„Klingt doch super", strahlte Anke.

„Freut euch nicht zu früh", unkte Dierk-Helge. „Die beiden beschuldigen sich gegenseitig und es ist noch lange nicht sicher, wieviel wir jedem Einzelnen konkret nachweisen können. Das hat Rossmann uns gründlich versaut. Und wenn der Stunt mit Anke rauskommt, geht der komplette Prozess den Bach runter. Geht uns ja sowieso nichts mehr an. Schüler und Landmann bearbeiten den Fall weiter im Rahmen der normalen Sachbearbeitung. Am besten wir reden von was anderem!"

„Komm schon, Schatz, du gönnst mir auch nicht den kleinsten Spaß", schmollte seine Liebste.

Eine Weile schwiegen die vier und hörten versonnen der Musik zu. Als Uriah Heeps „Lady in Black" ertönte, klickte es bei Uli.

„Sagt mal, was ist eigentlich mit all den Toten? Robert Magura, Irene Männertreu, Stan Dvorak und Gernot Bierwein? Kümmert sich da überhaupt noch jemand drum?"

Hermann verzog schmerzlich das Gesicht. „Falsche Frage", zischte er zwischen den Zähnen hindurch, aber zu spät. Dierk-Helge sprang an wie ein Jaguar.

„So eine Ermittlungskommission ist heute auch nicht mehr das, was sie mal war. Ist längst komplett zurückgefahren. Uns haben sie alle zurück an unsere Fahrraddiebstähle geschickt. An Walter Lehmann wird noch etwas herumgeschraubt, man zieht in Erwägung, dass er sich irgendwann selbst aufgerappelt hat und dann ins Wasser getorkelt ist, favorisiert aber die Version, dass Stan Dvorak nach der reichen Beute in Walters Wohnung zurückgekommen ist, um ihm den Rest zu geben. In beiden Fällen ist der Täter tot und kein weiterer zu erwarten. Die restlichen Leichen wurden zu den Akten gelegt, kein Hinweis auf Fremdverschulden."

„Auch bei Magura nicht?", fragte Uli.

„Nein. Die Unfallermittler vom Verkehrskommissariat halten Fremdeinwirkung für unwahrscheinlich. Das Entdeckungsrisiko wäre zudem viel zu groß gewesen für den Täter. Vermutlich ist Magura einfach direkt hinter dem Lkw über die Straße getorkelt und hat nicht gecheckt, dass da noch ein Anhänger hinterherkommt."

„Sieh's doch endlich mal so!" Hermann setzte sich wieder an den Tisch. „Unsere Kunden waren längst dran. Irgendwann hätten die in nächster Zeit alle von selbst den Löffel gereicht. Das habe ich dir schon zigmal gesagt. Die statistische Wahrscheinlichkeit, dass jetzt vier von ihnen relativ dicht aufeinander abgetreten sind, ist gar nicht so klein. Verwunderlich ist, dass sie überhaupt so lange durchgehalten haben. Vergiss die armen Lichter und mach deinen Frieden."

Dierk-Helge stürzte entschlossen seinen Cider hinunter. „Vielleicht hast du ja recht", brummelte er, „aber nur vielleicht. Irgendwas in mir drin sagt mir, dass da mehr dran ist." Dann wurde er sanft aber bestimmt von zwei schlanken Armen hochgezogen. Artig trottete er hinter Anke her dem Ausgang zu und ließ zwei kopfschüttelnde Kollegen zurück.

„Was ich aber wirklich gern noch wissen würde: Was ist aus Sandmann geworden?" Uli drehte sein Bierglas in der Hand, das heute einfach nicht leer werden wollte.

Hermann hatte diese Probleme nicht. Kurz bevor er mit seinem leeren Weinglas einen weiteren Jahresring auf den alten Holztisch fabrizieren konnte, hatte Jerry bereits wieder ein volles dort hingezaubert.

„Sandmann?", fragte er nachdenklich. „Den sehen wir entweder nie wieder oder aber schneller, als du denkst. Ein Traumtänzer, das ist der. Sein Leben lang Sohn von Beruf, nie Not gelitten, immer mit Netz, doppeltem Boden und Puderzucker im Hintern. Da ist es leicht, den Abenteurer zu geben, mit vollen Hosen ist halt gut stinken." Er nahm einen Schluck und setzte das Glas bedächtig ab, während er seine Stirn in Falten legte.

„Nein, Sandmann wird über kurz oder lang hart aufschlagen. Entweder auf dem Meeresgrund oder auf dem Boden der Tatsachen. Du kannst nicht ewig auf See bleiben, irgendwann musst du zwangsläufig an Land. Das kann ein paarmal gut gehen auf irgendeinem einsamen Eiland, aber spätestens der dritte oder vierte Hafenmeister wird ihn checken und feststellen, dass er mit internationalem Haftbefehl gesucht wird. Und wie Reiffeisen schon ganz richtig bemerkte: Selbst wenn er noch Kohle hat, wird ihm die in Nullkommanix von irgendwelchen Halsabschneidern wieder abgenommen. Ohne festen, organisierten Support irgendwo jenseits des großen Teichs ist er geliefert."

42.

Am nächsten Abend rollte ein Streifenwagen in gemächlichem Tempo auf der Berliner Straße in Richtung Wache. Uli und Henry hatten warm geladen, das Auto duftete nach Currywurst und Pommes.

„Und du willst wirklich wieder los?"

„Ja sicher, Uli. Ich bin längst überfällig. Ist schon Ende Januar. Um die Zeit bin ich sonst schon immer auf der anderen Seite vom Mittelmeer!"

Henry räkelte sich umständlich im Beifahrersitz.

„Der letzte Spätdienst. Punkt halb zehn fahr ich vom Hof, der Bomber steht fix und fertig gepackt hinter der Wache."

„Echt, jetzt gleich noch?"

„Klar, ich springe nur kurz unter die Dusche und roll dann noch gemütlich bis zum Bodensee."

„Schlaf mir bloß nicht ein am Steuer."

„Keine Chance. Hab bis heute Mittag gut vorgeschlafen. Und wenn das Augenreiben anfängt, halte ich einfach an und penn' 'ne Runde."

„Warum tust du dir das eigentlich an? Jedes Jahr diese endlose Gurkerei, dann die Maloche, das ganze Elend und alles. Wofür?"

„Das frage ich mich auch oft, Uli. Jedes Mal, wenn ich im April wieder hier einfliege und versuche, unsere ach so illustre Gesellschaft weitere acht Monate vor sich selbst zu beschützen. Dann sage ich mir jedes Mal: Henry, was machst du hier eigentlich? Was kannst du hier bewirken, was willst du hier erreichen?"

„Aber wir machen hier doch 'nen Superjob. Wir halten die Arschlöcher halbwegs ordentlich in Schach und wir helfen den Menschen entscheidend weiter."

„Kein Zweifel, Uli. Ich war immer gerne Polizist und bin es auch heute noch. Aber wenn ich sehe, auf welchem Niveau hier gejault wird, dann versteh ich manchmal die Welt nicht mehr. Jeder hat hier ein halbwegs trockenes Dach überm Kopf, keiner muss hungern oder frieren. Bildung und medizinische Versorgung für alle. Verbrechen? Okay, die gibt's. Aber keine bewaffneten Horden, die Macheten und Kalaschnikows schwingen und alles niedermetzeln, was nicht bei drei auf den Bäumen ist. Ich frag mich ständig, worüber sich die Leute hier überhaupt aufregen."

„Die ganze Welt kannst du aber auch nicht verändern."

„Stimmt. Aber immerhin einen kleinen Teil. In dem Dorf, wo ich letztes Jahr war, da haben wir 'ne Krankenstation gebaut. Nix Dolles, halt nur ein großes Haus mit Dach und ein paar Wänden. Ich hab dabei fünf junge Leute aus dem Dorf angelernt. War sogar ein Mädchen dabei, 'ne kleine Sensation für sich. Die können jetzt 'ne gerade Wand mauern und kriegen ein solides Pultdach hin. Mit Material, das es da vor Ort gibt. Hast du gewusst, dass man aus leeren Wasserflaschen stabile Häuser bauen kann? Die Jungs sind jetzt die Kings im Dorf. Bauen alle möglichen Gebäude für ihre Nachbarn und gründen so 'ne einwandfreie Existenz. Das macht Spaß, Uli. Und das brauche ich einfach zwischendurch, um hier wieder 'ne Zeit lang klarzukommen."

„Dann mach's gut, bis im April."

„Mach's besser, Uli. Apropos, wie läufts denn so bei dir?"

„Super!" Ulis Augen wurden direkt feucht. „Du, ich glaub, mit Emmi, das wird was Richtiges. Die ist ganz anders als die anderen. Das spür ich irgendwie."

„Ah, super", sagte Henry. Und dachte für sich: „Genauso wie die fünf davor."

Der Transporter in unauffälligem Grau, der knapp zwei Stunden später über die Verler Straße rollte, war auf den ersten Blick nicht einzuschätzen. Mit der großen Heckklappe hätte es vielleicht ein kleinerer Möbelwagen sein können. Oder ein Pferdetransporter, wofür die Dachluken und die wenigen, seltsam hoch liegenden Fenster sprachen. Allerdings passten die schweren Stollenreifen nicht dazu, die stark nach Allradantrieb aussahen. Wie ein typisches Wohnmobil sah das Fahrzeug jedenfalls nicht aus, das in Spexard auf die A 2 auffuhr und kurze Zeit später auf die A 33 in Richtung Paderborn abbog. Das Fahrzeug rollte mit gut 100 Sachen nahezu unterbrechungsfrei durch die Nacht. Irgendwo vor Frankfurt machte Henry ein kurzes, erholsames Nickerchen und fuhr dann weiter bis an die österreichische Grenze, wo er sich in einem kleinen Dorf am Friedhof einen ruhigen Parkplatz suchte und einen langen, tiefen Schlaf gönnte. Mittags, nach einer zünftigen Brotzeit, rollte er wieder an, überquerte die Alpen und stand irgendwann kurz nach Dunkelwerden in Ancona im Fährhafen. Henry hatte grundsätzlich nichts für solche Gewalttouren übrig, aber jetzt freute er sich, dass er als Erster in der Wartespur stand. Er redete kurz mit einer der Gelbjacken von der Hafenmeisterei, ein Schein wechselte den Besitzer, dann legte Henry sich beruhigt für zwei Stunden aufs Ohr. Als die riesige Lkw-Fähre angelegt, die Hecktore heruntergelassen und gute hundert Sattelschlepper ausgespuckt hatte, war er der Erste, der an Bord rollte. Er nahm direkt die Auffahrt zum offenen Parkdeck, drehte und setzte dann rückwärts genau in die Bugspitze. Er wusste, wie stickig die Luft weiter hinten sein konnte und zog eine frische Brise, gegebenenfalls auch etwas Regen und Gischt eindeutig vor. Vorschriftsmäßig drehte er seine Gasflasche zu und steckte sein Stromkabel in eine der zahlreichen Steckerleisten ein. Dieses Schiff war keine der neueren Superfast-Fähren und würde bis Piräus etwa vierzig Stunden brauchen. Henry verbrachte die Zeit mit Schlafen und Lesen. Stundenweise saß er auch nur einfach an Deck und schaute aufs Meer. Irgendwann in dieser Zeit fielen die kleinen und größeren Lasten seines bürgerlichen Lebens von ihm ab, und eine große Ruhe kam über ihn. Er dachte lange über das letzte Jahr nach und sprach, einem plötzlichen Entschluss folgend, beim Zahlmeister vor.

Als der alte Stahlkoloss im Hafen von Korfu das erste Mal anlegte, rollte der graue Möbelwagen von Bord. Drei Tage später wurde er vom Schwesterschiff wieder aufgenommen und kam gerade noch rechtzeitig in Piräus an, um sich dem UNESCO-Konvoi anzuschließen, der dort zusammengestellt wurde. Am Abend fuhr das seltsame Gefährt im Konvoi mit etlichen anderen geländegängigen Fahrzeugen auf ein weiteres Schiff, um damit sein neues Einsatzgebiet zu erreichen.

43.

Am anderen Ende der Welt wurde es zu dieser Zeit hell. Eigentlich *wurde* es gar nicht hell, sondern es war hell. Jetzt, von einem auf den anderen Moment. Gerade noch herrschte magisches, graublaues Dämmerdunkel mit verschwommenen Konturen und Silhouetten. Aber da schob sich plötzlich das erste rote Eckchen der Sonne aus dem Meer hervor und tauchte die Welt sofort in freundliches, gleißendes Licht. Hier in den tropischen Breiten gibt es keine Dämmerung. Der Tag fällt einfach – patsch! – vom Baum wie eine reife Mango.

Das kleine Mädchen saß auf dem Steg und genoss die aufgehende Sonne. Die Kleine saß jeden Morgen hier und schaute aufs Meer. Jeden Morgen, seit einem Jahr. Sie mochte diese Stunde sehr. Diesen plötzlichen Übergang von dunkel zu hell, von kühl zu warm und von leise zu laut. Darum liebte sie es, dort auf dem Steg zu sitzen. Es war ein guter Steg, erst zwei Jahre alt und ganz aus Eisenholz gemacht. Sogar echte Beton-Fundamente hatte er. Der würde ein Leben lang halten. Die Kleine ließ ihre Füße ein wenig ins warme Wasser baumeln. Irgendwann später am Tag würde sie baden gehen. Man konnte so toll ins Wasser springen von diesem Steg. Mit Anlauf. Und ohne sich irgendwelche Splitter oder rostige Nägel in den Fuß zu treten. Aber gleich würde ihre Mama sie erst mal zum Frühstück rufen wie jeden Morgen.

„Maria!"

Maria konnte aber noch nicht frühstücken. Sie musste noch mindestens fünf Minuten hier sitzen und Ausschau halten. Dass Mama das aber auch nicht begreifen konnte!

„Maria Esperanza! Venga! Vamos a desayunar!"

„No, no puedo!"

Maria hörte Schritte hinter sich. „Komm, Schatz! Lass uns frühstücken. Du weißt doch, es hat keinen Zweck. Er wird auch heute nicht kommen."

Zärtlich wurde Maria umarmt und hochgehoben. Sie hatte es aufgegeben, mit Mama zu diskutieren. Erwachsene! Was wussten die denn schon?

Er würde kommen. Und zwar nicht irgendwann, sondern heute. Hatte nicht gestern der große Albatros hier vorne auf dem Pfahl gesessen? Wo Albatrosse sonst doch nie hierherkamen? Und hatte er ihr nicht genau erzählt, dass er unterwegs war? Er hatte sich nur verspätet, weil so starke Stürme draußen auf dem Meer waren.

Heute! Heute würde er kommen. Vielleicht noch nicht heute Morgen, bestimmt aber später, wenn sie zum Spielen und Schwimmen wieder hierherkam. Das wusste sie. Darauf vertraute sie und daran glaubte sie so fest, wie wohl nur verliebte, siebenjährige Mädchen an etwas glauben können.

Trotzig sah Maria weiter aufs Meer, während ihre Mama sie die lange Treppe zum Haus hinauftrug.

Oben wand sie sich aus Mamas Arm. Sie sah noch einmal zum Wasser hinunter und ging dann in die Küche. Dort holte sie einen dritten Teller, eine Tasse und Besteck. Sie räumte alles auf den bereits gedeckten Frühstückstisch. Dann ging sie in aller Ruhe wieder die Treppe zum Steg hinunter.

Estrella Domingo schaute ihrer Tochter in milder Verzweiflung nach. Die 38-jährige Frau konnte sie nur zu gut verstehen. Auch sie hoffte irgendwo tief in ihrem Inneren, dass Bernd Sandmann kommen würde. Dass er bleiben würde, glaubte sie schon lange nicht mehr. Sie wusste, er hatte seine Firma und sein Leben in Deutschland. Die Karibik war immer nur ein Abenteuer für ihn gewesen, genau wie sie selbst auch. Und Maria war nicht geplant. Aber Estrella war ohne Bitterkeit. Es ging ihr gut. Sie hatte ihr Auskommen, und Maria konnte zur Schule gehen und eine Ausbildung machen. Dafür hatte Bernardo gesorgt.

Estrella entschloss sich, ihre Tochter ein zweites Mal zum Frühstück heraufzuholen. Sie war mitten auf der Treppe, als sie das Boot sah. Es war direkt aus der Sonne gekommen, deshalb konnte man es vorher nicht sehen.

Maria winkte. Der Mann am Steuer nahm seine Mütze ab und winkte zurück. Es dauerte noch zehn Minuten, dann sah Estrella, dass es ein Fremder war. Der Mann war viel dünner. Und er war zu alt. Sie seufzte. Ein weiteres Drama bahnte sich an. Maria tat ihr so leid.

Langsam kam der große Katamaran näher. Die Segel gingen herunter, die Maschinen sprangen an. Maria winkte und hüpfte aufgeregt auf dem

Steg hin und her. Auch sie hätte längst erkennen müssen, dass das nicht ihr geliebter Bernardo war. Besorgt ging Estrella weiter die Stufen hinab. Der große Kat ließ den Anker fallen und glitt rückwärts an den Steg heran. Maria fing die Heckleine geschickt auf und machte sie fest. Als der Skipper die zweite Leine werfen wollte, war sie schon an Bord geklettert und flog ihm in die Arme.

Wie betäubt stieg Estrella die Treppe hinunter. Der Fremde kam ihr entgegen, Maria auf dem Arm, die ihn fest umklammert hielt.

Dann erkannte sie ihn. Sie sah sein kurzes, graues Haar, den fast weißen Bart, und dann sah sie die Tränen in dem wettergegerbten, tiefbraunen Gesicht. Und da wusste sie es: Bernardo war da. Und er würde bleiben.

Am Abend kam Ramon zu Besuch, Estrellas Vater. Die Nachricht über Bernds Ankunft hatte sich schnell herumgesprochen auf der kleinen Insel. Ramon war ein Mann, mit dem nicht zu spaßen war. Erst recht nicht, wenn es um seine Tochter und seine Enkelin ging, denn die liebte er über alles. Das Treffen würde schwierig werden. Als Maria endlich im Bett war, saßen sie zu dritt zusammen und redeten.

Der knorrige Mann mit der nussbraunen Haut war wie erwartet äußerst mies drauf.

„Wie lange bleibst du diesmal, Bernardo?“, wollte er wissen.

„Das kommt darauf an“, sagte Bernd gedehnt.

„Aha. Und worauf kommt es bitte an?“

„Auf euch. Wenn ihr wollt, bleibe ich für immer. Wenn nicht, bin ich morgen wieder weg.“

„Ah, verstehe. Du hast Stress mit den Behörden, zu Hause.“

Ramon war kein einfacher Mann, und dumm war er nicht. Im Gegenteil, er hatte eine bewegte Vergangenheit hinter sich und reichlich von dem, was man Bauernschläue nennt. Nicht umsonst war er der Bürgermeister hier auf der kleinen Insel. Er ließ sich nichts vormachen, und wer ihn zum Feind hatte, bekam hier keinen Fuß an die Erde.

„Stimmt“, sagte Bernd deshalb rundheraus. „Eine Steuerangelegenheit.“ Das war die reine Wahrheit. Wenn auch nicht die ganze.

Ramon machte eine abfällige Geste. „Steuereintreiber, alles Halsabschneider. Wirst du gesucht?“

„In Europa sicher. International vielleicht, ich weiß es nicht. Nicaragua liefert aber nicht aus bei Vermögensdelikten."

„Die liefern hier jeden aus, der nur falsch hustet. Es sei denn, du bist reich. Dann bluten sie dich nur aus. Hast du Geld?"

„Nein, ich bin arm wie eine Kirchenmaus."

„Was, du kommst hierher mit nichts in der Hand und der Polizei an den Hacken? Willst dich verstecken und uns auch noch auf der Tasche liegen? Auf einen wandernden Ganoven haben hier alle gewartet. Wie willst du klarkommen, wie willst du deine Familie ernähren, ohne Visum und ohne Arbeitserlaubnis? Glaubst du, sowas fällt vom Himmel? Mierda!"

Bernd schaute betreten.

„Ich dachte, du bist hier der Jêfe und hast alles im Griff."

„Ja, das hast du dir fein ausgedacht", giftete Ramon. „Ich bin hier der Bürgermeister, nicht die Einwanderungsbehörde. Die sitzt am Pazifik, in Managua."

Dann klickte etwas bei ihm. „Was ist mit dem Boot da unten? Ist gut und gerne 500.000 Dollar wert. Ist das deins oder hast du das auch geklaut?"

„Nein, es gehört nicht mir. Ich habe es nur überführt, von Spanien nach hier. War die einzige Möglichkeit, mit heiler Haut wegzukommen."

„Caramba, ganz alleine über den verdammten Atlantik?" Bewunderung lag in Ramons Stimme, aber er blieb entschieden auf Distanz. „Wem gehört der Kahn, he?"

„Ist ein ganz neues Unternehmen: Windward Yachting, drüben am Festland. Internationale Yachtcharter. Die einzige übrigens, hier an der Ostküste."

„Ah, und was hast du mit der Firma zu tun?"

„Ich bin da beschäftigt. Skipper, Techniker, Mädchen für alles halt."

„Scheinen ja viel von dir zu halten, diese Leute. Ich glaube dir kein Wort. Verarsch mich nicht, Bernado, ich warne dich. Das wäre das Letzte, was du hier tust."

„Die Geschäftsführerin ist eine alte Freundin von mir."

„Ah, eine Frau! Na klar. Wer sonst ist verrückt genug, so ein Schiff einem abgebrannten Galgenvogel anzuvertrauen, der auf der Flucht ist? Na, die möchte ich mal kennenlernen!"

„Kein Problem. Sie sitzt gleich neben dir."

Die Stille, die schlagartig eintrat, hielt etwa eine Minute.

„Ja, was ist?", brach Bernd das Schweigen. „Ist doch ganz einfach. Die Firma wurde vor drei Monaten drüben in Panama ins Handelsregister eingetragen. Sie hat das Boot da draußen als Firmenkapital. Vielleicht noch ein paar tausend Dollar dazu. Eigentlich sollte es erheblich mehr gewesen sein. Genug für ein Leben ohne Stress. Aber wie gesagt, mir ist was dazwischengekommen. Müssen wir halt unsere Brötchen weiter mit Arbeit verdienen. Wenn du willst". Er warf Estrella einen kurzen Blick zu. „Du brauchst nur noch ein Büro und einen Liegeplatz, dann kann es losgehen."

Estrella hatte die Hände vor den Mund geschlagen und sagte immer noch nichts.

Sandmann beachtete sie nicht weiter. Er ließ die Augen nicht von Ramon, der mit undurchdringlichem Gesicht dasaß. Sandmann riskierte es und spielte seinen letzten Trumpf aus.

„Wie weit seid ihr eigentlich mit der Schule gekommen, im letzten Jahr?"

„La esquela? Ist fertig eingerichtet. Ostern geht der Unterricht los. Maria Esperanza wird als erste hingehen. Zusammen mit 15 anderen Kindern. Kein Problem!"

Erneut schwiegen beide Männer und sahen sich an wie zwei Kampfhähne. Schließlich ließ Ramon ein Knurren hören.

„Ich weiß, bei euch ist das anders", sagte er, und eine Portion Verachtung schlich sich in seine Stimme. „Aber bei uns hier steht die Familie über allem.

Aufenthaltstitel stehen nicht in meiner Macht, Eheschließungen dagegen sehr wohl. Seit zehn Jahren habe ich hier auf der Insel die Menschen verheiratet, und ich werde es gleich morgen wieder tun, denn meine Tochter wird nicht weiter in Schande leben. Das heißt, wenn sie immer noch verrückt genug ist, dich zu nehmen."

Er sah, dass seine Tochter ernst nickte. Dann traf sein scharfer Blick Bernd direkt in die Augen.

„Damit du klar siehst: Die erste Pflicht eines Mannes ist es, sich gut um Eltern, Frau und Kind zu kümmern. So lange du das tust, wird dir auf dieser Insel kaum was passieren. Aber wehe, wenn nicht. Dann ist die Meldebehörde dein kleinstes Problem. Zeig mal deinen Pass!"

Bernd griff in seine Westentasche und holte ein altes, rotes Dokument heraus. Ramon nahm es, blätterte, runzelte die Stirn und grinste dann breit.

„Hmm, noch vier Jahre gültig. Das ist nicht zu schlecht. Du siehst aber Scheiße aus auf dem Foto. Warst du krank?"

„Grippe. Zwei Wochen lang", antwortete Bernd.

Wieder starrten sich die beiden unterschiedlichen Männer an.

Schließlich hob Ramon sein Glas.

„Na dann: willkommen auf unserer Insel, Herr Walter Lehmann!"

Die Last, die Bernd Sandmann von der Seele plumpste, wog etwa fünf Tonnen. Doch die Erleichterung währte nur kurz.

„Die Kirche bräuchte dringend ein neues Dach", sagte Ramon wie nebenbei. „Rote Tonziegel wären schön, doppelt gebrannt. In Bluefields drüben hab ich neulich 'ne schöne Ladung gesehen. Da sollte man rüberfahren und 'ne Option darauf klarmachen. Und dann müssen wir uns Gedanken über unsere Hafenmole machen. Aber alles im Ruhe, wir haben ja Zeit genug."

Bernd Sandmann sagte nichts. Bis eben war das hier noch seine geglückte Flucht vor allen Staatsanwälten, Bürokraten, Baustellen und sonstigen Zwängen dieser Welt in die unendliche Freiheit. Aber gerade übermannte ihn die Erkenntnis, dass sein altes Schicksal schon wieder mit aller Macht über ihn hereinbrach, und zwar schlimmer als je zuvor. Okay, da war Estrella neben ihm, hinter ihr das Boot und dann die komplette Karibik mit all ihren Verlockungen.

Aber in Ramons Gesicht spiegelte sich immer deutlicher ein anderer Prozess. Er war hier der Richter, die Insel sein Gulag, und sein Urteil lautete „lebenslänglich".

44.

Einige Wochen später bremste mitten in der Unterführung an der Kirchstraße ein Streifenwagen scharf ab und setzte zurück in die Lindenstraße. Mitten vor der Übernachtungsstation, die unterhalb der Bahntrasse im westlichen Brückenkopf eingelassen war, stand eine große Absetzmulde. Früher waren hier tatsächlich mal kleine Ladenlokale drin gewesen. Ein Buchhandel, ein Schuster und zum Schluss eine türkische Änderungsschneiderei. Seit über zwanzig Jahren standen aber nun schon alte Stockbetten in zwei von den Räumen, in denen die Stadt vorübergehend Obdachlose in besonderen Notlagen unterbrachte. Jetzt waren vier kräftige Herren in Orange damit beschäftigt, das komplette Inventar herauszureißen und zu entsorgen.

„Moin Michael, was macht ihr denn hier? Müssen unsere Strategen demnächst wieder unter der Dalkebrücke schlafen?" Ein vierkantiger städtischer Bediensteter warf ein eisernes Bettgestell ohne sichtbare Anstrengung auf die Mulde und drehte sich dann zu Uli und Eyleen um.

„Ganz im Gegenteil. Die Anlage wird komplett renoviert und neu eingerichtet. Mit Duschen und Toiletten. Damit die Herren es auch recht angenehm haben."

„Boah, Frau Bürgermeisterin scheint ja noch echt was auf der hohen Kante zu haben. Und das in diesen Zeiten."

„Ja denkste. Ist 'ne private Spende. Da hat neulich irgendwer mit Western Union anonym Geld an die Stadt überwiesen. Angeblich dreißigtausend Ocken. Und ein kleines Anschreiben dazu, was genau damit passieren soll." Michael blickte sich vielsagend um. „Okay, die Anlage hier ist wirklich komplett auf. Da hätte schon längst mal was gemacht werden müssen. Aber die Jungs, die hier übernachten, wollen es doch überhaupt nicht anders. Und dann mit dem Aufwand. Perlen vor die Säue, wenn du mich fragst."

„Wie man es nimmt, Michael." Uli inspizierte neugierig die Baustelle. „Sachma, nehmt ihr den dritten Raum jetzt mit dazu?"

„Jau, vier Stockbetten kommen da rein, macht acht Plätze mehr. Das war die zentrale Forderung des Spenders."

„Macht Sinn. Im Winter war hier doch immer komplett überbelegt. Ab acht Grad minus mussten wir oft genug welche im Gewahrsam aufnehmen. Und die ganz Harten schliefen trotzdem im Stadtpark. Wer immer der edle Spender war, der wusste auf jeden Fall genau, wo hier der Hase im Pfeffer liegt. Ich wüsste zu gerne, wer das war. Was meinst du dazu, Eyleen?"

Die Genannte sah sich sorgfältig um, die Stirn nachdenklich in Falten gelegt. Ihre smaragdgrünen Augen durchforschten jeden Winkel und ihre sommersprossige Stupsnase schnüffelte den Mief von tausenden Zigarettenstummeln und Käsefüßen.

„So 'n Typ um die sechzig, mit grauem Bart, würde ich sagen. Sitzt vermutlich irgendwo in der Sonne. Ah ja, kann sein, dass er Dosenbier trinkt."

Uli stutzte, dann leuchtete sein Gesicht, als wäre ihm gerade ein Kronleuchter aufgegangen.

„Na klar", platzte er los, als sie wieder im Streifenwagen saßen. Da hätte ich auch selbst drauf kommen können!"

„Wo drauf?"

„Na, auf Konny Gerke!"

„Hä, Konny Gerke? Was haste denn jetzt mit dem?"

„Wie jetzt? Du hast ihn doch gerade selbst haargenau beschrieben!"

„Quatsch, den hab ich noch nie selbst gesehen."

Verdattert sah Uli zu Eyleen rüber. Die schenkte ihm einen höchst besorgten Blick, als hätte er nicht mehr alle Latten am Zaun. Dann sah sie nach vorn und gab Gas. Die Reifen sangen bedenklich, als sie durch die enge Kirchstraße bretterte. Höchste Zeit fürs Frühstück. Bei Rotte standen sie bestimmt schon wieder in Doppelreihe auf der Straße.

Uli war tief in Gedanken versunken, während seine rechte Hand automatisch nach dem Haltegriff tastete, um die beträchtlichen Fliehkräfte abzufangen. Bei Eyleen wusste man einfach nie, wann sie einen verarschte. Oder war da vielleicht doch irgendwas? Das zweite Gesicht?

„Blödsinn, Uli", schallt er sich selbst im Stillen, als der Passat rasant in die Friedhofstraße abbog. „So was gibt's nicht und basta!"

Aber als sie mit qualmenden Bremsen vor dem Schlachterladen hielten, grübelte er immer noch an der Sache herum. Eigentlich wussten hier nur drei Leute, dass Konny im sonnigen Süden steckte, dass er überhaupt noch lebte. Und zwar Henry, Horst und er selbst.

Epilog

Friedhelm Klütenbrink war schwer in Sorge. Er wusste: Wenn er die zweite Bierdose jetzt auch noch trank, würde er es in dieser Nacht nicht mehr bis nach Hause schaffen. Dann würde all das Theater wieder losgehen. Polizeizelle, vielleicht Intensivstation, im schlimmsten Fall Landesklinik und Entgiftung, je nachdem. Und danach endlose Gardinenpredigten von seiner Frau und Tränen von seiner Tochter. Das war das Schlimmste. Zum vierhundertfünfzigsten Mal. Einfach jetzt nur losgehen, die verdammte Kanne in die Büsche feuern und gut. Jawoll, das war der Plan.

Er sah an sich hinunter. Seine Hose war trocken und einigermaßen sauber, nichts deutete auf einen Absturz hin, Gott sei Dank. War es denn seine Schuld, dass die nette Frau ihm fünf Euro geschenkt hatte, als er ihr vor ein paar Stunden am Friedhof die abgesprungene Fahrradkette kurz mal eben wieder aufgezogen hatte? Nett und hilfsbereit, wie er nun mal immer war? Und dass ausgerechnet da auf der Ecke der Lottoladen war, der gekühltes Dosenbier anbot? Die erste Kanne war einfach so verdampft. Das war Physik, dagegen war der Mensch machtlos. Nach zwanzig Jahren an der Pulle baute Friedhelms Leber schon längst nichts mehr ab. Der Alkohol ging bei ihm ungefiltert direkt in die Blutbahn und ins Gehirn, wo er viel stärkeren Schaden anrichtete als bei gesunden Menschen. Inzwischen reichte bei ihm schon ein einziger halber Liter Bier für einen komaähnlichen Breakdown. Auch Friedhelms Prostata hatte infolge Alter und Alkoholmissbrauch längst kapituliert, weshalb er sich dabei mit schöner Regelmäßigkeit komplett einschiffte. Aber nicht heute, alles war trocken geblieben, als er kurz vor Mitternacht irgendwo an der dunklen Friedhofsmauer wieder zu sich kam. Friedhelm fühlte sich sauber, stark und gut. Aber eine volle Dose Bier wegschmeißen? Musste das?

Okay, einen einzigen Schluck konnte er wohl noch nehmen. Nur so einen winzigen, gegen den ekligen Pelz auf seiner Zunge, für den guten

Geschmack und für den Weg. Aber als Friedhelm die Kanne aufgerissen und angesetzt hatte, floss das Bier einfach wie von selbst in ihn hinein. Er konnte gar nichts tun. Seine Kehle zog einfach gierig weiter wie ein Kälbchen am Euter, ohne dass er es verhindern konnte. Na ja, was soll's? Dann war er eben mal wieder weich geworden. Bloß schnell nach Hause jetzt, bevor alles wieder schiefging!

Friedhelm dackelte an der St.-Pankratius-Kirche vorbei, so schnell ihn seine krummen Beinchen tragen konnten. Er war heilfroh, als er die Dalkebrücke erreichte und sich am Geländer festhalten und entlanghangeln konnte. Irgendwie zogen sich die Schritte plötzlich wie Kaugummi. Aber die Alte Heuwaage hatte er als Zwischenziel fest im Auge. Von da war es nicht mehr weit, dachte Friedhelm zuversichtlich. Das Geländer war schließlich zu Ende, aber er konnte es irgendwie nicht loslassen. Seine Knie waren plötzlich wie Pudding und konnten sein spärliches Körpergewicht nicht mehr tragen. Er kam nicht weiter, er steckte fest. Dann wurde es plötzlich unten herum warm und nass, ein Gefühl, das er nur zu gut kannte. Der scharfe Geruch seiner eigenen Pisse stieg ihm in die Nase und tiefe Verzweiflung überkam ihn. Nicht schon wieder! Langsam zog sich der Nebel vor seinen Augen zu. Er wusste, er war mal wieder kurz davor, ins Nirwana abzugleiten. An sich eine schöne und tröstliche Sache. Wäre da nicht immer dieses fürchterliche Aufwachen. Konnte das nicht einfach mal wegbleiben? Einfach weiter in der Schwerelosigkeit schweben?

Friedhelms Wunsch wurde erhört. Eine starke Kraft hob ihn mühelos an und drehte ihn in der Luft in die Waagerechte. Er konnte plötzlich mit zunehmender Deutlichkeit die Dalke unter sich durchfließen sehen und den Brückensockel aus Beton, der zum Wasser hin von einer stählernen Spundwand begrenzt wurde. Eine Hand umklammerte das Brückengeländer darüber. Es war nicht seine, denn sie ging in einen ungewöhnlich muskulösen, tätowierten Unterarm über. Die Motive kamen ihm irgendwie bekannt vor. Aber bevor er darüber nachdenken konnte, fuhr ihm die Spundwand genau zwischen die Augen.

Ab in die Botanik
Parkführer Stadtpark Gütersloh

Ein unterhaltsamer Spaziergang durch „Güterslohs grünes Wohnzimmer“, ein nostalgischer Streifzug durch die Geschichte des Stadtparks und ein ebenso amüsanter wie lehrreicher Parforceritt durch 1.000 Jahre europäischer Gartenkunst – querbeet durch den Park und ab in die Botanik!

0-Euro-Schein „Botanischer Garten Gütersloh“

Souvenir, Kuriosität, Sammlerstück: Der Gütersloher 0-Euro-Schein zeigt mit der Rundbank um den Kugelahorn das Wahrzeichen des Botanischen Gartens und ist mit einigen der für echte Euro-Banknoten typischen Sicherheitsmerkmalen wie Seriennummer, Wasserzeichen und Hologramm ausgestattet.

Diese und weitere Geschenkideen auf
www.guetersloherisch.de

Wortwolke Gütersloherisch
Poster und Postkarte

Grundwortschatz Ostwestfälisch für den Kreis Gütersloh: ein dekorativer Vokabeltrainer (nicht nur) für Zugezogene mit mehr als 80 regionaltypischen Begriffen und Wendungen. Als Poster in den Größen 50 × 70 cm und 30 × 40 cm sowie als Maxi-Postkarte.

Gütersloh und seine Stadtteile
Poster

Alle zwölf Gütersloher Stadtteile als farbenfrohe Buchstabenketten. Erhältlich als DIN A1- und DIN A3-Poster auf hochwertigem 250 g/m²-Papier.
